Christina Dodd

Liebhaber meiner Träume

Roman

Aus dem Amerikanischen von
Corinna Hermes-de Chedjou

Ullstein

Ullstein Taschenbuchverlag 2001
Der Ullstein Taschenbuchverlag ist ein Unternehmen der
Econ Ullstein List Verlag GmbH & Co. KG, München

Titel der amerikanischen Originalausgabe: The Greatest Lover in All England
(First published by Harper Paperbacks, A Division of
HarperCollinsPublishers, New York)
Übersetzung: Corinna Hermes-de Chedjou
Umschlagkonzept: Lohmüller Werbeagentur GmbH & Co. KG, Berlin
Umschlaggestaltung: Christof Berndt & Simone Fischer, Berlin
Titelabbildung: Zefa/Wendi Schneider
Druck und Bindearbeiten: Ebner Ulm
Printed in Germany
ISBN 3-548-25236-2

Kapitel 1

England, im Herbst 1600

»Schnappt die zwei verfluchten Schauspieler!«

Die Rufe der fünf Soldaten trieben Sir Danny noch schneller vorwärts. Der Schlamm der schmutzigen Londoner Straßen spritzte hoch bis zu seinen Knien, als er mit einem Satz einem Schwein auswich, das im Unrat wühlte.

»Schnappt sie, und der Graf von Essex wird euch belohnen!«

Schaulustige drehten sich um und beobachteten, wie Sir Danny und sein Mündel um die Ecke schlitterten, doch niemand trat zwischen die Soldaten und ihre Opfer. Mit jedem Stapfen ihrer Stiefel, mit jedem Ruf und jedem Fluch taten die Bewaffneten ihre Mordlust kund.

Sir Danny genoß die Dramatik des Geschehens. Intrigen und Tumulte waren sein Lebenselixier, sie ließen ihn wachsen wie Wasser eine mächtige Eiche. Verantwortung war etwas für unbedeutendere Männer; Sir Daniel Plympton, Esquire, lebte, um zu lachen, zu trinken, zu kämpfen, zu lieben – und um Theater zu spielen. Als er die Schar von Bettlern, Zechern und Dirnen bemerkte, die sich in den Eingängen der schmuddeligen Schankstuben und Wohnhäuser versammelt hatte, die die Straße säumten, verlangsamte Sir Danny seine Schritte und reckte eine Hand gen

Himmel. Dann hob er die Stimme, damit auch der letzte seiner Zuhörer ihn verstehen konnte, und verkündete: »Verflucht sei jene dreiste Sonne! Gebe Gott, daß feiner Londoner Nebel ihr gleißendes, verräterisches Antlitz verhülle und uns solcherweise vor unseren Feinden verberge...«

»Halt den Mund und lauf!«

Sein Mündel legte ihm die Hand auf den Rücken und schob ihn energisch durch die sonnendurchflutete Gasse. Ach Rosenkranz, dachte Sir Danny. Stets so besorgt um ihn, stets überzeugt, dieses Abenteuer werde ihr letztes sein. War Rosenkranz denn nicht bewußt, daß er, Sir Danny, während seiner fünfzig Jahre auf dieser Erde sein Schicksal noch nicht erfüllt hatte? Daß das Publikum noch darauf wartete, von seinen Bühnenkünsten gefesselt zu werden? Daß er Königin Elisabeths Thron noch nicht verteidigt hatte?

Daß er noch keine Lösung für Rosenkranz' Schicksal gefunden hatte?

»In die Gasse. Schnell, Danny! Schnell!«

Die Panik in Rosenkranz' Stimme und die Art, wie sein Mündel ihm die schmale Schulter in den Rücken stieß, entlockten Sir Danny ein Schmunzeln.

Er lief pfeilschnell in die dunkle, schmale Gasse, über der sich die Gesimse zweistöckiger, baufälliger Häuser wölbten. Er hechtete an der massigen Waschfrau vorbei, ohne sich um ihr wütendes Gezeter zu kümmern, und schlüpfte unter einem der weißen Leinenlaken hindurch, die sie gerade zum Trocknen aufgehängt hatte.

Noch immer an die Menge hinter seinem Rücken gewandt, rief er aus: »O übelriechender Schlamm unter unseren Füßen, der uns eben jetzt an unsere Sterblichkeit gemahnt! Der Pesthauch des Todes hängt schwer über unserer schönen Stadt...«

Die Waschfrau bekam Rosenkranz zwischen den flatternden Laken zu fassen. »Hiergeblieben, junger Lümmel«, keifte sie, »du wirst mir nicht meine Wäsche verderben!«

»Laßt mich los!« Aus Rosenkranz' Stimme sprach panische Angst.

Als Sir Danny sich umdrehte, sah er, wie sein Schützling von der stämmigen Waschfrau festgehalten wurde.

Rosenkranz wehrte sich nach Kräften, doch die Waschfrau wuchtete Sir Dannys Mündel hoch und schüttelte es. »Das ist *meine* Gasse, und kein Speichellecker kommt hier durch, solange *ich* es nicht erlaube!«

Rosenkranz strampelte mit den Füßen in der Luft herum. »Gewiß, Mylady, aber die Soldaten werden uns umbringen!«

»Die Soldaten?« Die Waschfrau setzte Rosenkranz unsanft auf den Boden, drehte sich zum Eingang der Gasse um und verdeckte dabei mit ihrem massigen Körper die spärlichen Sonnenstrahlen.

Sir Danny nutzte die feuchten Laken auf der Wäscheleine als Bühnenvorhang und rief warnend: »Sie kommen! Sie kommen! Die gottlosen Heiden verfluchen uns just mit ihrem heißen Odem, und der edle Jupiter höchstselbst ...«

Rosenkranz bückte sich, schlüpfte unter den Laken hindurch, packte Sir Danny an der Hand und zog ihn genau in dem Augenblick zur Seite, als Essex' Männer in die Gasse stürmten.

»Verschwindet, ihr ungehobelten Kerle!« brüllte die Waschfrau. »Das ist meine Gasse, und kein ...«

Die Soldaten stießen sie derart grob beiseite, daß sie rücklings in einer riesigen Pfütze landete. Die Welle, die das ausladende Hinterteil der Wäscherin verursachte, hinterließ einen Schmutzrand an der Hauswand, und die Flüche der Frau hätten einem Lord die Schamesröte ins Gesicht getrieben.

Ohne sich um die Frau zu scheren, durchtrennten die Soldaten die Wäscheleine mit ihren Schwertern und trampelten über die frischgewaschenen Laken. Sir Danny und sein Mündel versuchten, sich ans andere Ende der Gasse zu retten, doch eine scharfe, blitzende Klinge schnitt ihnen den Weg ab – diesen und jeden anderen. Helme verdunkelten das spärliche Licht, und auf den Gesichtern unter den Helmen lag ein hämisches Grinsen.

»Wie tollwütige Hunde«, sagte Sir Danny. »Eure Visagen verraten eure Abstammung und eure Natur.«

»Danny. Rei … rei …« Rosenkranz konnte kaum sprechen vor Angst. »Reize sie nicht!«

Sir Danny betrachtete die hünenhaften Männer, die sie umringten. Er musterte ihre Lederpanzer, ihre Narben, ihre Schwerter, und zum ersten Mal packte ihn die Angst. Dies war kein Theaterstück, keine erdichtete Gefahr, die er durch kühne Worte besiegen konnte. Er hatte das Schlimmste getan, was ein einfacher Mann tun konnte. Er hatte einen Edelmann bedroht und würde diese Frechheit mit dem Leben bezahlen müssen, auch wenn er im Recht gewesen war.

Doch Rosenkranz würde nicht sterben. Bei allen Göttern, er – Sir Daniel Plympton, Esquire – würde es nicht zulassen.

Dank seiner Schauspielkunst gelang es ihm, seine Muskeln schlaff und seine Knochen gebrechlich wirken zu lassen. Der kräftige Fünfzigjährige hatte sich in ein hilfloses Opfer verwandelt. In Sir Dannys Stimme schwang mehr Überzeugung als Pathos mit, als er sagte: »Und so werden meine Gebete erhört, und die Sonne des Lebens neigt sich über diesem Wanderer, der schon zu lange über die gesegnete Erde wandelt.« Er schob Rosenkranz von sich, damit sein geliebter Schützling leichter entfliehen konnte. »Die Jugend jedoch schlüpft zwischen den Säbelbeinen der Gefahr hindurch, um neuen Morgenröten entgegenzugehen.«

Sir Danny zweifelte nicht daran, daß sein Mündel ihn verstanden hatte. Doch statt zu fliehen, rückte es näher und widersprach ihm entschieden: »Jugend und Alter werden gemeinsam sterben, Seite an Seite, und der gesegneten Erde neues Leben schenken.«

Sir Danny verlor jäh seine Wortgewandtheit. »Verflucht, Rosenkranz, wenn diese Trottel entdecken ...«

»Trottel?« Der Anführer der Bewaffneten, ein hünenhafter, einäugiger Soldat, packte Rosenkranz am langen Zopf. »Du redest doch nicht etwa über uns, oder?« Er zerrte an den zerzausten braunen Locken, bis Rosenkranz ächzend in den Schlamm sackte. »Oder?«

»Nein. Nein!« Sir Danny beobachtete entsetzt, wie der Rohling seine Hand um die schlanke weiße Kehle seines Opfers legte, die er durch seine Grobheit entblößt hatte, und dann zudrückte. »Ich wollte Euch nicht beleidigen, werter Herr. Tapferer, starker Herr.« Er knuffte den Arm des Soldaten und tat so, als überraschten ihn dessen Muskeln, während er sich in Wahrheit vergewisserte, daß sie lediglich von einem Wollstoff bedeckt waren. Brust und Rücken des Bewaffneten hingegen wurden von einem Wams aus gehärtetem Leder geschützt, und eine gepolsterte lederne Pluderhose schützte die Hüften vor scharfen Hieben. Der Rest seines Körpers jedoch war verwundbar.

Verwundbar? Der Einäugige überragte Sir Danny um Haupteslänge und grinste genüßlich wie ein Schlachter, der im Begriff ist, ein Lamm in Stücke zu hacken. Sir Danny lockerte seine Halskrause und zeigte auf seine entblößte Kehle. »Werft einen Blick auf meine Gurgel, dann werdet Ihr sehen, daß sie Euren Zwecken dienlicher ist.«

»Der hübsche junge Bursche gefällt uns aber besser. Der Kopf deines Sprößlings wird auf 'ner Eisenspitze der *London Bridge* 'nen feinen Schmuck abgeben.« Der Soldat verstärkte seinen Griff erneut, und Rosenkranz umklammerte keuchend seinen Arm.

»'nen besseren als der Schädel dieses Alten.« Ein anderer Soldat schleuderte Sir Danny gegen die Hauswand und preßte die Spitze seines Schwertes an Sir Dannys entblößte Gurgel.

Er würde sterben. *Sie* würden sterben, und mit ihnen all seine Träume von Ruhm und Ehre. Sir Danny betete still um Rettung. Er gelobte Besserung. Er würde das hemmungslose Trinken aufgeben, das Tabakrauchen, die zahllosen Techtelmechtel, die Schauspielerei. Nun, letztere vielleicht nicht. Und die Techtelmechtel auch nicht – dazu liebte er die Frauen viel zu sehr.

Doch alles übrige. Alles übrige würde er tun, um gerettet zu werden ... oder besser noch, damit Rosenkranz gerettet würde.

Die Rettung kam von oben, doch sie roch nicht eben himmlisch. Ein Schwall warmen Urins ergoß sich aus einem offenen Fenster über ihre Köpfe, begleitet vom Gekeife einer Frau. »Das wird euch Hornochsen lehren, euch mit Tiny Mary anzulegen!«

Dem ersten Schwall folgte ein zweiter. Die Bewaffneten ließen ihre Gefangenen verblüfft los.

Als Sir Danny hinaufblickte, sah er, daß sich aus jedem der Fenster mehr oder weniger entblößte Frauen beugten.

»Ihr werdet diese ehrenwerte Dirne nicht noch einmal mißhandeln«, rief eine von ihnen.

Sir Danny lachte schallend.

Was für ein Narr er doch gewesen war! Jetzt erkannte er die Gasse wieder. Jetzt wußte er, wer die dralle Waschfrau war. Rosenkranz und er waren in das bekannteste Freudenhaus der Stadt gestolpert, und die Soldaten hatten sich mit der beliebtesten Bordellmutter Londons angelegt.

Die mittlerweile tropfnassen Bewaffneten hüpften umher, um dem widerlichen Inhalt der Nachttöpfe auszuweichen, die über ihren Köpfen ausgeleert wurden. Sie sahen nicht, daß Tiny Mary wie eine wutschnaubende Geiß mit den Füßen scharrte. Dann ging sie zum Angriff über, und drei Soldaten fegten zu Boden wie von einer Holzkugel niedergemähte Kegel. Zwei weitere hielten sich schwankend, spuckend und fluchend auf den Beinen.

Die Dirnen feuerten Tiny Mary mit lauten Rufen an, und Sir Danny jubelte vor Freude. Sie waren gerettet! Er wußte es! Der Himmel beschützte ihn, denn nur er, Sir Danny, konnte Ihre Majestät, Königin Elisabeth, vor der ruchlosen Verschwörung retten, die gegen sie im Gange war. Nur er konnte Rosenkranz an einen geeigneten Ort zurückbringen. Sir Danny lachte erneut, während der Einäugige sich straffte und sich die Augen wischte.

»Narr«, murmelte Rosenkranz. »Närrischer alter Komödiant.«

Als der Anführer der Bewaffneten mit gezücktem Schwert auf ihn zustürmte, gab Sir Danny seinem Mündel beinahe recht.

In Rosenkranz' Hand blitzte Metall auf. Er hielt ein Speisemesser in der Hand. Ein Speisemesser! Gegen einen schwerbewaffneten Soldaten!

Sir Danny senkte den Kopf und rammte ihn in den Schoß seines Angreifers. Der Hauptmann krümmte sich und sackte vornüber, riß Sir Danny jedoch mit sich zu Boden.

Der Soldat wälzte sich auf Sir Danny und drückte ihn durch sein Gewicht nieder. Sir Danny drehte und wand sich wie ein Fisch auf dem Trockenen und versuchte, seinen Angreifer zu beißen. Plötzlich lockerte sich der Griff der Hand, die ihn niederdrückte, und der Körper über ihm fiel auf die Seite. Als Sir Danny sich aufrichtete, hörte er einen Mann auf höchst unmännliche Weise kreischen. Rosenkranz zerrte ihn hoch. »Lauf! Wir müssen weg!«

Sir Danny versuchte wankend, wieder zu Atem zu kommen. Er würde das Schicksal nicht mehr leichtsinnig herausfordern. Jetzt gab es nur noch eines: die Flucht.

An der Biegung der Gasse warf er einen flüchtigen Blick zurück. Die beiden Soldaten, die sich noch auf den Beinen hielten, wurden aus metallenen Nachttöpfen begossen. Tiny Mary hockte auf zwei weiteren Männern und hielt deren Hälse fest im Würgegriff. Der Einäugige krümmte sich am Boden und stieß jene gräßlichen Schreie aus.

Sir Danny, der womöglich zum ersten Mal in seinem Leben verlegen war, stammelte: »Was ...? Was ...?«

Rosenkranz strahlte vor grimmiger Genugtuung. »Ich habe die Spitze meines Speisemessers unter seine Pluderhose geschoben und in seine ...«

Sir Danny griff sich in den Schritt. »Gütiger Himmel!«

»Genau«, sagte Rosenkranz. »Der wird uns nicht so bald verfolgen.«

Tiny Mary wischte sich die schlammigen Hände an der Schürze ab und blickte grinsend auf Einauge herab. »Hat dich an den Weichteilen erwischt, was?«

Einauge hörte auf, sein Genitale zu begutachten, und starrte die massige Frau wütend an. »Hab' keine bleibenden Schäden davongetragen.«

»Es wär auch kein Schaden gewesen, wenn sie dir die Dinger gleich ganz abgeschnitten hätten.«

»Ich bin immer noch Manns genug, es mit 'ner Hure wie dir aufzunehmen«, knurrte Einauge beleidigt.

Tiny Mary warf den Kopf in den Nacken und lachte. Ihr Gelächter schallte durch die Gasse, und ihr Körper bebte vor Vergnügen. »Die kümmerliche kleine Karotte da könnte nicht mal 'ne Delle machen.«

Die Frauen am Fenster stimmten in ihr Gelächter ein, und die Bewaffneten, die sich wieder aufgerappelt hatten, drehten die Köpfe zur Seite und feixten.

Einauge bedeckte seine Blöße, sprang auf und wollte nach seinem Schwert greifen.

»Suchst du das hier?« Tiny Mary ließ die Waffe an einem ihrer feisten Finger baumeln. »Du hast's verloren, als das Fräulein dich gepikst hat.«

Einauge ließ sich gegen die Hauswand sacken und griff sich ächzend in den Schritt.

»Sieht aus, als hätte er nicht nur sein Schwert verloren, als die Kleine zugestochen hat«, spottete eine der Dirnen.

»He, Tiny Mary, kennst du sie?« fragte eine andere.

»Nee, doch mit ihrem Händchen lass' ich sie jederzeit in meiner Truppe mitfechten«, entgegnete Tiny Mary.

»Du dämliche alte Hure.« An Einauges Bein rann Blut herab. »Das ist ein Schauspieler. Er spielt Weiberrollen, aber er ist kein Weib. Es gibt keine weiblichen Schauspieler. Gehört sich nicht.«

»Törichter alter Plattfußsöldner«, spottete Tiny Mary. »Das ist eine Frau. Ich weiß, das Gesetz sagt, es darf keine Schauspielerinnen geben, doch ich hab' in meinem Leben genug Leiber gesehen, und dieser Schauspieler hat alles, was 'ne Frau braucht.« Die Verblüffung des Soldaten ließ

Tiny Mary erneut auflachen, und ihre Damen stimmten in das Gelächter ein.

Eine Frau? Eine Frau hatte ihn fast entmannt? Eine Frau hatte ihn besiegt? »Unmöglich«, murmelte Einauge.

»Ein ausgestopftes Wams kaschiert einiges, doch selbst einem Narren wie dir hätte auffallen müssen, daß sie keine Storchenbeine unter ihrer Kniehose hat. Und im übrigen«, Mary trippelte geziert im Kreis umher, »habe ich schon Mönche gesehen, die größeres weltliches Wissen besaßen als du.«

Als er sich das schmale, bartlose Gesicht und die großen braunen Augen in Erinnerung rief, erkannte Einauge die unbequeme Wahrheit. Er *war* von einer Frau besiegt worden. Er, der mehr Frauen geschändet und erschlagen hatte als ein rasender Hunne.

Dem Hauptmann schoß jäh das Blut zu Kopf, und er vergaß seine Verletzung. »Rosenkranz«, brüllte er, während er zum Ausgang der Gasse stürmte.

Ein Mann trat ihm in den Weg. Einauge kam schlitternd zum Stehen und griff nach seinem Schwert, doch es hing nicht an seiner Hüfte. Er zog sein Messer und war im Begriff, es dem Fremden in den Bauch zu rammen, doch ...

»Ihr!« Einauge riß seinen Arm zurück, obgleich der Mann vor ihm sich nicht rührte. »Ihr! Ich kenne Euch. Wir haben gemeinsam gekämpft.«

»Vor langer Zeit.«

In der tiefen kehligen Stimme des Hünen schwang ein leichter Akzent mit, doch nicht das leiseste Gefühl. Einauge lief ein kalter Schauer über den Rücken. Von diesem in Zivil gewandeten ehemaligen Söldner ging etwas Bedrohliches aus, das sich in seiner Haltung zeigte, in seinem durchdringenden, herausfordernden Blick, in der Regungslosigkeit, die der eines kampfbereiten Wolfes glich. Einauge versuchte, sich auf den Namen des Mannes zu besinnen; an seine Unbarmherzigkeit erinnerte er sich nur zu genau. »Wißt Ihr noch, wie uns dieser Franzmann die Hütte über dem Kopf angezündet und Euch das Knie gebrochen hat? Erinnert Ihr Euch, wie wir ihn gejagt und gefangengenommen haben? Wißt Ihr noch, wie er geschrien hat, als . . .?«

»Nein.«

Einauge blinzelte, um in dem Dämmerlicht besser sehen zu können. »Das Feuer hat Euch kaum gezeichnet.«

Der Fremde antwortete nicht, und Einauge sagte: »Wenn Ihr jetzt bitte zur Seite treten wollt, ich bin hinter 'nem Flittchen her. Sie heißt . . .«

»Rosenkranz?«

Noch immer unruhig, obwohl er nicht sagen konnte, warum, bestätigte Einauge: »Ganz recht, Rosenkranz.«

»Dann«, die Hand des Mannes, die eine blitzende Klinge umfaßt hielt, schnellte nach vorn, »müßt Ihr sterben.«

Einauge beobachtete verblüfft, wie Blut aus seiner Kehle spritzte. Er sackte keuchend auf die Knie.

Angstschreie drangen durch den Nebel seines Schmerzes; schrille Angstschreie und Kampfeslärm. Einauge riskierte einen flüchtigen Blick und sah, wie ein offenbar von Geisterhand geführtes Schwert Tod und Verderben säte. Mit unbarmherziger Gründlichkeit metzelte der Fremde jeden einzelnen Soldaten in der Gasse nieder.

Tiny Mary schob sich als lebendes Bollwerk vor die Eingangstür ihres Bordells, als der Unbekannte auf sie zustapfte. Sie hob Einauges blankes Schwert, der Fremde hob sein bluttriefendes. Tiny Mary zitterte und zerging vor Angst wie Gallert auf einem heißen Stein.

Selbst jetzt noch wünschte Einauge dieser Hure den Tod,

und er versuchte krächzend, den Fremden anzuspornen. Als jener sich umdrehte, trafen sich ihre Blicke einen Moment lang. Erinnerungen an herzloses Gelächter und blutrote Klingen stiegen in ihnen auf. Der Fremde lächelte kalt und zog langsam sein Schwert zurück. »Geh ins Haus, Dicke«, befahl er, und Tiny Mary sprang mit angstbeflügelter Behendigkeit über die Türschwelle.

Der Fremde stapfte durch die Gasse und wankte dabei wie ein Seemann, der über das sturmgepeitschte Deck seines Schiffes geht. Das gezückte Schwert in der Hand, sagte er: »Ich mag es nicht, wenn Leute sich an meine Vergangenheit erinnern, doch Ihr habt eine schlimme Wunde, mein Freund. Laßt mich Euch heilen.«

Einauge erstarrte vor Schreck.

Der Fremde hob sein Schwert und bohrte es tief in seinen ehemaligen Kampfgenossen. Dann zog er es zurück, säuberte die Klinge am Saum von Einauges Mantel und blickte in Richtung Theater. Dort würde er als nächstes hingehen.

Um sich um Rosenkranz zu kümmern.

Kapitel 2

Unheil, du bist im Zuge:
Nimm, welchen Lauf du willst.

JULIUS CÄSAR, III, II, 262

»Sir Danny Plympton ist im Haus. Unterbrecht die Aufführung!« Onkel Will winkte den Schauspielern auf der Bühne des *Globe Theatre* mit einem Arm zu, nachdem er sich das Manuskript fest unter den anderen geklemmt hatte. »Beim Blitzstrahl des mächtigen Zeus, hört sofort auf zu spielen! Er wird sich das Stück einprägen und es selbst auf die Bühne bringen, ehe wir auch nur ein paar Pence daran verdient haben.«

Die Komödianten unterbrachen ihre Arbeit, und Rosie ließ sich gegen eine der Säulen der ebenerdigen Galerie sinken. Ihre Glieder zitterten, ihre Muskeln waren schlaff vor Erschöpfung. Sie ließ den Blick rastlos durch das runde, dreistöckige Gebäude mit dem offenen Dach schweifen und nahm jede Bank in jedem der Ränge genau in Augenschein. Sie beobachtete den Eingang, lauschte auf das Getrampel schwerer Stiefel und versuchte sich einzureden, sie und Sir Danny seien in Sicherheit.

Rosie ballte ihre schmutzigen Finger zur Faust und betrachtete die Bewegung mit müder Faszination. Sie hatte den Hauptmann mit ihrem Messerstich außer Gefecht gesetzt, doch sie hatte ihn nicht getötet. Vielleicht, wenn sie ein längeres, schärferes Messer gehabt hätte. Vielleicht, wenn sie kräftiger zugestochen hätte. Vielleicht, wenn Sir

Danny aufhören würde, sich mit offenen Armen ins Unglück zu stürzen ... Sie lachte; es war ein kehliges, würgendes Lachen, das zu ihrer Überraschung unvermittelt in ein Schluchzen überging. Während sie sich mit dem Handrücken über die Augen rieb, wurde ihr bewußt, daß sie niemals sicher sein würden, solange Sir Danny Sir Danny war – überschwenglich, extravagant, dreist.

»He, Rosie!«

Dickie Justin McBride winkte ihr zu, und sie ließ ruckartig die Hand sinken. Keiner der »Chamberlain's Men« sollte sehen, daß sie weinte. Jeder von ihnen hatte irgendwann einmal in Sir Dannys Truppe gespielt. Jeder von ihnen hielt sie für einen Mann, und einige wenige verspotteten sie als Memme. Nein, sie konnte nicht wagen, daß man sie in Tränen aufgelöst entdeckte.

»Hallo, Dickie!« erwiderte sie den Gruß. Sie hatte den gutaussehenden Schauspieler schon verachtet, als sie noch Kinder waren, und sie verachtete ihn noch immer. Er hatte die häßliche Neigung, jene zu schikanieren, die nicht so muskelbepackt waren wie er – hauptsächlich Rosie, und meist, wenn sie allein waren. Er hatte ihr das Leben zur Hölle gemacht. Nun sprang er von der Bühne in den schmutzigen Hof, in dem die Stehplatz-Zuschauer den Aufführungen beiwohnten, und stolzierte auf Rosie zu.

»Ich habe dich nicht mehr so dreckig gesehen, seit du mit acht Jahren in die Schweinesuhle gefallen bist.« Er warf den Schauspielern, die ihm gefolgt waren, ein Grinsen zu. »Schart euch um mich, werte Freunde, und hört die Geschichte, wie Rosie lauter gequiekt hat als die Schweine.«

Sie gingen auf Rosie zu, und Rosie erkannte die Taktik wieder. Versammle eine Schar von Spitzbuben, laß sie einen Kreis um ihr Opfer bilden, und quäle es mit höhnischen Bemerkungen und Demütigungen.

Sie war beinahe dankbar, als Dickie einen Schwenk machte. »Puh! Hast du dich nicht mehr gewaschen, seit du in diese Schweinesuhle gefallen bist?«

Alle Männer wedelten mit den Händen in ihre Richtung und gaben würgende Laute von sich. Rosies schweißnasse Handflächen rutschten an der Säule hinunter. Ja, sie stank, obwohl Sir Danny und sie zum Ufer der silbern schimmernden Themse gelaufen waren und den gröbsten Schmutz abgewaschen hatten.

Sir Danny vollführte eine schwungvolle Gebärde mit dem ausgestreckten Arm und verkündete: »Es ist ein trauriger Tag für London, wenn die Erdwürmer die Rose verspotten. Die silbernen Güsse des Himmels werden die Rose reinwaschen, und sie wird erneut die edelste aller Blumen sein. Wenn der Silberregen jedoch die Würmer benetzt, werden sie noch immer auf ihren Bäuchen durch den Dreck kriechen.«

»Ganz recht, und wenn diese Würmer jetzt nicht ihre Abendmahlzeit einnehmen, werden ihre Bäuche sich fragen, ob man ihnen die Kehlen durchgeschnitten hat.« Das Manuskript in der Hand, beobachtete Onkel Will mit finsterer Miene, wie die Schauspieler sich von Rosie abwandten, auf den Ausgang zuhielten und sich rempelnd und drängelnd einen Weg ins Freie bahnten. Onkel Will drehte sich zu Sir Danny um. »Sie sind fort. Was wollt Ihr?«

»Was macht Euch glauben, daß ich etwas will?« fragte Sir Danny.

»Ihr kommt immer nur dann, wenn Ihr etwas wollt.«

»Argwöhnischer Lump«, sagte Sir Danny.

»Garstiger Schurke«, entgegnete Onkel Will, streckte die Hand aus und wuschelte durch Rosies Haar. »Auf die Gefahr hin, als Wurm bezeichnet zu werden, muß ich dir sagen, daß du tatsächlich zerzauster aussiehst als üblich, mein Junge. Behandelt dich dieser Taugenichts nicht anständig?«

»Diesem Taugenichts wäre um ein Haar tatsächlich die Kehle durchgeschnitten worden.« Rosie legte Sir Danny stützend die Hand unter den Ellbogen, als stünde ihr Vormund kurz davor, in Ohnmacht zu fallen, und sie wünschte, jemand täte dasselbe für sie. »Wir müssen ihn verbinden.«

Sir Danny zog erkennbar gekränkt den Ellbogen fort. »Ich sage dir doch, es ist nichts! Und du wärst beinahe selbst erwürgt worden.« Er schob ihren Kragen beiseite. »Die blauen Flecken besudeln deine Haut wie dunkler Wein einen Kelch aus Elfenbein, und deine Jugend würde inbrünstiger beweint werden als der Tod dieses alten Gerippes. Wenn ich dich beim nächsten Mal auffordere zu fliehen, dann tu, was ich sage.«

»Ich hatte dich nicht verstanden.«

Er schüttelte sie sanft. »Wenn ich dir sage, du sollst fliehen, dann tu es!«

»Nicht ohne dich«, entgegnete sie starrköpfig.

»Wenn ich dir sage, du sollst fliehen ...«

»Ich kann nicht!« Sie löste sich aus Sir Dannys Griff und kehrte ihm den Rücken. Neuer Schmerz und alte Furcht flossen ineinander. Rosie versuchte nach Kräften, sie in Schach zu halten, und verschränkte wie zum Gebet die Hände vor dem Gesicht. »Ich kann dich nicht wieder gehen lassen, Dada.«

Sir Danny strich ihr beruhigend über den Rücken. »Sieh mich an und hör zu, Rosenkranz.«

»Nein. Du wirst mich nicht mit deinen großen Augen ansehen und meine Ängste fortwischen, wie du es tust, wenn einer aus der Truppe mit Zahnschmerzen oder Gallensteinen zu dir kommt. Keine Finten mit mir, Sir Danny!

Ich würde lieber mit dir sterben, als alleine weiterzuleben.«

»Und das begreife ich nicht«, sagte er sanft.

Manchmal verstand sie die Schreckgespenster selbst nicht, die mit feuchtkalten Fingern nach ihr griffen und sie aus der Wirklichkeit in eine bedrohliche Schattenwelt entführten. Für gewöhnlich bedrängten diese Wahnbilder sie nur nachts, doch bisweilen traten sie ihr am hellichten Tag gegenüber.

So wie heute. Sie wich vor Sir Dannys Berührung zurück und murmelte: »Ich werde nicht zuhören, Dada, und ich werde dich nicht gehenlassen.«

Nach einem Augenblick des Schweigens räusperte Sir Danny sich. »Die Jugend von heute ist unverschämt, nicht wahr, Onkel Will?«

»Ich wünschte, mein Sohn wäre noch am Leben und mir ebenso treu ergeben«, entgegnete Onkel Will.

Rosie rieb sich die Arme, als wolle sie sich wärmen und die Furcht vertreiben, die sie frösteln machte.

Onkel Will blickte sie prüfend an. »Du bist wieder in Schwierigkeiten, richtig?«

»Ja«, entgegnete Rosie.

»Nein«, widersprach Danny.

»Also ja«, entschied Onkel Will.

»Feiglinge könnten es vielleicht so sehen.« Sir Danny sah Rosie streng an und raunte Onkel Will dann zu: »Benachrichtigt gleichwohl Ludovic.«

Onkel Will zuckte zusammen. »Ludovic? Nennt ihn besser Lazarus. Er bewegt sich wie einer, der von den Toten auferstanden ist.«

Sir Danny hielt sich ein parfümiertes Taschentuch vor die Nase. »Aber er ist mir stets treu ergeben gewesen, seit ich ihn vor sieben Jahren in Dienst genommen habe.«

»Soweit ich mich erinnere, hat er den Beschluß gefaßt, uns zu begleiten«, sagte Rosie.

»Er ist ein entschlossener Mann«, räumte Sir Danny ein. »Es gab Zeiten, da hätte er meinethalben gehen können, doch er weigerte sich aus Argwohn.«

»He, du!« Onkel Will zeigte auf einen der Bühnenarbeiter. »Geh und suche Sir Dannys Stellvertreter und sage ihm, er solle Sir Dannys Truppe samt Wagen und allem Drum und Dran herbringen.« An Sir Danny gewandt, sagte er: »Ihr könnt Euch in den Wagen verbergen, um aus der Stadt zu fliehen. Kommt ins Kassenhäuschen, dort können wir ungestört reden.«

Noch immer nicht völlig von Sir Dannys Unversehrtheit überzeugt, folgte Rosie den Männern in den kleinen Raum, in dem die Einnahmen aufbewahrt wurden. Die scheinbare Rivalität und das vermeintliche Mißtrauen zwischen Onkel Will und Sir Danny ruhten auf einem soliden Fundament der Freundschaft. Nicht zum ersten Mal erinnerten sie Rosie an David und Goliath. Geistig waren sie einander ebenbürtig, körperlich jedoch ein vollkommener Gegensatz: der stämmige Onkel Will mit dem schütteren Haar überragte den schlanken, eleganten Sir Danny. Doch Sir Dannys draufgängerisches Wesen bildete ein Gegengewicht zu Onkel Wills besinnlicher Schwermut, und letzterer holte sich seine Anregungen stets bei Sir Danny, wenn er kriegerische Theaterrollen schreiben mußte.

Onkel Will löste einen großen Schlüssel von seinem Gürtel, öffnete die Tür und geleitete seine Gäste hinein. »Wer will Euch diesmal das Herz herausschneiden?«

»Ach.« Sir Danny betastete die Geldschatulle. »Niemand von Bedeutung.«

»Nur der Graf von Essex ... und der von Southampton«, sagte Rosie schroff.

Selbst im Dämmerlicht des kleinen Raumes sah sie, wie alle Farbe aus Onkel Wills rotbackigem Gesicht wich. »Southampton? Herr im Himmel, das ist mein Mäzen!«

Sir Danny hüpfte umher wie ein Floh im Zirkus. »Er ist ein verfluchter Verräter und hat mindestens die Hinrichtung verdient.«

»Und das hat Sir Danny ihm in Haus Essex auch gesagt, im Beisein des Grafen von Essex«, teilte Rosie Onkel Will mit.

Onkel Will sackte rücklings gegen die Wand und preßte die Hände an die Brust, eine Geste, die er in zahllosen Auftritten bis zur Vollkommenheit geübt hatte. »Das ist ein Drama! Southampton weiß, daß wir befreundet sind!«

»Damit hat es angefangen«, sagte Rosie. »Er hat uns von der Straße hereingerufen und uns aufgetragen, Euch eine Nachricht zu überbringen.«

Onkel Will legte das Manuskript auf den Tisch. »Was für eine Nachricht?«

»Southampton will, daß Ihr *Richard II.* aufführt«, sagte Sir Danny mit finsterer Miene.

Onkel Will zupfte verwirrt an seinem dünnen Bart. »Warum denn das? Es ist ein altes Stück, und die Leute mögen es nicht, weil es vom Sturz eines Monarchen handelt.«

Sir Danny packte Onkel Will am Wams und schüttelte ihn mit der Angriffslust eines Terriers bei der Bärenhatz. »Deshalb will er ja, daß es aufgeführt wird! Ohne die geringste Scham, ohne jede Zurückhaltung, bei Gott, hat Essex von einem Aufstand gesprochen.«

»Einem Aufstand?«

»Einer Revolte! Einer Rebellion! Einer Revolution!«

»Ich weiß, was das Wort bedeutet«, sagte Onkel Will gereizt. »Aber ich begreife nicht.«

»Ihr begreift nicht?« Die eine Hand an der Hüfte, die Finger der anderen himmelwärts gereckt, stand Sir Danny da wie ein Sinnbild der Entrüstung. »Sie wollen, daß Ihr *Richard II.* aufführt, um ein Klima der Unruhe heraufzubeschwören und eine Meuterei gegen den Kapitän anzuzetteln, der unser Inselschiff durch die aufgewühlten Wasser von Krieg und Frieden gelenkt hat.«

»Gegen die Königin? Ihr müßt Euch irren.« Onkel Will wandte sich an Rosie. »Er irrt sich, nicht wahr?«

»Wolle Gott, es wäre so.« Rosie ging zum Tisch hinüber und blickte auf das Bündel Papier, das darauf lag. »Doch wie Ihr wißt, ist Essex bei Königin Elisabeth in Ungnade gefallen, und sie hat ihm seine Einkünfte gestrichen.«

Noch immer fassungslos, brachte Onkel Will hervor: »Aber ein Aufstand? Essex war ihr Günstling. Er muß wahnsinnig sein, wenn er glaubt, er könne damit Erfolg haben.«

Sir Danny nickte. »Die Königin hat ihn mit ihrer Gunst verwöhnt. Zusammen mit seinem guten Aussehen und seinem Reichtum ist ihm das offenbar zu Kopf gestiegen. Er hat mit solcher Gemütserregung von unserer gütigen Monarchin gesprochen, daß ich ihn tatsächlich für verrückt gehalten habe. Er verfluchte seine Armut und behauptete...«, Sir Danny senkte die Stimme, »... daß die Bedingungen, die die Königin ihm auferlegt habe, um ihn niederzudrücken, ebenso krumm seien wie ihr Gerippe.«

»Sie wird sich seinen Kopf holen.« Onkel Will griff sich an die Gurgel.

»Darum bete ich.« Sir Danny fegte durch das kleine, spärlich beleuchtete Zimmer, ein wütender Sturmwind, der Staub aufwirbelte. »Er sprach davon, London zum Aufstand aufzuwiegeln, die Königin gefangenzunehmen und sie zu zwingen, sich seinem Willen zu unterwerfen.«

»Das hat er *Euch* gesagt?« fragte Onkel Will ungläubig.

»Unmißverständlich«, entgegnete Sir Danny. »Wie ich Euch schon sagte, ich dachte, er sei wahnsinnig.«

Rosie rieb sich die Stirn und hinterließ dabei eine Schmutzspur auf ihrer Haut.

»Du hast es auch Lord Southampton gesagt. Du hast beiden gesagt, wir würden uns nach Whitehall Palace begeben und Königin Elisabeth von ihrem Vorhaben unterrichten.«

»Findest du nicht, daß wir genau das tun sollten?« fragte Sir Danny.

»Gewiß, doch der gesunde Menschenverstand sagt mir auch, daß es klüger gewesen wäre, erst zu handeln und dann über unsere Taten zu reden.«

Offensichtlich unbeeindruckt von Rosies Ärger, sagte Sir Danny: »Wir müssen in der Tat aus London verschwinden.«

»So schnell wie möglich«, fuhr Onkel Will dazwischen. »Doch das paßt mir gar nicht.«

»Ich weiß sehr wohl, was Ihr Euch vorgestellt habt.« Sir Danny schnippte ein unsichtbares Staubkorn von seinem Ärmel. »Wir haben bereits darüber gesprochen. Es ist unmöglich.«

Onkel Will hob das Manuskript auf und ließ es dann mit dumpfem Knall zurück auf den Tisch fallen. »Ich habe an Euch gedacht, als ich diese Rolle geschrieben habe.«

»Gebt sie Richard«, entgegnete Sir Danny.

»Ihr seid ein besserer Schauspieler als Richard Burbage. Und das wißt Ihr auch. Wenn Ihr diese Rolle spielen würdet, wären Euch Ruhm und Reichtum gewiß. Doch Ihr könnt sie nicht spielen, weil Ihr Euch mit Eurem losen

Mundwerk wieder einmal um Kopf und Kragen geredet habt ...«

»Wollt Ihr damit sagen, ich sei ein Esel?«

»... und nun aufs Land in die Verbannung gehen müßt.«

Sir Danny zuckte die Schultern. »Ich liebe das Land.«

»Ihr haßt das Land«, verbesserte Onkel Will.

Rosie ließ den Kopf hängen und wünschte, sie wäre an einem anderen Ort. Sie wollte keine Lobreden auf Sir Dannys Talent hören, denn sie wußte, daß sie der Wahrheit entsprachen. Wenn Sir Danny die Bühne betrat, begannen gestandene Männer zu schluchzen, und Kleinkinder hörten gebannt zu. Frauen fanden ihn unwiderstehlich, und sogar die Königin würde ihm applaudieren. Doch er blieb nie lange genug an einem Ort, um die Anerkennung zu ernten, die er verdiente.

Und der Grund dafür war sie.

Wie konnte er bleiben, wenn sie beide befürchten mußten, man würde bei zu großer Vertrautheit ihre Maskerade durchschauen? Es machte Rosie ganz krank, daß er sein Talent derart vergeudete, doch sie wußte nicht, wie sie sein Exil beenden konnte.

Ihr hätten leicht die Tränen kommen können. Zu leicht. Ihr Blick fiel auf das Manuskript, das Onkel Will auf den Tisch hatte fallen lassen. Sie blätterte durch die Seiten und betrachtete mit zusammengekniffenen Augen die Tintenkritzeleien, die sich wie Würmer über das Papier schlängelten. Sie verfolgten ein bestimmtes Ziel, gehorchten einer gewissen Ordnung, doch sie konnte sie nicht entziffern. Bisweilen schien es, als könne sie sich an die Buchstaben erinnern. Bisweilen war ihr, als habe sie gelernt, ein paar Wörter zu lesen.

Doch meistens, so vermutete sie, hatte sie sich nur eingebildet, einst einen Hauslehrer gehabt zu haben, und ein Zuhause, und einen Vater, an dessen Gesicht sie sich nicht erinnern konnte. Es entsprang alles ihrem Wunsch, lesen zu können, und sie war zu alt für Träumereien.

»Ich habe deinen Namen in dieses Stück einfließen lassen«, sagte Onkel Will.

Sie sah auf, und ihre Blicke trafen sich.

»Richtig, *Rosenkranz*. Es ist keine große Rolle, doch sie ist herrlich gemein, und du könntest sie spielen.«

Rosie zeigte auf das Manuskript und fragte: »Wo steht er?«

»Dein Name?« Onkel Will blätterte durch die Seiten, ganz so, wie sie es zuvor getan hatte, doch im Gegensatz zu ihr verstand er die Bedeutung der Schrift, die sie so verwirrt hatte. »Da«, sagte er und wies mit dem Finger auf eine Buchstabenreihe.

Rosie beugte sich über die Seite und starrte auf das Wort.

Er buchstabierte es laut und legte seinen Finger dann unter einen großen Schnörkel. »Das ist ein ›R‹. Es ist der Anfangsbuchstabe deines Namens, und es steht für einen knurrenden Laut.«

Er ließ den Laut über die Zunge rollen, und Rosie ahmte ihn nach. »R«, wiederholte sie. »R.« Sie blickte wieder auf das Papier und prägte sich den Schnörkel ein.

»Seht ihn Euch nur an, Sir Danny.« Onkel Will machte eine lebhafte Geste, und Rosie wich vor den beiden Männern zurück, die sie so eindringlich musterten. »Da steht er und starrt auf die Seiten und will mehr als das Leben, das Ihr ihm geboten habt. Ein gescheiter Bursche wie er sollte lesen können.«

»Wozu sollte ihm das nützlich sein?« fragte Sir Danny. »Sein Gedächtnis ist ebenso gut wie meines. Ich kann mir alles beim ersten Hören merken.«

»Ja, ja, und Ihr könnt die ganze Bibel aufsagen – rückwärts. Doch laßt es bleiben, denn ich habe es Euch bereits einmal tun hören und bin dabei vor Neid erblaßt.«

Sir Danny zog einen Kamm aus der Geldbörse an seiner Hüfte und kämmte sein schulterlanges Haar. Ganz gleich, was geschah, seine Eitelkeit verließ ihn nie.

»Aber Rosenkranz ist kein Schauspieler. Keiner, wie Ihr es seid.« Onkel Will schüttelte betrübt den Kopf. »Ich weiß, Ihr wollt es nicht wahrhaben. Ich weiß, Ihr wollt nicht hören, daß Euer Schützling etwas anderes ist als großartig, doch er ist nie über das Mimen von Frauenrollen hinausgekommen.«

»Rosenkranz hat seine brillanten Augenblicke«, warf Sir Danny ein.

»Gefolgt von einigen entsetzlichen halben Stunden. Doch wenn er des Lesens mächtig wäre, könnte er als Sekretär arbeiten. Er wird es nie lernen, wenn er weiter mit dieser Provinztheatertruppe durch die Lande zieht.«

»Es ist *meine* Provinztheatertruppe«, rief Sir Danny seinem Freund in Erinnerung.

Onkel Will rümpfte verächtlich die Nase. »Mit Zigeunerwagen, die Euch von einer Stadt zur anderen bringen, und einem Schaugerüst als Bühne. Vielleicht erstrebt Ihr nicht mehr als das, doch Rosenkranz ist seit fünfzehn Jahren bei Euch ...«

»Sechzehn.« Sir Danny legte seinen kurzen Mantel ab und klopfte den trocknenden Schlamm von dem verschlissenen Samt.

»Und er muß schon an die achtzehn sein.«

»Ich bin einundzwanzig«, sagte Rosie mit Nachdruck.

»Ein sehr schmächtiger Einundzwanzigjähriger.« Onkel Will klang, als glaube er es nicht.

Rosie reckte ihr bartloses Kinn in die Höhe. »Sir Danny

hat erzählt, ich sei vier oder fünf Jahre alt gewesen, als er mich fand, also bin ich jetzt einundzwanzig.«

»Hm.« Onkel Will betrachtete sie vom Scheitel bis zur Sohle. »Das Herumreisen bekommt dir offenbar nicht, sonst wärst du kein so schmächtiger Bursche. Rosenkranz, ich würde dir höchstpersönlich das Lesen beibringen, wenn du nur in London bliebest«, sagte er einer plötzlichen Eingebung folgend.

»Das können wir nicht.« Sir Danny nahm Rosies Hand und drückte sie fest. »Ich habe die Beherrschung verloren, und wir müssen verschwinden.«

»Warum habt Ihr zur Abwechslung nicht einmal an den Jungen gedacht, statt Euren selbstsüchtigen Gefühlen nachzugeben?« fragte Onkel Will unwirsch.

Sir Danny schlüpfte in die Rolle des edlen Beschützers, und seine Darstellung wirkte dank ihrer Aufrichtigkeit unwiderstehlich. »Ich *habe* an den Jungen gedacht. Wißt Ihr, was geschähe, wenn die Regierung gestürzt würde? Königin Elisabeth lenkt diese Nation seit nunmehr zweiundvierzig Jahren und hat uns Frieden und Wohlstand gebracht. Was für ein Leben gäbe es für meinen Rosenkranz, wenn unserer guten Königin Elisabeth die Macht entrissen würde?«

»Ja, was für ein Leben?« Onkel Will stimmte Sir Dannys Einschätzung zähneknirschend zu.

»Jemand muß etwas unternehmen«, sagte Sir Danny, »und dieser Jemand müßt Ihr sein. Ihr müßt die Königin warnen. Ich würde es selbst tun, doch ich wage mich nicht auf die Straße hinaus.«

»Ja, ja, ich muß die Königin warnen, und wenn ich es tue, verliere ich meinen Mäzen.« Onkel Will schob nervös die wenigen Haarsträhnen beiseite, die seine Kopfhaut bedeckten, und entblößte dabei die schimmernde Glatze, die er so sorgfältig zu verbergen suchte. »Betet zu Gott, Sir Danny, daß sie einem Schauspieler und Bühnendichter unvoreingenommen zuhört und sich nicht um den üblen Ruf schert, den unsereins sich erworben hat.«

Sir Danny lächelte gequält und sagte: »Da wir schon von Ludovic gesprochen haben, glaubt Ihr, er ist bereits angekommen?« Er öffnete die Tür und wich im nächsten Augenblick stolpernd zurück. Rosie hielt den Atem an. Vor ihnen stand Ludovic, groß, breit und so reglos wie eine Natter, die sich in der Sonne aalt.

Ludovic, ein Mann von robuster Natur, war in irgendeinem fremden Land geboren und von einem ungestümen Schicksal an Englands Küsten verschlagen worden. Er hatte sich als unverzichtbar für Sir Dannys Schauspieltruppe erwiesen – und als unfähig, Freunde zu gewinnen. Niemand mochte Ludovic. Niemand versuchte, Ludovic zu hintergehen. Obgleich er nie zu Gewalt gegriffen hatte, wurde er von allen gefürchtet. Der grausame Zug um seinen schiefen Mund und die Narben auf seinem Rücken und auf seiner Brust schreckten jeden davon ab, sich mit ihm anzulegen.

»Ludovic!« Sir Danny griff nach Rosies Hand und drückte sie.

»Sir Danny.« In Ludovics tiefer kehliger Stimme schwang ein leichter Akzent mit, der jetzt stärker durchschien. Hatte Ludovic hinter der Tür gelauscht?

Sir Danny erholte sich allmählich von seinem Schreck und beschloß, sich mit Unverfrorenheit zu behaupten. »Ich habe einen Burschen nach dir geschickt. Hat er dich gefunden?«

»Ich bin hier, oder nicht?«

»Gut.« Sir Danny tat ein paar Schritte nach vorn, ohne Rosies Hand loszulassen, und Ludovic gab den Weg frei. Sir Danny und sein Mündel schlenderten zurück in die

Nachmittagssonne, die den Stehplatzbereich des Theaters wärmte. »Ich kann es kaum erwarten, mit meiner ...«, Sir Dannys Stimme klang spöttisch, »... *Provinztheatertruppe* auf Reisen zu gehen. Ludovic, hast du die Wagen hergebracht?«

»Die Wagen? Nein.« Ludovic folgte ihnen. »Doch ich werde sie holen.«

Er verbeugte sich, trat zurück und starrte Rosie dabei mit seinen leicht hervortretenden Augen an. »Mach, daß du fortkommst!« rief Sir Danny.

Ludovic warf ihm einen finsteren Blick zu und ging schleppenden Schrittes zum Ausgang.

»Sir Danny«, sagte Rosie vorwurfsvoll, »warum hast du ihn angeschrien? Du hast ihn beleidigt, und wir brauchen ihn, das weißt du.«

Sir Dannys Blick verweilte an der Stelle, wo Ludovic verschwunden war. »Er ist schon sehr lange bei uns. Vielleicht zu lange.« Er blickte Rosie flüchtig an und rief dann: »Ihr könnt herauskommen, Will. Er ist fort.« Onkel Will steckte den Kopf durch die Tür, schaute sich nach beiden Seiten um und schlüpfte dann ins Freie. Erpicht darauf, sie nun loszuwerden, sagte er: »Ich werde Euch im Rahmen meiner bescheidenen Möglichkeiten beistehen, doch ich habe kein Geld, also ...«

»Also laßt Ihr uns Euer neues Stück hören?« fiel ihm Sir Danny ins Wort.

»Nein!«

»Aber wir werden auf dem Lande sein«, versuchte Sir Danny, ihn zu überreden. »Weit weg vom Londoner Publikum. Niemand wird es erfahren, wenn wir das Stück als erste aufführen.«

»Nein.« Doch Onkel Wills Widerstand ließ spürbar nach.

»Teurer alter Freund.« Sir Danny legte Will den Arm um die Schultern. »Ein so kleiner Gefallen für die, die um ein Haar ihr Leben für Ihre Majestät und Gottes England geopfert hätten. Wie nennt Ihr es?«

»Ich nenne es *Hamlet*.« William Shakespeare stapfte unwirsch mit dem Fuß auf und gab sich geschlagen. »Und mich *selbst* nenne ich einen Narren. Ihr könnt es Euch anhören, aber nur einmal.« Er hob seinen langen Zeigefinger. »Ein einziges Mal! Dann müßt Ihr verschwinden, ehe Southampton hier nach Euch sucht. Wohin werdet Ihr gehen?«

»Auf einen Landsitz nicht weit von London«, entgegnete Sir Danny mit der Dreistigkeit eines Straßenräubers.

Rosie zog ihre Hand bestürzt aus Sir Dannys Umklammerung. »Nein, das werden wir nicht tun!«

Sir Danny beachtete sie nicht. »Wir wurden eingeladen, auf einem Fest aufzutreten, das Sir Anthony Rycliffe für seine Gäste veranstaltet.«

»Wir werden nicht hingehen!«

»Warum möchtest du nicht dorthin, Rosenkranz?« fragte Onkel Will erstaunt.

Rosie versetzte ihrem Vormund einen heftigen Stoß in die Rippen. »Weil Danny den Verstand verloren hat.«

»Wir werden dort unser Glück machen.« Sir Danny lächelte.

»Was habt Ihr vor?« wollte Onkel Will wissen.

Sir Danny wedelte vornehm mit den Fingern. »Wir werden der Enge Londons entfliehen, auf Lord Anthony Rycliffes Anwesen fahren, frische Landluft atmen, köstlich speisen, gehörig trinken ...«

»Und eine ordentliche Geldsumme von Sir Anthony erpressen«, fiel Rosie ihm ins Wort.

Kapitel 3

O Schatz! Auf welchen Wegen irrt Ihr?

WAS IHR WOLLT, II, III, 40

Sir Anthony Rycliffe wankte, als sich die Spitze eines Stocks in seine Rippen bohrte und ihn aus der stürmischen Erkundung von Lady Blanches üppigem Schmollmund riß. Er hob den Kopf und blickte zornig auf – direkt in die Augen des empörten Vaters der Maid.

»Ich werde so tun, als hätte ich dies hier nicht gesehen.« Lord Bothey war offensichtlich ganz versessen darauf, Tony eigenhändig dafür in Stücke zu reißen, daß er die reizende Blanche geküßt hatte, doch zwei Dinge hielten ihn davon ab: sein Körperumfang und seine Scheu, sich mit dem Kommandeur der Königlichen Leibgarde anzulegen.

So richtete er seinen Blick auf die Baumwipfel und bedeutete seiner Tochter, ihm zu folgen, hinaus aus den Gärten und zurück zu den anderen Edelleuten, die in der langen Galerie des Herrenhauses von Gut Odyssey tanzten.

Blanche beachtete ihren Vater nicht. Sie blickte lächelnd zu Tony auf und fuhr sich mit der Zunge langsam über die Lippen, die noch feucht waren von seinem Kuß.

Eine Einladung, der nur wenige Männer hätten widerstehen können, doch Tony löste die Hände des Mädchens von seinen Schultern und versuchte, seine Halskrause in

Form zu zupfen. »Geht mit Eurem Vater, Herzchen. Ich sehe Euch ... später.«

Ihre Augen glitzerten durch die Tränen, die darin standen, noch mehr. Sie blinzelte und flatterte dabei mit den Wimpern wie eine Señorita mit dem Fächer. »Aber Tony ...«

Er strich ihr mit dem Finger über die Nasenspitze, wie man es bei einem Schoßhündchen tat. »Später.«

»Aber Ihr habt mir versprochen ...«

Er hatte ihr nichts versprochen, und das würde er auch nicht, bis er seine Wahl getroffen hatte. Jedes einzelne der Mädchen auf seinem Fest sehnte sich danach, die Frau in seinen Armen zu sein, und nicht wenige waren es bereits gewesen. Er hatte Proben genommen – einen Kuß hier, eine leidenschaftliche Umarmung da – und dabei versucht zu entscheiden, welches der Edelfräulein er zu seiner Braut machen sollte.

Es war nicht das Verhalten eines ehrenwerten Gentlemans, gewiß, doch Tony brüstete sich damit, weder ehrenwert noch ein Gentleman zu sein. Er lächelte noch immer, als er Blanche ihrem Vater übergab. »Ich würde unsere Unterhaltung gerne weiterführen, Liebchen, doch die Zuhörerschaft wächst.« Er winkte den beiden reifen Damen zu, die auf dem gestutzten Rasen standen und ungehalten mit den Füßen wippten. »Meine Schwestern erwarten mich.«

Lord Bothey packte Blanche am Arm, ehe sie weitere Einwände erheben konnte, und führte sie fort.

»Tony, hast du den Verstand verloren?«

Er bedeutete seiner Schwester zu schweigen und wartete, bis Blanche, die hinter ihrem Vater hertrottete, sich umdrehte und zu ihm zurückblickte. Er warf ihr eine Kußhand zu und strich sie dann aus seinen Gedanken.

»Wenn ich Blanche heirate, wird sie lernen müssen, ihre Küsse für mich aufzuheben. Sie geht zu freigebig damit um.«

»Du wirst sie nicht heiraten«, sagte Jean.

»Wahrscheinlich nicht. Ihr Vater ist nur Baron, und mit seiner ungehobelten Art läuft er Gefahr, die Königin zu beleidigen. So etwas kann ich bei einem Schwiegervater nicht gebrauchen.« Zum Glück, dachte er. »Du hast recht, Jean, ich werde sie nicht heiraten.«

»Das freut mich«, sagte Ann, seine andere Schwester. Sie blickte unter dichten Augenbrauen strahlend zu ihm auf. »Ich bin froh, daß du ein wenig Verstand zeigst.«

»Tut er das?« Jean kannte ihren Bruder gut und glaubte daher nie das Beste von ihm. »Tut er das wirklich?«

Tony lächelte auf seine gewinnende Art.

»Sieh mich nicht mit diesem entwaffnenden Blick an«, sagte Jean. »Dich erwartet ein Tadel.«

»Ein Tadel?« Er drückte seine beiden zierlichen Schwestern an sich und umarmte sie wie ein Bär. »Warum solltet ihr beiden Damen mich tadeln wollen?«

»Weil du den Verstand verloren hast. Du hast jedes Edelfräulein hier geküßt.« Jean befreite sich aus seiner Umarmung und fuchtelte mit dem Zeigefinger. »Ihre Väter drohen damit, abzureisen.«

»Du verursachst einen Skandal.« Ann löste sich aus seinem Arm und trippelte vor Tony den Weg entlang. »Niemand konnte sich einen Reim darauf machen, warum du den halben englischen Adel zu einem Fest auf deinen Landsitz geladen hast, doch mittlerweile ist man klüger. Alle eingeladenen Familien haben eine Tochter im heiratsfähigen Alter.«

»Richtig.« Er hob vergnügt die Braue und ließ zu, daß Jean ihn festhielt.

»Und jetzt probierst du jede aus wie eine Schamkapsel, um zu sehen, ob sie dir paßt.«

»Ein rüder Vergleich.« Er bemühte sich, streng zu klingen.

»Du bist ein rüder Mann«, entgegnete Ann. »Die Eltern dieser Mädchen sind erschrocken.«

»Aber die Mädchen sind es nicht.«

»O nein.« Jean schnaubte verächtlich. »Sie zwitschern jedesmal wie ein Schwarm Sperlinge, wenn du vorübergehst.«

Tony durchforschte sein Wesen nach Bescheidenheit, doch er hatte die Kunst der Selbsttäuschung nie gelernt. Er wußte mit Frauen umzugehen, um so mehr, wenn er entschlossen war, sich Mühe zu geben. »Ich bin achtundzwanzig. Es ist an der Zeit, eine Gemahlin zu wählen.«

»Dagegen haben wir auch nichts einzuwenden.« Jean drückte ihn auf eine Marmorbank. »Im Gegenteil, das raten wir dir schon, seit du vom Festland zurückgekehrt bist. Wenn du es gleich nach deiner Rückkehr getan hättest, überschüttet mit dem Lob und den Belohnungen Ihrer Majestät, hättest du jede Frau im ganzen Königreich haben können. Doch das war vor fünf Jahren, Tony.«

Es gelang ihm, gekränkt dreinzuschauen. »Ist das Gedächtnis der Menschen so kurz?«

»Spiel uns nicht den Unschuldigen vor.« Jeans Augen wurden schmal. »Du bist der Kommandeur der Königlichen Garde. Ihre Majestät hat dir das Sadler-Gut übereignet, keine geringe Gabe, samt der Einnahmen aus den Ländereien dieses erloschenen Adelsgeschlechts. Du bräuchtest nur die Hand auszustrecken und könntest jede Witwe des Landes haben.«

»Witwe.«

Er wiederholte das gräßliche Wort, doch Jean schenkte

ihm keine Beachtung. »Statt dessen brüskierst du jeden Edelmann, der eine jungfräuliche Tochter hat.«

Tony warf sich in die Brust, hob die Arme und verschränkte die Hände hinter dem Kopf. »Sie können ja abreisen.«

Die feinfühlige Ann musterte ihn und erkannte die Drohung, die in seiner Geste lag. »Sie haben Angst vor dir.«

Er rückte zur Seite und klopfte auf die Bank. »Setz dich, Schwesterherz, und sag mir, warum sie mich fürchten sollten. Was könnte ich schon tun, wenn sie beschlössen abzureisen? Ich werde sie wohl kaum mit dem Schwert daran hindern wollen.«

»Ach nein?« fragte Jean mit zuckersüßer Stimme.

Ann trat zu ihnen und ließ sich auf einer Ecke der Bank nieder, den Rock als steifen Reif um sich herum drapiert. »Du stehst in der Gunst der Königin.«

»Ich bin derzeit in Ungnade.«

»Derzeit«, sagte Jean heftig. »Kurzzeitig trifft es besser. Niemand hegt den geringsten Zweifel daran, daß du dich wieder in ihre Gunst schmeicheln kannst.«

»Du schmeichelst mir.«

»Du hast dich als gefährlicher Schwertkämpfer erwiesen, wenn ein Lord zu unbedachten Beleidigungen neigt.«

»Du übertreibst.«

Jean verlor die Geduld. »Behandle mich nicht auf diese gönnerhafte Art, Tony Rycliffe. Ich habe dich seit deiner Kindheit gezüchtigt, und das werde ich auch jetzt tun, wenn ich dir auf diese Weise etwas Verstand in den Schädel bleuen kann.«

Tony lachte nicht. Falls Jean beschließen sollte, zum Stock zu greifen, würde er die Prügel klaglos über sich ergehen lassen. Er verdankte ihr so viel. Er verdankte ihnen beiden so viel.

Er lehnte sich nach hinten gegen einen Baum und musterte seine Schwestern. Er hatte Jean oft genug zornig erlebt, und im Augenblick war sie zornig. Ihr dunkler Teint glühte von der Nasenspitze bis hinab zu ihrer Brust. Sie lockerte ihre Halskrause, als müsse sie sonst ersticken. Jean war schon immer seine Zuchtmeisterin gewesen.

Ann. Ann war nicht zornig, sie war besorgt. Sie war so brünett wie ihre Schwester und hatte braune Augen, die sich leicht mit Tränen füllten. So wie jetzt. Sie sah es nicht gern, wenn ihre Geschwister stritten. Sie rang die Hände und murmelte leise vor sich hin.

Tony konnte weder Anns Sorge noch Jeans Zorn widerstehen. Vielleicht schuldete er ihnen eine Erklärung, eine Zusammenfassung seines großartigen Vorhabens. »Ich möchte ein Adelsgeschlecht begründen.«

Ann legte ihm die Hand auf den Arm. »Du gehörst einem Adelsgeschlecht an.«

Er nahm ihre Hand, streifte ihren Handschuh ab und betrachtete ihre Finger. Keine einzige Schwiele, keine noch so kleine Narbe, die zeigen würde, daß sie je gearbeitet hatte. Und das hatte sie natürlich auch nie. Sie verstand ihn nicht, und er zügelte seine Ungeduld um ihretwillen. »Das ist nicht mein Adelsgeschlecht. Es trägt den Namen meines Vaters und meines Bruders.«

»Aber du bist auch mein Bruder«, jammerte Ann.

»Dafür danke ich dir. Und dir auch.« Er nickte Jean zu, die ihn so viel besser verstand als die sanftmütige Ann. »Doch ich werde die Rycliffe-Dynastie gründen, und dazu muß ich mich mit einer Jungfrau vermählen.«

»Aber eine Jungfrau hat einen Vater, der über ihr Schicksal entscheidet, und kein Vater...« Ann rang nach Worten.

»Wird mich als Schwiegersohn dulden?« beendete Tony ihren Satz.

Ann blickte verlegen auf ihre Hand, die in der ihres Bruders lag, doch Jean sagte spöttisch: »Du bist berüchtigt dafür, dich mit rechtschaffenen Edelmännern anzulegen und unbescholtene Edelfrauen zu verführen ...«

»Und ich bin ein Bastard.«

»... und wenn du nicht in der Gunst der Königin stündest, hätte man dich schon vor Jahren ermordet.«

»Und ich bin ein Bastard«, beharrte er.

»Das mag der Grund sein.« Jean musterte ihn. Er saß so bleich und steif da, als hätte der kühle Marmor seine Knochen durchdrungen. »Doch bei dem, was du selbst über deine Legitimität denkst, mußt du Verständnis für die Bedenken der Väter haben.«

»Oh, das habe ich.« Er stand auf und grinste, so daß seine weißen Zähne sichtbar wurden. »Ich schere mich nur nicht darum.«

Die Bedenken waren ihm gleichgültig, weil niemand wagte, sie ihm ins Gesicht zu sagen. Jean hatte recht. In den letzten fünf Jahren hatte er jeden Edelmann zum Schwertkampf herausgefordert, der es gewagt hatte, die Umstände seiner Geburt zu erwähnen.

Jean gab es auf, an sein Mitgefühl zu appellieren, und zielte statt dessen auf seinen männlichen Stolz. »Warum willst du unbedingt eine Jungfrau? Fürchtest du, daß deine Liebeskünste einem Vergleich nicht standhalten könnten?«

Sein Gelächter ließ das leuchtende, gelbrote Laub erzittern. »Nein, denn wenn du dich erinnerst, hat Vater stets gesagt, ich besäße ein natürliches Reittalent.«

Ann kicherte verlegen. »Er bezog sich auf Pferde.«

»Wer Talent für das eine hat, versteht sich auch auf das andere, und ich werde dafür sorgen, daß meine Gemahlin bis ans Ende ihrer Tage vernarrt in mich ist.«

»Während du dir dein Vergnügen holst, wo es dir gefällt?« fragte Jean schnippisch.

Sein Lächeln erstarb. »Nein. Ich werde keine Bankerte in die Welt setzen, um die meine Gemahlin sich dann kümmern muß.«

»Es hat Mama nichts ausgemacht«, beteuerte Ann.

»Eure Mutter war eine wunderbare Frau«, entgegnete er. »Und sie hat mir nicht weniger Liebe gegeben als ihren eigenen Kindern. Ich dachte, sie sei meine wahre Mutter. Sie *hätte* meine wahre Mutter sein sollen.«

Die Erinnerung an ihre Mutter, gelähmt und geschwächt, als der Tod nach ihr griff, ließ Tränen über Anns Gesicht laufen und Jean nach ihrem Taschentuch suchen.

Tony gewährte ihnen einen Augenblick Zeit und erklärte dann: »Ich werde ein Edelfräulein heiraten, das jung genug ist, nicht älter als siebzehn, um mir viele Kinder zu schenken. Ich brauche eine fruchtbare Frau zu Zuchtzwecken, und es ist allgemein bekannt, daß junge Stuten mehr Fohlen werfen.«

Jean schien es zum ersten Mal in ihrem Leben die Sprache verschlagen zu haben, im Gegensatz zu Ann. Sie erhob sich und kämpfte dabei mit ihrem schweren Reifrock, doch als Tony ihr behilflich sein wollte, schlug sie seine Hand beiseite. »Eine junge Stute würde hervorragend zu dir passen, Tony«, sagte sie, als sie endlich stand, »denn du bist nichts weiter als ein Pferdehintern.«

Jean und Tony starrten ihr nach, als sie zum Haus zurückstolzierte. Nach einer Weile drehte Tony sich entgeistert zu Jean um. »Was hat sie gesagt?«

Jean öffnete den Mund, schloß ihn jedoch gleich wieder. Nach einem kurzen Spaziergang über die Lichtung ging sie zu ihrem Bruder zurück und baute sich vor ihm auf. »Ich hatte vergessen, daß Ann eine Lage so treffend beurteilen und ihre Meinung so kurz und bündig kundtun kann.«

»Du teilst ihre Meinung?« fragte Tony verblüfft.

»Dir steht eine Bauchlandung bevor, Anthony Rycliffe.« Ihre ohnehin tiefe Stimme klang noch tiefer vor Genugtuung: »Und ich hoffe, daß du dir dabei nicht den Hals brichst. Ich würde dich sehr ungern gedemütigt sehen. Doch ich muß aus einem anderen Grund mit dir reden. Ich habe Lady Honora Howard versprochen, die Rolle ihres Vaters zu übernehmen und eine Verbindung zwischen ihr und dir vorzuschlagen.«

Tony brach in Gelächter aus und erwartete, daß seine Schwester darin einstimmte.

Sie tat es nicht, und sein Lachen erstarb.

Er betrachtete seine Schwester aufmerksam, doch sie wirkte ernst und schien darauf zu warten, daß seine Belustigung nachließ. »Du scherzt.«

»Nein.«

»Lady Honora will mich ...« Tony versagte die Stimme, als ihm erneut die Absurdität des Vorschlags aufging, doch diesmal belustigte sie ihn nicht. »Lady Honora muß an die vierzig sein!«

»Wir sind im selben Alter«, gab Jean zu.

»Und wenn sie auf die Idee käme, ihr Korsett abzulegen, müßte ich um die Vegetation zu ihren Füßen fürchten.«

»Ihre Brüste sind üppig, doch sie ist von schönem Wuchs. In ihrer Jugend war sie eine Schönheit, und ihr Antlitz ist noch immer wie gemeißelt ...«

»Ja, aus Eis!«

»Sie ist nicht freigebig mit ihren Gefühlen, doch das sollte sie um so begehrenswerter für dich machen.«

Er dachte an die kühle Edelfrau, die von ihrer hohen Warte aus auf die Welt herabsah und ihre Mitmenschen mit überheblicher Treffsicherheit beurteilte. »Warum sollte ich diese gefühlskalte Frau begehrenswert finden?«

»Weil sie dich mit derselben kühlen Berechnung ausgewählt hat, mit der du bei deinen Heiratskandidatinnen die Spreu vom Weizen trennst.«

Tony bemerkte eine gewisse Genugtuung in Jeans Gebaren, und er kniff die Augen zusammen und trat einen Schritt näher. »Warum ist ihre Wahl auf mich gefallen?«

»Sie will ein Kind, und sie hält dich für den kraftvollsten Hengst in ganz England.«

Seine Verblüffung war so groß, daß sie seine Empörung zunächst überlagerte. »Aber ich habe stets dafür gesorgt, keine Bastarde in die Welt zu setzen.«

»Sie hat Vertrauen in deine Fähigkeiten, und sie erfüllt fast all deine Ansprüche.«

Dann brach sein Zorn sich Bahn, und Tony reagierte wie ein Mann, der sich seines Wertes bewußt ist, jedoch feststellen muß, daß man nichts weiter als einen Zuchthengst in ihm sieht. Wie konnte jemand seinen Ehegatten allein unter dem Gesichtspunkt der Zeugungsfähigkeit wählen?

Die Bilder seiner eigenen Heiratskandidatinnen stiegen in ihm auf, und er errötete. Doch deren Fruchtbarkeit war im Augenblick nicht wichtig. Wichtig war nur, daß er dieser Falle entkam.

Wie die Schlange im Garten Eden hielt Jean ihm einen unwiderstehlichen Köder vor die Nase. »Sie ist wohlhabend.«

Er lockerte seine Halskrause, die ihn plötzlich zu eng dünkte. Lady Honora war in der Tat wohlhabend, sehr wohlhabend sogar, und Tony betete um die Kraft, der Verlockung ihres Geldes widerstehen zu können.

»Sie ist die engste Vertraute der Königin, und sie ist noch immer, äh, fruchtbar wie eine Stute.«

Der Untätigkeit überdrüssig, erhob er sich und ging die Hecken entlang aus dem Garten. Jean folgte ihm mit ebenso langen Schritten. Als er die ausgedehnte, schräg abfallende Rasenfläche vor dem Haus erreicht hatte, drehte er sich jäh zu seiner Schwester um. »Lady Honora hat drei Ehemänner unter die Erde gebracht und hat keine lebenden Kinder. Nennst du das fruchtbar?«

Jean warf einen flüchtigen Blick auf das marmorweiße Herrenhaus, doch es waren keine Gäste zu sehen. »Ihre beiden ersten Gatten sind von ihrem Vater ob ihrer Beziehungen, ihres Einflusses und ihres Reichtums ausgewählt worden, und ihre auf Inzucht zurückzuführende Schwächlichkeit hat er dabei kaum beachtet. Sie haben ihr keine Kinder geschenkt und starben, noch ehe Honora die Zwanzig überschritten hatte. Den dritten hat sie in einem Anfall von Leidenschaft geheiratet, und er hatte alles, was eine Frau sich bei einem Manne wünscht. Er hat ihr ein Kind geschenkt und hätte ihr noch weitere schenken sollen, doch er verteilte seinen Samen lieber unter der restlichen Damenwelt und verhöhnte sie, als sie versuchte, ihn an die Kandare zu nehmen.«

Tony hatte die Vergleiche mit Pferden satt. »Sehen alle Frauen die Männer nur als Hengste?«

»Nein, manche sind Wallache«, entgegnete Jean spöttisch, »doch zu der Kategorie gehörst du nicht, Tony. Hör auf, darauf herumzukauen wie ein Gaul auf dem Zaumgebiß. Du wärst nicht so beleidigt, wenn du nicht die kalte Hand des Schicksals auf deiner Schulter spürtest.«

Tony lief ein Schauder das Rückgrat hinab. Jean hatte recht. Hinter seiner heftigen Entrüstung verbarg sich die Furcht, einem düsteren Schicksal ausgeliefert zu sein. Was Lady Honora an Humor fehlte, machte sie durch Entschlossenheit wett.

Seine Suche nach einer Ehefrau war zu einem Wettlauf gegen die Zeit geworden.

»Ich werde sie nicht heiraten«, sagte er entschlossen. »Ich schätze Lady Honora Howard sehr, doch ich könnte nie im fleischlichen Sinne an sie denken.«

Jean lachte, offensichtlich wenig überzeugt. »Das wirst du ihr erklären müssen.«

»Jeannie, liebste Schwester.« Er umarmte sie. »Ich bin nur ein einfacher Mann, der sich nicht gut ausdrücken kann. Gewiß kannst du ...«

»Ich werde es ihr nicht sagen.«

»... einen Weg finden, ihre Gefühle zu schonen.«

»Es bräuchte schon einen durchgegangenen Hengst, um ihre Gefühle einzuebnen.« Sie lächelte verschmitzt über seinen Zorn. »Außerdem kenne ich Lady Honora mein ganzes Leben lang, und ich habe sie noch nie von etwas überzeugen können. Dein Schicksal ist besiegelt, Tony, und ich kann nicht behaupten, daß ich unglücklich darüber bin. Lady Honora ist die perfekte Gattin für jeden Mann, besonders jedoch für dich. Du wirst nie wieder ein Wort über deine uneheliche Geburt hören. Niemand würde es wagen, sich auf eine Machtprobe mit ihr einzulassen.«

»Ich will aber nicht, daß meine Ehefrau der Quell der Achtung ist, die man mir entgegenbringt. Ich will mir diese Achtung selbst verdienen.«

»Du hast sie dir bereits verdient, außer vor Hohlköpfen, und außer vor dir selbst. Hättest du schon eine Wahl getroffen, ließe sich Lady Honora vielleicht von ihrem Vorhaben abbringen, aber ...«

»Aber das habe ich doch!« Er ließ seinen Blick umherschweifen und suchte verzweifelt nach einem Schlupfloch, durch das er entwischen könnte.

»Meine Braut ist gerade eben eingetroffen. Ich habe

mich lange gegen ihre Anziehungskraft zu wehren versucht, doch nun ist sie da.«

»Wo ist sie?« Jean blickte flüchtig zu der Truppe fahrender Schauspieler hinüber. Sie hatten ihr Lager am Rande des großen Rasens aufgeschlagen, der sich vor dem Herrenhaus erstreckte, und waren dabei, das Gerüst für ihre Bühne abzuladen und sich auf die Nachmittagsvorstellung vorzubereiten. »Wo?«

»Dort ist sie!« Tony brach beinahe zusammen vor Erleichterung, als er ein junges Mädchen entdeckte. Das einzige junge Mädchen weit und breit. Es stand abseits und trat unruhig von einem Fuß auf den anderen, während es mit hochgezogenen Schultern auf das Herrenhaus starrte und Worte murmelte, die er aus der Entfernung nicht verstehen konnte. Es würde seinen Zwecken genügen müssen. »Sie steht neben dem bemalten Wagen dort.«

Jean folgte seinem Blick. Als sie das Mädchen sah, verdrehte sie die Augen.

»*Die* da?«

»Kennst du sie?« Er hoffte nein.

»Ich habe sie nie zuvor gesehen, aber ...«, Jean legte den Kopf schräg, »sie kommt mir bekannt vor. Wer ist sie?«

»Sie ist das Abbild der Vollkommenheit.« Eine äußerst vage Antwort.

»In dieser Aufmachung?« Jean schüttelte den Kopf. »Du solltest dich zügeln, Tony. Sie ist keine wohlhabende, einflußreiche Jungfrau.«

Selbst aus der Entfernung konnte er erkennen, daß sie seltsame Kleidung trug und ihre rote Perücke sich in steifen Locken über ihrem Kopf türmte. Wie hatte er sich in eine solch mißliche Lage bringen können?

Beim Gedanken an Honoras kerzengerade Gestalt beantwortete er sich seine Frage selbst.

Verzweiflung. Reine Verzweiflung.

»Für sie würde ich meine oberflächlichen Wünsche aufgeben.«

»Eins weiß ich«, sagte Jean. »Sie sollte nicht in der Nähe der Wagen verweilen. Komödianten sind keine angenehme Gesellschaft.«

»Ich werde gehen und sie retten«, sagte Tony rasch. In der Hoffnung, sie davon zu überzeugen – oder dazu zu verführen –, ihm bei seiner eigenen Rettung behilflich zu sein.

Kapitel 4

Viel gesehn haben und nichts besitzen,
das kommt auf reiche Augen und arme Hände hinaus.

WIE ES EUCH GEFÄLLT, IV, I, 22

Dada, laß mich nicht hier zurück. Ich bin müde, und es ist zu weit zum Laufen.

Der Rasen wellte sich wie ein fliegender Teppich aus sanftem Grün und blassem Gold und trug das mächtige Herrenhaus wie einen hochgeschätzten Reisenden.

Ich habe diese hübschen Blumen gepflückt. Gefallen sie dir nicht, Dada? Ich habe sie für dich gepflückt.

Wie eine Dame in Weiß, die alle Ankömmlinge mit ausgebreiteten Armen willkommen heißt, leuchtete das Herrenhaus mit den weiten Seitenflügeln in der Sonne. Es war von herbstbunten Bäumen umgeben und wurde von immergrünen Ziersträuchern geschmückt.

Ich habe ihn nicht genommen, Dada. Laß mich nicht allein. Dada, bitte, ich habe Angst. Ich fürchte mich, bitte, Dada, bitte, bitte ...

»Ihr seid ein reizendes Mädchen.«

Rosie machte einen derart jähen Satz, daß ihr kleiner Blumenstrauß in die Luft flog. Das verwirrende Trugbild, das ihren Geist erfüllt hatte, verflüchtigte sich. Rosie versuchte, es festzuhalten wie einen Traum, an den man sich zu erinnern versucht, doch es verflog so rasch, wie es gekommen war. Der stattliche Mann fing die Blumen geschickt auf, als er neben dem Wagen hervortrat.

Er lächelte charmant, verbeugte sich schwungvoll und gab ihr den Blumenstrauß zurück. »Meine Augen sind geblendet von Eurer Schönheit, Mylady, so sehr, daß ich mich kaum noch an meinen eigenen Namen erinnere, doch ich würde schwören, daß ich Euch hier nie zuvor gesehen habe.«

»Wer ... wer ...?« stammelte Rosie und preßte die Hand an ihre Brust, um ihr Herzklopfen zu lindern.

»Ich bin Sir Anthony Rycliffe.«

Sie starrte ihn an, noch immer aufgewühlt und verloren.

»Euer Gastgeber«, half er nach.

»Oh.« Oh. Er war Sir Anthony, und sie ... sie war ... war ...

Sie schüttelte den Kopf und versuchte, die Trugbilder endgültig zu verscheuchen.

Sie war Rosie. Rosenkranz. Sir Dannys Tochter und Teilzeitsohn. Sie stand vor Sir Anthony Rycliffe, ihrem Auftraggeber. Sie rief sich die Anstandsregeln in Erinnerung und machte einen Knicks. »Ich bin geehrt, Sir.«

Überwältigend männlich, überwältigend selbstsicher nahm ihr Gastgeber ihre Hand und küßte den Handrücken so taktvoll, als sei sie die Königin. »Ihr sprecht so leise, doch es gibt keinen Grund, schüchtern zu sein. Wenn Ihr mir nur den Namen Eures Vaters nennen wolltet; ich würde auf der Stelle zu ihm eilen und ihn um Erlaubnis anflehen, Euch den Hof machen zu dürfen, denn Ihr seid frisch wie der Frühlingswind und wirkt so verlockend auf mich wie ...« Er zögerte wie ein Schauspieler, der seinen Text vergessen hatte, und zuckte seine breiten Schultern in einer Art, die Rosie als einfältig bezeichnet hätte. »Nennt mir den Namen Eures Vaters, und ich werde Euch den Hof machen wie noch nie ein Mann einer Jungfer den Hof gemacht hat.«

Ihr klappte die Kinnlade herunter, und obwohl Rosie wußte, daß sie töricht aussah, war ihre Verblüffung zu groß, um sie zu verbergen. »Ihr macht Euch über mich lustig, Sir.«

»Ich würde mich niemals über ein Geschenk der Götter lustig machen, aus Furcht, der schöne Jupiter persönlich könnte es mir aus den Händen reißen. Sagt mir den Namen Eures Vaters, damit ich meine guten Absichten beweisen kann.«

Ihm war nicht bewußt, wer sie war. Er dachte, sie sei eine Frau.

Das war sie natürlich auch, doch die meisten Männer durchschauten ihre Verkleidung und sahen das, was sie erwarteten: einen übel beleumundeten jungen Mann, einen Vagabunden, einen Schauspieler.

Sah dieser Mann weniger als die meisten Männer oder mehr?

Er war groß und blond, von heiterer Ausstrahlung und überwältigender Herzlichkeit – was wollte er von ihr?

Er lächelte noch immer, und sein Lächeln vertiefte die Grübchen in seinen Wangen und ließ seine blauen Augen hell erstrahlen. »Liebchen, Ihr gebärdet Euch, als habe Euch nie ein Mann sein Herz geschenkt, und ich weiß, daß Euer Liebreiz selbst jene überwältigt haben muß, die mich an Wachsamkeit noch übertreffen.«

Sie erkannte instinktiv seine prahlerische Absicht. Er war ein Mann, der es auf eine Jungfer abgesehen hatte, an der er Gefallen fand. Mehr noch, er war ein Mann, dem keine Jungfer je einen Korb gab.

»Sir Anthony«, begann sie.

Doch er drückte ihr seinen Zeigefinger auf die Lippen. »Nennt mich Tony.«

Sie drehte jäh den Kopf zur Seite. »Verehrter Sir, ich wage nicht, Euch auf derart vertrauliche Weise anzusprechen.«

Er stützte einen Ellbogen neben ihrem Kopf gegen den Wagen. »Dann nennt mich Anthony. Oder Liebster oder Geliebter oder Liebling, ich bitte Euch.«

Er beugte sich bedrohlich über sie: zu groß, zu breit, zu draufgängerisch, zu männlich. Er trug einen Mantel aus karmesinrotem Samt über den Schultern, der so hell leuchtete, daß ihre Augen schmerzten. Seine gestrickten Seidenstrümpfe und das breite Knieband offenbarten muskulöse Beine. Sein schwarzes Wams war mit glitzerndem Goldfaden bestickt, und in der Mitte seiner breiten Brust baumelte ein schwerer Goldanhänger – ein Anhänger, der ihn als Kommandeur der Königlichen Garde auswies.

Er erinnerte Rosie an die Soldaten des Grafen von Essex, die sie mit ihren Schwertern erschlagen wollten.

Sir Anthony Rycliffes Schwert jedoch war stumpfer, eine Waffe, die nur bei Frauen zum Einsatz kam, zum beiderseitigen Vergnügen. Doch Rosie war nie zuvor mit wissenden Augen von einem Mann angesehen oder ungestüm umworben oder begehrt worden. Es machte ihr angst. »Ich kann Euch mit keinem dieser Namen anreden. Euer Rang ist eine Barriere.«

»Ich möchte nicht, daß meine zukünftige Gemahlin Barrieren zwischen uns errichtet. Weder in Form von Worten, noch ...«, sein Blick ergründete die Tiefen ihres Dekolletés und ließ ihre Haut erglühen, »... Kleidung.«

Rosie legte die Hand auf die Stelle, wo sich ihre Brüste zu wölben begannen, um sie zu verbergen. Doch das ließ Sir Anthony nicht zu. Er nahm ihre Hand und küßte sie erneut; diesmal jedoch strich er mit den Lippen sanft über die Innenfläche. Dann bog er ihre Finger über die Stelle, die er zuvor liebkost hatte, und flüsterte: »Behaltet dies, um Euch an mich zu erinnern, wenn ich nicht in Eurer Nähe bin. Öffnet Eure Hand und drückt meinen Kuß auf Eure Wangen, Eure Lippen, Euren Körper und stellt Euch dabei vor, ich sei bei Euch. Denn ich werde es wahrhaftig sein.«

Überrascht und verunsichert, sann Rosie über ihre Identität nach, über Sir Anthonys Absichten, über diesen Landsitz, der sie so verwirrte. Sir Anthony wartete offenbar auf ein Zeichen von ihr, doch sie war wie gelähmt, und ihr Instinkt lag im Widerstreit mit ihrer Gewohnheit. »Werter Lord«, flüsterte sie, was er als Erlaubnis auslegte.

»Nennt mich nicht Lord«, sagte er leise, während er sich näher zu ihr beugte. Er legte eine Hand rechts, die andere links von ihr an die Wagenwand, so daß Rosie zwischen seinem Körper und dem Wagen gefangen war. Sie blickte wie gebannt auf seine Lippen, während er sprach. »Ich bin Tony.«

Zu groß, um schön genannt zu werden, verhieß sein Mund doch Wonnen, die ihr bislang verboten waren. Jetzt, wo er ihr Kinn und ihre Wange liebkoste und ihr dann mit einer raschen Bewegung seiner Zunge die Augenlider schloß, wurde diese Verheißung Wirklichkeit. Rosie verharrte atemlos, angespannt, verwirrt.

»Sagt ihn«, verlangte er. »Sagt meinen Namen.«

»Tony«, flüsterte sie.

Als Belohnung für ihren Gehorsam drückte er seine Lippen auf die ihren. Der Kuß, es war ihr erster, hätte eine Lektion sein sollen, die er sie lehrte, doch so war es nicht. Tony lauschte auf die Signale ihres Körpers. Er wurde nur dann forscher, wenn sie danach dürstete. Er umspielte ihre Zunge mit der seinen, zog sie dann zurück und ermunterte Rosie, es ihm gleichzutun. Sie kam seinem Wunsch nach, aus reiner Neugier.

Es mußte Neugier sein. Nichts anderes konnte diesen Wahnsinn erklären.

Wie ein Feuerstein, der gegen Metall schlägt, brachten ihre Neugier und seine Geduld einen Funken hervor, und Tony lachte leise, als dieser Funke auf Rosie übersprang und sie zusammenzucken ließ.

»Recht so«, murmelte er an ihrem Mund. »Das wird uns erwärmen.«

Ob seine Geduld sie wohl verwundert hatte? Aus dem Funken war ein loderndes Feuer geworden, und die Flammen tilgten jeden Rest von Selbstbeherrschung.

»Gebt mir mehr«, verlangte er, gierig wie ein Kind. »Gebt mir mehr.«

Er küßte sie so fordernd, daß er dabei ihren Kopf gegen den Wagen drückte. Als Rosies Perücke verrutschte, nahm er sie ihr vom Kopf und warf sie fort. Ein langer dicker Zopf fiel herab, und Tony löste das Band, das ihn zusammenhielt. Als er mit den Fingern durch das Geflecht fuhr, zu dem das dichte braune Haar verwoben war, spürte Rosie ein Ziehen und zuckte zusammen. Er bat sie mit einem Kuß um Verzeihung und küßte sie erneut, während er sein eigenes Flechtwerk schuf – aus seinen Fingern und ihrem Haar, als wolle er Rosie daran hindern, fortzulaufen.

»Mehr.«

Als wäre sie überhaupt in der Lage fortzulaufen! Als könnte sie sich überhaupt noch richtig auf den Beinen halten! Mit der freien Hand hob er ihre Kröse hoch und liebkoste ihren Hals, dann ließ er die Hand unter das Stahlkorsett ihres Mieders gleiten und umfaßte ihre Brust. Rosie entfuhr ein Seufzer, als er mit dem Daumen über ihre Brustspitze strich. »Dieser Seufzer«, murmelte er. »Die Serenade einer Geliebten. Meiner Geliebten.«

Seine Stimme triefte vor Genugtuung. Und diese Genugtung wirkte wie ein Schwall kalten Wassers auf Rosie. Was tat sie da? Sie öffnete die Augen, und ein tiefes Gefühl der Erniedrigung brachte sie schlagartig zur Besinnung.

Gleißendes Sonnenlicht erhellte jeden Winkel ihrer Umgebung – und sie selbst. Jeder konnte sie sehen.

»Niemand kann uns sehen.« Tony las ihre Gedanken, und seine kräftige Stimme verwandelte sich in das Gesäusel eines Verführers. »Ich habe meinen Körper als Schild gegen mögliche aufdringliche Blicke eingesetzt.«

Seine schlagfertige Beteuerung schürte Rosies Empörung nur noch. »Euren Körper eingesetzt?« würgte sie hervor. »Ganz recht, Ihr habt Euren Körper eingesetzt. Den Körper eines Schurken, eines gemeinen, spatzenhirnigen Schufts.« Verlangen mischte sich mit Zorn – oder war es ein und dasselbe? –, und sie schlug nach seiner Hand. »Nehmt Eure aussätzigen Pfoten von mir, ehe ich mein Messer einsetze und sie Euch abschneide.«

Sein kantiges Kinn wirkte mit einem Mal härter, doch er lachte vergnügt. »Regt Euch nicht auf, Herzchen, ich habe die besten Absichten.«

Seine Belustigung verschaffte ihr Gewißheit. Sie hatte sich aufgeführt wie eine Hafendirne. Sie ballte die Hand zur Faust und wollte sie ihm gegen die Kehle rammen.

Er zog blitzschnell den Kopf zurück, und der Hieb traf seine Schulter. Sein gepolsterter Ärmel dämpfte die Wucht des Schlages, doch Ungeduld und Verblüffung drohten, die Oberhand über seine Selbstbeherrschung zu gewinnen. »Ich habe Euch gesagt, daß ich die Ehe mit Euch anstrebe, und diese köstliche Reizung, die Euch plagt«, er strich mit den Fingern über ihre Brust, »läßt sich leicht heilen.«

Sie verscheuchte seine dreiste Hand und trat aus seinem Schatten. Als sie sich nach ihrer Perücke bückte, folgte er ihr mit ausgestreckter Hand.

»Welches Zimmer haben meine Diener Euch gegeben?« wollte er wissen. »Wenn Ihr mir das nur gestehen wollt, komme ich heute nacht zu Euch und schenke Euch solche Wonnen, daß selbst Apollos Gespielinnen Euch um Euer Glück beneiden werden. Kommt, Lady.«

Er hielt ihr beharrlich die ausgestreckte Hand unter die Nase, und sein Zauber war so stark, daß Rosie zitterte, obwohl ihr Zorn anschwoll.

»Legt Eure Hand in meine, und wir werden unser Schicksal besiegeln und eines mit dem anderen verbinden, auf ewig.«

»Wahnsinn! Ihr seid mondsüchtig und wißt nicht, was Ihr sagt.«

Der Tiefschlag schreckte ihn keineswegs ab, und er hielt mit ihr Schritt, während sie davonstolzierte. »Mondsüchtig? Nein, liebessüchtig.«

»Gehirnfieber«, entgegnete sie.

»Liebesfieber.«

»Ihr seid ein Wahnsinniger und gehört ins Bethlehem Hospital.«

Sie setzte sich ungestüm die Perücke auf den Kopf und scherte sich nicht darum, daß ihr eigenes Haar an allen Seiten darunter hervorschaute, und es so aussah, als sei *sie* die Wahnsinnige. »Ich weiß nicht, für wen Ihr mich haltet, doch ich versichere Euch«, sie funkelte ihn wütend an, während er ihr erneut die Hand hinhielt, »daß Ihr entsetzt sein werdet«, seine schönen Augen blickten sie verzückt an, »wenn Ihr es herausfindet.« Er machte eine einladende Bewegung mit den Fingern, und sie starrte auf seine Hand. Starrte darauf und wünschte, er hätte diesen Funken nie in ihr entzündet. Denn der Funke glühte noch immer, warm und verlockend, und sie wußte nicht, was ihn zum Erlöschen bringen konnte.

Doch sie argwöhnte, daß Tony es wußte.

Sie stieß einen unverständlichen Schrei aus und flüchtete über den Rasen, überzeugt davon, daß Lord Rycliffe ihr folgen würde.

Er tat es nicht.

Er unterdrückte seinen Jagdtrieb und blickte ihr lachend nach. Dann wandte er sich um und winkte Jean zu.

Sie hob matt die Hand, und er ging stolzen Schrittes auf sein Haus zu. Es war ein eindrucksvolles dreistöckiges Bauwerk aus hellem Stein in Form eines E. Die von einer Balustrade umgebene Terrasse zog sich an der ganzen Vorderseite entlang, und Kamine, Statuen und Bögen schmückten das Dach. Ein schönes Haus und ein würdiges Heim für ihn selbst und seine Lady.

Würde es die Kleine sein, die eben vor ihm davongelaufen war?

Vielleicht. Ihr Äußeres war aus der Ferne betrachtet nicht sehr anregend gewesen, und aus der Nähe betrachtet noch weniger, doch sie küßte traumhaft gut und legte eine reizende Verwirrung an den Tag, die ihn bezaubert hatte. Ihr größter Vorzug jedoch war ihre Jugend, und was ihre Kleidung betraf, da ließ sich leicht Abhilfe schaffen.

Ja, er würde es genießen, so zu tun, als sei sie seine wahre Liebe. Er würde es genießen, das Feuer ihrer Leidenschaft zu entfachen und sie zu lehren, auch ihn zu entflammen. Er trat unruhig von einem Bein aufs andere.

Ihn noch *heftiger* zu entflammen. Seine Kniehosen saßen wie angegossen, dafür hatte er gesorgt. Die engen Beinkleider waren vom besten Schneider Londons genäht worden, denn Tonys Stellung in der Leibgarde der Königin brachte es mit sich, daß er bisweilen dem Messer eines Mörders ausweichen oder die Königin mit der Waffe in der Hand verteidigen mußte. Doch nichts konnte seine heftige

Erregung unterdrücken, und er wunderte sich über sich selbst.

Verlangte es ihn so sehr nach einer Frau? Oder besaß dieses unscheinbare Mädchen jene besondere Gabe, die törichte Männer in Leidenschaft zu ihr entflammen ließ?

Er blickte erneut in die Richtung, in die sie gerannt war: auf die Bühne zu, die die Schauspieler errichtet hatten. Er würde es herausfinden müssen.

Das Stück hatte bereits begonnen, eine lebhafte Komödie, die die Edelleute unterhalten und ihnen Appetit auf die spätere, längere Vorstellung machen sollte. Ein kurzer Blick in die Runde verschaffte ihm die Gewißheit, daß das Mädchen verschwunden war. Etwas anderes hatte er auch nicht erwartet, denn sie würde versuchen, ihn zu meiden, und er würde sie gewähren lassen – bis er wieder Schutz vor Honora brauchte.

Tony stellte sich etwas abseits der Menge, blickte weder nach rechts noch nach links und lächelte die in Frage kommenden Edelfräulein höflich an, die ihm zunickten.

»Anthony!« erklang Honoras durchdringende Stimme an seiner Schulter. »Kommt und setzt Euch zu mir in die erste Reihe. Ich habe einen Platz für Euch reserviert.«

Er zuckte zusammen, als sei er bei etwas Verbotenem ertappt worden, und verfluchte Jean dafür, daß sie diese teuflische Verbindung erwähnt hatte. Er hatte zu den wenigen Männern gehört, die Lady Honora gegenüber gleichgültig waren. Ihre üppigen Formen und ebenso üppigen Besitztümer lockten manch einen leichtsinnigen Mann an, doch ihre ernste Miene, die stocksteife Haltung und ihre Humorlosigkeit trieben die Männer schließlich in die Arme jüngerer, weniger wohlhabender Frauen. Die Tragik des Ganzen wurde ihm erst jetzt bewußt, als er sich vorstellte, Lady Honora an der Frühstückstafel gegenüberzusitzen, während sie ihn mit ausdrucksloser Stimme über seine Pflichten unterrichtete. Oder schlimmer noch, die Vorstellung, wie Lady Honora auf einem Bett ausgestreckt dalag und ihn über seine Pflichten unterrichtete.

Die Frau war derart von ihrer eigenen Überlegenheit überzeugt, daß sie gewöhnliche Sterbliche einschüchterte, und nun schüchterte sie ihn ein. Ironischerweise war ihm genau die Eigenschaft, die sie angeblich an ihm schätzte, zum Verhängnis geworden. »Lady Honora, ich fühle mich wohl, wenn ich stehe.«

»Unsinn!« Sie zerrte ihn mit ungebührlich festem Griff zur Seite. »Ihr seid der Gastgeber. Es ist Eure Pflicht, Euch dort aufzuhalten, wo Eure Gäste Euch sehen können. Ihr werdet mir erlauben, Euch in dieser Angelegenheit anzuleiten, ebenso, wie Ihr mir erlauben werdet, Euch in der Angelegenheit Eurer Vermählung anzuleiten.«

»Meiner Vermählung?«

»Mit mir.« Sie legte ihre schmale Hand auf seinen Ärmel. »Jean hat mir von Euren belanglosen Einwänden erzählt, doch Ihr seid ein klar denkender Mann, und ich bin sicher, daß Ihr bald einseht, wie vernünftig mein Vorhaben ist.«

Er blickte auf die edelsteinbesetzte Haube, die ihr offen herabfallendes blondes Haar bedeckte, und fragte sich, ob es ihm gelänge, Lady Honoras Entschlossenheit und seinem eigenen Bedürfnis nach Vermögen zu widerstehen. Dann erinnerte er sich an das geheimnisvolle Mädchen und daran, was er mit ihr vorhatte. Er brauchte sie nur stets im Kopf zu behalten, um gegen Honoras Absichten gefeit zu sein.

Lady Honora musterte ihn, als sei er ein Bauernrekrut in der Armee Ihrer Majestät. Ohne sich um die zu scheren, die das Stück verfolgten, sagte sie in normaler Lautstärke: »Ihr wirkt recht seltsam, und Ihr werdet natürlich darauf beharren wollen, daß unsere Vermählung Euer Einfall war. Ein Mann bildet sich gern ein, er sei Herr über sein Schicksal. In der Zwischenzeit jedoch kommt Euren Gastgeberpflichten nach, und setzt Euch auf den Platz, den ich Euch reserviert habe.«

Tony stand kurz davor, vor Empörung zu platzen, und herrschte sie an: »Zum Teufel mit meiner Gastgeberpflicht, und zum Teufel mit ...«

Die Zuschauer wandten sich geschlossen zu *ihm* um und forderten ihn auf, leise zu sprechen, als wäre *er* der einzige, der sie am Genuß der Vorstellung hinderte, und die Schauspieler hoben ihre Stimmen, um die Aufmerksamkeit zu erheischen, die ihnen gebürte.

Lady Honora legte es auf ihre Weise aus: »Seht Ihr, ich habe recht. Sie wollen, daß Ihr Euch zu mir setzt.«

Sie zog ihn erneut zu sich, und er gab sich geschlagen. Welche Rolle spielte es schließlich schon, wo er saß, wo er stand, was er dachte? Das Stück würde seinen Lauf nehmen, doch die Intrige auf der Bühne würde sich nie mit der messen können, die seine Gedanken erfüllte.

Zahlreiche Artigkeiten murmelnd, bahnte er sich in Honoras Schlepptau einen Weg durch die Menge. In einem entlegenen Winkel seines Bewußtseins war er für das Gelächter dankbar, das die beiden Schauspieler den Zuschauern entlockten. Er war dankbar dafür, daß die Komödianten seine Begleiterin mit ihrer leidenschaftlichen Sehnsucht nach einer herzlosen Dame, Lady Earlene, ablenkten.

Als hätten seine Gedanken sie herbeigezaubert, erschien sie – die Frau, die er geküßt hatte, die Frau, die er begehrt hatte, die Frau, der er vielleicht den Hof machen würde. Sie betrat die Bühne, und die Zuschauer begrüßten ihren Auftritt mit beifälligem Gejohle.

Kannten sie sie? Er blickte hastig umher. War sie eine Edelfrau, die zum Scherz auf den Brettern stand?

Aber nein, die Würdigung des Publikums war derb und unpersönlich, die Zuschauer waren in das Stück vertieft und neugierig auf die nächste Rolle. Was hatte das zu bedeuten?

Er blickte sie erneut an und sah sie mit anderen Augen. Er hatte sie für ein verarmtes Edelfräulein gehalten, dem es an Geschmack fehlte. Doch nun ... ihm wurde plötzlich flau im Magen. Er beugte sich zu Lady Honora und flüsterte: »Wer ist sie?«

»Wer ist wer?« fragte Lady Honora in strengem Ton.

»Wer ist ...«, er nickte in Richtung Bühne, »... sie?«

Lady Honora folgte verwundert seinem Blick. »Sie ist die Frau, die ihrem Gatten Hörner aufgesetzt hat.«

»Nein!« Er rieb sich mit dem Handrücken über den Mund und unternahm einen erneuten Versuch. »Ich meine, wer ist sie in Wirklichkeit?«

»In Wirklichkeit?« Lady Honora wandte sich zu ihm um. »In Wirklichkeit ist sie ... ist er ein Schauspieler, einer aus Sir Dannys Truppe. Warum ... ?«

Der Rest ihrer Worte entging ihm, als er sich schwankend erhob. Er nahm die lautstarken Aufforderungen, sich zu setzen, nicht wahr, ebensowenig wie die Rippenstöße der hinter ihm Sitzenden. Er wußte nur eines.

Er hatte einen Jüngling geküßt. Er hatte einen *Mann* geküßt.

Kapitel 5

Es ist nicht so: du hast verredt, verhört.

KÖNIG JOHANN, III, I, 4

Doch hatte er das wirklich?

Lord Bothey versetzte ihm einen Tritt in die Kniekehle, und Tony sackte zurück auf die Bank.

Hatte er wirklich einen Mann geküßt?

Allein beim Gedanken daran wurde ihm speiübel, und er verspürte Lust, auf die Bühne zu springen und diesen Einfaltspinsel gehörig durchzuprügeln. Doch etwas hielt ihn davon ab. Etwas nagte an ihm. Irgendein Beweis, irgendein verborgener Hinweis ...

Er betrachtete den Schauspieler in Frauenkleidern, der salbungsvoll seinen Text vortrug, und starrte zu Boden, unfähig, den Anblick länger zu ertragen. Seine Ellbogen ruhten auf den Oberschenkeln, seine Hände hingen zwischen den Beinen herab und seine Handflächen waren gewölbt. Gewölbt wie eine weibliche Brust. Gewölbt wie ... er blickte zurück auf die Bühne.

Gewölbt wie *ihre* Brust.

Ihre Brust. Das war kein Mann, der sich da in Pose warf und seinen Text aufsagte.

Das war eine Frau.

Eine Frau.

»Warum greift Ihr Euch seufzend an die Brust?« fragte Lady Honora.

Tony hatte in der Armee Ihrer Majestät gekämpft und war seit vielen Jahren Kommandeur der Königlichen Leibgarde, und wenn ihn seine Lebenserfahrung etwas gelehrt hatte, dann war es die Erkenntnis, daß Männer eine haarige Brust hatten und Frauen eine gewölbte, was einen verdammt angenehmen Unterschied machte.

Lady Honora stubste ihn mit ihrem Fächer. »Warum grinst Ihr so?«

Doch was brachte eine Frau dazu, einen Mann zu spielen, der eine Frau spielte? Er kniff die Augen zusammen, als er beobachtete, wie die Schauspielerin sich in ihrem Text verhaspelte.

Lady Honora stieß ihn erneut an. »Warum blickt Ihr jetzt so finster drein?«

Dem Mädchen konnte diese Maskerade nicht allein gelungen sein. Jemand mußte ihr Geheimnis kennen, doch wer? Der junge Draufgänger dort? Oder jener posierende alte Halunke? War sie das Liebchen der Truppe oder die heimliche Geliebte eines einzigen Glücklichen?

Lady Honora bohrte ihm ihren Fächer so vehement in den Arm, daß Tony zusammenzuckte. »Warum murmelt Ihr vor Euch hin? Das ist widernatürlich.«

Sie hatte keinen reichen Vater. Sie hatte keine Mitgift, sie war nicht so jung, wie er geglaubt hatte, und sie war gewiß keine Jungfrau mehr.

Selbst wenn sie sich als eine jener Frauen entpuppen sollte, die einen Mann entflammen, ihn mit ihrem Körper verhexen konnten, konnte er sie nicht zur Frau nehmen. Er konnte keine Kinder mit ihr haben. Er konnte das Bett nicht mit ihr teilen, konnte nicht mit ihr speisen und nicht mit ihr sprechen, denn wenn er eine Schauspielerin heiratete, würde er sich zum Gespött der Leute machen. Die ganze Mühe, die er darauf verwendet hatte, sich einen Namen und einen Ruf aufzubauen, wäre vergeblich gewesen. Die Königin würde ihn fallenlassen wie ein gebrauchtes Schnupftuch. Die Edelleute würden ihn von oben herab ansehen und sagen: »Blut läßt sich nicht verleugnen.« Die alte Geschichte seiner unehelichen Geburt und jene Jahre des Elends würden wieder an die Oberfläche kommen, und man würde ihn bemitleiden.

Himmel, wie er Mitleid haßte!

»Ihr seht aus, als sei Euch ziemlich übel.« Lady Honora legte ihm die Hand an den Hinterkopf und drückte ihn nach vorn. »Legt Euren Kopf zwischen die Knie, für den Fall, daß Ihr ohnmächtig werdet.«

Er blickte Lady Honora an, die Komplizin seiner Schwester, die Frau, die ihm seine Dynastie kaufen konnte, und ihm schauderte.

Er blickte zu der Frau auf der Bühne.

Er kannte nicht einmal ihren Namen.

Lady Honora nahm ihre Hand fort und wich langsam zurück. »Ihr glüht vor Fieber. Seid Ihr krank?«

Er hatte sich sein ganzes Leben lang mit Beherrschung seinen Gelüsten hingegeben und nie zugelassen, daß körperliche Begierde die Oberhand über seinen Verstand gewann. Er hatte sich über Männer lustig gemacht, die sich nach einer Frau verzehrten. Damit war es nun vorbei. Er würde diese Schauspielerin dem Mann entreißen, der sie besaß, wer auch immer das sein mochte, und sie für sich allein beanspruchen.

Und wenn er Kinder mit ihr hätte – seine Kehle zog sich zusammen, und er bekam kaum noch Luft –, wenn er Kinder mit ihr hätte, würde er die armen Geschöpfe zu derselben Hölle verdammen, die ihm sein junges Fell versengt und gegerbt hatte.

Er konnte sie nicht haben. Ganz gleich wie, er konnte sie

nicht haben, und das heftige Gefühl des Verlusts, das ihn durchfuhr, verblüffte ihn.

»Sir Anthony.« Lady Honora erhob sich und schüttelte ihre Röcke aus. »Wenn Ihr Euch genug in der Gewalt habt, um aufzustehen, solltet Ihr Eurer Gastgeberpflicht nachkommen, denn die Vorstellung ist vorüber.«

Ihm wurde bewußt, daß er auf die Bühne starrte, die Frau anstierte, die sich nun verbeugte, die eine Hand in der des alten Narren, die andere von dem gefälligen, lächelnden, aalglatten Burschen umklammert, der aussah, als wisse er mit Messern und Würgeeisen umzugehen.

Verlegen und gedemütigt versuchte Rosie, ihre Hand aus Ludovics schwitziger Handfläche zu lösen, doch er hielt sie mit festem Griff umschlossen. Sie versuchte, ihre Hand aus Sir Dannys kühlen Fingern zu lösen, doch er gab sie nicht frei. Sie versuchte, Tonys bohrendem Blick zu entfliehen, doch er wandte ihn nicht von ihr ab.

Tony wirkte wütend. Wütend! Seine blonden Brauen waren zusammengezogen, aus seinen schmalen Nasenflügeln war alles Blut gewichen, und seine vollen Lippen hatten sich in einen dünnen Strich verwandelt. Sobald sie von der Bühne trat, würde er über sie herfallen wie Schimmel über wochenaltes Brot. Sie mußte Sir Danny warnen. Sie mußte es ihm sagen.

Sie versuchte erneut, ihre Hand aus Ludovics Faust zu befreien, doch er ließ sie nicht los und drückte ihre Finger so heftig, daß es schmerzte. Rosie warf ihm einen verstohlenen Blick zu.

Er lächelte, doch sein Lächeln galt nicht ihr. Er musterte Tony so eindringlich, wie jener sie gemustert hatte. Tony erhob sich mit einer geschmeidigen Bewegung von seiner Bank, entspannte seine Schultern und legte die Hand auf das Messer an seinem Gürtel. Ludovic grinste und ahmte die Geste nach. Aus den Reihen der Edelleute, die den Austausch beobachtet hatten, erklang Gelächter, und Rosie nutzte die Ablenkung, um ihre Hand endlich zu befreien.

Ludovic wandte sich mit einem Zischen zu ihr um, doch Sir Danny führte sie fort und half ihr von der Bühne. Das war auch nötig, denn ihre Knie schlotterten so heftig, daß Rosie fürchtete, sie könnte stürzen. Die Truppe hatte sich wie üblich hinter dem Bühnengerüst versammelt, doch Sir Danny blieb nicht stehen, um ihre Glückwünsche anzuhören, und die düstere Stimmung, die ihr entgegenschlug, bestätigte Rosies schlimmste Befürchtungen: sie war entsetzlich gewesen. Schlimmer als entsetzlich. Schlimmer als sonst.

Sie eilte Sir Danny nach, der forschen Schrittes auf das Herrenhaus zuging.

Ein Muskel zuckte in Sir Dannys Wange. Er setzte zweimal zum Sprechen an. »Was war los?« fuhr er sie schließlich an.

»Ich bin nur ...«, Tonys anklagender Blick spukte ihr durch den Sinn, »... plötzlich in Panik geraten, nehme ich an.«

Sir Danny ging schneller und zermalmte das Gras mit jedem seiner Schritte. »Aber warum?«

»Ich weiß es nicht.« Sie wußte es sehr wohl, wenigstens ansatzweise, doch sie wollte es nicht erklären. Sir Danny warf ihr oft vor, sie habe Angst vor Gefühlen, und er hatte recht damit. Sie fürchtete, daß ihre Gefühle, wenn sie ihnen freien Lauf ließe, und sei es nur auf der Bühne, stärker sein könnten als ihr Wille, daß sie von ihr Besitz ergreifen könnten. Und Sir Danny hatte sie beobachtet, seit ihre Wagen die Grenze des hügeligen Anwesens überquert hatten, gerade so, als habe er einen derartigen Gefühlsausbruch erwartet.

Woher wußte er von den Gefühlen, die in ihr brodelten und hervorzubrechen drohten? Sogar die seelische Erschütterung, die ihr erster Kuß verursacht hatte, verblaßte gegenüber der Wirkung, die dieser Landsitz auf sie ausübte, dieses Herrenhaus, dieser *Ort*. Sie wollte nicht zuviel preisgeben und gestand: »Gut Odyssey macht mich schaudern.«

»Gut Odyssey?« Sir Danny blieb stehen und ließ seinen Blick umherschweifen. »Aber es ist wunderschön.«

Zögernd begann auch sie, sich umzublicken. Der Rasen war im Spätsommer gemäht worden und erstreckte sich in einem Farbstrudel aus fahlem Gold und blassem Grün um das Herrenhaus. Große und kleine Eichenbäume standen verstreut um das Haus, um im Sommer Schatten zu spenden, und an der Seitenfront erhob sich die Hecke, die den symmetrisch angelegten Garten begrenzte.

Ein Frühlingstag, eine Decke mit einer Mahlzeit darauf, ein lachender Mann mit tiefer Stimme. Knoblauchwurst, zertretenes Gras, Fliederblüten. Baumrinde unter ihren Händen, eine Hand, die ihr beim Klettern Halt gibt.

Fang mich, Dada. Fang mich auf, wenn ich springe.

»Wo bist du, Rosie?« fragte Sir Danny.

Seine Stimme riß sie zurück in die Gegenwart. »Hier. Ich bin hier.« Ihr Herz schmerzte, und sie rieb sich mit der Handfläche über die Brust, um den Schmerz zu lindern. »Dieser Ort beunruhigt mich wegen unseres Vorhabens, Sir Anthony Rycliffe zu erpressen, nehme ich an. Oder vielleicht habe ich eine Vorahnung.«

»Du hast noch nie eine gehabt.« Sir Dannys Stimme war kühl wie der auffrischende Wind.

»Dieser Ort kommt mir bekannt vor.«

Sir Danny taute sichtbar auf. »Bekannt?«

»So, als sei ich schon einmal hier gewesen.« Sie versuchte

zu lachen, doch statt dessen wurde ihr Blick von der harmonischen Verbindung von Stein und Glas des Herrenhauses angezogen. »Wir sind schon einmal hier gewesen, nicht wahr?«

»Die Truppe war noch nie hier.« Er beugte sich nach vorn, bis er in ihr Blickfeld kam. »Selbstverständlich nicht. Wie sollte unser Vorhaben gelingen, wenn wir schon einmal hier gewesen wären?«

Sie schüttelte das unheimliche Gefühl der Vertrautheit ab, das der Garten, das Haus und ihre eigene Einbildung in ihr hervorriefen. »Unser Vorhaben ist kein besonders guter Einfall. Tony ... Sir Anthony ist kein Mann, der mit sich spaßen läßt.«

Sir Danny trat einige Schritt zurück und betrachtete Rosie wie ein Maler ein Bild betrachten würde. »Sir Anthony?«

Eine rauhe Stimme unterbrach seine eingehende Begutachtung. »Unser Rosenkranz hat einen Heidenrespekt vor *Sir* Anthony, findet Ihr nicht, *Sir* Danny?«

Rosie wirbelte herum und fand sich Angesicht zu Angesicht mit Ludovic wieder. »Warum fragt Ihr unseren Rosenkranz nicht, warum dieser Sir Anthony derartigen Respekt verdient?«

»Ich weiß nicht, was du meinst«, entgegnete sie.

»Er hat dich geküßt.« Es war eine Anklage.

»Er hat dich geküßt?« Sir Danny zog die struppigen Brauen zusammen. »Wer ... er?«

»Unser stattlicher Gastgeber.« Ludovic spie auf den Boden und wischte sich dann mit dem Handrücken über den Mund. »Ich habe ihn gesehen. Er hat den hübschen Rosenkranz geküßt.«

»So wie ein Mann eine Frau küßt?« fragte Sir Danny.

Ludovic fuhr mit den Handflächen an den Seiten seines Lederwamses entlang. »Gewiß.«

»Rosenkranz, ist das wahr?« fragte Sir Danny.

Sie fuhr ängstlich zusammen. Sie hatte es ihm nicht sagen wollen. Sie hatte es niemandem sagen wollen. Etwas – die Angst, sie würden mit Fingern auf sie zeigen und lachen, oder sie beschuldigen, zu Vertraulichkeiten einzuladen, oder schlicht mädchenhafte Zurückhaltung – hielt Rosie von einem Geständnis ab. »Sir Rycliffe hat mich für jemand anderen gehalten.«

»Für jemanden, den er küssen kann? Ich bin recht verwirrt.«

Und Sir Danny wirkte in der Tat verwirrt, so verwirrt, wie Rosie ihn noch nie gesehen hatte, doch gleichzeitig wirkte er auch erfreut.

»Verwirrt?« fragte Ludovic. »Warum verwirrt? Sir Anthony Rycliffe hat offenbar erkannt, was einige wenige vermutet haben.«

Sir Dannys Verwirrung und Freude schienen sich in Luft aufzulösen, und er setzte wieder die verbindliche Miene auf, die er für gewöhnlich zur Schau trug. Rosie versuchte, es ihm gleichzutun, mußte aber ihre auf einmal zitternden Hände hinter dem Rücken verbergen.

»Was soll das heißen?« Sir Danny trat vor und plusterte sich vor Ludovic auf, wirkte jedoch im Vergleich zu ihm lächerlich klein. Sir Danny schien es nicht zu bemerken und befahl: »Raus mit der Sprache, Schuft! Was hat Sir Anthony deiner Meinung nach gesehen?«

»Glaubt Ihr, ich hätte keine Augen im Kopf?« Ludovic starrte Sir Danny finster an.

»Nein, kein Gehirn«, entgegnete Sir Danny.

»Um Himmels willen, Sir Danny...«, rief Rosie entsetzt.

Sein Tonfall wurde nur noch entschlossener. »Sir Anthony hat nichts gesehen! Gar nichts!«

»Doch, das hat er. Und ich weiß, was es war.« Ludovic warf einen anzüglichen Blick auf Rosies Brust.

Sir Danny wies mit theatralischer Geste auf die Straße, die vom Landsitz wegführte. »Ich befehle dir nun zu gehen! Nimm deine Lügen mit. Verlaß uns, verlaß die Truppe! Wir brauchen dich nicht, also scher dich fort!«

Ludovic stand mit baumelnden Armen da und blickte erst Sir Danny an, dann Rosie. Er sah aus wie ein Mann, der einen Kampf mit sich selbst ausfocht, einen in den Flammen eines urzeitlichen Feuers verlorenen Kampf. Mit einer blitzschnellen Bewegung packte er Sir Danny an der Vorderseite seines ausgestopften Wamses und riß ihn von den Füßen. Rosie griff nach Ludovics Arm, doch weder ihr Zerren noch Sir Dannys Gestrampel brachten den rasenden Hünen ins Wanken.

»Laßt mich los, Sir!« forderte Sir Danny, doch Ludovic schüttelte ihn wie ein Terrier eine Ratte.

Rosie spürte, wie Ludovics stählerne Muskeln sich unter ihren Händen spannten, während sie ihre Finger in sein Fleisch grub. »Laß ihn herunter. Sofort!« Ihre Stimme klang schrill vor Angst. »Laß ihn *herunter,* Ludovic!« Sie trat ihm mit ihrem Absatz in den Spann. Er heulte auf wie ein gequälter Wolf und rammte Rosie den Ellbogen gegen die Schulter. Sie brach zusammen, ihr Arm war taub, das Schlüsselbein pochte von der Wucht des Schlags. Ludovic ließ Sir Danny fallen.

»Dein ... dein ... hab' ich es gebrochen?« Ludovic kniete neben ihr nieder und streckte die Arme aus, doch Rosie wich wimmernd vor ihm zurück.

Er erstarrte. Dann blickte er auf seine Hände und drehte und wendete sie unaufhörlich, als seien sie Fleischstücke auf einem Bratrost. »Kannst du noch das Blut an ihnen sehen?«

Ludovic war stets wie besessen darauf bedacht, saubere Hände zu haben, und Rosie hatte nie verstanden, warum. Nun wußte sie es, fürchtete sie, und Furcht und Mitleid wühlten sie auf. »Blut? Aber nein! Deine Hände sind sauber.«

Er hob die Hand, streckte sie nach Rosie aus und hätte um ein Haar ihre Wange berührt. »Du bist stets so unberührt gewesen. Das gefällt mir.« Er erhob sich, blickte auf Sir Danny hinab, der zusammengekrümmt im Gras lag, und bemühte sich, sich wieder in den gleichmütigen Schauspieler zu verwandeln, der seine Gefühle für die Bühne aufsparte. »Was immer es ist, das ich nicht gesehen habe... Ihr solltet hoffen, daß niemand anders es gesehen hat, oder es wird Ärger geben, und wenn es Ärger gibt, werde ich mich mächtig daran beteiligen.«

Rosie beobachtete, wie er davonstapfte und in einem der Zigeunerwagen verschwand, dann heftete sie den Blick auf Sir Danny, der sich gerade den Staub von den Kleidern klopfte. »Na, dem habe ich eine Lektion erteilt! Der wird sich nicht mehr so unverschämt aufführen!«

Doch Rosie fiel auf, daß er sich nicht erhob, und sie fragte sich, ob seine Knie wohl ebenso heftig schlotterten wie ihre. Sie rieb und knetete ihre Schulter, bis allmählich wieder Gefühl in den Arm zurückkehrte. »Er weiß es.«

»Ich fürchte, ja.«

Sie zupfte an dem spröden Gras unter ihren Fingern. »Es ist ein Wunder, daß es sonst niemandem aufgefallen ist.«

»Kein Wunder, sondern geschicktes Kalkül. Ich habe stets neue Schauspieler in die Lehre genommen und sie dann an die Londoner Bühne vermittelt. Wir hatten die Besten dank unseres Erfolgs, doch keiner von ihnen ist lang genug bei uns geblieben, um mißtrauisch werden zu können. Keiner außer Ludovic.« Sir Danny strich über Rosies pochende Schulter. »Du wirst einen üblen Bluterguß bekommen. Damit werden wir dein Fernbleiben von der Bühne rechtfertigen.«

»Was?« Sie zerquetschte die Handvoll Gras in ihrer Faust. »Warum?«

»Stimmt es nicht, was Ludovic gesagt hat? Du hast so schuldbewußt dreingeschaut, daß ich angenommen habe, Sir Rycliffe hätte dich tatsächlich geküßt.«

Rosie hob die Hand an den Mund, als wolle sie den Beweis verbergen, und bemerkte ihren Irrtum, als die trokkenen Grashalme an ihren Lippen haften blieben.

Sir Danny beobachtete kichernd, wie sie versuchte, das Stroh fortzuwischen. »Mochtest du es?«

»Das Gras?«

»Das Küssen.«

»Er dachte, ich sei ein Edelfräulein.«

»Und dann hat er dich auf der Bühne gesehen.« Sir Danny nickte versonnen. »Kein Wunder, daß er aufgesprungen ist, als du auf den Brettern erschienst. Kein Wunder, daß er so finster dreingeschaut hat. Er glaubt, er hätte einen Jüngling geküßt.«

In Rosie stieg jäh die Erinnerung an eine warme Hand um ihre Brust auf. »Er hat unsere Maskerade vielleicht durchschaut«, murmelte sie. »Er *hat* unsere Maskerade durchschaut!« wiederholte sie dann lebhaft, als ihr die Folgen dieser Berührung aufgingen. »Wir müssen sofort abreisen.«

»Warum?«

Sir Dannys Frage verschlug ihr die Sprache. »Was meinst du damit, ›warum‹?« fragte sie verblüfft. »Weil er weiß, daß ich eine Frau bin. Erinnerst du dich? Wir wollen nicht, daß irgend jemand es erfährt. Wir brechen Englands Gesetze und verstoßen gegen die guten Sitten. Wenn jemand dahinterkommt, wird man uns in den Kerker werfen, ertränken, in den Stock legen, durch die Straßen prügeln.«

Er blickte flüchtig umher. »Hier gibt es keine Straßen.«

»Hier gibt es keine ...« Ihr fehlten die Worte.

»Der junge Alleyn Brewer wird die Frauenrollen übernehmen.«

»Aber die will ich spielen!«

Er tätschelte ihre Hand. »Dich spare ich für eine viel größere Rolle auf. Erinnerst du dich? Die Rolle des verschollenen Erben?«

»Der Erbe war ein Junge.«

Sir Danny strich sich über den wallenden Schnurrbart und betrachtete sie versunken.

»War er das nicht?«

»War er nicht was?«

»War er nicht ein Junge?« fragte sie beharrlich.

»Du wirst von nun an Männerkleidung tragen.«

»Aber Tony weiß es!« rief sie.

Er äußerte sich nicht zu ihrer vertraulichen Verwendung von Rycliffes Vornamen. »Ich möchte, daß du dein ganzes schauspielerisches Können einsetzt.«

»Aber er hat meine Brust berührt!«

Sir Danny tat ihren Einwand mit einer Handbewegung ab. »Das ist keine große Sache, deine Brust. Wenn es Tiny Marys wäre, dann hätten wir jetzt alle Hände voll zu tun.« Er kicherte. »Hände voll ist gut.« Als er Rosies wütenden Blick bemerkte, fuhr er hastig fort: »Alle müssen dich für einen jungen Mann halten. Stell dich vor Sir Anthony zur Schau. Werde sein bester Freund. Entlocke ihm seine Geheimnisse. Tritt großspurig auf, stolziere herum, mach den Frauen den Hof ...«

Ihr Urteil war vernichtend: »Sir Danny, du hast den Verstand verloren.«

Er lächelte jenes liebenswürdige Lächeln, das er nur für sie reservierte. »Habe ich jemals eine Lage falsch eingeschätzt?«

Sie zählte die Situationen an den Fingern ab und sagte: »Ludovic zu beleidigen scheint ein Fehler gewesen zu sein, wenn ich es im nachhinein betrachte, ebenso wie Essex und Southampton zu bedrohen. Und das war nur diesen Winter. Letzten Sommer hat dich der Ehemann dieser Schankwirtin erwischt und hätte dich um ein Haar entmannt. Dann hast du ...«

»Ich meine, hast du je befürchtet, ich könne dich durch Worte oder Taten verraten?«

»Nie.«

»Habe ich dich je zuvor gebeten, etwas für mich zu tun?«

Diesmal kam ihre Antwort zögerlicher. »Nein.«

»Dann vertraue mir und tu, um was ich dich bitte. Edward Bellot, Lord Sadler, und sein junger Erbe sind vor Jahren verschwunden, und Rycliffe wurde das Gut zugesprochen. Er ist nur der uneheliche Sohn eines Edelmannes und nicht bedeutender als wir. Er kann es sich erlauben, etwas von seinem Vermögen mit uns zu teilen.«

Sie schüttelte den Kopf. Sie hatte Sir Danny nie zuvor so gewissenlos reden hören. Er war es gewesen, der sie Barmherzigkeit gelehrt hatte, indem er ihr Abendessen an hungernde Kinder verteilte und dann ihren eigenen Hunger verharmloste. Er hatte sie Ehrlichkeit gelehrt, indem er selbst ehrlich war, und Achtung vor anderen, indem er ihre Leistungen lobte. Er war ihr Anker gewesen, und jetzt schlingerte sie in einem Strudel der Verwirrung haltlos umher. »Doch zu behaupten, ich sei der Erbe dieses Anwesens und eine Entschädigung dafür zu verlangen, daß ich keine Besitzansprüche stelle und sein Eigentum nicht anfechte ...«

»Ein raffinierter Plan, finde ich. Du hast genau das richtige Alter, um den Erben zu mimen.«

»Sir Anthony wirkt nicht wie ein Mann, der sich mit einer derart fadenscheinigen Behauptung zum Zahlen nötigen läßt. Außerdem weiß er, daß ich eine Frau bin und nicht der verschollene Jüngling.«

»Rycliffe wird tun, was man von ihm verlangt. Ich habe Erkundigungen über ihn eingeholt; er wird alles tun, um dieses Landgut nicht zu verlieren. Alles.« Sir Dannys Grübchen traten flüchtig hervor, verschwanden jedoch sofort wieder. Rosies Enttäuschung hatte offenbar auf ihn abgefärbt. »Oh, denk doch zur Abwechslung einmal an mich!« brach es aus ihm heraus. »Du hast mit diesem Geld ausgesorgt, falls mir etwas zustoßen sollte, doch vor allem ist es ein Notgroschen für meine alten Tage. Nichts ist herzergreifender als ein runzliger alter Schauspieler, der auf der Straße sitzt und bettelt.«

»In diese Lage wirst du nie kommen«, widersprach sie. »Du bist Sir Danny Plympton, Esquire, der größte Schauspieler aller Zeiten.«

Er warf den Kopf in den Nacken, und sein dunkles Haar wallte ihm um die Schultern. »Ja, das bin ich, und diese Rolle wird meine beste.« Er stand auf und klopfte sich den Staub vom Hosenboden. »Wirst du tun, was ich dir sage?«

Sie nickte, unglücklich, doch fügsam.

»Braves Mädchen.«

Er stolzierte rasch davon, und Rosie fröstelte in der kühlen Nachmittagssonne. Sie hatte geglaubt, Tonys Entdekkung würde sie aus diesem Schlamassel befreien, doch Sir Danny hatte eine bemerkenswerte Sorglosigkeit an den Tag gelegt. War sie tatsächlich so flach?

Sie lugte in ihr Mieder.

Was sie sah, ähnelte keiner der Männerbrüste, die sie je gesehen hatte, allerdings waren es auch nicht viele gewesen. Sir Danny hatte dafür gesorgt, daß sie in der leichtlebigen Welt des Theaters eine Außenseiterrolle einnahm. Sie war in ihrem Wagen geblieben, die meiste Zeit allein, während die anderen sich in Wirts- und Freudenhäusern vergnügt hatten. Anfangs hatte sie sich über die Einschränkungen geärgert, doch das Leben mit Sir Danny erwies sich als aufregend genug, um jeden Traum von Abenteuer zu erfüllen.

Das war gewiß auch der Grund, warum der Gedanke, auf Gut Odyssey zu bleiben, sie mit einer dunklen Vorahnung erfüllte. Sie wollte fort von Tony und dieser süßen, heimlichen Sehnsucht, die er in ihr weckte, doch vor allem wollte sie fort von Gut Odyssey, fort von diesem Haus, das sie willkommen hieß.

Rosie willkommen hieß.

Sie zu Hause willkommen hieß.

Onkel Will schrieb über Menschen wie sie. Menschen, die am Rande des Wahnsinns standen, die durch die verschlungenen Labyrinthe ihres Geistes aus ihrem plebejischen Leben flüchteten.

Ihr ganzes Leben lang hatte sie in einer Rolle aufgehen wollen. Sir Danny sollte stolz auf sie sein. Sie hatte sich die Jubelrufe des Publikums vorgestellt, während sie es zu Gelächter und zu Tränen rührte und ihm eine Vorstellung von der eigenen Sterblichkeit und der eigenen Unsterblichkeit vermittelte. Es war ihr Lieblingstraum, einer, der sie für gewöhnlich ganz erfüllte.

Doch diese Hoffnung verblaßte nun angesichts des geheimnisvollen Heimwehgefühls, das sie befiel wie ein zum Leben erwachter böser Traum.

Statt schwächer zu werden, wurde das Gefühl des Wiedererkennens stärker, je länger sie auf Gut Odyssey verweilte. Es beherrschte ihre Gedanken und ängstigte sie mehr als das Lampenfieber, das sie vor jedem Auftritt überkam.

»Heh!« Der Ruf eines Mannes schreckte sie auf. »Was treibst du hier? Wir dulden keine nichtsnutzigen Schauspieler so nah am Haus!«

Sie blickte auf und sah einen grauhaarigen Mann, der mit schnellen Schritten auf sie zukam. Er trug den warmen Umhang eines treuen Dieners, und darunter sah Rosie ein Lederwams hervorblitzen. Er fuchtelte mit den Armen, als brenne er darauf, sich seiner Fäuste zu bedienen, und Rosie versuchte argwöhnisch, sich vom Boden aufzurappeln.

»Vergebt mir, guter Mann.« Das Drahtgestell, das sie unter dem Rock trug, blieb an ihrem Absatz hängen, und Rosie versuchte fieberhaft, ihren Fuß zu befreien. »Ich werde sofort gehen.«

»Mach dich davon!«

»Das versuche ich ja!«

Als sie ihren Absatz endlich freibekommen hatte, versuchte Rosie erneut aufzustehen, doch ihre schweren Unterröcke vereitelten ihre Bemühungen.

»Herrgott nochmal!« Feindseligkeit aus allen Poren verströmend, packte der Mann sie an der Hand und zerrte sie hoch. »Und nun mach, daß du fortkommst, ehe ...«

Sie hob den Kopf, sah ihm zum ersten Mal ins Gesicht, und ...

Laß mich nicht allein mit ihm, Dada! Bitte, ich werde ganz brav sein, laß mich nicht allein.

Rosie schrie auf und gab Fersengeld, sie rannte davon, rannte wie auf der Flucht, suchte blindlings das Weite.

Hätte sie sich umgedreht, ihr Entsetzen wäre wohl noch größer geworden, denn der grauhaarige Mann rannte Hals über Kopf in die entgegengesetzte Richtung, das Echo eines Schreis noch auf den Lippen.

Kapitel 6

Ihr ein Mann? Euch fehlt ein männlich Herz.

WIE ES EUCH GEFÄLLT, IV, III, 118

Was führte das Mädchen im Schilde?

Tony beobachtete, wie Rosenkranz um das Herrenhaus schlich, und folgte ihr dann ebenso heimlich.

Nicht, daß es ihn kümmerte, was sie tat. Er sollte allen von dieser schamlosen Maskerade erzählen, die sie seit nunmehr fünf Tagen aufführte, doch es war einfach zu vergnüglich zu beobachten, wie sie als Jüngling verkleidet umherstolzierte. Die gegenwärtige Mode der wattierten Wämser verlieh einem Mann das gewünschte Gänsebauch-Profil, verbarg jedoch auch die Rundungen einer Frau. Rosenkranz machte sich dies ebenso zunutze wie die Vorliebe für große, weiche Barette, die das Gesicht umspielten, dabei mal das eine, mal das andere Auge verdeckten und ihr Antlitz so stets vor genauer Betrachtung schützten.

Nicht, daß er ihr Gesicht hätte sehen wollen.

Doch warum hüpfte Rosenkranz hoch, um einen Blick durch die Fenster zu erhaschen? Er hatte sie beschatten lassen, unauffällig natürlich, und wußte, daß sie nie einen Fuß in das Herrenhaus gesetzt hatte. Wenn es sie so reizte, warum ging sie dann nicht einfach hinein? Fürchtete sie, jemand würde sie am Kragen packen und hinauswerfen?

Nach einem ernsten Gespräch mit Hal, seinem Haushofmeister, hatte Tony den Schauspielern gestattet, das Untergeschoß des Hauses in Beschlag zu nehmen – vor allem die Küche, wo sie sich unablässig den Bauch vollschlugen. Jene bitteren Jahre im Haus seiner Mutter hatten Tony freigebige Gastfreundschaft gelehrt, und er empfand es als beleidigend, daß diese Rosenkranz offenbar der Meinung war, sein Haus sei von einer Pest verseucht, die nur sie befallen könne.

Er hatte keine besonderen Anweisungen hinsichtlich ihrer Person gegeben, obwohl er das hätte tun sollen. Jedes Flittchen, das einen erfahrenen Mann auf eine Weise küßte, die ihn glauben machte, sie sei noch Jungfrau, war eine fabelhafte, ja sogar gefährliche Schauspielerin. Wer wußte schon, zu welchen Missetaten sie andere im Namen der Unschuld verleiten konnte?

Deshalb beobachtete er sie. Um seine Gäste und seinen Haushalt zu schützen. Andernfalls hätte er ihr keinerlei Beachtung geschenkt.

Natürlich fand er es vergnüglich, wenn sie mit tiefer Stimme redete, ausholend gestikulierte und nach jedem Schluck Bier herzhaft rülpste. Doch ihre Verkörperung eines Jünglings an der Schwelle zum Mannesalter ließ zu wünschen übrig. Sie war, wie Tony bereits während der Vorstellung beobachtet hatte, eine jämmerliche Schauspielerin. Niemand konnte sie ernsthaft für einen Mann halten, doch niemand zollte ihr genug Aufmerksamkeit, um an ihrer Identität zu zweifeln. Sogar Jean strich Rosie aus ihrem Gedächtnis, nachdem sie ihrem Bruder einen belustigten, wissenden Blick zugeworfen hatte.

Tatsächlich, wenn Rosie nicht aufpaßte, würde sie eine der Dienstmägde, die sie beobachtet hatte, am Hals haben. Das könnte sich als amüsant erweisen.

Tony blickte auf seine hohle Hand hinab, die Hand, die

ihre Brust umfaßt hatte, und dankte dem Himmel für seine ungestüme Neugier. Wäre er nicht so draufgängerisch gewesen, würde er noch immer glauben, einen Jüngling geküßt zu haben.

Warum schlich Rosenkranz sich zur Treppe, die zur Galerie emporführte?

Tony beobachtete, wie sie auf Zehenspitzen die Treppe hinaufging und dann vier Stufen vor dem Ziel stehenblieb. Sie zögerte, wankte vor und zurück. Sie wollte durch die Tür ins Haus gehen, tat es aber nicht.

Doch warum nicht? Wovor hatte diese Frau, diese Rosenkranz, solche Angst?

Tony stieg die Treppe hinauf. Er ging mit festem Schritt, wie er es immer tat, doch Rosenkranz starrte noch immer auf die Tür. Als er sie fast erreicht hatte, schüttelte sie den Kopf, und Tony hörte, wie sie murmelte: »Du bist eine Närrin, eine Wahnsinnige dazu. Verschwinde, ehe die Götter dich niederstrecken.«

Sie wirbelte so jäh herum, daß Tony zusammenzuckte. Sie warf ihm einen kurzen Blick zu und stolperte. Er wollte sie auffangen, doch sie ruderte wild mit den Armen und stürzte hintenüber.

Sie schlug auf den Stufen auf, und Tony hörte, wie ein Knochen brach. Ihr entfuhr ein gellender Schrei, und das Blut wich aus ihrem Gesicht.

»Rührt Euch nicht«, befahl Tony.

Doch sie umklammerte ihren Arm und krümmte sich vor Schmerzen.

»Laßt mich Euch helfen.« Er versuchte, ihren Arm zu berühren, doch sie zog ihn eng an den Körper. Tony hatte dieses Verhalten bereits während seiner Armeezeit auf dem Festland gesehen. Landsknechte mit großen Schmerzen, die noch größeren Schmerz fürchten.

Und sie hatte allen Grund zur Furcht, das wußte er. Der Arm würde geschient werden müssen. Tony hatte es bereits mehrmals getan, doch es war eine entsetzliche Prozedur. Den Arm anschließend zu bandagieren würde Rosenkranz Linderung verschaffen, doch erst einmal mußte er sie ins Haus bringen. Er umfaßte ihr Kinn mit festem Griff und blickte ihr in die Augen. »Habt Ihr Euch noch andere Verletzungen zugezogen?«

Sie wimmerte.

»Sagt es mir«, beharrte er. »Schmerzt Euer Rücken? Euer Nacken?« Er bewegte behutsam ihren Kopf hin und her. »Eure Rippen?«

Er versuchte, ihre Rippen abzutasten, doch Rosie zuckte stöhnend zurück.

»Schmerzen ... Eure ... Rippen?« Er machte eine Pause nach jedem Wort, damit sie ihn verstehen konnte, und sie schüttelte den Kopf.

»Haltet Euren Arm fest.« Er stellte sich an ihre unversehrte Seite und legte behutsam die Arme um sie. Rosie zitterte vor Schmerz und schrie erneut auf, als Tony sie auf die Arme hob.

»Verzeiht, ich wollte Euch nicht weh tun.«

Sie würgte einen weiteren Schrei hinunter, während Tony durch die Tür des Herrenhauses trat und die Galerie hinabging. »Hal!«

Eine Dienstmagd eilte davon, um den Haushofmeister zu holen, und Tony rief ihr nach: »Sag Hal, er möge Bandagen und Schienen mitbringen!«

Eine zweite Bedienstete lief vor Tony her und öffnete die Türen. Hinaus aus der Galerie, die große Treppe hinauf zu den Schlafgemächern. Dort zögerte er. Alle siebenundzwanzig Schlafzimmer waren belegt, sowohl die großen Betten als auch die niedrigen Rollbetten, die unter die höheren geschoben wurden. Keiner seiner Gäste würde ihm dankbar sein, wenn er ihm einen Schauspieler als Zimmergenossen zumutete. Außerdem würde Rosenkranz Ruhe und Ungestörtheit brauchen, um ihren leiblichen Bedürfnissen nachzukommen – mehr Ungestörtheit als andere junge *Männer* nötig hätten.

Kleine Betrügerin.

Der einzige Ort, an den er sie bringen konnte, war sein Vorzimmer, doch er verspürte nicht das geringste Verlangen, die Dirne direkt vor der Nase zu haben. Er würde sie in die Küche tragen und den Arm dort schienen. Danach konnte Sir Danny kommen und sie abholen.

Mit einem Mal bemerkte er, wie etwas Feuchtes seinen Samtkragen durchnäßte. Rosenkranz hatte den Kopf gedreht, schmiegte ihr schmerzverzerrtes Antlitz an sein Wams und weinte wie ein verlegenes Kind.

Tony ertappte sich dabei, wie er sie auf die Matratze seines eigenen Bettes legte. »Hal!« rief er erneut.

»Hier bin ich, Herr. Womit kann ich dienen?«

Tony blickte nicht einmal auf, während er Rosies Finger von seinem Kragen löste. »Einer der Schauspieler hat sich den Arm gebrochen, und ich brauche dich, um den Burschen festzuhalten, während ich den Knochen schiene.«

Stille folgte. Sie währte so lange, daß Tony sich zur Tür umdrehte, wo Hal auf der Schwelle stand. »Komm schon, Mann, er hat Schmerzen!«

»Ein Schauspieler?« Rosenkranz hatte sich die Laken über das Gesicht gezogen, doch Hal starrte auf das Bett und knurrte: »Macht Euch nicht die Hände an ihm schmutzig. Ich bring' ihn in die Küche runter, dort kümmern sich die anderen Dienstboten um ihn.«

Tony wies den Vorschlag zurück, obwohl er wenige

Augenblicke zuvor genau dasselbe vorgehabt hatte. »Ich werde es hier tun.«

»Dann hole ich den Wundarzt, damit er Euch hilft.« Hal streckte die Hände aus, und Verbandszeug und Schienen purzelten zu Boden. »Ich bin nur ein unbeholfener alter Stallknecht, und ...«

»Dann hast du schon viele gebrochene Knochen gesehen, und ich will, daß *du* mir hilfst.« Seine Verblüffung ließ Tony in schärferem Tonfall sprechen als angemessen war, doch er hatte Hal nie zuvor derart aufgeregt erlebt. Streng, eigensinnig, doch ergeben, tat Hal stets auf Anhieb, was man von ihm verlangte, drückte sich niemals vor der Arbeit und zog Befehle nie in Zweifel. Er hatte bereits vor Tonys Ankunft auf Gut Odyssey gedient; seine aufopfernde Treue dem Anwesen und Tony gegenüber hatten ihm die höchste Stellung verschafft, die je ein Mann aus dem Volk dort erreicht hatte. Tony wußte, daß er sich in jeder Hinsicht auf Hal verlassen konnte, sogar wenn es darum ging, ein Geheimnis zu bewahren. Und Hal konnte leicht Rosenkranz' Geheimnis entdecken, während sie den Knochen schienten.

»Ist das der Schauspieler, den sie Rosenkranz nennen?« Hals rauhe Stimme klang beinahe atemlos.

»Herrgott nochmal, Hal!« Das Schluchzen, das vom Bett her kam, war einem Wimmern gewichen, und dieses Wimmern raubte Tony den letzten Rest Geduld. »Bring die Schienen her und laß uns anfangen!«

Hal schlurfte zum Bett, legte die Utensilien auf den Nachttisch und murmelte: »Das ist Gottes Rache für meine Sünden.«

»Du solltest dich vor meiner Rache hüten, wenn du nicht ...« Tony holte tief Luft. »Ich werde mich um den gebrochenen Arm kümmern, und du sorgst dafür, daß Rosenkranz sich nicht bewegt.«

Hal stand unschlüssig da und starrte Rosenkranz hilflos an, als wisse er nicht, wie er anfangen solle.

»Steig aufs Bett und setz dich auf ihn«, wies Tony ihn an.

Hal hob erst das eine, dann das andere Knie auf die Matratze und kroch zögerlich auf das Bett. Tony konnte ihn noch so sehr zur Eile mahnen, es fruchtete nichts. Er ließ seine Hände eine geraume Weile an Rosies Beinen entlanggleiten, auf und ab, wie Vögel, die nicht wissen, wo sie sich niederlassen sollen.

»Hier!« Tony packte Hal an den Handgelenken und drückte seine Hände auf Rosies Knie.

Wie auf ein Signal hin schlug sie die Decke fort. Ihre flekkigen Wangen waren vom Weinen geschwollen. Sie warf einen Blick auf Hals Gesicht und begann zu kreischen. Tony lief es kalt den Rücken herab, als sie schrie: »Er wird nicht bleiben, Dada. Laß mich nicht allein!«

Ein Anfall? Tony starrte sie an. Was für eine Art Wahnsinn war das?

Hal blieb wie versteinert sitzen, und sie schlug mit ihrem unverletzten Arm nach ihm. »Geh weg von mir, böser Mann! Böser Mann, geh weg!«

Hal stürzte sich auf sie. Tony brüllte und machte einen Hechtsprung nach vorn, doch Hal griff sie nicht an. Statt dessen legte er ihr die Hände auf den Mund und sagte: »Ich werde dir jetzt helfen. Verstanden? Ich werde dir nicht weh tun.« Sie blickte ihn mißtrauisch aus weit aufgerissenen Augen an, und er wiederholte: »Ich schwöre, ich werde dir helfen.«

Er zog langsam die Hände zurück und rechnete dabei mit einem weiteren Ausbruch. Der Abdruck seiner Hände malte sich weiß auf ihrer geröteten Haut ab, und Rosie atmete schwer, wie jemand, der keine Luft mehr bekommt.

Dann jedoch neigte sie majestätisch den Kopf und betrachtete Hal eine geraume Weile, ehe sie einwilligte. »Du darfst mir helfen, doch dann komm nie wieder in meine Nähe.«

»Psst. Rosie! Bist du wach?«

Sie versuchte, Sir Danny zu ignorieren und weiterzuschlummern, doch Sir Danny war bekannt für seine Hartnäckigkeit.

»Rosie, wie fühlst du dich?«

Ohne die Augen zu öffnen, fragte sie: »Wie sollte ich mich fühlen?«

»Nun, mit dem gebrochenen Arm und all dem fühlst du dich vielleicht zu schwach, um auf die Bretter zu steigen.« Er blickte sie prüfend an. »Aber nicht zu schwach, um dich darüber zu beklagen, richtig?«

Ein gebrochener Arm? Rosie schlug die Augen auf, ließ ihren Blick in dem luxuriösen Schlafgemach umherschweifen und stöhnte.

Nun, das hatte sie davon. Sie hatte versucht, sich in das Herrenhaus zu schleichen, und das bekommen, was sie verdiente. Einen gebrochenen Arm und gebrochenen Stolz. Das Letzte, woran sie sich erinnerte, war, wie sie sich in eine Schüssel erbrochen hatte, während der ehrenwerte Sir Anthony Rycliffe ihren Kopf stützte. Jetzt lag sie auf einem Bett, dem bequemsten Bett, auf dem sie je gelegen hatte. Am Kopfende türmten sich derart viele Kissen, daß sie während des Schlafs hinabgeglitten war und nun zusammengekrümmt auf der Matratze lag. Im Kamin loderte ein Feuer und erwärmte mit seinen Flammen den Raum. Überall standen Kerzenleuchter. Keine billigen, übelriechenden Talgkerzen, sondern Wachskerzen, die ein so reines Licht gaben, daß Rosie mit Sorge an die Kosten dachte.

Neben dem Bett stand Sir Danny, der so besorgt aussah wie damals, als sie als Kind Schweißausbrüche gehabt hatte. »Schmerzt es?«

Schmerzen? Alles schmerzte. Ihre Schulter schmerzte, wo Ludovic sie getroffen hatte, ihr Rücken schmerzte von dem Aufprall auf die Stufen. Ihre Beine taten weh, und ihre Kehle war wund vom Weinen. Sie erinnerte sich auch an ein Schreien, doch das war gewiß nicht sie gewesen. Und ihr Arm, Himmel, ihr Arm pochte wie rasend.

Schmerzen? Ja, sie hatte Schmerzen, doch das machte eine Lüge um so notwendiger. »Kaum.«

»Kann ich dir irgend etwas bringen? Wein, Dünnbier, Wasser?«

»Nein, ich will nur nach Hause. Mit dir«, fügte sie hastig hinzu, als er Anstalten machte zu widersprechen.

Sir Danny ließ sich auf die Fersen zurückwippen und hakte die Finger hinter die Litzen seines Wamses. »Welches Zuhause meinst du?«

»Den Wagen«, entgegnete sie eifrig. Als er nicht antwortete, fuhr sie fort: »Wir könnten unsere Sachen packen und nach London fahren. Ich würde mich verstecken, und du könntest für Onkel Will den *Hamlet* spielen. Du würdest beinahe ebenso viel Geld verdienen wie mit der Erpressung von ...«

»Man wird sich hier besser um dich kümmern.«

»Nein, ich kann nicht bleiben!«

»Wenn Sir Tony sagt, du kannst bleiben, dann kannst du es.« Sir Danny lächelte und gab ihr einen liebevollen Klaps. Er behandelte sie zum ersten Mal in ihrem Leben so, als sei sie eine Invalidin, und ließ sie mit Schrecken an die kommenden Wochen denken. »Du hast nicht jeden Tag die Gelegenheit, im Herrenzimmer zu schlafen.«

»Das hier ist nicht das Herrenzimmer.« Ohne sich darum zu scheren, daß ihre Muskeln bei jeder Bewegung förmlich knarrten, hob sie den unversehrten Arm und zeigte auf die Tür. »Es ist nebenan.«

»Nein, dort ist das Vorzimmer.«

»Aber nein, dort schläft der Hausherr«, beharrte sie. »Erinnerst du dich nicht? Als ...«

Als was? Was machte sie glauben, daß es das Herrenzimmer sei? Sie war schließlich nie zuvor hier oben gewesen. Ihre Gewißheit mußte Teil der Wahnvorstellungen sein – oder waren es Vorahnungen? –, die sie heimsuchten. »Nichts«, sagte sie. »Sorge dich nicht. Ich habe geträumt.« *Geträumt, daß ich jeden Winkel des Hauses erforscht habe.* »Können wir jetzt also gehen? *Er* hat meinen Arm geschient und bandagiert, und er schmerzt kaum noch.«

»Ich kann dafür sorgen, daß alle Schmerzen verschwinden«, sagte Sir Danny mit seiner beruhigenden Stimme. »Möchtest du, daß ich das tue?«

Ja, das wollte sie. Doch sie war auf der Hut. »Bringst du mich danach in den Wagen zurück?«

»Wenn es dir besser geht.«

Nach einer von Sir Dannys Behandlungen hatte sie sich stets besser gefühlt. »Bitte.«

Er nahm ihre Hand und streichelte sie. »Schau mich an. Denk daran, wie der Schmerz verschwinden wird, während du schläfst. Stell dir deinen Knochen vor, heil und stark, und wie die Bettruhe ihn wieder zusammenwachsen läßt.«

Sie blickte ihm in die Augen und folgte seinen Anweisungen. Sie dachte an Schlaf und Ruhe und stellte sich vor, wie ihr Knochen heilte. Es fiel ihr nicht mehr so leicht wie sonst, sich unter Sir Dannys Zauberbann zu entspannen. Sie hatte Schmerzen und war an einem fremden Ort. Doch allmählich zeitigten ihre Vertrautheit mit Sir Danny und die Routine Wirkung, und ihr fielen die Augen zu, während sie seiner beruhigenden Stimme lauschte.

Er strich ihr sacht übers Gesicht und murmelte: »Der Schlaf wiegt dich in seinen Armen, hält dich fest und sicher, bringt dir Linderung und Zufriedenheit. Du wirst hier bis zum Morgen schlummern, und wenn du aufwachst ...«

Sie erkannte die Falle zu spät. Er hatte versprochen, sie mitzunehmen, wenn sie sich besser fühlte. Doch wie konnte sie ihm sagen, daß sie sich besser fühlte, wenn sie schlief? Sie löste sich mühsam aus dem Bann seiner Stimme und versuchte, sich aufzusetzen, doch ihre Muskeln versagten ihr den Dienst. Sie sank zurück und wurde von vier Händen aufgefangen.

Von Sir Dannys Händen. Und von Tonys.

Sie blickte Tony an und nahm die Intelligenz wahr, die seine Züge schärfte. Dann schloß sie die Augen. Vielleicht würde er verschwinden, wenn sie so tat, als sei er nicht da. Vielleicht hatte er ihre Schreie nicht gehört, und vielleicht würde er sich nicht an ihre peinliche Übelkeit erinnern. Wichtiger noch: Vielleicht konnte sie diesen entschlossenen Ausdruck auf seinem Gesicht vergessen, der jenem so glich, den sie gesehen hatte, als Tony sie zum ersten Mal geküßt hatte.

Hände hoben sie hoch und stopften Kissen unter ihren Kopf. »Sir Danny?«

»Tu, was Sir Anthony dir sagt.«

Seine Stimme kam von weiter her als zuvor, und Rosie riß die Augen auf. Sir Danny, dieser Schuft, schlich in Richtung Tür und ließ sie allein. Allein mit *ihm*, nur weil er glaubte, sie sei zu krank, um in ihrem armseligen kleinen Zigeunerwagen bleiben zu können.

»Geh nicht!«

»Ich komme morgen wieder, um nach dir zu sehen,

Rosie. Sei brav.« Es war eine Ermahnung an ein Kind. »Und weine nicht.«

»Ich weine nie!«

Sir Danny schloß die Tür und ließ sie mit diesem Menschen zurück, der sie ängstigte. In jeder Beziehung.

Seit sie von der Bühne getreten war, hatte Tony sich ihr gegenüber vollkommen gleichgültig gezeigt. Doch das war offensichtlich anders geworden. Jetzt beobachtete er sie mit einem ansteckenden Grinsen, während er sich in einem Sessel an ihrem Bett rekelte. Er hatte sich seiner Halskrause und des Wamses entledigt, sein feines Leinenhemd war am Kragen offen. Eine goldene Kette schimmerte im Schein der Kerzen und reflektierte das Licht in goldenen Wellen auf Haut und Muskeln.

»Wie es aussieht, kommen wir so schnell nicht voneinander los«, sagte er.

Rosie war nicht sicher, was sie darauf antworten sollte. Der kühle Fremde der vergangenen Tage schien verschwunden zu sein, ebenso wie der selbstsichere Verführer, dem sie zuerst begegnet war. Der Verführer war in der Tat so spurlos verschwunden, daß sie argwöhnte, er würde nie wieder auftauchen – dem Himmel sei Dank.

»Ich mag Euren Sir Danny. Er ist ein echter Halunke, nicht wahr?«

»Er hat ein gutes Herz.«

»Oh, das beste von allen.« Tony klang heiter und ganz und gar nicht vorwurfsvoll. »Und er liebt Euch, als wärt Ihr sein eigen Fleisch und Blut. Er hat auch ein wachsames Auge auf Euch, denn er hat uns gefunden, noch ehe ich mit dem Schienen Eures Arms fertig war. Er hat stundenlang an Eurem Bett gewacht. Ich habe versucht, ihm zu sagen, daß Schlaf die beste Medizin für Euch sei, doch sobald ich ihm den Rücken zugedreht habe, hat er Euch geweckt.«

Das bedeutete, daß Tony ebenfalls im Raum gewesen war, während sie schlief.

Er fuhr sich mit der Hand durch sein kurzes Haar, als verunsichere ihn ihr Ernst. »Er nennt Euch Rosie.«

»Das ist die Kurzform von Rosenkranz.«

Er nickte feierlich. »Das habe ich vermutet.«

Als ihr bewußt wurde, wie albern ihre Erklärung geklungen hatte, war sie versucht, Tonys verschmitztes Augenzwinkern zu erwidern. Doch sie widerstand der Verlokkung. Wer war dieser Sir Anthony Rycliffe überhaupt? War er der forsche Liebhaber oder der vornehme Aristokrat? Oder war er ein gewitzter Halunke, der, wie sie fürchtete, einen scharfen Verstand hinter einer liebenswürdigen Fassade verbarg?

»Ich wäre nie auf den Gedanken gekommen, meinem Sohn einen derart edlen Spitznamen zu geben.« Er zog eine Braue hoch. »Ihr *seid* sein Sohn?«

»Ja, sein Sohn.« Sie wiederholte es um des Nachdrucks willen. »Sein *Sohn.*«

Tony legte den Kopf schräg und runzelte die Stirn. »Seltsam. Ich dachte, er hätte Euch adoptiert.«

»Ah.« Also zog er nicht ihr Geschlecht in Zweifel, sondern nur ihre Abstammung. Aus irgendeinem Grund erschien es sicherer, Sir Danny als ihren leiblichen Vater auszugeben, aber hatte Tony die Wahrheit nicht bereits erkannt? Sie versuchte, sich zu erinnern. Hatte er nicht eine Bemerkung darüber gemacht, daß Sir Danny sie liebte wie sein eigen Fleisch und Blut? Verwirrt und schmerzgeplagt ließ sie ihren Blick aus dem Fenster in die Dunkelheit hinausschweifen.

Ehe sie fragen konnte, sagte er: »Es ist zwölf Uhr nachts. Die Geisterstunde.«

Er sagte es mit solchem Nachdruck, daß sie erneut nach

draußen sah und dabei fast erwartete, die grinsende Fratze des Teufels durch das Glas äugen zu sehen.

»Es ist wirklich ungehörig von mir, Euch wach zu halten, während Ihr in Morpheus' Armen ruhen solltet. Möchtet Ihr, daß ich Euch ein Schlaflied singe, um Euch beim Einschlummern zu helfen?«

Sie schüttelte verlegen den Kopf.

»Ah, Ihr habt mich bereits singen hören.«

Er entlockte ihr ein Kichern, und sie schlug sich die Hände vor den Mund, als wolle sie es zurückrufen.

Tony erhob sich, um die Kerzen auszublasen. Dann hielt er inne. »Sir Danny sagt, Ihr fürchtet Euch vor der Dunkelheit.«

Sir Danny redete zuviel. Sie wollte nicht, daß Tony ihre Schwächen kannte. Sie wollte keine Schwächen *haben.* »Ein Mann fürchtet sich nicht.«

»Nein.« Er ging im Raum umher und löschte alle Kerzen bis auf eine – die Nachtkerze auf dem Halter, der in das Kopfbrett des Bettes geschnitzt war. »Ein Mann nicht.«

Das Feuer im Kamin flackerte wie Drachenzungen, sog das Licht auf und verwandelte es in Schatten. Die kalte, hungrige Novemberdunkelheit kroch heran, und Rosie zog sich die Decken hoch bis ans Kinn.

Ihr Unbehagen schien Tony nicht zu beeindrucken. »Meine Köchin, Mistress Child, hat einen Aufguß aus Weidenrinde und Mohnsaft gebracht, der Eure Schmerzen lindern wird, und sie würde mir mit der Rute kommen, wenn sie erführe, daß ich Euch leiden lasse.«

Rosie mußte erneut kichern, und ihr wurde bewußt, daß sie erschöpfter sein mußte, als sie gedacht hatte. Doch die Vorstellung, wie diese hochgewachsene würdevolle Frau Sir Tony verdrosch! »Das gibt mir einen Grund, ihn nicht zu trinken.«

»Biest«, sagte er im Scherz.

Er beugte sich so unerwartet über sie, daß Rosie zusammenzuckte. Das Licht der Kerze fiel auf sein goldblondes Haar und ließ es silbern schimmern. Seine Augen leuchteten wie polierte Amethyste, und seine Lippen glänzten wie zwei glatte Steine, die sie einst in einem Bach aufgelesen und seither aufbewahrt hatte. Er sprach mit sanfter, besorgter Stimme wie die Mutter, die sie nie gekannt hatte, und lachte leise wie der Vater, an den sie sich kaum noch erinnerte.

Hatte sie erwartet, den Teufel draußen vor dem Fenster zu sehen?

Törichtes Weib! Der Teufel war bei ihr im Zimmer und hatte sich in kostbares Metall, kostbare Erinnerungen und kostbare Erwartungen eines Mädchens verwandelt, das nie zur Frau werden konnte.

»Trinkt dies!« drängte er.

Seine Wangen über dem goldblonden Bart schimmerten wie zwei ebenmäßige rosige Pfirsiche. Seine Ohren hatten die Form von mit rosa Perlmutt überzogenen Austern. Sein Atem duftete leicht nach Minze und Zitrone, und seine makellose Haut sah aus wie Honig.

»Trinkt dies«, wiederholte er, »und ich bringe Euch etwas Suppe. Ihr schaut mich an, als wolltet Ihr mich verschlingen.«

Sie bemerkte verdutzt, daß sie Tony nicht deshalb so fasziniert betrachtete, weil er so verlockend war, sondern weil sie einen Bärenhunger hatte. Darum wollte sie mit der Zunge über seine Haut fahren, um zu sehen, ob sie ebenso gut schmeckte wie sie aussah.

Er legte ihr den Becher an die Lippen, und der üble Geruch stieg ihr just in dem Augenblick in die Nase, als das Gebräu ihre Lippen benetzte. Sie versuchte, den Kopf zurückzuziehen, doch Tony hielt ihren Nacken fest, und sie schluckte die widerliche Brühe bis auf den letzten Tropfen. Nicht, weil Tony es so wollte, sondern um seiner Berührung zu entfliehen.

Seine Hand brannte wie Feuer auf ihrer Haut, und Rosie kam erneut der Teufel in den Sinn.

»Schauderhaft, nicht wahr?« sagte er, und sie fragte sich, woher er das wußte.

Doch er sprach über das Gebräu.

»Ich hole Euch sofort die Suppe. Sie wird helfen, den Nachgeschmack fortzuspülen.«

Er erhob sich vom Bett, und sie fröstelte. Wenn seine Berührung sie versengte, warum fröstelte sie dann, wenn er sie nicht berührte? Glich sein Feuer einer Sucht, die mit ihrer Schönheit Anhänger lockte?

»Wie ist Sir Danny zu seinem Ehrentitel gekommen?« wollte er wissen.

»Ehrentitel?« Er kam mit einer dampfenden Schüssel zurück, und Rosies Blick blieb auf seinen breiten Händen und langen Fingern haften. Er war ein stattlicher Mann, dennoch wirkten seine Hände übergroß, zur Mildtätigkeit fähig, doch geschaffen zum Herrschen.

»Sir Danny Plympton, *Esquire*. Wer hat ihn auf diese Weise geehrt?«

Er lehnte sich mit der Hüfte ans Bett und fütterte Rosie einen Löffelvoll Suppe – einen großen Löffelvoll.

Nachdem sie die Suppe geschluckt hatte und wieder zu Atem gekommen war, anwortete sie, ohne nachzudenken. »Den Titel hat er sich selbst zugelegt.«

Tony brach in herzhaftes Gelächter aus. »Wahrlich, Euer Sir Danny gefällt mir!«

Nach einem weiteren bis zum Rand gefüllten Löffel fragte Rosie sich, ob es ihr wohl gelingen würde, Tony den Löffel zu entreißen. Aß er selbst auf diese Weise, oder waren diese Mengen für den jungen Burschen gedacht, der zu sein sie vorgab?

»Wie kam es dazu, daß er Euch adoptiert hat?«

»Ich bin am Straßenrand ausgesetzt worden.« Seltsam. Dies zuzugeben – denn es war die Wahrheit – verdarb ihr den Appetit, und sie stieß seine Hand beiseite. »Als ich ungefähr vier Jahre alt war.«

»Erinnert Ihr Euch daran?«

Erinnerte sie sich daran? Nur in ihren Träumen, und diese Träume waren sehr schmerzhaft. »Ich habe keinerlei Erinnerungen mehr.«

»Nicht einmal an Eure Eltern?«

»Ihr nennt sie ›Eltern‹? Welche Eltern würden ihr Kind dem Hungertod überlassen?«

Er schien über diese Frage nachzusinnen. »Welche Mutter würde ihr Kind seinem geliebten Heim entreißen?«

Was meinte er damit? Wagte sie zu fragen?

»Seid Ihr sicher, daß Ihr keine Suppe mehr möchtet?« Er schwenkte die Schüssel vor ihrer Nase hin und her.

»Keine mehr.« Und keine Fragen mehr – weder an sie, noch von ihr.

Er verstand den Doppelsinn ihrer Worte nicht. »Ihr habt Hal *Dada* genannt.«

»Hal?«

»Der Mann, der Euch festgehalten hat, während ich Euren Arm geschient habe.«

Hal? Ja, sein Name war Hal, und etwas an ihm ängstigte sie. Etwas, dem sie heute nacht nicht die Kraft hatte, sich zu stellen. »Ich erinnere mich nicht.«

»Kommt schon! Ich will gerne glauben, daß Ihr Euch nicht an Eure Eltern erinnert, doch es ist erst einige Stunden her, daß wir Euren Knochen geschient haben. Ihr müßt

Euch daran erinnern, warum Ihr ihn *Dada* genannt habt.«

Vielleicht würde sie nie die Kraft haben, diese Geheimnisse zu ergründen. Vielleicht wollte sie einschlafen und nicht eher aufwachen, als bis sie die Kraft hatte, von diesem Ort zu flüchten. »Warum fragt Ihr nicht Hal?«

Tony betrachtete eindringlich ihr Gesicht und stellte dann die Schüssel beiseite. Er hantierte im Zimmer herum, während sie die Augen schloß und wünschte, er würde gehen, weil sie sich vor ihm fürchtete – und bleiben, weil sie sich ohne ihn fürchtete.

»Rosie?«

Rosie, mehr nicht, doch als er ihren Namen aussprach, konnte sie beinahe den Duft der ersten Frühlingsrose riechen und das frische Rot ihrer Blüte sehen. Seine Stimme, die so nah an ihrem Ohr erklang, verleitete sie dazu, die Lider aufzuschlagen, sich langsam umzudrehen und in sein Gesicht zu blicken. Er betrachtete sie. Seine blauen Augen leuchteten, seine Lippen waren leicht geöffnet, und seine Zunge berührte flüchtig seinen Mundwinkel, wie bei einem Jungen, der in den Anblick eines köstlichen Puddings versunken ist.

Ihre eigenen Lippen öffneten sich. Sie erinnerte sich an ihre erste Lektion im Küssen und wollte eine zweite. Er beugte sich vor, sie tat es ihm nach. Er streckte beide Hände aus, sie streckte ihm ihre unversehrte Hand entgegen. Er legte ihre Finger um etwas Kaltes, Schweres und flüsterte: »Ich lasse Euch jetzt allein, damit Ihr Euch aufs Zubettgehen vorbereiten könnt.«

Er glitt hinaus und schloß die Tür, und Rosie schaute ihm verdutzt hinterher. Dann blickte sie auf das Geschenk, das er ihr gegeben hatte.

Ein Nachttopf. Er hatte ihr einen Nachttopf gegeben.

Kapitel 7

Der Bursch ist klug genug, den Narrn zu spielen,
Und das geschickt tun, fordert ein'gen Witz.

WAS IHR WOLLT, III, 1, 61

Einen Nachttopf! Tony ließ die Tür ins Schloß fallen. Er hatte Rosie einen Nachttopf gegeben!

Mit einem Stöhnen ließ er den Kopf gegen die massive Eichentür fallen. Wo war der elegante Verführer vom vergangenen Jahr geblieben? Der alte Tony hätte einer Frau, die er begehrte, niemals einen Nachttopf in die Hand gedrückt. Doch der alte Tony war auch niemals einer Frau wie Rosie begegnet. Einer Frau, die ihn in Frauenkleidern ebenso anzog wie in Männerkleidern.

Er hatte Frauen stets gemocht. Geliebt. Er hatte es geliebt zu beobachten, wie sie in ihren steifen Röcken die Straßen entlangtrippelten. Hatte es geliebt, von seiner hohen Warte aus in ihre Mieder zu lugen und sich an den Schönheiten zu erfreuen, die sich darunter verbargen. Hatte es geliebt, sich vorzustellen, was sich unter ihren leibverformenden Korsetts und Reifröcken verbarg. Er hatte ihre lockigen Perücken und hochhackigen Schuhe geliebt und die Holzkohle, mit der sie sich die Wimpern schwärzten, und die Parfums, mit denen sie ihre Glieder bestäubten. Er hatte sie geliebt, weil sie sich wie Frauen benahmen – Frauen, die lebten, um ihm zu gefallen.

Nun stellte er fest, daß Rosie ihm nicht wegen der Dinge gefiel, die sie tat oder trug, sondern um ihrer selbst willen.

Rosie, die großspurig wie ein junger Spund umherstolzierte. Rosie, die mit gebrochenem Arm vor Schmerzen wimmerte. Rosie, die Männerkleidung trug.

Ha, er würde sie auch mögen, wenn sie nichts trüge!

Er stöhnte. Er würde sie *lieben,* wenn sie nichts trüge.

Und er hatte ihr einen Nachttopf als Liebespfand gegeben – weil er ihr die Peinlichkeit ersparen wollte, ihn darum zu bitten, ihn aus dem Zimmer zu weisen, damit sie ihn benutzen konnte. Welche Art von Mann kümmerte sich derart fürsorglich um eine Frau?

Er schlug mit dem Kopf gegen die Wand und rieb sich dann die wunde Stirn. War er etwa im Begriff, sich in eine dieser zutiefst erbarmungswürdigen Kreaturen zu verwandeln: in einen feinfühligen Mann?

Er machte einen Satz von der Tür weg, als sei sie glühendheiß, und straffte die Schultern. Feinfühlig? Ganz gewiß nicht! Das würde er auf der Stelle beweisen. Er würde sich zu ein paar Söldnern gesellen, zu viel trinken, zu laut lachen und unanständige Leibesgeräusche von sich geben. Er würde das beste Pferd aus dem Stall nehmen und zu schnell reiten, und dann würde er sich ein dralles Schankmädchen suchen, ihr die Röcke über den Kopf schlagen und …

»Ich werde hineingehen.«

»Madam, das werdet Ihr nicht.«

In dem durch Nachtkerzen spärlich erhellten Flur konnte Tony das Streitgespräch zwar hören, die Beteiligten jedoch nicht sehen. Er streckte sich und blickte die Treppe hinunter, sah jedoch niemanden. Jene, denen die Stimmen gehörten, mußten im Treppenschacht stehen, und die Dunkelheit, die sie verhüllte, verbarg auch ihn.

»Ich verlange zu wissen, warum Sir Rycliffe den ganzen Abend in diesem Gemach verbracht hat.«

Tony erkannte das Auftreten, wenn nicht die Stimme. Lady Honora.

»Was verleiht Euch das Recht, eine derartige Forderung zu stellen?« Es war Sir Danny.

»Ich bin Tonys Verlobte.«

Tony klappte die Kinnlade herunter.

»Tatsächlich?« Sir Danny klang nachdenklich.

Tony tat einen Schritt auf den Treppenschacht zu.

Lady Honoras Antwort ließ ihn innehalten. »Vielleicht habe ich das ein wenig voreilig verkündet. Ich bin Tonys *zukünftige* Verlobte.«

Tony wich stolpernd zurück. Lady Honora? Schwindelt, wird ertappt und gibt ihre Lüge zu? Was stimmte nicht mit ihr?

»Ihr solltet besser andere Pläne schmieden«, sagte Sir Danny und klang dabei vornehmer und hochmütiger als Lady Honora selbst.

»Was wollt Ihr damit sagen?«

Genau das hätte Tony auch gern gewußt. Was meinte Sir Danny damit?

»Nur eine Närrin würde sich derzeit mit Sir Anthony Rycliffe verloben. Und Ihr, Madam, seid keine Närrin.«

»Werdet deutlicher«, forderte Lady Honora herablassend.

Mit geschärften Sinnen schlich Tony im Schutz der Schatten näher.

»Sir Anthony Rycliffes Stellung als Günstling der Königin ist gefährdet, sein Anspruch auf Gut Odyssey gründet lediglich auf ihrer Gunst, und im Adel gehen Gerüchte von der Rückkehr des wahren Erben um.«

Tony erstarrte.

»Die Rückkehr des wahren Erben von Gut Odyssey?«

Lady Honora klang verstimmt. »Mir ist kein derartiges Gerücht zu Ohren gekommen.«

»Vielleicht solltet Ihr ein paar Erkundigungen einholen«, entgegnete Sir Danny. »In einer Angelegenheit, die so bedeutsam für Eure Zukunft ist, wäre es ratsam, alle Umstände zu kennen.«

Die Stille, die folgte, war vielsagender als alle Worte. Lady Honora glaubte seinen Ausführungen vielleicht nicht ganz, doch sie schenkte ihnen Beachtung. Tony wich zurück, als sie mit einer Kerze in der Hand den Flur entlangkam. Sie blieb vor ihrer Zimmertür stehen und blickte dorthin zurück, wo Sir Danny stehen mußte, verschwand dann in ihrem Gemach und verschloß die Tür hinter sich.

Aus dem Treppenschacht drang ein triumphierendes, gackerndes Lachen an Tonys Ohr, gefolgt von gleichmäßigen Schrittgeräuschen, als Sir Danny die Treppe hinunterging.

Er hat gut daran getan zu gehen, dachte Tony grimmig. Wäre er geblieben, hätte er ihm den mageren Hals umgedreht, bis er gegackert hätte wie ein Huhn.

Wer war dieser Sir Danny Plympton? War er wirklich ein Schauspieler, wie er behauptete, oder war er ein Spitzel der Königin?

Oder schlimmer noch, war er ein Spitzel der Feinde der Königin?

Oder war er ein Ehrgeizling der übelsten Sorte, ein zwielichtiger Geselle, der eine Verschwörung ausheckte, um Gewinn aus einem toten Edelmann und seiner toten Tochter zu ziehen?

Tony blickte auf die Tür seines Gemachs und grinste, wobei er die Zähne derart fest zusammenbiß, daß sein Kiefer knirschte. War das eine Erklärung für die Frau in seinem Schlafgemach? War sie der Schlüssel zu diesem Geheimnis?

Denn wenn sie es war, würde er ein wachsames Auge auf Klein-Rosie haben müssen. Bei ihr waren ein wachsames Auge und eine zügelnde Hand durchaus vonnöten, bei dieser Frau, die einen Mann spielte, der eine Frau spielte … und einen Erben?

»Tony.«

Tony ließ seinen Blick über die Terrasse schweifen, wo das fürstliche Morgenmahl allmählich kalt wurde. An diesem geschützten Platz bewegte der laue Wind das weiße Tafeltuch nur ganz sacht, das Salz und das Tafelsilber glitzerten in der Vormittagssonne, und die Bediensteten standen mit Messern und Löffeln bereit und warteten darauf, daß die Gäste, offenbar alles Langschläfer, zum Essen erschienen.

Tony hatte ein köstliches Festmahl in Auftrag gegeben, nachdem er Sir Dannys dreiste Ausführungen über den verschollenen Erben gehört hatte. Er wußte, wie rasch Gerüchte sich verbreiteten, und er wußte auch, daß Lady Honora Sir Dannys Ratschlag gewissenhaft befolgen und sich nach derartigen Gerüchten umhören würde. Doch das hatte sie gewiß noch nicht getan. Sie hatte über Nacht keine Gelegenheit dazu gehabt, und außer ihr hatte niemand davon gehört – hoffte er.

»Tony.«

Da war es wieder, ein Zischen aus dem Gesträuch. Er schlenderte zu der dornigen Stechpalme hinüber, teilte die Zweige und blickte in das tränenfeuchte Gesicht einer seiner zahlreichen Heiratskandidatinnen.

Wie war noch ihr Name? Ach ja, Blanche, die mit dem reizenden Schmollmund und dem allzu willigen Lächeln.

»Lady Blanche, was lauert Ihr hier im Gebüsch?« Er streckte die Hand aus. »Kommt und eßt.«

»Ich kann nicht. Wir reisen ab. Ich bin nur gekommen, um Euch zu sagen ...«, ihr Kinn bebte, »daß ich kein Wort davon glaube. Und selbst wenn es wahr wäre ... ich werde Euch immer lieben.«

Tonys Nackenhaare richteten sich auf. Noch nicht. Es konnte sich noch nicht herumgesprochen haben. »Was glaubt Ihr nicht?«

»Diese Geschichte.« Sie tupfte sich mit einem Spitzentüchlein die tränenfeuchten Augen trocken. »Über den Erben.«

Die Luft schien mit einem Male dünner zu sein. Tony hatte Mühe, richtig Atem zu holen, doch er lächelte unter Aufbietung seines ganzes Charmes. »Der Erbe?«

»Der wahre Erbe von Gut Odyssey. Ich habe Vater gesagt, daß es nur ein Gerücht ist, und daß die Königin Euch noch immer liebt – wie sollte sie das nicht? – und daß ich Euch selbst dann heiraten könnte, wenn es wahr wäre, und daß meine Familie für uns sorgen könnte, doch er wollte nichts davon hören.«

Sie wimmerte wie ein Säugling, den man von der Brust genommen hat, während Tony ihre Hand tätschelte und sich einen Plan ausdachte, und zwar so schnell und wirkungsvoll wie ein General in einer Schlacht, in der sich das Blatt ständig wendet.

Er brach in Gelächter aus. Herzliches, vergnügtes Gelächter – gezwungenes Gelächter, doch das bemerkte Lady Blanche nicht. »Macht diese alte Geschichte schon *wieder* die Runde?« Er stemmte die Fäuste in die Hüften und brüllte vor Lachen – ein Lachen, das Aufmerksamkeit erregte. Ein Lachen, das seine Gäste aus ihren Verstecken lockte. »Wer ist diesmal der Erbe? Meine Stallmagd? Eine verarmte Edelfrau? Oder irgendein Weibsbild aus London, das die Mär gehört hat und ein paar Pfund daran verdienen will?«

Gäste strömten durch die geöffneten Türen, begierig auf Gaumenfreuden und Erklärungen.

»Guten Morgen, Bruder.« Jean begrüßte ihn mit einem Kuß auf die Wange. »Du bist guter Dinge heute morgen.«

»Ja, ich habe mein Lieblingsmärchen gehört.« Sie war sicher zu ihm gekommen, weil sie das Getuschel vernommen hatte. Er drückte sie herzlich, dankbar für ihre Unterstützung. »Wieder einmal.«

»Guten Morgen.« Lord Hacker schlenderte herbei und streckte sich gähnend, als habe er nicht hinter den Dekorationsstoffen gelauert. »Erzählt Ihr Märchen, Tony?«

»Ja, das Märchen vom verschollenen Erben. Möchtet Ihr es hören?« Tony ging zur Tafel und nahm einen Teller. »Ich habe es schon so oft gehört, daß ich es auswendig kann.«

Zwei Paare schlenderten herbei, gefolgt von einer schnatternden Schar von Tonys Heiratskandidatinnen, allesamt in Reisekleidung. Hatten alle seine Gäste vorgehabt, sich still und heimlich davonzustehlen?

»Es war ein Tragödie, Tony.« Jean nahm ebenfalls einen Teller und warf den wie gebannt dastehenden Dienern einen belehrenden Blick zu. Sie gingen sofort in Habachtstellung und hielten dabei ihre Löffel wie Soldaten ihre Musketen. Während sie Eier und geschnittenen Schinken auftrugen, sagte Jean: »Lord Sadler und seine kleine Tochter flüchteten aus ihrem Londoner Stadthaus, nachdem ein Lakai an der Pest gestorben war, nicht wahr?«

»Richtig.« Tony reichte Lady Cavilham mit einer lächelnden Verbeugung einen Teller und war erleichtert, als sie sein Lächeln gegen ihren Willen erwiderte.

Gut. Wenigstens hatte er nicht über Nacht seinen Charme verloren.

Er fuhr fort. »Sie brachen überstürzt nach Gut Odyssey auf und beluden ihre Kutsche nur mit dem Notwendigsten ...«, er machte eine Kunstpause und lockte damit die restlichen Gäste ins Freie, »... verschwanden und wurden nie wieder lebend gesehen.«

»Ich erinnere mich.« Lady Caustun-Oaks, eine Frau, deren Antlitz von einem langen Leben zeugte, nickte. »Die Kutsche wurde später gefunden, nicht wahr?«

»Ihrer Ausstattung beraubt, ohne die Pferde, mit den verwesenden Leichen Lord Sadlers und des Kindermädchens im Innern und der des Kutschers ganz in der Nähe.« Die grausigen Tatsachen wischten jeden Rest von Eigennutz aus Tonys Gedanken.

Die Schar junger Frauen wimmerte.

»Ich bitte um Verzeihung«, sagte er mit feierlichem Ernst. »Eine solche Erinnerung an unsere eigene Vergänglichkeit ist kein erbauliches Tischgespräch.«

»Wurden sie ermordet?« fragte eins der Mädchen.

»Ich erinnere mich auch«, sagte Jean und nickte Lady Caustun-Oaks zu. »Sie sind der Pest zum Opfer gefallen, und wie jemand den Mut hatte, diese Ansteckungshöhle zu betreten, um das Gepäck, das Geld und sogar den Schmuck von den Leibern der Toten zu rauben, werde ich nie begreifen.«

»Die Königin war zutiefst betrübt über den Verlust.« Lady Honora trat auf die Terrasse, aufrecht und makellos. »Lord Edward war einer ihrer liebsten Höflinge, und sie wünschte sich seinen Ring – den Ring, den sie ihm geschenkt hatte –, um sich an ihn zu erinnern. Doch er war verschwunden, verschwunden wie der Dieb, der auch den Rest mitgenommen hatte.«

»Möge seine Seele in der Hölle schmachten.« Tony war es ernst damit, ohne daß er genau sagen konnte, warum. Gewiß, der Dieb hatte eine tragische Geschichte in ein Geheimnis verwandelt, das ihn, Tony, zeitlebens verfolgen würde. Doch der Soldat in Tony haßte ihn vor allem deswegen, weil er ein Leichenfledderer war.

»Hat man das kleine Mädchen gefunden?« Es war Lady Blanche, die sich von derselben makaberen Neugier aus dem Gebüsch hatte locken lassen, die auch die anderen fesselte.

Tony reichte ihr einen Teller. »Nehmt vor Eurer Abreise lieber etwas zu Euch, Lady Blanche.« Sie nahm die Einladung mit einem matten Lächeln an, und er sagte: »Nein, das Kind ist nie gefunden worden, nicht einmal sein Leichnam. Man ist davon ausgegangen, daß es umhergeirrt und dann gestorben ist.«

Jean schüttelte den Kopf. »Daran war der Dieb schuld. Ich kannte dieses Mädchen. Sie liebte ihren Vater, und er liebte sie. Sie wäre niemals von seiner Seite gewichen, nicht einmal, als er gestorben war. Der Dieb muß sie geraubt haben.«

»Warum?« Lady Blanches große Augen traten hervor, und sie sprach das Wort voller Entsetzen aus.

»Vielleicht war sie nicht krank, und er hat sie mitgenommen, um sie an ein Bordell zu verschachern.« Lord Bothey trat aus der Tür und starrte seine Tochter finster an. »Das geschieht mit Mädchen, die ihrem Vater nicht gehorchen.«

Lady Blanche wurde bleich, doch Lady Honora reckte sich zu ihrer vollen Größe. »Ich habe meinem Vater gehorcht, als er mich vermählte, und er hätte mich ebensogut an ein Bordell verschachern können.« Die Anwesenden schnappten hörbar nach Luft, und in Lord Botheys weit aufgerissenen Augen spiegelte sich ebensolches Entsetzen wie in denen seiner Tochter. »Versucht also nicht, das Mädchen mit solchen Drohungen zu ängstigen, Freddie. Das sind nur Eure dreisten Einschüchterungsmethoden.«

»Das ist nur allzu wahr, Vater.« Lady Blanche warf den Kopf in den Nacken und sagte: »Also werde ich hierbleiben.«

»Das wirst du nicht!« brüllte Lord Bothey. »Wir reisen augenblicklich ab. Wenn die verwaiste Erbin zurückgekehrt ist, verliert dieser Emporkömmling Tony seinen Besitz, und ich habe einen mittellosen Schwiegersohn am Hals.«

Die Gesellschaft blickte von Lord Bothey zu Tony, und Tony enttäuschte sie nicht. »Lord Bothey, Ihr vergeßt da einige Dinge.«

»Wie?« Lord Bothey, der wußte, daß er die Grenze des Erlaubten überschritten hatte, wurde so scharlachrot wie die Stickereien auf seinem Hemd und starrte Tony wütend an.

»Einer der Bediensteten ist lebend aus London zurückgekehrt – Hal, mein Haushofmeister. Man hatte ihn in London zurückgelassen, um die Pferde nach Gut Odyssey zu bringen, und er sagte, daß Kind sei bei Lord Sadlers Abreise bereits krank gewesen. Selbst wenn es sich erholt hätte – und wir wissen alle, wie unwahrscheinlich das ist –, hätte es nicht ohne Hilfe genesen können. Sein Vater starb, sein Kindermädchen starb, der Kutscher starb, und niemand hätte ein pestkrankes Mädchen geraubt. Niemand ist so verrückt, und so bleibt das Schicksal des Mädchens ein Geheimnis.« Er hielt inne, um das Gesagte einsickern zu lassen, und fügte dann hinzu: »Unsere gute Königin war in der Tat zutiefst bekümmert über den Verlust von Lord Edward, und sie befahl die Suche nach ihm, die jahrelang andauerte. Fünf ganze Jahre, Lord Bothey. Gut Odyssey stand insgesamt fünfzehn Jahre lang leer. Erst als Königin Elisabeths tiefste Zweifel verklungen waren, hat sie mir das Gut als Lehen überlassen. An die Existenz eines Erben zu glauben heißt, die Weisheit unserer Königin in Zweifel zu ziehen.«

»Hört mal!« stotterte Lord Bothey. »Hört mal!«

»Aus diesem Grunde...«, Tony trat so nahe an Lord Bothey heran, wie dessen vorgewölberter Bauch es zuließ, »... und ohne daß sie selbst irgendeine Schuld daran träfe, kann ich Eure Tochter nicht bitten, meine Gemahlin zu werden. Ein Emporkömmling wie ich kann es nicht wagen, sich mit einer Familie zu verbinden, deren Oberhaupt es an Vertrauen zur Monarchie mangelt.«

Ein scharfes Zischen ertönte, als alle Anwesenden gleichzeitig nach Luft schnappten, und Lord Bothey wurde bleich. »Ich habe nie ... mir mangelt es keineswegs an Vertrauen zu unserer gesegneten Königin! Ich habe nie behauptet, daß keine Frau auf Englands Thron sitzen solle, daß es gegen die Gesetze Gottes und der Menschen verstoße. So etwas habe ich nie gesagt.«

»Oh, Vater.« Lady Blanche stöhnte verzweifelt auf.

»Wenn ich an Eurer Stelle wäre, Lord Bothey«, sagte Jean, »würde ich mich schleunigst nach London begeben und unsere gesegnete Herrscherin Eures Vertrauens in sie versichern. Sie wird nicht erfreut sein, wenn sie vom Wiederaufleben dieses Gerüchtes erfährt. Und muß ich Euch daran erinnern, daß Ihr *nicht* ihr liebster Höfling seid?« *Im Gegensatz zu meinem Bruder*, fügte sie wortlos hinzu.

Tony ließ seinen Blick über die bestürzten Adligen schweifen. »Kommt, laßt uns speisen und Lord Bothey und seiner Familie eine glückliche Reise wünschen. Der Rest von Euch bleibt, nehme ich an?«

Alle nickten gleichzeitig wie einfältige Schafe, die sich ihrem Scherer nicht zu widersetzen wagten. Er hatte ihre Flucht mit Hilfe von List und Einschüchterung vereitelt, denn niemand würde es wagen, sich Elisabeths Zorn auszusetzen, indem er den Gerüchten von der Rückkehr der Erbin Glauben schenkte. Doch er konnte seine Gäste nicht ewig auf seinem Gut festhalten, das wußte er. Einer nach dem anderen würde Ausflüchte erfinden und sich davonmachen, begierig, Tonys Untergang zu verfolgen, doch ängstlich darauf bedacht, nicht darin verwickelt zu werden.

Dieses verdammungswürdige Gerücht hatte sich schnell verbreitet. Zu schnell. Hatte es bereits in den vergangenen Tagen die Runde gemacht, oder hatte es sich wie ein Lauffeuer verbreitet, seit Sir Danny es gestern nacht erwähnt hatte? Gab Sir Danny nur wieder, was er gehört hatte, oder war er es, der die Geschichte angezettelt hatte?

Das Fest mochte zu Ende gehen, doch die Schauspielertruppe würde bleiben müssen. Bleiben, bis Tony der Sache auf den Grund gegangen war, und das konnte zwei Wochen dauern, einen Monat ... er dachte an Rosie, die oben in seinem Bett lag, und lächelte. Ein Jahr.

»Guten Morgen allesamt! Sollen wir uns am Morgenmahl gütlich tun, solange unser Appetit groß ist?« Ann stand in der Tür und strahlte die Gesellschaft an, allen unterschwelligen Spannungen zum Trotz.

»Das sollten wir in der Tat«, pflichtete Tony ihr bei. »Und mein Appetit ist sehr groß.«

Doch nicht auf Essen. Es dürstete ihn nach Wissen, und war Rosie nicht die beste Quelle dieses Wissens? Mußte er nicht, zu seinem eigenen Besten, diejenige verhören, die er für die Schlüsselfigur dieser ganzen Intrige hielt? Und wenn sie sich als unempfindlich gegen subtile Befragung erweisen sollte, wäre er dann nicht gezwungen, die Wahrheit aus ihr herauszufoltern?

Oh, natürlich nicht im wörtlichen Sinne. Er folterte Frauen nicht körperlich. Er überzeugte sie mit den Waffen, die er zur Hand hatte. Und in diesem Fall waren die besten Waffen, die er zur Hand hatte, wohl ... seine Hände.

Er sah hinab auf seine hohle Hand, die sich wieder in der unvergeßlichen Form von Rosies Brust wölbte.

Kapitel 8

Hier ist Rosmarin, das ist zum Gedenken.

HAMLET, IV, V, 174

»Ich verstehe Ophelia nicht. Sie ist eine bemitleidenswerte Frau.« Rosie legte sich den Arm über den Bauch und hielt ihn, als habe sie zu viele grüne Äpfel gegessen. »Ich will den Laërtes spielen.«

»Laërtes ist eine wichtige Rolle im *Hamlet,* aber Ophelia ist eine Schlüsselrolle. Die Truppe braucht dich als Ophelia, so, wie du auch Beatrice und Hermia gespielt hast.« Sir Danny und seine Schülerin saßen im warmen Sonnenschein auf der Terrasse. Rosie zeigte sich wenig beeindruckt von Sir Dannys Erklärung, und er berichtigte sich. »Du mußt die Ophelia mit mehr Leidenschaft spielen, als du es bei Beatrice und Hermia getan hast. Es ist einfach, das Publikum davon zu überzeugen, daß du eine Frau bist, wenn du in Wahrheit eine bist. Es ist sogar einfach, die Rolle fehlerfrei vorzutragen, erhabene Posen einzunehmen und die Aufmerksamkeit der Zuschauer zu fesseln, doch du sagst, du wollest sie zum Lachen bringen und zu Tränen rühren.«

»Das möchte ich auch.«

»Sie werden um Ophelia weinen. Der Prinz, von dem sie glaubte, er liebe sie, weist sie höchst roh zurück und tötet dann ihren Vater. Fühle, was sie fühlt – Verzweiflung, Angst, Ungewißheit.«

Rosie blickte ihn ernst und aufmerksam an, lauschte seinen Worten, versuchte, sein Wissen über die Schauspielkunst in sich aufzunehmen, sträubte sich jedoch innerlich gegen das Herzstück seiner Lehre. Das bereitete Sir Danny Verdruß, denn es war, als versuche er, seine Weisheit in ein verschlossenes Gefäß zu gießen.

Er rückte näher, so daß ihre Knie aneinanderstießen, und umfaßte Rosies Gesicht. »Es ist so einfach, Rosie, vor allem für dich. Erinnerst du dich nicht daran, wie ich dich gerettet habe ...«

»Nein!« Rosie zog ihren Kopf ruckartig aus seinen Händen.

»... aus dieser pestverseuchten Kutsche, in der ...«

»Nein!« Rosie sprang auf und lief ans andere Ende der Terrasse. Ihr Arm lag noch immer in einer Schlinge, doch sie umklammerte die Balustrade mit ihrer freien Hand und ließ den Blick angestrengt über die Felder schweifen. Die meisten von Rycliffes Gästen hatten sich in den vergangenen drei Wochen davongestohlen, vertrieben von den Gerüchten, die Danny höchstpersönlich in Umlauf gebracht hatte, und die Stille war beinahe erdrückend.

Sir Danny konnte das Rascheln jedes einzelnen Blattes hören, das zu Boden fiel, und die Vögel, die das Fallen der Blätter betrauerten. Auch Rosie trauert, dachte er. Trauerte um ein Leben, das nun zu Ende ging. Sie wußte es, obwohl sie es nicht zugab, und nur Sir Danny, der Große, der Erhabene, wußte, wie dieser Wandel vonstatten gehen würde.

Er haßte es, ihr weh zu tun. Er hatte es stets gehaßt, und deshalb hatte er in all den Jahren nicht an ihre wunden Punkte gerührt, hatte so getan, als wisse er nicht, woher ihre Alpträume rührten. Er hatte geglaubt, sie würden mit der Zeit nachlassen, und das war auch geschehen, doch für Rosie waren sie noch immer zugegen. Sie lauerten in den

Randbereichen ihres Gedächtnisses, umschatteten ihre Augen und kehrten bisweilen mit solcher Kraft zurück, daß Rosie aufschrie.

In der letzten Zeit waren sie häufiger zurückgekehrt, seit der Ankunft der Truppe auf Gut Odyssey. Rosies schauspielerische Leistungen waren ebenfalls schlechter geworden, so als fürchte sie, die Dämonen in ihrem Kopf könnten die Herrschaft über ihr Leben gewinnen.

Er fragte sich allmählich, ob die Dämonen, die Rosie in ihrem Inneren gefangenhielt, nicht vielleicht auch sie gefangenhielten. Womöglich mußten sie erst befreit werden, ehe sie Rosie freigaben.

Hier ging es um mehr als Schauspielkunst. Es ging um Rosies Leben.

»Rosie.« Er trat neben sie und legte ihr den Arm um die Schulter. »Laß uns über Ophelia reden, einverstanden?«

»Ich kenne die Geschichte.«

Sie war nie zuvor so schroff zu ihm gewesen. Es mochte daran liegen, daß ihr Arm schmerzte, doch das glaubte Sir Danny nicht. Eher war es eine durch Rosies erste flüchtige Begegnung mit dem Verlangen verursachte, heftige Sorge. Er unterdrückte ein Grinsen. Der Herrgott mochte es für angebracht halten, ihn für seine Unterlassungssünde zu strafen, doch es beruhigte Sir Danny zu wissen, daß der Himmel Rosie nicht mit irgendeinem großen Unglück gestraft hatte.

Rosie mochte das zwar glauben, wenn Tony sie mit glühendem Blick betrachtete. Ihr weiblicher Instinkt ließ sie gewiß den Grund für ihre Befangenheit ahnen. Doch Sir Danny hatte sie so unerschrocken vor Männern und deren Absichten geschützt, wie – er warf den Kopf in den Nacken und strich sich durchs Haar – der große Zeus persönlich seine eigene Tochter beschützt hätte. Also hatte Rosie ihm geglaubt, als er aus reiner Verzweiflung heraus behauptet hatte, Tony habe bei seiner Betasterei nicht zwangsläufig entdecken müssen, daß sie eine Frau war.

Tony wußte es. Tony begehrte sie. Doch aus Gründen, die nur er selbst kannte, hatte Tony sie nicht verraten. Niemandem. Und das bedeutete, daß Tony sein eigenes Spiel spielte.

Weniger beherzte Männer als Sir Danny hätten sich vielleicht Sorgen über Tonys Absichten gemacht, doch für Sir Danny steigerte die Ungewißheit den Reiz des Ganzen noch. Wie lehrreich es doch war zu beobachten, was Tony umtrieb! Wie anregend, sich mit einem meisterhaften Gegner zu messen!

Die Gewißheit, die Trumpfkarte zu besitzen, steigerte Sir Dannys Zufriedenheit natürlich noch.

»Ophelia ist die Tochter des Polonius, des königlichen Hofmarschalls«, erklärte Sir Danny. »Sie liebt ihren Vater, und sie liebt auch Hamlet, den Prinzen.«

»Die Liebe hat üble Scherze mit ihr getrieben«, sagte Rosie.

»In der Tat, das hat sie.« Sir Danny drehte sich um und setzte sich so auf die Balustrade, daß er Rosies Gesicht betrachten konnte. »Prinz Hamlet wendet sich von ihr ab, als er entdeckt, daß seine Mutter den Bruder und Mörder seines Vaters geheiratet hat.«

»Typisch Mann«, murmelte sie. »Macht eine Frau für die Treulosigkeit einer anderen verantwortlich.«

Sir Danny wurde munter. »Sprichst du von jemandem, den ich kenne?«

»Nein.« Sie zog mit dem Finger eine Ader im Marmor nach. »Lächeln alle Männer mit den Lippen und nicht mit den Augen?«

»Warum fragst du?«

»Ich habe den Eindruck, daß Sir Tony und Ludovic das tun, wenn sie einander begegnen – jedenfalls, wenn ich dabei bin.«

»Ah, Ludovic.« Ludovic hatte sich als hinderlich erwiesen. Sir Danny spielte mit Tony, doch Ludovic war unberechenbar, er war die unbekannte Größe in dem Spiel. Er war nicht eingeladen worden, daran teilzunehmen, doch er ließ sie seine Anwesenheit deutlich spüren, und sein Wissen ebenso.

Er kannte Rosies Geheimnis, und er begehrte sie. Dieser Verdacht hatte Sir Danny bewogen, endlich das zu tun, was er schon vor so vielen Jahren hätte tun sollen. Doch noch war es nicht an der Zeit, seine Karten offenzulegen, und Ludovic glaubte, Rosie sei für ihn zu haben.

Doch das war sie nicht. Er würde sie niemals bekommen. Sie war feinfühlig und rein und stand so weit über Ludovic, daß er ebensogut versuchen könnte, sich einen Stern vom Firmament zu angeln. Ludovic wußte das auch, in seinen lichteren Augenblicken, doch Sir Danny machte sich allmählich Gedanken über Ludovics Geisteszustand, zumindest über seine Starrköpfigkeit. Ludovics Feindseligkeit Tony gegenüber könnte in einen Kampf münden.

Tony war groß und kräftig, er strotzte vor Gesundheit, und seine Stellung gab ihm Macht, doch das bedeutete nicht, daß er sich gegen einen gnadenlosen Krieger wie Ludovic behaupten konnte.

Ludovic, das wußte Sir Danny, kämpfte, um zu siegen. Genau wie Tony.

Sir Danny wählte seine Worte sorgfältig und sagte: »Ludovic will dich vor allen Gefahren beschützen. Tony möchte dein Freund sein. Ludovic will nicht glauben, daß eine Freundschaft zwischen Tony und dir möglich ist, und mißtraut daher Tonys Absichten.«

»Wie Ophelias Bruder?«

Ihre Eingebungen verblüfften ihn bisweilen. »Wie?«

»Ist Ludovic nicht wie Laërtes? Er warnt Ophelia davor, Hamlets Liebesbeteuerungen ernst zu nehmen. Ludovic hat mir erzählt, daß Edelleute wie Tony ihre Freundschaft zu einem Schauspieler nur vortäuschen.« Sie blickte ihn an. »Stimmt das nicht?«

»Nicht immer.« Sir Dannys Miene erhellte sich. »Wie du weißt, ist der Graf von Southampton mit Will Shakespeare befreundet.«

»Er ist sein *Gönner«*, entgegnete Rosie. »Und er behandelt Onkel Will wahrlich gönnerhaft.«

»Nun ja.« Sir Danny suchte angestrengt nach einem anderen Beispiel, doch ihm fiel keines ein. »Glaubst du, du solltest dich vor Tony in acht nehmen? Er wirkt auf mich wie die Verkörperung aller Tugenden.«

»Das ist es, was mich beunruhigt.«

»Hmm?«

»Auf mich wirkt er genauso.«

Sir Danny wandte den Kopf ab, um seinen hoffnungsvollen Gesichtsausdruck zu verbergen. »Ich glaube, Tony fühlt sich verantwortlich für dich, seit er dir den Arm geschient hat. Die Zeit, die du in seinem Gemach verbracht hast, hat seine Zuneigung zu dir Wurzeln schlagen und wachsen lassen. Er ist ein bewundernswürdiger Gentleman. Meinst du nicht?« Wären alle Hoffnungen, die Sir Danny für Rosie hegte, lebendig geworden, hätten sie die Gestalt von Sir Anthony Rycliffe angenommen.

Doch Rosie schüttelte den Kopf. »Ich weiß nicht. Er ist sehr vornehm, doch hinter dieser Fassade verbirgt sich noch ein anderer Mann, das spüre ich. Einer, der zäh wie Trockenfleisch und doppelt so schwer zu schlucken ist. Er läßt sich von niemandem zum Narren halten, Sir Danny. Er ist wie Hamlet, der die mörderische Intrige kennt, welcher sein Vater zum Opfer gefallen ist, seine Gedanken jedoch für sich behält, um den Täter zu fassen.«

»Und bist du wie Ophelia?« fragte Sir Danny forschend. »Hin- und hergerissen zwischen deiner Liebe zu Hamlet und deiner Liebe zu deinem Vater?«

»Ich liebe Tony nicht ...«

Sir Danny bemerkte ihre Verwirrung. *Aber du bist kurz davor, meine Kleine,* dachte er.

»... aber ich liebe dich, und ich sage dir, wenn du weiter darauf bestehst, dieses Erpressungsvorhaben zu verfolgen, wird Tony Prinz Hamlet mehr ähneln, als mir lieb ist.«

»Du meinst, er wird deinen Vater töten wie Hamlet den von Ophelia?«

»Ich habe Angst um dich.«

Kein Zweifel, Rosie meinte es ernst, doch die göttliche Vorsehung selbst wachte über Sir Danny Plympton, Esquire. »Und du wirst wahnsinnig, weil du die Liebe zu deinem Vater und die zum Mörder deines Vaters nicht miteinander in Einklang bringen kannst?«

»Ich habe dir doch gesagt, ich empfinde keine Liebe für ...« Sie tat einen tiefen, beruhigenden Atemzug. »Wenn wir diese schändliche Erpressung unbedingt durchführen müssen, warum tun wir es dann nicht gleich und bringen es hinter uns? Wenn Tonys Wachen uns erst einmal vom Anwesen geprügelt haben, können wir einander wieder zusammenflicken und zu einem normalen Leben zurückkehren.«

Warum nicht sofort? Eine Bewegung erregte Sir Dannys Aufmerksamkeit, und er beobachtete, wie drei Frauen, zwei Brünette und eine Blonde, über den Rasen schlenderten und in den Garten gingen.

»Danny?« Rosie klang ein wenig atemlos, ein wenig verwirrt.

Er beruhigte sie. »Es ist bald soweit.«

»Wie bald?«

»Bald.« Er sprang vom Geländer und nahm sie bei der Hand. »Sobald du mehr kannst, als Ophelias Rolle nur *aufzusagen.*«

Sie zog jäh ihre Hand fort. »Ich will nicht mehr weiterüben.«

Rosie lief schäumend vor Zorn die Treppen hinab, und Tony beobachtete sie vom Garten her. Tony beobachtete sie, doch sie schien es nicht einmal zu bemerken.

Das mißfiel ihm. Er wollte, daß Rosie sich seiner Anwesenheit ständig bewußt war.

Das schien nur recht und billig. Seine Dienstboten hatten Anweisung, jede ihrer Bewegungen zu melden, doch Tony kannte ihren ungefähren Aufenthaltsort auch ohne daß man ihn davon unterrichtete. Er brauchte Rosie nur anzusehen, um ihre Stimmungen und Gedanken zu erkennen, und er fand Gefallen an allem. Er bewunderte ihren Charakter, er achtete ihre Ansichten, er verzehrte sich nach ihrem Körper, und er mochte *sie.*

Abgesehen von seinen Schwestern kannte er keine andere Frau, die er mochte.

Es war gefährlich, Bewunderung, Achtung und Verlangen miteinander zu verbinden.

»Tony!«

Er blickte zurück zu den Damen, die im Garten saßen. Seine beiden Schwestern und Lady Honora starrten ihn an wie ein wunderliches Tier, das aus der Neuen Welt hergebracht worden war, und er erwiderte ihren Blick mit derselben Eindringlichkeit. »Ja?«

»Ihr schleicht seit geraumer Zeit wie ein ungebetener

Gast durch Euer eigenes Haus und über Euer eigenes Anwesen«, sagte Lady Honora.

»Fürchtest du die Gerüchte von der Rückkehr der Erbin?«

Jeans dunkle Miene verfinsterte sich noch mehr. »Denn du hast eine sichere Methode gewählt, um alle Lästermäuler von deiner Unsicherheit zu überzeugen.«

Für sich allein genommen war jede einzelne von ihnen eine eindrucksvolle Frau. Gemeinsam waren sie ein getreues Abbild der griechischen Furien, und Tony wollte ihre düsteren Prophezeiungen nicht hören. Er machte Anstalten, sich davonzustehlen, begierig darauf, sich an Rosies Fersen zu heften.

»Warum seid Ihr nicht nach London und an die Seite der Königin zurückgekehrt?« wollte Lady Honora wissen.

»Weil die Königin ihm verboten hat, ihr unter die Augen zu treten, bis sie ihn rufen läßt«, antwortete Jean an seiner Stelle.

»Wann hat Tony sich je an die Vorschriften gehalten?« fragte Ann, um kurz darauf hinzuzufügen: »Wohin geht er?«

Sie hörte, wie Jean mit matter Stimme antwortete: »Er beschattet sicher wieder diesen Komödianten. Die Schauspieltruppe war der Auslöser für sein seltsames Verhalten. Sie wird abreisen müssen, meint Ihr nicht, Lady Honora?«

Tony spitzte die Ohren, hörte jedoch keine Antwort.

»Lady Honora?« Ann klang verwirrt.

Die Neugier hätte Tony beinahe zum Bleiben verleitet, denn er wollte wissen, welche Lügen Sir Danny während jener »zufälligen« Begegnungen mit Lady Honora ausgespien hatte. Sir Danny stand ebenfalls unter Beobachtung.

Doch Rosie hatte einen raschen Schritt. Sie schien den Weg zu kennen, obwohl dies das erste Mal war, daß sie sich so weit vom Herrenhaus entfernt hatte. Tony folgte ihr eine Anhöhe hinauf, einen Hügel hinab und einen schmalen Pfad entlang, der sich durch Schafweiden schlängelte, über Trittsteine einen Bach überquerte und dann in einen Wald mit laublosen Bäumen führte. Rosie verlor den Pfad und fand ihn kurz darauf mühelos wieder.

Nun wußte er, wohin es sie zog.

Ein Wasserfall. Ein Teich. Ein verzauberter Ort.

Der Wasserfall zitterte im kühlen Windhauch und brach das Sonnenlicht in viele kleine Regenbogen. Rosie machte einen Satz, als könne sie die Regenbogen mit der Hand fangen. Sie tauchte lächelnd ihre Finger in den Teich, sprach zu einem unbekannten Wesen und lauschte dann.

Erhielt sie eine Antwort?

Keine, die Tony gehört hätte, doch Rosie ließ niedergeschlagen den Kopf hängen. Dann schmiegte sie sich an einen sonnenbeschienenen Fels und nahm dessen Wärme in sich auf.

Tony mißfiel das Gefühl der Zärtlichkeit, das sie in ihm weckte. Wenn sie die Rolle der Erbin spielen sollte – und er hoffte beinahe, daß sie es täte, denn dann könnte er sich an ihr rächen –, dann sollte er nicht Zeuge ihrer Schwächen werden, und vor allen Dingen sollte er sich nicht von diesen Schwächen rühren lassen. Einer, der weniger Manns war als er, könnte sich vielleicht in den Fallstricken einer unangebrachten Leidenschaft wiederfinden. Doch ihm würde so etwas nicht passieren.

Er schlüpfte aus seinen Schuhen und stellte sie unter eine Eiche. Dann zog er leise sein Wams aus. Nein, ihm nicht! Er war ein Bastard, ein rücksichtsloser noch dazu, doch er vergaß niemals seine Prinzipien. Er würde Rosie nicht benutzen, wie es ihm beliebte, und einen weiteren Bankert in die Welt setzen, der seine Seele verkaufen würde, um Ehrbarkeit zu erlangen.

Der Wind blies über seinen Kopf hinweg und lieferte eine säuselnde Begleitmusik zu dem Plätschern des Wassers auf den flachen Felsen.

Statt dessen würde er sie in seinen Bann ziehen. Wenn ihr vor Verwirrung der Kopf schwirrte und sie die Intrige verraten hatte, die seinen Besitz bedrohte, würde er sie aus der Maskerade befreien, die sie fesselte.

Er würde ihr einen Gefallen damit erweisen. Er löste die Schnur am Halsausschnitt seines Hemdes. Ihre Lage verwirrte sie. Manchmal eine Frau, zu oft ein kleines Mädchen, war Rosie eine stetige Quelle der Unterhaltung für Tony, während sie versuchte, ihre weiblichen Instinkte mit der ihr auferlegten Rolle des jungen Mannes in Einklang zu bringen. Doch Tony wollte den Jüngling vertreiben und das kleine Mädchen zum Erwachsenwerden ermutigen. Er wollte, daß sie Notiz von ihm nahm. Er wollte, daß sie ihn als Mann sah. Er wollte, daß sie ihn niemals anblickte, ohne den Liebhaber in ihm zu sehen – wegen der Intrige, selbstverständlich.

Er legte die Hände an den Saum seines Hemdes und zögerte. Würde er ihr widerstehen können, wenn sie ihn als Liebhaber sah? Wenn sie Frauenkleider trüge, ihn mit dem Lächeln einer Frau anlächelte, mit ihm turtelte wie eine verliebte Frau ...?

Er riß sich das Hemd vom Leib und warf es beiseite. Der Wind strich mit herbstlicher Kühle über seine Haut, doch Tony genoß es.

Ihm war heiß.

Er ging zu Rosie hinüber und berührte ihre Schulter. »Ich gehe hinein«, sagte er. »Wollt Ihr mitkommen?«

Rosie sprang kreischend auf. »Sir Anthony!« Sie rang nach Atem. »Ich habe Euch nicht kommen hören.«

»Ich war nicht leise.« Er ließ die Schultern kreisen, um die Spannung der vergangenen Tage abzuschütteln und sich wie ein Pfau vor seiner Henne in Szene zu setzen.

»Ich muß in einer anderen Welt gewesen sein.«

Wie er vermutet hatte.

Doch jetzt war sie nicht mehr in einer anderen Welt. Sie stand mit beiden Beinen – im wörtlichen und im übertragenen Sinne – im Schlamm von Gut Odyssey und starrte mit weit aufgerissenen Augen auf Tonys breite, entblößte Brust. Sie beobachtete fasziniert, wie der Brustkorb sich bei jedem Atemzug hob und senkte. Ihr Blick strich über jeden Muskel, und Tony ertappte sich dabei, wie er seinen ohnehin straffen Bauch einzog.

Ohne in sein Gesicht aufzublicken, sagte sie: »Ich glaube, ich gehe besser zum Haus zurück.«

»Warum?« Er drückte sie zurück auf ihren Platz neben dem Felsen, und sie sank hinab, als habe sie Pudding in den Knien. Tony gestattete sich ein triumphierendes Grinsen, während er sich an seinen Strumpfbändern zu schaffen machte.

Sein ganzes Leben lang hatte er seinen Charme eingesetzt, um seine Ziele zu erreichen, und seine Kraft, um Kämpfe zu gewinnen. Es war erfreulich zu wissen, daß er seinen Körper einsetzen konnte, um eine Frau zu bezaubern – zumindest diese hier.

»Herrje, schaut, wie tief die Sonne schon steht!«

Wie Rosie die Sonne sehen konnte, während ihr Blick jede seiner Bewegungen gebannt verfolgte, war Tony ein Rätsel.

»Ich habe Sir Danny versprochen, meine Rolle zu üben,

und ich bin schon spät dran. Wenn Ihr mich entschuldigen wollt ...« Sie erhob sich halb.

Er würde sie nicht gehen lassen, ehe sie nicht den besten Teil gesehen hatte, und so fragte er: »Ich bin mir über eines nicht ganz klar ... Welchen Platz haben Frauen in Eurem Leben?«

Rosie sackte zurück zu Boden. »Frauen?«

»Mir ist aufgefallen, daß Ihr ein junger Mann seid, der seinen natürlichen Trieben nicht nachgeht. Ihr habt den Jungfern nicht stürmisch den Hof gemacht, wofür ich Euch dankbar bin. Doch vielleicht hättet Ihr Freude an einer innigeren Begegnung mit dem schönen Geschlecht, ohne dafür eine lästige Bindung eingehen zu müssen?«

»Eine lästige Bindung!« stieß Rosie hervor. »An was habt Ihr da gedacht?«

»An einen Bordellbesuch in London. Ich war selbst lange Monate nicht mehr dort, und es gibt da eine sehr erfahrene Dame, die auf mich wartet. Ich bin sicher, daß sie eine ebenso kundige und reizende Gespielin für Euch finden wird. Es war in diesem Haus, wo ich zum ersten Mal die Geheimnisse einer Frau erkundet habe, und es war gut.« Er hatte nicht nur die Schatten aus Rosies Augen vertrieben, sondern auch jeden Gedanken an Flucht aus ihrem Kopf. Bestürzung und Sprachlosigkeit hielten Rosie so sicher zurück, als hätte er sie gefesselt. »Was ist los, junger Mann? Ihr seht aus, als hättet Ihr noch nie eine Frau gehabt.« Angesichts des heillosen Entsetzens auf Rosies Gesicht hatte er Mühe, nicht in brüllendes Gelächter auszubrechen. Dann sagte er in gespielter Verwunderung: »Ihr hattet noch nie eine Frau!«

Sie nickte heftig. »Ihr habt recht! Ich habe noch nie eine Frau gehabt!«

»Hat Sir Danny Euch denn nie in ein Freudenhaus mitgenommen?«

»Ich glaube ehrlich nicht, daß ihm dieser Gedanke je gekommen ist«, würgte Rosie hervor.

»Dann nehme ich Euch mit.« Tony empfand beinahe Mitleid mit ihr, während er sich aus seinen Strümpfen schälte, doch nicht genug, um aufzuhören. Er genoß jetzt ihre Aufmerksamkeit, ihre ungeteilte Aufmerksamkeit, und er hatte vor, sie zu behalten. »Ich versichere Euch, Tiny Mary führt das beste Bordell in ganz London – ach was, in ganz England!«

»Tiny Mary?« Ein verblüfftes, verschmitztes Lächeln huschte über Rosies Gesicht, und sie gestand: »Ich war bei Tiny Mary.«

»Tatsächlich?« Verflucht, wann hatte sich das zugetragen? »Es war gewiß eine außergewöhnliche Erfahrung.«

Ihr Lächeln verblaßte. »O ja, das war es.«

»Erzählt mir davon.«

»Es hat mein Blut in Wallung gebracht.«

Er wollte es nicht wissen. »Nun, als ich dreizehn war, hat mein Vater eine ganze Nacht mit einer heißblütigen Spanierin für mich bezahlt.« Soweit entsprach es der Wahrheit. »Sie hat das Fundament gelegt, auf dem ich seither aufgebaut habe. Sie hat mir gezeigt, was mir Vergnügen bereitet, was ihr Vergnügen bereitet, wie ich die Ungeduld einer Frau wecke, wie ich meine eigene zügele. Ich habe alles angewandt, was sie mich gelehrt hat, und ich kann wohl ohne zu prahlen von mir behaupten, daß meine Gespielinnen stets gut bedient worden sind.«

Er schwelgte nicht ohne Grund in Erinnerungen. Er wollte ein Bild vor Rosies geistigem Auge heraufbeschwören, und ihre Unruhe zeigte ihm, daß es ihm gelungen war.

»Es war eine unvergeßliche Unterweisung. Dann ist es

also abgemacht!« Er schlug sich wie zur Bekräftigung auf die Schenkel. »Wir statten Tiny Marys Bordell einen Besuch ab. Sofort! Morgen früh!« Er zwinkerte ihr verheißungsvoll zu und fragte sich, wie die einfallsreiche Frau sich wohl aus der Affäre ziehen würde.

Sie enttäuschte ihn nicht. »Ich habe kein Geld.«

»Ich werde zahlen«, entgegnete er. »Ich bestehe darauf. Es ist eine Ehre, für die Aufnahme unseres geliebten Schauspielers in die Welt der Männer zu zahlen.«

Ah, selbst diese kleine Rache war süß, und Tony hüpfte von einem Fuß auf den anderen, während er sich seine Kniehose auszog und nur seine knappe – sehr knappe – Bruech anbehielt. »Seid Ihr sicher, daß Ihr nicht mit mir schwimmen wollt?«

Sie schüttelte mühsam den Kopf und berührte die Schlinge aus Stöcken und weißem Leintuch. »Mein Arm«, flüsterte sie und blickte dann hinunter auf ihre Hände. Sie vergrub die Finger im Erdreich und zog einen Pfad, der sich zwischen vorzeitig gefallenen Blättern hindurchschlängelte.

Die Herbstsonne wärmte den Waldboden und ließ den Duft von saftigem Humus in Wellen emporsteigen. Tony dachte an das Vergnügen, einen Samen zu pflanzen und ihn wachsen zu sehen. Er hatte dieses Vergnügen nie gehabt, hatte sich stets vor dem Höhepunkt der Vereinigung zurückgezogen. Würde ihm das auch gelingen, wenn Rosie die Frau wäre, die stöhnend in seinen Armen lag?

Der Gedanke daran ließ ihn beinahe vor ihr auf die Knie sinken. Es wäre ein leichtes, sie an diesem abgeschiedenen Ort zu entkleiden, ihren Widerstand zu brechen und sie zur Seinen zu machen. Es wäre Rache und Vergnügen in einem.

Doch er wußte, daß der unterbrochene Beischlaf nicht

immer glückte. Zu viele Kinder waren von Liebespaaren in die Welt gesetzt worden, die das höchste aller Vergnügen noch nicht einmal bis zur Neige hatten auskosten können. Doch wenn er mit Rosie ein Kind zeugte – ein kalter Schauer durchlief ihn –, dann würde er sie heiraten müssen.

Er blickte erneut auf ihren geneigten Kopf. Er betrachtete ihre kunterbunte Kleidung, den Schmutzrand an ihrem Kragen und an ihren Ärmeln. Er rief sich in Erinnerung, wie sie das vornehme Englisch, das sie als Schauspielerin gelernt hatte, mit der Londoner Gassensprache vermengte, und wie sie bisweilen in irgendeine obskure Mundart vom Lande verfiel.

Rosie heiraten. Einen Niemand. Schlimmer noch, eine Schauspielerin. Eine Frau, die sich als Mann verkleidete. Er würde sich zum Gespött von ganz London machen, und eine erzürnte Elisabeth würde seine Ländereien von ihm zurückfordern mit der berechtigten Begründung, er habe den Verstand verloren.

Seine Ländereien. Alles, wofür er gearbeitet hatte.

Nein, er konnte kein Kind mit ihr zeugen, und schon gar nicht konnte er sie heiraten.

Außerdem – er lachte leise über seine Selbsttäuschung – würde er sich nie aus ihr zurückziehen können, wenn er je in sie eindringen sollte.

Sie hob jäh den Kopf, als sie sein Lachen hörte, und er betrachtete ihre weit aufgerissenen Augen und ihren leicht geöffneten Mund. Nein, bei Rosie würde er die Gewalt über sich verlieren.

Kokett wie ein Schankmädchen, das einen Kunden aufreizt, streifte er sich die Bruech ab. »Ahh.« Er streckte sich, und das Sonnenlicht beschien jeden Zoll seines nackten Körpers. Rosie stieg eine entzückende Röte in die Wangen. »Wie habt Ihr diesen Ort gefunden?«

Die Frage entsprang seiner Neugier und einer großen Verwunderung. Der Wasserfall, ein verborgener Diamant auf seinem Anwesen, ergoß sich in einen Teich, der tief genug war, um darin zu baden, und klar genug, um Münzen von seinem sandigen Grund aufzulesen. Als er zum ersten Mal hergekommen war, hatte ihn die Suche trotz guter Wegbeschreibung einen halben Tag gekostet, Rosie jedoch war schnurstracks darauf zugegangen. Wie war ihr das gelungen? Welcher Instinkt führte sie so zielsicher durch das Herrenhaus und seine Umgebung? Und warum schienen ihre Kenntnisse sie stets aufs neue zu überraschen?

»Rosie?«

»Ich wußte einfach«, ihr Blick glitt an seinem Körper entlang, »daß es hier war.«

Vielleicht war dies doch kein so guter Einfall gewesen. Sie saß, er stand. Sie gaffte, er posierte. Sie war erstaunt, er empfand Verlangen.

»So, wie Ihr einfach wußtet«, er räusperte sich, um die Lüsternheit aus seiner Stimme zu vertreiben, »daß mein Vorzimmer früher das Herrengemach war?«

»Das Herrenschlafzimmer. Es war ein natürlicher Irrtum anzunehmen, daß der Hausherr«, sie sah ihm flüchtig in die Augen, und ihr Blick hatte etwas weiblich Herausforderndes, »groß sein würde.«

Tony stellte verblüfft fest, daß dies die Frau war, die Rosie wäre, wenn man sie ließe: keß, frivol, kokett und begehrenswerter als eine Verführerin im Dämmerschatten.

»Verflucht.« Zügiger, als er beabsichtigt hatte, steuerte er schnurstracks auf den kalten Teich zu. Er hatte vorgehabt, sich Rosie zu präsentieren, der unwilligen Käuferin sein Prachtstück darzubieten, doch war dieses zu einer solchen Größe angeschwollen, daß Tony fürchtete, aufgrund von Blutmangel im Gehirn in Ohnmacht zu fallen.

Zu schade, daß er sein Gehirn noch brauchte. »Habt Ihr ein wenig Seife dabei?« fragte er, sprang bis zur Hüfte ins Wasser und wartete darauf, daß dessen eiskalte Umarmung Wirkung zeitigte.

Rosie murmelte etwas und holte dann ein Stück Seife aus ihrer Gürteltasche. »Hier.« Sie warf es in seine Richtung, und Tony fing es mit einiger Mühe auf. »Gebt es mir zurück, wenn Ihr fertig seid.«

»Ihr werft wie eine Frau«, brummte er und hob das unförmige Stück Seife an seine Nase. Es roch nach Nelken, und Tony ließ sich hingerissen unter die Wasseroberfläche sinken. Ein derart weiblicher Duft würde Rosie sofort verraten, wenn sie die Seife benutzte, doch die Tatsache, daß sie sie dabei hatte, war aufschlußreich.

Er drehte einige Runden in dem kalten Wasser und rief dann: »Ich bade für mein Leben gern. Ihr solltet auch hineinkommen, damit Ihr Euren muffigen Geruch loswerdet.« Er rieb sich mit der Seife durchs Haar und warf Rosie einen verstohlenen Blick zu.

Sie schnupperte unauffällig an ihrer Kleidung. »Das ist ein männlicher Geruch«, entgegnete sie tapfer.

»Unsinn«, antwortete er. »Ich rieche nicht. Bin ich etwa kein Mann?«

Er erklomm selbstbewußt das Ufer, wo ihm das Wasser nur noch bis an die Knie reichte, und breitete die Arme weit aus. Rosies Blick haftete an seinem Körper wie die Salbe einer Kräuterfrau.

»Ihr … Ihr stopft Eure Kniehose wohl nicht mit einem Bohnensäckchen aus«, sagte sie.

Er bückte sich, um sich die Seife aus dem Haar zu spülen, sein Grinsen zu verbergen und Rosie nebenbei einen ungestörten Blick auf seine Rückseite zu gewähren. Als er seine Heiterkeit hinlänglich im Zaum hatte, stellte er sich aufrecht hin und rief: »Reicht mir Euren Mantel als Handtuch.«

Niemand antwortete ihm.

Sie war fort, und auf dem Hügel, wo sie gesessen hatte, blieb nur ein Kreis niedergedrückten Grases zurück. Nur das zerdrückte Gras und die Erinnerung an ihre bernsteinfarbenen Augen, aus denen Bestürzung, ungewollte Neugier und ein erwachendes weibliches Bewußtsein leuchteten.

Kapitel 9

Die Erdbeere wächst unter der Nessel.

KÖNIG HEINRICH V., I, I, 60

Sir Danny stand auf der Treppe des Zigeunerwagens, der ihr Heim war, und spähte in das dämmrige, vollgepfropfte Innere. »Rosie?«

»Ich bin hier drinnen.«

»Bleib draußen, Ludovic«, befahl Sir Danny und zwängte sich hinein. Zwei schmale, durch einen engen Durchgang getrennte Betten, auf denen sich Wolldecken stapelten, nahmen den Großteil des Wageninneren ein. An den Wänden hingen Kostüme und Requisiten, und Teile des Bühnengerüstes bedeckten die letzte noch freie Bodenfläche. Rosie saß in irgendeine Tätigkeit versunken auf ihrem Bett. »Wo bist du gewesen?« wollte Sir Danny wissen.

»In meinem Säckchen sind nicht genug Bohnen.« Sie nahm eine weitere Handvoll Saubohnen, stopfte sie umständlich in den Beutel und hielt ihn Sir Danny dann mit ihrer unversehrten Hand unter die Nase. »Meinst du, das ist wirklichkeitsgetreuer?«

Sir Danny wirkte so verblüfft, wie sie ihn nie zuvor gesehen hatte. »Wovon sprichst du?«

Rosie war sich bewußt, daß Ludovic draußen vor dem Wagen stand, und sie zögerte. Sollte sie fortfahren? Sollte sie Sir Danny reizen, während sein ungleich gefährlicherer Stellvertreter mithörte? Aber ja, das würde sie. Sie hatte sich stets auf Sir Dannys untrüglichen Vaterinstinkt verlassen können, in letzter Zeit jedoch war er anders gewesen. Wenn er den Köder nicht schluckt, dachte Rosie, wird Ludovic den zusätzlichen Ansporn zur Abreise oder zur Weiterverfolgung ihres Vorhabens geben. Rosie wollte, daß etwas geschah, und zwar sofort, und sie würde Sir Danny kaltblütig dazu zwingen, sein Vorhaben endlich in die Tat umzusetzen oder seine Sachen zu packen und abzureisen.

Nach London konnten sie natürlich nicht zurück. Der Graf von Essex würde sie nicht so schnell vergessen haben. Doch sie konnten durch die Lande tingeln. Mit einer Unschuldsmiene, von der sich niemand täuschen lassen würde, sagte sie: »Du hättest mir sagen sollen, daß mein Gemächt zu klein ist. Dann hätte ich mich eher darum gekümmert.«

Sir Danny trat jäh der Schweiß auf die Stirn. »Es ist mir nie in den Sinn gekommen, mit dir darüber ...« Er blickte über die Schulter zu Ludovic, der direkt hinter ihm stand. »Warum glaubst du, dein, äh, Gemächt sei zu klein?«

»Tonys ist viel größer als das hier.« Sie schüttelte das Säckchen. »Doch es paßt nicht mehr hinein.«

Sir Danny trat hastig einen Schritt vor. »Tonys was?«

»Gemächt.«

»Hört, hört!« herrschte Sir Danny sie an.

Hinter ihm ertönte Ludovics wütendes Knurren.

Ludovics Wildheit ließ Sir Danny wieder zu sich selbst finden, und er sagte: »Es ist ein Mißverständnis, Ludovic. Bleib ruhig.« Er holte tief Luft und rieb sich über die Brust wie ein Mann, der ein störrisches Pferd beruhigt. »Rosie, du hast mich verwirrt. Einen Augenblick lang habe ich gedacht, du hättest tatsächlich sein Gemächt gesehen, während du in Wahrheit nur seine Schamkapsel in Augenschein genommen hast.«

»Tony ist mit mir Schwimmen gegangen.«

Sir Dannys Wangen liefen kastanienbraun an, sein ganzes Gesicht quoll auf wie ein Bovistpilz nach dem Regen, und sein Gebrüll übertönte Ludovics Knurren. »Ich habe dich nie zuvor mit dem Riemen gezüchtigt, doch genau das werde ich jetzt tun, wenn du mir nicht die Wahrheit sagst: Bist du mit Sir Anthony schwimmen gewesen?«

»Gerade war es noch Tony«, bemerkte sie.

»Hast du deine Kleider ausgezogen?«

»Nein.«

Er seufzte erleichtert.

»Aber er.«

Seine Augen wurden schmal. »Alle?«

»Alle.«

Sir Danny hieb mit der Faust gegen die dünne Bretterwand. Von draußen drang ein Schwall fremdländischer Flüche herein, gefolgt von einem dumpfen Knall, als Ludovic es Sir Danny gleichtat. Rosie beobachtete mit vor Aufregung glühenden Wangen, wie Sir Danny in dem schmalen Gang auf und ab ging. Seine Wut war nicht gespielt, und seine ehrliche Reaktion machte ihr Hoffnung.

Tonys Vermessenheit erzürnte Sir Danny, doch Sir Dannys Unentschlossenheit hatte sie erzürnt. Rosie goß Öl ins Feuer, indem sie sagte: »Morgen will er mich zu Tiny Mary mitnehmen.«

Sir Danny schüttelte seine wunde Faust. »Zu Tiny Mary? Der Kupplerin? Wozu?«

»Damit ich meine ersten Erfahrungen mit einer Frau mache.«

»Mit einer Frau? Er nimmt dich mit, damit du einer Frau beiwohnst?«

»Das ist seine Absicht.«

Mit einem Wutschrei machte Sir Danny sich erneut über die Wand her und bearbeitete sie mit beiden Fäusten, ehe er Ludovic die Tür vor der Nase zuschlug. Dann bückte er sich und zog eine Truhe unter seinem Bett hervor. Rosie stopfte noch ein paar Bohnen in den Beutel und beobachtete neugierig, wie Sir Danny seinen schäbigen Pelzumhang, sein mit Glassplittern besetztes Zepter und seine in Kersey-Tuch eingeschlagene vergoldete Krone beiseite schleuderte. Es waren seine wertvollsten Besitztümer – die Requisiten, die ihn von einem Wanderschauspieler in einen König verwandelten.

Doch er mißachtete sie, als seien sie Flitterkram, und wühlte weiter bis auf den Grund der Truhe.

»Was suchst du?« fragte Rosie.

»Das hier.« Er zog ein verblichenes Papier aus dem Futter der Truhe.

»Und was hast du damit vor?«

»Das hier.« Er packte Rosie an der Hand und zerrte sie zur Tür.

Die Bohnen aus dem Säckchen ergossen sich in einem großen Schwall über den Boden, und Rosie schrie: »Warte! Ich bin noch nicht fertig für meinen Auftritt.«

Sir Danny stopfte das Papier in den Schlitz seines Wamses und fragte: »Glaubst du wirklich, Sir Anthony wird sein Augenmerk auf deinen Hosenlatz richten?«

Dann würden sie Tony also tatsächlich aufsuchen. »Nun, eigentlich ja.« Sir Danny stieß die Tür auf und zerrte Rosie die Treppenstufen hinab. »Er scheint nie etwas anderes zu betrachten.«

»So, als suche er nach etwas?« Sir Danny wandte sich so jäh nach ihr um, daß sie mit ihm zusammenstieß. »Oder nach nichts?«

Sie stellte seinem Zorn ihre eigene Wut entgegen. »Ich verstehe nicht, warum du so verärgert bist. Du hast mir gesagt, ich solle mich wie ein prahlerischer Jüngling verhalten, und ich habe getan, was du gesagt hast. Tony war so überzeugt davon, daß ich ein junger Bursche bin, daß er vor meinen Augen gebadet hat.«

Die Adern an Sir Dannys Hals traten hervor, und die Haut darüber war straff gespannt. »Ich werde ihn umbringen.«

»Nein.« Ludovics Stimme klang rauh wie ein Reibeisen. »*Ich* werde ihn umbringen.«

Sie hatten vergessen, daß er neben dem Wagen stand. Er erinnerte an einen fremdländischen Hartholzbaum, seine Füße waren wie Wurzeln am Boden verwachsen, und seine Seele sog Stärke aus seinem Zorn.

»Das ist meine Aufgabe«, bekräftigte Sir Danny.

Ludovic entgegnete spöttisch: »Ein Hänfling wie Ihr gegen diesen Wüstling von Tony? Überlaßt ihn mir.«

Rosie ächzte, als sie hörte, wie Sir Dannys Männlichkeit in Zweifel gezogen wurde.

Sir Danny packte Ludovic am Waffenrock und sagte: »Vielleicht hast du das alte englische Sprichwort noch nie gehört, Ludovic, doch laß mich dich aufklären.« Sir Danny stand auf den Zehenspitzen und blickte finster in Ludovics Gesicht. »Wenn du deine Rute dorthin steckst, wo sie nicht erwünscht ist, läufst du Gefahr, daß man sie dir stutzt. Und nun ...«, er fuchtelte mit der freien Hand herum, »... geh zurück an deine Arbeit.«

Ludovic kochte vor Wut wie ein Kessel auf dem Feuer. »Ich werde meine Arbeit machen, wie es mir beliebt.«

Prahlerisch wie ein Zwerghahn entgegnete Sir Danny: »Du wirst deine Arbeit machen, wie es dir beliebt, wenn ich tot bin.«

Ludovic beugte sich drohend über ihn und sagte. »Das läßt sich einrichten.«

Rosie trat zwischen die Streithähne: »Hol' euch doch beide der Teufel! Hört auf zu kämpfen! Du!« Sie wies mit dem Finger auf Ludovic. »Sag der Truppe, sie soll mit dem Packen beginnen. Wir werden diesen Ort verlassen, so oder so.«

Ludovic zögerte, und sie wiederholte ihre Geste. Er verbeugte sich und ging.

»Und du!« Sie zeigte auf Sir Danny. »Komm mit mir. Wir haben jemanden zu erpressen.«

»Du nimmst mich an die Kandare, Rosie?« Sie antwortete nicht, und Sir Danny grinste. »Na sieh mal an, ich hätte nicht gedacht, daß so etwas in dir steckt. Jetzt ist die Zeit der Offenbarungen, wie es scheint.« Er packte sie am Handgelenk und zerrte sie hastig über den Rasen. Sie nahmen die Treppe im Laufschritt und eilten ins Haus. »Wir müssen Sir Anthony Rycliffe in seiner Höhle entgegentreten.« Er winkte einen Diener heran. »Guter Mann, könnt Ihr mir sagen, wo wir Sir Anthony finden?«

Der Diener verbeugte sich ein wenig verunsichert. »Er ist im Studierzimmer. Wenn Ihr bitte hier warten wollt; ich hole jemanden, der Euch den Weg zeigt.«

Er ging ans Ende der langen Galerie, doch Sir Danny schnaubte verächtlich. »Er geht, um das Silber zu verstekken. Nun, ich werde jedenfalls nicht auf Erlaubnis warten, mich an diesem liederlichen Schurken zu rächen. Komm, meine Liebe.« Er klemmte Rosies Hand unter seinen Arm. »Wir werden Sir Anthony selbst finden.«

Er machte sich auf den Weg ans andere Ende der Galerie, doch Rosie hielt ihn zurück. »Der Dienstbote hat gesagt, Tony sei im Arbeitszimmer. Das Arbeitszimmer ist hier.« Sie zeigte auf eine hohe Tür in der getäfelten Wand gegenüber der Eingangstür.

»Nein«, sagte Sir Danny. »Warum sollte der Hausherr sein Studierzimmer dort einrichten, wo unweigerlich Durchzug herrscht?«

»Es weiß gerne, wer kommt und wer geht«, entgegnete sie und riß die Tür weit auf.

Ein spöttisches »Herein« zeigte, daß sie Tony gefunden hatten. Rosie warf Sir Danny einen triumphierenden Blick zu und dachte: *Bringen wir es hinter uns.* Es gab hier nichts, was sie verletzen konnte, und sie konnten nicht eher gehen, als bis sie ihr Vorhaben ausgeführt hatten, also war es das beste, es einfach hinter sich zu bringen.

»Herein!« rief Tony erneut.

Sie rauschte ins Zimmer – und blieb jäh stehen.

Hinter dem Schreibtisch, in der dunklen Höhle versteckt, die Arme um den Körper geschlungen, lauschend, während alle suchen.

»Wo ist Rosie?«

»Ich weiß nicht. Vielleicht ist sie nach London gefahren, um die Königin zu sehen.«

»Wo ist Rosie?«

»Ich weiß nicht. Vielleicht wurde sie von einer Fee entführt und tanzt jetzt unter dem Mond.«

»Wo ist Rosie?«

In den Kerzenschein hinaushuschend: »Hier bin ich!«

Starke Hände, die sie hochheben, ein geliebtes Gesicht, das sie anlächelt, eine tiefe Stimme, die ruft: »Hier ist sie. Hier ist mein Mädchen.«

»Komm, mein Mädchen.« Sir Danny packte sie erneut am Arm und zerrte sie vorwärts, während er mit majestätischem Gebaren den Raum betrat. Tony saß, einen Federkiel in der Hand, hinter einem Schreibtisch, auf dem sich der Schriftverkehr türmte. »Kerl, wir haben einiges zu bereden.«

Unverblümte Redeweise in höchster Vollendung. Sir Danny mußte wahrhaftig wütend sein, um die Regeln kunstvollen Satzbaus so außer acht zu lassen, doch das würde nicht lange anhalten. Rosie wußte, daß er sich diese Szene seit Monaten ausgemalt und sein geistiges Manuskript wieder und wieder umgeschrieben hatte, um auf jede mögliche Variante vorbereitet zu sein.

Er traute ihr nicht mehr als eine stumme Rolle zu, und damit begnügte sie sich nur zu gern.

Tony lehnte sich in seinem mit Schnitzereien verzierten Holzstuhl zurück und betrachtete sie. Sein makellos weißes Hemd und sein schwarzes Wams verliehen ihm ein puritanisches Aussehen, das Aussehen eines Mannes, der viel von Geschäften versteht – und viel von der Sünde.

Sünde. Sünden wie Schauspielerei, Erpressung ... Warum kam ihr die geschnitzte Figur auf dem massiven Schreibtisch so bekannt vor?

»Haben wir das?« fragte Tony.

»Allerdings.«

»Wollt Ihr mit diesen Leuten sprechen, Sir Anthony?«

Rosie erkannte die krächzende Stimme und wandte sich um. Der Mann mit dem kurzgeschorenen grauen Haar stand in der Tür. Der Haushofmeister. Der Mann, der sie festgehalten hatte, während Tony ihren Arm schiente, und der sich dann in ihre Alpträume eingeschlichen hatte.

»Ich werde mit ihnen sprechen«, entgegnete Tony. »Schließ die Tür hinter dir.«

Hal verbeugte sich mit allen Anzeichen der Ehrerbietung, doch Rosie fröstelte. Hal hatte etwas an sich, etwas, das ihr nicht geheuer war. Mit seinen grauen Haaren, seinen Falten, seinem Gesichtsausdruck verkörperte er das

Bild eines alten, von der Härte des Lebens gezeichneten Mannes. Doch wie alt war er wirklich?

Sir Danny rüttelte sanft an ihrem Ellbogen und lenkte ihre Aufmerksamkeit zurück auf die Szene, die sie zu spielen hatten. »Ich habe erfahren, Sir, daß dies Anwesen ein Lehen von Königin Elisabeth ist.«

Tony nickte ernst. »Königin Elisabeth hat mir dieses Anwesen in der Tat übereignet.«

Das geschnitzte Bildwerk auf dem Schreibtisch lockte Rosie an, buhlte um Aufmerksamkeit. Sie konnte sein Gewicht nahezu ahnen, die Maserung des glatten Holzes ... und obwohl es Tony zugewandt war, wußte Rosie, daß es eine schlichte, unvorstellbar alte Darstellung der Madonna mit dem Kinde war.

»Und allen Besitz des Bellot-Geschlechts?« hakte Sir Danny nach.

»Ja, allen Besitz des *ausgestorbenen* Bellot-Geschlechts.«

In diesem Augenblick erwachte der leidenschaftliche Schauspieler in Sir Danny. Seine Hand fiel von Rosies Arm, seine Stimme gewann an Tiefe und Ausdruckskraft, seine Gesten wurden salbungsvoll. »Das Geschlecht ist nicht ausgestorben.«

»Davon habe ich gehört.« Tony erhob sich langsam, sein Stuhl schabte über den Boden, als er ihn zurückschob. »Habe ich Euch diese bösartigen Gerüchte zu verdanken?«

»Keine Gerüchte, Kerl, die Wahrheit!«

Ohne es bewußt zu wollen, ließ Rosie ihre Hand über die Tischplatte wandern und hob die Schnitzerei hoch. Sie war nicht so schwer, wie sie erwartet hatte, und Rosie hob sie mit einer so schwungvollen Bewegung auf, daß aller Augen sich auf sie richteten.

Tony beobachtete Rosie. Sie fuhr zusammen, als sie die

Gesichter zu sich drehte – die Gesichter der Madonna mit dem Kinde. Er fragte: »Gefallt es Euch? Es war eins von Edward Lord Sadlers meistgeschätzten Objekten, habe ich mir sagen lassen. Es wurde bei der Zerstörung einer Abtei gerettet, die auf diesen Ländereien stand, und stammt aus einer Zeit, die noch vor der Eroberung dieser schönen Insel durch die Normannen liegt.«

Sir Danny legte ihr beruhigend die Hand auf die Schulter, sprach jedoch die Worte aus seinem Manuskript: »Jung Rosenkranz erinnert sich wohl noch aus seiner Kindheit daran.«

»Ah, jetzt kommen wir also zum Kern der Angelegenheit.« Tony wandte seinen Blick nicht von Rosie ab, während sie die Schnitzarbeit auf die Ecke des Schreibtischs stellte und mit den Fingerspitzen ihrer unversehrten Hand aufmerksam wie eine Blinde über die Tischplatte strich. »Was sagt Ihr, Sir Danny?«

Tony schien das Manuskript ebenfalls gelesen zu haben.

Mit einer dramatischen Gebärde entgegnete Sir Danny: »Ich sagte, daß …«

Rosie schaffte Platz am gegenüberliegenden Ende des Schreibtischs und stellte die Schnitzerei dort hin. Das schien der richtige Platz für sie zu sein.

»… Rosenkranz der verschollene Erbe ist.«

»Nein!« Mit übertriebener Bestürzung griff Tony sich mit beiden Händen an die Gurgel. »Dann werde ich Gut Odyssey sofort verlassen müssen, damit Jung Rosenkranz sein Erbe antreten kann.«

Rosie schob das Tintenfaß beiseite und machte sich daran, Federkiele zu schärfen. Sie ordnete einen Stapel Papier und fand ein altes Löschblatt. Sie berührte es und betrachtete ihre Finger, doch es waren keine Tintenflecke darauf.

Wenigstens diesmal nicht. Sie rückte das Siegelwachs zurecht und suchte das Siegel, das in der Nische daneben hätte liegen sollen. Doch da war es nicht, und sie ließ ihren Blick umherschweifen. Nicht auf dem Schreibtisch. Sie kniete nieder und suchte den Boden ab. Nicht auf dem Boden.

Wo war ...

Ich habe ihn nicht genommen, Dada.

Dada wird nicht böse werden, doch du mußt mir sagen, wo er ist.

Ich habe ihn nicht genommen, um ihn zu behalten.

Dada braucht ihn. Sag's mir. Sag's mir Rosie.

»Rosie?« Tony kauerte sich neben sie. »Seid Ihr krank?«

Sein Gesicht war das falsche Gesicht, seine Zeit war die falsche Zeit. War sie krank? »Nein.« Vielleicht. »Nein, mir geht es gut.«

Sir Danny legte ihr die Hand unter die Achsel, zog Rosie hoch und strich ihr das Haar aus der Stirn. Sein Mitleid beeinträchtigte seine Schauspielkunst, er schien seinen Text vergessen zu haben.

Rosie beobachtete verstohlen, wie Tony sich beim Aufstehen über die Knie strich, und blickte dann Sir Danny an. Ein seltsames Gefühl der Vertrautheit lähmte sie, und sie wollte all dies nun hinter sich haben. »Wir geben uns mit einer Entschädigung zufrieden«, bot sie hastig an.

Tonys Zynismus kehrte im Handumdrehen zurück. Wie gut sie die Rolle des verwirrten kleinen Mädchens spielte, um ihn für die Geldforderungen mürbe zu machen! Er setzte sich halb auf seinen Schreibtisch und verschränkte die Arme vor der Brust. »Großzügig von Euch, wenn man bedenkt, daß Ihr keinerlei Beweise habt.«

»Ihr verlangt Beweise?« Sir Danny wies auf Rosie. »Wie

Ihr sehen könnt, ist Rosie im richtigen Alter, um der Erbe zu sein.«

»Und seine Haare sind ebenfalls braun. Lord Sadler hatte braunes Haar«, entgegnete Tony mit gespielter Verwunderung. »Welche Ähnlichkeit! Warum ist mir das nicht früher aufgefallen?«

Sie standen zu nah beieinander: Sir Danny, Rosie und Tony. Rosie fühlte sich eingeengt, überwältigt von den Männern, ein Bauer in der Schachpartie, die sie spielten.

»Es gibt da nur ein Problem.« Tony grinste ihr ins Gesicht. »Der Erbe ...«

Sie wappnete sich gegen irgendeine schockierende Neuigkeit.

»... war ein Mädchen.«

Sie hatte sich nicht ausreichend gewappnet. »Was?« Sie wich einen Schritt zurück und stieß Sir Danny zur Seite.

»Eine Tochter«, erklärte Tony und musterte sie auf der Suche nach verräterischen Regungen. »Lord Sadlers einziges Kind war ein Mädchen. Ihr seid kein Mädchen, oder?«

Das Haar aus der Stirn gekämmt und bar jeder Schminke war Rosies Gesicht dem Blick des Betrachters schutzlos ausgeliefert. Entsetzen, Bestürzung und das Gefühl, verraten worden zu sein, hatten es bleich wie fein ausgemahlenes Mehl werden lassen. »Ein Irrtum.« Rosie griff mit ihrer freien Hand nach Sir Dannys Arm. »Es hat einen Irrtum gegeben. Wir werden jetzt gehen.«

»Wozu die Eile?« Tony richtete sich auf und blickte auf Rosie und Sir Danny herab. »Bleibt.«

»Wir müssen gehen. Sir Danny.« Sie zupfte ihn erneut am Ärmel. »Laß uns gehen.«

Rosie flatterte umher wie ein Fasan, der den Pfeil des Jägers vor Augen hat. Entweder hatte sie tatsächlich nicht gewußt, daß der Erbe weiblich war, oder sie war eine großartige Schauspielerin, dafür hatte sie allerdings bereits den Gegenbeweis geliefert.

Doch welches Spiel spielte Sir Danny? Warum zog er sich nicht in Richtung Tür zurück? Warum lächelte er Rosie an wie ein Vater, der seine verängstigte Tochter in die Hände eines liebenden Ehemannes gibt?

»Danny, ich flehe dich an, Danny …«

Ihr Flüstern klang rauh, offensichtlich schnürten ihre Gefühle ihr die Kehle zu, doch Sir Danny umfaßte ihre Wangen mit beiden Händen und küßte Rosie auf den Mund, küßte sie, als wünsche er ihr Lebewohl. »Vertrau mir«, murmelte er und zog ein Dokument aus seinem Wams. Er überreichte es Tony mit den Worten: »Wenn Ihr dies lesen wolltet, Sir, würdet Ihr erkennen, daß ich die Wahrheit gesagt habe, doch solltet Ihr Euch besser vorher setzen.«

Tony beherzigte den Rat und nahm Platz. Er drückte den Rücken fest gegen die Kissen, um gegen den bevorstehenden Schlag gewappnet zu sein, denn Rosies fühlbare Unruhe und Sir Dannys aufkeimende Hochstimmung ließen ihn an die Echtheit des Dokuments glauben, noch ehe sein Blick darüber geglitten war.

Mit zittriger Hand geschrieben, gab das Schriftstück das Mädchen Lady Rosalyn Elizabeth Ann Katherine Bellot in die Obhut des Schauspielers Danny Plympton. Es wies den Leser an, besagten Danny Plympton dabei zu unterstützen, das Mädchen Rosalyn der Obhut Ihrer königlichen Majestät Königin Elisabeth zu übergeben. Es erinnerte den Leser daran, daß das Mädchen Rosalyn Erbin eines Vermögens und eines Landsitzes war, und daß die Königin persönlich großzügig für die Rückkehr des besagten Kindes zahlen würde, damit es standesgemäß erzogen werden könne. Schließlich beschwor es den Fluch des Himmels für jeden herauf, der es wagte, sich Sir Dannys heiliger Mission oder der angemessenen Unterbringung des Mädchens Rosalyn in den Weg zu stellen.

Tony wollte seine Zweifel laut herausbrüllen. Dies war eine Fälschung. Dies war Teil des Plans, ihn von Gut Odyssey zu vertreiben. Dies war Verrat der hinterhältigsten Sorte. Dies konnte nicht die Wahrheit sein.

Also würde er den Akt zu Ende spielen, Rosie die Maske herunterreißen und Sir Danny der Lüge überführen.

»Ein interessantes Dokument.« Tony warf es verächtlich auf den Schreibtisch. »Doch auf wen bezieht es sich?«

»Genau.« Rosie stemmte eine Faust in die Hüfte und warf sich in die Brust wie ein aufschneiderischer Jüngling. »Was ist das für ein Dokument, Sir Danny, und auf wen bezieht es sich?«

»Es ist der Wille eines Sterbenden.« Sir Danny blickte sie an. »Und es bezieht sich auf dich. Liebes Mädchen ...«

»Mädchen?« fragte Tony spöttisch.

»Mädchen?« Rosie rang hörbar nach Luft.

Sir Dannys Lächeln wurde milder. »Sir Tony macht sich über uns lustig. Kein Mann hat je die Hand um die Brust einer Frau gelegt, ohne zu wissen, was er umschließt.«

Rosies Faust glitt von ihrer Hüfte, als habe man sie eingeölt.

Tony hätte es nicht für möglich gehalten, doch es erheiterte ihn. »Das habt Ihr Rosie gesagt? Daß ich nicht bemerkt hätte, daß ich die Brust einer Frau in der Hand hielt?«

Sir Danny erklärte bedeutungsschwer: »Sie *ist* unschuldig.«

Rosies eben noch bleiches Gesicht lief rosarot an. Sie umschlang ihren verletzten Arm, wandte den beiden Männern den Rücken zu, schritt majestätisch zum Fenster und ließ ihren Blick über die Ländereien schweifen.

Ihre Ländereien? Seine Ländereien? Was hatte Sir Danny da ausgeheckt? Und warum? Und vor allem ...

»Warum?« fragte Tony laut. »Warum, Sir Danny?«

Sir Danny fuhr sich mit den Fingerspitzen durch den dichten Schnurrbart. »Es gibt hier viele ›Warums‹, Sir. Ihr werdet Euch deutlicher ausdrücken müssen.«

»Wenn dieses Dokument echt ist und keine erbärmliche Fälschung, *warum* habt Ihr Lord Sadlers Anweisungen nicht befolgt und das Kind Rosalyn zur Königin gebracht?«

Sichtlich verlegen gestand Sir Danny: »Ich ... kann nicht lesen, und der edle Herr lag im Sterben und litt entsetzlich. Er konnte kaum sprechen, und das wenige, was er sagte, war schwer zu verstehen, denn er wurde wiederholt von Fieberkrämpfen geschüttelt.«

»Es war die Pest?«

Jeder kannte die Anzeichen des Schwarzen Todes; er suchte England häufig heim, und Tony zweifelte nicht an Sir Dannys Worten, als dieser sagte: »Ganz ohne Zweifel. Der Herr hatte purpurrote Beulen auf dem Hals, und seine Achselhöhlen und seine Leistengegend waren geschwollen.«

»Und Ihr seid geblieben?« Tony legte Verachtung in seine Stimme.

Sir Danny reckte sich zu voller Größe auf und blickte Tony ins Gesicht. »Lord Sadler litt die Qualen der Verdammten, so besorgt war er um seine Tochter. Glaubt Ihr, ich hätte ihn im Stich gelassen? Glaubt Ihr, ich hätte dieses Kind dem sicheren Tod überlassen können?«

»Der Schwarze Tod war beinahe unausweichlich ihr Schicksal, und folglich auch Eures. Und Ihr seid dennoch geblieben?«

Die reglose Gestalt am Fenster sagte leise: »Sir Danny Plympton hat stets alles in seiner Macht Stehende getan, um anderen zu helfen, und er wird stets tun, was recht ist.«

Tony sah flüchtig zu der Gestalt hinüber, die sich als Silhouette vor der Sonne abhob. Ihre Wange ruhte an den rautenförmigen Fensterscheiben, und sie hielt den Blick starr auf etwas gerichtet: auf die Fensterbank, die Steinmauer, das Stück Landschaft, das sie sehen konnte. Ihre hochgezogenen Schultern und ihr gequälter Gesichtsausdruck kündeten von unerträglichem Schmerz, doch sie verteidigte Sir Danny. Es war nicht überraschend, daß sie sein Mitgefühl für größer hielt als seine Furcht. Selbst Tony glaubte es.

Tony änderte seinen Kurs. »Ihr seid geblieben, bis Lord Sadler starb?«

»Ja.«

»Warum habt Ihr das Kind danach nicht der Königin übergeben?«

Sir Danny scharrte mit den Füßen. »Lord Sadler hat etwas von dem Kind und der Königin gemurmelt, doch ich hielt seine Bitte für wirres Gerede im Fieberwahn. Die Kutsche hatte keine üppigen Verzierungen, sie war auf Schnelligkeit hin gebaut worden. Er hatte zwei Bedienstete, doch die waren tot. Ich glaubte nicht, daß er die Königin tatsächlich kannte.«

»War es vielleicht eine Rennkutsche?« fragte Tony.

»Ich habe mich gefragt, ob er dem Tod davonfahren wollte. Doch seit ich mir seinen letzten Willen habe vorlesen lassen, versuche ich mich zu entsinnen ...« Sir Danny kniff die Augen zusammen und versuchte, in die Vergangenheit zu sehen. »Die Kutsche hatte *keine* Verzierungen. Gar keine. Keine Wolldecke wärmte die Insassen, keine Vergoldungen schmückten das Innere.«

»Pferde?« fragte Tony.

»Verschwunden.«

Tony erklärte angewidert: »Die Räuber haben Euch also geprellt.«

Sir Danny teilte Tonys Abscheu. »Ich hoffe nur, sie haben die Pest bekommen, während sie am Strang baumelten.«

Bis hierher klang Sir Dannys Rettungsgeschichte entsetzlich schlüssig, und Tony fürchtete, sie würde ebenso überzeugend weitergehen. Er trieb sein Verhör voran und fragte: »Ihr habt die Verantwortung für das Kind übernommen?«

»Ja.«

»War es krank?«

»Ich dachte, es würde sterben.«

Das reumütige Zucken um Sir Dannys Mund rüttelte Tony auf. »Ihr hofftet, es würde sterben?«

Sir Dannys Gesichtsausdruck wurde noch reumütiger. »Gehofft nicht, nein. Doch ich war knapp vierzig, frei und ungebunden, und ich wollte Rosie nicht einmal für die kurze Zeit, die ich glaubte, sie bei mir zu haben.« Er warf einen flüchtigen Blick auf die Gestalt am Fenster. »Sie war sehr krank und schwächlich und bedeutete das Ende meines sorgenfreien Lebens.«

»Als deutlich wurde, daß sie überleben würde, warum habt Ihr dann nicht den Versuch unternommen, sie nach London zu bringen und Lord Sadlers Anweisungen zu befolgen?«

»London hatte sich als ungesundes Pflaster für mich erwiesen.« Sir Dannys Blick schweifte unstet umher. »Die Pest, Ihr versteht.«

Rosie stellte abermals unter Beweis, daß sie zugehört hatte. »War das, als du der Frau des Bürgermeisters beigeschlafen hattest und ertappt wurdest?«

Sir Danny bohrte seinen Blick grimmig in Rosies Rükken. »Mag sein. Ich erinnere mich nicht mehr. Einmal auf dem Lande, sah ich mich außerstande, jemanden zu finden, der lesen konnte und bereit war, einem übel beleumundeten Schauspieler vorzulesen. Ich habe es versucht, glaubt mir. Ich habe es versucht.«

Sir Dannys Natur wurde Tony von Mal zu Mal klarer; ein unbekümmerterer Vagabund war ihm nie über den Weg gelaufen. »Wie lange?« fragte er herausfordernd.

»Nun ...« Sir Danny dachte nach und sagte dann lebhaft: »Lange. Doch im Laufe der Zeit ließen meine Anstrengungen natürlich nach. Vergeßt nicht, ich hatte keine Ahnung, daß Rosie eine Erbin war. Für mich war sie nichts weiter als ein verängstigtes Kind, das sich mit schmeichelnder Verzweiflung an mich klammerte.«

»Wie lange habt Ihr gesucht?«

»Bis ...« Sir Danny wiegte den Kopf hin und her, während er nach einer annehmbaren Antwort suchte.

»Wie lange?« fragte Rosie.

Sir Danny atmete seufzend aus. »Bis du dir deinen Weg in mein Herz gebahnt hattest. Bis ich mir nicht mehr vorstellen konnte, dich zu verlieren.« Er blickte von einem zum anderen in Erwartung eines Einwandes, doch niemand sagte ein Wort. »Vertraut Ihr mir also?«

Tony antwortete für sie beide. »Ja, leider.« Er zog einen Leuchter zu sich hin und hielt den Brief an die Kerzenflamme. »Doch was hindert mich daran, dieses Schreiben zu verbrennen?«

Sir Danny zuckte zusammen. »Es gibt nichts, was Euch daran hindern könnte, den Brief in Rauch aufgehen zu lassen, Rosie, mich und unsere ganze Truppe umzubringen und auf Gut Odyssey zu verscharren. Das wußte ich von Anfang an. Deshalb habe ich gründliche Nachforschungen über Euch angestellt, ehe ich Euch unsere Dienste für Euer Fest angeboten habe.«

Nachforschungen über ihn angestellt? Ein billiger Schmierenkomödiant hatte Nachforschungen über ihn, den Kommandeur der Königlichen Leibgarde, den Sohn Lord Spencers, angestellt? Der Rand des Briefes färbte sich braun, und ein feiner Rauchkringel stieg zur Decke empor.

Sir Dannys Blick war noch immer auf den Brief geheftet. »Ich habe mit den Männern gesprochen, die unter Eurem Befehl in der Leibwache Ihrer Majestät gedient haben. Ich habe mit der Dienerschaft in Eurem Stadthaus geredet, und ich habe mich auf Gut Odyssey geschlichen und mich hier mit Euren Bediensteten unterhalten. Die Art, wie ein Mann seine Untergebenen behandelt, ist oft ein Schlüssel zu seinem Charakter, Sir, und Ihr werdet Euch freuen zu erfahren, daß Euer Charakter die Prüfung bestanden hat. Ihr genießt die Loyalität Eurer Diener. Sie haben mir versichert, Ihr wäret durch und durch ehrenhaft, und auf diese Ehrenhaftigkeit verlassen wir uns nun.«

Tony starrte auf seine Hand, die das Dokument an die Flamme hielt. Näher. Näher. Es war so einfach, es anzuzünden, es der Vergessenheit anheimzugeben. Der Beweis wäre vernichtet. Sein Landsitz würde für immer ihm gehören. Sir Danny wäre wieder nichts weiter als ein fahrender Schauspieler und Rosie ... er würde etwas für Rosie tun müssen. Vielleicht könnte sie auf seinem Gut arbeiten, als Dienstmagd oder ...

»Verflucht, Sir Danny. Hol Euch der Teufel!« In seiner Wut warf Tony den Kerzenleuchter zu Boden. Der Aufprall ließ Rosie herumwirbeln. Sie beobachtete, wie Tony jede Kerze mit dem Absatz seines Stiefels austrat. Während seine Erregung abflaute, betrachtete er die argwöhnische Frau, die ihn von seinem Besitz vertreiben würde. »Warum jetzt? Warum habt Ihr jetzt jemanden gefunden, der Euch den Brief vorgelesen hat?«

»Ludovic.« Sir Danny strich sich mit zitternden Fingern über die Stirn und versuchte, seine Erleichterung und seine Furcht zu verbergen.

»Ludovic ist der Grund für all dies?« Rosie zitterte ebenfalls, doch weder vor Erleichterung noch vor Furcht.

Tony verstand nicht, warum sie Rosies jagenden Atem hören konnten, warum ihr ganzer Körper sich anspannte, als rüste sie sich zum Kampf oder zur Flucht.

»Ludovic macht mir die Gewalt über dich streitig.« Sir Danny blickte Rosie an und runzelte verwirrt die Stirn. »Er begehrt dich, und er ist nicht gut genug. Sogar ehe ich wußte, wer du bist, war mir klar, daß er nicht gut genug für dich ist.«

»Und jetzt willst du, daß ich Tonys Platz einnehme, als Herrin von Gut Odyssey?«

Sir Danny streckte abwehrend die Hände aus. »Ganz und gar nicht. Ich glaube, ihr habt mich beide falsch verstanden. Aufgrund meiner ... Verantwortungslosigkeit, Rosie, hast du nicht gelernt, wie man einen Besitz wie Gut Odyssey führt. Ganz zu schweigen von der Sadler-Gießerei ...«

»Ah, darüber wißt Ihr also auch Bescheid.« Tony verzog das Gesicht.

»... und dem Stadthaus der Sadlers. Unsere gesegnete Königin hat Tony Schiffsanteile übereignet und das Recht zum Verkauf von Seidenstoffen gewährt, und die Einnahmen daraus müssen beträchtlich sein.«

Tony grinste höhnisch. »Nun, Ihr werdet sie beraten müssen, wie sie ihr Vermögen am besten ausgeben kann, nicht wahr?«

Sir Danny tadelte Tonys Schwarzseherei. »Es wäre nicht

zu ihrem Besten, wenn ich sie beraten würde, und ich kann auch nicht glauben, daß Ihr wünscht, alle Privilegien zu verlieren, die Ihr Euch so hart erarbeitet habt.«

»Ah!« Tony breitete spöttisch die Arme aus. »Ihr wollt mich anheuern, damit ich meinen ehemaligen Besitz verwalte.«

»Ganz und gar nicht«, entgegnete Sir Danny scharf. »Ich will, daß Ihr Rosie heiratet.«

Irgendwo spielten Kinder. Irgendwo lachten Frauen. Irgendwo riefen Männer. Doch im Studierzimmer von Gut Odyssey herrschte Stille. Eine Stille, die von keiner Bewegung, keinem Atemzug, keinem Herzschlag unterbrochen wurde. Eine Stille, die so vollkommen war, daß es schien, die Zeit sei stehengeblieben.

Dann ließ Tony jäh die Arme sinken und fegte dabei Dokumente vom Schreibtisch. Rosie stieß mit dem Ellbogen gegen das Fenster. Das Rascheln der Papiere verband sich melodisch mit dem Klirren des Fensterglases.

Tony schätzte Rosies Gefühle mit einem Blick ab. Faszination, Furcht, Verblüffung und noch etwas anderes. Wut? Unmöglich. Welches Recht hätte sie, wütend zu sein?

Im Gegenzug ließ er sie seine Gefühle deutlicher spüren. Wut, Wut und Wollust. Und... Wut. Darüber, so in der Falle zu sitzen. Darüber, eine niedrigstehende, hochgeborene Schauspielerin heiraten zu müssen. Darüber, die gesellschaftliche Stellung zu verlieren, die zu erlangen ihn so große Mühe gekostet hatte.

Darüber, ein Bastard ohne andere Aussichten zu sein.

Tony erhob sich langsam. »Wie Ihr gesagt habt, Sir Danny, eine Heirat ist die perfekte Lösung unseres Problems.« Er schlenderte hinüber zum Fenster, schlang die Arme um Rosies reglose Gestalt und liebkoste frech ihren Hals. »Ich werde die vagabundenhafte Erbin so rasch wie möglich ehelichen.«

Doch er hatte vergessen, daß Rosie ein Kind der Straße war. Eine knochige Faust brachte seine Lippe zum Aufplatzen, und ein spitzer Schuh verschaffte ihm einen blauen Fleck am Schienbein. Während er sich die Hand vor den Mund hielt und auf einem Bein umherhüpfte, straffte sie sich verächtlich.

»Wenn ich die Erbin bin, wozu brauche ich dann Tony? Warum soll ich dann heiraten? Ich hole mir meine Ländereien und meinen Titel zurück, und er kann in der Hölle schmoren.«

Kapitel 10

Was ist gezwungne Eh als eine Hölle,
Ein Leben voll von Zwist und stetem Hader?

HEINRICH VI., ERSTER TEIL, V, V, 62

Törichte Männer, die sie anstarrten wie Pelikane, denen man einen Fisch vorenthält.

Törichter Sir Danny, der die Szene mit Temperament und Dramatik spielte und sich einbildete, sie müsse ihm dankbar sein dafür, daß er ihr ganzes Leben in neue Bahnen lenkte, während er sie in Wahrheit im Stich ließ.

Törichter Tony, der glaubte, er täte ihr einen Gefallen, indem er sie heiratete und sie aus ihrem jämmerlichen Dasein erlöste. Der sie zum Narren gemacht hatte, indem er vorgab, nicht zu wissen, daß sie eine Frau war, und sich dabei die ganze Zeit über heimlich ins Fäustchen gelacht hatte.

Und törichte Rosie, die mit offenen Augen davon geträumt hatte, daß sie vielleicht wirklich die Erbin Rosalyn war. Daß sie hier mit einem Vater gelebt hatte, der sie liebte, und mit Bediensteten, die sie vergötterten. Daß sie vielleicht irgendwo anders *hingehörte* als in einen engen Zigeunerwagen, der sie jede Woche in ein anderes Dorf brachte.

Törichte, einfältige Rosie.

»Ein männlicher Duft, in der Tat«, sagte Rosie spöttisch. »Ihr stinkt nach Nelkenseife.«

Sir Danny sah verwirrt drein. Tony nicht. Er ließ die

Hand sinken und wischte sich die blutige Handfläche an seiner Kniehose ab. »Ich rieche nach Nelken, und Ihr schlagt zu wie ein Krieger. Wir werden ein hübsches Paar abgeben.«

Glaubte er, sie habe gescherzt, als sie sagte, sie würde ihn nicht heiraten? »Wir werden überhaupt kein Paar sein.«

»Wie wollt Ihr mich denn loswerden? Ich bin der Gutsherr. Man könnte sagen«, Tony lächelte, obwohl Rosie hätte schwören können, daß er zornig war, »ich sitze fest im Sattel.«

Empört über die versteckte Anzüglichkeit, fuhr sie ihn an: »Warum wendet Ihr Euch nicht wieder Eurem alten Vorhaben zu, mit einigen Abwandlungen natürlich. Ich nehme die Sadler-Ländereien in Besitz, und Ihr könnt in den Adel einheiraten und vom Geld Eurer Gattin leben. Lady Honora hat unablässig Eure Schamkapsel beäugt.«

Tony brüllte auf wie ein gereizter Stier, und Sir Danny packte Rosie am Handgelenk und riß sie auf die Seite, als erwarte er, daß Tony auf sie losging. Doch Tony fand sofort seine Beherrschung wieder – oder vielleicht hatte er sie nie verloren – und lächelte herablassend.

Sir Danny zog die starr dastehende Rosie in die Arme und drückte sie fest an sich, ohne Tony dabei aus den Augen zu lassen. »Du bist verletzt. Du bist zornig. Du redest, ohne dabei an die Vorteile für *mich* zu denken.«

»Vorteile?« Sie wußte nicht, wovon er sprach, doch das kümmerte sie wenig.

Tony blickte ihr in die Augen, fuhr mit der Hand über die Fensterbank, an der sie gestanden hatte und rieb das edle braune Holz mit der Handfläche. »Es ist noch warm«, sagte er.

Sir Danny redete auf Rosie ein. »Du wirst einen Titel

haben, und damit wirst du in der Lage sein, meine Schauspieltruppe zu unterstützen.«

Sie beobachtete, wie Tony mit den Fingerspitzen sanft über das Holz strich, und erinnerte sich an ihre erste Begegnung. Wie er sie versucht hatte, sie unterwiesen, sie berührt hatte.

»Würde es dir nicht gefallen, unsere Gönnerin zu sein?« fragte Danny in schmeichlerischem Ton.

»Ich brauche *ihn* nicht, um eure Gönnerin zu werden.«

Sir Danny ließ sich nicht entmutigen. »Ich würde rechtmäßig in London auftreten können, so wie Onkel Will. Ich hätte Geld für Kostüme, und wenn ich zu alt geworden bin, um durch die Lande zu ziehen, hätte ich einen Ort, zu dem ich gehen kann.«

»Schön. Doch all dies gehört mir. Ich brauche nicht zu heiraten.«

Angesichts ihrer unerbittlichen Ablehnung sagte Tony: »Sie ist ein undankbarer Wicht, nicht wahr?«

Rosie schob Sir Danny beiseite und ging schnurstracks auf den abscheulichen, eingebildeten Kerl zu. »*Ihr* seid bei der Königin in Ungnade gefallen. Soviel habe ich von den Gästen Eures Festes erfahren, und so abscheulich, wie Ihr seid, ist das auch kein Wunder. Ich werde meine Ansprüche bei Ihrer Majestät geltend machen, und sie wird sie mir sofort gewähren.«

»Wie gedenkt Ihr, zur Königin zu kommen?« Tony griff nach ihren Hemdschnüren und zog Rosie zu sich wie einen Fisch an der Angel. »Ich habe Euch hier, und ich werde Euch nicht gehen lassen.«

Sie blickte auf die Fingerknöchel unter ihrem Kinn hinab und sah auf in Tonys Gesicht. Er war größer, breiter und stärker als alle Männer, die sie kannte. Er würde sie hier festhalten? Als Gefangene? »Ich habe mich schon aus mißlicheren Lagen befreit.«

»Allein? Ohne Sir Dannys Hilfe?« Seine schönen großen Augen wurden schmal. »Während meine treuen Diener und meine pflichtbewußten Soldaten jeden Eurer Schritte überwachen?«

Rosie fürchtete, daß die Bediensteten und die Wachleute tatsächlich Tonys Anweisungen folgen würden, allein schon deshalb, weil er es war, der sie entlohnte. Sie sagte: »Ich glaube, es gibt noch einige Diener aus der Zeit, als Klein Rosalyn hier spielte, und ich denke, daß sie mir helfen werden.«

»Kein dummer Gedanke.« Tony nickte. »Danke für die Warnung. Ich werde Vorkehrungen treffen, um diesen Fluchtweg zu versperren.«

Trotz, wurde Rosie bewußt, forderte Bestrafung heraus.

Es war nicht gerecht, doch das Schauspielerleben hatte sie auf Ungerechtigkeiten vorbereitet. Dennoch, nichts würde sie dazu bringen, sich bereitwillig zu fügen. Sie versuchte, ihr Hemd aus Tonys Griff zu befreien, und sagte: »Haltet mich ruhig fest, doch heiraten werde ich Euch nie.«

»Wie Ihr wollt.« Ihre Finger verschränkten sich ineinander, betasteten sich, spannten sich an, glitten aneinander ab. Tony hätte ihren Befreiungsversuch auch mit einer Hand leicht vereiteln können. Sie wußte es, und er wußte es ebenfalls. Sie kochte vor Zorn, und er lächelte erbarmungslos, während er sie beleidigte. »Als meine Gemahlin wärt Ihr völlig untauglich. Ihr habt nicht die Erziehung eines Edelfräuleins genossen.«

Getroffen riß sie ihr Hemd aus seinem Griff. »Ich bin von edler Abstammung«, rief sie. »Ich lerne schnell, und ich habe als Schauspielerin oft genug eine Edelfrau verkörpert. *Mir* fehlt es nicht an dem, was echten Adel ausmacht.«

»Rosie«, sagte Sir Danny warnend.

Doch sie fuhr hastig fort, ohne sich um seine Warnung zu kümmern. »Ich habe Gerüchte über Eure Abstammung gehört. Ihr seid ein Bastard, ein Bankert. *Ihr* seid untauglich als Edelmann.«

Er beugte ruckartig den Kopf zu ihr hinunter und fragte: »Und Ihr, seid Ihr wirklich eine Frau?«

Sie reckte ihren Kopf ebenso angriffslustig empor, so daß sie sich Nase an Nase gegenüberstanden. »Ja.«

»Dann beweist das jetzt besser, denn wenn Ihr ein Mann seid, werde ich Euch durchbohren.«

»Es beweisen?« krächzte Sir Danny.

»Auf der Stelle«, bekräftigte Tony und faßte ihr grob in den Schritt.

Empört, in die Enge getrieben, in ihrer Intimität verletzt, griff Rosie ebenfalls zu. Keiner der beiden tat einen Satz; sie standen einander Aug' in Aug' gegenüber und starrten sich an. Ihr Atem ging schwer. Schließlich flüsterte Tony: »Habe ich Euch zu Eurer Zufriedenheit bewiesen, daß ich ein Mann bin?«

»Ja«, gab sie flüsternd zurück. »Habe ich Euch bewiesen, daß ich eine Frau bin?«

»Ja.«

Wußte er, daß jenes leichte, rhythmische Pochen sie erregte? Wußte sie genau, was es bedeutete?

»Ich glaube«, fuhr er fort, »wir sollten möglichst bald heiraten.«

»Nein.«

Zum ersten Mal während dieses entsetzlichen Wortwechsels war sein Lächeln beschwingt, ein Bogen aus glücklich geschwungenen Lippen, die danach lechzten, geküßt zu werden. »Sagt mir bitte, meine Liebste, warum nicht?«

»Warum nicht? Warum nicht?« Lady Honora stand schnaubend vor Empörung in der Tür. »Weil Ihr mich heiraten werdet!«

Tony und Rosie sprangen auseinander, und Lady Honora rauschte herein, blieb jedoch mit ihrem breiten Reifrock am Türrahmen hängen. Sie befreite sich mit einem jähen Ruck. »Rechtfertigt Euch, Tony.« Tony schlüpfte hinter seinen Schreibtisch und setzte sich. Rosie wußte, warum.

»Wie habt Ihr davon erfahren?« fragte er.

Lady Honora entgegnete ungerührt: »Euer Haushofmeister hat seine Pflicht getan und es mir berichtet.«

»Hal?« Tony blickte finster umher und rief dann: »Hal!«

»Sir?« Hal eilte herein.

»Ich habe die Neuigkeit kaum selbst erfahren, und du verbreitest sie bereits wie ein königlicher Bote?«

Hal verbeugte sich wiederholt und stammelte: »Nein, Sir, ich habe nur wegen des schadhaften Schlosses vor der Tür Wache gehalten.«

»Wegen des schadhaften Schlosses?« Tony starrte ihn an und wirkte in seinem Zorn noch eindrucksvoller.

Die Farbe wich aus Hals zerfurchter Stirn und sank bis in sein hängendes Doppelkinn. Er bewegte die Tür mit fahrigen kleinen Bewegungen hin und her, vor und zurück. »Ja, die Tür hat ein Problem mit dem... äh...« Er gab auf und verbeugte sich vor Lady Honora. »Diese Dame verlangte zu wissen, was drinnen vor sich gehe. Es tut mir sehr leid, Sir, aber ich habe ihrer Befragung nicht standhalten können.«

»Natürlich nicht.« Lady Honora verabschiedete ihn mit einer wegwerfenden Handbewegung.

»Natürlich nicht«, pflichtete Tony bei. »Eine gerechte

Strafe für dein Lauschen, doch keine ausreichende. Verschwinde und komme mir nicht mehr unter die Augen. Ich werde dich als Haushofmeister ablösen ...«

»Nein, Sir«, flehte Hal.

»... bis du deine Treue zu mir und zu Gut Odyssey unter Beweis gestellt hast.«

»Ja, das werde ich. Ich schwöre es.«

»Es gibt andere, die um deine Stellung wetteifern. Und nun geh!«

Rosie schloß die Augen, um Tony nicht sehen zu müssen. Er war reglos, ruhig und so zornig, daß er sie ängstigte. Ein Geräusch ließ sie die Lider wieder öffnen: Hal hatte sich vor ihr auf die Knie geworfen.

»Mylady.« Er nahm ihre kraftlose Hand und hielt sie wie einen heiligen Kelch. »Es ist eine Ehre, Euch erneut zu dienen. Diesmal ...«

»Rühr sie nicht an!« Ehe sie Zeit hatte zu blinzeln, war Tony neben ihr, riß ihre Hand aus Hals Umklammerung und drückte sie so heftig, daß ihre Fingerknöchel knirschten.

»Tony, solche Heftigkeit! Er ist nur ein Narr«, sagte Lady Honora tadelnd, während Hal sich aufrappelte und davonlief. »Er glaubt, sie sei die Erbin.«

»Lady Honora«, rief Sir Danny, doch ihre hohe Halskrause hinderte sie daran, den Kopf zu drehen. Er trat in ihr Gesichtsfeld und sagte: »Lady Honora, sie *ist* die Erbin.«

»Ihr!« Lady Honora ließ Tony mit beeindruckendem Hochmut links liegen und blickte Sir Danny von oben herab an. »Ihr habt mich in allen Dingen belogen.«

Sir Danny warf seine eindrucksvolle Mähne in den Nakken. »Es gibt eine zweite Möglichkeit. Ich hätte Euch in allen Dingen die Wahrheit sagen können.«

»Warum sollte ich einem Schauspieler Glauben schenken?« fragte sie.

»Weil ...«, Sir Danny legte ihr mit beeindruckendem Mut den Zeigefinger zwischen die dünnen, gezupften Brauen, »... Ihr eine ausgezeichnete Menschenkenntnis besitzt.«

Sie stand da wie versteinert, als könne sie nicht glauben, daß er sie berührt hatte, und er hielt ihrem Blick stand, bis die Tür erneut gegen die Wand geschlagen wurde.

Jean und Ann stießen einander mit den Ellbogen wie Kinder, beide begierig darauf, als erste den Raum zu betreten.

»Tony«, sagte Jean. »Was ist das für eine Geschichte, die das Gesinde daherbrabbelt?«

Ann fuhr fort: »Daß die verschollene Erbin zurück ist und du sie heiraten wirst?«

Tony blickte zur Tür, vor der sich eine Schar aufgeregter Diener drängelte. »Neuigkeiten verbreiten sich schneller als der Blitz, wie ich sehe.«

»Du meinst, es ist wahr?« Jean packte ihre rote Perücke, als fürchte sie, der scharfe Wind des Wandels, der durch Gut Odyssey fegte, könne sie ihr vom Kopf reißen.

Tony überreichte Jean wortlos Lord Sadlers vergilbtes Testament, und Ann und Lady Honora drängten sich um sie und sahen ihr über die Schulter, um mitzulesen. Als sie fertig waren, gab Jean das Dokument schweigend zurück.

Ann erholte sich als erste. »Lady Honora, was meint Ihr?«

Lady Honora antwortete, doch nicht auf die richtige Frage. »Sir Danny hat gesagt, ich besäße eine gute Menschenkenntnis, und das ist wahr.«

»Na, großartig«, murmelte Tony. »Er hat sie vollkommen bezaubert.«

Lady Honora fuhr fort: »Doch ungeachtet der Rechtmäßigkeit des Anspruchs: es ist unmöglich. Eine Frau von schlechtem Ruf kann keine Erbin werden.«

Sir Danny starrte sie mit seinem hypnotischsten Blick an. »Rosie ... Rosalyn ist keine Frau von schlechtem Ruf. Ich habe sie höchstpersönlich Tag und Nacht bewacht. Sie wechselt von meiner Obhut in die Obhut ihres Gatten, unberührt und unerweckt.«

Tony hob Rosies Hand an seine Lippen und küßte sie mit sehnsuchtsvoller Zärtlichkeit. »Das wußte ich.«

Sie bohrte ihre Nägel in sein Fleisch, und er ließ rasch ihre Hand los.

»Königin Elisabeth ist vor allem eine praktisch denkende Monarchin, und Rosalyns Unberührtheit, und selbst ihr Erbe, können die Schmach ihrer Erziehung nicht wettmachen. Nein!« Lady Honora machte eine energische Handbewegung. »Zu meinem Bedauern muß ich Euch mitteilen, Sir Danny, daß sie nicht tauglich ist. Doch«, sie hob den Zeigefinger, »es wäre mir ein Vergnügen, ihr in einem meiner Häuser Obdach zu gewähren. Sir Edward Sadlers Tochter *muß* aus der Gosse gerettet werden, in die sie das Schicksal verschlagen hat. Sie muß lernen, sich wie eine Dame zu benehmen.«

»Ich habe einen besseren Einfall.« Tonys Wangen zuckten, so belustigt war er. »Lehrt sie hier, eine Dame zu sein.« Rosie rammte ihm den Ellbogen in die Rippen, und er stöhnte auf. Sich die Seite reibend, fuhr er fort: »Lehrt sie, mich nicht anzugreifen. Bringt ihr bei, wie man sich bei Tisch benimmt, wie man einen Haushalt führt und einem Edelmann meines Ranges eine gute Gemahlin ist.« Er schlang seine Arme um sie, hob Rosie hoch und drehte sie so, daß ihre Fußtritte ihn nicht treffen konnten. »Das ist eine Herausforderung für euch alle drei, nicht wahr?«

Er hatte sie richtig eingeschätzt. Jean musterte das strampelnde Mädchen eingehend. »Sie besitzt Entwicklungsmöglichkeiten.«

Lady Honora hörte sich die Straßenflüche an, die aus Rosies Mund sprudelten. »Sie muß lernen, wann sie zu reden hat und wann sie schweigen soll.«

»Vor allem«, Ann rümpfte die Nase, »muß sie ein Bad nehmen.«

»Ein Bad?« Sir Danny schüttelte sich. »Widerliche Vorstellung.«

»Ein Bad?« Rosie kreischte auf. »Sir Danny, sie wollen mich ertränken!«

Jean ging zur Tür und wies die Diener an, unverzüglich einen Zuber mit heißem Wasser in das größte Gästezimmer hinaufzubringen. Ann warf Rosie einen Teppich über den Kopf, um sie zu bändigen. Lady Honora befahl: »Ruhig, Mädchen. Wir werden Euch ein Bad verabreichen.« Sie faßte Rosies kurzen, schmutzigen Mantel mit spitzen Fingern an, rieb daran und ließ ihn angewidert los. »Wohl besser zwei. Übergebt sie den Dienstmägden, und geht behutsam mit ihrem Arm um.«

Alle sahen zu – die Frauen und Tony mit Wohlwollen, Sir Danny mit Bestürzung –, wie die Übergabe vonstatten ging und das kreischende Bündel fortgetragen wurde.

Lady Honora rieb sich tatkräftig die Hände. »Wir werden Euch benachrichtigen lassen, wenn die Tat vollbracht ist.«

Tony lauschte, bis das Geschrei nach Sir Danny und die lautstarken Befehle nicht mehr zu hören waren, setzte sich zurück an seinen Schreibtisch und schickte sich an, die durch seine Verlobung unterbrochene Arbeit weiterzuführen. Die Gießerei verlangte große Aufmerksamkeit; sie würde bald mit verbesserten Maschinen in Betrieb gehen, und das Geld, das er so großzügig investiert hatte, würde endlich Früchte tragen.

Jemand fuchtelte ihm mit dem Finger vor der Nase herum. Als er aufsah, blickte er in Sir Dannys entsetztes Gesicht. »Das könnt Ihr nicht machen«, sagte Sir Danny. »Sie hat erst letzten Sommer gebadet, und jeder weiß, daß ein Bad im Winter tödlich ist.«

Tony nahm seine Schreibfeder in die Hand und betrachtete sie. »Ein Bad wird sie nicht umbringen.«

»Schöne Lügengeschichte! Wenn Ihr vorhabt, das arme Mädchen zu quälen, werde ich sie von hier fortbringen und einen anderen Weg finden, für sie zu sorgen.« Sir Danny drehte sich um und ging zur Tür.

»Wie Ihr wünscht«, entgegnete Tony. »Doch wenn Ihr vorhabt, nach oben ins Schlafgemach zu gehen, um sie zu retten, sollte ich Euch warnen: Lady Honora hat bereits erwähnt, daß auch Ihr einmal ordentlich abgeschrubbt werden müßtet.«

Sir Danny wirbelte herum und blickte Tony entsetzt an. Tony nickte sanft. Sir Danny flüchtete, nicht hinauf ins Schlafgemach, sondern hinaus in Sicherheit.

Tony blickte zu den Dienstmägden hinaus, die im Gänsemarsch dampfende Eimer vorbeitrugen. Er sah hinauf zur Decke, an die Stelle, wo Lady Honora und seine Schwestern Rosie abschrubben würden. Er blickte hinab auf seine Hand, die nicht länger in der Form von Rosies Brust gewölbt war, sondern in der ihres Venushügels.

Und er lächelte.

Sir Danny hörte Rosies Wehklagen, während er die Galerie entlangging, und erinnerte sich daran, wie er ihr in der Vergangenheit stets zu Hilfe geeilt war. Manchmal war sie von den »anderen« jungen Burschen als Weichling verspottet worden. Manchmal war sie krank gewesen. Vor allem jedoch war sie von Alpträumen geplagt worden. Er war für sie da gewesen, immer, und nun hatte er dieses Recht verloren. Ohne sie zu Rate zu ziehen, hatte er sie der Vergangenheit ausgeliefert, die sie so ängstigte, und nun wurde sie von den Ereignissen, und von Tony, fortgerissen.

Ein besonders schriller Schrei ging in einem lautem Wasserplatschen unter.

Wann hatte die Qual ein Ende?

Hal hielt seine Hände an die roten Flammen des Küchenfeuers. Sie färbten seine Haut scharlachrot und verliehen ihr einen durchscheinenden Schimmer, und er fragte sich, ob die Flammen der Hölle ihn lebendigen Leibes verzehren würden. Würde er bis in alle Ewigkeit im Höllenfeuer schmoren, um für seine Sünden zu büßen? Würden Dämonen mit Mistgabeln nach ihm stechen?

Oder war er bereits gestorben, und der Teufel quälte ihn mit diesem stechenden Schmerz im Hirn? Würde er ewig versuchen, seine Sünde abzubüßen, und ewig aufs neue von Gott, Jesus, Maria, allen Heiligen und seinen Mitmenschen verdammt werden?

Wann hatte die Qual ein Ende?

Sir Danny, dieser alte Narr, hatte ihn überlistet. Ludovic hockte fluchend im Gebüsch am Fuße der Terrasse und beobachtete das Herrenhaus. Der alte Narr und der junge Lord. Sie hatten Rosie in einer gemeinsamen Verschwörung so weit über seinen, Ludovics, Rang erhoben, daß die Chance, sie für sich zu gewinnen, ebenso groß war wie die, die Sterne zu berühren.

Doch sie war nicht glücklich. Ihre Schreie gingen ihm zu Herzen.

Das Gelächter der Dienstmägde machte ihn zornig. Sogar von außerhalb des Hauses konnte er die kalten, scharfen Stimmen dieser drei Weibsbilder hören, dieser Hexen, die die Folter leiteten.

Für welche Art von Mann hielten Sir Danny und dieser großtuerische Lord ihn? Er war kein ritterlicher Tor wie diese Engländer, sondern ein echter Krieger des Nordens. Er würde es ihnen zeigen!

Der Abend brach herein, hinter den hohen Fenstern schimmerte Licht, und die grausame Badeprozedur ging weiter.

Wann hatte die Qual ein Ende?

»Ich bin nicht die Erbin!« stotterte Rosie. Sie stand aufrecht im Badezuber, während die Mägde ihr klares Wasser über den Kopf gossen.

»Tony ist überzeugt davon, daß Ihr es seid.« Jean hob ein Kleid aus der Truhe. »Was meinst du, Ann? Du hast ein Auge für Farben.«

Ann betrachtete die gelbe Seide und schüttelte dann den Kopf. »Nein, es würde ihren dunklen Teint fahl wirken lassen. Schau, ob du ein wirklich kräftiges Rot findest.«

Jean zog ein karmesinrotes, mit schleifenförmigen Goldborten besetztes Samtkleid hervor.

»Ja, das ist großartig«, sagte Ann.

»Ich habe Manschetten, die mit schwarzem und rotem Garn bestickt sind. Sie würden Rosalyns Hände hervorheben.« Lady Honora begutachtete Rosies Fingernägel und winkte die Magd heran, die die vielbenutzte Bürste schwenkte. »Schrubben!«

»Ich werde diese Kleider nicht tragen.« Rosie zuckte zusammen, als die Magd begann, ihre Nägel zu schrubben, und wunderte sich über ihre eigene Auflehnung. Sie hatte bisher alles getan, was diese drei Frauen, diese Hexen, von ihr verlangt hatten. Sie hatte keine andere Wahl gehabt.

Sie hatte nicht ein Bad genommen, sondern zwei. Man hatte sie abgeschmirgelt, entlaust und gewaschen, bis sie erwartete, ihre Haut in langen Fetzen im Waschzuber wiederzufinden. Um ihren Widerspruch hatte man sich nicht geschert, über ihre Drohungen hatte man gelacht. Tonys Schwestern hatten offenbar Erfahrung im Umgang mit widerborstigen Kindern, und in ihren Augen war sie offenbar nichts anderes als das. Und Lady Honora – es würde Lady Honora nicht im Traum einfallen, sich vor irgend etwas zu fürchten.

»Natürlich werdet Ihr diese Kleider tragen, andernfalls müßtet Ihr nackt umherlaufen.« Jean breitete die Mieder aus, bis eines davon Anns Zustimmung fand. »Wir haben die Lumpen verbrannt, die Ihr getragen habt. Im übrigen mögen diese Kleider hier wohl seit zwanzig Jahren aus der Mode sein, aber es sind Eure.«

Ein Leinenhandtuch war um Rosies Kopf geschlungen, und als sie mit wirrem, nassem Haar daraus auftauchte, fragte sie: »Meine?«

Jean erklärte: »Ihr seid Edwards Tochter.«

»Das bin ich nicht.«

»Die Truhen waren bereits hier, als Tony Gut Odyssey in Besitz nahm.«

Ann nötigte Rosie, aus dem Zuber zu steigen, und hielt ihren geschienten Arm, während die Mägde Rosie von Kopf bis Fuß abtrockneten. »Natürlich seid Ihr die Erbin. Wir haben Edward alle gekannt. Er war ein Günstling der Königin, und wir waren ihre Hofdamen.«

Rosie griff hastig nach den Handtüchern und versuchte, ihre Blöße vor den, wie es schien, Tausenden von Augen zu verbergen. In der Tat, ihr war nie aufgefallen, daß es so viele Frauen auf dem Gut gab, doch jede wollte Zeugin sein, wie die neue Herrin gebadet wurde, und den drei Hexen war das offenbar recht. »Zeuginnen werden alle Gerüchte zum Schweigen bringen, meine Liebe«, hatte Jean ihr gesagt, als Rosie geklagt hatte, sie schäme sich. »Sie alle werden Eure Verwandlung vom Schauspieler in die Erbin bezeugen können, und es wird kein Gerede von Betrug oder derartigem geben.«

Die Mägde nahmen Rosie die Handtücher ab, und sie stand trocken und nackt wie ein Neugeborenes da. Um ihre Verlegenheit zu überspielen, sagte sie spöttisch: »Und jetzt wollt Ihr mir erzählen, ich sähe aus wie er?«

»Ganz und gar nicht.« Lady Honoras dumpfer Tonfall zeigte, daß ihr Rosies frivole Bemerkung mißfiel. »Ihr seht aus wie *sie*.«

»Wie *sie*?«

»Wie Eure Mutter.«

Ihre Mutter? Sie hatte nie an eine Mutter gedacht.

»Selbstverständlich hattet Ihr eine Mutter.« Jean preßte die Lippen zusammen.

Verwirrt von dem Unterton, fragte Rosie: »Mochtet Ihr sie nicht?«

»Sie hätte Edward beinahe zugrunde gerichtet.« Ann zog ihr ein Frauenhemd aus Cambric-Baumwolle über den Kopf, half ihr, den geschienten Arm durch den Ärmel zu stecken, und band die Schnüre locker zusammen.

»Zugrunde gerichtet?«

»Die Königin schätzt es nicht, wenn ihre Höflinge heiraten«, sagte Lady Honora, »und Edward war einer ihrer Favoriten.«

»Wir haben nie verstanden, was er an ihr fand.« Jean wickelte Rosie in ein seidenbezogenes Korsett, und als es

Zustimmung fand, schnürte eine Magd es ihr um den Leib. »Sie war ebenso dunn wie Ihr.«

»Und ebenso dunkel.« Lady Honora setzte ihr verschiedene Hauben auf, bis eine davon, schwarz mit Perlenstikkereien, gutgeheißen wurde.

»Keinerlei Charme, doch Edward konnte ihr nicht widerstehen. Er hat dieses Haus für sie bauen lassen. Damals hieß es natürlich Haus Sadler.« Ann reichte ihrer Zofe einen Unterrock aus schwarzem Mockado-Gewebe, dann einen aus rotem Serge, und die Zofe nestelte sie an das Korsett. »Dann hat er diese Frau geheiratet, ohne die Königin um Erlaubnis zu bitten.«

»Gewiß, sie erwartete ein Kind.« Jean heftete den Blick auf Rosie. »Euch. Edward hat sich recht töricht über Eure Geburt gefreut und Euch der Königin als ihre zukünftige Hofdame vorgestellt.«

»Er besaß einen dreisten Charme«, seufzte Ann und lächelte.

»Du warst verliebt in ihn«, warf Jean ihr vor.

»So wie du, Schwesterherz.«

Lady Honora bereitete ihrem Zank ein Ende. »Wir waren alle verliebt in ihn.«

»Was ist mit meiner Mutter geschehen?« wollte Rosie wissen.

Die Schwestern lächelten einander vielsagend zu, denn ihnen war bewußt, daß Rosie nun doch Anspruch auf das Sadler-Erbe erhob, und Lady Honora sagte: »Sie starb.«

»Oh.« Alle starben. Alle ließen Rosie im Stich. Warum hatte sie diese Frage überhaupt gestellt?

»Edward hat nie wieder eine andere Frau angesehen, außer die Königin, und wir wußten alle, daß er es um Euretwillen tat.« Jean wickelte einen Reifrock mit Gesäßpolster um Rosies Hüften. »Glücklicherweise hat Königin

Elisabeth nie gewußt, wie sehr er Euch vergötterte, sonst wäre sie auch auf Euch eifersüchtig gewesen.«

»Wie die Dinge lagen, hat sie Euch nach Eurem Verschwinden mit äußerster Beharrlichkeit suchen lassen und aufrichtig um Edward getrauert.« Ann wischte sich eine Träne von der Wange. »Sie sagte, sie habe ihm versprochen, sich Eurer anzunehmen, wenn ihm irgend etwas zustoßen sollte, und sie hatte das Gefühl, ihrer Pflicht nicht nachgekommen zu sein. Euer Auftritt bei Hofe wird sie gewiß sehr beglücken.«

»Falls es uns gelingt, eine Dame aus Euch zu machen«, sagte Jean.

Lady Honora besiegelte Rosies Schicksal. »Wir *werden* eine Dame aus ihr machen, eine, die würdig ist, sich mit einem Edelmann zu vermählen – wenn auch nicht mit Tony. Der gehört mir.«

»Um Edwards willen.« Jean hielt ihren Mitverschwörerinnen die Hand hin, und beide legten eine Hand auf die ihre. »Um Edwards willen«, bekräftigten sie.

Kapitel 11

Dem Frühling gleichend kommt sie da, seht hin.

PERIKLES, I, I, 13

»He, Sir Danny! Sieh dir dieses Kostüm an!« Rosie hüpfte durch die lange Galerie auf ihren Vormund zu. Mehrarmige Kerzenleuchter ließen die gewachste und polierte Holzvertäfelung schimmern und brachten die lebhaften Farben der Wandteppiche zum Leuchten. Die hohen Glasfenster funkelten schwarz in der hereinbrechenden Nacht, doch an jedem Ende der Galerie loderte ein mächtiges Kaminfeuer, das Wärme und Licht spendete.

Sir Danny drehte den Flammen den Rücken zu, und seine Augen weiteten sich beim Anblick, den Rosie bot, als sie sich vor ihm im Kreise drehte.

Ein Griff um ihren Ellbogen brachte sie jäh zum Stehen.

»Damen rennen nicht, und sie hüpfen auch nicht umher«, tadelte Lady Honora.

»Sie gleiten dahin«, sagte Jean.

»Damit ihre Unterröcke nicht hochfliegen und sie mit ihren hohen Absätzen nicht ins Stolpern kommen.« Ann trippelte auf ihren eigenen hochhackigen Schuhen herbei. »Äußerst peinlich und nur allzu alltäglich bei Frauen, die es besser wissen müßten.«

»Damen verlangen von ihren Freunden auch keine Bewunderung für ihre Kleider.« Lady Honora stand mit gefalteten Händen in majestätischer Haltung vor ihr.

Rosie schob die Unterlippe vor, und Jean kniff ihr in die Wange. »Damen schmollen nicht.«

»Schließlich tragt Ihr Verantwortung.« Lady Honora nickte Sir Danny grüßend zu. »Ihr müßt Eure Sache gut machen, sonst bereitet Ihr uns Schande.«

Sir Danny verbeugte sich schwungvoll und verkündete: »Diese Damen sind frisch wie die ersten Knospen des Frühlings, die strotzen vor Farbe und Pracht und verkünden: ›Der Winter ist besiegt! Laßt uns im Frühlingswind umhertollen und im hellen Sonnenschein tanzen‹.«

»Ein bißchen dick aufgetragen«, murmelte Rosie ihm zu, doch Ann kicherte, Jean nickte, und sogar Lady Honora lächelte herzlich.

Sir Danny warf Rosie einen triumphierenden Blick zu und sagte dann wohlwollend: »Du siehst in der Tat entzükkend aus. Mir gefällt vor allem die Schlinge, die farblich zu deinem Kleid paßt, Rosie.«

Lady Honora räusperte sich und runzelte die Stirn.

»Und du siehst tatsächlich sauber aus.« Sir Danny erwiderte Lady Honoras strengen Blick. »Ich hoffe, dieses ›Bad‹ hat keine schädliche Wirkung auf sie.«

Lady Honora entgegnete kühl: »Ein Bad hat noch niemandem geschadet, solange es in einem gut geheizten Raum mit den geeigneten Kräuterzusätzen und nicht öfter als viermal im Jahr genommen wird. Doch ich muß Euch bitten, Sir Danny, Rosalyn nicht mehr mit diesem abscheulichen Namen zu rufen.«

»Abscheulicher Name?« Sir Danny wirkte verwirrt.

»Rosie.« Aus Lady Honoras Mund klang er wie eine Beleidigung.

Sir Danny fragte entgeistert: »Wie sollte ich sie denn sonst nennen?«

»Ihr Taufname ist Rosalyn«, Lady Honora sprach das

Wort langsam und betont aus, als wolle sie Sir Dannys Ohr schulen, »und da sie die Tochter eines Grafen ist, sollte sie von allen ›Lady Rosalyn‹ genannt werden, ausgenommen von denen, die ihr am nächsten stehen.«

Sir Danny und Rosie blickten einander vielsagend an.

»Da Ihr ein einfacher Schauspieler seid«, fuhr Lady Honora fort, »solltet Ihr sie ganz gewiß mit ihrem Titel anreden.«

Rosie wurde bewußt, daß man bereits versuchte, sie von dem Mann zu trennen, der ihrem Herzen am nächsten stand. Sie mochte böse auf ihn sein, weil er derart eigenmächtig über ihr Schicksal verfügt hatte, doch, verflucht, *sie* würde über seine Strafe entscheiden, und nicht, weil er von niedrigerem Rang war als sie. »Zählt seine Stellung als mein Retter denn überhaupt nicht?« fragte sie aufgebracht.

Ann umschloß Rosies freie Hand mit der ihren. »Ich weiß, es klingt kaltherzig, doch Ihr müßt begreifen, daß die Geschichte Eures Lebens gehörig zurechtgestutzt werden muß. Ich glaube, wir werden sagen müssen, daß Lady Honora Euch in der Obhut einer ihrer gütigen alten Tanten entdeckt hat.«

»Ich habe keine gütigen alten Tanten«, bemerkte Lady Honora.

»Warum überrascht mich das nicht?« murmelte Rosie.

Jean bewies Geduld mit ihrer kleinlichen Freundin. »Wir werden so tun, als hättet Ihr welche.«

»Wir wissen, wie man so tut als ob. Nicht wahr, ... Rosie?«

Sir Danny nahm seiner Herausforderung mit einem gefälligen Lächeln die Schärfe und bot seinen Arm. Rosie wollte sich gerade unterhaken, als Lady Honora ihr mit größter Selbstverständlichkeit zuvorkam.

Ann übernahm es, der völlig sprachlosen Rosie die

Rangordnung zu erklären. »Wir treten einzeln ein, und zwar in der Rangfolge unserer Adelstitel. Lady Honora natürlich als erste, denn sie ist Herzoginwitwe und hat eine eigene Baronie geerbt. Danach kommt Jean. Sie ist Witwe eines Marquis und Tochter eines Grafen. Ihr und ich sind ranggleich, da wir beide Grafentöchter sind. Ich habe allerdings einen Mann von niedrigerem Rang geheiratet. Mein Gemahl ist Baron, und ich bin daher strenggenommen als Lady Ann, Tochter des Grafen von Spencer, bekannt, denn dies ist mein höherer Titel. Da ich älter bin als Ihr und Ihr unvermählt seid, werde ich als nächste eintreten.« Als sie Rosies vor Staunen weit aufgerissene Augen sah, erkundigte Ann sich freundlich: »Habt Ihr eine Frage?«

Rosie schluckte. »Wie merkt Ihr Euch das alles?«

Ann lachte, ein helles, jugendliches Lachen. »Wartet, bis Ihr an den Hof kommt. Dort werdet Ihr Euch den Titel eines jeden und die Rangordnung merken müssen.«

»Du wirst sie noch verscheuchen, Ann.« Tonys herzliche Stimme holte Rosie, die vor Entsetzen wie vor den Kopf geschlagen war, in die Wirklichkeit zurück. Er legte Rosie die Hand um die Taille und drehte sie zu sich. »Laßt mich Euch ansehen.«

Sie ansehen? Ihn ansehen. Ihn von oben bis unten ansehen in seiner eleganten Garderobe aus schwarzem Samt mit Spitzenkragen, Spitzenmanschetten und Stickereien aus rotem Garn. Ein derartig prächtiger Aufzug hätte einen weniger eindrucksvollen Mann blaß wirken lassen, bei Tony jedoch verhielt es sich umgekehrt. Vielleicht hatte Rosie diesen Eindruck, weil sie sich daran erinnerte, wie Tony am Nachmittag ausgesehen hatte – stolz und nackt.

Was hielt er von ihr? Sie stand reglos da, die Schultern gestrafft, und sagte sich, daß sein Blick nicht anders war als der eines Publikums. Wenn überhaupt, müßte es leichter sein, sich ihm mit Gleichmut zu stellen. Doch irgendwie fühlte sich Tonys Blick anders an als der einer Zuschauermenge. Ihre Haut war zu sauber – trocken, nackt, nicht darauf vorbereitet, ihre Maske aus Schmutz abzuwerfen und sich zu offenbaren. Oder vielleicht war es nicht ihre Haut, sondern ihr Geist, der Tonys Untersuchung ausgeliefert war und sein Urteil erwartete.

Doch als sein Urteil kam, war es kein wortgewandter Monolog, sondern ein atemlos schlichtes: »Ihr seid makellos wie ein frischgeprägtes Fünfpencestück.«

Rosie schöpfte Trost aus dem Gedanken, daß Tony nicht bemerkt hatte, wie sehr er sie entwaffnete. Er hatte das benommene Aussehen eines Mannes, der trunken ist vor Freude und unempfänglich für Nuancen. Sie entgegnete mit derselben Natürlichkeit. »Ja, ich war immer der Meinung, daß ich eine gutaussehende Frau abgeben würde.« Sie zupfte an ihrem Rock und tat ihren ersten Griff nach der Freiheit. »Doch ich beabsichtige nicht, mich die ganze Zeit als Frau zu kleiden.«

»Aber das müßt Ihr«, schrie Ann. »Das müßt Ihr!«

Ihre helle Verzweiflung schien Tony aus seinem Dämmerzustand zu reißen, und er sammelte seine Sinne mit einer Geschwindigkeit, die Rosie nichts Gutes ahnen ließ. »Hast du die Kleidung, die sie trug, nicht verbrennen lassen, Annie?«

»Oh.« Ann legte eine Hand auf ihre Brust und seufzte, als versuche ihr Herz, zwischen den elfenbeinfarbenen Querstäben ihres Mieders hindurchzuschlüpfen. »Sie verbrannt. Ja, das stimmt. Wir haben sie verbrannt. Ihr werdet Eure Röcke tragen müssen, Lady Rosalyn. Wir haben Eure scheußlichen Komödiantenkleider verbrannt.«

Gerührt von Anns fahriger Gutwilligkeit, bat Rosie: »Bitte, nennt mich Rosie, oder wenigstens Rosalyn.«

»Oh, meine Liebe.« Ann strich ihr über den Kopf, obwohl Rosie sie überragte. »Es wäre mir eine Ehre, doch wir müssen es bei Rosalyn belassen. Es ist ein passender Name für eine Dame Eurer Größe. Nennt Ihr mich Schwester Ann, auch wenn Ihr wohl nicht meine Schwägerin werdet.«

Sie sah betrübt drein, doch Rosie klopfte ihr besänftigend auf den Rücken.

»Warum wird sie nicht deine Schwägerin werden?« wollte Tony wissen.

»Weil Jean und Lady Honora beschlossen haben, daß sie jemand anderen wird heiraten müssen.«

»Und ich habe beschlossen, daß sie mich heiraten wird.« Tony beugte sich hinab, bis er auf Augenhöhe mit Ann war. »Und was glaubst du wohl, wer sich durchsetzen wird?«

»Du?« Ann zeigte mit dem Finger auf ihn. »Oder Lady Honora?« Sie wies auf den Speisesaal, zeigte dann auf Tony, dann zurück auf den Speisesaal.

Sie hätte wohl ewig so weitergemacht, doch Rosie umschloß Anns ausgestreckten Zeigefinger mit der Hand. »Macht Euch darüber keine Gedanken. Man wird mich auch noch fragen müssen.«

Tony grinste. »Ich werde Euch auf meine Seite bringen, und dann sind wir nicht mehr aufzuhalten.«

Ann quietschte wie eine Maus. »Ich will nicht in der Nähe sein, wenn das geschieht!«

»Die Wahrscheinlichkeit ist äußerst gering.« Rosie ließ den Fehdehandschuh wie nebenbei fallen und hoffte, daß Tony ihn aufheben würde.

Er neigte den Kopf und bezeugte ihr damit die Achtung, die man einem würdigen Gegner entgegenbringt, doch falls er beunruhigt war, wußte er das gut zu verbergen.

»Ihr riecht sauber.« Er schnupperte herausfordernd. »Ich stelle fest, daß ein sauberer Körper unter einem Seidenkleid ein machtvolles Aphrodisiakum ist.«

Rosie rümpfte die Nase. »Wenn oben eine Truhe mit Damenkleidern aus Lord Sadlers Zeit steht, dann steht dort gewiß auch eine mit Herrenkleidung. Ich werde also keine Schwierigkeiten haben, mich wieder als Mann zu kleiden.«

Tony bewunderte ihren Scharfsinn und sagte dann nachdenklich: »Ich frage mich, was Königin Elisabeth wohl denken wird, wenn Ihr Euch vor ihr in bohnengefüllten Kniehosen und ausgestopftem Wams verbeugt und sie um Rückgabe des Sadler-Besitzes ersucht. Ich glaube, sie wird erstaunt sein, meinst du nicht auch, Schwester?«

Anns Mund bewegte sich, doch kein Wort kam über ihre Lippen. Und wenn Ann so aufgeregt war, konnte Rosie sich das Entsetzen der Königin leicht ausmalen. Trotzig sagte sie: »Ich werde mich wie eine Frau kleiden, wenn ich die Bitte vortrage.«

Doch sie konnte Tonys Antwort förmlich hören, obwohl er kein Wort sagte. Er dachte nur sehr laut.

Um Anspruch auf Gut Odyssey zu erheben, brauchte sie den Unterricht, den Lady Honora, Ann und Jean ihr anboten, und sie würden ihn keiner als Mann verkleideten Frau geben.

»Du liebe Güte.« Ann rang die Hände. »Du liebe Güte, so wird das nichts!«

»Geh hinein und nimm Platz.« Tony geleitete seine Schwester zum Speisesaal. »Rosie und ich kommen gleich nach.«

»Aber ich muß ihr erklären ...«

Tony gab ihr einen sanften Schubs. »Ich werde es ihr erklären.«

»Oh.« Ann warf ihm einen zweifelnden Blick zu. Dann erhellte sich ihre Miene. »Oh! Du wirst es ihr erklären.«

»Ja.«

»Hört auf Tony, meine Liebe«, sagte Ann über die Schulter gewandt, während sie den Speisesaal betrat. »Tony weiß es immer am besten.«

Anns blindes Vertrauen in Tonys Überredungskünste ärgerte Rosie beinahe mehr als Tonys anmaßendes Selbstbewußtsein, und sie verschränkte die Arme vor der Brust. »Ich höre.«

Tony ging zu den Flügeltüren, öffnete sie schwungvoll und trat hinaus auf die Terrasse. Die Nacht war tiefschwarz, und die Dunkelheit wehte durch die geöffneten Türen ins Haus und verschluckte beinahe das Licht der Kerzen in der Galerie.

So wenig Licht. So viel Finsternis.

»Kommt hinaus«, rief Tony. »Ich sorge dafür, daß sie Euch nicht verschluckt.«

Er wußte, wie sehr sie die Dunkelheit haßte, doch er forderte sie mit seinem Tonfall, seinen Worten, seinen Taten heraus, und sie wollte Tony in allem übertreffen. Schließlich würde sich die rechtmäßige Erbin vor nichts fürchten.

Andererseits mußte die rechtmäßige Erbin schickliches Benehmen lernen, und ihre Lehrmeisterinnen waren im Speisesaal. Andererseits könnte Tony glauben, sie würde sich aus Furcht vor seinen Verführungskünsten von ihm fernhalten, wenn sie nicht zu ihm hinausging. Andererseits ..., sie holte tief Luft und trat über die Schwelle auf die Terrasse hinaus.

Dunkelheit umhüllte sie wie ein Tuch und wischte alle Gedanken aus ihrem Hirn.

»Hier bin ich.«

Tonys Stimme lotste sie in die Ecke zur Linken, und Rosie tastete sich mit ausgestreckten Händen vor. Sie wollte nicht gegen die Tische und Bänke stoßen, die man hinausgestellt hatte, um den Sonnenschein zu genießen, so die liebe Sonne denn schien.

Rosies Augen begannen, sich an die Dunkelheit zu gewöhnen. Das durch die Fenster fallende Licht erhellte die Hindernisse auf ihrem Weg, und Tony war als Silhouette vor dem Sternenhimmel erkennbar.

»Mit mir gegen die Dunkelheit zu kämpfen ist gewiß vergnüglicher, als schickliches Benehmen bei Tisch zu lernen.«

»Ja, da habt Ihr recht.« Rosie erreichte ihn ohne Zwischenfall und keuchte, als hätte sie eine große Entfernung hinter sich gebracht. Offenbar war ihr Korsett zu eng. Offenbar waren ihre Absätze zu hoch. Offenbar war sie zu angespannt, weil sie darauf wartete, daß Tony zum Angriff überging.

Doch er sagte nichts. Er stand nur reglos neben ihr und ließ den Blick über seinen Besitz schweifen, und sie blickte ebenfalls hinaus, um zu sehen, was er sah.

Dort war nichts. Nur die verschwommenen Umrisse des Landes, das sich in sanften Hügeln bis zum Horizont erstreckte, und dann der weite, schwarze Himmel, der mit unzähligen Sternen gespickt war, die funkelten wie Königin Elisabeths Juwelen.

»Schaut hinaus.« Tony flüsterte, als seien sie in der Kirche. »Es ist das schönste Fleckchen Erde in ganz England.«

»Ja.« Ja, das war es. Es war eine Traumlandschaft, wie Rosie sich noch keine ausgemalt hatte, mit Senken, aus denen feine Nebel stiegen, und mächtigen Eichen, die unter den Sternen säuselten.

»In manchen Nächten komme ich allein hierher und setzte mich einfach nur hin. Ich kann beinahe hören, wie das Gras und die Feldfrüchte Kraft aus dem Erdreich saugen. An manchen Tagen komme ich her, und jede Bodenwelle kündet von Schönheit und einem Gefühl von Ewigkeit.« Er schlang ihr den Arm um die Taille, und Rosie versteifte sich. Würde er nun beginnen, sie zu verführen? »Könnt Ihr es hören?«

»Ich glaube ja.« Sie hörte einen Sirenengesang, und obwohl die Stimme Tony gehörte, lockten sie die Worte und die lang vergessene Melodie.

»Das Land war schon immer hier, vom Sonnenschein gewärmt und vom Regen erquickt. Wer es besitzt, besitzt ein Stück der Ewigkeit.«

Sie atmete die Nachtluft ein, und ihre Nerven waren vor Erwartung stärker angespannt, als sie es je vor einem Bühnenauftritt erlebt hatte. Sie, die nie irgend etwas besessen hatte, die noch nicht einmal an ihr Recht auf dieses Erbe geglaubt hatte, streckte die Hände aus und machte sich das Land zu eigen.

Die Hand an ihrer Taille verstärkte ihren Griff. »Ihr wollt es, nicht wahr?«

Sie grub ihre Nägel in sein Fleisch, bis er aufschrie und seine Hand wegzog. »Es gehört mir.«

Seine Zähne blitzten in seinem umschatteten Gesicht. »Es gehört *mir,* und wenn Ihr es wollt, werdet Ihr mich heiraten müssen, um Euren Teil zu bekommen.«

Verführung. Sie hatte befürchtet, er würde ihren Körper verführen. Aber nein. Er hatte ihre Sinne verführt, indem er die Bedürfnisse bloßgelegt hatte, die sie sogar vor sich selbst verborgen hatte. Natürlich hatte sie Gut Odyssey beansprucht, doch sie hatte sich nicht danach verzehrt, hatte es nicht begehrt, nicht danach gegiert. Nun tat sie es.

Der Mann war gerissen. Gerissener, als sie sich je hätte träumen lassen. Sie täte gut daran, dies nie zu vergessen, und sie täte gut daran, einen Weg zu finden, seine Schläue zu bekämpfen.

Also küßte sie ihn.

Als sie ihre Lippen auf die seinen preßte, schmeckte sie zunächst Tonys Erstaunen, dann seine Belustigung. Sie wich zurück, betrachtete die Lage, korrigierte den Neigungswinkel ihres Kopfes und den Druck ihrer Lippen und versuchte es erneut.

Diesmal hatte sie es offenbar richtig angestellt. Seine Arme schlangen sich um ihren Körper, als sie an seinem Mund knabberte, und ihm stockte der Atem, als sie ihre Zunge zwischen seine Lippen gleiten ließ. Seine Knie gaben nach; er setzte sich auf die breite Balustrade und versuchte, Rosie an sich zu ziehen. Ihr Gesäßpolster und ihre ausladenden Unterröcke hinderten ihn daran, und sie gönnte sich einen Augenblick des Triumphs.

Sie mit Worten verführen, das hatte er also gewollt? Nun, wenn er Verführung wollte, die konnte er haben! Die Frauen in den Theaterstücken verwandelten ihre Männer stets in vor Verlangen zitternde Nervenbündel, und sie wollte, daß Tony zitterte wie Aal in Aspik. Sie wollte, daß er besinnungslos war vor Verlangen. Sie wollte ihn.

»Ich muß zurück ins Haus«, sagte sie, entsetzt darüber, daß ihre Stimme bebte.

»Noch nicht.«

»Sie werden sich fragen, was ...«

»Dann laßt sie doch.« Tony pries sein gutes Nachtsehvermögen. Er konnte Rosies Gesicht im schwachen Licht der Sterne erkennen und sah, wie ihr Gesichtsausdruck abwechselnd Jubel und Vorsicht widerspiegelte. Sie verzehrte sich nach dem Land, doch ihr Verlangen machte sie zornig. Sie wollte, daß er vor ihr auf die Knie fiel, doch sie fürchtete sich vor den Schritten, die ihn dorthin bringen würden. Ihre leidenschaftlichen Gefühle verwirrten sie, und er beabsichtigte, sich diese Verwirrung zunutze zu machen.

»Ihr paßt auf Gut Odyssey, weil Ihr hier geboren wurdet.« Er hob sie hoch, drehte sie um und setzte sie auf die Balustrade, wo er gesessen hatte. »Ihr paßt in meine Arme, weil Ihr dafür geboren wurdet.«

Sie wehrte sich, als er sie über die Balustrade hielt, doch er flüsterte. »Seid vorsichtig, ich möchte nicht mit Euch in den Abgrund fallen.« Sie erstarrte, und er küßte ihre Kehle und lächelte. »Die Sträucher würden unseren Fall bremsen, doch mir gefällt es besser hier oben, wo wir uns küssen können. Euch nicht?«

Ein Gefühl der Enttäuschung durchrieselte sie. Tony hatte ihr in der Gosse erworbenes Kampfgeschick wirksam ausgeschaltet, und er lachte vergnügt, als sie ihn anfuhr: »Ich ziehe die Terrasse einem üblen Sturz vor, also holt mich zurück auf die Terrasse.«

»Eure Leidenschaft hält mich in ihrem Bann«, entgegnete er und küßte sie.

Himmel, sie küßte ihn, als hätte sie das Küssen zu Anbeginn der Zeit erfunden. Es bestätigte Tonys Vermutung, daß Rosie, wenn sie gegen die Kraft ankämpfte, die ihn zu ihr hinzog, von dieser aus Rache in einen Strudel gerissen wurde. Die Sterne drehten sich in immer engeren Kreisen um sie, sein Herz schlug in immer schnellerem Rhythmus.

»Rosie.« Er versuchte, sie überall zu berühren, doch ihr steifes Korsett hinderte ihn an der Erkundung ihres Körpers. »Rosie«, stöhnte er verzweifelt und begann, in ihren Röcken und Unterröcken zu wühlen.

»Was tut Ihr da?« wollte sie wissen.

»Ich versuche, Euch unter den Rock zu gehen.«

Aus irgendeinem Grund machte seine Ehrlichkeit sie zornig, und als er ihre Beine befreit hatte, nutzte sie die Gelegenheit, um ihm gegen die Kniescheibe zu treten. Er fluchte und packte sie am Fußknöchel. »Ich habe mir die Gunst einer Frau noch nie erkämpfen müssen.«

Sie entgegnete spöttisch: »Ich mache mir Sorgen um Euren männlichen Stolz.«

Er hielt inne. Um seinen Stolz? Und was war mit ihrer Verzweiflung? Er hatte nicht gelogen, als er gesagt hatte, daß er noch nie mit einer Frau hatte kämpfen müssen, denn er war stets Herr der Lage gewesen. Er war stets stolz auf seine charmanten Liebesbeteuerungen gewesen, auf seine sanften Verführungstaktiken. Er hatte gewiß nie eine Frau über einen Abgrund halten müssen, um sie zur Mitwirkung zu bewegen, noch hatte er je eine Frau zur Gewalttätigkeit getrieben.

Was richtete Rosie mit seiner Selbstbeherrschung an?

Er hob sie von der Balustrade und setzte sie ab. *Sanft,* sagte er sich. *Denk an deine Selbstbeherrschung. Sie sehnt sich nach Romantik, so wie jedes andere Mädchen, und hat sie vielleicht mehr verdient.* »Ich bitte um Verzeihung, Lady Rosalyn.«

Er versuchte, ihre Röcke in Ordnung zu bringen, doch sie schlug ihm gegen die Schulter. »Laßt mich allein.«

»Das kann ich nicht.« *Sanft,* dachte er. *Romantik.* Er ließ sich auf die Knie sinken und legte sich die Hand aufs Herz. »Euer Gesicht, Euer Körper, Euer liebliches Gebaren entflammen mich so sehr, daß ich nicht mehr Herr meiner selbst bin. Ich lebe für ein Lächeln, lechze nach einem Blick, träume von Eurer ...«

»Ich habe Hunderte von Schauspielern gesehen, die Leidenschaft überzeugender darstellen«, unterbrach sie ihn ungeduldig, »und Ihr habt Euren Ehrgeiz allem und jedem unmißverständlich klargemacht. Ihr wollt eine adelige, wohlhabende Jungfrau als Gemahlin, und ich habe Eure Pläne zerstört.«

»Wie das? Ihr seid adelig, und Ihr seid wohlhabend.« Er nahm ihre Hand, als sie versuchte, seiner Befragung auszuweichen. »Seid Ihr etwa keine Jungfrau?«

»Was für einen Unterschied macht das?« Sie versuchte, ihre Hand zurückzuziehen. »Alles, was Ihr von mir wollt, ist ein klarer Rechtsanspruch auf diesen Besitz.«

»Habt Ihr Euch davon überzeugt?« Er berührte die neuen Ringe, die ihre langen Finger schmückten, und sagte: »Glaubt Ihr, dieser Putz ändert etwas zwischen mir und Euch? Wenn wir die Hüllen abstreifen, sind wir dieselben Menschen.«

»Ich muß hineingehen.«

Die Wahrheit beunruhigte sie, stellte Tony mit Genugtuung fest, denn sie widersprach ihm nicht. »Habt Ihr vergessen, wie leidenschaftlich ich war, noch ehe ich auch nur Euren Namen wußte? Erinnert Ihr Euch an die Schwüre, die ich an jenem Tage leistete, ehe ich Euch auf der Bühne sah? Ich habe Euch angefleht, mir den Namen Eures Vaters zu sagen. Ich habe Euch versprochen, wir würden uns vermählen.«

Sie blickte sehnsüchtig zu den Türen, die in die Galerie führten. »Nein.«

Er verstärkte sein Werben. »Ich gedachte, mich in Euer Gemach zu schleichen und Euch die Wonnen der Leidenschaft zu lehren.«

»Ihr wart wütend, als Sir Danny mich als Erbin vorstellte«, entgegnete Rosie, zumindest diesmal sicher, daß sie recht hatte.

»Ich bin noch immer wütend.« Er erhob sich, ohne ihre Hand loszulassen. »Ich bin, wie Ihr mir so freundlich in Erinnerung gerufen habt, ein Bastard. Hundert Männer haben mich beleidigt, und hundert Männer habe ich mit meinen Fäusten und der scharfen Spitze meines Schwertes Respekt gelehrt. Wenn ich Euch heirate, wird es von neuem beginnen. Die hämischen Anspielungen, die verstohlenen Seitenblicke, die offene Verleumdung.«

»Ich verstehe nicht.«

Das tat sie offensichtlich nicht. Tony sah ihre Verwirrung und erklärte die Lage so ruhig er konnte. »Die Gerüchte werden behaupten, dieser Landsitz gehöre nicht mir, sondern meiner Gemahlin, und daß ich von Eurer Barmherzigkeit lebe.«

Rosie wich von ihm zurück, als habe er sie bedroht. »Ihr habt diesen Besitz durch Eure eigenen Anstrengungen erworben, also solltet Ihr Trost in der Wahrheit suchen.«

»Die Wahrheit spielt nicht immer eine Rolle.« Die Ungerechtigkeit dieses Umstands erzürnte ihn, wie sie ihn stets erzürnt hatte. »Denn Lügen sind oft unterhaltsamer.«

»Dann solltet Ihr mir mein ...«, sie schluckte, »... Erbe verwehren.«

»Es ist Euer Erbe. Ihr seid die Erbin. Ganz gleich, wie sehr ich daran zweifeln möchte, ich weiß, daß Ihr die Erbin seid, und ich lebe nach dem Grundsatz der Wahrheit.« Er trat näher und blickte lächelnd in ihr mißtrauisches Gesicht. »Ihr seht also, wenn ich Euch das Recht auf diesen Landsitz schulde, dann schuldet Ihr mir, was ich begehre.«

»Ich schulde Euch gar nichts.«

»Ihr schuldet mir Euch selbst.«

Rosie raffte ihre Röcke und wirbelte herum, um fortzulaufen, doch er packte sie um die Taille und hob sie empor.

Sie strampelte und kreischte; er lachte und schritt zur Tür. Zur Hölle mit der Selbstbeherrschung. Zur Hölle mit der Romantik. Zur Hölle mit allem, außer mit Tony und Rosie, nackt auf einem Bett bis zum nächsten Vollmond.

Dann hörte er das Schwirren einer Bogensehne und warf sich zu Boden.

Kapitel 12

Mein Wille ist gut, ist auch die Gabe klein.

PERIKLES, III, IV, 21

Es war ein einfacher Pfeil, gefertigt aus einem angespitzten Eschenholzschaft und Gänsekielen als Steuerfedern. Jeder Mann in England konnte einen solchen Pfeil herstellen. Doch wer hatte diesen hier gemacht?

Tony stand am Fenster seines Studierzimmers und drehte den Pfeil in der Morgensonne hin und her. Dieser Pfeil hätte niemanden töten können. Er berichtigte sich. Hätte *vermutlich* niemanden töten können. Ein Pfeil brauchte gemeinhin eine Spitze aus Stahl, um sich tief in das Fleisch seines Opfers zu bohren. Warum war dieser dann abgeschossen worden?

Vergangene Nacht war er außer sich vor Angst gewesen, daß Rosie getroffen worden war. Sie hatte ihm beteuert, sie sei wohlbehalten, doch er hatte sie entkleiden und jeden Zoll ihres Körpers untersuchen wollen, um sich von ihrer Unversehrtheit zu überzeugen. Nun saß sie in einem schlichten Kleid vor seinem Schreibtisch, und er blickte sie an. Sie hatte ihren drei Lehrmeisterinnen gestattet, sie zu frisieren, und als er sie hatte rufen lassen, war sie so bereitwillig gekommen, daß man dies als gutes Vorzeichen für ihre Zukunft hätte deuten können, doch Tony kannte den Grund für Rosies Willfährigkeit. Sie wollte Antworten, und er hatte vergangene Nacht keine gefunden.

Weder gestern nacht, noch heute morgen.

Er ging zur Tür und begutachtete das Schloß. Es war fest verschlossen, und er schob den Riegel vor. Er wollte nicht, daß sich das »zufällige« Mithören vom Tag zuvor wiederholte. »Ich hoffe, Ihr habt es verstanden, als ich Euch bat, mit niemandem über den gestrigen Zwischenfall zu sprechen. Ich hielt es für das beste, die Angelegenheit für uns zu behalten. Wir wollen keine Panik heraufbeschwören.«

In Rosies Augen blitzte eigensinniger Humor auf. »Ihr meint ... eine größere Panik als meine eigene?«

Panik? Ja, sie war in Panik geraten, doch nicht sofort. Zuerst war sie zornig gewesen und hatte wissen wollen, was in ihn gefahren sei und warum er sie – und sich selbst – auf den Boden geworfen hatte. Dann, als er ihr den Pfeil gezeigt hatte, hatte sie einen kühlen Kopf bewahrt und ihn gedrängt, ins Haus zu gehen, als er das Gebüsch nach einem bewaffneten Mann durchkämmen wollte. Erst als sie in Sicherheit waren, hatte sie Panik ergriffen. Rosies Überlebenstrieb gab mehr über ihr bisheriges Leben preis, als ihr lieb gewesen wäre, wäre es ihr bewußt gewesen. Doch das war es nicht. Sie dachte, jeder hätte schon einmal lebensbedrohliche Situationen durchlebt und sich dabei angemessen verhalten. Sich vorzustellen, wie Rosie sich in Gefahr befand, machte Tony wütend, doch gleichzeitig bewunderte er ihre Gelassenheit. »Wer hat Euch das Kämpfen beigebracht?«

Seine Frage brachte sie aus dem Gleichgewicht, und sie stammelte: »Was?«

»Ihr seid geschickt mit den Fäusten und versteht Euch aufs Treten. Wer hat es Euch gelehrt?«

»Sir Danny, größtenteils. Er hatte Angst, daß ich in eine Rauferei geraten könnte mit den anderen ... Burschen, und er fand, ich sollte wissen, wie ich mehr austeile als einstecke.« Sie hob das Kinn und ihre Stimme wurde kühl. »Manchmal haben die feinen Leute aus der Stadt sich geweigert, uns zu bezahlen, und als zusätzlichen Nervenkitzel versucht, uns zu verprügeln, zu töten und unsere Pferde zu stehlen.« Ohne die Tonlage zu ändern, fuhr sie fort: »Wenn *ich* diesen Pfeil geschossen hätte, wärt Ihr jetzt tot.«

Tony lehnte sich an die Tür und zerzauste die Steuerfedern des Pfeils. »Ihr seid die einzige, von der ich mit Sicherheit weiß, daß sie ihn nicht geschossen hat.«

»Was meint Ihr damit?«

Sie vermied sorgfältig jedes Mienenspiel, doch Tony vermutete, daß ihr die Richtung seiner Gedanken nicht gefiel. Ihm selbst gefiel sie auch nicht, doch Rosie und er mußten gemeinsam die Quelle dieser Bedrohung finden. Gemeinsam. Hätte er es geplant, er hätte sich nichts Besseres ausdenken können, um sie zum Zusammenbleiben zu zwingen. »Wir waren, sagen wir, eine Stunde lang auf der Terrasse draußen, um uns zu vergnügen, richtig? Dann sind wir noch, sagen wir, ein paar Minuten auf der Terrasse umhergekrochen und haben versucht, am Leben zu bleiben.« Er lächelte seine Leidensgefährtin verschmitzt an. »Es kam uns nur vor wie eine weitere Stunde, dessen bin ich sicher. Es können nicht mehr als fünf Minuten gewesen sein.«

Sie erwiderte sein Lächeln, ebenso bitter belustigt über ihre Angst wie er. »Fünf Minuten.«

»Wir haben uns so schnell wir konnten die Treppe hochgeschleppt und dabei einen Bogen um den Speisesaal und alle Diener gemacht und sind in das Vorzimmer des Herrengemachs gegangen, wo wir uns erholt und auf Verletzungen hin untersucht haben. Dann seid Ihr in Euer Schlafgemach gegangen und habt Euch darin eingeschlossen, während ich nach unten ging, um Euch bei unseren Gästen zu entschuldigen.«

Sie beugte sich vor. »Und?«

»Und jeder von ihnen hatte den Saal zu irgendeinem Zeitpunkt verlassen.«

Er beobachtete sie, während sie seinen Ausführungen folgte. Das matte Goldgelb ihres schlichten Kleides brachte die hellen Strähnen in ihrem Haar zur Geltung und spiegelte die Frische ihres Teints und den Glanz ihrer bernsteinfarbenen Augen wider. Ob es Rosie gefiel oder nicht, sie war durch und durch Frau.

Allerdings nicht die Art Frau, die er bisher gekannt hatte. Seine anderen Heiratskandidatinnen wären unter den gegebenen Umständen untaugliche Beraterinnen gewesen. Rosie würde den Tatsachen ohne mit der Wimper zu zukken ins Auge sehen und ihm helfen, das Komplott zu durchschauen. Und sie würde ihm helfen wollen, mit dem Missetäter abzurechnen.

Sie würde nicht zulassen, daß er sich allein um den Schurken kümmerte. Tony fuhr sich mit der Hand durchs Haar. Und genau da lag schließlich der Hase im Pfeffer, nicht wahr? Wie sollte er es fertigbringen, daß Rosie nicht aus der Rolle fiel, die ihr als Frau gebührte?

»Ihr verdächtigt doch nicht ernstlich Sir Danny?« fragte sie.

Er konterte: »Ihr verdächtigt doch nicht ernstlich meine Schwestern? Und Lady Honora?«

Sie sahen einander einen langen Augenblick an und brachen dann in Gelächter aus.

»Der Gedanke, wie Lady Honora durch die Büsche schleicht...« Rosie ahmte eine stocksteife Gestalt nach, die einen Bogen spannte, und Tony wurde schlagartig nüchtern.

»Ich habe Lady Honora auf einer Jagd gesehen, und sie ist eine hervorragende Bogenschützin.« Auch Rosie wurde nüchtern und beugte sich vor. »Seht Ihr denn nicht? Jeder von ihnen hat Gründe.«

»Doch wer ist in Gefahr?«

Das war die entscheidende Frage, und sie beide wußten es. Der Pfeil war genau dort aufgeschlagen, wo Tony gestanden hatte, doch ohne das Geschick des Bogenschützen zu kennen, hatten sie keinerlei Anhaltspunkt, wem der Pfeil gegolten hatte. Das Dilemma hatte Tony beinahe die ganze Nacht nicht schlafen lassen. Irgendwie war der Gedanke, selbst verletzt zu werden, weniger quälend als der, Rosie könne etwas zustoßen. Er hatte sie einmal leiden sehen, damals, als sie sich den Arm gebrochen hatte, und er würde es nicht noch einmal ertragen können.

»Ihr seid ein beliebter Herr. Eure Diener tun, was immer Ihr von ihnen verlangt.« Rosie betrachtete ihre Fingernägel. »Könnte es sein, daß einer Eurer Diener oder Pächter mich und meinen Anspruch auf den Besitz beseitigen möchte?«

Der Gedanke war ihm auch bereits gekommen, doch er glaubte es nicht. Er konnte Rosie und ihre Forderung in den Griff bekommen. Das wußte gewiß jeder. Doch jemand hatte versucht, Rosie auf roheste Weise von ihm zu trennen. Tony argwöhnte, daß es sich um das gewöhnlichste aller Verbrechen handelte. Das Verbrechen aus Leidenschaft. »Seid Ihr mit irgendeinem unerwünschten Freier gestraft?«

Sie schluckte ob der taktlosen Frage, zuckte jedoch nicht mit der Wimper. »Außer Euch, meint Ihr?«

Frechheit. Sie war fast umgebracht worden, und sie blickte ihn aus klaren, glänzenden Augen an und machte sich über ihn lustig. Nun, sie konnte frech sein, doch er konnte einschüchternd sein. Er stolzierte hinüber zu ihrem Sessel, baute sich vor ihr auf und blickte auf sie hinab. »Ein Freier. Ein Liebhaber. Jemand, der eifersüchtig genug sein könnte, mit Pfeil und Bogen auf uns zu schießen, ehe er zuläßt, daß Ihr mich heiratet.«

»Eine bessere Erklärung ist Euch nicht eingefallen?« Sie sprach lieber zu seinem Bauchnabel, als zu ihm aufschauen zu müssen. »Daß jemand aus verschmähter Liebe auf uns geschossen hat? Ihr schmeichelt mir, Sir.«

Er schüchterte sie also nicht ein. Kein Wunder. »Ihr habt also keinen Verehrer?« beharrte er.

»Wie könnte ich einen Verehrer haben, wenn ich bis gestern noch ein fahrender Schauspieler war?« Die Antwort war gut, doch Rosie richtete den Blick auf den Pfeil in Tonys Rechten, streckte die Hand danach aus und löste ihn aus seinem Griff.

»Ihr seid die Art von Frau, die alle Männer lieben.«

»Bisher haben sie das gut vor mir verborgen.«

Tony beugte sich vor und stützte die Hände auf die Sessellehnen, so daß Rosie in der Falle saß. »Es ist dieser Ludovic, nicht wahr?«

Ihr Zusammenzucken war Antwort genug, und Tony erinnerte sich an das kühne Blickduell, das der Bursche ihm nach dem ersten Auftritt von Sir Dannys Truppe geliefert hatte. »Ich wußte es! Er hat mich um Euretwillen herausgefordert, ehe ich überhaupt wußte, daß Ihr die Meine sein würdet.«

»Ich bin nicht die Eure.«

Rosie sprach im Brustton der Überzeugung, doch sie antwortete einem Mann, der sich nie geschlagen gab. »Doch, Ihr seid es jede Nacht in meinen Träumen, und vergangene Nacht hätte ich Euch wahrhaftig zur Meinen gemacht, wenn der Pfeil nicht gewesen wäre.« Es freute ihn, daß ihr die Röte ins Gesicht stieg und ihr Atem schneller ging. Das Korsett engte sie ein, und er zuckte zusammen bei der Vorstellung, wie ihre Brüste gegen ihren Körper gepreßt wurden. Er stellte sich vor, wie er sie daraus befreien würde, und malte sich Rosies Dankbarkeit für seine Fürsorge aus. Sie würde eine ihrer Brüste mit der Hand umschließen und sie ihm darbieten, und er würde seine Lippen um ihre Brustspitze legen und saugen, bis sie ...

Rosie packte ihn am Schopf und zog ruckartig seinen Kopf hoch. »Vielleicht habt Ihr jemanden so wütend gemacht, daß er Euch umbringen will.« Sie hob den Pfeil in ihrer Faust und zielte damit auf sein Herz. »Euren Worten von gestern nacht und Eurem heutigen Verhalten zufolge ist das möglich. Mehr als möglich – wahrscheinlich.«

Er lächelte belustigt über ihre Drohung, und seine innere Anspannung löste sich mit einem Mal. Rosies Verstand mochte überzeugt davon sein, daß sie nie die Seine werden würde, doch ihr Körper antwortete seinem in vollkommenem Einklang. »Meine Feinde würden wohl kaum einen Pfeil ohne Spitze benutzen, um mich zu ermorden.«

»Ah. Eure Mörder entstammen einer höheren Klasse.« Rosie nickte wissend und lockerte den Griff um seinen Schopf. »Vielleicht sollte ich fragen, ob Ihr Verehrerinnen habt – und die habt Ihr natürlich. Vielleicht ist es nicht ein Mann, der so gut schießt, sondern eine von Euren Damen.«

»Keine der Damen, die ich kenne, würde mit einem Bogen auf mich schießen.«

»Alle Damen, die ich kenne, würden es tun.«

Er blickte erneut auf Rosies gerötetes Dekolleté und dann in ihr zorniges Gesicht. »Nicht, nachdem sie mich richtig kennengelernt haben.« Er zog einen niedrigen Hokker heran und setzte sich abermals genau vor sie. Wenn sie auf ihn herabblicken konnte, würde sie sich weniger bedroht fühlen. Gepaart mit seiner Anziehungskraft würde ihm das gewiß einige Antworten bescheren. »Seid Ihr sicher, daß Euer Arm keinen Schaden genommen hat, als wir auf den Boden aufschlugen?«

»Ich habe ihn mir ein wenig verdreht, das ist alles.« Sie blickte ihn argwöhnisch an und hob den geschienten Arm in der Schlinge. »Ihr seid es, der verletzt sein müßte.«

»Ich habe blaue Flecken am ganzen Körper.« Er versuchte, ihr ein Lächeln zu entlocken. »Wollt Ihr sie Euch ansehen? Ich gestatte Euch, sie mit Euren Küssen zu heilen.«

Sie schüttelte den Kopf.

»Ihr wißt nicht, was Euch entgeht.«

»Und ich werde es auch kaum herausfinden.«

Sie blickten einander eindringlich an, dann streckte Tony die Hand aus und strich mit dem Daumen über Rosies Unterlippe. »Ich könnte Euch küssen und Euch zeigen, wie es gemacht wird.«

»Ludovic hätte nicht danebengeschossen.«

Wenn es als Ablenkung gedacht war, hatte es die gewünschte Wirkung. Tonys Verlangen erstarb augenblicklich, und er ließ die Hand sinken.

»Er war als Söldner auf dem Festland, und wir haben es ihm zu verdanken, daß wir mit heiler Haut von jenen Orten davonkamen, wo man uns ausrauben und ermorden wollte. Wenn er kämpft, macht er keine Fehler.« Sie war reichlich ernst und offensichtlich erleichtert darüber, daß es ihr gelungen war, ihn abzulenken.

Doch auch er konnte sie ablenken. »Ich habe ein Geschenk für Euch.« Er stand auf und ging zu seinem Schreibtisch. Rosie erhob sich ebenfalls und ging bis in die Mitte des Zimmers, um Tony keine Gelegenheit zu geben, sie in die Ecke zu treiben.

Törichte Frau! Sie hatte keinerlei Chance gegen seine Ränke.

Er wandte den Blick nicht von ihr ab und machte sich an der Schreibtischschublade zu schaffen. Der Handknauf, den er suchte, war nicht leicht zu finden, denn er lag versteckt zwischen den verschlungenen Schnitzereien des Schreibtischs. Tony mußte hinschauen, um ihn zu finden. Dann zog er die Schublade auf und hielt sein Geschenk hoch. »Eine Gürteltasche.«

Rosie wirkte alles andere als beeindruckt. »Eine Gürteltasche?«

Zwei runde Teile aus robustem Teppichgewebe waren zusammengenäht worden. Eine stabile Schnur war durch Löcher im oberen Teil gezogen worden und bildete einen langen Tragriemen. »Hier.« Er ging auf sie zu. »Nehmt sie.«

Rosie lächelte höflich. »Ich weiß Eure Liebenswürdigkeit zu schätzen, doch ich habe schon eine.« Das hatte sie in der Tat, eine große, verschlissene Tasche, die sich schlecht mit ihrer prächtigen Kleidung vertrug.

Tony drückte ihr seine elegantere Tasche in die Hand und grinste, als Rosie sie beinahe fallengelassen hätte.

Sie wiegte die Tasche verblüfft in ihrer Hand. »Was ist da drin?«

»Ein Stück Marmor.«

»Was wollt Ihr, daß ich damit anstelle?«

»Tragt es immer mit Euch herum.«

»Mit mir herumtragen?« Sie sah ihn an, als hätte er den Verstand verloren. »Es muß an die hundertzwanzig Pfund wiegen!«

»Ihr übertreibt. Es wiegt höchstens sechzig.« Er streckte die Hand aus und strich über die Muskeln in ihrem Arm. »Es wiegt fünf Pfund, und es wird Eure Kraft aufbauen.«

»Was soll ich anfangen mit dieser ...«, ihr Tonfall war herablassend, »... Gürteltasche?«

»Wenn man Euch bedroht, dann schwingt Ihr sie.« Tony trat hinter sie, so daß seine Brust ihren Rücken berührte, nahm dann ihr Handgelenk und ließ es kreisen.

Die Tasche wirbelte umher, eine Schlagwaffe, und Rosie verstand Tonys Absicht ohne weitere Erklärungen.

Er trat einige Schritte zurück und beobachtete, wie sie ein paar Übungsschwünge ausführte. Er hatte dem Arsenal seiner Lady eine Waffe hinzugefügt, und das verlieh ihm ein Gefühl der Sicherheit. Mit ihren Fähigkeiten würde man sie ihm nicht mit Gewalt entreißen. Doch sie zeigte sich seinen Verführungskünsten gegenüber noch immer völlig gleichgültig, und das betrübte ihn zutiefst. Es mußte einen Weg geben, sie an seiner Seite zu behalten, wenigstens so lange, bis ihre Barrieren gefallen waren und sie ihm zu Füßen lag wie eine richtige Frau. Er legte einen neuen Köder in die Falle und schlug vor: »Ihr werdet eine sehr reiche Frau sein, wenn wir heiraten.«

Die Tasche schwang hin und her. »Ich werde sehr reich sein, wenn Ihre Majestät mir das Anwesen übereignet«, verbesserte Rosie, doch ein Wort hatte ihre Aufmerksamkeit erregt. »*Sehr* reich?«

Er hätte sich die Hände reiben können vor Freude über den Erfolg seiner List. »Ja. Habt Ihr Euch schon überlegt, was Ihr mit so viel Geld anstellen wollt?«

»Ich habe einmal eine Erdbeere gekostet.« Ihre Augen weiteten sich. »Werde ich mir Erdbeeren leisten können?«

»Sogar im Dezember.«

Sie schnaubte verächtlich und sagte in ihrem Gossenmädchen-Tonfall: »Ihr nehmt mich auf den Arm.«

»Einige sehr gewitzte Bauern züchten Erdbeeren in Glashäusern, dann wachsen sie das ganze Jahr über.«

Mit ihren geöffneten Lippen und den weit aufgerissenen Augen war Rosie das Abbild eines hungrigen, verlassenen Kindes. »Sir Danny hat mir oft Honigkuchen gekauft.«

»Ich werde der Köchin heute abend auftragen, welchen zu backen.«

Rosie fuhr sich mit der Zunge über die Unterlippe. »Und wie wäre es mit ...?« Sie konzentrierte sich, doch ihre Vorstellungskraft ließ sie im Stich.

»Mandelmilch? Gefülltes Hühnchen mit Gewürzäpfeln und Hafergrütze? Orangen? Karpfen?«

Das erweckte ihr Interesse. »*Frischer* Karpfen?«

Tonys Triumphgefühl verblaßte angesichts ihrer ehrfürchtigen Verwunderung. Rosie vergötterte Sir Danny, und er hatte für sie getan, was er konnte, doch es hatte magere Zeiten gegeben. Sie hatte Hunger gelitten. Hatte sie tagealten Fisch heruntergewürgt oder sich von Essensabfällen ernährt? Bei dem Gedanken krampfte sich ihm der Magen zusammen, und er wollte Rosie jeden Wunsch erfüllen. »Frischer Karpfen, gewiß doch, und so zubereitet, wie Ihr ihn am liebsten mögt.«

»Oh.« Rosie streckte die rechte Hand aus, doch ihre Tasche lag noch darin. Sie lachte über sich selbst und nahm sie in die andere. Dann griff sie rasch nach Tonys Hand, führte sie an ihre Lippen und küßte sie. »Ich hatte eine solche Freigebigkeit nicht erwartet. Innerhalb eines Jahres werde ich dick sein wie das Weib eines Räucherhausbesitzers!«

Tonys Finger spannten sich, und Rosie blickte zu ihm auf: einnehmend, glücklich, völlig unbefangen, und dann küßte sie ihn ganz unwillkürlich. Doch es war die Art von Kuß, die ein Diener seinem Herrn gab, und er führte ihre Hand an seine Lippen und erwiderte ihre Geste mit ehrerbietiger Huldigung. Dann nahm er die marmorbeschwerte Tasche, band sie an Rosies Gürtel und sagte: »Folgt mir.«

»Wohin?«

Er klemmte ihre Hand in seine Armbeuge. »In die Küche.«

Er zog sie so rasch mit sich fort, daß Rosie atemlos schnaufte, als sie das untere Stockwerk erreichten. »Mistress Child?« rief er. »Ich habe Eure neue Herrin mitgebracht, damit sie Euch kennenlernen kann.«

Eine hochgewachsene, hagere Köchin wandte sich vom Feuer ab, wo sie das Rösten eines Bratenstücks überwachte, und machte zeitgleich mit ihrem Dutzend Küchenmägden einen Knicks, ein Anblick, der an schaukelnde Boote auf den Wellen erinnerte.

»Habt ja lange genug dafür gebraucht, Ihr Strolch.« Mistress Child eilte herbei und streckte Tony und Rosie ihre mehlbestäubten Hände zur Begrüßung hin. Als sie ihre Finger sah, kicherte sie dunkel und wischte sie an ihrer großen Schürze ab, ehe sie Rosies Hand ergriff und Rosie den ehrerbietigen Gruß darbrachte, mit dem diese kurz zuvor Tony bedacht hatte. »Ich fühle mich geehrt, Mylady.«

»Ich bin ein Strolch, und sie ist ›Mylady‹?« neckte Tony. »Habt Ihr denn gar keine Achtung vor mir?«

»Hochachtung!« Mistress Child stieß ihm spielerisch mit dem Ellbogen in die Rippen. »Ich habe Hochachtung vor jedem Menschen, der so herzhaft beim Essen zulangt wie Ihr. Mylady«, gurrte sie und drückte Rosie mit sanfter Gewalt auf einen Schemel, »wollt Ihr Euch nicht setzen und Euch ein wenig umsehen?«

»Sie möchte mehr als das, Mistress«, sagte Tony, und Rosie fragte sich, was er im Schilde führte. »Sie möchte wissen, was Ihr für die Abendmahlzeit zubereitet habt.«

»Ihr fangt früh an, Eure Pflichten zu übernehmen, nicht

wahr?« Mistress Child zwinkerte Rosie zu und lächelte. »Das ist auch gut so. Der junge Sir Anthony braucht eine feste Hand am Zügel, oder er wird rücksichtslos über Euch hinweggaloppieren.«

Tony wirkte verstimmt, doch Rosie verstand nicht, warum. »Ich bin kein Pferd«, sagte er.

Mistress Child beachtete ihn nicht. »Wir fangen mit einer klaren Ochsenschwanzsuppe an. Mögt Ihr die, Mylady?«

Rosie flüsterte verlegen: »Ich weiß nicht.«

»Ihr wollt sagen, Ihr wißt nicht, ob meine Suppe Euren Ansprüchen genügen wird? Na, laßt mich Euch eine Schale davon bringen, und dann sagt mir, ob es nicht die beste Ochsenschwanzsuppe ist, die Ihr je gekostet habt!«

Erschrocken entgegnete Rosie: »Nein, das wollte ich ganz und gar nicht sagen. Ich wollte sagen, daß...«, Mistress Child drückte ihr eine gefüllte Trinkschale und einen silbernen Löffel in die Hände, »...ich habe noch nie...« Der Dampf, der von der Suppe aufstieg, lenkte Rosie ab. Stückchen von orangefarbenen Karotten und hellen Zwiebeln schwammen in einer deftigen braunen Brühe, die mit Fleischstücken garniert war. Der zarte Duft nach Knoblauch mischte sich mit dem kräftigeren Geruch von Pfefferkörnern und Nelken; Gewürze, von denen Rosie nicht im Traum gedacht hätte, daß sie sie je würde kosten können. Sie tauchte ihren Löffel in die Schale und beobachtete, wie die Brühe in die glänzende Laffe strömte und sich der Löffel von einem teuren Schmuckstück in ein nützliches Werkzeug verwandelte. Sie nippte an der Brühe und fiel vor Begeisterung beinahe in Ohnmacht. »Es ist ein wunderschöner Löffel«, sagte sie, »doch er wird Eurer Suppe nicht gerecht.«

Alle Küchenmägde atmeten gleichzeitig auf, als hätten

sie die Luft angehalten, während sie auf Rosies Urteil warteten. Ehe Rosie den Löffel wieder in die Suppe tauchen konnte, zog Mistress Child ihr die Schale weg.

»Wartet!« empörte sich Rosie.

»Bringt ihr die pikant gewürzten Nieren«, ordnete Mistress Child an, und ihre Küchenmägde machten sich flink ans Werk. »Das Röstbrot mit Mark und die kalte Rindfleischpastete.«

Ehe Rosie noch etwas sagen konnte, wurde ihr eine kleine Servierplatte voller Köstlichkeiten gereicht. Entzückt probierte sie von allem. Ein Krug mit Ale stand mit einem Male neben ihrem Ellbogen, und sie leerte ihn in einem tiefen Zug. Sie hatte nicht im Traum gedacht, daß sie sich je in einer solch himmlischen Lage befinden würde: dasitzen, sich nach Herzenslust sattessen, soviel trinken, wie es ihr gefiel, köstliche Düfte schnuppern, umgeben von Menschen, die ihr zu Diensten sein wollten. Es hatte sich gelohnt, dafür jenes qualvolle Bad zu ertragen. Sie achtete nicht auf Tony, der mit Mistress Child plauderte; sie aß, wie sie es gelernt hatte: schnell, ehe ihr jemand das Essen fortnehmen konnte.

Ein weiterer Teller erschien vor ihrer Nase. Tony schwenkte ihn und summte: »Apfelkuchen und Käse.«

Rosie reichte Mistress Child den leeren Teller und griff nach den neuen Köstlichkeiten, doch Tony hielt sie außerhalb ihrer Reichweite. »Ich werde Euch füttern müssen. Wenn Ihr weiter so schlingt, bekommt Ihr Magenschmerzen.«

»Habt Ihr heute morgen Euer Frühmahl nicht eingenommen, Mylady?« Mistress Child blickte besorgt drein.

»Doch, das habe ich, und es war köstlich.« Sie schloß die Augen und zählte auf: »Bratwurst, Räucherhering, Rührei und würzige Maronencreme. Seht Ihr?« Sie öffnete die Augen, wühlte in ihrem großen alten Beutel und zog gefüllte Teigtaschen daraus hervor, an denen die Krümel des vorherigen Beutelinhalts klebten. »Ich habe ein paar von den Schweinefleischpasteten für später aufgehoben.«

Alle Anwesenden schnappten entsetzt nach Luft, und Rosie wurde sich bewußt, daß sie einen entsetzlichen *Fauxpas* begangen hatte. Doch ehe sie mehr tun konnte als rot zu werden, brach Tony die Kruste des Apfelkuchens auf, und der Duft von Zimt und Honig strömte daraus hervor.

»Eßt dies«, flüsterte er, »und wißt, daß es Euch nie wieder an etwas fehlen wird, solange ich lebe.« Er steckte ihr mit den Fingern die ersten Bissen in den Mund.

»He, Sir Tony!« Mistress Child schob die Hände unter ihre Schürze. »Für gewöhnlich teilt Ihr Euren Apfelkuchen nicht so bereitwillig.«

Tony entgegnete scherzhaft: »Ich bekomme auch nicht oft einen solchen Ausdruck der Verzückung auf dem Gesicht einer Frau zu sehen.«

Das Küchengesinde lachte. Rosie verstand nicht, warum, doch es war ihr gleichgültig. Tonys Finger liebkosten ihre Lippen, während er ihr warmen Apfelkuchen und Stücke von herzhaftem gelben Käse in den Mund steckte. Es schien ihn nicht zu kümmern, daß ihm dabei Apfelsaft das Handgelenk hinunterrann und Kuchenkrümel an den Fingern klebten. Als es zu glitschig wurde, hielt er einfach seine Hand an Rosies Mund, und sie schleckte sie ab.

Tony zitterte, und Rosie sah auf; er erwiderte ihren Blick mit funkelnden Augen. »Eines Tages werde ich Euch das mit mir tun lassen, wenn wir allein sind«, murmelte er. »Doch erst, wenn ich Euren unersättlichen Appetit befriedigt habe.« Er lächelte vergnügt. »Ich will nicht von Euch gebissen werden.«

Das verstand sie. Sie schob den Teller beiseite und bemühte sich, Tony dabei nicht zu berühren, doch es war zu spät. Sie wußte, was er wollte, und wenn sie nicht acht gab, würde er sie dazu bringen, es auch zu wollen. Mistress Child bot ihr einen weiteren Becher Ale an. Rosie nahm ihn, doch diesmal nippte sie nur daran.

Tony wusch sich die Hände in einer Fingerschale und trocknete sie dann so aufreizend langsam, daß Rosie an nichts anderes denken konnte, als wie er mit diesen Händen über ihren Körper strich. Natürlich ließ er sie die ganze Zeit über nicht aus den Augen. Er übertrug seine Gedanken auf sie und weckte Triebe in ihr, die bisher ungenutzt geschlummert hatten.

Mistress Child brachte ihr eine Fingerschale, und Rosie wusch ihre zitternden Hände, ehe sie sie mit einem Tuch trocknete, das ihr von einer älteren Magd gereicht wurde. Die Magd machte einen Knicks und stellte sich hastig vor. »Ich bin Mary, Mylady, und möchte Euch im Namen der anderen Bediensteten sagen, wie froh wir über Eure Rückkehr nach Gut Odyssey sind, Lady Rosalyn. Gewiß, als Ihr fortgingt, hieß es nicht Gut Odyssey, sondern Haus Sadler, doch wie auch immer, wir freuen uns, daß Ihr wieder da seid.«

»Warst du hier, als Lord Sadler und seine … als Lord Sadler hier lebte?« fragte Rosie.

Mehr Ermunterung schien Mary nicht zu brauchen, um loszuplappern. »Ja, wir sind hier zwei Mägde, die schon da waren, als Ihr noch klein wart; ich von der Küche und Martha von der Wäscherei. Wir sind noch ein Weilchen geblieben, nachdem man die Leiche Eures Vaters gefunden hatte und die Königin nach Euch suchen ließ, doch dann ist Hal zurückgekommen und hat das Haus geschlossen. Es wäre so billiger zu unterhalten, hat er uns gesagt, und dann hat er sich eine Weile um alles gekümmert, ja, das hat er; und wie ein einzelner Mann so etwas fertigbringen konnte, ganz allein, ohne Hilfe, das werd' ich wohl nie begreifen.«

»Ich auch nicht«, sagte Rosie, ein wenig benommen von Marys Redeschwall.

»Es gibt noch ein paar Stallburschen, die schon zu Zeiten Eures Vaters hier gearbeitet haben, doch die haben Euch früher kaum zu Gesicht gekriegt, und Ihr kennt ja die Männer, die sind nicht die Spur feinfühlig. Die waren nur froh, ihre Arbeit wieder zu haben, als Sir Anthony das Gut übernommen hat, und wir sind alle froh, daß Ihr ihn heiraten werdet, denn dann werden wir nich wieder entlassen. Ich sag' immer, das Leben ist hart genug, da braucht man nicht auch noch den Lohn verlieren, den einem so eine Stellung wie die hier einbringt.«

Mary holte Atem, um weiterzureden, doch Mistress Child schubste sie mit einem raschen Hüftstoß beiseite. »Du wirst die Herrin noch zu Tode plappern«, schalt sie.

Nicht im geringsten beleidigt, sagte Mary strahlend: »Ja, ich bin ein Schnattermaul, und das arme Mädchen braucht noch ein kleines Stückchen Kuchen, um über den Tag zu kommen.«

»Nicht doch!« Rosie rieb sich über den Bauch. »Mein Geist ist willig, doch mein Korsett erlaubt es nicht.«

Die ganze Küche lachte, und Rosie wunderte sich. Doch dann ging ihr auf, daß es nicht unbedingt ihre Worte sein mußten, die die Leute so vergnügten, sondern die Art, wie sie fieberhaft versuchte, Tonys Zeichen der Zuneigung zu übersehen. Die Liebe schickt dem Objekt ihrer Begierde erlesene Kostproben ihrer selbst, behauptete Onkel Will, und Rosie argwöhnte, daß sie auch alle zufälligen Zuschauer in ihren Bann zog.

Sie wollte laut ausrufen, daß sie diesen Mann nicht heiraten würde, doch jenes wissende, liebevolle Lächeln von den Gesichtern der Mägde zu wischen, erschien ihr grausam. Statt dessen fragte sie: »Mistress Child, wart Ihr früher schon hier?«

»Leider war ich noch nicht da, als Ihr noch ein Mädchen wart«, antwortete die Köchin. »Sir Anthony hat mich aus einem anderen Haushalt entführt.«

»Euch entführt?« Offenbarte Mistress Child soeben Tonys Ehrlosigkeit? »Was meint Ihr damit, er hat Euch entführt?«.

»Sie war die beste Köchin in ganz London«, sagte Tony. »Und ich habe sie mit meinem Charme und meinem guten Aussehen fortgelockt.«

»Und mit Eurem Geld.« Mistress Child holte Tony von seinem hohen Roß, doch sie tat es mit einem Lächeln. »Dennoch bin ich hier glücklicher, als ich es je bei Lord Bothey war.«

»Ich bin besser als Lord Bothey?« In Tonys Stimme schwang ein Hauch von Spott mit. »Schmeicheleien wie diese werden mir zu Kopf steigen.«

Es gefiel Rosie gar nicht, daß sie ihn mochte. Er war beinahe so charmant, wie er behauptete. Was würde sie tun, wenn er auch ein ebenso guter Liebhaber war, wie er behauptete?

»Ich habe mich entschieden, was ich mit meinem Vermögen machen werde. Ich werde Gönnerin einer Schauspieltruppe.« Rosie wunderte sich über ihre eigenen Worte, sie waren der Verwirrung in ihrem Kopf entsprungen, doch alle anderen wunderten sich noch mehr. Irgendwie jedoch hatten die Worte »Gönnerin einer Schauspieltruppe« einen Entschluß bekräftigt, von dem Rosie nicht wußte, daß sie ihn gefaßt hatte. »Wenn ich mein Geld bekomme, meine ich. Ich werde wie der Graf von Southampton sein, oder wie Chamberlain. Ich werde Sir Dannys Truppe unterstützen, und Sir Danny kann in London auftreten, bis er so berühmt ist, daß er sich nie wieder Sorgen um Geld machen muß.«

»Das ist wunderbar.« Tony setzte sich ihr gegenüber auf einen Schemel und senkte die Stimme zu einem Murmeln. Als Tony und Rosie die Köpfe zusammensteckten, bedeutete Mistress Child den Mägden mit einer Handbewegung, wieder an die Arbeit zu gehen. Abgesehen von den wohlwollenden Blicken, welche die Bediensteten ihnen ab und an zuwarfen, waren die beiden recht ungestört. »Damit erfüllt Ihr Sir Danny seinen Traum.«

»Oh, er hat nicht wirklich geglaubt, daß ich es tun würde. Er hat es nur als Köder benutzt, damit ich mich einverstanden erkläre mit...«, sie machte eine ausladende Handbewegung, »... dem hier.«

»Als Köder, damit Ihr Euch einverstanden erklärt...?«

»Mit dem hier. Mit Euch.« Sie fuchtelte erneut mit den Händen. »Mit dem hier.«

Er lächelte. »Aha. Damit.« Er schien nachzudenken. »Und mittlerweile seid Ihr einverstanden?«

»Einverstanden?« Das klang in ihren Ohren nach einer verbindlichen Zusage, und Rosie wollte Bindungen vermeiden. Gleichzeitig gefiel ihr der Gedanke, der Welt Sir Dannys große Schauspielkunst nahezubringen, die sich in Onkel Wills genialen Stücken offenbaren würde. »Nun, ich werde Sir Dannys Schauspieltruppe unterstützen.«

»Werdet Ihr die Stücke für sie auswählen?«

Er klang sehr freundlich, und er lächelte noch immer, doch etwas an ihm ließ Rosie mißtrauisch werden. »Ja.«

»Könnt Ihr lesen?«

»Was?«

»Könnt Ihr lesen? Viele Stücke liegen gedruckt vor. Es würde Euch sehr helfen, wenn Ihr lesen könntet.«

Wie wahr. Wie einleuchtend. Wie erniedrigend, daß er erkannt hatte, daß sie weniger wußte als das Kind eines königlichen Leibgardisten. »Ich kann nicht lesen.« Sie hob aufmüpfig das Kinn. »Und ich bin zu alt, um in die Schule zu gehen.«

Tony rieb sich das Kinn. »Das ist wahr, doch vielleicht gibt es eine andere Möglichkeit.«

Rosies Miene erhellte sich. »Wenn ich in London wäre, könnte Onkel Will mich unterrichten.«

Tony runzelte die Stirn. »Onkel Will?«

»William Shakespeare. Er ist Schauspieler und Bühnendichter«, sagte sie, stolz auf ihre Verbindung zu einem so berühmten Mann. »Ein enger Freund von mir.«

»Ich kenne ihn nicht.« Tony tat William Shakespeare mit einem Wink ab. »Nein, ich dachte daran, es Euch selbst beizubringen.«

Er selbst? Tony wollte sie selbst unterrichten? Sie hatte sich erniedrigt gefühlt, als er entdeckt hatte, daß sie nicht lesen konnte. Wieviel erniedrigter würde sie sich fühlen, wenn er herausfand, wie völlig unwissend sie tatsächlich war?

»Nein!«

»Ihr wollt nicht lesen lernen?«

»Ich werde jemand anderen finden, der es mir beibringt.«

»Jemand anderen?« Er hatte sich den ganzen aufreibenden Tag über beherrscht, hatte alle Herausforderungen und alle Verdächtigungen ertragen, doch dies war zuviel. Er erhob sich und zog Rosie hoch. »Es wird niemals jemand anderen für Euch geben. Habt Ihr das noch immer nicht begriffen? Ihr gehört mir!«

Er bemerkte, daß auch sie all seine Provokationen ertragen hatte – und er *hatte* sie provoziert. Er konnte nicht anders. Nichts quälte ihn so sehr wie die Gleichgültigkeit seiner Geliebten. Doch während er versuchte, sie zu bezwingen, wenn sie ihn herausforderte, versuchte sie, ihm auszuweichen und fortzulaufen. In der Tat... aus dem Augenwinkel nahm er eine Bewegung wahr, und dann einen jähen Schmerz in den Rippen. Als er sich krümmte, sah er, wie die Tasche erneut auf ihn zusauste, und schlug einen Purzelbaum über den Schemel.

»Vielen Dank für das Geschenk«, sagte Rosie und floh aus der Küche, während Tony sich aufrappelte.

Er hielt sich die Seite und blickte hinüber zu den Küchenmägden, die ihn entsetzt anstarrten, und dann auf den Platz, wo Rosie gesessen hatte.

»Bitte, nichts zu danken.«

Kapitel 13

Ich möchte lieber einen Narren halten,
der mich lustig machte,
als Erfahrung, die mich traurig machte.

WIE ES EUCH GEFÄLLT, IV, I, 25

Das liebliche Trillern einer Querflöte kündigte Rosies Rückkehr in das Wagenrund der Schauspieltruppe an, und sie verlangsamte ihren Schritt. Der Possenreißer hatte sie gesehen, und sie würde sein Gespött über sich ergehen lassen müssen, ehe sie ihre Mission erfüllen konnte.

»Siehe da, es ist die Herrin von Gut Odyssey, Herrscherin über alle umliegenden Ländereien und Sir Tony Rycliffes Herz. Doch horcht!« Cedric Lambeths geschmeidige Züge verzogen sich zu einem Ausdruck höchster Verblüffung, und er sagte mit lauter Stimme. »Schien die Sonne nicht gestern noch auf einen Jüngling hinab, wo nun die Herrin von Gut Odyssey steht?«

»Ach, halte deine Zunge im Zaum, Cedric.« Rosie war nicht zum Scherzen aufgelegt. Sie hatte soeben mit einem Felsbrocken auf Tony eingedroschen, sich geweigert, lesen zu lernen, ein heimliches Verlangen verleugnet, und war nun auf einem Besorgungsgang, der, sollte sie entdeckt werden, jegliches Vertrauen zwischen Tony und ihr zerstören würde, und vielleicht auch zwischen Sir Danny und ihr. Doch hatte sie eine andere Wahl?

»Sehr wohl, Mylady.« Cedric verbeugte sich so tief, daß seine Fingerknöchel das Gras streiften. »Wie Ihr wünscht, Mylady.« Dann schrie er laut wie ein Esel: »Rosie ist zurück! Rosie ist hier! Kommt und begrüßt Lady Rosalyn, die Schutzheilige der Komödianten.«

Die Schauspieler sprangen aus ihren Wagen, unterbrachen ihre Gespräche, angelockt von der Gelegenheit, Rosie über die glühenden Kohlen ihres Spotts laufen zu lassen. Sie drängten sich um sie, rempelten einander an, gafften und zeigten mit dem Finger auf sie wie ein Publikum, das eine Vorstellung erwartet.

Cedric hüpfte um sie herum wie ein boshafter Kobold. »Lady Rosalyn, sagt uns die Wahrheit. Welchen Zaubertrank habt Ihr geschluckt, um diese Verwandlung herbeizuführen? Erst gestern sahen wir Rosenkranz, den Mann, an Sir Dannys Arm fortgehen, doch Rosenkranz kehrte nicht zurück. Die Götter haben ihren Groll an Rosenkranz entladen und ihn seines besten Stückes beraubt – des Stükkes, das einen Mann aus ihm machte.«

Die Schauspieler stöhnten einstimmig auf und griffen sich in den Schritt, als habe man sie auf diese Art verstümmelt.

»Dann haben die Götter mich also veredelt«, entgegnete Rosie barsch.

Die Schauspieler buhten.

»Nein, nicht ganz. Denn wenn die Götter Euer bestes Stück geraubt haben, dann hätten sie Euch auch mit dem ausstatten können ...«, Cedric stellte sich auf die Zehenspitzen und versuchte angestrengt, in Rosies Mieder zu lugen, »... was Männer dazu bringt, sich zu benehmen wie ...«

»Esel?« Rosie machte große Augen, und die Schauspieler lachten.

Cedric richtete sich gockelhaft auf. »Ein Mann braucht keinen Vorwand, um sich wie ein Esel zu benehmen.«

Die Mimen ächzten, und Rosie lachte und entspannte

sich. Hier fühlte sie sich zu Hause. Die Schauspieler fielen in ihr Lachen ein und begannen dann laut durcheinanderzureden, wobei jeder versuchte, den anderen an Witz zu übertreffen. Rosie ließ den Blick durch die Runde schweifen und wurde beim Anblick der lächelnden Gesichter plötzlich von Kummer ergriffen.

Sie würde Cedric und seine ewigen Späße vermissen. Sie würde John Barnstaple vermissen, ihren Hauptdarsteller für romantische Rollen, ein Bursche, der ob seines klaren Verstands und seiner raschen Fäuste geachtet wurde. Sie würde Stuart vermissen, und Francis und George und Nick. Selbst Alleyn Brewer würde ihr fehlen, ihr schärfster Rivale um die Frauenrollen.

Es gab wohl kaum einen größeren Unterschied auf der Welt als den zwischen einem Herrenhaus und einem Zigeunerwagen, und wenn sie ihr Erbe antrat, und das wollte sie, würde sie nie wieder eins sein mit diesen Männern. Sie würde nie wieder auf der Bühne stehen. Sie würde nie wieder ein Publikum zum Lachen bringen oder zu Tränen rühren. Noch ein verwehrter Traum. Noch eine zerstörte Hoffnung.

Die Ereignisse rissen sie mit sich fort, wie ein reißender Fluß ein armseliges Ästlein mit sich fortriß, und Rosie suchte mit Händen und Füßen nach Halt.

Dann fand sie ihn. Die Arme über der Brust verschränkt, stand Ludovic abseits der Gruppe und beobachtete sie. Seinetwegen war sie hergekommen. Sie fing seinen Blick auf und sah dann in Richtung Garten.

Er begriff sofort. Die Mißmutigkeit vortäuschend, die so sehr Teil seines Wesens war, stapfte er knurrend davon, als wäre ihm das fröhliche Treiben zuwider.

Rosie wartete, bis er außer Sichtweite war, und rief den Thespisjüngern dann zu: »Ich werde meinen Reichtum und mein Glück mit euch teilen, so wie ihr eure Armut und euer Elend mit mir geteilt habt.« Sie kicherten und knufften einander, und Rosie wußte, daß sie sich nicht um ihre wahre Identität scherten. Für sie war sie nur eine Gefährtin, der das Glück hold gewesen war, und sie wünschten ihr alles Gute. Rosie wußte, daß sie nie wieder so vorbehaltlos angenommen werden würde. Ihre Stimme stockte, und ihre Schlagfertigkeit ließ sie im Stich. »Wenn ihr je etwas braucht, wendet euch an mich. Wenn ich euch je helfen kann, wendet euch an mich. Ich wünschte, ihr würdet in mir weder eine Frau noch einen Mann sehen, sondern einen Freund. Den Freund eines jeden von euch, euer ganzes Leben lang.«

Niemand wußte, was er auf ihren unerwarteten Treueschwur antworten sollte, und die Männer scharrten verlegen mit den Füßen und räusperten sich. Alleyn, sentimental wie immer, putzte sich die Nase. Dann trat Cedric zu ihr hin und verbeugte sich mit aufrichtiger Galanterie. »Du bietest uns deine Freundschaft an, jetzt, wo du reich bist, doch wir besaßen sie schon vorher, als du in der Tat unsere Armut geteilt hast, und du hast sie uns nie entzogen. Sie ist ein Schatz, den wir eifersüchtig hüten, und der einzige Schatz, den wir dir zurückgeben können. Wir sind deine Freunde, jeder einzelne von uns, und wenn du uns je brauchen solltest, dann komm sofort, und wir werden alles in unserer Macht Stehende tun, um dir beizustehen.«

Tränen stiegen ihr in die Augen, und eine davon kullerte ihr über die Wange.

Der unverbesserliche Cedric schnitt eine Grimasse, rieb sich die Augen mit den Fäusten und brach in lautes Wehklagen aus. »Wenn ich eines Morgens erwachte, um festzustellen, daß man mich meiner Männlichkeit beraubt hat, ich würde auch weinen. Wenn ich eines Morgens aufwachte, mich als Dame wiederfände und nicht mehr durch die Lande ziehen könnte, ich würde auch weinen. Wenn ich eines Morgens aufwachte und wäre reich wie Krösus ...«, er hielt mit geschwellter Brust inne und rief dann, »würde ich meinem Leben als fahrender Possenreißer Lebewohl sagen!« Er sprang in die Luft und schlug vor überschwenglicher Freude einen Purzelbaum.

Die Schauspieler jubelten, als er geendet hatte und sich verbeugte. Rosie klopfte ihren guten alten Freunden auf die Schultern, wechselte ein paar Worte mit jedem von ihnen und zog sich dann zurück. Sie schlenderte gelassen in Richtung Garten, betrat den Steinplattenweg und fühlte plötzlich, wie sich Ludovics mächtige Faust um ihr unversehrtes Handgelenk schloß.

»Hier entlang«, sagte er und führte sie tiefer ins Gebüsch. Dort, wo die Bäume ein schattiges, von Hecken umgebenes Versteck bildeten, blieb er stehen. Er blickte Rosie mit einem seltsamen Ausdruck an, in dem sich zu gleichen Teilen Schmerz und Zorn mischten. »Ihr wünscht, mich zu sprechen ... Lady Rosalyn?«

Aus seinem Munde klang der Titel wie eine Beleidigung, und Rosie zögerte, ehe sie begann. Wie töricht, an diesem versteckten Ort gefangen zu sein mit diesem Mann, der halb Mensch, halb Tier zu sein schien. Sie kannte ihn seit sieben Jahren, doch in Wahrheit kannte sie ihn überhaupt nicht. Sie argwöhnte, daß er unaussprechliche Verbrechen auf dem Gewissen hatte. In Nächten, in denen Wahnbilder ihr den Schlaf geraubt hatten, hatte sie beobachtet, wie er durch die dunklen Gassen streifte, als ob er vor etwas flüchtete, und dieses Etwas war er selbst. Doch er war stets freundlich zu ihr gewesen. Er hatte sie oft in Schutz genommen und ihr mehr als einmal das Leben gerettet. Sie konnte einen Mann nicht aufgrund von Vermutungen verdammen, wenn seine Taten seine Ritterlichkeit bewiesen hatten.

»Ludovic, es gibt Schwierigkeiten, und ich muß dich warnen. Jemand hat gestern einen Pfeil auf uns geschossen, als wir auf der Terrasse standen.«

Seine kalten Augen flackerten. »Auf der Terrasse. Vor der Abendmahlzeit. Du und Sir Anthony Rycliffe habt geplaudert, dann hat er dich über die Balustrade gehalten und geküßt.«

Ihr schauderte. Woher wußte er das alles? Hatte er im Gebüsch gekauert und alles gesehen und mitangehört? Hatte er den Bogen in den Händen gehalten und auf den günstigsten Augenblick zum Schießen gewartet?

»Tony.« Ludovic spie auf den Boden. »Dein Verlobter. Ein Pfeilschuß auf ihn überrascht mich nicht. Zweifellos will ihn jemand umbringen.«

»Das glaubt er auch.« Sie hätte es beinahe nicht gesagt, zwang sich jedoch dazu: »Und er glaubt, daß du derjenige bist.«

Ludovic starrte sie an, und sein Blick war so glühend, daß er sie zu versengen schien wie ein Flamme. »Er hat recht.«

Gütiger Himmel! Sie hatte sich in Ludovic getäuscht. Würde er sie zuerst umbringen?

»Ich täte nichts lieber, als den Mann umzubringen, der dich heiraten wird. Doch wenn ich es gestern abend darauf angelegt hätte, deinen hübschen Tony umzubringen, dann wäre er jetzt tot.«

Rosie ließ ihren Atem in einem Stoß entweichen und wurde sich erst dann bewußt, daß sie die Luft angehalten hatte. »Das habe ich ihm auch gesagt.« Sie lachte, ein hohes, entwürdigendes Kichern. »Ich habe ihm gesagt, daß es dir gelungen wäre, ihn zu töten, wenn du es versucht hättest. Ludovic, habe ich gesagt, ist kein gewöhnlicher Mann, sondern ein Krieger, der große Erfahrung im Töten von Menschen hat.« Verflucht, was hatte sie dazu gebracht, *das* zu sagen?

»Dein Tony hat ebenfalls Erfahrung im Töten«, entgegnete Ludovic entschieden. »Zweifle nie daran. Er hat viel Blut an seinen Händen, obwohl es nicht ...« Er blickte auf seine mächtigen Pranken.

Die Stille zog sich in die Länge, und Rosie beeilte sich, die Leere zu füllen. »Ich wollte es dir nur sagen, damit du nichts tust, was uns Kummer bereiten könnte.«

»Uns?«

»Sir Danny und mir und den anderen Schauspielern. Wir mögen dich alle.«

»Besonders du?«

Rosies Herz begann heftig zu schlagen. Ihr mißfiel die Art, wie Ludovic sie anstarrte, wie sein Atem in seiner Kehle rasselte, die männliche Bedrohung, die von ihm ausging. »Ich und Sir Danny und Cedric und ...«

»Du?« fragte er beharrlich und drückte ihr seinen kurzen, kräftigen Finger genau zwischen die Augen. »Du?«

Die Vögel zwitscherten voller Spott über die törichte Frau, die sich selbst in eine so heikle Lage gebracht hatte. Sie mußte seine Frage beantworten. Sie mußte sich klar und unmißverständlich ausdrücken.

Doch das wollte sie nicht. Sie wollte ihn nicht verletzen, und sie wollte nicht, daß er sie verletzte. Sie wählte ihre Worte mit Bedacht und sagte: »Ich mag dich sehr, doch selbst wenn ich nie an diesen Ort gekommen wäre, selbst wenn ich diese Geschichte von der verschollenen Erbin nie gehört hätte, und selbst wenn ich keinerlei Hoffnung auf ein anderes Dasein als das des Schauspielers gehabt hätte, würde ich dennoch nicht mehr für dich empfinden als reine

Zuneigung.« Er starrte sie mit offenem Mund an, und seine Qual schwebte nahezu greifbar zwischen ihnen. Rosie war speiübel, sie fühlte sich, als habe sie mit einem Stock auf einen stummen Dachs eingedroschen und wartete jetzt auf dessen Gegenangriff. Ludovic rührte sich nicht, und sie fragte schließlich: »Verstehst du?«

Sein jähes Brüllen ging ihr durch Mark und Bein. Er wirbelte mit ausgestreckten Armen im Kreis herum. Er drosch die Blätter von den Zweigen. Er trat so heftig gegen einen Eichenstamm, das Eicheln auf Rosies Kopf herabfielen. Er galoppierte im Kreis umher wie ein durchgegangenes Pferd. Sie beobachtete ihn, bereit davonzulaufen, doch sie fürchtete, daß sie seine Raubtierinstinkte mit ihrer Flucht noch anstacheln könnte. Als er wieder vor ihr stand, fragte Rosie sich allerdings, ob sie durch ihr Bleiben nicht ihr Todesurteil unterzeichnet hatte. Ihre Finger spannten sich fester um ihre marmorbeschwerte Tasche.

Ludovics Brust hob und senkte sich. Seine Fäuste waren so fest geballt, als halte er seine Wut darin gefangen, die er an Rosies Kopf entladen wollte.

Rosie wollte zittern, konnte es jedoch nicht. Sie wollte weinen, tat es jedoch nicht. Sie wollte ihn schlagen, wagte es aber nicht. Sie mochte ein Feigling sein und sich vor Schmerz und Tod fürchten, doch sie würde es nicht zeigen. Sie biß die Zähne zusammen, damit ihr Kinn nicht bebte, und schwor sich, es nicht zu zeigen.

Ludovic streckte die Hände aus und packte Rosie an den Haaren; ihre Kopfhaut schmerzte, als sich Strähnen aus dem Zopf lösten, und sie überdachte ihre Tapferkeit noch einmal. Vielleicht würde ein wenig Schreien nicht schaden. Vielleicht sollte sie ihre Tasche schwingen. Doch Ludovic hielt ihren Kopf einfach nur fest und starrte ihr in die Augen.

Seine Stimme klang heiser vor Schmerz. »Weich deinem Tony nicht von der Seite.«

»Wie?« Was immer sie erwartet hatte, *das* sicherlich nicht.

»Bleib in Rycliffes Nähe. Bleib bei ihm und beobachte ihn. In seiner Nähe wirst du am sichersten sein.« Er stieß sie so heftig von sich, daß sie stolperte. Statt ihren Fall zu bremsen, schützte sie ihren Arm und landete in einem dornigen Stechpalmenstrauch.

Rosie strampelte und versuchte, ihre Unterröcke vor Dutzenden winziger Risse zu bewahren, und als sie aufblickte, war Ludovic verschwunden.

Sie konnte kaum glauben, daß sie mit dem Leben davongekommen war.

Sie konnte kaum glauben, wie schuldig sie sich fühlte.

Ludovic roch und sah aus wie eine Kreatur, die unter einem Felsen hauste, doch das bedeutete nicht, daß seine Gefühle nicht zählten. Sie hatte ihn mit ihrer Zurückweisung verletzt.

Sie rappelte sich aus dem Gesträuch hoch und schleppte sich zum Haus. Ludovic war offenbar überzeugt, daß jemand versuchte, einen von ihnen zu töten. Also sollte sie Ludovics Rat befolgen und in Tonys Nähe bleiben. Nicht zu ihrem eigenen Schutz, sondern um Tony zu beschützen?

Gewiß, sie würde einen Vorwand finden müssen, und Tony würde ihr plötzliches Interesse möglicherweise falsch auslegen. Doch sie würde alle Unannehmlichkeiten auf sich nehmen müssen, denn wenn Tony ihretwegen umgebracht würde, würde sie sich das niemals verzeihen.

Natürlich würde sie bei jedem anderen ebenso empfinden.

Rosie stieg die Stufen zur Terrasse empor, als sie bemerkte, daß Jean sie beobachtete. Sie hielt eine Nadel über einen Stickrahmen und schürzte mißbilligend die Lippen.

Das überrascht mich nicht, dachte Rosie. Jean trug einen spitzen Schmollmund zur Schau, seit sie am Abend zuvor Lord Sadlers Brief gelesen hatte.

»Das ist die häßlichste Tasche, die ich je gesehen habe«, verkündete sie.

Rosie strich mit einem Finger darüber. »Tony hat sie mir gegeben.«

Jeans Ausdruck änderte sich ein wenig. »Tony? Tony besitzt für gewöhnlich einen besseren Geschmack.«

»Mir gefällt diese Tasche.« Rosie lächelte Jean kühl an. »Sogar sehr. Ich habe das Gefühl, sie verleiht mir das Gewicht einer Respektsperson, sozusagen.«

Jean stach mit ihrer Nadel in den Gobelin, legte den Kopf schräg und musterte Rosie eindringlich, und Rosie wußte, daß sie Jeans Ansprüchen nicht genügen würde. Doch welche Frau konnte den Ansprüchen genügen, die Tonys Schwestern an die Gemahlin ihres Bruders stellten?

»Nehmt Platz«, forderte Jean sie auf. Als Rosie nicht sofort gehorchte, klopfte Jean auf den Hocker, der neben ihr stand, und sagte barsch: »Setzt Euch, ehe Ihr umfallt.«

Rosie wollte der Aufforderung nicht nachkommen, doch ihre Knie zitterten noch von Ludovics Überfall auf das Blattwerk. Sie wollte sich gerade auf den Hocker sinken lassen, als Jean sagte: »Ihr habt Zweige im Haar und Schmutz auf dem Rock. Hattet Ihr im Garten ein Stelldichein mit Eurem Liebhaber?«

Rosie sprang so hastig auf, als rage ein Nagel aus dem Hocker. Sie wollte gehen, hatte jedoch kaum zwei Schritte getan, als Jean sie am Rock zurückhielt. »Ich bitte um Verzeihung.«

Rosie zerrte mit beiden Händen an ihrem Rock, doch Jean zog in die entgegengesetzte Richtung. »Setzt Euch und nehmt meine Entschuldigung wohlwollend an«, beharrte Jean. »Ich sage nicht oft etwas derart Törichtes, und das verschafft Euch einen Vorteil. Könntet Ihr nicht einen Vorteil über jemanden gebrauchen?«

Rosie ließ sich auf den Hocker sinken. »Doch, das könnte ich.«

»Ich hätte Euch nicht unterstellen sollen, daß Ihr einen Geliebten habt. Tony sagt, Ihr habt keinen, und Tony weiß mehr über Frauen als jeder Mann, der mir je über den Weg gelaufen ist.«

Rosie spielte mit dem Gedanken, sich wieder zu erheben, kam jedoch zu dem Schluß, daß sie zu schwach war.

»Und er mag Frauen. Große Frauen, kleine Frauen, törichte Frauen, gescheite Frauen, alte Frauen und junge Frauen. Wißt Ihr, wie selten das ist?«

Wenn Rosie an die Kämpfe dachte, die sie Frauen gegen brutale Ehemänner hatte ausfechten sehen, gegen die Übergriffe von Soldaten und gegen Männer, die sie für wertloser hielten als Putzlappen, dann mußte Rosie eingestehen, daß sie wußte, wie selten das war. Sie mußte ja nicht gleich zugeben, daß es ihr gefiel.

Jean zog die Nadel hoch und straffte dabei das Garn. »Ich kenne Tony beinahe sein ganzes Leben lang. Als er zu uns kam, war er noch ein Säugling und hatte eine Amme, und wir hatten beschlossen ...«

»Wir?«

»Meine Schwester Ann, mein Bruder Michael und ich.«

Rosie wollte sich nicht dafür interessieren. Sie wollte keinen Anteil nehmen, doch eine unerträgliche Neugier trieb sie dazu zu sagen: »Fahrt fort!«

»Wir hatten beschlossen, ihn nicht zu mögen.« Jean plazierte ihre Stiche mit Bedacht und stickte ein Motiv in den groben Stoff unter ihren Händen. »Er war der Bankert meines Vaters, müßt Ihr wissen, die Frucht einer Liebschaft mit einer Adligen. Für mich war sein bloßes Dasein ein Schlag ins Gesicht meiner Mutter.«

Rosies Neugier war geweckt, und sie wollte die ganze Geschichte hören, durfte das jedoch nicht zugeben. »Ich kann es Euch nicht verübeln.«

»Meine Mutter war anderer Meinung«, polterte Jean heraus. »Sie sagte, ein Baby trage keine Schuld an seinem Dasein.«

»Oh.« Rosie rieb an einem Grasfleck auf ihrem Rock. »Dann hat sie also Eurem Vater die Schuld gegeben?«

»Meine Mutter hat niemandem die Schuld gegeben. Sie litt an einer Krankheit«, Jean räusperte sich, »die über ihre Glieder zu kriechen schien und ihre Muskeln verzehrte. Mein Vater liebte sie, doch er war auch nur ein Mensch, und als er Lady Margaret sah, hat er ...«

»Tony gezeugt?«

Jean nickte, dankbar für Rosies Taktgefühl. »Wenn Mutter verletzt gewesen sein sollte, hat sie uns das nie spüren lassen, und als Lady Margaret es ablehnte, für Tony zu sorgen, bestand Mutter darauf, ihn bei uns aufzunehmen. Als ich mich weigerte, mich um ihn zu kümmern, bestand sie darauf, es selbst zu tun. Was blieb mir übrig? Ich hatte Angst, es könne sie überfordern.«

»Also habt Ihr Euch seiner angenommen?«

Zärtlichkeit legte sich auf Jeans scharfe Züge und verlieh ihrem Gesicht einen weicheren, milderen Ausdruck. »Er war ein so kluges Baby. Wußtet Ihr, daß er sein erstes Wort mit neun Monaten gesagt hat? Und er konnte schon laufen, ehe er sein erstes Zähnchen hatte. Er lächelte immer zu mir auf und machte dabei diese großen Kulleraugen, und ich konnte ihm einfach nichts abschlagen. Ich muß ihn überallhin mitgeschleppt haben, bis er so schwer geworden war, daß ich ihn nicht mehr hochheben konnte.«

Rosie zog ihren Zopf über die Schulter und löste das Band aus ihrem Haar. Sie fuhr mit den Fingern durch die Flechten und blickte stirnrunzelnd auf die Blätter, die aus ihrem Haar zu Boden fielen. »Ihr habt ihn verwöhnt.«

»Das haben wir alle.«

»Gewiß nicht der Erbe, Euer Bruder«, sagte Rosie und schöpfte aus ihren Erfahrungen mit jungen Männern. »Jungen Männern steht der Sinn nach Raufen, Lärmen und Trinken, nicht danach, sich um ein Kind zu kümmern.«

»Michael ist ein besonderer Mann. Tony hat ihn damals geliebt und tut es heute noch. Und Michael hat ihn verwöhnt wie wir alle, bis Tony sechs Jahre alt war. Gegen Ende war Tony der einzige, der meine Mutter zum Lachen bringen konnte, und er nannte sie ›Mama‹.«

Rosie schüttelte ihr Haar und versuchte, die letzten Grashalme daraus zu entfernen. »Eure Mutter starb, als er sechs war?«

»Nein. Lady Margaret beschloß, daß sie ihn wiederhaben wollte, als er sechs war.«

»Was?« Rosie sprang erneut auf. »Seine Mutter nahm ihn zu sich, als er sechs war?«

Jean plazierte ihre Stiche nicht mehr mit Sorgfalt, sondern stieß die Nadel so heftig in den Stoff, als könne sie Lady Margaret auf diese Weise durchbohren.

»Nicht zu sich genommen, entführt!«

»Warum?«

»Einige hatten ihr Kaltherzigkeit vorgeworfen, weil sie ihr Kind im Stich gelassen hatte und an den Hof zurückgekehrt war. Es hat sie nicht wirklich gekümmert, bis sie heiratete und ihr Gatte, der Graf von Drebred, wünschte, daß Tony mit seinen anderen Kindern erzogen würde.«

Rosie verstand nicht. Sie konnte es nicht einmal in Ansätzen begreifen. »Warum?«

»Ich weiß nicht. Weil es sich so schickte, nehme ich an, und der Graf von Drebred legt großen Wert auf schickliches Verhalten.« Jean gab nicht einmal mehr vor zu stikken. Sie starrte nur noch auf ihre Handarbeit und spulte die Fakten herunter. »Wir weigerten uns, Tony herzugeben. Unser Vater besaß das Sorgerecht für ihn, natürlich, und wir dachten, sie könnten nichts unternehmen.«

Rosie hörte gefesselt zu und rührte sich nicht von ihrem Platz auf der Terrasse.

»Sie schnappten ihn, als er einen Ausritt über unsere Ländereien machte. Sein Pferd war neu. Er hatte es zum Geburtstag bekommen, und als es ohne ihn zurückkehrte, dachten wir, er sei abgeworfen worden. Wir suchten jeden Zoll des Anwesens ab, zweifach. Schließlich kam der Wirt einer Schenke an der Straße nach London zu uns und sagte, er habe einen Jungen gesehen, der Ähnlichkeit mit Tony gehabt und nach seiner Mama gerufen hätte.«

Rosie konnte es nicht glauben. Sie konnte nicht glauben, daß der offene, fröhliche, selbstsichere Tony eine derartige seelische Erschütterung in seiner Vergangenheit verbarg. »Warum habt Ihr ihn nicht zurückgefordert?«

»Das haben wir, doch obwohl unsere Familie recht wohlhabend und einflußreich ist, haben wir Spencers nichts, was sich mit dem Reichtum der Drebreds vergleichen ließe. Sie sind eins der mächtigsten Adelsgeschlechter des Nordens.« Jean sah aus, als habe sie etwas Bitteres geschluckt. »Und sie sind kalt wie Eis.«

Ein kleiner Junge mit Tonys Gesichtszügen, der in einer Burg an der schottischen Grenze nach seiner Mama weint.

Rosie wurde übel, wenn sie daran dachte. »Er ist nicht bei ihnen geblieben?«

Jean nahm ihre Handarbeit wieder auf. »Doch, bis er elf war.«

»Elf? Diese Leute haben ihn festgehalten, bis er elf Jahre alt war?«

»Ja.«

»Was ist geschehen, als er elf war?«

Jean beugte sich über ihren Korb und stöberte in der Sammlung bunter Fäden. »Er lief fort und kam zurück nach Hause.«

»Kam nach Hause.« Rosie kannte die Strapazen der Straße so gut wie kaum eine andere und fragte: »Wo ist das? ›Zuhause‹?«

»In Cornwall.«

Rosie griff nach Jeans Hand, und Jean blickte auf. »Er ist vom Norden bis zu Eurem Anwesen in Cornwall gekommen?« Jean nickte, und Rosie hob die Stimme: »Im Alter von elf Jahren?« Jean nickte erneut, und Rosie sackte zurück auf ihren Hocker.

»Ich denke äußerst ungern an diese Reise«, sagte Jean. »Er hat vier Monate dafür gebraucht, und als er ankam, haben ihn die Diener nicht erkannt. Sie haben versucht, ihm in der Küche etwas zu essen zu geben und ihn dann wieder fortzuschicken.«

Rosie wußte es, ohne zu fragen, doch sie fragte dennoch. »Schmutzig, abgemagert und zerlumpt?«

»Und todtraurig. Er hatte den ganzen Weg zurückgelegt, um seine Mama zu sehen, und seine Mama ...«

Rosie erstickte ihren Aufschrei mit der Faust.

»Ich hatte angenommen, daß Lord und Lady Drebred es ihm sagen würden. Der Himmel weiß, daß sie alles versucht haben, um Tonys Widerstandsgeist zu brechen, doch aus dem wenigen zu schließen, was er erzählt hat, haben sie Mama als Pfand für gutes Benehmen mißbraucht.« Jean äffte eine Fistelstimme nach: »Wenn du brav bist, Anthony, lassen wir dich deine geliebte Mama besuchen.« Mama starb ein Jahr nach Tonys Entführung. Er weinte wie ein Kleinkind, als er die Wahrheit erfuhr, und ich habe ihn seither nie wieder weinen sehen.«

»Armer Tony.«

»Und arme Mama. Ich glaube, ohne ihn zu sein, hat ihr das Herz gebrochen.« Jean befeuchtete sich den Daumen mit der Zunge, streckte die Hand aus und wischte über Rosies Gesicht. »Ihr habt Schmutz auf Eurer Wange – und Tränen.«

Etwas – ein Geräusch, ein Schatten – ließ die beiden Frauen herumfahren, und sie sahen Tony auf der Türschwelle stehen. Rosie zuckte schuldbewußt zusammen, Jean blieb gelassen.

»Bist du gekommen, um die letzten Sonnenstrahlen vor Einbruch des Winters zu genießen, Bruderherz?«

»Das bin ich in der Tat.« Er trat aus dem Haus und stellte sich so vor Rosie, daß sein Schatten auf ihr Gesicht fiel.

Wieviel hatte er mitgehört, fragte sie sich. Hatte er beobachtet, daß die Leidensgeschichte seiner Kindheit sie zu Tränen gerührt hatte? Sie glaubte nicht, daß ihm das gefallen würde – daß sie wußte, daß er einmal klein, schwach und verletzlich gewesen war.

»Ich bin hinausgekommen, um meine Rippen heilen zu lassen und mit zwei der reizendsten Frauen der Welt zu plaudern.« Er runzelte die Stirn. »Doch was ist Euch widerfahren, Rosalyn? Warum habt Ihr Schmutz und trockenes Gras im Haar?«

Soviel zu ihrem Versuch, sich wieder tadellos herzurichten. »Ich ... bin gefallen.«

»Ihr seid ... gefallen?« wiederholte er. »Nun, Ihr werdet etwas vorsichtiger sein müssen, wenn Ihr im Garten spazierengeht, nicht wahr?«

Ihre Blicke kreuzten sich, und Tony hob die Brauen. Er wußte nicht, was sie getan hatte. Oder doch? Wie sollte er, wo sie eben erst von ihrem Treffen mit Ludovic zurückgekehrt war? Und warum sollte es ihn überhaupt kümmern? Sie hatte nichts Unrechtes getan.

Jean, die die Untertöne offenbar überhört hatte, sagte: »Du kannst nicht von dem Mädchen erwarten, daß es sich von einem Tag auf den anderen wie eine Dame benimmt, wenn es all die Jahre als junger Bursche gelebt hat – und als ungewöhnlicher junger Bursche noch dazu. Sie hat gewiß einfach vergessen, daß sie Röcke trug.«

»Ich wünschte, das könnte ich«, murmelte Rosie.

»Ich glaube nicht, daß ich zuviel von Rosalyn erwarte. Was meint Ihr, Rosalyn?« Tony lächelte, als habe er Rosies Unruhe nicht bemerkt, während sie die ganze Zeit über hätte wetten können, daß er wußte, wo sie gewesen war und wen sie getroffen hatte. »Schließlich ist Rosalyn sehr gescheit und kann Recht und Unrecht auseinanderhalten. Sir Danny hat ihr das beigebracht, und sie würde Sir Danny nicht durch leichtsinnigen Mangel an Verschwiegenheit hintergehen wollen. Es könnte nämlich zur Folge haben, daß jemand zu Schaden kommt, der ihr am Herzen liegt, und das würde ihr gar nicht gefallen.«

Diesen Einschüchterungsversuch konnte Jean nicht überhört haben. »Hältst du Sir Danny als Geisel, um Rosies Wohlverhalten zu erzwingen?«

»Nein«, leugnete Tony.

»Gut, denn ich bezweifle, daß du mit dieser Taktik bei Lady Rosalyn Erfolg hättest.«

Rosie hätte in Jubelschreie ausbrechen mögen, weil Jean

sie verteidigt hatte, während Tony gekränkt die Lippen kräuselte.

Dann stand Jean auf und griff nach ihrem Nähkorb. »Ich habe immer gesagt, Tony bekommt stets, was er will.«

Rosies Hochgefühl erstarb, und Tonys mißmutig gekräuselte Lippen verzogen sich zu einem Grinsen. »Ihr solltet auf meine Schwester hören, Lady Rosalyn.«

Jean fuhr fort: »Deshalb habe ich heute morgen laut nachgedacht, welchen Ausgang der Kampf der Titanen wohl nehmen wird – und dabei an dich und Lady Honora gedacht.«

»Ich werde Lady Honora nicht heiraten.« Sein Tonfall machte deutlich, daß Tony diese Erklärung seiner Ansicht nach bereits zu oft abgegeben hatte.

»Meine törichte Schwester Ann hat mehr oder weniger dasselbe gesagt, mir jedoch auch erklärt, ich würde auf den falschen Kampf setzen.«

»Ach ja?« fragte Tony eisig.

»Sie meinte, Lady Rosalyn sei diejenige, auf die zu achten wäre, und meine törichte Schwester Ann hat oft ein erstaunliches Gespür, was Menschen angeht.« Sie lächelte Rosie an. »Ich freue mich, daß wir die Gelegenheit zu diesem Gespräch hatten, Lady Rosalyn.«

Rosie blickte Jean nach, als diese fortging, und wünschte, sie könne mit ihr gehen. Doch etwas hielt sie auf ihrem Platz – Tonys Hand, die sich fest um ihren Arm geschlossen hatte.

»Ich will mit Euch reden«, sagte er.

»Und ich will mit Euch reden«, entgegnete sie.

Er hob herausfordernd den Kopf: »Die Stunde der Geständnisse?«

»In der Tat, Sir Rycliffe. Ich habe Euch böse getäuscht, und ich möchte Euch um Verzeihung bitten.«

Tony musterte sie ein wenig zu aufmerksam. »Sprecht, Rosalyn.«

»Ich habe Euch gesagt, ich würde jemand anderen finden, der mir das Lesen beibringt, doch das ist lächerlich, eine Folge meines unangebrachten Stolzes.« Rosie haßte es, um Entschuldigung zu bitten, und wünschte, es gäbe eine andere Möglichkeit, in Tonys Nähe zu bleiben, ihn vor dem zu beschützen, was ihn bedrohte, was immer das sein mochte. »Ich bedauere, daß ich Euer freundliches Angebot abgelehnt habe, und wenn es noch gültig ist, wäre ich Euch für Eure Hilfe dankbar.«

Er spannte und entspannte die Finger, und Rosie fragte sich, was in seinem Kopf vorging. Wünschte er, seine Finger lägen um ihren Hals? Oder lauerte er auf eine Gelegenheit, seine Hände für andere Vorhaben zu gebrauchen? Zaghaft fragte sie: »Was wolltet Ihr mit mir besprechen?«

»Darüber reden wir ein andermal.« Er hielt ihr die Handfläche hin. »Ihr möchtet also lesen lernen. Wunderbar.« Rosie legte ihre Hand in die seine. »Laßt uns gleich mit dem Alphabet beginnen.«

Kapitel 14

Was für ein artiges Ding ein Mann ist,
wenn er in Wams und Hosen herumläuft
und seinen Verstand zu Hause läßt!

VIEL LÄRM UM NICHTS, V, I, 198

Lady Honora lehnte sich über die Balustrade und beobachtete Tony und Sir Danny, die sich auf dem Rasen unter der Terrasse im Kampf mit Rapier und Dolch übten. »Er sieht blendend aus, nicht wahr?«

Lady Honora hatte die Frage offenbar nur an die Abendluft gerichtet, doch Rosie stand neben ihr und konnte sie ebensowenig überhören wie den bewundernden Tonfall, in dem Lady Honora sie gestellt hatte. »Ja, das tut er«, pflichtete Rosie ihr mit einem flauen Gefühl im Magen bei.

»Diese blitzenden Augen, dieses wundervolle Haar.« Lady Honora stieß einen gedehnten, bebenden Seufzer aus. »Jede Frau würde sich geehrt fühlen, in das Bett dieses Mannes gebeten zu werden.«

Rosie musterte erst Tony, dann Lady Honora, und wurde Zeugin, wie sie einem besonders stattlichen Exemplar von Mann ihre Reverenz erwies. Es ließ sie um Jahre jünger wirken, lockerte ihre steife Haltung und machte sie zu einer Frau wie jede andere. »Das würde sie.«

»Wenn er nur nicht so klein wäre.«

Klein? »Tony?«

»Aber nein, törichtes Kind.« Lady Honora ließ ein tiefes Lachen hören, das fast wie ein Schnurren klang. »Sir Danny.«

Rosie trat mit dem Absatz auf den Saum ihres Rockes und stolperte rückwärts, und Lady Honora nahm zum ersten Mal, seit sie vor vier Wochen beschlossen hatte, Rosie die Kunst des weiblichen Benehmens zu lehren, keine Notiz von der Tolpatschigkeit ihrer Schülerin. Lady Honora nahm von gar nichts Notiz, außer von Sir Danny, und Rosie konnte den Blick nicht von ihrem verzückten Gesicht losreißen.

Sir Danny... und Lady Honora? Lady Honora, Witwe des Herzogs von Burnham und Baronin von Rowse... und Sir Danny Plympton, Esquire? Ganz gleich, wie sie es zu sagen versuchte, es klang immer lächerlich.

Doch es erklärte einiges. Daß Sir Danny ihr geistesabwesend den Kopf tätschelte, wenn sie versuchte, sich über Tonys »handgreifliche« Unterrichtsmethoden zu beschweren, beispielsweise.

Oder daß er ihr beteuerte, Tony würde sich um alles kümmern, wenn sie ihre Sorge über Ludovics Verschwinden äußerte.

Oder seine völlige Gleichgültigkeit, was Essex' Plan betraf, Königin Elisabeth zu stürzen.

Zum Kuckuck, das war schließlich einer der Gründe gewesen, warum sie überhaupt nach Gut Odyssey gekommen waren! Sie befanden sich auf dem Landsitz des Kommandeurs der Königlichen Garde, und es bot sich geradezu an, ihn um Hilfe zu bitten! Statt dessen führte Sir Danny leise Selbstgespräche und lächelte blöde vor sich hin, und nun wußte Rosie, warum.

Er war verliebt. Wieder einmal. Sie hätte die Symptome erkennen müssen.

Rosie beugte und streckte ihren Arm, dessen Schiene erst kürzlich entfernt worden war, um ihn wieder zu kräftigen.

Sie würde diese Kraft brauchen. Sie war nun auf sich allein gestellt.

Sir Danny verglich die Länge seines Armes mit der von Tony und schüttelte den Kopf. »Kein Wunder, daß Ihr so geschickt mit dem Schwert umgeht.« Er rang erschöpft nach Atem. »Ihr könnt Euch am Knie kratzen, ohne Euch zu bücken.«

Tony lachte und wischte sich mit dem Handrücken den Schweiß von der Stirn. »Ihr übertreibt.«

»Puh! Man kommt gehörig ins Schwitzen beim Kämpfen.« Sir Danny steckte das Schwert und den Dolch in die Scheide, löste die Schnüre seines Wamses und zog es sich über den Kopf. »Ich wünschte, ich hätte Eure Reichweite. Ich fürchte, sie wäre mir nicht nur bei der Darstellung von Schwertkampfszenen von Nutzen.«

»Das fürchte ich auch.«

Tony argwöhnte, daß es nicht nur die Hitze war, die Sir Danny dazu bewogen hatte, sich bis auf sein Leinenhemd auszuziehen. Am Hals offen, verbarg und offenbarte das nahezu durchsichtige Hemd die Muskeln an Sir Dannys Brust und Armen zugleich, was die Damen aufreizte und vermutlich auch ihren Appetit weckte. Wie lächerlich. Wie auffällig.

Wie raffiniert. Lady Honora hatte ihren Blick keine Sekunde von ihm abgewandt.

Bedächtig zog auch Tony sein Wams aus und öffnete die Schnürung am Halsausschnitt des feinen, dünnen Hemdes, bis es fast bis zur Taille offenstand. Hatte Rosie es bemerkt? Ein verstohlener Blick in ihre Richtung zeigte, daß sie sich weit über die Balustrade gelehnt hatte. Tony schlenderte zufrieden zu Sir Danny hinüber. »Wann werdet Ihr abreisen?«

»Morgen bei Tagesanbruch.« Sir Danny hängte sein Wams schwungvoll über die kräftigen Zweige eines Stechginsterstrauchs.

Tony tat es ihm nach. Die leuchtenden Farben des Ginsters brachten das tiefe Schwarz und das satte Rot des gepolsterten Stoffs noch stärker zur Geltung, und die beiden Wämser baumelten nebeneinander am Strauch wie Sinnbilder der ungleichen Partnerschaft ihrer Besitzer. »Ich kann nicht lügen. Ich bin dankbar für Euren Plan, doch ich fürchte mich vor dem Augenblick, an dem Ihr Rosie davon erzählt.«

»*Ich* soll es Rosie sagen?« Sir Danny hob sein Schwert und schwenkte es ablehnend hin und her. »Ich werde mich einfach davonstehlen. *Ihr* könnt es Rosie sagen.«

»Nein«, entgegnete Tony entschieden. »Sie wird es besser aufnehmen, wenn Ihr es ihr sagt.«

»Nein, nein! Rosie empfindet uneingestandene Zuneigung für Euch. Es wird Euch einander näherbringen.«

»Vermutlich wird sie mir eher den Kopf abreißen.«

»Ihr habt doch nicht etwa Angst vor Frauen, oder?«

»*Ihr* etwa?«

Tony und Sir Danny holten tief Luft und starrten einander feindselig an, ehe sie die Klingen zum Gruß kreuzten. Dann, mit langsameren Bewegungen als in einem echten Kampf, begann Tony die Lektion von vorn. »Berühren, trennen, Stoß, trennen.« Er beobachtete seinen Schüler aufmerksam. Sir Dannys Kenntnisse vom Kampf mit Rapier und Dolch gingen über die bloßen Grundlagen hinaus. Er hatte sie sich aneignen müssen, um seine Truppe zu beschützen, vermutete Tony. Doch er verstand weniger davon als die Lords, die die Fechtkunst zu ihrem Beruf gemacht hatten, und Tony hatte in den vergangenen Wochen versucht, Sir Danny die Fertigkeiten einzubleuen, die man üblicherweise nur durch jahrelange Übung erwarb.

»Achtet auf die Lücke! Stecht zu, stecht mit dem Dolch zu, verflucht!«

Sir Danny sprang in die Bresche, die Tony absichtlich offengelassen hatte, und richtete seinen Dolch auf Tonys Herz.

Tony lobte den Stoß und sagte dann: »Ich werde das nicht zulassen. Ihr geht aus Liebe zur Königin in den Tod, und Ihr müßt der Frau Lebewohl sagen, die Euch als ihren Vater betrachtet.«

Sir Danny blickte zur Terrasse hinüber und seufzte. »Das nehme ich an, doch es wird sie erzürnen.«

»Diese Möglichkeit besteht.«

»Möglichkeit?« Sir Danny schnaubte verächtlich. »Es ist eine Gewißheit. Rosie ist immer zornig, wenn ich mich in Gefahr bringe. Sie wird fuchsteufelswild werden.«

»Vielleicht kann ich sie beruhigen, nachdem Ihr fort seid.« Tony grinste, als er sich eine zornige, unbeherrschte Rosie vorstellte. Es war leicht, sie zu erzürnen, und vergnüglich, sie auf andere Gedanken zu bringen.

»Ja.« Sir Dannys besorgte Miene hellte sich auf. »Sie wird Euch an Ihrer Seite haben und meine Abreise womöglich nicht einmal bemerken. Schließlich ist sie jetzt älter und hat ihre eigenen Belange. Sie braucht ihren Dada nicht mehr, um sie zu beruhigen. Ja, Ihr werdet sie gewiß besänftigen können.«

Er klang so besorgt, daß Tony fragte: »Seid Ihr sicher, daß Ihr es tun wollt?« Sir Dannys Geschichte über die Grafen von Essex und Southampton und deren Umsturzpläne hatten ihn nicht überrascht. Königin Elisabeth hatte ihn zwar zeitweilig seiner Pflichten als Kommandeur ihrer Leibwache enthoben, doch Tony ließ sich vom Hauptmann seiner Männer auf dem laufenden halten und wußte, was gemunkelt wurde.

Jeder wußte von dem Gemunkel. Doch wußte auch die Königin davon?

Bis sie von dem Komplott erfuhr und Maßnahmen zu seiner Vereitelung traf, würde das Königreich in Gefahr sein. Und Tony konnte ihr keine Ratschläge geben, denn sie glaubte, er sei ihrem geliebten Essex gegenüber voreingenommen.

Und das war er auch. Doch die heikle Lage steuerte immer rascher auf die Krise zu, und seiner Macht beraubt, konnte Tony nichts tun, um es zu verhindern. Die Königin mußte nachgeben, mußte ihm erlauben, sein Exil zu verlassen und seine Pflichten wieder aufzunehmen, ehe es zu spät war. Dazu brauchte er Sir Danny, und Sir Danny hatte sich ihm bereitwillig zur Verfügung gestellt.

Bereitwillig? Nein, begeistert.

»Wer wäre besser dazu geeignet als ich, nach London zu gehen und die Königin von dieser ruchlosen Verschwörung zu unterrichten?« Sir Danny streckte sein Schwert aus, beugte den Arm, warf sich in die Brust, reckte das Kinn empor und ließ sich vom Wind das Haar aus dem Gesicht blasen. »Es ist gefährlich, gewiß. Ich stehe einer Armee böser Mächte gegenüber, die sich gegen mich verbündet haben. Doch ich, ich allein ...«

Tony legte Sir Danny die Hand auf den Arm. »Sie können Euch nicht hören.«

»Sir?«

»Die Frauen.« Tony nickte in Richtung Terrasse. »Eure Pose ist beeindruckend, doch sie sind zu weit weg, um Euch zu hören. Ich möchte nur wissen, ob Ihr wirklich glaubt, daß Ihr bis zur Königin vordringen könnt, ehe Essex Euch ergreift.«

Sir Danny behielt die Pose bei, verzichtete jedoch auf die Rhetorik. »Mit Hilfe Eures Geleitbriefes wird es mir gelingen.«

»Essex wird sich nicht die Spur um meinen Geleitbrief scheren, und er hat Spitzel bei Hofe. Wenn Ihr nicht vorsichtig seid, könntet Ihr Euch dank der Bemühungen eines hilfreichen Folterknechts um einige Zoll gestreckt wiederfinden. Und auch wenn Ihr vorsichtig seid...« Tonys Stimme verlor sich. Was tat er da? Wie konnte er einen gewöhnlichen Schauspieler als Schachfigur in diesem Machtkampf mißbrauchen? Essex würde Sir Danny ohne mit der Wimper zu zucken zermalmen und ihm, Tony, die Leiche als Warnung schicken.

»Sir Anthony.« Sir Danny blickte Tony geradewegs ins Gesicht und sprach mit einer Freimütigkeit, die wegen ihrer Schlichtheit um so überzeugender war. »Ich war mein ganzes Leben lang davon überzeugt, daß ich eines Tages eine große Tat vollbringen würde. Eines Tages, das wußte ich, würde ich mehr sein als ein umherziehender Schauspieler. Eines Tages würden die Vorzüge, die ich in meinem Inneren trage, in eine großartige Tat münden. Nun, dies ist sie! Ich fühle es! Ich werde die Königin von England und England selbst retten! Versucht nicht, mich von der Gefahr fernzuhalten. Gebt nicht Euch die Schuld, wenn ich bei dem Unterfangen mein Leben lassen sollte. Wißt, daß ich Euch dafür segne, daß Ihr mir diese Gelegenheit zum Ruhm gebt, und trauert nicht um mich, falls ich scheitern sollte.«

»Wie Ihr wünscht.« Tony ließ die Schwertklinge durch die Luft sausen. »Doch falls ich Euch in den Tod schicke, wird es recht kalt sein in meinem Bett – nachdem Rosie und ich geheiratet haben, meine ich.«

Sir Danny musterte ihn mit wissendem Blick. »In Eurem

Studierzimmer dagegen soll es recht heiß sein, habe ich gehört.«

»In meinem Studierzimmer?«

»Wo Ihr meiner Rosie das Lesen beibringt. Sie beklagt sich darüber, daß Ihr ihre Fortschritte mit einer Umarmung belohnt und Fehler mit einem Kuß straft.«

»Nun ja, sie mag meine Küsse nicht ... noch nicht«, entgegnete Tony abwehrend.

»Ich dachte, Ihr wärt Englands größter Liebhaber.« Sir Dannys Tonfall machte deutlich, daß Tony, sollte er tatsächlich Englands größter Liebhaber sein, diese Ehre lediglich von Sir Danny geerbt hatte.

»Das bin ich auch, doch Rosie ist eine ungemein starrköpfige Frau. Sie widersteht meinem Werben so hartnäkkig, daß ich gezwungen bin, mein Licht unter den Scheffel zu stellen und Schliche anzuwenden.« Tony hielt einen Augenblick lang inne. »Sie gestattet sich nicht, auch nur einen Funken Vergnügen zu empfinden, aus Angst, ihr Widerstand könne andernfalls zusammenbrechen.«

»Ah, ja. Ich habe Erfahrung mit dieser Art von Frauenzimmern.« Sir Danny legte sich versonnen die Finger an die Lippen und schwelgte in der Erinnerung an ein weit zurückliegendes Erlebnis. »Doch wenn ihr Widerstand schließlich zusammenbricht, ist es himmlisch. Fürwahr, ich habe so lange im Bett dieser Dame verweilt, daß ich nur mit knapper Not lebend aus London entkommen bin.«

»Die Frau des Bürgermeisters?« fragte Tony.

Sir Danny nickte melodramatisch, führte sein Schwert dann unter Tonys mangelnder Deckung hindurch und legte ihm die Schwertspitze an die Gurgel. »Doch meine Heldentaten unterscheiden sich von Euren, denn Ihr versucht, die Frau zu verführen, die ich als meine Tochter betrachte.«

Erstaunlich, wie reglos man dastehen konnte, ohne zu schlucken, wenn man die glänzende Klinge eines Schwertes an seiner Kehle spürte.

»Wenn ich fortgehe, lasse ich alles in Euren Händen, im Vertrauen auf Eure Ehre. Ich lasse Euch Lord Sadlers Brief, und ich lasse Euch meine Rosie, und falls ich dieses Unternehmen überleben sollte, nähme ich es übel, wenn ich entdecken müßte, daß Ihr sie erst benutzt und dann fallengelassen habt.«

»Sir Danny ...«

»Und selbst wenn ich sterben sollte und Ihr Eure Pflicht erfüllt und Rosie zur Frau nehmt, würde Euch mein Geist verfolgen, wenn Ihr sie nicht liebt und umsorgt, wie sie es verdient.«

Tony hatte nichts dagegen, Sir Danny seine guten Absichten zu beteuern, doch Sir Anthony Rycliffe benutzte Frauen nicht, um sie dann fallenzulassen, und nahm es übel, wenn man ihm etwas Derartiges unterstellte. »Rosie wird die Frau meines Herzens und meiner Seele sein, doch bis sie einwilligt, mich zu heiraten, werden wir nicht in der höchsten aller Wonnen schwelgen. Ich werde nicht zulassen, daß irgend jemand hinter vorgehaltener Hand sagt, mein Erstgeborenes sei ein Sechsmonatskind, und seine Ehelichkeit in Zweifel zieht.«

Sir Danny strich sich verwirrt über den Schnurrbart. »Wozu dann diese sinnlichen Unterrichtsmethoden?«

»Rosie ist unbändig wie ein Fohlen – im Gegensatz zu den meisten anderen Frauen, auf die ich bisher mein Augenmerk gerichtet hatte –, und ich versuche, sie handzahm zu machen.« Tony bedauerte einen Augenblick lang, Rosie mit einem Pferd verglichen zu haben. Er wußte, wie gekränkt er selbst über derartige Vergleiche war, und erinnerte sich verlegen daran, daß er einst von seiner zukünftigen Frau verlangt hatte, sie solle fruchtbar sein wie eine Stute. »Ich werde Rosie behutsam an mich gewöhnen, und wenn sie sich meinen Wünschen gegenüber gefügig zeigt, werden wir ...« Tony brach in Schweiß aus. Wenn Rosie sich seinen Wünschen gegenüber gefügig zeigte, würden sie von Glück sagen können, wenn sie es noch bis ins Bett schafften, von der Kapelle ganz zu schweigen.

Sir Danny schien zu verstehen, was Tony nicht aussprach, und nahm es überraschenderweise nicht übel. Er nahm sein Schwert von Tonys Kehle und sagte: »Ganz recht. Wollt Ihr heute noch weiterüben?«

Tony beäugte ihn nachdenklich. Sir Danny würde lieber arbeiten, bis er das Schwert nicht mehr heben konnte, als seine Erschöpfung einzugestehen, und sie hatten fast den ganzen Tag lang geübt. »Ich bin müde. Wenn es Euch nichts ausmacht, wollen wir uns jetzt ausruhen und den Damen Gelegenheit geben, Euch Lebewohl zu sagen.«

Sir Danny griff nach seinem Wams, ehe Tony den Satz beendet hatte. »Es macht mir nichts aus. Ich möchte heute nacht ein paar Worte mit Lady Honora wechseln, und morgen früh werde ich es dann Rosie sagen.«

»Morgen früh? Seid Ihr nicht bei Trost? Sagt es Ihr heute nacht!«

»Morgen. Es hat keinen Zweck, das Mädchen unnötig in Sorge zu versetzen«, Sir Danny erwartete den Einwand, der Tony auf der Zunge lag, »denn so wie ich Rosie kenne, würde sie sich vor Tagesanbruch in einem der Wagen verstecken und heimlich mitreisen.«

»Gott behüte!« Daran hatte Tony nicht gedacht. »Dann also morgen früh.«

»Ich habe meiner Truppe befohlen zu packen, jedoch verschwiegen, warum wir nach London zurückkehren.«

»Was wird Mistress Child nur anfangen, wenn sie nur noch drei Mahlzeiten pro Tag kochen muß?« Tony nahm ebenfalls sein Wams vom Strauch und überlegte. Sollte er es anziehen? Die Sonne ging allmählich unter, und der Abendwind blies kühl, doch sollte er Rosie nicht noch ein letztes Mal mit seinem Körper beeindrucken, ehe er sich für die Abendmahlzeit umzog?

»Wollt Ihr damit sagen, meine Schauspieler äßen zuviel?« Sein Wams am Zeigefinger über die Schulter gehängt, schlenderte Sir Danny auf die Treppe zu.

»Zuviel?« Tony folgte Sir Dannys Beispiel und plusterte sich für seine Dame auf, versuchte jedoch den Anschein zu erwecken, als sei er sich seiner Schau nicht bewußt. »Sagen wir, sie haben einen gesegneten Appetit.«

»Schauspieler lieben kostenlose Verpflegung.« Sir Danny senkte die Stimme und sagte: »Ich wünschte, ich könnte Euch eine anderslautende Mitteilung machen, doch Ludovic ist noch immer nicht zurückgekehrt.«

Tony kam auf den Treppenstufen ins Stolpern. »Noch hat er das Anwesen verlassen.«

Sir Danny verlangsamte seinen Schritt. »Was habt Ihr entdeckt?«

»Die Überreste eines Kaninchens an einer Feuerstelle in unserem Wald. Einen Fußabdruck am Flußufer. Und eine der Dienstmägde behauptet, sie habe gestern nacht einen Mann durch ein Fenster spähen sehen.«

»Erzählt Rosie nichts davon«, bat Sir Danny. »Sie hat mit ihm gesprochen, bevor er verschwand.«

Tony suchte Rosies Blick mit dem seinen aufzufangen. »Ich weiß.«

»Sie gibt sich vermutlich die Schuld an seinem Verschwinden. Sie würde es mir nicht sagen, aber ich glaube, sie hat ihn zurückgewiesen.«

Tony *wußte,* daß Rosie mit Ludovic gesprochen hatte.

Hal hatte gesehen, wie sich die beiden in den Garten geschlichen hatten, und die Angelegenheit seinem Herrn gemeldet.

Tony glaubte nicht, daß Rosie des Betrugs fähig war, doch wem schuldete sie ihre Loyalität? Hatte sie Ludovic gewarnt, daß er ihn der Gewalttätigkeit verdächtigte? Tony befürchtete, daß sie genau das getan hatte, und nun war Ludovic trotz der Bemühungen seiner Jäger außer Reichweite, und doch nur allzu nah.

»Sir Danny.« Lady Honoras Stimme bebte vor Begeisterung. »Eure Fechtkunst ist ehrfurchtgebietend.« Als sie die oberste Treppenstufe erreicht hatten, fügte sie huldvoll hinzu: »Eure ebenfalls, Anthony.«

Tony verzog das Gesicht. Er wollte Rosies Lob, nicht Lady Honoras.

Doch Rosie hatte nur Augen für Sir Danny, und diese Augen waren unheilvoll zusammengekniffen. »Deine Fechtkunst *hat* sich verbessert, Dada.« Sie trat ihm in den Weg, als er ins Haus gehen wollte. »Warum?«

Der Name, mit dem sie ihn anredete, machte einen Anspruch geltend, die unverblümte Frage bewies, daß ihr sein unablässiges Üben aufgefallen war, und ihre feindliche Haltung zeigte, daß sie den Grund dafür ahnte.

»Oh.« Sir Danny wich einen Schritt zurück. »Wenn ich einen so erfahrenen Lehrmeister habe wie Sir Tony, wäre es eine Schande, das nicht auszunutzen.«

Er versuchte, an Rosie vorbeizugehen, doch sie vereitelte sein Vorhaben. »Du hast *Hamlet* überhaupt nicht proben lassen. Wie soll die Truppe auftreten, wenn du Gut Odyssey verläßt?«

»Willst du mich loswerden?« Sir Danny zwickte sie in die Wange.

Rosie ließ es gleichmütig über sich ergehen. »Wann *hast* du vor, von Gut Odyssey fortzugehen?«

Lady Honora kam ihm zu Hilfe. »Lady Rosalyn! Man fordert Gäste nicht auf diese Weise zur Abreise auf. Vor allem nicht solch kultivierte Gäste wie Sir Danny.«

»Ich fordere ihn nicht zur Abreise auf«, sagte Rosie durch zusammengebissene Zähne. »Ich frage mich, wann er vorhat abzureisen. Das sind zwei völlig verschiedene Dinge.«

Lady Honora räumte ein, daß Rosie ihren Vormund gewiß gut kannte. »Sir Danny, hat Lady Rosalyn Kenntnis von etwas, das wir wissen sollten?«

Tony wartete. Er war sicher, daß Sir Danny seine Abreise nun ankündigen mußte.

Doch Sir Danny schlug sich mit der Faust auf die Brust. »Rosie weiß, daß ich nicht ewig hierbleiben kann, denn für mich ist die Schauspielerei das, was der Wind für die Seemöwe ist. Ich kann nicht fliegen, ich kann nicht leben, ich kann nicht *sein* ohne die Bühne, und der Zeitpunkt naht rasch, an dem ich meine Flügel ausbreiten und davonfliegen muß.«

Er warf Lady Honora einen schmachtenden Blick zu und fügte dann in normalem Tonfall hinzu: »Doch heute nacht ist es noch nicht soweit.« Er glitt an Rosie vorbei, nahm Lady Honoras Arm und geleitete sie eilig ins Haus. »Heute nacht werden wir feiern, trinken, tanzen und uns unserer Gesellschaft freuen.«

»Der Mann ist dabei, etwas auszuhecken.« Rosie wandte sich an Tony. »Was führt er im Schilde?«

Tony genoß ihren Anblick – ihre Augen funkelten, ihre Brust hob und senkte sich, ihre Wangen glühten vor Zorn. Er genoß die Vorstellung, daß sie rasen würde vor Zorn, wenn Sir Danny ihr seine Abreise ankündigte, denn wenn man es richtig anzufassen wußte, ließ sich Zorn in Verlangen verwandeln. Tony blickte mit einem verschmitzten Lächeln hinab auf seine Hände. Ja, er würde es richtig anzufassen wissen.

»Warum grinst Ihr?«

Er hatte auch die richtigen Lippen, und wenn er Rosie küßte...

»Hört auf, mich so anzusehen!« Sie drohte ihm mit dem Zeigefinger, und Tony griff danach und küßte ihn. Rosie schrie enttäuscht auf und zog ihren Finger zurück. »Ihr Männer haltet immer zusammen! Ihr seid keinen roten Heller wert, keiner von euch!«

Sie rauschte davon, und er grinste noch immer. Enttäuschung und Zorn – eine flüchtige Mischung, und eine, die er zu ihrem beiderseitigen Vergnügen ausnutzen konnte. Ah, morgen würde ein aufregender Tag werden!

Es wurde der schlimmste Tag seines Lebens.

»Lady Rosalyn, das ist ein unziemliches Benehmen für ein Edelfräulein.« Lady Honora sah aus wie das Abbild einer strengen Zuchtmeisterin, doch ihre Stimme zitterte leicht.

»Rosalyn, Ihr müßt hereinkommen. Der Wind ist kalt, und so, wie der Himmel aussieht, wird es bald anfangen zu regnen.« Jean stand zitternd neben ihr und schützte sie mit ihrem Rock vor der kühlen Brise.

»Rosalyn, meine Liebe. Rosie, Liebste.« Ann kniete neben der zusammengekauerten Gestalt des Mädchens und rieb ihr über den Rücken. »Ihr dürft nicht so weinen. Es wird Euch krank machen.«

Es machte Tony krank – krank vor Sorge und Selbstvorwürfen. Nichts von dem, was Sir Danny gesagt hatte, keine seiner Beteuerungen hatte Rosie von ihrer festen Überzeugung abbringen können, daß sie ihn nie wiedersehen würde. Sie weinte die Tränen eines verlassenen Kindes.

»Sir.« Hal kam aus dem Haus geschlichen und zupfte an Tonys Mantel. »Wollt Ihr sie nicht beruhigen?«

Tony fuhr ihn barsch an. »Glaubst du, das täte ich nicht, wenn ich es könnte?« Auch seine Schwestern blickten ihn an, und Lady Honora, doch was erwarteten sie von ihm? Er war ein Mann, und Frauentränen jagten ihm einen Schrecken ein. Er war entsetzt über diesen Rückschlag für seine Pläne mit Rosie und schämte sich vage seiner Erwartungen. Er hatte geglaubt, er verstünde etwas von Frauen, doch wie war es dann möglich, daß er nicht begriffen hatte, was Sir Danny für Rosie bedeutete?

»Was will sie?« fragte Lady Honora. »Versucht sie, Euch dazu zu bringen, ihr das Anwesen abzutreten?«

»Oh, Lady Honora!« Ann wirkte erschöpft. »Seid nicht widerlich!«

»Ich bin nicht widerlich. Ich verstehe nur nicht, warum sie so jammert.« Lady Honora schmiegte sich tiefer in den Mantel und starrte Rosie aus ausdruckslosen Augen an. »Sir Danny hat sich bei uns allen eingeschmeichelt, doch niemand von uns weint, nur weil er abgereist ist. Nur weil er ein oberflächlicher, selbstsüchtiger Schauspieler ist, der uns verlassen hat, um die Amüsierlokale Londons zu besuchen.«

»Ihr könnt eine entsetzlich gefühllose Hexe sein.« Jean schob Lady Honora zum Haus. »Geht hinein, ehe Ihr noch mehr Schaden anrichtet.«

»Sie versucht nur, sich wichtig zu machen.« Lady Honora stolperte auf die Tür zu. »Sie versucht, unser Mitgefühl zu wecken, damit wir ihr gestatten, Tony zu heiraten.«

Ann erhob sich und schob Lady Honora über die Türschwelle. »Hört auf!«

»Es ist mir gleich, ob sie die Erbin von Gut Odyssey ist, sie kann Tony nicht heiraten. Ich werde Tony heiraten!«

»Sie kann Euch nicht einmal hören.« Jean klang gereizt.

»Ich werde Tony heiraten, und kein zungenfertiger, charmanter Schauspieler wird mich davon abbringen.«

Zungenfertiger, charmanter Schauspieler? Tony rieb sich über die Stirn. Sprach sie von Rosie? Oder von Sir Danny? Warum war sie so kämpferisch? So herausfordernd?

Warum hörte Rosie nicht auf zu weinen?

Als ob die Natur das Elend noch verschlimmern wollte, begann ein Sprühregen auf sie herabzufallen.

»Na schön«, sagte Tony, als habe ihm jemand Anweisungen erteilt. »Ich werde mich um sie kümmern.«

Zu seinem Leidwesen erhob niemand Einwände. Er bedeutete seinen Schwestern mit einer Geste, ins Haus zu gehen, und sie gehorchten ihm fröstelnd. Hal trat von einem Fuß auf den anderen und starrte Rosie mit traurigen Augen an. »Geh hinein«, befahl Tony. Hal rührte sich nicht, und Tony wiederholte: »Geh *rein*!«

Hal schlurfte ins Haus und ließ Tony und Rosie in dem scheußlichen Wetter allein.

Tony kniete neben ihr nieder und rief ihren Namen. »Rosie.« Sie schmiegte sich in ihren Mantel, und Tony sah nichts außer ihrem geflochtenen Zopf und ihrem blassen Nacken. »Rosie, Liebling. Wir müssen hineingehen.« Ihre Tränen versiegten nicht, und er legte ihr die Hand auf den Rücken. »Rosie.« Er fuhr ihr mit der Hand übers Haar. »Kommt, Liebste.«

Wie eine Schildkröte, die ihren Panzer verläßt, hob sie den Kopf.

Sie sah entsetzlich aus. Ihre geschwollenen Augen und ihre fleckigen Wangen drückten ihr Leid nur zu deutlich aus. Der Regen durchnäßte ihr Haar, die Tränen strömten ihr übers Gesicht, und sie brauchte dringend ein Schnupftuch. Doch Tony hatte nie eine Frau gesehen, die ihn stärker angezogen hatte.

Er liebte sie. Eine andere Erklärung gab es nicht. Unter der Begierde und der heftigen Anziehung lag ein Fundament aus Zuneigung, Bewunderung und Ergebenheit. Sie brauchte Trost; er würde ihn ihr geben. Er, und kein anderer. »Liebste.« Er schlang die Arme um sie. »Weint nicht mehr. Ich werde immer für Euch da sein.«

Kapitel 15

Wo ist das Leben, das ich jüngst führte?

DER WIDERSPENSTIGEN ZÄHMUNG, IV, I, 134

In dem mächtigen Kamin brannte ein Feuer, doch seine Kraft reichte nicht aus, jeden Winkel des kalten Herrenzimmers zu erwärmen. Tony schob Rosie an die Wärmequelle, nahm ihr den Mantel ab und warf ihn in die Ecke, wo er zu einem triefenden Haufen zusammensackte. Rosie stand kalt und unbeweglich da, das Gesicht noch immer fleckig, doch ausdruckslos, so als wisse sie nicht, wo sie war oder wer ihr half.

Es erfüllte Tony mit Entsetzen. Es erinnerte ihn an die Zeit, als er ein Junge war, allein in einem großen Haus im Norden, von seiner geliebten Familie in den Schoß einer gefühlskalten Sippe geworfen und im Stich gelassen.

Oh, das war nicht die Wahrheit. Sogar als Kind hatte er gewußt, daß es nicht die Wahrheit war. Die Erinnerung an seine Mama hatte in seinem Herzen gebrannt und seinen Geist am Leben erhalten, als der Graf von Drebred ihn mit Hilfe seiner Zuchtrute hatte brechen wollen. Tagelang, wochenlang, jahrelang hatte er darauf gewartet, aus Burg Drebred gerettet zu werden, bis er endlich zu dem Schluß gekommen war, daß er sich selbst retten mußte. Und das hatte er getan. Verflucht, das hatte er, doch sein Exil war zu lang und zu unglücklich gewesen. In seinem Inneren war er noch immer der Bursche mit dem sonnigen Gemüt, der er stets gewesen war, doch aus einem anderen Grund. Er wußte nur zu gut, wie schnell das Leben seine Würze verlieren und zu einem Kampf ums Überleben werden konnte. Jetzt hatte er Bollwerke um sich herum errichtet – Bollwerke aus Geld, aus Landbesitz, aus Kampfgeschick und erbarmungslosem Charme.

Zu sehen, wie Rosie kraftlos, still und schweigend dastand, erinnerte Tony an seine eigene frühere Verzweiflung, und er hatte diesen Kampf bereits einmal für sich selbst gefochten. Statt ihn noch einmal für Rosie zu kämpfen, wollte er lieber eine Magd rufen, die sich ihrer annehmen, und einen Arzt, der sie zur Ader lassen würde, und den Himmel anflehen, sie von ihren Übeln zu heilen – doch alles, was er zu tun wagte, war, den Himmel anzuflehen. Er selbst war nun für Rosie verantwortlich.

Tatkräftig wie Jean und sanft wie Ann zog er Rosie den Überrock und das Mieder aus und machte sich dann an den Schnüren zu schaffen, die ihre Unterröcke hielten. »Ich kann es Euch nicht verdenken, daß Sir Dannys Abreise Euch derart aus der Fassung bringt. Heute ist ein erbärmlicher Tag zum Reisen. Die Straßen werden sich mittlerweile in Sümpfe verwandelt haben, doch welche andere Wahl hatte er? Morgen ist Sankt Nikolaus, und die Winterregen haben diesmal lange auf sich warten lassen. Die Bauern klagen, wenn der Herbst trocken ist, und sie klagen, wenn er feucht ist, doch sie alle sagen einen langen, regnerischen Winter voraus.«

Sie hörte nicht zu. Sie drehte sich in seine Richtung und ließ sich von ihm entkleiden, blickte dabei jedoch starr geradeaus, wie betäubt von Ereignissen, die zu entsetzlich waren, um sie zu verarbeiten.

Tony öffnete die Tür zum Vorzimmer, einem riesigen Raum, in dem seine Lieblingsbücher, ein kleiner Schreibtisch, Truhen und große Schränke standen, die mit Kleidern, Schuhen und anderen Dingen gefüllt waren, die er benötigen könnte. »Kommt herein und helft mir, etwas zum Anziehen für Euch zu finden.« Als Tony sah, daß Rosie ihm folgte, betrat er das Zimmer, öffnete eine Truhe und durchstöberte ihren Inhalt. »Wenn Ihr Eure Wahl getroffen habt, rufe ich eine Zofe, damit sie Euch beim Ankleiden behilflich ist.«

Rosie stieß einen mißtönenden, abgehackten Laut aus, und Tony erstarrte. Hatte er sich geirrt? »Ich dachte, Ihr würdet nicht wollen, daß ich Euch helfe, doch wenn Ihr es wünscht, werde ich es gerne tun.« Er warf Rosie einen verstohlenen Blick zu und starrte dann unverhohlen auf das Schauspiel, das sie bot, als sie sich an einem nicht vorhandenen Tisch entlangtastete.

Sie ließ ihre Finger zärtlich über einen unsichtbaren Bettpfosten gleiten und streichelte die Luft mit kundiger Geste. Mit hoher, kindlicher Stimme sagte sie: »Dada, wo ist dein Bett? Hast du es verrückt? Das ist nicht dein Schreibtisch. Was ist mit dem Teppich geschehen? Ich habe immer so gerne meine Zehen darin vergraben.« Dann fügte sie mit weinerlicher Stimme hinzu: »Ich habe ihn nicht genommen, Dada. Ich habe ihn nur berührt. Ich habe ihn nicht verloren. Sei bitte nicht böse. Bitte, bitte!«

Tony richtete sich auf und ging langsam auf Rosie zu. Er erkannte den verwirrten Ausdruck auf ihrem Gesicht. Er hatte ihn oft während der Kämpfe auf dem Festland gesehen. Wenn einem Landsknecht das Bein von einer Kanonenkugel abgerissen oder der beste Freund vor seinen Augen aufgeschlitzt worden war, hatte er oft ausgesehen und geredet wie Rosie. Doch was war geschehen? Schon im Nebenzimmer war sie durcheinander gewesen, doch sie war noch immer Rosie gewesen. Jetzt wußte Tony nicht mehr, wo oder wer sie war. Er legte ihr den Arm um die Schulter, hob ihr Gesicht empor und blickte ihr in die Augen. »Rosie?«

»Ich habe ihn nicht versteckt, Dada.«

Erschrocken und um ihren Verstand fürchtend, schüttelte Tony sie leicht. »Rosie?«

Rosie – ihr inneres Wesen, ihr »Ich« – kehrte zurück. Sie faßte sich an die Stirn, als wolle sie sich ihres leibhaftigen Daseins vergewissern, starrte ihn an und flüsterte dann: »Tony.«

Sie versuchte davonzulaufen, doch er hielt sie fest, und sie rang mit ihm. Als er sie nicht losließ, schmiegte sie den Kopf an seine Brust, als könne sie sich in seinen Armen verstecken, und er gewährte ihr dankbar Schutz.

»Er ist nicht hier.« Ihre gedämpften Worte klangen, als versuche sie, sich selbst zu überzeugen. »Er ist nicht hier.«

»Wer ist nicht hier?« fragte Tony.

Sie lugte hervor und zuckte zusammen, und Tony spürte, wie sie vor Furcht bebte. Er spähte umher und erwartete beinahe, Lord Sadlers Schatten zu entdecken, doch nichts bewegte sich, und bis auf den Regen, der gegen die Fenster prasselte, störte kein Laut die Stille. »Was seht Ihr?« fragte Tony.

»Nur ein Zimmer.« Rosie wies auf den Kleiderschrank. »War der schon immer da?«

»Ich habe ihn aus London mitgebracht.«

Sie löste sich aus seinen Armen. »Und der Schreibtisch?«

»Der gehört auch mir.«

Sie wurde zuversichtlicher, entfernte sich ein wenig – doch nicht zu weit – von ihm und strich mit der Hand über einen schmalen Tisch. »Aber der hat schon früher in diesem Zimmer gestanden.«

»Ja.«

»Und das hier?«

Sie nahm eine der Schnitzereien in die Hand, die Lord Sadler gesammelt hatte, wieder eine Madonna mit dem Kinde. Rosie strich über das glatte Holz, und Tony fragte sich, welche Erinnerungen sie mit der Figur verband, die sie in den Händen hielt. Das hatte nichts mit Wahnsinn zu tun, erkannte er, nur mit Erinnerungen, die so alt waren, daß ihr jähes Aufblitzen Rosie überwältigte. Wenn dies ihr Zuhause werden sollte, durfte Rosie diese Erinnerungen und ihr Erbe nicht länger verleugnen.

»Mochte Euer Vater diese Schnitzerei?«

»Ich erinnere mich nicht.«

»War dies sein Tisch?«

»Ich erinnere mich nicht.«

Sie stand völlig reglos da, doch Tony spürte die Erregung, die hinter ihrer Fassade brodelte. Warum war sie so aufgebracht? So verängstigt? »Rosie?«

»Ich erinnere mich an gar nichts. Ich erinnere mich nicht an diesen Ort. Ich erinnere mich nicht an den Mann, von dem Ihr sagt, er sei mein Vater gewesen.« Sie stellte das Schnitzwerk unsanft auf den Tisch zurück und wiederholte: »Ich erinnere mich nicht.«

»Ich glaube Euch nicht.«

»Warum nicht?« Sie wandte sich grimmig zu ihm um. »Warum glaubt mir niemand?«

»Weil Ihr es zu nachdrücklich behauptet.«

»Das tue ich nicht! Ich ...« Sie holte tief Atem, um ihre Fassung zurückzugewinnen. »Ich habe Euch bereits gewarnt, daß ich Anspruch auf Gut Odyssey erhebe, was also wollt Ihr mit Eurer Frage erreichen?«

»Rosie.« Er ging zu ihr und strich ihr über die Wange. »Sprecht mit mir. Erzählt mir, woran Ihr Euch erinnert. Wißt Ihr nicht, daß Ihr Lord Sadlers Tochter seid?«

Sie lächelte ihn verkniffen an. »Alle halten mich für Lord Sadlers Tochter. Sir Danny sagt...«, ihre Stimme zitterte, »ich sei Lord Sadlers Tochter. Selbst Ihr behauptet, daß ich Lord Sadlers Tochter bin.«

»Ja, das tue ich.«

»Dann muß ich es wohl sein.« Sie fügte mit leiserer Stimme hinzu: »Vielleicht hat Sir Danny mich deshalb hier zurückgelassen.«

Ein Beben ging durch ihren schlanken Körper, und Tony zog sie in seine Arme. Sie schüttelte ihn ab. Sie wollte seinen Trost nicht, und obwohl Tony ihren inneren Kampf nachvollziehen konnte, schmerzte ihn Rosies Zurückweisung.

»Dann kommt«, sagte er knapp und nahm Kurs auf das helle, warme Schlafgemach. »Eure Kleidung ist feucht, und dieses kühle Vorzimmer ist kein Ort für eine Frau, die den Verlust eines Vaters und die Entdeckung eines anderen erlitten hat.«

Rosie machte keine Anstalten, ihm zu folgen. Sie sackte in sich zusammen, verfiel erneut in Teilnahmslosigkeit und Angst, und das konnte Tony nicht zulassen. Sie mußte bei ihm bleiben, mit ihm sprechen, sich wieder in die lebhafte Frau verwandeln, die sich unter dem Schleier von Bedürftigkeit und Unsicherheit verbarg.

Was sie brauchte, war eine heftige Erschütterung. Tony ließ seinen Blick im Zimmer umherwandern, ohne genau zu wissen, was er suchte, und sagte: »Ihr solltet Euch nicht um Sir Danny sorgen. Ich habe ihm einen Brief mitgegeben, den er einem meiner Männer von der Königlichen Garde überbringen soll, und außerdem ist er ein so gerissener alter Habicht, wie ich noch keinem begegnet bin.« Sein Messer. Er zog sein Kampfmesser aus dem Gürtel und hielt es ihr jäh unter die Nase.

Das sah sie. Sie versuchte zurückzuspringen, doch er hielt sie an den Schnüren ihres Unterhemdes fest. »Ich werde Euer Korsett entfernen«, sagte er. »Rührt Euch nicht.«

»Das könnt Ihr nicht tun.«

»Seht her.« Er durchtrennte die vorderen Schnüre mit einem einzigen sauberen Schnitt, der durch die scharf geschliffene Schneide seiner Klinge um so eindrucksvoller war. »Hoppla!« rief er aus. »Ich habe den Stoff geritzt. Offenbar bin ich nicht so geübt, wie ich dachte.«

Rosies Augen weiteten sich, und sie schnappte nach Luft.

»Ich werde an diesen hier üben müssen.« Er durchtrennte die Schnüre, die das Korsett zusammenhielten, und das ganze Gebilde klaffte auseinander.

»Seid Ihr von Sinnen?«

Er hatte es geschafft. Er hatte sie in die Wirklichkeit zurückgeholt.

Rosie reagierte zornig auf ihre Entblößung. »Eine kindischere Darbietung männlichen Heldenmutes habe ich noch nie gesehen.«

Ihr feuchtes, nicht einmal knielanges Leinenhemd offenbarte ebensoviel von ihrem Körper, wie Tonys Hemd während des Schwertkampfes offenbart hatte, doch Rosie hatte mehr zu zeigen. Und das würde er nur zu gern sehen, doch sie kehrte ihm den Rücken und ging in Richtung Schlafgemach. Das Licht fiel durch den dünnen Stoff ihres Hemdes, und Tony folgte ihr begierig, gefesselt von den Rundungen ihrer Silhouette.

Er schloß die verwünschte Tür hinter sich, während Rosie zum Kamin stolzierte. »Nicht, daß ich nicht schon andere kindische Darbietungen gesehen hätte. Männer tun so etwas ständig. Einmal ist Sir Danny auf dem obersten Geländer des Globe Theaters herumbalanciert, und ich habe gedacht, er würde ...« Sie rieb sich mit der Hand über die Augen, und ihre Stimme zitterte. »Sir Danny ...«

Tony bemerkte, daß in ihr wieder Tränen hochstiegen. Doch diese Tränen waren anders. Es waren keine Tränen der Trauer, sondern Tränen des Zorns.

»Wie konnte er mich nur hier zurücklassen?«

Einer ihrer Strümpfe rutschte herab, und den Rücken zu Tony gekehrt, zupfte Rosie an dem lockeren Strumpfband. Als sie sich vornüberbeugte, erhaschte er einen Blick auf lockiges Haar. Tony stockte beinahe das Herz, und er tastete nach dem großen Sessel, der im Wärmekreis des Kaminfeuers stand.

Nicht, daß er die Wärme nötig gehabt hätte. Ihm war, als sei eine glühende Kohle in seinen Schoß gefallen und würde seinen ganzen Körper entflammen.

»Er weiß, wie ich darüber denke, ihn zu verlieren. Hat er nicht begriffen, daß ich sterben werde, wenn er stirbt?«

Tony übte sich in Selbstbeherrschung und griff nicht nach Rosie. Er fragte statt dessen: »Warum sollte er jetzt sterben? Warum nicht gestern? Oder morgen?«

»Weil er zurück nach London geht, wo die Grafen von Essex und Southampton auf ihn warten wie Geier auf Aas. Und genau das ist Sir Danny für sie. Aas, nichts weiter.« Sie drehte sich zu ihm um, und die Flammen hinter ihrem Rükken ließen ihr gerade fallendes Hemd nahezu durchsichtig erscheinen. Tony hätte nicht mehr sehen können, wenn sie nackt gewesen wäre.

Die Kohle in seinem Schoß glühte jetzt nicht mehr rot, sondern weiß.

»Ihr wißt, warum er fortgegangen ist«, sagte sie zornig. »Ihr wißt, in welcher Gefahr er schwebt. Wie konntet Ihr ihn ermutigen, ohne mich wegzugehen?«

Wie konnte ihr entgehen, daß er einen süßen Flammentod zu sterben drohte? »Wozu könntet Ihr ihm schon nützlich sein?«

»Ich kann ebenso gut kämpfen wie jeder Mann!«

»Und ebenso gut in den Kerker kommen wie jeder Mann.« Das Feuer in seinem Inneren wurde schwächer, als Bilder in ihm aufstiegen, die ihn zusammenzucken ließen.

»Wenn es denn erforderlich ist.«

»Aber Ihr seid kein Mann, und die Folterknechte haben spezielle Methoden, die fast ausschließlich dem schönen Geschlecht vorbehalten sind.« Furcht und Sorge erstickten sein Feuer endgültig und verschafften ihm einen kühlen Kopf. »Und diese besonderen Foltermethoden würden Euch die des Scharfrichters nicht ersparen.«

»Darauf wette ich Sir Dannys Kopf.«

Zu spät erkannte Tony die Falle, die er sich selbst gestellt hatte, doch er konnte die Wahrheit nicht leugnen. »Sir Danny dient der Königin selbstlos, denn das ist seine Natur. Würdet Ihr wollen, daß er sich selbst verleugnet?«

»Nein, doch ich würde der Königin mit ebensolcher Großmut dienen.«

»Sir Danny hat seinen Dienst aus Liebe zu Euch hinausgeschoben. Er konnte nicht nach London zurückkehren, ehe er wußte, daß Ihr versorgt seid, denn Eure Sicherheit bedeutet ihm mehr als die eigene Hoffnung auf Rettung.«

»Meine Sicherheit.« Sie schlang sich die Arme um die Taille und umarmte sich selbst; dabei rutschte ihr das Hemd an den Beinen hoch und schmiegte sich um ihren Körper. »Meine Sicherheit kümmert mich nicht, wenn Sir Danny nicht am Leben ist. Und bin ich nicht Herrin über mein eigenes Schicksal?«

»Nein, denn für Sir Danny seid Ihr die Tochter seines Herzens.«

»Ihr wollt mich mit Ketten der Zuneigung fesseln.«

»Mich dünkt, Ihr seid bereits gefesselt, zumindest von Sir Danny.« Seine Stimme wurde dunkler, als seine Liebe und sein Verlangen den Funken neu entzündeten. »Und die Ketten, mit denen ich Euch fesseln möchte, haben wenig mit dem kümmerlichen Gefühl der Zuneigung gemein.«

Rosie ließ den Blick zum ersten Mal umherschweifen und wurde sich bewußt, daß sie allein waren. Sie sah an sich herab und bemerkte, wie unzulänglich das Hemd ihre Reize bedeckte. Sie zerrte an seinem Saum, als könne sie es so weit ausdehnen, daß es ihre Beine bedeckte. »Was habt Ihr vor?«

»Was glaubt Ihr, was ich vorhabe?« Ihre Verlegenheit entlockte ihm ein Lächeln. »Ich werde Euch mit der Führung eines Anwesens vertraut machen. *Eures* Anwesens. Ihr müßt Eure Pflichten kennen, ehe Ihr der Königin Euer Gesuch überreicht.«

»Jetzt? Ihr wollt mir *jetzt* etwas über das Anwesen erzählen?«

»Nein, ich *will* etwas anderes.« Er heftete den Blick vielsagend auf ihren Körper. »Aber ich muß es tun. Am Kamingitter hängt eines von meinen Hemden. Ihr könntet es gegen Euer feuchtes eintauschen.«

Sie errötete. »Wohl kaum, alter Schuft!«

»Es ist um einiges länger als Eures.« Sie schüttelte noch immer den Kopf, und er lächelte noch immer. »Betrachtet es als einen Weg, mich auf andere Gedanken zu bringen.«

Sie befühlte das große, cremefarbene Hemd, das an dem eisernen Kamingitter hing. »Seide?«

»Ich verwöhne mich.« Rosies glatte rosa Brustspitzen drückten gegen ihr Hemd. Wenn er seine Hände um ihre Brüste schmiegen würde, wären ihre Knospen trotz der

Wärme ihres Körpers nicht mehr glatt und zart. Sie wären straff, runzlig und in seinem Mund.

Er hatte Rosie offenbar nervös gemacht, denn sie plapperte: »Wißt Ihr, ich bin es gewohnt, daß Männer mich unbekleidet sehen.«

Tony sprang unwillkürlich auf. »Was?«

»Ich meine, eine Edelfrau kann sich nicht ohne fremde Hilfe ankleiden, und Sir Danny hat mir oft geholfen, wenn ich mich für meine Auftritte zurechtgemacht habe.«

Tony sackte in seinen Sessel zurück und rieb sich mit der flachen Hand über die Wange. »Gewiß. Ich wußte, daß es das war, was Ihr meintet.« Was für ein schlechter Kerl er doch war. Eifersüchtig zu sein auf den Mann, der sie wie ein Vater liebte!

»Dreht Euch um«, verlangte Rosie.

Er hielt sich die Augen zu.

»Das reicht nicht.«

»Traut Ihr mir nicht?«

Sie lachte; es war ein recht schroffes Lachen, und als Tony durch die Finger lugte, war sie verschwunden. Er hörte ein Scharren hinter sich, dann trat sie ins Licht, und er vergaß so zu tun, als hätte er nicht heimlich geschaut. So hatte das Hemd an ihm nie ausgesehen! Der Cremeton brachte Rosies braunes Haar und ihre bernsteinfarbenen Augen zur Geltung und ließ ihren Teint strahlen. Der Seidenstoff fiel ihr in schimmernden Falten bis über die Knie. Die weitgeschnittenen Ärmel bedeckten ihre Hände, und sie hatte den Halsausschnitt fest zugeschnürt, damit Tony nicht auf dumme Gedanken kam.

Es nützte nichts.

Glücklicherweise hatte sie ihre Strümpfe anbehalten, ausgebeulte wollene Dinger, die ihre Knie und Fußknöchel verbargen.

»Ihr werdet Euch erkälten in diesen feuchten Strümpfen«, sagte Tony.

Sie ignorierte seinen Hinweis.

»Meinetwegen behaltet sie an«, räumte er widerwillig ein. »Bringt das Kissen dort her, legt es zu meinen Füßen hin und setzt Euch.«

»Ich soll zu Euren Füßen sitzen, Sir? Ich denke nicht im Traum daran.«

»Bringt auch einen Kamm mit. Ich werde Euer Haar in Ordnung bringen.«

Rosie hob verlegen die Hand und betastete die zerzausten Strähnen, die zu allen Seiten hin abstanden.

Tony beantwortete ihre unausgesprochene Frage mit einem Nicken. »Ja, es sieht aus, als habe ein Vogel ein Nest auf Eurem Kopf gebaut. Der Kamm liegt dort drüben.«

Ein Kissen in der einen, den Kamm in der anderen Hand, tat Rosie, was er ihr gesagt hatte. Tony frohlockte über ihren Gehorsam. Sie war offensichtlich in geschwächter Verfassung, und er würde die Gelegenheit nutzen, um Löcher in das Bollwerk ihres Widerstands zu reißen.

»Die Gemeinde dieses Anwesens zählt über dreihundert Seelen.« Er löste ihren Zopf und fuhr mit dem Elfenbeinkamm behutsam durch die feuchten, verhedderten Strähnen.

»Als ich hier ankam, befand sich das Anwesen bereits seit dreizehn Jahren im Besitz der Königin und war reichlich vernachlässigt. Die Dorfbewohner waren am Rande des Verhungerns, und ich habe meine freien Mittel dazu verwandt, das Herrenhaus instand zu setzen. Es war notwendig und gleichzeitig gut für die Wirtschaft der Gemeinde.«

»Wie großzügig von Euch.« Rosies offenkundiges Interesse machte ihren Spott wett. »Ich werde dafür sorgen, daß man Euch entschädigt.«

»Nicht doch! Ich hatte mein ganzes Leben lang auf den Augenblick hingearbeitet, an dem ich ein eigenes Anwesen besitzen würde, und als ich es besaß, galt meine einzige Sorge der Gesundheit meines Besitzes und meiner Leute.« Die weit auseinanderstehenden Zähne des Kammes fuhren durch das glänzende braune Haar und bändigten seine Wildheit, so daß Tony bald geschmeidige feuchte Strähnen in der Hand hielt. »Könnt Ihr das verstehen?«

»Ich glaube ja.«

Ihre vorsichtige Antwort täuschte ihn nicht. Er war auf Rosies Verständnis angewiesen, um die Sehnsucht nach dem Land in ihr zu wecken. »Im Frühling und Sommer heuern wir sechs zusätzliche Männer an, um den Boden zu bearbeiten. Die Arbeit auf dem Feld ist hart, doch ich habe früh entdeckt, daß die Dörfler es weniger übel nehmen, wenn man ihnen zuviel Arbeit aufbürdet, als wenn man sie übergeht, und daß berufsmäßige Gärtner auf dem Lande nur Hohngelächter ernten.« Der Kamm fuhr wieder und wieder durch ihr Haar, massierte ihre Kopfhaut und löste die einzelnen Haarstähnen voneinander, so daß sie trocknen konnten. »Hal als Haushofmeister zu haben hat sich als großer Glücksfall erwiesen, denn er stammt aus der Gegend und ist über alle Maßen gewissenhaft und pflichtschuldig. Solltet Ihr die Königin dazu überreden können, Euch das Anwesen zu übereignen, wärt Ihr gut beraten, Hal zu behalten.«

Während er redete und seine Finger durch ihr Haar gleiten ließ, spürte er, wie Rosies Anspannung sich löste.

»Welchen Sinn hat es, etwas über das Anwesen zu erfahren, wenn ich es nur um Sir Dannys willen haben wollte?«

Sie liebte Sir Danny. Sie liebte ihn über alles, und das kränkte Tony, denn mittlerweile hätte die törichte Frau zärtliche und wollüstige Gefühle für ihn entwickeln sollen. Doch falls sie das getan hatte, wußte sie es gut zu verbergen, und er beschloß, ihr den Spiegel vorzuhalten, damit sie sich selbst so sah, wie sie wirklich war: selbstsüchtig und rücksichtsvoll, habgierig und großzügig. Ein Mensch wie jeder andere. Ein Mensch wie er.

Er drehte Rosie zu sich hin und sagte: »Ihr wolltet es nur um Sir Dannys willen? Wen wollt Ihr mit diesem Scherz zum Lachen bringen? Mich nicht, Lady Rosalyn. Ich weiß, warum Ihr Euren Anspruch auf das Anwesen geltend gemacht habt. Es gefällt Euch vielleicht nicht, doch Ihr und ich, wir sind wie zwei Junge aus demselben Wurf.«

»Das sind wir nicht!«

»Tatsächlich nicht? Zwei Wanderer in dieser Welt, ohne eigene Schuld nie ganz so gut wie die anderen, und gebrandmarkt mit den grausamsten aller Beinamen: Bastard und Komödiant.«

»So ist es nicht«, sagte sie matt, doch er fuhr unbeirrt fort.

»Ihr kennt mich, doch was schlimmer für Euch ist, ich kenne Euch. Ich weiß, daß Euer Wanderleben die Sehnsucht in Euch geweckt hat, einen Ort für Euch selbst zu haben, einen Ort, wo Ihr die Maske fallenlassen und Ihr selbst sein könnt, nicht das, was andere von Euch erwarten. Ihr habt Euch nach dem Boden gesehnt, in dem Ihr Wurzeln schlagen könnt, und nach der Zeit, um darin zu wachsen. Als Ihr Anspruch auf dieses Anwesen erhoben habt, wußte ich, was in Eurem Herzen war, und Ihr könnt mir nicht weismachen, daß dieses Land Euch weniger bedeuten wird, falls Sir Danny sterben sollte. Es wird Euch dann höchstens noch mehr bedeuten.«

Von Tonys scharfsinnigen Beobachtungen verunsichert, brachte Rosie mühsam hervor: »So ist es nicht. Wenn Sir Danny sterben sollte, hätte ich nichts mehr, für das es sich zu leben lohnte.«

Tony lachte leise, und auf Rosies Miene rangen Zorn und Schmerz um die Vorherrschaft. »Als ich Euch mit dem Messer bedroht habe, habt Ihr Euch gewehrt. Wenn Ihr keinen Grund zum Leben mehr gehabt hättet, hättet Ihr zugelassen, daß ich Euch die Kehle aufschlitze.«

Rosie wollte nicht zugeben, daß das Leben wieder in ihren Adern pulsierte, und Tony argwöhnte, daß sie ihre aufkeimende Leidenschaft als Verrat an Sir Danny empfand. Sie sagte abwehrend: »Noch weiß ich nicht, ob er tot ist.«

»Eben.« Tony zog mit dem Daumen die Tränenspuren auf ihrem Gesicht nach, stand dann auf, feuchtete ein Tuch an und kehrte zurück. »Denkt darüber nach, Rosie. Denkt an das Unrecht, das Ihr Sir Danny tut, indem Ihr schon vor seinem Tod um ihn trauert, und denkt daran, wie stolz er auf Euch sein wird, wenn Ihr seinen Glauben in Euch bestätigt, indem Ihr Euch Eurer Verantwortung stellt. Dann wird er wissen, daß er die richtige Entscheidung getroffen hat.«

»Er wird es nicht wissen, wenn er tot ist!«

»Wirklich nicht?« Er sah ihr in die Augen, bis sie den Blick senkte, und rieb ihr dann mit väterlichem Können das tränennasse Gesicht ab.

Er war fertig, ehe Rosie mehr tun konnte, als einen erstaunten Schrei auszustoßen und mit den Armen zu fuchteln.

Tony lachte vergnügt. »Ich habe Erfahrung mit aufsässigen Kindern.«

»Euren?« fragte sie mürrisch.

Er stutzte einen Augenblick und lotste sie dann zum Bett. »Nein! Wußtet Ihr nicht? Mein Bruder Michael hat acht kleine Erben, die ich ausgezogen und ins Bett gebracht habe, und genau das werde ich jetzt mit Euch tun.«

Wie Tony erwartet hatte, hielt Rosie krampfhaft den Saum seines Hemdes fest. »Was?«

»Nicht zu irgendwelchen schamlosen Zwecken, noch nicht. Sondern weil Ihr geweint habt, und ich weiß, welche Folgen das hat. Ebenfalls aus meiner Erfahrung mit meinen Neffen und Nichten.«

Sie warf einen verstohlenen Blick auf das Bett und starrte Tony dann finster an. »Und welche sind das?«

»Wer weint, ist müde, mürrisch, übellaunig ...«

»Das bin ich nicht!«

»... unangenehm, zänkisch, widerborstig.« Er nahm sie auf die Arme und warf sie auf die Matratze. »Frech, gereizt und braucht dringend Schlaf.« Tony beugte sich über sie, hielt sie mit beiden Händen fest und wünschte nichts mehr, als zu ihr ins Bett zu steigen und sie zu küssen. Er wollte ihre Brüste streicheln und herausfinden, ob sie wahrhaftig so geformt waren, wie er sie in Erinnerung hatte. Er wollte Rosie zwischen den Beinen halten und ihre verborgenen Tiefen erforschen.

Sie verschränkte die Arme und urteilte selbstgerecht: »Ihr seht selbst ein wenig gereizt aus.«

»Wenn Ihr aufwacht, sieht die Welt schon wieder viel besser aus.«

Sie schob ihr Haar beiseite, das sich wie ein Schleier über ihre Augen gelegt hatte. »Wenn ich aufwache, wird Sir Danny noch immer fort sein.«

»Ja, doch wenn Ihr aufwacht, werde ich Euch etwas anderes zeigen, für das es sich zu leben lohnt.«

Kapitel 16

Bald hier, bald da sie zärtlich ihn berührt,
Ganz sanft, um ihm die Keuschheit wegzuschmeicheln.

DER VERLIEBTE PILGER, IV, 8

Rosie schlug die Augen auf und stellte fest, daß sie in einem Bett lag. Ihr Kopf ruhte auf einem behaarten, muskulösen Arm, der in eine geöffnete Hand mit nach innen gekrümmten, kräftigen Fingern mündete. Der Arm lag zwischen welligen weißen Laken auf einer Federmatratze, direkt unter einem Stapel stickereiverzierter Kopfkissen.

Tonys Arm. Tonys Bett. Sie lag mit dem Rücken an seine Brust geschmiegt. Das leise Knistern und der rauchige Geruch eines verlöschenden Feuers hingen in der Luft. Das Dämmerlicht des frühen Abends zeigte, daß sie bereits seit Stunden hier war, seit ihrem demütigenden Zusammenbruch auf der Terrasse. Sie, die sich stets so beherrscht hatte, hatte Tony in einem einzigen traumatischen, dramatischen Auftritt ihre Verletzlichkeit offenbart. Rosie kniff die Augen zu, als könne ihr das helfen, vor den Folgen zu fliehen, doch die Szene vom Morgen tauchte um so lebhafter vor ihrem geistigen Auge auf.

Igitt!

Ihre Tränen. Tonys Freundlichkeit. Und der Grund für all das – Sir Dannys Verrat. Er war gegangen, um seinem Tod zu begegnen, das wußte sie, und er war ohne sie gegangen. Er hatte sie im Stich gelassen, und es gab keinen Grund, aus diesem Bett zu steigen.

Wie lange hatte Tony schon neben ihr gelegen? Sie erinnerte sich an sein letztes Versprechen. Oder war es eine Drohung gewesen?

Rosie schlug die Augen auf und sah, wie Tonys Finger sich anspannten. War sein Arm eingeschlafen? Sie hob behutsam den Kopf, und Tony sprach nah an ihrem Ohr.

»Gut geschlafen?«

Sie fuhr hoch. Sie hatte gewußt, daß er nahe bei ihr war. Sie war nur nicht gewohnt, daß jemand *so* nahe bei ihr war. Ihr war nicht bewußt gewesen, daß seine tiefe Stimme seine Brust in Schwingungen versetzen würde, oder daß er seine Knie in ihre Kniekehlen schmiegen konnte. Ein Arm stützte ihren Kopf, doch der andere lag über ihrer Taille, und er bewegte sich. Rosie hielt den Atem an und wartete darauf, wo Tony ihn hinlegen würde, und als er ihn um ihre Rippen schlang und sie noch enger an sich zog, wimmerte sie leise. Dieses verflixte Seidenhemd erwies sich als nutzloses Bollwerk, und ihre Strümpfe hatten sich offenbar in Luft aufgelöst, während sie schlief.

»Ich hatte versprochen, Euch etwas anderes zu zeigen, für das es sich zu leben lohnt.«

Sie warf sich herum und blickte Tony mit einem Ausdruck an, von dem sie hoffte, er würde streng und würdig wirken.

Eine jämmerliche Strategie. Sein zerzaustes goldblondes Haar lag wie ein Heiligenschein um seinen Kopf und verlieh Tony das unschuldige Aussehen eines Kindes. In seinen blauen Augen jedoch funkelte ein ganz und gar unheiliges Vergnügen, und sein warmes Lächeln hätte eine Heiligenstatue erweichen können.

Eine Heilige war sie nicht, soviel stand wohl fest. Rosie streckte abwehrend die Hand aus und rief: »Wartet!«

»Ich habe nichts getan.«

Während er sprach, stützte er sich auf den Ellbogen und erhob sich halb, so daß das Laken hinabrutschte. Er mochte nichts getan haben, doch das hatte er mit nichts an getan.

Er hatte eine muskulöse Brust mit gekräuseltem blonden Haar, doch das hatte sie bereits gesehen. Er hatte sehnige Arme und kräftige Hände, doch das hatte sie bereits gesehen. Das Laken war bis auf die Hüften herabgerutscht... doch sie hatte bereits alles gesehen, was sich unter dem Laken verbarg.

Und sie erinnerte sich noch recht genau daran. Erstaunlich, wie es ihm gelang, sie von ihrem Kummer abzulenken.

»Ich habe versprochen, Euch einen anderen Grund zu zeigen, für den es sich zu leben lohnt.« Er strich Rosie das Haar aus dem Gesicht und kraulte sie, als sei sie eine Wildkatze, die er zähmen wollte. »Doch in Wirklichkeit kenne ich mehrere Gründe.«

»Ich will keinen davon wissen.« Zu ihrem Leidwesen gefiel es Rosie, wie er sie kraulte. Sie wollte sich strecken, ihre Krallen spielen lassen und schnurren, doch das hätte bedeutet, sich kampflos hinzugeben. Und Hingabe, das hatte sie eben entdeckt, hatte große Ähnlichkeit mit dem Paradies.

»Der erste Grund, für den es sich zu leben lohnt, ist das Küssen.«

»Ich will keinen Kuß.«

»›Kuß‹ reimt sich auf ›Genuß‹.«

»Will Shakespeares Dichtkunst verblaßt neben der Euren«, sagte sie spöttisch.

»Es gibt eine Absicht beim Küssen.«

»Wir passen nicht zusammen.«

»Genau deshalb sollten wir uns küssen.«

Er verwirrte sie mit seiner Unlogik. Es hatte nicht einmal den Anschein, als führten sie dasselbe Gespräch. »Was?«

»Das ist die Absicht beim Küssen.« Tony beugte sich vor, bis sein Gesicht ganz nah an ihrem war und ihre Blicke sich kreuzten. »Wenn wir glauben, nicht zusammenzupassen, müssen wir uns küssen, und dann sind wir einander so nah, daß es unmöglich ist, irgendwelche Unvereinbarkeiten zu sehen.« Seine Lippen berührten die ihren, und dieser körperliche Ausdruck der Zuneigung und die Verheißung unaussprechlicher Wonnen führten Rosie in Versuchung. »Könnt Ihr Euer Augenmerk noch auf unsere Gegensätze richten?« murmelte er.

Ihre Lider wurden schwer, so schwer wie vor ihrem Schlaf, doch aus anderen Gründen. »Nein.«

»Schließt die Augen und schlingt Eure Arme um meine Schultern. Dann werdet Ihr die wichtigen Unterschiede mit Euren Fingerspitzen fühlen.«

Unklugerweise gehorchte sie ihm. Die Gegensätze zwischen ihnen – in Herkunft und Erziehung – verblaßten. Als Tony seine Lippen auf die ihren drückte und sie ihre Hände zitternd über seinen Rücken gleiten ließ, wurde Rosie sich des Unterschieds zwischen ihnen bewußt. Er war ein Mann, sie war eine Frau. Er war ein Lehrmeister, sie eine Schülerin. Er gebrauchte seine Zunge als Köder, sie schnappte so gierig danach wie eine schottische Forelle.

Törichte Forelle.

Sie drückte gegen seine Schultern, und er wich sofort zurück.

Warum sollte er auch nicht? Als Rosie die Lider aufschlug, sah sie, daß er sie anlächelte. Wäre sie tatsächlich eine Forelle, sie wäre bereits durch und durch gar, das wußte sie.

Ein Mann von seinem Aussehen hatte es nicht nötig zu bitten. Er mußte einfach abwarten, und am Ende würde die Frau ihn anflehen, ihm das geben zu dürfen, was er begehrte.

Rosie beschloß, nicht zu flehen. »Diese Unterschiede, von denen Ihr sprecht, sind belanglos, verglichen mit unseren gegensätzlichen Sehnsüchten.«

»Gegensätzliche Sehnsüchte.« Er rieb sich das Kinn und kniff nachdenklich die Augen zusammen. »Ja, wir haben gegensätzliche Sehnsüchte. Das ist immer so. Männer sehnen sich nach Frauen, und Frauen sehnen sich nach Männern.«

»Diese Nichtigkeiten sind nicht von Bedeutung im Vergleich zu... was tut Ihr da?«

Er strich mit den Fingerspitzen sanft über ihre Lippen und murmelte: »Rosige Lippen.« Er legte ihr die Hand in den Nacken und beugte sich über sie, bis Rosie den Kopf nach hinten fallen ließ, und küßte sie auf den Hals. »Rosige Kehle.« Dann strich er mit dem Mund über ihre Brüste, die nur von dem dünnen Seidengewebe bedeckt wurden, und fragte: »Rosige Knospen?«

Wie schaffte er es, sie mit ein paar Worten und einer einzigen Berührung in ein lüsternes Weibsbild zu verwandeln? Wie brachte er es fertig, daß sie vom Wunsch beseelt war, ihm zu zeigen, was er zuvor nicht gesehen hatte? Ihre Stimme bebte, als sie ihm vorwarf: « Ihr habt Wollust im Sinn.«

Er sah auf in ihr Gesicht und lachte leise. »Nun, dann laßt uns versuchen, sie vom Kopf in den Teil des Körpers zu befördern, in den sie gehört.«

Um ein Haar hätte er sie mit seinem Lachen angesteckt. Verfluchter Verführer! Gleichzeitig Lachlust und Verlangen in ihr zu wecken!

Einen Augenblick lang verband sie so etwas wie Kameradschaft, dann versprach Tony ihr mit beruhigender Stimme: »Ich werde das Juwel Eurer Jungfräulichkeit nicht jetzt von Euch nehmen, aber ich werde Euch eine Kostprobe der Wonnen geben, die uns erwarten.« Er ließ seine Hand von ihrer Schulter bis zu ihrem Knie gleiten. »Wenn Ihr möchtet.«

Verfluchter Verführer, in der Tat. Ihre Befürchtungen mit Aufrichtigkeit und Zärtlichkeit zu zerstreuen! Mit Tony erinnerte sie sich an ihre mädchenhafte Neugier. Sie erinnerte sich daran, daß sie sich stets gefragt hatte, wie es wohl wäre, sich mit einem Mann zu vereinigen, und wie sie diese Möglichkeit schließlich schweren Herzens aus ihren Gedanken verbannt hatte. Sie fragte sich einen flüchtigen Augenblick lang, ob sie Tony dazu benutzen sollte, ihre Neugier zu befriedigen. Nicht bis zur Neige, das hätte zu große Verwicklungen zur Folge, doch zum Teil.

Kein Zweifel, Tony war eine Gefahr für ihren gesunden Menschenverstand. »Ich glaube ... ich möchte es.«

Er lächelte erfreut. »Ihr werdet sehen. Es ist das größte Vergnügen, das man haben kann, ohne zu lächeln.«

»Ihr lächelt.«

Er schien darüber nachzudenken und kam dann zu dem Schluß: »Es ist das größte Vergnügen, das man haben kann.«

Als Tony sie erneut küßte, nicht länger feinfühlig und zart, sondern genüßlich und kundig, lächelte sie. Er ließ sich niedersinken und bedeckte ihren Körper mit dem seinen, und seine Wärme und seine Schwere wirkten so tröstend auf sie wie die Decke, in die sie sich als Kind geschmiegt hatte. Doch obwohl dieser Trost sie entspannte, verstärkte jeder Zungenschlag, jede Lippenberührung das Gefühl, einem süßen Wahn zu erliegen. Es mußte Wahnsinn sein, wenn man sich geborgen und gleichzeitig verwegen fühlte.

Sie zog ihn an sich, um diese Erfahrung auszukosten, doch er löste sich von ihr. Er hatte ihr nicht die Hälfte seiner Erfahrung gezeigt, die ihre jedoch bereits verdoppelt.

Mit weit geöffneten Augen rang er nach Atem. Sie strich mit den Fingern über seine Brust. »Ihr schwitzt.«

Als er wieder zu Atem gekommen war, sagte Tony: »Dann gehen wir wenigstens nicht in Flammen auf.«

Sie lachte entzückt.

»Weiter dürfen wir nicht gehen, sonst entfachen wir einen Großbrand, und mein Versprechen, Euch nicht zu nehmen, war umsonst.« Doch sein Blick verweilte auf ihrem Gesicht und wanderte dann hinab zu ihren Brüsten. »Aber ich nehme an, wir können einander noch näher betrachten.«

Rosie ließ den Blick über seinen nackten Körper gleiten. »Was gibt es sonst noch zu sehen?«

Sein verlegenes Lächeln ließ seine Grübchen hervortreten. »Humor ist ansteckend. Paßt auf, daß Ihr ihn Euch nicht von mir einfangt.«

»Mich haben schon andere Männer als Ihr für komisch gehalten.«

»Andere Männer haben Euch für... einen anderen Mann gehalten.«

»Wäre es Euch lieber, sie hätten es besser gewußt?«

»Nein, Lady.« Er griff nach dem Saum ihres Hemdes. »Selbst jetzt noch betrauere ich den Verlust des verwegenen Burschen, der die Herzen so vieler meiner Dienstmägde erobert hat.« Er schob den Stoff langsam an ihren Schenkeln hinauf, als warte er auf Rosies Widerspruch.

Der Widerspruch lag ihr auf der Zunge, doch etwas in

Tonys verklärtem Blick ließ sie statt dessen spötteln: »Gib einem Mann freie Hand, und er wird sie über deinen ganzen Körper gleiten lassen.«

Seine Hand wanderte über ihren Hüftknochen, glitt über ihre Rippen und erreichte dann ihre Brust.

Rosie rang nach Atem. »Wenn du Glück hast.«

Er schob den Seidenstoff nach oben und betrachtete ihren Körper, und ihr war klar, daß er nicht genau wußte, was sie sagte, und vermutlich auch nicht, was er sagte. Er redete nur, um ihre Befürchtungen zu zerstreuen. Es zeitigte Wirkung, und wenn sie sich sammelte, gelang es Rosie, sich einzubilden, der verklärte Ausdruck auf seinem Gesicht sei etwas Alltägliches.

Nun, alltäglich war er wohl nicht. Und vielleicht würde sie sich, ganz gleich, wie alltäglich oder nicht dieser Ausdruck war, in Tonys Bewunderung aalen, sich rekeln, sich ihm darbieten wollen, bereit, mehr zu geben, als sie bekommen hatte.

»Ich werde Euch nicht nehmen, doch, gütiger Himmel, Ihr seid wunderschön.«

Er sagte es, und sie glaubte ihm. Sie glaubte ihm besonders, als er seinen Kopf neigte, ihre Brustspitze in den Mund nahm und daran saugte, als wolle er sie verschlingen.

Rosie bäumte sich auf, versuchte, sich ganz an ihn zu schmiegen. Sein Körper zog sie an wie ein Magnet. Sie mußte bei ihm sein, sich gegen ihn pressen, sofort. Sie redete noch, doch die Worte ergaben keinen Sinn mehr. Es waren nur noch Laute, geboren aus dem Feuer der Leidenschaft.

Er lag wieder über ihr, den Kopf auf ihre Brust gebettet, und rang nach Atem, als habe er eine weite Strecke zurückgelegt. »Meine Schwestern sagen, Männer seien Kreaturen mit zwei Beinen und acht Händen, und mit Euch erkenne ich die Wahrheit ihrer Worte. Ich werde Euch nicht nehmen. Wir wollen kein Kind außerhalb der Ehe zeugen. Doch wenn es Euch recht ist, werde ich die Schnur lösen, die Eure Kehle würgt.«

Rosie tastete nach den Hemdschnüren, die sie so straff um ihren Hals verknotet hatte. »Das wäre mir sehr recht.«

Tony zog so heftig an der Schnur, als sei am anderen Ende ein Gewicht befestigt. Als er den Knoten gelöst hatte, verzog er das Gesicht. »Ich werde nur schauen«, versprach er. »Ich werde nur ...« Er ließ die Lippen über ihre Halsbeuge gleiten. »Ihr braucht nicht um Eure Tugend zu fürchten.« Sein Atem strich über die zarte Haut hinter ihrem Ohr. »Ich schwöre, daß Ihr Euch nicht um Eure Tugend zu sorgen braucht.«

»Tugend?« fragte sie matt.

Sein Hemd war schlicht geschnitten. Jene Schnur hielt die ganze Fülle des Stoffes zusammen, und als Tony sie gelöst hatte, konnte er Rosie das Hemd von den Schultern streifen. Er küßte sie auf die Schulter, und während er die Seide an ihrem Arm hinabschob, bedeckte er ihn bis hinunter zu ihren Fingerspitzen ebenfalls mit Küssen. Was zunächst von unten her offenbart worden war, wurde nun von oben her entblößt, und Rosie wand und schlängelte sich, um sich aus dem Hemd zu befreien.

»Tut das nicht«, bat er.

»Warum nicht?«

»Ihr werdet nackt sein.«

»Tony.« Sie fuhr ihm beherzt mit den Fingern durchs Haar. Dann, weil es ihm zu gefallen schien, und weil es ihr *tatsächlich* gefiel, säuselte sie: »Ich bin schon jetzt so gut wie nackt.«

»Ein Teil meines Körpers glaubt, daß Ihr unerreichbar

seid, solange Ihr noch etwas am Leib tragt, ganz gleich, wie wenig es bedeckt.«

»Welches Teil?«

Er antwortete nicht.

»Das große?«

Er griff nach Rosies forschender Hand. »Mit Schmeicheleien kommt Ihr überall hin, doch wir dürfen nicht weitergehen.«

Sie schlüpfte aus dem Hemd und schleuderte es beiseite.

»Wir dürfen nicht ...« Sein Blick glitt über ihren Körper. »Ich werde Euch nicht nehmen, doch dürfte ich Euch eine kleine Kostprobe geben?« Ohne ihre Antwort abzuwarten, berührte er sie.

Sanft. Leicht. Finger, die dahinglitten wie die Samen einer Pusteblume im Wind. Rosie verharrte reglos, atemlos, angespannt, wartend, sehnsüchtig.

Was sie ersehnte, war die Chance, das ganze Geheimnis zu erfahren. Es würde nicht ohne Folgen bleiben; sie würde es schwer haben, Tony die Stirn zu bieten, wenn es erst einmal geschehen war. Doch kein anderer Mann auf der Welt konnte sie in so kurzer Zeit so weit bringen.

Sie begehrte ihn. »Tony.«

Er fuhr zusammen, als habe das leise Flüstern seines Names ihn erschreckt, und blickte sie bestürzt an. »Schickt mich rasch fort, sonst sind wir verloren.«

»Verloren«, wiederholte sie und strich mit den Fingern über seinen Wangenknochen, »vereint verloren.«

Tony stöhnte, als hätte sie ihn erdolcht, und sie genoß es. Sie genoß es, wie sich der willensstarke Tony den Bedürfnissen ihres Körpers unterwarf. Sie genoß es, sich den Bedürfnissen des seinen zu unterwerfen. Seine Brust hob und senkte sich wie ein Blasebalg, seine Finger klimperten noch immer eine Melodie auf ihrem Körper, und sie schwelgte in seinem Duft. Dem Duft der Wollust.

Dennoch machte Tony einen letzten verzweifelten Versuch, die Beherrschung zu bewahren, seinen Prinzipien treu zu bleiben, Rosie vor Schande zu bewahren. Doch Rosie war ohne die üblichen Einschränkungen aufgewachsen, die eine Frau an ihrer Entfaltung hinderten, und sie wußte, daß nichts an dieser Vereinigung sie mit Scham erfüllen konnte. Geleitet von ihrem Instinkt, setzte sie sich auf und beugte sich vor, so daß ihr Kopf auf Tonys Schulter ruhen konnte. Sie küßte seinen Hals, umspielte sein Ohrläppchen mit der Zunge und dann, während er bebend wartete, küßte sie ihn beherzt auf den Mund. Sie drückte ihre Lippen auf die seinen, und als sie ihre Zunge über seine Lippen gleiten ließ, entfachte sie damit den Großbrand, den er gefürchtet hatte. Ihre Münder öffneten sich und verschmolzen in einem hingebungsvollen Kuß. Rosie stellte zu ihrem Entzücken fest, daß ihm das, was sie ihn lehrte, ebensogut gefiel, wie ihr gefiel, was er sie lehrte. Doch ehe sie mehr entdecken konnte, das sie ihm zeigen könnte, übernahm er das Ruder.

Er küßte mit der Kunstfertigkeit und Leidenschaft eines Meisters. Er liebkoste alle Stellen, über die sein Blick geglitten war; und er küßte alle Stellen, die er berührt hatte. Rosie grub unwillkürlich die Hände in die Laken, während sie zusah, wie er im Genuß schwelgte und Genuß schenkte. Seine Augen blitzten auf, als sie nach Atem rang. »Hat dir das gefallen?«

Sie funkelte ihn an, und er lachte vergnügt. »Wenn du nicht sicher bist, mache ich es noch einmal.«

»Ja.« Sie schloß die Augen, als könne sie ihre Gefühle dadurch im Zaum halten. »Mehr. Jetzt.«

Er wiederholte die Liebkosung, doch sie griff nach

seiner Hand. Dann öffnete sie die Augen und sagte: »*Jetzt.*«

»Jetzt?« Er betrachtete sie von oben bis unten. »Sofort?«

»Ja.«

»So soll es denn jetzt geschehen. Doch ich schwöre, ich werde mich zurückziehen, ehe ich meinen Samen verströme. Ich schwöre es.« Er küßte ihre Stirn, um den Schwur zu besiegeln; dann griff er nach einem der Kissen hinter ihrem Kopf und schob es unter ihre Hüften. »Laß mich zwischen deine Schenkel, Liebste. Laß mich ein. Laß mich.«

Er schloß die Augen, und sie wußte, warum. Auch er versuchte, seine Gefühle im Zaum zu halten, oder versuchte er vielmehr, sie zu sammeln? Seine Finger liebkosten ihre verborgensten Stellen, drangen in sie ein, und dann sagte er: »Du bist bereit. Du bist so bereit.«

Sie wollte etwas entgegnen, um zu beweisen, daß sie ebenso wie er gleichzeitig stöhnen und sprechen konnte. »Bist *du* bereit?«

Er riß die Augen auf und lächelte, als habe er Schmerzen. »Wenn ich noch bereiter wäre, würde der schönste Teil dir entgehen.« Er beugte sich über sie und versprach: »Ich werde dafür sorgen, daß es der schönste Teil wird.«

Er drang in sie ein, und ein brennender Schmerz durchzuckte ihren Schoß. Sie wimmerte, und er sagte: »Keine Angst. Ich werde mich rechtzeitig zurückziehen. Vertraue mir, ich werde dich nicht in Gefahr bringen.«

Es war schwer, zu wimmern, wo sie eigentlich lachen wollte. In diesem ersten Akt rannte er gegen ihr Jungfernhäutchen an und dachte, sie würde sich über den Höhepunkt im letzten Akt sorgen. Dann stieß er leidenschaftlich zu, und ihr verging jegliche Lust zu lachen. Sie schrie nicht – sie schrie nie –, doch sie biß sich heftig in den Handrücken.

Tony wischte mit den Daumen die Tränen fort, die ihr über die Schläfen rannen, und murmelte: »Das war's. Das war das Schlimmste. Jetzt werde ich es wettmachen, Rosie.« Er blickte ihr in die Augen und tat einen Schwur, dem sie Glauben schenkte. »Ich werde dich glücklich machen.«

Und das tat er. Sie, die niemals schrie, schrie vor Glück. Und er, der seinen Samen niemals in einer Frau verströmt hatte, schenkte sich ihr ganz.

»Ich kann nicht glauben, daß ich das getan habe.«

»Mach dir keine Vorwürfe, ich bitte dich.«

»Ich war schwach. Wie kannst du mich achten, wenn ich so schwach war?«

»Ich achte dich.«

»Ich dachte, ich wäre stark, doch bei der ersten Versuchung bin ich schwach geworden.«

»Ich bin ebenfalls schwach geworden.«

Tony legte sich den Arm über die Augen und stöhnte. »Leute, die schwach werden, nennt man Eltern.«

Rosie hatte das seltsame Gefühl, die falsche Rolle in diesem Stück zu spielen. Oblag es nicht der entjungferten Maid, in quälenden Schuldgefühlen zu versinken?

Sie zog sich das Laken bis unter die Arme und betrachtete den Mann, der ausgestreckt auf dem zerwühlten Bett lag. Ungeachtet ihrer Gefühle, konnte sie Tonys ehrliche Befürchtung nicht einfach abtun. Sie war ein eheliches Kind, doch eine Waise, und sie war aus der Obhut ihres Vaters in die ebenso liebevolle Obhut ihres Vormunds gewechselt.

Tony war ein Bastard, zwischen seinem Vater und seiner Mutter hin- und hergerissen wie ein Knochen, um den sich zwei Hunde balgen, und er trug die Narben dieses Schicksals auf seiner Seele. Rosie verdrängte ihre Enttäuschung über dieses Ende des romantischen Zwischenspiels und sagte: »Tony, wenn wir ein Kind gezeugt haben, dann ist das nicht ...«

Deine Sorge, wollte sie sagen.

Doch er sprang auf. »Wir müssen heiraten. Sofort. Ich lasse nach dem Geistlichen schicken, hole ihn vom Abendbrottisch, wenn es sein muß, und dann heiraten wir.«

Rosie zerknitterte das Laken in ihrer Faust. »Heiraten?«

»Auf der Stelle. Welch Glück, daß ich eine Sondergenehmigung habe, die mir erlaubt, ohne Aufgebot an jedem beliebigen Ort und zu beliebiger Zeit zu heiraten, nicht wahr?« Er griff nach seinem Hemd, dem Seidenhemd, das sie vor kurzem noch getragen hatte, und zog es sich hastig über den Kopf. Er schnürte es behende zu und durchwühlte die Kleidungsstücke, die auf dem Boden verstreut lagen. Er zog ein kurzes, gepolstertes Wams gegen die Kälte über. »Ich werde der Köchin auftragen, heute abend ein festliches Mahl für uns zuzubereiten. Wir müssen feiern, obwohl meinen Schwestern die Luft wegbleiben wird, wenn sie hören, daß wir so überstürzt heiraten. Ha!« Er rieb sich die Hände. »Das bereitet Lady Honoras Hochzeitsplänen ein jähes Ende. Sie wird toben.«

Welchem Wahn war sie erlegen, als sie geglaubt hatte, sie würde mit den Folgen ihrer leichtsinnigen Vereinigung umgehen können? Konnte sie Tony bändigen, der in heller Aufregung umherlief? Konnte sie eine Naturgewalt zähmen?

Er ging zur Tür und sagte: »Wir werden morgen ein Fest feiern, einen Hammel und einen Ochsen braten, ein paar Fässer Bier und ein Faß Wein aufmachen. Ich werde Hal damit beauftragen, die Gemeinde zu benachrichtigen.«

Sie fragte kühl: »Vergißt du nicht etwas?«

Die Hand am Türknauf, hielt er inne. »Ich wüßte nicht was.« Er blickte auf seine nackten Beine hinab und lachte. »Abgesehen davon. Du benimmst dich schon wie eine Ehefrau. Ich hätte mich lächerlich gemacht, wenn ich so durch die Halle ...«

»Ich habe nicht von deiner Aufmachung gesprochen. Ich habe von deinen Plänen gesprochen.«

Er erstarrte. Ihm war keine andere Lösung eingefallen für das, was er als ihr Dilemma betrachtete. Bis zu Rosies Bemerkung war es ihm nicht in den Sinn gekommen, sie könne Einwände haben. Nun befürchtete er, genau das könne der Fall sein, und dieser Gedanke erfüllte ihn mit Schrecken. »Du wirst dich doch nicht noch immer weigern, mich zu heiraten?«

Er kam zurück ans Bett und baute sich drohend vor ihr auf, doch Rosie war entschlossen, sich nicht einschüchtern zu lassen. Wenn sie sich einschüchtern ließe, würde sie sich als Ehefrau wiederfinden, und dazu war sie nicht bereit. Es gab Dinge, an die man sich leicht gewöhnen konnte. An ein warmes, trockenes Bett. An regelmäßige, üppige Mahlzeiten. Sogar die Kleidung, die sie trug, gefiel ihr, obwohl es Frauenkleider waren, und unbequeme noch dazu.

Doch keine dieser Annehmlichkeiten konnte die Freiheit eines jungen Mannes aufwiegen.

Tony ahnte nichts von ihren Gedanken, doch entweder hatte er begriffen, daß seine Drohgebärden fruchtlos waren, oder etwas in Rosies Gesichtsausdruck hatte ihren Kummer verraten. Tony setzte sich auf die Bettkante und sagte: »Ich habe das hier nicht geplant.«

Er wirkte zerknirscht, doch es war Rosie nicht einmal in den Sinn gekommen, er habe dies alles inszenieren können, damit sie in die Heirat mit ihm einwilligte. Zumindest hatte er es nicht bewußt getan. »Gewiß, ich weiß, daß es nicht deine Absicht war.«

»Ich habe noch nie eine Frau nötigen müssen.«

»Du hast mich nicht genötigt.«

»Und ich würde eine Frau niemals in die Falle locken.«

»Das hättest du nicht nötig.«

Er berührte ihre Schulter, und sie zog das Laken hoch, um sie zu bedecken. »Und ich möchte dich auch nicht nur wegen unseres Kindes heiraten.«

»Nein, du möchtest mich *auf der Stelle* wegen eines Kindes heiraten.«

»Ich möchte dich so schnell wie möglich heiraten, doch das habe ich immer gewollt.« Er runzelte sorgenvoll die Brauen. »Ich habe dich auch nicht der Ländereien wegen verführt.«

»Es wäre dir ein leichtes, mich um meine Ländereien zu betrügen, wenn du wolltest.«

Sie rechnete es ihm hoch an, daß er sich von ihrer Feindseligkeit nicht beirren ließ, doch obwohl er alle möglichen Vermutungen über die Gründe ihrer Weigerung anstellte, stieß er doch nicht auf die wahre Quelle ihres Kummers. Aus irgendeinem Grund erwartete Rosie, daß er sie verstand, ohne daß sie ihm Erklärungen abgeben mußte, und jede seiner fehlgeleiteten Beteuerungen steigerte ihren Groll.

»Es war selbstsüchtig und gedankenlos von mir, dir nach unserem Liebesspiel von meinen Sorgen zu erzählen, statt dich in die Arme zu nehmen. Ich hätte dir sagen müssen, wieviel Freude du mir geschenkt hast.« Er berührte ihre Wange, doch sie wischte seine Hand fort. Er berührte in schneller Folge ihre andere Wange, ihre Stirn, ihre Nasenspitze, und sie hätte töricht gewirkt, wenn sie sich gegen all diese Berührungen gewehrt hätte. »Du hast mir Freude geschenkt«, sagte er und lächelte dabei so strahlend, daß Rosie gegen ihren Willen warm ums Herz wurde. Dann versetzte er ihr den entsetzlichsten Stoß von allen: »Ich habe nie zuvor eine Frau geliebt, doch jetzt liebe ich eine.«

»Nein!« Rosie streckte jäh den Arm aus, stieß Tony von sich und krabbelte aus dem Bett.

Er versuchte, sich aufzusetzen, doch Rosie zerrte an dem Laken unter ihm. »Was?« Er schüttelte den Kopf, rollte sich auf die andere Seite des Bettes und erhob sich. »Warum?«

»Du liebst... hast du gesagt, daß du mich liebst?«

Ihre Haut schimmerte blaß unter ihrer Sonnenbräune, und Rosie zitterte am ganzen Körper. Für einen Mann, der von sich glaubte, unwiderstehlich zu sein, war dies ein herber Dämpfer. Schlimmer noch, es bedeutete, daß er das weibliche Seelenleben nicht verstand, besonders Rosies nicht. Er hatte ihr eine glänzende Vorstellung seiner Liebeskunst gegeben und etwas, was man als seine Jungfräulichkeit bezeichnen könnte, und sie zögerte. Er hatte ihr sein Herz auf dem Silbertablett seines Anwesens präsentiert, und sie hatte ihn abgewiesen. »Willst du nicht, daß ich dich liebe?« fragte er bestürzt.

»Was hat mir die Liebe eingebracht außer Herzweh und Sorgen?«

»Du liebst?« Sofort kam ihm Ludovic in den Sinn. »Wer ist dieser Mann, den du liebst?«

»Er ist erst seit heute morgen fort, und du hast ihn schon aus deinen Gedanken verbannt?«

Sir Danny. Sie sprach von Sir Danny. Tony versuchte, auf einem unerwartet schlüpfrig gewordenen Terrain Halt zu finden. »Natürlich habe ich ihn nicht vergessen, doch was hat er mit meiner Liebe zu dir zu tun?«

»Sag das nicht!«

Hatte er erwartet, daß sie bei seiner Liebeserklärung dahinschmelzen würde? Wäre ihm das Herz nicht so schwer gewesen, Tony hätte wohl über sich selbst gelacht. Er hatte seine Liebe schon einmal angeboten, und sie war verlacht, verschmäht, mißachtet worden. Er war der Bankert im Haushalt des Grafen von Drebred gewesen, und er wollte sich nie wieder so fühlen müssen.

Doch im Herzen wußte er, daß Rosie ihn nicht wegen seiner unehelichen Abstammung abwies. Sie wies ihn ab, weil sie die Liebe eines Vaters brauchte, nicht die eines Gemahls.

Sie ging zum Fußende des Bettes, stolperte über das Laken und fing sich wieder. »Ich muß mich auf die Suche nach ihm machen.«

Es war Tony – und Sir Danny – nie in den Sinn gekommen, daß Rosie aufgrund ihrer Ängste nicht in der Lage sein würde, die ihr zugedachte Rolle auszufüllen. Bei all seinen Überlegungen war Tony nie auf den Gedanken gekommen, daß Rosies Vater sein Rivale war.

Trotz allem, Tony hatte ihr seinen Samen geschenkt, und vielleicht hatte er bereits zu wachsen begonnen. Für ihn hatte ihr Baby ein Gesicht, eine Persönlichkeit, ein Schicksal voll Bitterkeit und Kampf, wenn es ohne den Schutz seines Vaters geboren würde. Tony konnte Rosie nicht gewähren lassen, noch konnte er über ihre Zurückweisung nachgrübeln. Er mußte sie irgendwie dazu zwingen, das Ehegelübde abzulegen.

Wenn sie nur nicht so entsetzt dreinblicken würde.

»Ich blute«, sagte sie.

»O Liebling.« Er hatte sie ärger verletzt, als nötig gewesen wäre, und er ging mit ausgebreiteten Armen auf sie zu.

»Ich weiß, daß du blutest, doch es ist nichts, über das du dir Sorgen machen müßtest. Alle Jungfrauen . . .«

»Nein. Ich meine, ich blute. Es ist mein . . .«, sie errötete, und ihre Verlegenheit rang mit ihrem Schreck, »Monatsfluß.«

»Dann haben wir kein . . .« Heftige Enttäuschung mischte sich mit Erleichterung.

Sie hatten keinen Bankert gezeugt, der heiligen Jungfrau sei Dank!

Sie hatten kein Kind gezeugt, verflucht! Sein Same würde diesmal keine Wurzeln in ihr schlagen.

Kapitel 17

Verliebte und Verrückte
Sind beide von so brausendem Gehirn,
So bildungsreicher Phantasie, die wahrnimmt,
Was nie die kühlere Vernunft begreift.

EIN SOMMERNACHTSTRAUM, V, I, 4

Lady Honora blieb.

Tony konnte kaum fassen, daß seine Schwestern ihn mit einer solchen Bürde im Stich ließen, doch sie wollten das Weihnachtsfest mit ihren Familien verbringen, ein verständlicher Wunsch, wie Tony einräumen mußte. Lady Honora hatte keine Familie, und sie hatte sich freundlicherweise bereit erklärt, zu bleiben und Rosies Erziehung fortzuführen.

Und Rosie hatte ihr dafür gedankt. Gedankt!

Der kleine Feigling hatte ihn seit jener Nacht in seinem Schlafgemach gemieden. Er hatte ihr seine Liebe gestanden, und sie war gleichgültig geblieben.

Nun gut. Er war gedemütigt worden, als er auf Burg Drebred gelebt hatte. Die Vergangenheit war tot – warum sollte er sie wieder ausgraben?

Doch er hatte Rosie auch gezeigt, was Leidenschaft war. Er hatte sie auf den hohen Wogen des Verlangens fortgespült und war selbst von diesen Wogen mitgerissen worden. Gemeinsam hatten sie die Gipfel der Wollust erklommen, waren zu den Sternen geflogen, hatten die Himmel durchstreift. Offenbar hielt sie seine großartige Liebeskunst für unbedeutend. Tony gefiel es gar nicht, sich unbedeutend zu fühlen. Er wußte, daß er der beste Liebhaber in ganz England war, und Rosie sollte das ebenfalls erkennen.

Nächstes Mal würde er es beweisen. Nächstes Mal ... in ihrer Hochzeitsnacht.

Er knirschte mit den Zähnen und blickte finster hinaus in den stürmischen Morgenhimmel.

Es reute ihn nicht, daß er alle Gewalt über sich verloren und ihr seinen Samen geschenkt hatte. Er bereute nur, daß dieser Samen keine Gelegenheit gehabt hatte, Wurzeln zu schlagen, er bereute es mit jedem Atemzug und jedem Schlag seines Herzens. Er wollte, daß seine Schwestern blieben und eine überstürzte Hochzeitsfeier und eine ebenso eilige Taufe ausrichteten, doch die Kutsche wartete in der Einfahrt unter der Terrasse, und Jean, Lady Honora und Rosie warteten darauf, daß Ann mit dem Ankleiden fertig wurde.

Sie warteten schon eine ganze Weile.

»Paßt gut auf Tony auf.« Jean, die sich ein letztes Mal am Kamin am Ende der langen Galerie wärmte, richtete ihre Worte zwar an Rosie, lächelte dabei jedoch ihren Bruder an. »Er ist im Augenblick in heikler Verfassung.«

»Sehr spaßig.« Tony warf Jean, die in Reisekleidung und einen Wollmantel gehüllt war, einen finsteren Blick zu und betrachtete Rosie und Lady Honora dann ebenso mißmutig.

Lady Honora zog seinen geballten Unmut auf sich, als sie sagte: »Wenn jemand auf Tony aufpassen sollte, dann bin wohl ich es. Schließlich werde ich seine Ehefrau sein.«

Offenbar war sie die einzige, die noch daran glaubte, doch Lady Honoras Glauben war nicht so leicht zu erschüttern. Sie wußte in der Tat von jener Liebesnacht in seinem Gemach, und sie hatte sich vorgenommen, dafür zu sorgen, daß so etwas nie wieder vorkam. Unter dem Vorwand, Rosie auf ihr Leben als Herrin des Anwesens vorzubereiten, gab Tony ihr Lesestunden, vermittelte ihr die nötigen Buchhaltungskenntnisse oder zeigte ihr die Pflichten des Gutes, und immer, immer fand Lady Honora einen Weg, sich einzumischen.

»Lady Honora.« Jean tätschelte die Hand ihrer Freundin. »Ich zweifle nicht an Eurer Fähigkeit, Tony zu überwältigen, oder Rosalyn, doch ich glaube, es wird Euch nicht gelingen, beide zusammen zu besiegen.«

»Wir sind nicht zusammen«, entgegnete Rosie hastig.

Jean tätschelte auch ihre Hand. »Ihr seid zusammen in einer Art, von der ich bereits vergessen hatte, daß es sie gibt.«

Dachte sie das wirklich? Tony hob fragend die Braue, und Jean nickte bestätigend. Tony hatte begonnen, an seinen eigenen Instinkten zu zweifeln, und die Worte seiner nüchternen Schwester stärkten sein angeschlagenes Selbstvertrauen. Er warf Rosie einen funkelnden Blick zu.

»Entschuldigt mich«, sagte Jean an Lady Honora und Rosie gewandt. »Ich muß mit meinem Bruder unter vier Augen reden.« Jean nahm Tony beim Arm und führte ihn in die Mitte der Galerie, wo die Ahnenporträts hingen. »Wenn du Rosalyn weiter ansiehst, als wollest du sie verschlingen, wird sie aufhören, die Furchtlose zu mimen und das Weite suchen.«

»So sehe ich sie nicht an«, widersprach er.

»Tony, aus deinen Augen sprühen blaue Funken, wenn du das arme Mädchen ansiehst, und sie ist schon verängstigt genug. Ann ist überzeugt, daß Rosalyn den Geist ihres Vaters sieht und sich deshalb so ängstlich gebärdet, doch Ann hat nie zwischen dir und Rosalyn gestanden, wenn du dich an deine bevorzugte Nachtbeschäftigung erinnerst.«

Hitze kroch ihm von der Halskrause bis hinauf zur Stirn. Daß seine Schwester wußte, was er tat, war eine Sache, daß sie wußte, was er dachte, eine andere. »Bin ich so leicht zu durchschauen?«

»Stubby pflegte mich so anzusehen.« Sie seufzte bei der Erinnerung. »Ich wünschte, der alte Knabe könnte es noch immer tun.«

»Er beobachtet dich auf genau diese Art«, sagte Tony und erinnerte sich an seinen kleinen, untersetzten Schwager und dessen unsterbliche Liebe zu Jean. »Vom Himmel herab.«

Jean blinzelte heftig. »Ich vermisse den alten Halunken wirklich.« Dann wies sie mit dem Kopf auf Hal, der an der Wand entlang auf sie zugeschlurft kam. »Will dein verrückter Haushofmeister dich sprechen?«

Überrascht von Jeans Bemerkung, beobachtete Tony, wie der Mann gewissenhaft den Läufer mied und mit religiöser Inbrunst auf dem Hartholzparkett blieb. »Hal meint, die Dienstboten sollten den Teppich nicht abnutzen; er ist so stur und unbeweglich wie ein gestrandetes Boot.«

Jean schnaubte verächtlich.

»Bin ich etwa kein guter Menschenkenner?« fragte Tony.

»Das bist du früher stets gewesen.« Jean warf einen verstohlenen Blick auf Hals gebeugte Gestalt. »Doch diesmal ...«

Als Hal sich auf Hörweite genähert hatte, fragte Tony: »Ist das Gepäck der Damen aufgeladen?«

»Ja, Sir Anthony.« Hal hielt den Blick auf das klare, feine Teppichmuster geheftet. »Alles ist bereit für die Abreise Eurer Schwestern.«

»Nur meine Schwestern sind es nicht.«

»*Ich* bin bereit«, entgegnete Jean. »Wir haben eine lange Reise vor uns, doch Ann ist wieder einmal saumselig.«

Tony starrte verärgert die Treppe hinauf. »Wo *ist* Ann?«

»Hast du es eilig, uns loszuwerden?« neckte Jean. »Du benimmst dich, als hätten wir deine Gastfreundschaft überstrapaziert.«

»Mein Haus steht meiner *Familie* stets weit offen.«

»Es braucht mehr als diese spitzfindige Beleidigung, um Lady Honora aus dem Sattel zu werfen.«

Tony gab ihr seufzend recht.

»Wenn Ihr sonst keinen Wunsch mehr habt, Sir Anthony«, sagte Hal, »werde ich jetzt die diesjährigen Ernteerträge berechnen.«

»Heute ist ein guter Tag für Berechnungen.« Fern des Kaminfeuers konnte Tony den kalten Luftzug spüren, der durch die Türritzen wehte. Jean ging zurück an den warmen Kamin, und Tony zog den kurzen Mantel zurecht, den er auch im Haus trug, und folgte ihr.

»Wo bleibt Ann nur?« platzte Jean heraus. »Wir werden es heute kaum noch bis London schaffen, und dabei hatten wir uns vorgenommen, Geschenke einzukaufen.«

»Seid vorsichtig in London«, schärfte Tony ihr ein.

»Das sind wir immer«, entgegnete Jean.

»Warum?« fragte Rosie.

Er hätte wissen müssen, daß Rosie der warnende Ton seiner Stimme nicht entgangen war. Er dachte an die ständig wachsende Flut von Nachrichten, die ihm Warzennasen-Harry, sein Gardehauptmann, zukommen ließ, und die Warnungen und Befürchtungen, die sie enthielten. Dann dachte er an die Neuigkeiten, die er an diesem Morgen erhalten hatte. Er hatte die Nachricht in einem Papierstapel auf seinem Schreibtisch versteckt. Niemand sollte davon erfahren, am allerwenigsten Rosie.

»London ist eine verruchte Stadt, in der es vor Taschendieben, Betrügern und *Schauspielern* nur so wimmelt«, sagte er in offenkundiger Absicht.

Rosie stolzierte davon, um eins der Porträtgemälde zu betrachten, und Tony wechselte rasch das Thema. »Jean, wirst du Ihrer Majestät deine Aufwartung machen und ihr ein Geschenk von mir überreichen?«

»Wir hatten nicht vor, uns bei Hofe sehen zu lassen, doch wenn du es wünschst, werden wir es tun.«

Tony schnippte mit den Fingern, und einer der Lakaien eilte herbei.

»Was schickt Ihr?« fragte Lady Honora.

»Ein Cambric-Hemd mit Seidenbesatz an Hals und Ärmeln, Rüschen aus venezianischem Goldstoff, gesäumt mit feiner Klöppelspitze aus Venezianisch-Gold. Und eine Nachricht.«

»Schreib sie auf«, verlangte Jean schroff.

»Das habe ich bereits, doch ich möchte, daß du sie mündlich überbringst, damit ich aus Königin Elisabeths Antwort Rückschlüsse auf ihre Stimmung ziehen kann.«

Jean ächzte. »Wie lautet sie?«

»Sag ihr, ich schickte ihr ein Hemd, damit sie es nah an ihrem Herzen trage und ich in der Vorstellung schwelgen könne, mir selbst würde diese Ehre zuteil.«

Rosie verriet, daß sie zugehört hatte, als sie aufschrie: »Herrje, die Königin wird solche Albernheiten nicht billigen!« Tony, Lady Honora und Jean schwiegen. »Oder doch?« fragte Rosie, mit einem Male verunsichert.

»Die Königin blüht auf bei solchen Bekundungen der Zuneigung, vor allem, wenn sie von ihren charmantesten Höflingen kommen«, erklärte Jean.

»Die Königin hat die Blüte ihrer Jugend bereits überschritten, und es kommt allen zugute, wenn ein Mann Bewunderung für ihre Schönheit bekundet.«

»Wie alt ist sie?« wollte Rosie wissen.

»Sie trägt ihre siebenundsechzig Jahre so leicht, als seien es siebenundsechzig Schneeflocken«, entgegnete Tony.

»Siebenundsechzig?« Siebenundsechzig war ein unerhörtes Alter. Rosie glaubte nicht, daß sie jemals jemandem begegnet war, der so alt war. Und sie hatte sich Königin Elisabeth stets jung vorgestellt. In England kursierten unzählige Geschichten über Elisabeths Schönheit, über ihre Weisheit, über ihre Bescheidenheit, doch nun hatte es den Anschein, als sei keine davon wahr. »Ist sie sehr ...«

»Vergangenen Herbst habe ich mit ihr an einer Jagd teilgenommen.« Lady Honora rieb sich das Gesäß. »Ich konnte nicht mit Ihrer Majestät mithalten.«

»Ja«, bekräftigte Jean. »Ihre Majestät tanzt die ganze Nacht hindurch, und wenn sie ihre jungen Höflinge ermüdet hat, tauscht sie den einen gegen den nächsten aus.«

»Deshalb gefalle ich ihr so gut.« Tony grinste. »Ich kann die ganze Nacht tanzen und den ganzen Tag reiten.«

»Pah!« riefen Lady Honora und Jean in gespielter Verachtung, doch Tonys Aufmerksamkeit galt allein Rosie. Ihr war bewußt, daß er eine Botschaft an sie gerichtet hatte, eine zweideutige Botschaft. Die Bediensteten lauschten dem Gespräch, als diese Mitglieder des Elisabethanischen Hofes sich der Aufgabe widmeten, die Mär von der Vollkommenheit der Königin aufrechtzuerhalten. Das Lächeln auf ihren Gesichtern und die Bewunderung in ihren Stimmen ließen Rosie zu dem Schluß kommen, daß die Königin tatsächlich ihre Herzen erobert hatte.

»Siebenundsechzig«, murmelte sie fassungslos. Im Alter von siebenundsechzig Jahren nötigte die Königin Tony

Ergebenheit ab. Würde er seiner Gemahlin mit siebenundsechzig ebenso ergeben sein? Würde er sie noch immer mit den Augen eines Liebhabers betrachten und mit ihr schäkern, als sei sie das schönste Geschöpf auf Erden? Wenn dieses hohe Alter auf seinen Schultern lastete, würde er dann noch immer das Bett seiner Gemahlin aufsuchen und ihren empfänglichen Körper mit sinnlichen Liebkosungen überhäufen? Rosie verscheuchte diesen Gedanken und alle anderen, die ihr im Kopf umherschwirrten wie fleischgewordene Versuchungen.

Seit dem Abend in Tonys Gemach hatte sie sich vor Versuchungen in acht genommen. Zu leicht erinnerte sie sich an Tonys wunderbare Leidenschaft, und zu leicht vergaß sie die Ketten, die sich darunter verbargen. Sie sagte: »Erzählt mir von der Königin.«

»Sie trägt dunkelrote Perücken«, Jean berührte zur Veranschaulichung ihre eigene rote Perücke, »und hat strahlend weiße Haut.«

»Ihre Augen sind von wunderbarer Tiefe, und ihre Stimme ist einer Königin würdig«, sagte Lady Honora.

»Sie ist von schönem Wuchs, hat feine lange Finger und eine herrliche Büste«, fügte Tony hinzu.

Rosie schüttelte den Kopf. »Das mußte Euch natürlich auffallen!«

Jean sah erneut zur Treppe hinüber und klagte: »Es wird Abend werden, ehe wir abreisen.« Sie ließ sich auf einen der hohen Lehnstühle am Kamin sinken und bedeutete Rosie mit einer Geste, sich neben sie zu setzen. »Wir haben Eure Erziehung offenbar vernachlässigt, was die Königin angeht, und das könnte sich als verhängnisvoll erweisen, wenn Ihr unserer ehrwürdigen Monarchin gegenübertretet. Obwohl Königin Elisabeth die Männer reizt, bis sie halb wahnsinnig sind, schätzt sie es nicht, wenn ihre liebsten Höflinge ihre Zuneigung offen zeigen, und es ist besser vorzugeben, man wolle heiraten, um den Fortbestand der Familienlinie zu sichern, um den Besitz zu mehren oder aus irgendwelchen anderen Gründen, die nichts mit Zuneigung zu tun haben.«

Als Rosie erkannte, daß Jean ihr dies aus einem bestimmten Grund erzählte, nahm sie neben ihr Platz und beschäftigte sich damit, ihre Röcke zurechtzuzupfen. »Ihr sagtet, Ihre allergnädigste Majestät habe Lord Sadler in zärtlicher Erinnerung behalten.«

»Sie spricht noch immer mit Tränen in den Augen von ihm.« Lady Honora setzte sich auf den freien Stuhl zu Rosies Linken.

»Gibt es dann eine geschickte Vorgehensweise, wie ich sie um die Rückgabe meines Anwesens ersuchen kann?«

Tony stützte den Fuß auf die ihnen gegenüberstehende Bank. »Nur zu, meine Damen, erzählt ihr, wie sie mich um mein Eigentum bringen kann!«

Lady Honora und Jean wechselten flüchtige Blicke. Dann sagte Jean: »Unterhaltet sie.«

»Schmeichelt ihr«, fügte Lady Honora hinzu.

»Und duckt Euch, wenn sie Euch ohrfeigen will.« Tony rieb sich über die Ohren, als erinnere er sich an eine derartige Behandlung. Als er Rosies vor Staunen weit aufgerissenen Augen sah, erklärte er: »Ihre Majestät schätzt es nicht, wenn man ihr sagt, sie habe unrecht, und wer es dennoch tut, muß damit rechnen, daß sie zur Tat schreitet. Der gute Essex hat diese Erfahrung zu seinem Leidwesen machen müssen.«

»Er hat versucht, sein Schwert gegen sie zu erheben, nicht wahr?« fragte Jean.

»Er war im Begriff, es zu ziehen, doch der Graf von Nottingham hat ihn daran gehindert.« Lady Honoras Stimme triefte vor Verachtung. »Ich war da. Ich habe es gesehen. Essex schrie, er hätte sich nicht einmal von ihrem Vater, König Heinrich, derart beleidigen lassen, und stürzte davon, ohne daß Ihre Majestät ihm gestattet hätte, sich zurückzuziehen.«

»Er ist ein törichter Bursche«, sagte Jean.

»Er ist ein gefährlicher Bursche«, verbesserte Rosie. »Man muß ihm Einhalt gebieten. Ich wünschte, ich könnte das tun. Tony?« Sie wollte sich nach Sir Danny erkundigen. Hatte sein Vorhaben, der Königin beizustehen, Erfolg gehabt? Wo war er nun, und was trieb er?

Doch Tony würde ihr nichts sagen; diese Entdeckung hatte Rosie zu ihrer Bestürzung bereits gemacht. Es war keine Bosheit oder männliche Überheblichkeit gegenüber einer Frau, sondern die tiefverwurzelte Vorsicht eines Mannes, auf dessen Schultern die Verantwortung für die Sicherheit der Königin von England lastete. Tony erzählte niemandem vom Inhalt der Depeschen, die jeden Tag aus London eintrafen, doch er hatte Rosie versprochen, sie davon zu unterrichten, wenn Sir Danny in Gefahr war.

Tony hatte offenbar bemerkt, welche Richtung Rosies Gedanken eingeschlagen hatten, denn er versuchte, sie abzulenken. »Wenn unsere Königin Euch den Besitz dieser Ländereien zuspricht, ehe ich Euch zu meiner Gemahlin gemacht habe, Rosie, werdet Ihr mich dann wie einen treuen Diener mit einer Pension verabschieden oder mich dem Hungertod überlassen?«

Es klang, als wolle er nur eine harmlose Neugier befriedigen, doch jede Antwort konnte gefährlich sein. »Lady Honora wünscht, sich mit Euch zu vermählen«, entgegnete Rosie. »Ihr werdet keine Pension benötigen.«

Tony beobachtete Lady Honora aus den Augenwinkeln und sagte: »Lady Honora hat hohe Ansprüche und sieht bei ihren Heiratswünschen höflich über meine Unehelichkeit hinweg. Doch wird sie auch über meine Armut hinwegsehen? Denn wenn die Königin Euch Gut Odyssey zuspricht, werde ich so mittellos sein wie am Tage meiner Geburt.«

Lady Honora klappte jäh die Kinnlade herunter, und Rosie hätte beinahe aufgelacht. Sie hatte Schauspieler diese Geste auf feinere Art ausführen sehen, doch Lady Honora war keine Schauspielerin.

»Ihr besitzt kein Vermögen, keine anderen Ländereien?« fragte sie bestürzt.

»Ich bin mit einem ansehnlichen Vermögen angetreten und habe es in das reichlich vernachlässigte Anwesen und in die Gießerei gesteckt, die in einigen Jahren wieder ein Vermögen abwerfen wird. Davon abgesehen besitze ich keine weiteren Ländereien, diese hier genügten meinen Zwecken vollauf.«

»Die Königin wird Euch entschädigen, falls sie Euch das Anwesen entziehen sollte«, sagte Lady Honora bestimmt.

»Lady Honora, Ihr kennt den Zustand der königlichen Finanzen«, schalt Tony. »Elisabeths Hofhaltung wird immer aufwendiger, und es widerstrebt ihr, das Parlament einzuberufen, damit es eine Erhöhung ihrer Zuwendungen beschließt. Von der persönlichen Knauserigkeit der Königin wollen wir gar nicht erst reden.«

»Und auch nicht davon, daß Tony bei ihr in Ungnade gefallen ist«, fügte Jean hilfreich hinzu. »Wir wissen nicht mit Sicherheit, ob sie ihm verzeihen wird.«

»Das ist wahr, gewiß.« Er betrachtete seine Fingernägel. »Nein, ich fürchte, ich würde keinerlei Vermögen in eine Ehe einbringen.«

»Doch er ist noch immer ein kraftvoller Hengst«, sagte

Jean hilfsbereit. »Imstande, viele Kinder zu zeugen. Freilich, sollte eine Frau beschließen, einen mittellosen Mann zu heiraten, gäbe sie wohl einem eleganten und höflichen den Vorzug. Einem wie Sir Danny.«

»Ich könnte Sir Danny nicht heiraten!« Lady Honora sprang auf und ging vor dem Kamin auf und ab. »Er ist so gewöhnlich wie Dreck.«

»Ich habe Euren Namen nie mit Sir Dannys in Verbindung gebracht.« Jean blickte sie in gespielter Überraschung an. »Ich habe nie die Ansicht geäußert, Ihr solltet Sir Danny heiraten. Warum solltet Ihr annehmen, daß ich das sagen wollte?«

Das, was Rosie nie für möglich gehalten hätte, geschah: Lady Honora errötete vom Ausschnitt ihres Mieders bis hinauf zu ihrem ausgezupften Haaransatz.

Rosie verbarg ein Lächeln, und Jean beantwortete ihre eigene Frage. »Er ist ein charmanter Mann, und man würde nie vermuten, daß er ein Schauspieler ist, wenn er beschließen sollte, in die Rolle eines Edelmannes zu schlüpfen.«

»Das ist wahr«, pflichtete Lady Honora ihr sichtlich beeindruckt bei.

Jean sagte: »Fürwahr, er ist vermutlich mit meiner Familie in Cornwall verwandt.«

»Tatsächlich?« fragte Lady Honora verblüfft.

Jean bewies Geduld angesichts der Begriffsstutzigkeit ihrer Freundin. »Genauso wie Rosalyn in aller Abgeschiedenheit und Ehrbarkeit von Eurer Tante erzogen wurde.«

»Ich habe keine Tante«, entgegnete Lady Honora und hielt dann inne. »Ihr meint, *lügen?*«

»Es wäre nicht das erste Mal, daß der Adel auf diese Weise zu neuen Verwandten gekommen ist.« Jean erhob sich, als Anns helle Stimme auf der Treppe ertönte. »Ah, meine Schwester erscheint endlich. Es besteht Hoffnung, daß wir heute noch nach London kommen.«

Eingehüllt in eine schwere, penetrante Duftwolke, rauschte Ann in ihrer Reisekleidung durch die lange Galerie. »Verzeiht mir, Ihr Lieben. Habt Ihr lange gewartet?«

Jean starrte sie nur sprachlos an, doch Tony nahm Anns Hand und tätschelte sie. »Aber nein. Meine Schwester Jean möchte sich vor ihrer Abreise wohl ohnehin noch ein wenig mit Rosie unterhalten.«

»O Jean.« Ann stemmte entrüstet die Fäuste in die Hüften. »Ich habe mich abgehetzt, weil ich glaubte, du seiest verärgert, und du willst dich hinsetzen und plaudern?«

»Ich ...«

Ann fuhr fort, ehe Jean ihren Satz zu Ende bringen konnte. »Das ist unmöglich, sage ich dir. Wir müssen auf der Stelle losfahren, sonst schaffen wir es heute nicht mehr bis London, und du weißt, wie sehr wir die Herbergen auf dem Weg dorthin hassen. Tony, du solltest Königin Elisabeth ein Geschenk schicken.« Der Lakai überreichte Tony ein mit braunem Papier umwickeltes verschnürtes Paket, das Tony an Ann weitergab. »Hervorragend!« rief Ann aus und wiegte es in der Hand. »Es enthält Kleidung. Soll ich der Königin sagen, sie solle an dich denken, wenn sie sie trägt?«

Jean zog Ann am Arm. »Laß uns gehen, ehe du unser ganzes Gespräch wiederholst.«

Lady Honora ließ sich von ihrer Zofe den Mantel umlegen, während Tony nach Rosies Übergewand griff und es ihr eigenhändig umlegte. Er legte offenbar großen Wert darauf, daß der Umhang sich eng um ihren Körper schmiegte; er schloß die Schnürbänder am Hals, drapierte den Wollstoff um ihre Arme, zog die Vorderseite zu und strich bei all dem wohl ein dutzendmal über Rosies Haut. Sie blieb unbeteiligt.

Zumindest bildete sie sich das ein, doch Tony lachte leise und zufrieden und ließ erst von ihr ab, als ein Diener die Terrassentür öffnete und der Winterwind hereinblies.

»Was für ein Tag zum Reisen.« Tony ließ sich seinen langen Mantel reichen, zog ihn über den Kurzmantel und trat hinaus in die Kälte.

Rosie blieb im Haus und beobachtete, wie Tony den Winter mit einem ausgelassenen Ruf willkommen hieß. Das ist sein Geheimnis, dachte sie. Alle mochten Tony, sogar Väterchen Frost, denn Tony mochte alle. Er war kein Dummkopf, er schätzte die Menschen scharfsinnig ein, doch er ergötzte sich an ihrer Verschiedenheit, an ihrer Persönlichkeit – an ihnen.

Rosie *mußte* sich davon überzeugen, daß Tony nichts weiter war als ein gutaussehender Mann, dessen Dünkel zutiefst berechtigt und zutiefst abscheulich war. Nur weil er mit seinem Glorienschein aus goldblondem Haar und seiner strahlenden Persönlichkeit an einen leuchtenden Sonnengott erinnerte, mußte sie nicht wanken wie eine Weide im Wind. Sie war stark genug, all dem zu widerstehen.

Ann trippelte lebhaft plaudernd hinter ihm her und warf ihm dabei bewundernde Blicke zu. Lady Honora folgte ihm würdevoller, doch ebenso eifrig. Jean streifte sich hastig ihre Lederhandschuhe über, lächelte ihren Bruder liebevoll an und trat hinaus auf die windige Terrasse.

Und Rosie? Was empfand Rosie für ihn? Sie hatte das Thema wochenlang gemieden und Wollust, Wahnsinn und alle möglichen anderen Gründe für ihre Bewunderung verantwortlich gemacht, nur nicht die Wahrheit.

Sie vergötterte ihn ebenso wie Ann, bewunderte ihn

ebenso wie Lady Honora und liebte ihn ... Verflixt, sie liebte ihn mehr als Jean, mehr als jede Schwester, anders als jede Schwester. Sie liebte ihn wie jene liebestollen Narren in Onkel Wills Theaterstücken, und sie wollte wissen, ob er sie auch liebte. Er hatte es ihr gesagt, doch sie war nicht bereit gewesen, ihm zuzuhören. Würde sie es nun wagen, ihn zu fragen?

Ja. Sie warf sich in die Brust, trat auf die Terrasse hinaus und sah ihn an.

Nein, sie wagte es nicht. Sie blieb stehen und bekam die Tür ins Kreuz, als ein Diener sie hinter ihr schloß.

Doch, sie wagte es. Sie würde es tun, jetzt, auf der Stelle, vor allen.

Dann schrie Ann: »Mein Hut!«, als er ihr vom Kopf flog und über die Brüstung der Terrasse segelte.

Rosie seufzte erleichtert auf. Nicht jetzt.

Ein Lakai lief hinter Anns Hut die Treppen hinab, Lady Honora und die Schwestern eilten zur Balustrade und sahen hinunter, und Tony lief dem Diener lachend einige Treppenstufen weit nach.

Rosie beobachtete sie atemlos und heftete ihren Blick dann auf Tony. Er stand auf halber Höhe der Treppe, spornte den Lakai mit Rufen an, drehte sich dann um zu seinen Schwestern und schäkerte mit Ann. Er lächelte seine Schwestern und sogar Lady Honora schelmisch an. Dann wandte er sich um und entdeckte sie. Sein Lächeln wurde sanfter; er sah aus, als quäle ihn ihr bloßer Anblick. Sein Lächeln lud dazu ein, es zu erwidern, und das hätte Rosie auch beinahe getan. Beinahe.

Dann stürzte der Himmel ein.

Kapitel 18

Die Zeit geht auf Krücken,
bis die Liebe im Besitz aller ihrer Rechte ist.

VIEL LÄRM UM NICHTS, II, I, 352

Ein Donnern drang an Tonys Ohr. Eine Staubfontäne wirbelte auf. Frauen kreischten, Fensterscheiben splitterten.

»Rosie!« Tony hechtete in zwei riesigen Sätzen die Treppe hoch, rannte in die Staubwolke und stolperte über ein Stück des Himmels. Eine große Steinfigur aus der Dachverzierung lag zerschmettert im Krater des ruinierten Terrassenbodens. Tony sprang darüber, schlitterte über die Bruchstücke und stieß mit Rosie zusammen, die auf ihn zueilte.

Sie war am Leben. Sie stand auf beiden Beinen. Mehr konnte er nicht sehen, denn der Wind wirbelte den Staub auf wie ein riesiger Besen. Tony packte sie an den Schultern, hustete und stieß dann atemlos hervor: »Verletzt? Bist du verletzt?«

Während er sprach, fuhr er mit den Händen über ihren Körper, und er wurde gewahr, daß sie dasselbe tat. »Ich bin unversehrt. Und du?«

»Auch. Geh!« Er spähte durch die Staubwolke hindurch nach oben und entdeckte vor dem Hintergrund des bewölkten Himmels eine klaffende Lücke zwischen den steinernen Kreuzblumen, die das Gesims zierten. »Gütiger Himmel.« Er schob Rosie aus dem Zentrum der Zerstörung und wollte sie so lange weiterschieben, bis sie in Sicherheit war.

Doch die tapfere Rosie sagte mit erstickter Stimme: »Deine Schwestern. Lady Honora.«

Seine Schwestern. Er stolperte davon und suchte sie; dann verflog der Staub, als hätte es ihn nie gegeben. Die drei Frauen saßen zusammengekauert an der Balustrade, die Gesichter in die Mäntel geschmiegt. Sie waren nicht zermalmt worden. Alles war in Ordnung.

Ann schluchzte, und Jeans verdächtiges Schweigen beunruhigte ihn. Er schloß seine Schwestern fest in die Arme und machte einen großen Bogen um die zerschmetterte Skulptur. Er erübrigte einen Gedanken für Lady Honora, doch er wußte, er konnte sich darauf verlassen, daß Rosie sich um sie kümmerte. Sie erreichten das Herrenhaus, als die Bediensteten aus der Tür stürmten.

Drinnen drang schrilles Stimmengewirr an seine Ohren. Diensteifrige Hände nahmen sich seiner Schwestern an. Ann war unversehrt, wenngleich ihr dunkler Teint durch den Schock aschfahl geworden war. Oder lag eine feine Staubschicht auf ihrer Haut? Jean nahm ihren Mantel vom Gesicht, und Tony untersuchte sie. Ihr war offensichtlich nichts geschehen, obwohl sie in ihr Taschentuch hustete.

Dann hörte er, wie viele Kehlen gleichzeitig nach Luft schnappten, und drehte sich rasch zur Tür um. Lady Honora stand schwankend im Eingang, gestützt von einer kreidebleichen Rosie. Aus einer langen Schnittwunde an Lady Honoras Schläfe und aus zahlreichen kleinen Wunden an Wangen und Kinn rann Blut über ihr Gesicht.

Hinter ihnen stand der Lakai, Anns zerdrückten Hut in der Hand. Die Mägde liefen tatenlos umher, und Tony wurde schlagartig bewußt, daß sie zu große Scheu vor Lady Honora hatten, um sie zu berühren. Er machte einen

Satz nach vorn und fing Lady Honora auf, als sie bewußtlos vornüberkippte. Er schwankte unter ihrem Gewicht, doch Rosie gab ihm Halt.

»Sie ist von umherfliegenden Trümmerstücken getroffen worden. Vermutlich ist Splitt in den Wunden. Wenn du sie nach oben in ein Bett bringen könntest, werde ich mich um sie kümmern.«

Tony ging auf die Treppe zu. »Ich werde nach einem Wundarzt schicken lassen.«

»Das wirst du nicht!« Rosie eilte vor ihm her. »Wir werden sie nicht in die Hände eines dieser Schlächter geben.«

»Aber du ...«

»Ich habe auf meinen Reisen einige Kenntnisse erworben, Kenntnisse, die einer Dame vielleicht fehlen.« Sie rief nach den Mägden, als sie die Halle erreicht hatten, und verlangte heißes Wasser, Handtücher, eine Nadel und dünnen Zwirn aus Schafdarm. Als sie Tonys entsetztes Gesicht sah, erklärte sie: »Ich mußte Wunden nähen, wenn die Schauspieler in Raufereien verwickelt worden waren.«

»Nähen? Du willst ihre Wunden nähen?« Tony blieb stehen und umklammerte Lady Honora. Er mußte an die einfachen Fertigkeiten denken, die Rosie hatte lernen sollen – wie man ein Taschentuch benutzte, wie man langsam und gesittet seine Mahlzeiten einnahm. Und nun wollte sie Lady Honoras Gesicht nähen? Wo Lady Honora ihre oberste Lehrmeisterin gewesen war, und Rosie ihr jede Minute ihres Unterrichts übelgenommen hatte?

»Sir Danny hat es mich gelehrt. Er ist ein hervorragender Heiler, und diese große, klaffende Wunde muß genäht werden.« Rosie rückte Lady Honoras schlaff herabhängenden Kopf zurecht und blickte in ihr bewußtloses Gesicht. »Sonst wird sie schlecht heilen.«

»Ich werde nach dem Wundarzt schicken lassen«, sagte Tony bestimmt.

»Tu das, wenn es dich beruhigt«, Rosie hielt die Tür zu Lady Honoras Gemach auf, während Tony sie hineinmanövrierte. »Aber ich werde versuchen, fertig zu sein, ehe sie wieder zu Bewußtsein kommt.«

Tony legte Lady Honora auf das Bett und wandte sich dann an Rosie, um ein ernstes Wort mit ihr zu sprechen, doch Rosie war dabei, den Mägden tatkräftig Anweisungen zu erteilen. Sie bereitete die Nadel vor, indem sie den geschmeidigen braunen Schafsdarmzwirn geschickt durch das winzige Öhr zog. Sie kletterte auf einen Schemel und beugte sich über Lady Honora, um sie zu untersuchen. Tony trat näher, fasziniert von dieser Darbietung von Tüchtigkeit seitens einer Frau, die er, nun ja, als Wachs in seinen Händen betrachtet hatte. Sie verlangte nach einem warmen, feuchten Tuch und wusch Lady Honoras Wunde behutsam aus. Tony kam so nah, daß Rosie ihm mit dem Ellbogen gegen den Kopf stieß, als sie sich umdrehte. »Zur Seite, Tony!« rief sie verärgert. »Ich kann nicht arbeiten, wenn du da bist.«

»Besser noch, geht!« sagte Lady Honora.

Sie war bei Bewußtsein, und sie starrte ihn finster an. »Geht, Tony. Ich will Euch nicht hier haben.«

Er ertappte sich dabei, wie er zurückwich. Lady Honora war selbst dann noch furchterregend, wenn sie verletzt war, und wenn sie wollte, daß er ging ... Er fand sich in der Halle wieder, doch nicht allein. Jean wartete auf ihn, einen ernsten Ausdruck auf dem schmutzigen Gesicht. »Ist etwas mit Ann?« fragte Tony besorgt.

»Ann ist wohlauf.« Jean wischte ihm mit dem Saum ihres Rockes durch das Gesicht und zeigte ihm den Schmutz. Tony zuckte die Schultern, doch sie sagte: »Komm mit in dieses Zimmer, und ich werde dir das Gesicht waschen.«

Er öffnete den Mund, um zu widersprechen, doch sie ließ ihren Blick vielsagend über die umherlaufenden Dienstboten schweifen. »Ah.« Er nickte verstehend. »Wie Ihr wünscht, Madam.«

Jean führte ihn in eines der leeren Gemächer und schloß die Tür. Dann lehnte sie sich dagegen und flüsterte: »Ich bin nicht sicher, aber Tony ... ich könnte schwören, daß ich einen Mann auf dem Dach gesehen habe.«

Durch das Fenster konnte man beobachten, wie vereinzelte Nebelschleier durch die ebenholzschwarze Nacht wehten. Im Studierzimmer reflektierte die dunkle, glänzende Täfelung den Schein des Kerzenlichts, und ein Duft nach Bienenwachs lag in der Luft. Nur das Knistern des Kaminfeuers unterbrach die tiefe Stille, die zu Tonys düsterer Stimmung paßte.

Er hatte einen Mörder auf dem Anwesen.

Er hatte den Nachmittag auf dem schlüpfrigen Schrägdach des Herrenhauses verbracht und die Spuren untersucht. Dort, wo die Statue gestanden hatte, lagen Steinsplitter verstreut; irgendein Wahnsinniger hatte sehr hart gearbeitet, um die Skulptur hinabzustürzen.

Doch auf wen? Der Pfeil war entweder auf ihn oder auf Rosie gerichtet gewesen, doch dieser Anschlag hätte alle töten können, die sich auf der Terrasse befanden. Es grenzte in der Tat an ein Wunder, daß niemand ums Leben gekommen war. Die Bediensteten, die mit der Beseitigung der Trümmer beauftragt worden waren, hatten sich über die außergewöhnliche Tiefe des Kraters im Marmorboden der Terrasse ausgelassen. Die Statue war vermutlich eine Tonne schwer gewesen, und sie hatten Splitter im Gras, im

Gebüsch und innerhalb des Hauses gefunden, wo die Steinsplitter sich mit den Glassplittern der drei großen Fenster vermischt hatten.

Trotz Jeans Verschwiegenheit schien jeder im Haus zu wissen, daß dieser »Unfall« kein Unfall war. Alle redeten über ihre Angst vor Ludovic und darüber, wie man ihn dingfest machen könne, und Tony hatte sofort seine besten Jäger auf seine Spur angesetzt. Doch wie war es einem Mann von Ludovics Größe und Erscheinung gelungen, das Haus zu betreten und auf das Dach zu gelangen, ohne daß jemand – *irgend jemand* – ihn gesehen hatte? Es schien unmöglich, es sei denn, Ludovic hatte einen Komplizen, und das ließ die ganze Lage in einem völlig neuen Licht erscheinen. Er oder sie mußte ein Mitglied des Haushalts sein, und warum sollte ein Haushaltsmitglied irgend jemanden umbringen wollen? Mehr noch, warum sollte ein Mitglied des Haushalts Ludovic für seine Mordabsichten benötigen?

Als Rosie die Gerüchte zu Ohren gekommen waren, hatte sie darauf beharrt, daß Ludovic niemals das Risiko eingegangen wäre, sie zu verletzten, doch sie wirkte beunruhigt.

Welchen Reim sollte man sich auf all das machen?

Ein unbekannter Mörder, der ein unbekanntes Opfer verfolgte. Oder waren es mehrere Opfer?

Ein leises Klopfen ertönte, und Tony wandte sich vom Fenster ab und starrte auf die Tür. Er wußte nicht, ob er noch mehr aufgeregte Dienstboten würde ertragen können, die ihm bedeutungslose Hinweise gaben, die zu nichts führten.

Ehe er antworten konnte, drehte sich der Türknauf, und die Tür wurde langsam geöffnet. Ein Kopf erschien im Türspalt. »Rosie!«

Er mußte einladend geklungen haben, denn ihre finstere Miene erhellte sich, und Rosie schlüpfte in den Raum. Sie hatte sich den Staub vom Nachmittag abgewaschen, denn sie duftete nach Seife und Blumen. Sie trug ein sittsames weißes Frauenhemd von so altmodischem Stil, daß es statt eines steifen Korsetts ein Mieder hatte. Ihr feuchtes Haar wurde von einem Band zurückgehalten, und unter ihren Augen lag ein schwacher dunkler Schatten.

Sie sah bezaubernd aus.

»Störe ich dich?« wollte sie wissen.

Er ging ihr entgegen. »Du bist der einzige Mensch, den ich im Augenblick sehen möchte.« Er nahm ihre Hand, küßte ihre kalten Finger und wunderte sich, daß Rosie seine Hand flüchtig drückte. Dann errötete sie, als sei sie anmaßend gewesen, und versuchte, ihre Hand aus der seinen zu lösen. Tony fragte hastig: »Schläft Lady Honora?«

Rosie wurde auf der Stelle ernst und antwortete: »Ja, aber nicht gut. Sie hat Schmerzen und wird von entsetzlichen Alpträumen heimgesucht.« Sie ließ ihren Blick durch das Zimmer schweifen. »Ich kenne das aus eigener Erfahrung.«

Tony blickte sich ebenfalls um und dachte an Rosies Reaktion, als sie das Zimmer zum ersten Mal betreten hatte. Rosie hatte zu viele Geheimnisse, und wenn er eins enthüllte, fand er zehn weitere. Sie war ein Geheimnis, und er liebte Geheimnisse – außer, wenn sie Rosies Leben bedrohten. Und sein Scharfsinn mußte zehnmal größer sein als ihre Unergründlichkeit, denn Rosie behielt ihre Geheimnisse gern für sich, deshalb fragte er wie beiläufig: »Hast du mit Jean und Ann gesprochen?«

»Sie ziehen sich heute abend früh in ihre Gemächer zurück und beabsichtigen hierzubleiben, bis es Lady

Honora besser geht. Vielleicht sogar die ganzen Feiertage über, denn sie sagen, daß sie es bei diesem abscheulichen Wetter wohl ohnehin nicht bis Cornwall schaffen würden.«

Das wußte er. Er wußte alles, doch er wollte nicht, daß Rosie schon ging, und so suchte er fieberhaft nach einem anderen Gesprächsthema, etwas Beruhigendem, etwas, das nichts mit den fürchterlichen Ereignissen des Tages zu tun hatte.

Rosie blickte auf ihre Hände hinab, die noch immer ineinander lagen, dann hinauf zu ihm. »Können wir mit meinen Lesestunden fortfahren?«

Ihre Lesestunden? Sie war wegen ihrer Lesestunden gekommen? »Gewiß!« Er suchte die Unterlagen, die er bisher für seinen Unterricht verwendet hatte, fand jedoch seinen Federkiel nicht. Hatte einer seiner Diener wieder einmal sein Studierzimmer aufgeräumt?

Er runzelte die Stirn, und Rosie sagte:« Wenn du zu beschäftigt bist...«

»Aber nein.« Nicht für sie. Er überlegte kurz und sagte dann: »Ich glaube, wir werden heute einmal ein richtiges Buch lesen.« Er zog sie an der Hand, bis sie neben seinem Schreibtisch stand, und hob seine Bibel auf. »Es ist eine düstere, neblige Nacht, und wir werden am Kaminfeuer sitzen und lesen.«

Sie nagte an ihrer Unterlippe und blickte auf die dicke Bibel. »Ein Buch lesen?«

»Aufregend, nicht wahr?«

Sie willigte ein und strich mit zitternden Fingern über den ledernen Einband.

Sie wirkte beinahe widerwillig, und Tony versprach: »Ich werde dir helfen.« Rosie nickte und setzte sich auf einen der Lehnstühle. Tony zog einen Tisch neben und einen hinter ihren Stuhl, stellte einen Kerzenleuchter darauf und rückte seinen Stuhl dann nahe an den ihren. Er nahm Platz und sagte munter: »So, das ist behaglich.«

Es wurde sehr still im Zimmer. Die vergilbten Ränder der Seiten schienen Rosie zu faszinieren. Sie ließ ihre Finger mehrmals darübergleiten und holte dann tief Luft.

Endlich erkannte er ihr Problem.

Die große Bibel schüchterte sie ein. Sie kannte Abschnitte daraus auswendig. Doch sie zu lesen ... das ängstigte sie gewiß. Vielleicht fürchtete sie, einen Fehler zu machen, oder daß er sie auslachen würde, oder daß das große Geheimnis geschriebener Sprache ihr verschlossen bliebe.

»Ich weiß, daß du dich auf die erste Gelegenheit, ein Buch zu lesen, freust«, sagte er. Vorfreude war offensichtlich nicht das passende Wort, um ihren Gesichtsausdruck zu beschreiben, doch Tony fuhr unverdrossen fort. »Du kennst die Buchstaben und viele, viele Wörter. Mir ist noch nie eine so kluge Schülerin wie du begegnet.«

Sie funkelte ihn an. »Dir ist noch nie eine so alte Schülerin wie ich begegnet.«

Er überhörte ihre Bemerkung und fuhr fort: »Ich habe mich gefragt, ob dir jemand vor Jahren einmal die Buchstaben beigebracht hat, denn du scheinst sie zu kennen, fast ohne daß ich sie dir vorsage.«

Rosie ließ den Blick mit jenem Ausdruck auf dem Gesicht durch das Zimmer schweifen, den ihre Züge bisweilen annahmen, wenn die Geister des Hauses zu ihr sprachen. »Wer hätte mich das Lesen lehren sollen?«

»Dein Vater vielleicht?« Sie antwortete nicht, und er sagte: »Wenn ich ehrlich bin, habe ich es hinausgeschoben, dich ein Buch lesen zu lassen, weil ich fürchtete, du würdest mich dann nicht mehr brauchen und diese ruhigen Stunden würden der Vergangenheit angehören.«

Sie lächelte. »Wirklich?«

»Ich habe sie genossen.« Er erwiderte ihr Lächeln. »Und du?«

Sie blickte ihn durch die Wimpern hindurch an. »Sehr.«

Ihr schüchternes Geständnis ließ sein Herz schneller schlagen, und er hätte sie beinahe an sich gezogen. Er wollte sie umarmen, sie an sich drücken, sich vergewissern, daß sie noch atmete, daß das Blut noch immer durch ihre Adern floß, daß ihre Haut noch immer Wärme verströmte, daß ihre Lippen noch immer Paradiespforten waren ...

»Tony, bist du sicher, daß du heute abend lesen möchtest?« Sie legte den Kopf schief wie ein Kätzchen, das nicht weiß, ob es willkommen ist.

»Lesen?«

»Du wirkst, als seist du weit weg.«

Er wurde sich der gefährlichen Richtung bewußt, die seine Gedanken eingeschlagen hatten, und unterdrückte sie. »Nein, ich bin zu nahe.«

Ihre Wimpern flatterten erneut. »Tony?«

»Wir werden lesen«, sagte er entschlossen. Er nahm ihre Hand in die seine und half ihr, das Buch aufzuschlagen. »Das ist Cranmers Große Bibel. Sie wurde herausgegeben, nachdem unser geliebter König Heinrich sich selbst zum Oberhaupt der Kirche von England ernannt hatte. Sieh dir nur die Illustrationen an!« Er half ihr, die Seiten zurückzublättern. »Sind sie nicht farbenprächtig? Ich habe mit genau diesem Buch Lesen gelernt. Die Lady, die ich Mama nannte, hat es mir geschenkt, und wenn ich ein Wort nicht entziffern konnte, hat sie mir gesagt, ich solle mich zur Entspannung in die Bilder vertiefen.«

Sie blickte zu ihm auf. »Du kannst nicht alle Wörter entziffern?«

»Jetzt schon.« Er führte ihre Hand, um eine andere Seite aufzuschlagen. »Doch als ich lesen lernte, konnte ich es nicht. Mein Lehrer klagte immer, ich sei ein schwieriger Schüler, denn ich wollte viel lieber mit meinem Vater und meinem Bruder über die Felder reiten. Du beschämst mich mit deinem Lerneifer.«

Sie schlug nun selbst eine Seite auf, und er ließ langsam ihre Hand los. Er betrachtete sie, während sie sich in die Seite vertiefte. Mit dem zurückgebundenen Haar und ihrem aufmerksamen Gesichtsausdruck sah sie so entzükkend aus wie nie zuvor. Plötzlich zeigte sie mit dem Finger auf ein Wort und rief: »Schau! Da steht ›und‹.«

»Richtig.«

»Und ›das‹.« Sie zeigte auf immer neue Wörter. »›Du‹, ›Zeit‹.« Sie hielt inne und verkündete dann triumphierend: ›Grenzen‹.«

Tony seufzte in gespielter Verzweiflung. »Ich wußte, daß deine Fähigkeiten die meinen in den Schatten stellen würden. Kannst du einen Satz lesen?«

Sie blätterte durch die Seiten und suchte, bis sie einen Satz fand, der ihr gefiel. »*Zehn fette Ochsen, und zwanzig Ochsen von den ...*«

Er beugte sich vor und las. »Weiden.«

»*Weiden, und ...*« Sie begann, sich zu langweilen, und blätterte beherzt weiter, bis sie etwas anderes fand, das ihr zusagte. »Das hier ist ein Lied. Das dürfte uns gefallen.«

»Ein Lied?« Tony reckte den Hals und versuchte zu sehen, was sie las. Dann schlug er vor: »Warum setzt du dich nicht auf einen Hocker, hier, wo ich in das Buch sehen kann?« Heute morgen war der Tod ihnen nahe gewesen. Heute nacht sehnte er sich nach ihrer Nähe.

Rosie schien es ebenso zu gehen, denn sie zog einen Hokker heran und setzte sich an Tonys Knie. Sie lehnte sich sogar gegen ihn und wärmte seine Beine mit ihrem Rücken. Er mochte die feinen, kurzen Haarsträhnen an ihrem Nakken, das Adergeflecht an ihrer Ohrmuschel, den Duft nach Nelken, der in Wellen zu ihm aufstieg und ihn betörte.

Wie er sie liebte! Er wollte sie umarmen, ihr Koseworte zuflüstern, sich mit ihr niederlegen, Brust an Brust, Bauch an Bauch ...

»Es heißt ›Hohelied‹ ...«, sie zögerte, dann sprach sie es aus: »›Salomons‹.«

Er setzte sich aufrecht hin. Das Hohelied Salomons? Sie hatte das Lied der Lieder gefunden? Er hatte diesen Beweis für die Sinnenfreude der längst verstorbenen biblischen Patriarchen stets mit Vergnügen gelesen, doch Rosie es laut vorlesen lassen? Nein, das sollte er besser nicht erlauben.

»*Mit Küssen seines Mundes bedecke er mich. Denn süßer als Wein ist deine Liebe.*« Sie hielt inne und starrte auf die Seite, dann sah sie auf zu Tony. »Stimmt das?«

Sie wollte nicht wissen, ob sie richtig gelesen hatte, und er täte gut daran, ihr Einhalt zu gebieten.

Statt dessen sagte er mit warmer, wohlwollender Stimme: »Ja, lies weiter.«

Sie blätterte um. »*Er zog mich mit ins ...*«

Er half ihr, als sie zögerte. »Weinhaus.«

»*Weinhaus, und sein Banner über mir war ...*« Sie zögerte erneut, doch nicht, weil sie das Wort nicht kannte.

»War?« ermutigte er sie.

»*Liebe.*«

Das Wort fiel in die Stille wie eine Perle in einen Kelch voll schweren, berauschenden Weins. Sie wartete auf seine Antwort, und er flüsterte: »Du hast es genau richtig gesagt.«

»*Stärkt mich mit Traubenkuchen, erquickt mich mit*

Äpfeln; denn ich bin krank von Liebe.« Sie wandte den Kopf ein wenig ab, bot Tony ihr Profil dar und beobachtete ihn aus dem Augenwinkel. »Bedeutet das ›Ich bin krank *vor* Liebe‹?«

»Ich auch.«

Sie drehte sich um und blickte ihm ins Gesicht, und ihre bernsteinfarbenen Augen waren weit aufgerissen und leuchteten wie glühende Kohlen. »Ich meinte ...«

Tony lächelte, und er sah die Bewegung ihrer Kehle, als sie schluckte. »Lies das«, verlangte er und zeigte auf die Seite.

»Wieviel süßer ist deine Liebe als Wein, der Duft deiner Salben köstlicher als alle Balsamdüfte! Von deinen Lippen, Braut, tropft Honig; Milch und Honig ist unter deiner Zunge ...«

Sie hielt inne, und als er sich vorbeugte, um das Wort zu betrachten, wandte sie den Kopf. Ihre Nasenspitzen berührten sich beinahe, und mit einer kleinen Kopfdrehung ... doch es war ein großer Abstand, ermahnte er sich. Ein sehr großer Abstand. Wenn er ihn überwand, würde er geradewegs in den Abgrund der Begierde springen, und er hatte sich schon einmal als zu schwach erwiesen, ihn wieder zu verlassen, ohne alle Wonne bis zur Neige ausgekostet zu haben.

Rosies Atem, der süß nach Minze duftete, strich über sein Gesicht. »Das erinnert mich an dich.«

»Was meinst du?«

»Deine Zunge ist wie Honig, wenn du sprichst. Du sagst die wunderbarsten Dinge.« Sie blickte ihm in die Augen. »Wie das von den Liebenden, die sich küssen, damit sie ihre Unterschiede nicht mehr wahrnehmen.«

»Das habe ich gesagt?«

»Ja. Und es gelingt. So.« Sie legte den Kopf schräg und

überwand jenen großen Abstand zwischen ihnen. Sie drückte ihre trockenen, weichen Lippen auf die seinen.

Es war eine Geste des Vertrauens, und er genoß sie, ohne zu versuchen, sie zu vertiefen. Er überließ Rosie die Führung, bereit, sich von ihr bis an den Rand des Abgrunds führen zu lassen.

Dann drang sie mit ihrer Zunge in seinen Mund und stürzte Tony über den Rand in die Schlucht.

Er versuchte zurückzuweichen, doch Rosie umfaßte sein Gesicht mit den Händen und küßte ihn erneut.

Verflixt, sie erinnerte sich an jeden Kunstgriff, den er angewandt hatte, um ihr Genuß zu verschaffen, und wandte ihn nun ohne die leisesten Gewissensbisse selbst an. Sie erkundete seinen Mund und stimmte die Bewegungen ihrer Zunge dabei mit denen ihrer Hand an seinen Lenden ab.

Wie zum Teufel war ihre Hand an seine Lenden geraten?

Tony zog jäh den Kopf zurück und funkelte sie an. »Wir können das nicht tun.«

Sie öffnete langsam die Augen, und ihre geschwollenen Lippen öffneten sich zu einem Lächeln. »Ich wollte nur meine Bewunderung für deinen Heldenmut zum Ausdruck bringen.« Ihre Hand blieb auf seinen Lenden liegen und ertastete Größe und Härte seines Geschlechts, bis Tony ihre Finger fortschob.

»Bist du immer so groß?« fragte sie.

»Was?«

»Du beulst deine Schamkapsel aus.«

Das stimmte, doch Tony wollte es nicht zugeben. Er wollte sich und Rosie vormachen, daß jener Teil seines Körpers keinen Einfluß auf sein Handeln hatte. Er hatte Mühe, deutlich zu sprechen, brachte jedoch hervor: »Lies.«

Rosie hob das Buch vom Boden und öffnete es erneut. »Wo war ich? Ich erinnere mich nicht mehr genau.«

Sie klopfte sich mit dem Finger auf die Unterlippe, und Tony betrachtete jene Lippe und jenen Finger und stellte sich vor, wie sie sich auf seiner nackten Haut anfühlen würden. Er hatte Rosie das Küssen gelehrt; hatte er sie auch gelehrt, mit Händen und Lippen zu liebkosen?

»*Wie eine Palme ist dein Wuchs, deine Brüste sind wie Trauben.*«

Er schloß die Augen und malte sich aus, wie er eine ihrer Trauben in die Hand nahm, in den Mund.

»*Ich gehöre meinem Geliebten, und ihn verlangt nach mir.*«

Das stimmte. Es verlangte ihn so heftig nach Rosie, daß er, als sie ihren Arm über seinen Schoß legte, das Becken hob und sich gegen ihren Arm preßte. Irgendwie bildete dieser Teil seines Körpers sich ein, es würde ihm Linderung verschaffen, wenn Rosie ihn berührte, doch das traf nicht zu. Es steigerte nur sein Verlangen nach ihr.

»*Früh wollen wir dann zu den Weinbergen gehen und sehen, ob der Weinstock schon treibt, ob die Rebenblüte sich öffnet, ob die Granatbäume blühen. Dort schenke ich dir meine Liebe.*«

Rosie im Frühling im Freien zu lieben. Welch köstliche Vorstellung! Warme Sonnenstrahlen auf seinem Rücken, Rosies warmer Körper unter dem seinen, und die bebende Erde unter ihnen, wenn er seinen Samen pflanzte.

»Das gefällt mir.«

Ihm gefiel es auch.

Sie las. »*Dein Gesicht laß mich sehen, deine Stimme hören! Denn süß ist deine Stimme, schön dein Gesicht.* Tony, du bist schön, und der Klang deiner Stimme läßt mir Schauer über den Rücken rieseln.«

Es gab nur ein Mittel gegen sein Leiden, und das war zum Greifen nahe. Rosie müßte ihre Röcke hochschlagen, und er würde seine Kniehosen öffnen, und sie würde sich zu ihm hindrehen. Er würde ihre Schenkel über die Lehnen des Stuhls legen und sich mit einem kräftigen Stoß tief in ihren Schoß graben.

»Tony?«

»Was?«

Sie legte das Buch auf den Tisch und erhob sich. »Hättest du etwas dagegen, wenn ich mich auf deinen Schoß setze?«

»Tu das nicht ...«

Sie setzte sich.

»Nein.« Er packte sie an der Taille, um sie von sich zu schieben, und bemerkte dabei, daß sie unter ihrem Mieder keinerlei andere Leibwäsche trug.

Sie legte den Kopf an seine Schulter und sagte: »Ich möchte dir ganz nahe sein. Heute dachte ich ...«, ihre Stimme zitterte, »du seist getötet worden. Ich habe mir vorgestellt, wie einsam die Welt sein würde, wenn wir einander nie wieder berühren könnten, und ich wollte dich einfach berühren.«

Sie fuhr mit dem Finger die Kontur seiner Ohrmuschel nach, während sie sich enger an ihn schmiegte. Und noch enger. Und dann entdeckte er, daß sie unter ihrem Rock keine Unterröcke trug.

Von ihrem Kleid abgesehen, lag sie so gut wie nackt in seinen Armen.

Welch törichter Gedanke! Sie trug immer noch Strümpfe ... oder nicht?

Er wollte nachsehen, wagte jedoch nicht, den Kopf zu neigen, und die Bewegungslosigkeit ließ seinen steifen Nacken schmerzen. Ohne den Kopf zu bewegen, richtete

Tony den Blick auf Rosies Fuß und sah, daß sie tatsächlich einen Strumpf trug. Einen roten Strumpf. Einen roten Seidenstrumpf, der im Kerzenschein schimmerte.

Wo hatte sie so feine Seide aufgetrieben? Wie würde sie sich anfühlen? War es ein kurzer Strumpf oder ein langer? Reichte er ihr bis zum Knie, oder würde er das Strumpfband näher an ihrem Venushügel suchen müssen? Und würde er ihr die Strümpfe überhaupt abstreifen wollen? Oder würde er lieber spüren, wie sie sanft gegen seine Arme rieben, während er Rosies Hüften in stetem Rhythmus auf und ab bewegte?

Ihr warmes, rundes Gesäß streichelte ihn mit kleinen, unruhigen Bewegungen. Ihre Arme lagen um seinen Hals geschlungen, und sie küßte seinen Kiefer. Tony wandte erneut die Augen ab, denn er wagte nicht, ihr ins Gesicht zu sehen, aus Furcht, er würde schwach werden und sie küssen. Sie küssen und küssen und nie wieder loslassen.

»Tony, du bist ganz steif«, säuselte sie. »Laß mich dich massieren. Das wird dich entspannen.«

Sie erhob sich, und Tony fühlte sich erleichtert – bis seine Männlichkeit sich ihr entgegenreckte. Dann zog Rosie ihren Rock hoch.

Die roten Strümpfe reichten ihr bis an die Schenkel.

Sie setzte sich rittlings auf seine Knie.

Er stieß sie fort.

Sie schrie auf und landete mit einem dumpfen Knall auf dem Boden, und Tony fuchtelte ihr mit dem Zeigefinger vor der Nase herum. »Weißt du nicht, daß du mit dem Feuer spielst? Wenn du so weitermachst, schlage ich dir die Röcke über den Kopf, lege deine Beine um meine ...«

Sein Finger kam ihrem Mund zu nahe, und sie biß hinein. Tony versuchte, seine Hand zurückzuziehen, doch Rosie griff danach, steckte seinen Finger zurück in ihren Mund – und saugte daran.

Tonys Herzschlag setzte aus, sein Atem stockte. Nur noch zwei Dinge beherrschten sein Bewußtsein: der feuchte, warme Mund, der an seinem Finger saugte, und die Frage, wie es wäre, wenn sich dieser Mund statt dessen um sein Geschlecht schlösse. Dann schob sie seine Hand beiseite, beugte sich über seinen Schoß und legte ihre Lippen darauf. Sie blies sanft, und das Feuer, das sie mit ihrem Atem schürte, geriet außer Kontrolle.

»Das reicht.« Tony legte die Arme unter ihre Achselhöhlen und zog Rosie mit einem Ruck empor. »Ich werde ...« Sie stellte sich auf die Zehenspitzen und küßte ihn, und als sie seine Lippen freigab, sagte er: »Ja, ich werde auch das tun.«

Er nahm sie auf die Arme und hielt Ausschau nach dem Bett.

Welch lächerlicher Einfall. Es gab kein Bett. Doch es gab einen Schreibtisch, einen breiten, langen Schreibtisch, auf dem sich die Schriftstücke stapelten. Tony setzte Rosie auf eine freie Ecke und fegte mit einer Armbewegung alles Störende vom Tisch. Er wußte nicht, warum Rosie so beharrlich war, doch er hatte ihr nicht widerstehen können, als *er* ihr Avancen gemacht hatte. Welcher Mann würde widerstehen können, wenn *sie* sie machte?

Rosie lachte leise, als er ihre Röcke zurückschlug. Ihr Lachen machte ihn zornig. Spielen wollte sie also mit ihm? Die Führung übernehmen? Sie hatte die Kunst der Verführung rasch gelernt, doch er war mit diesem Talent geboren worden und hatte jede Technik durch stundenlanges Üben zu höchster Vollendung gebracht. Mit einem einzigen Zungenschlag konnte er Rosie ihrer Überlegenheit berauben und sie auf die gleiche Stufe der Torheit hinabziehen, auf der er sich befand. Mit mehreren Zungenschlägen... er zog ihr Gesäß auf den Rand des Tisches und kniete nieder.

»Was tust du da? Tony?« Sie versuchte, auf den Ellbogen zurückzukriechen. »Tony?«

Er lauschte auf ihr erstes Aufstöhnen, als er sie mit der Zunge liebkoste, und lachte verhalten. Dann lauschte er auf den verzweifelten Widerspruch, die leisen Schreie, das anschwellende Stöhnen. Er genoß alles. Besonders gefiel es ihm, als sie zu kämpfen begann, nicht gegen ihn, sondern gegen sich selbst. Er kostete sie, er prüfte ihre Temperatur; dann öffnete er seine Kniehosen und erhob sich. Rosie war kurz davor, von einem Strudel der Lust in die Tiefe gerissen zu werden. Tony drang in sie ein und stieß sie mitten in diesen Strudel. Ihr Körper krampfte sich in rhythmischen Zuckungen um ihn, und er wartete, die Hände auf die Tischplatte gestützt, bis sie wieder aus den Tiefen hervortauchte. »Rosie«, rief er, und als sie die Augen öffnete, forderte er: »Noch einmal.«

Kapitel 19

's ist in mein Gedächtnis eingeschlossen,
und Ihr selber sollt dazu den Schlüssel aufbewahren.

HAMLET, I, III, 85

»Sir Anthony!«

Jemand rüttelte am Türknauf, und Rosie stöhnte. Der Teppich milderte die Härte des Fußbodens nur unzureichend, der Raum war kühl, doch Tony hielt sie in seinen Armen, und sie hatte sich nie so behaglich gefühlt.

»Sir Anthony!«

Tony regte sich und schlang seine Arme fester um ihren Körper. »Verflucht«, murmelte er. »Es dämmert kaum. Hätten sie uns nicht noch eine Stunde länger allein lassen können?«

Das erlöschende Feuer zauberte rötliche Glanzlichter auf sein Haar und verlieh seinem Teint einen goldenen Schimmer. Ein Bart bedeckte sein Kinn wie ein Schatten, doch kein Schatten trübte die Zufriedenheit in seinen Augen.

Das war ihr Werk. Als sie vergangene Nacht zu ihm gekommen war, war er so ernst gewesen, daß sie ihn kaum wiedererkannt hatte. Jetzt war er wieder der alte Tony.

Ihr Tony.

Vor einigen Wochen hatte er sie geliebt. Letzte Nacht hatte sie ihn geliebt. Es machte einen himmelweiten Unterschied, der Angreifer zu sein, doch das Ergebnis war dasselbe. Sie hatten beide ihr Vergnügen gefunden – erst auf dem Schreibtisch, dann auf dem Boden, dann auf dem Sessel, Angesicht zu Angesicht, ihre Beine über den Armlehnen, Tonys Hände auf ihren Hüften. Das hatte Tony offenbar besonders genossen, obwohl er ihr versichert hatte, mit ihr sei alles ein Genuß.

»Sir Anthony, ich flehe Euch an.« Hals verzweifelte Stimme schrillte durch das Schlüsselloch. »Hier ist ein Bote. Ein Bote der Königin!«

Tony versteifte sich. »Jetzt?« flüsterte er, und sagte dann lauter: »Kümmere dich um ihn. Ich komme sofort, um mir seine Nachricht anzuhören.«

Es folgte ein Augenblick der Stille, dann hörten sie, wie Hal davonschlurfte.

»Königin Elisabeth muß beabsichtigt haben, uns zu unterbrechen«, sagte Tony.

»Sie muß eine ungemein eifersüchtige Frau sein.«

»Aus gutem Grund.«

Rosie befeuchtet ihren Finger mit der Zunge und fuhr damit über Tonys Unterlippe. Er sog die Fingerspitze in den Mund, und Rosie zitierte: *»Mein Geliebter, gluthell und erdrot, sticht hervor unter Tausenden. Sein Haupt ist reines Gold ...«*

Die Wahrheit dämmerte ihm, und seine Augen wurden schmal. »Na hör mal, du kleine Betrügerin!«

»Seine Locken sind Rispen, schwarz wie Rabenschwingen. Nur, daß deine Locken hell wie Finkenfedern sind.«

»Ich habe dich liebevoll ermutigt, dich unterstützt, und du hast gar nicht gelesen! Du kanntest jedes Wort auswendig!«

Er wirkte ehrlich gekränkt, und sie sagte: »Am Anfang habe ich die Worte wirklich gelesen, doch das Hohelied Salomons gehört zu Sir Dannys Lieblingsbibeltexten. Er hat es bei jeder Dame, der er den Hof gemacht hat, zum besten gegeben.«

Tony erhob sich und beugte sich über sie. »Ich sollte dich bestrafen.«

Sie schlang die Arme um seinen Nacken und fragte erwartungsvoll: »Wie?«

»Indem ich aufstehe und mich ankleide.«

Seinen Worten folgten Taten, und Rosie stieß einen enttäuschten Seufzer aus.

»Das geschieht dir recht«, sagte Tony, während er einen seiner Strümpfe vom Kerzenleuchter pflückte und den anderen vom Bücherregal. »Mich so zu täuschen!«

Rosie setzte sich auf und schlang die Arme um ihre nackten Knie. *»Seine Wangen sind wie Balsambeete, darin Gewürzkräuter sprießen, seine Lippen wie Lilien; sie tropfen von flüssiger Myrrhe.«*

»Mit Schmeicheleien wirst du dir meine Gunst nicht zurückerobern.«

Er zog seine Weste unter dem Schreibtisch hervor und nahm sein Wams von der Stange, an dem der Wandteppich befestigt war.

»Seine Finger sind wie Stäbe aus Gold, mit Steinen aus Tarschisch besetzt. Sein Leib ist wie eine Platte aus Elfenbein, mit Saphiren besetzt.«

Er blickte auf seinen flachen Bauch und verkündete: »Da sind keine Saphire auf meinem Bauch.«

»Ein bißchen weiter unten gibt es etwas, das so hart ist wie ein Saphir.«

Tony warf Rosie ihr Hemd über den Kopf. »Zieh dich an, Frau, und hör auf, mich in Versuchung zu führen!«

Sie zerrte sich das Hemd vom Kopf und zitierte: *»Seine Schenkel sind Marmorsäulen, auf Sockeln von Feingold. Seine Gestalt ist wie der Libanon, erlesen wie Zedern.«*

Dann erhob sie sich und schlüpfte mit schlängelnden Bewegungen in ihr Hemd.

Er beobachtete sie, bereit wie ein Hengst, ignorierte jedoch seinen Zustand. Tapfer zog er ihren Rock und ihr Mieder unter dem Sessel hervor und warf ihr die Kleidungsstücke zu. Rosie verwunderte das nicht. Tony mochte den Eindruck eines lebensfrohen *Beaus* erwecken, doch sie wußte, daß er ein tiefverwurzeltes Pflichtgefühl besaß. Er würde fortgehen, wenn seine Königin ihn rief, und er war bereit, seinen letzten Blutstropfen für sie zu vergießen.

War seine Treue zur Königin stärker als seine Treue zu ihr? Rosie wußte es nicht, und sie wollte es auch nicht wissen. War ihre Treue Sir Danny gegenüber stärker als ihre Treue zu Tony? Sie wußte es nicht, und sie ertrug es nicht, eine Antwort darauf zu suchen.

Als Tony sein Hemd von dem bronzenen Kaminbock nahm, bemerkte Rosie, daß ein Ärmel in schwarzen Fetzen hing. Er hatte zu nah am Feuer gehangen und war verkohlt.

Tony sah sie an. Sie erwiderte seinen Blick. Sie versuchte, ihre Belustigung zu verbergen, sie versuchte es wirklich, doch als er sie derart finster ansah, entfuhr ihr ein Kichern. Sie schlug die Hand vor den Mund, doch es war zu spät. Tony schleuderte das Hemd beiseite, zog sich Wams und Weste über, entdeckte dann seine Kniehosen unter dem Teppich und zog sie an.

Er hielt seine Strümpfe in der Faust und blickte sich suchend um. Rosie fragte: »Suchst du die hier?« und wedelte mit seinen Strumpfhaltern.

»Gib sie mir!«

»Gewiß.« Sie lächelte schelmisch. »Wenn du kommst und sie dir holst.«

Er kniff die Augen zusammen und betrachtete sie. »Ich

sehe, daß ich mich von einer Verführerin habe fangen lassen.« Er näherte sich ihr mit der Gewandtheit eines Duellanten und griff nach dem Strumpfhalter, doch sie versteckte ihn hinter ihrem Rücken. »Eine Verführerin«, wiederholte er und faßte sie um die Taille. Er küßte sie lächelnd. Küßte sie, bis sich ein Nebel um ihren Verstand gelegt hatte, der ebenso dicht war wie der vor dem Fenster. Als Tony seine Lippen von den ihren löste, öffnete sie die Augen.

»Alles in Ordnung?« fragte er, und als sie nickte, schnappte er sich seinen Strumpfhalter und trat zur Seite. Er klaubte seine Schuhe aus zwei entgegengesetzten Ecken des Zimmers und beobachtete Rosie mißtrauisch, während er sich zu Ende ankleidete.

»Du siehst reichlich verknittert aus«, bemerkte sie.

»Gut genug für den Boten der Königin«, entgegnete er. Als er fertig angekleidet war, kam er zu ihr und hob ihr Kinn. Rosie spitzte die Lippen und schloß die Augen, doch Tony lachte vergnügt. »Nein, ich kann heute morgen nicht mehr davon genießen, sonst muß Ihre Majestät warten.«

Rosie öffnete die Augen und blickte ihn schmollend an. »Dann wartet sie eben!«

Er schüttelte den Kopf. »Sie war zornig, als sie mich des Hofes verwiesen hat, und wenn sie mir nun einen Boten schickt, kann das nur eines bedeuten: Sie braucht jemanden, dem sie vertrauen kann, und zwar dringend. Und dieser jemand bin ich, und ich werde auf der Stelle zu ihr eilen.«

»Du wirst tun, was du tun mußt, und ich werde dich gern gehen lassen«, sagte Rosie. »Doch die Königin schätzt dich nicht nur wegen deiner Vertrauenswürdigkeit, fürchte ich. Vergiß nicht, zu mir zurückzukommen!«

»Wie könnte ich das?« Er tätschelte ihre Wange und

strich ihr Haar zurück, als müsse er sie berühren. »Beim letzten Mal hatten wir Glück, doch diesmal trägst du ganz gewiß mein Kind unterm Herzen. Ich übernehme die volle Verantwortung für die Zeit in meinem Schlafgemach, doch ich erkenne, wenn eine Frau mich verführt, und letzte Nacht hast du mich verführt, Rosie.«

»Du warst in geschwächter Verfassung«, sagte sie feierlich.

Er wich empört zurück. »Geschwächt? Herrje, ein Mann müßte ein Wallach sein, um nicht zu ...« Er bemerkte das vergnügte Funkeln in ihren Augen und gab Rosie einen sanften Klaps aufs Kinn. »Wenn wir verheiratet sind, verspreche ich dir, immer so schwach zu sein.« Sie schwieg, und er sagte besorgt: »Wir müssen heiraten, noch vor meiner Abreise. Willigst du ein?«

Sie dachte an ihren Kindheitstraum: ein Publikum zum Lachen zu bringen und zu Tränen zu rühren. Sie dachte an ihren neuen Traum: Gut Odyssey ganz allein zu besitzen. Dann dachte sie an den Traum, den zu träumen sie nie gewagt hatte: eine Familie zu haben, einen Ort, an dem sie Wurzeln schlagen, einen Mann, mit dem sie alt werden konnte. Mit Tony konnte dieser Traum Wirklichkeit werden, und auf so großzügige Weise, daß sie sich glücklich schätzen mußte. Trug sie Tonys Kind unterm Herzen? Sie hoffte es. Sie betete darum. Und sie würde ihn auch heiraten, wenn es nicht so wäre.

Er mußte ihre Antwort von ihrem Gesicht abgelesen haben, denn er nahm sie in die Arme und wirbelte sie herum. »Ich werde sofort nach Pfarrer Selwyn schicken. Wir werden uns heute nach der Abendmahlzeit trauen lassen, und ich werde im Morgengrauen aufbrechen.« Er setzte sie ab, küßte ihre Hände und ging zur Tür. »Du erweist mir eine zu große Ehre. Und kämm dir um Himmels willen die Haare, Frau. Du siehst aus wie eine Buhlerin.«

Ihre Haare? Sie faßte sich an die zerzausten Locken. Da stand sie, mit nichts als einem Hemd am Leib, und er sorgte sich um ihre Frisur?

Tony öffnete die Tür nur einen Spaltbreit und warf Rosie eine Kußhand zu.

»Warte!« rief sie, als sie sich an ihre anderen Sorgen erinnerte.

Er sah aus wie ein Missetäter, der sein Urteil erwartet, als er zurück in den Raum trat. »Ja?«

»Wenn du nach London gehst, nimmst du mich dann mit?«

»Nicht, wenn Gefahr im Verzug ist, und ich fürchte, das ist der Fall.«

»Ist es hier, wo Pfeile durch die Luft fliegen und Felsblökke vom Himmel fallen, etwa nicht gefährlich?«

»Doch, und deshalb werde ich meine Schwestern bitten, dich mitzunehmen, wenn sie abreisen.«

Rosie schnappte entsetzt nach Luft. »Ich soll Gut Odyssey verlassen und an irgendeinen fremden Ort gehen, wo Sir Danny mich nicht finden kann?«

Ein seltsamer Ausdruck huschte über sein Gesicht, und er wirkte beinahe krank. Sie war nicht sehr taktvoll gewesen, erkannte Rosie, doch sie wollte Gut Odyssey nicht verlassen, nicht ohne Tony – wegen Sir Danny, und weil dieser Ort ein Hafen für sie geworden war. »Ich werde dort niemanden kennen«, stammelte sie.

»Du kennst Jean und Ann, und ich nehme an, Lady Honora wird euch begleiten. Du wirst meinen Bruder und seine Familie kennenlernen, und meinen Vater.«

Obwohl sie Verständnis für Tonys Sorge hatte, wollte Rosie nicht fortgehen. Sie wollte keine neuen Fremden kennenlernen, sie wollte nicht wieder allein gelassen werden.

»Es würde mich beruhigen«, sagte Tony, »wenn du mit ihnen gingest.«

»Du mußt mir eines versprechen.«

Er entspannte sich. »Alles, was du willst.«

»Du mußt mir versprechen, daß du Sir Danny findest und ihn beschützt.«

Etwas in ihm veränderte sich. Er wirkte angespannt, still, entschlossen. »Ich hatte bereits den Entschluß gefaßt, das zu tun.«

Sie hatte den Eindruck, er wolle noch etwas hinzufügen. Sie wartete, von einer unbestimmten Sorge erfüllt, während er nach Worten rang. »In der kurzen Zeit, die ich ihn kenne, habe ich begriffen, wie wertvoll Sir Danny für dich ist. Du hast das Herz einer Löwin, und wenn Sir Danny in Gefahr wäre, würdest du aufbrechen, um ihn zu retten, davon bin ich überzeugt.«

»Natürlich!«

Ihre Inbrunst schien eine Frage zu beantworten, die er im Sinn gehabt hatte, und er sagte: »Da kann ich nicht zurückstehen.« Er beugte sich über sie und küßte sie auf den Mund. »Lady Rosalyn, daß du meinen Antrag annimmst, ehrt mich. Ich werde alles in meiner Macht Stehende tun, um mich deiner würdig zu erweisen und unsere Verbindung zu einer glücklichen zu machen. Glaubst du mir?«

Es gefiel ihr, wie er die Hände halb erhob, als wolle er sie erneut umarmen. Sie wollte den besorgten Ausdruck aus seinem Gesicht wischen. Sie wollte ihm ihre Liebe beteuern. Doch wie drückte man Liebe aus? Sir Danny hatte ihr nie gesagt, daß er sie liebte, obwohl sie wußte, daß er es tat. Onkel Wills Charaktere drückten ihre Liebe mit gewählten Worten aus, doch irgendwie dachte sie, sie müsse es auf originellere Weise tun. Sie rang nach Worten, nach wundervollen Worten, doch als sie sie gefunden hatte, war Tony bereits verschwunden.

Sie sah auf die Tür, bis sie sicher war, daß Tony nicht zurückkehren würde, und sprach dann die alten Worte aus, die schon so viele Menschen vor ihr ausgesprochen hatten: »*Sein Mund ist voll Süße; alles ist Wonne an ihm. Das ist mein Geliebter, ja, das ist mein Freund, ihr Töchter Jerusalems.*«

So würde sie also vermählt werden, mit Tony vermählt werden. Die meisten Frauen wären überglücklich, doch was wußte eine frühere Wanderschauspielerin von der Ehe? Sie war nicht überglücklich, sie war besorgt.

Sie lachte leise. Wem versuchte sie etwas vorzumachen? Sie *war* überglücklich. Sie stimmte eine schlüpfrige Ballade an, allerdings ohne dabei die richtige Tonart zu treffen, zog sich ihr verknittertes Kleid über und machte sich auf die Suche nach ihren Strümpfen und Schuhen. Sie fand weder die einen noch die anderen, machte sich jedoch keine Gedanken um ihre Schuhe. Die roten Seidenstrümpfe hatte sie in einer der alten Truhen entdeckt, die sie durchstöbert hatte, und sofort gewußt, daß sie verrucht waren und einen Mann in Versuchung führen konnten. Vielleicht hatte Lady Sadler sie angezogen, um Lord Sadler zu reizen. Vielleicht hatten sie sich in genau diesem Zimmer geliebt.

Rosie blickte umher und fröstelte.

Unheimlich, sich vorzustellen, wie längst Verstorbene einander geliebt hatten, vielleicht ein Kind gezeugt hatten ... vielleicht *sie* gezeugt hatten.

Sie fröstelte erneut. Seidenstrümpfe. Sie wollte ihre Seidenstrümpfe. Es waren seltene Luxusgüter, und sie lagen zweifellos irgendwo unter den Papieren versteckt, die verstreut auf dem Boden lagen. Rosie klaubte seufzend einen

Stapel Papiere auf und legte ihn auf den Tisch. Dann einen weiteren und noch einen. Während sie arbeitete, unterhielt sie sich damit, hier und da ein Wort zu lesen. Dann versuchte sie sich an ganzen Sätzen, dann an ganzen Briefen.

Die Dringlichkeit der Schreiben fesselte ihre Aufmerksamkeit. Hier auf Gut Odyssey schien Tony nichts weiter zu sein als ein Landedelmann, der dem Müßiggang frönte. Doch sie hielt den Beweis in den Händen, daß er mehr war als das. Er war der Kommandeur der Königlichen Leibgarde, und ein Mann namens Warzennase hielt ihn ständig auf dem laufenden über jede mögliche Bedrohung für die Sicherheit des Königreiches.

Rosie erkannte die Namen zahlreicher Unruhestifter. Das Theater übte eine große Anziehungskraft auf diese Art von Leuten aus.

Und je länger sie Tonys Arbeitszimmer aufräumte, desto häufiger stieß sie auf die Namen Essex und Southampton. Tony hatte sie bereits beobachten lassen, ehe Sir Danny und sie auf das Anwesen gekommen waren, und seine Bemühungen hatten sich nach ihrer Ankunft verdoppelt – nachdem Sir Danny ihm erzählt hatte, was ihm zu Ohren gekommen war, vermutete Rosie. Sie las begierig die Schreiben, in denen die Namen der beiden Grafen auftauchten. Zuerst bereitete ihr das Entziffern der Worte einige Mühe, doch ihre Faszination half ihr, rasch mehr zu verstehen.

Seit ihrer Flucht aus London hatte sich die Lage zugespitzt. Haus Essex hatte sich als Magnet für alle unzufriedenen Untertanen Ihrer Majestät erwiesen, und Graf Essex selbst wütete, unterstützt von Southampton, wie ein Wahnsinniger gegen die Königin.

Als Rosie die Buchstabenreihen flüssig entziffern konnte, las sie mit Feuereifer und suchte dabei nach einem bestimmten Namen: Sir Danny.

Und sie fand ihn – Sir Danny saß im Newgate-Kerker, zum Tode verurteilt wegen Hochverrats an der Königin.

Nein, sie mußte das Schreiben falsch gelesen haben. Sir Danny konnte nicht im Tower sein! Er konnte nicht zum Tode verurteilt worden sein! Wenn etwas derart Entsetzliches geschehen wäre, hätte Tony es ihr gesagt. Er hätte ihr eine derartige Neuigkeit nicht vorenthalten.

Oder doch?

Rosie ging mit dem Schreiben zum Fenster, hielt es sich nah vor die Augen und las es langsam noch einmal. Dann ließ sie es sinken und schloß die Augen.

Es stimmte. Sir Danny war nach Whitehall Palace gegangen, hatte Tonys Empfehlungsschreiben vorgezeigt und verlangt, die Königin zu sprechen, und war dann von Essex' Männern gefangengenommen worden. Mit ein paar kleinen politischen Machenschaften war es Essex gelungen, Sir Danny als Verräter hinzustellen und zum Tode verurteilen zu lassen. Ein wirksamer Weg, genaugenommen der einzige, um Sir Danny zum Schweigen zu bringen.

Rosie sackte wimmernd in die Knie und zerknüllte den Brief, als könne sie damit auch die Schurken zermalmen, die Sir Danny gefangengenommen hatten. Sir Danny würde sterben. Niemand konnte ihn jetzt noch retten. Die Folterknechte des Newgate-Kerkers waren berüchtigt dafür, jedes beliebige Geständnis zu erpressen. Rosie schloß die Augen, ließ den Brief fallen und preßte sich die Hände gegen den Leib. Sir Danny war bekannt dafür, daß er Schmerz fürchtete. Er würde alles gestehen, und er würde hängen ... wenn er Glück hatte.

Rosie hatte die aufgespießten Köpfe von Verrätern auf der London Bridge verrotten sehen. Sie hatte gesehen, wie sie bei starkem Wind in die Themse geweht worden waren. Doch sie hatte nie auch nur im Traum daran gedacht, daß ihr geliebter Sir Danny, ihr ehrenwerter Sir Danny ... Sie wimmerte erneut.

Wie ein Kleinkind, das Trost an der Mutterbrust sucht, kroch sie auf den Schreibtisch zu, auf die Knieöffnung des Schreibtisches. Tonys Stuhl war hineingeschoben, sie zog ihn aus dem Weg.

Dämmrig und warm und eng. Sie schlang die Arme um ihren Körper und lauschte. Wo war die tiefe, liebevolle Stimme? Warum rief er nicht mehr nach seiner Rosie? Heiße Tränen rannen ihr aus den Augen und versengten ihre Wangen. Hatte sie ihn verloren? »Dada«, wimmerte sie. »Bitte, Dada, komm zurück.«

Doch er kam nicht zurück. Sie konnte nicht einmal den Widerhall seiner Worte hören.

Es war ihre Schuld, daß er fort war. Sie hatte etwas fortgenommen, das ihm gehörte. Etwas, das ihm sehr am Herzen lag. Was war es?

Sie schloß die Augen und versuchte, sich zu erinnern. Sie sah eine kindliche Hand nach einem glänzenden Ring greifen. Einem besonderen Goldring. Dadas wertvoller Ring, der mit zwei ineinander verschlungenen S verziert war und mit einem funkelnden roten Stein. Sie sah, wie die rundlichen kleinen Finger einer nach dem anderen mit dem Ring geschmückt wurden. Sie sah, wie der Ring an den zu kleinen Fingern hin und her rutschte, und sie sah, wie die Kinderhand sich fest um ihn schloß.

Der dunkle Winkel unter dem Schreibtisch war ihr Versteck. Dort bewahrte sie ihren eigenen wertvollen Besitz auf. Sie wußte, daß Dada nicht wollte, daß sein besonderer Ring offen herumlag. Obwohl er sie ermahnt hatte, ihn nie zu berühren, würde er sich freuen, wenn sie ihn an einem sicheren Ort aufbewahrte, während sie nach London fuhren, um die Königin zu besuchen.

Rosie öffnete jäh die Augen. Ihr geheimes Versteck. Sie beobachtete, wie ihre Erwachsenenhand die geschnitzten Verzierungen und Knäufe betastete. Staub rieselte zu Boden, während sie suchte. Sie wußte nicht genau, was sie suchte, und glaubte nicht, daß es tatsächlich vorhanden war.

Doch es war vorhanden. Ihre Fingerspitzen berührten ein loses, kühles, rundes Objekt. Sie zog es behutsam aus seinem Versteck und kroch unter dem Schreibtisch hervor. Sie hob es vor ihr Gesicht und betrachtete es.

Sie hielt einen goldenen Siegelring in der Hand, der mit zwei eingravierten S und einem blutroten Rubin geschmückt war.

Sie *war* Lady Rosalyn Bellot, die Tochter des Grafen von Sadler. Sie war die Erbin von Gut Odyssey.

Hatte sie je wirklich daran gezweifelt? Sie schloß ihre Hand um den Ring und drückte ihn ans Herz. Ja, sie erinnerte sich an das Herrenhaus, an die Ländereien, an die Dienstboten. Sie erinnerte sich an Hal und an seinen Verrat. Sie erinnerte sich an alles.

Hatte sie je wirklich daran gezweifelt, daß Lord Sadler ihr Vater war? Daß er der Mann war, dessen Stimme sie in ihren Träumen hörte?

Das Kind Rosalyn hatte den Ring genommen, weil er ihm gehörte, weil es alles vergötterte, was mit ihm in Beziehung stand, und als er ihn wiederhaben wollte, war sie zu verängstigt und verlegen gewesen, um zuzugeben, daß sie den Ring hatte. Dann war er gestorben, und das Kind hatte sich die Schuld daran gegeben. Wie der Ring waren das Wissen um seinen Tod und ihre eigene Schuld verdrängt worden, verborgen und uneingestanden.

Ein anderer Mann war in das Leben des Kindes Rosalyn getreten. Ein anderer Mann, der sich in Hinsicht auf Vermögen und Rang von ihrem wahren Vater unterschied, ihm jedoch in seiner Fähigkeit zu lieben gleichstand, so daß sie ihre Zuneigung auf Sir Danny übertragen hatte. Ihr erster »Dada« war ein lebloser Körper geworden, der nur in den Hallen der Mitternacht wandelte. Wenn sie Sir Danny nicht rettete, würde auch er bald dort wandeln.

Es war Tonys Schuld. Alles war Tonys Schuld. Warum war er Sir Danny nicht sofort zu Hilfe geeilt? Sie wischte sich mit dem Ärmel über die Nase. Vielleicht flochten ihn die Folterknechte von Newgate just in diesem Augenblick auf die Streckbank, und sie stand untätig herum, weil sie nichts davon gewußt hatte. Warum hatte Tony ihr nicht von Sir Dannys Einkerkerung erzählt, damit sie ihm zu Hilfe eilen konnte? Warum ...?

Sie lachte, ein bitteres, unfrohes Lachen.

Natürlich. Sie wußte, warum Tony ihr nichts davon gesagt hatte. Weil sie Sir Danny zu Hilfe eilen *würde*. Sie war kein junger Bursche mehr, dem es freistand, über die Landstraßen zu ziehen und für eine Sache zu kämpfen. Sie war eine Frau. Nein, schlimmer noch, eine Edelfrau, zu nichts weiter nütze als zur Handarbeit und zum Kinderkriegen.

Warum hatte Tony ihr die Nachricht vorenthalten? Nun, um sie zu schützen, keine Frage.

Sie hob hastig den zerknüllten Brief vom Boden auf, glättete ihn und las ihn ein drittes Mal. Er trug das Datum des gestrigen Tages. Tony erhielt jeden Morgen eine Sendung aus London, und dieses Schreiben war darin gewesen. Das erklärte seine ernste Miene, als er geschworen hatte, Sir Danny zu finden und ihn zu beschützen. Das erklärte sein Bedürfnis, sie so weit wie möglich von London fortzuschicken.

Doch nichts konnte seine Täuschung rechtfertigen, und es gab keinen Weg, wie Rosie ihm ihr Bedürfnis erklären konnte. Sie wußte nur, daß sie sich nicht auf ein neues Leben, eine neue Liebe einlassen konnte, wenn sie erneut den Mann verlor, den sie als ihren Vater betrachtete.

Mit flinken, geschmeidigen Bewegungen knüpfte Rosie sich den Ring an ihrem Haarband um den Hals. Sie öffnete die Tür, schlüpfte hinaus und machte sich auf die Suche nach der Truhe, in der die Männerkleidung verstaut war.

Sie war lange genug beschützt worden.

»Sir Anthony, Pfarrer Selwyn ist eingetroffen.«

Tony wandte den Blick von der üppig beladenen Tafel ab und begrüßte den Gemeindegeistlichen. »Ah, Herr Pfarrer, wie freundlich von Euch, daß Ihr so kurzfristig gekommen seid.«

»Es ist ein Vergnügen, Sir Anthony, Euch zu dienen.« Der kleine Mann nahm seinen Umhang ab und überreichte ihn Hal, ohne ihn eines Blickes zu würdigen. »Obwohl mich Euer Wunsch, Euch noch heute abend mit Lady Rosalyn Bellot zu trauen, zugegebenermaßen reichlich überrascht hat.«

»Ein plötzlicher Wunsch«, gab Tony zu. Er beobachtete, wie Hal sich mit zitternden Fingern an dem Umhang zu schaffen machte und auf ihn hinabstarrte, als habe er nie zuvor ein derartiges Kleidungsstück gesehen. »Doch nicht völlig unerwartet.«

Pfarrer Selwyn faltete die Hände über seinem runden Wanst und reckte die Nase in die Höhe. Als jüngster Sohn eines niederen Adligen empfand er es offensichtlich als schmerzlich, dem Bankert eines Grafen dienen zu müssen. »Nicht gänzlich unerwartet, doch als Euer Geistlicher ist es meine Pflicht, Euch zu beraten, ehe Ihr auf diesem Weg weitergeht. Derart überstürztes Handeln ziemt sich nicht für den Herrn von Gut Odyssey.«

Solange der Mann sich nicht in der Wortwahl vergriff, war Pfarrer Selwyns Meinung Tony reichlich gleichgültig. Hal dagegen war ihm nicht gleichgültig. Sein Haushofmeister knüllte den Umhang des Pfarrers zu einem Bündel und legte ihn auf den beladenen Wandtisch, mitten auf ein Tablett mit goldgelber Lammpastete. Hals Schultern hingen kraftlos nach vorn, sein zerfurchtes Gesicht war eingefallen vor Kummer. Wie ein Gejagter blickte er sich ständig um. Welches Unheil, fragte Tonys sich, war über Hal hereingebrochen?

Blind gegen Hals Elend und Tonys Besorgnis schwafelte Pfarrer Selwyn: »Wenn Ihr Euch erinnern wollt, Sir Anthony, habe ich in einer meiner Sonntagspredigten vor den Übeln und den Folgen einer überstürzten Eheschließung gewarnt.«

Hal wimmerte und schrumpfte unter Tonys eindringlichem Blick zusammen wie eine Schnecke in Ätzsalz.

Pfarrer Selwyn schwadronierte weiter: »Lady Rosalyn ist die Tochter von Edward Bellot, Graf von Sadler, einem Adelsgeschlecht von makelloser Abstammung, und wenn Ihre Majestät von Lady Rosalyns Dasein erfährt, wird sie sich vielleicht eine andere Verbindung für sie wünschen.«

War Hal im Begriff zusammenzubrechen? Tony streckte die Hände aus und ging auf den Haushofmeister zu.

Ermutigt durch Tonys Unaufmerksamkeit, wippte Pfarrer Selwyn auf seinen Fersen vor und zurück und sagte mit strenger Stimme: »Es ist zwar eine heikle Angelegenheit, doch ich fühle mich verpflichtet, offen zu sprechen. Ihr seid ein Bankert, und als solcher vom Allmächtigen verurteilt, eine niedrigere ...«

»Was?« Tony wirbelte herum und starrte den Pfarrer finster an. »Ich habe gesagt«, Pfarrer Selwyn runzelte überheblich die Stirn, »daß Ihr ein Bastard seid, und da Lady Rosalyn ihre Ahnenreihe bis zu Wilhelm dem Eroberer zurückverfolgen kann, wäre es unziemlich ...«

»... für Euch, den Satz zu beenden!«

Der Pfarrer senkte die emporgereckte Nasenspitze. Tony stand reglos und schweigend da, eine Hand am Schwert, die andere an seinem Dolch, und die Absicht, sich seiner Waffen zu bedienen, stand ihm auf der Stirn geschrieben. Pfarrer Selwyn erbleichte. »Ich wollte Euch nicht beleidigen, Sir Anthony.«

»Wenn ich nicht auf Euch angewiesen wäre, um die Trauungszeremonie zu vollziehen, und zwar auf der Stelle, guter Mann, dann würdet Ihr den morgigen Tag nicht mehr erleben.« Tony schritt mit Mordlust in den Augen auf Pfarrer Selwyn zu, und der wich feigherzig zurück.

»Sir Anthony, ich habe nur versucht, meiner Pflicht Genüge zu tun, indem ich den Advokat des Teufels gespielt habe.« Pfarrer Selwyn stellte einen Stuhl zwischen sich und Tony. »Ich wollte nicht, daß es Euch überrascht, wenn andere sagen, was ich soeben gesagt habe.« Er drückte sich um die Ecke der vollbeladenen Abendtafel. »So betrüblich es ist, diese Verbindung erweckt den Eindruck, sie sei Lady Rosalyn von einem Mann aufgezwungen worden, der sie gefangenhält.«

Tony hörte auf, den lächerlichen kleinen Mann zu verfolgen. Er hatte recht. Man würde behaupten, er habe Rosie gezwungen, seine Frau zu werden. Es entsprach der Wahrheit. Als er von ihrem Erbe erfahren hatte, hatte er beschlossen, sie zu heiraten, und er hätte sie auch geheiratet, wenn sie hundert Jahre alt gewesen wäre. Es entsprach der Wahrheit. Wenn Rosie Gelegenheit hätte, ihr Erbe an den Hof zu bringen, würde sie vielleicht einen Mann finden, den sie mehr lieben konnte.

Doch sie würde nie einen Mann finden, der sie mehr liebte – oder besser.

Mistress Child hatte heute abend all seine Wünsche erfüllt. Nicht eines von Rosies Lieblingsgerichten fehlte auf der üppig gedeckten Tafel. Wildgeflügel und Wildbret dampften in deftigen Soßen. Der köstliche Duft frischen Weizenbrots wärmte die Luft, und Konfitüren und Pomeranzenmarmelade warteten darauf, dazu genossen zu werden. Den Höhepunkt der Kunstfertigkeit der Köchin bildete ein Regenbogen schimmernder Gelees, die mit mannigfaltigen Blüten und Kräutern gemischt und so geformt waren, daß sie das Herrenhaus darstellten.

Es war ein denkwürdiges Hochzeitsmahl.

Er würde auch die Hochzeitsnacht zu einer denkwürdigen Nacht machen. Er würde jeden Tag ihres Lebens unvergeßlich machen. Rosie würde nie bereuen, ihn geheiratet zu haben.

Wenn die Königin nur nicht ausgerechnet jetzt nach ihm geschickt hätte, wo er Sir Danny retten mußte! Der Inhalt ihres Schreiben war verschwommen gewesen: sie hatte ihm sein vorangegangenes dreistes Benehmen gnädig verziehen, hatte ihn eingeladen, Weihnachten bei Hofe zu verbringen, und beiläufig seine Stellung als Kommandeur der Königlichen Garde bestätigt. Der Brief zeigte, daß ihm sein Glück hold geblieben war, doch hinter der offensichtlichen Herzlichkeit entdeckte Tony eine gewisse Anspannung. Etwas beunruhigte die Königin, etwas, das gewichtig genug war, um ihm seine Unverschämtheit gegenüber Essex zu verzeihen. Die Königin mochte alt sein, doch Tony hatte größte Achtung vor ihrem scharfen Verstand. Wenn sie Gefahr witterte, wenn sie Essex der Rebellion verdächtigte, dann würde Tony ihr auf der Stelle zu Hilfe eilen.

Doch ohne Rosie. Ohne seine Braut.

Beseelt vom Wunsch, sie zu sehen, sie zu seiner Frau zu machen, rief er barsch: »Hal!« Niemand antwortete ihm, und er wurde gewahr, daß Hal sich davongeschlichen hatte. »Hal«, rief er erneut, ging eilig durch die Tür und durchmaß mit großen Schritten die Galerie.

Dort bot sich ihm ein seltsamer Anblick. Hal und die gesamte Dienerschaft standen reglos da wie Statuen, und seine Schwestern saßen vor dem Kamin, ebenso gebannt und versteinert wie seine Diener. Niemand rührte sich, niemand sah ihn an. Eine dunkle Vorahnung ließ ihn frösteln. »Was ist geschehen?« wollte er wissen.

Niemand antwortete.

Er trat näher zu seinen Schwestern. »Ann? Jean? Was ist nicht in Ordnung?«

Ann wandte den Kopf ab. Jean sah ihn an, und blickte dann hinab auf ihre Schuhspitzen, die unter ihren Röcken hervorlugten.

Tony wirbelte herum und durchsuchte den Raum. »Rosie?«

Jean krächzte mehr, als daß sie sprach. »Sie ist fortgegangen.«

»Fortgegangen? Wohin?«

Jean schüttelte den Kopf. »Einfach nur fortgegangen.«

Er wartete auf die Pointe. »Sie kann nicht einfach fortgegangen sein.«

»Sie hat ihre Sachen gepackt.«

»Unmöglich!« Er lief so schnell er konnte auf die große Treppe zu und hechtete die Stufen hinauf. Er stieß die Tür zu Rosies Gemach auf und stürmte hinein. »Rosie?« Ihre

Kleider lagen ordentlich auf dem Bett, doch in der Mitte des Raumes stand eine weit geöffnete Truhe. Tony kniete nieder und wühlte durch die Kleidungsstücke, die sich noch darin befanden. Es waren Männerkleider, und obwohl Tony wußte, was das bedeutete, weigerte er sich, der Wahrheit ins Gesicht zu sehen. Er dachte an die vergangene Nacht, den Morgen danach, an Rosies feierliches Gelöbnis, ihn zu heiraten.

Sie konnte nicht fortgegangen sein.

Arg mitgenommen und mit blauen Flecken übersät, kam Lady Honora aus ihrem Zimmer und lehnte sich an den Türrahmen. Sie beobachtete Tony mit ihrem unversehrten Auge. »Sie ist fort.«

»Jemand hat sie entführt«, rief er. Er wußte, daß das lächerlich war, doch er ertrug die Vorstellung nicht, daß Rosie ihn verführt, belogen, seinen Samen mit allen Zeichen der Dankbarkeit empfangen und ihn dann verlassen haben sollte.

»Niemand hat sie entführt.« Lady Honora sprach die Worte behutsam aus, ihr Gesicht war so geschwollen, daß sogar ihre Lippen in Mitleidenschaft gezogen waren. »Sie ist nur eine Schauspielerin, aus demselben Holz geschnitzt wie Sir Danny. Er hat mir gelobt, mich über seine Reise auf dem laufenden zu halten, und ich habe seither erst einmal von ihm gehört. Sie behandelt Euch, wie er mich behandelt hat.«

»Sir Danny?« Tony erhob sich, als ihm ein Gedanke durch den Kopf schoß. »Sir Danny!«

Er eilte zur Tür und versuchte, Lady Honora zu umgehen, doch sie packte ihn am Arm. »Was ist mit Sir Danny?«

Er schüttelte sie ab, und sie ließ es zu, geschwächt, wie sie war, folgte ihm jedoch langsam, als er die Treppen hinab in sein Arbeitszimmer eilte. Ein kurzer Blick genügte, um festzustellen, daß seine Unterlagen stapelweise zurück auf den Schreibtisch gelegt worden waren – womöglich gelesen von einer Frau, die verzweifelt auf Nachrichten aus London und von ihrem Vater wartete.

Tony suchte fieberhaft nach dem Brief, von dem er wußte, daß er dort sein mußte. Er fand ihn nirgends.

»Was sucht Ihr?« Lady Honora hatte sein Arbeitszimmer endlich erreicht, und trotz ihrer Schwäche war sie so furchteinflößend wie eh und je.

»Einen Brief.«

»Mit Nachrichten von Sir Danny?«

Er antwortete nicht, doch sie faßte sein Schweigen als Bestätigung auf.

»Was hat er getan?« fragte sie. »Ist er tot?«

»Nicht tot. Noch nicht.«

»Ist er in Gefahr?« Lady Honora wurde bleich vor Schreck. »Gütiger Himmel, ich muß zu ihm!«

Die Schrammen und blauen Flecke hoben sich leuchtend von ihrem bleichen Teint ab, und Tony rief: »Traut mir hier denn niemand zu, daß ich mit der Angelegenheit fertigwerde? Ich werde damit fertig! Ich werde mich um ihn kümmern. Vertraut mir!« Er ging zu Lady Honora, nahm ihre Hände in die seinen und bemerkte dabei, daß sie zitterten. Er fügte sanfter hinzu: »Vertraut mir einfach. Ihr könnt in Eurem Zustand nicht nach London fahren. Ihr könnt ja kaum stehen. Ich werde die Königin anflehen, das verspreche ich Euch. Ich werde die Kerkerwächter bestechen.«

»Ist er im Tower?«

»Im Newgate-Kerker, mit den anderen gewöhnlichen Gefangenen.« Er holte tief Atem. »Ihr müßt begreifen, daß ich alles in meiner Macht Stehende tun werde, um Sir Danny zu befreien.«

Sie suchte in seinem Gesicht nach zusätzlicher Bestätigung. »Ja, ich weiß, daß Ihr das tun werdet.« Sie torkelte zu einem Sessel und ließ sich hineinsinken. »Ist es das, was Ihr sucht?«

Sie zeigte auf ein am Fenster liegendes Papierknäuel, und Tony stürzte sich mit einem Schrei darauf. Er glättete es mit zitternden Fingern und sah, was er befürchtet hatte. Das Schreiben, das die Nachricht von Sir Dannys Gefangennahme enthielt, und die Tränenspuren, die die Tinte verwischt hatten.

Ja, Rosie war fort. Sie war nach London gegangen, um Sir Danny zu retten. Gegangen, weil sie dachte, Tony hätte sie betrogen, weil er sie in Unwissenheit gehalten hatte. Sie würde ihm nie verzeihen, daß er nur an ihre Sicherheit gedacht hatte.

»Rosie!« Sein verzweifelter Schrei hallte durch den Raum und stieg gen Himmel, und auf der dunklen Straße, die sich von Gut Odyssey fortwand, vernahm Rosie seinen Widerhall.

Unter dem gepolsterten Wams baumelte der Siegelring ihres Vaters an einem Band um ihren Hals. Zitternd vor Kälte und Furcht, zog Rosie ihn von seinem Platz an ihrem Herzen hervor und umschloß ihn mit der Hand.

Sie erinnerte sich jetzt wieder an alles. Das Arbeitszimmer, das Herrenhaus, die Ländereien, das Gesinde. Hal... Hal. Jetzt verstand sie seinen aufopferungsvollen Einsatz für Gut Odyssey, die ehrfürchtige Scheu und das Entsetzen, das ihm in den Augen stand, wenn er sie anblickte. Ich sollte sein Verbrechen aufdecken, dachte sie, und klammerte die Hand dabei so fest um den Ring, daß sich die scharfen Kanten in ihre Handfläche gruben und sie an ihre eigene Schande erinnerten. Wie konnte sie jemanden zerstören, der wie sie ein Gefangener des Fegefeuers war, wo sie die entsetzliche Schuld, die Hals eingesunkene Augen verdüsterte, so gut nachempfinden konnte?

Ihre Gedanken lenkten ihre Aufmerksamkeit von der Straße ab, und sie stolperte in der Dunkelheit von einer Furche in die nächste. Ihre Gedanken weckten in ihr den Wunsch, zurückzukehren, trieben sie jedoch gleichzeitig weiter fort. Wahre Schuld, weil sie den Ring versteckt hatte, eingebildete Schuld am Tod ihres Vaters, Schuldgefühle, weil sie Tony verlassen hatte. Ja, sie wußte, daß sie Tony in einen Strudel von Zorn und Schmerz gestürzt hatte. Sie achtete sich selbst, und er achtete sie ebenfalls. Tony begehrte sie nicht nur ihres Besitzes wegen, das wußte Rosie, doch ein Mann wie er brauchte nur mit dem kleinen Finger zu winken, und die Frauen würden sich auf ihn stürzen wie Fliegen auf einen Honigtopf.

Doch Rosie hegte den Verdacht, daß Tonys Bedürfnis, die Verantwortung für sein Kind zu übernehmen, alle anderen Bedürfnisse überschatten würde. Das Kind, das sie vermutlich unter ihrem Herzen trug. Das Kind, das sie mit jedem Schritt, den sie tat, weiter von ihm entfernte.

Wie würde er reagieren, wenn er bemerkte, daß sie fort war? Würde er sie suchen, oder würde er der Aufforderung der Königin nachkommen? Vielleicht konnte er ihre Gefühle nachempfinden, so wie sie auch die seinen verstehen konnte, und in London Ausschau nach ihr halten, während er seinen Pflichten gegenüber Königin und Vaterland nachkam.

Und auch das wäre eine Katastrophe. Tony mußte sich ganz auf die Belange der Königin konzentrieren. Hätte er sonst noch das Selbstvertrauen des besten Schwertkämpfers von ganz England, die Wachsamkeit eines Mannes, der wegen seiner Bedeutung den Dolch des Meuchelmörders besonders fürchten mußte?

Wie als Antwort auf ihre Fragen, hörte Rosie hinter sich den donnernden Hufschlag eines Pferdes. Es war Tony. Sie wußte, daß es Tony war, und flüchtete in das Dickicht, das vor ihr lag. Sie erreichte es gerade noch rechtzeitig. Als sie in das Gebüsch sprang, spürte sie, wie der Lehmboden unter ihr erbebte. Sie ließ sich zu Boden fallen und krampfte die Hände in das dürre Gras. Sie durfte sich nicht vom Fleck rühren, denn als sich der Reiter dem Dickicht näherte, zügelte er sein Roß. Rosie drehte vorsichtig den Kopf und sah Tonys Silhouette vor dem mondhellen Horizont.

»Rosie!« rief er. »Ich flehe dich an, Rosie, geh nicht allein! Komm zu mir! Ich schwöre, ich nehme dich mit. Ich schwöre es!« Die Stimme brach ihm, und er gab seinem Pferd die Sporen und ritt weiter. »Rosie!« rief er abermals.

Rosie rieb ihre Stirn gegen das kalte, feuchte Erdreich und versuchte, sich davon zu überzeugen, daß sie das Richtige tat. Sir Danny brauchte sie. Tony würde nur versuchen, sie zu beschützen, und sich so selbst in Gefahr bringen. Er würde sich ihr in den Weg stellen; sie wollte kein Schmuckstück an Tonys Kette sein. Sie mußte mitten im Geschehen stehen, und Tony – verflucht sei er, verflucht – hatte sie verraten, indem er Sir Dannys Einkerkerung vor ihr geheimgehalten hatte. Sie haßte ihn dafür, und sie verstand, warum er es getan hatte, und wünschte, sie bräuchte nicht stark und tapfer zu sein, müßte der Dunkelheit und den Geistern, die darin lauerten, nicht die Stirn bieten.

Das Ohr an den Boden gedrückt, lauschte sie dem leiser werdenden Hufgetrappel und erhob sich so weit, daß sie auf Händen und Knien kauerte. Sie spähte argwöhnisch durch das dunkle Unterholz, konnte sich jedoch nicht an den Baum erinnern, der da direkt vor ihrer Nase stand. Sie blickte auf und erkannte, daß sein mächtiger Stamm nicht bis hinauf in die Wolken reichte, sondern lediglich mannshoch war. Mit einem schrillen Aufschrei wich Rosie zurück.

»Jetzt bist du endlich zu mir herausgekommen«, sagte Ludovic.

II

Ja, wohlgetan: schicklich für eine Fürstin,
Die stammt von soviel hohen Königen.

ANTONIUS UND CLEOPATRA, V, II, 326

Kapitel 20

London, Februar 1601

»Ich werde mir den Zahn nicht ziehen lassen.« Königin Elisabeth klimperte eine Melodie auf ihrem Spinett, doch ihre Schmerzen waren zu groß, als daß sie mit der üblichen Virtuosität hätte spielen können. »Er ist völlig in Ordnung. Ich bin gesund wie ein englisches Schlachtroß.«

Tony wechselte Blicke mit Robert Cecil, dem Innenminister, und wurde sich erneut bewußt, wie froh er war, dieses Amt nicht zu bekleiden. Als Elisabeths Berater hatte Cecil eine machtvolle Stellung inne, die ihm Ruhm und Reichtum einbrachte. Unglücklicherweise gehörte es jedoch auch zu seinen Aufgaben, die Königin davon zu überzeugen, daß einer ihrer faulenden Zähne gezogen werden mußte. Eine undankbare Aufgabe, doch eine, an die sich sonst niemand heranwagte. So mußte Cecil in Elisabeths Vorzimmer den geballten königlichen Groll über sich ergehen lassen. Dennoch sagte er ohne mit der Wimper zu zukken: »Der Zahnzieher sagt, wir könnten den Zahn auch mit Bockshornklee stopfen, er würde dann von selbst ausfallen.«

»Ausgezeichnet!« In Elisabeths langem, schmalem Gesicht fiel die geschwollene Wange besonders auf, und die Königin kräuselte ihre schmalen Lippen, als würde ihr Problem auf wundersame Weise verschwinden, wenn sie es verbarg.

»Das könnte allerdings zur Folge haben, daß die Nachbarzähne ebenfalls ausfallen.«

Die tiefliegenden Augen der Königin waren von dunklen Ringen umschattet, denn der Zahnschmerz hatte ihr in den vergangenen zwei Nächten den Schlaf geraubt, doch sie blitzten vor königlichem Mißvergnügen, und Tony wünschte, er wäre anderswo. Seit seiner Ankunft in London hatte Elisabeth ihn in ihrer unmittelbaren Nähe behalten. Er hatte sie vergeblich angefleht, ihm den Grund ihrer Besorgnis mitzuteilen. Sie hatte ihm gebieterisch erklärt, er sei der Kommandeur ihrer Leibwache und als solcher sei es seine Pflicht, sie zu bewachen.

»Was habe ich getan, um das zu verdienen?« rief sie gereizt. »Ich verwende gewissenhaft Zahntücher, doch vergeblich. Ich bin dennoch mit diesen Schmerzen geschlagen.«

Tony musterte sie mit besorgt gerunzelter Stirn. »Ich glaube, Eure Majestät, daß die Götter Eure Vollkommenheit fürchten.«

Ihre schrille Stimme wurde tiefer und weicher. »Was faselt Ihr da von Vollkommenheit?«

»Wenn ich Euch anschaue, sehe ich Vollkommenheit. Eure langen Hände, Eure weiße Haut, die Schönheit Eurer Augen, die Schärfe Eures Verstandes. Ich fürchte, die Götter strafen Euch dafür, daß Ihr es wagt, eine Frau mit derart außergewöhnlichen Vorzügen zu sein.«

Königin Elisabeth zupfte an ihrer Halskrause und versuchte, sich bescheiden zu geben, obwohl sie Tonys Meinung voll und ganz teilte. Robert Cecil dankte Tony mit einem Nicken, wenngleich sie beide wußten, daß die schwarzen Zähne der Königin eher auf Elisabeths Vorliebe für Süßes als auf die Eifersucht der Götter zurückzuführen waren.

Cecil wickelte sich den Umhang fest um seinen krummen Leib und stürzte sich erneut ins Gefecht. »Eure Majestät, Euch sind schon früher Zähne gezogen worden.«

»Es hat mir nicht gefallen.« Königin Elisabeth sah die beiden Männer eindringlich an. »Letztes Mal hat sich der Erzbischof von London einen seiner Zähne ziehen lassen, um mir zu beweisen, daß es nicht weh tut.«

Tony und Robert Cecil schlossen jäh den Mund und sagten nichts mehr. Voller Genugtuung darüber, ihre beiden Quälgeister zum Schweigen gebracht zu haben, wandte sich König Elisabeth wieder ihrem Spinett zu und spielte eine klagende, fesselnde Melodie.

Bereute sie es, daß sie ihn von Gut Odyssey herzitiert hatte? Tony glaubte es nicht. Er war die Waffe, die sie verborgen hielt, bis sie sie brauchte. Obwohl Tony sich durch ihr Vertrauen geschmeichelt fühlte, ärgerte ihn ihre Vorsicht. Sie weigerte sich, mit ihm über Essex zu sprechen, denn sie empfand noch immer Zuneigung für den gutaussehenden jungen Mann. Sie glaubte – zu Recht, wie Tony zugeben mußte –, daß er Essex verachtete und seinen Niedergang wünschte. Obwohl Tony all sein Taktgefühl aufbot, betrachtete sie jede Erwähnung von Essex' Treulosigkeit als Kritik an ihrer früheren blinden Vernarrtheit in ihn.

Doch über Sir Danny mußte er einfach sprechen, aber bisher war Elisabeth in ihrer Gerissenheit jedem seiner Gesprächsversuche ausgewichen. Tony hatte ihr an Weihnachten und Neujahr Gesellschaft geleistet, mit ihr Karten gespielt und bei jeder sich bietenden Gelegenheit nach Rosie gesucht, und während der ganzen Zeit hatte Rosies geliebter Dada im Kerker geschmachtet.

Sir Danny war am Leben – noch. Die Winterkälte war schneidend, selbst in Whitehall Palace, und Tony krümmte sich bei der Vorstellung, wie die feuchte Kälte des Kerkers Sir Danny in die Knochen kroch. Schlimmer noch, Sir Danny war trotz all seiner Tapferkeit nicht gegen die ausgeklügelten Foltermethoden seiner Peiniger gefeit. Tony hatte mit großzügigen Bestechungsgeldern getan, was er konnte, doch er wachte jeden Morgen mit der Angst auf, die Nachricht zu hören – die Nachricht von Sir Dannys Tod.

Und wenn Sir Danny starb, würde er, Tony, Rosie nie wieder zurückbekommen. Er hatte versucht, sie zu finden, doch sie war in der Londoner Theaterwelt untergetaucht, ohne eine Spur zu hinterlassen. Sie verfügte über die Verbindungen, um unentdeckt zu bleiben, und sie hatte beschlossen, genau das zu tun.

Wenn es ihm gelänge, Sir Danny zu befreien, würde Rosie zu ihm zurückkehren. Sir Dannys Befreiung war die Gewähr für sein zukünftiges Glück, und die Verzweiflung ließ Tony taktlos werden. »Eure Majestät, Euer Zahn bereitet Euch Schmerzen. Miasma entfließt ihm und vergiftet Euer Blut, deshalb muß er gezogen werden, so wie auch der Graf von Essex Euch Schmerzen bereitet und entfernt werden muß.«

Die Melodie brach mit einem schrillen Mißton ab, und Robert Cecil hüstelte entsetzt. Er hatte Tony nie taktlos erlebt, und der Königin schien dies im selben Augenblick aufzufallen wie ihm. »Ich weiß, was mich plagt, mein guter Tony. Und was plagt Euch?«

»Der Kummer, Madam. Der Kummer über die Ungerechtigkeit, die in Eurem Reich begangen wird. Just in diesem Augenblick schmachtet einer Eurer treusten Untertanen im Newgate-Kerker, von Graf Essex fälschlich des Hochverrats bezichtigt.«

»Habt Ihr den Verstand verloren?« raunte Cecil.

Tony beachtete ihn nicht. »Euer Untertan kam zu mir, dem Kommandeur der Königlichen Garde, und berichtete mir von Essex' und Southamptons verräterischen Machenschaften. Ich schickte ihn mit einem Schreiben zu Euch, in welchem ich Euch ans Herz legte, Euch seine Geschichte anzuhören, doch noch ehe der wackere Mann Euch erreichen konnte, fing Essex ihn ab, bezichtigte *ihn* verräterischer Umtriebe und ließ ihn in den Kerker werfen.«

Königin Elisabeth sprang von ihrem gepolsterten Hokker auf. »Das weiß ich! Glaubt Ihr, Essex würde dieses Land regieren?«

»Niemals, Madam.«

»Ihr seid eifersüchtig auf ihn.«

»Ich möchte nur wissen, warum Ihr mein Schreiben mißachtet habt.«

Sie packte ihn mit beiden Händen am Wams und zog seinen Kopf zu ihrem hinab. »Verlangt Ihr eine Rechtfertigung von mir?«

Sie mochte alt sein, sie mochte eine Frau sein, doch sie war die Königin. Seine Königin. Und diesmal hatte sie unrecht. »Habt Ihr mein Schreiben je gesehen?«

»Verlangt Ihr eine Rechtfertigung von Eurer Königin?«

»In meinem Schreiben habe ich Euch mitgeteilt ...«

Sie versetzte ihm eine Ohrfeige.

Seit Jean ihn geohrfeigt hatte, als er noch ein Junge war, hatte dies nie wieder jemand gewagt. Tony wollte brüllen und schreien. Statt dessen lächelte er unter Aufbietung seines ganzen Charmes und all seiner Entschlossenheit. »Wenn Ihr mir nicht zuhören wollt, vielleicht hört Ihr dann Eurem Untertanen zu.«

»Mein Untertan? Ein Schauspieler! Glaubt Ihr, ich wüßte nicht über den Schauspieler Bescheid?« Ihre Fingerknöchel wurden weiß, als sie die Fäuste noch heftiger ballte. »Sir Daniel Plympton heißt er, und er hat gestanden, ein Unruhestifter zu sein, noch ehe der Folterknecht mit seiner Arbeit begonnen hatte.«

»Er fürchtet den Schmerz. Also ist er ein Feigling. Und dennoch hat er es aus Liebe zu Eurer Majestät und für den Frieden Eures Reiches gewagt, nach London zurückzukehren, nachdem Essex ihn auf die Todesliste gesetzt hatte. Er kam wie ein Tiger, und Ihr habt ihn einkerkern lassen wie einen streunenden Kater. Und warum? Weil Essex das von Euch verlangt hat. Weil Ihr versuchen wolltet, dieses hübsche, verwöhnte Bürschlein mit seiner Honigzunge zu besänftigen.«

Sie ohrfeigte Tony abermals. »Ihr könntet von ihm lernen!«

»Wie ich meine Königin verrate? Ich glaube nicht.«

Sie gab ihm noch eine Ohrfeige. Und noch eine. Er zuckte unter ihren Angriffen zusammen, denn sie hatte starke Arme und glühte vor Zorn, doch er würde nicht die Hand gegen seine Königin erheben, so wie Essex es versucht hatte, als sie ihn auf ebenso respektlose Weise behandelt hatte. Tony hoffte, daß sie sich daran erinnerte und Vergleiche anstellte. Er hoffte, sie würde ihrem Gespür folgen, das ihr Königreich in den vergangenen zweiundvierzig Jahren ihrer Herrschaft geschützt hatte.

Falls sie es tat, bemerkte er nichts davon.

»Hinaus!« schrie sie. »Geht mir aus den Augen, und kommt nicht wieder!«

Tony verbeugte sich. »Sir Danny Plympton wird glücklich sterben, wenn er dem Kapitän dieses Schiffes, das wir England nennen, dabei helfen kann, das Schiff sicher durch diese Untiefen zu steuern. Er ist Euer ergebenster Bewunderer.«

Sie nahm einen goldenen Emailletopf in die Hand und rief: »Geht!«

Er verbeugte sich erneut und ging rückwärts zur Tür. »Laßt ihn zu Euch kommen. Hört Euch an, was er zu sagen hat. Ich flehe Euch an, Madam! Hört auf seine Worte!«

Sie schleuderte den Topf nach ihm, als Tony die Tür schloß, und er zerschellte an der Stelle, an der eben noch Tonys Kopf gewesen war. »Dreister Bengel«, tobte sie. »Wie kann er es wagen, so mit mir zu reden?«

Sir Robert Cecil lief im Zickzack hin und her wie ein Christ, der einer rasenden Löwin gegenübersteht, und verkündete: »Sir Anthony Rycliffe ist ein dreister Narr.«

»Narr? Narr?« Königin Elisabeth griff nach einer Vase und schleuderte sie an Cecils Kopf. Ihr Berater wich nicht so geschickt aus wie Tony, und die Vase prallte gegen seine Brust. »Sir Anthony Rycliffe ist kein Narr.«

»Nein, Madam, er ist ein Schuft.«

Ihr Zorn flaute ab, und sie ließ sich auf einen Stapel Kissen sinken, der zu ihrer Bequemlichkeit hergerichtet worden war. »Ja, er ist ein Schuft.«

»Ein Schurke«, schlug Cecil vor.

»Nein, kein Schurke.« Von ihrem Wutanfall erschöpft, schloß sie die Augen.

»Madam, soll ich Eure Zofen kommen lassen?«

»Nein.« Sie winkte müde mit der Hand. »Ruft den Zahnzieher.«

Cecil verbeugte sich, obwohl sie ihn nicht sehen konnte, und eilte zur Tür. Als er sie öffnete, sagte sie: »Und, Cecil!«

»Ja, Eure Majestät?«

»Bringt mir diesen Sir Danny Plympton. Sofort. Ich wünsche, ihm einige Fragen zu stellen.«

Die Chamberlain's Men und die Mitglieder von Sir Dannys Truppe lachten und zankten, während sie den Abend im Cross Keys Inn in der Gracechurch Street im Bier ertränkten. Dies war ihr Wirtshaus; es war immer schon ihr Wirtshaus gewesen, genau wie die Queen's Men sich im Bull in der Bishopsgate Street trafen und die Männer des Grafen von Worcester im Boar's Head in Whitechapel. Wenn der Winter zu streng wurde, um ihre Stücke im offenen Globe Theatre aufzuführen, traten sie im Gasthaus auf. Der Wirt betrachtete es als Köder für die Kundschaft, und die meisten Schauspieler führten sich gesittet auf.

Doch nun behielt er sie scharf im Auge, während sie lautstark über das unerhörteste Ereignis in der Geschichte des Theaters debattierten.

Lady Rosalyn Bellot wollte mit den Chamberlain's Men auftreten, und vor keiner Geringeren als der Königin höchstpersönlich.

Richard Burbage, der berühmte Schauspieler der Chamberlain's Men, stierte trübsinnig in seinen Bierhumpen. »Rosenkranz ist jetzt eine Frau, wie man hört.«

»Ja, sie ist jetzt eine Frau.« Cedric Lambeth, der Possenreißer von Sir Dannys Truppe, zog seine Querpfeife aus einer Innentasche seiner Weste und stimmte eine Melodie an; eine, die von tiefen, männlichen Tönen zu hohen, weiblichen überging, mit einem Notenallerlei dazwischen. »Wir haben sie gesehen, Sir Dannys Burschen und ich, und sie ist eine Frau. Sir Anthony Rycliffe wußte das vom ersten Augenblick an, glaube ich, doch der ist schließlich der größte Liebhaber von ganz England.«

Dickie Justin McBride, der gutaussehende Schauspieler und Schrecken von Rosies Kindheit, hielt mitten im Trinken inne. »Wer sagt das?«

Cedric runzelte die Stirn. »Das hat er mir, glaube ich, selbst gesagt.«

Das schallende Gelächter der Männer auf den Bänken ließ ihn einen Purzelbaum schlagen, nach dem er sich grinsend wieder aufrichtete.

Richard Burbage rief: »Sir Anthony klingt wie ein Mann, der seinen Verstand im Hosenbeutel hat, genau da, wo er hingehört.«

Dickie leerte seinen Humpen und stellte ihn geräuschvoll auf den Tisch. »Sir Anthony Rycliffe mag ein prahlerischer Bastard sein, doch er ist der Kommandeur der Königlichen Garde. Was wird er sagen, wenn wir seine Herzensdame die Rolle der Ophelia spielen lassen? Und noch dazu vor der Königin?«

Das fröhliche Gelächter verebbte; dann rief eine schüchterne, unsichere Stimme aus dem hinteren Teil des Wirtshauses: »Es ist ja nicht so, daß sie die Rolle noch nie gespielt hätte.«

»Gewiß, doch damals wußten wir noch nicht, daß sie eine Frau ist.« John Barnstaple von Sir Dannys Truppe rechtfertigte ihr früheres Handeln.

»Glaubt ihr, unsere Unwissenheit würde die puritanischen Eiferer kümmern, falls sie je dahinterkämen?« Dickie sprang auf die Tischplatte und stapfte so heftig von einem Ende zum anderen, daß die Bierhumpen wackelten. Die Männer griffen hastig nach ihren Getränken und brüllten ihn an, er möge vom Tisch springen. Statt dessen wirbelte er seinen kurzen Umhang herum und hob die Stimme. »Das ist der Gesetzesverstoß, auf den sie gewartet haben. Sie werden nicht müde zu predigen, daß das Theater eine der größten Brutstätten der Sünde in ganz England sei. Wenn sie entdecken, daß eine Frau die Frauenrollen spielt, werden sie mit dem Finger auf uns zeigen und behaupten, dies sei der Beweis für unsere Verderbtheit.« Er blickte jedem der Männer eindringlich in die Augen, während er auf dem Tisch seine Runde drehte. »Und sie hätten recht damit.«

Der Redner im Hintergrund klang erstaunt. »Was soll so schlimm daran sein, wenn eine Frau Frauenrollen spielt?«

Richard Burbage starrte in den dunklen Winkel und sagte trübselig: »Sei nicht albern, Mann. Noch ist es nicht soweit gekommen.«

»Sie hat uns jahrelang zum Narren gehalten.« Alleyn Brewer, Rosies größter Rivale um die Frauenrollen, stand auf einem Eimer vor dem Feuer und schwenkte einen Humpen mit Ale. »Warum sollten wir ihr helfen, die Königin zum Narren zu halten?«

»*Sie* hat uns zum Narren gemacht?« Cedric stellte sich hinter Alleyn auf einen Eimer und äffte den weichlichen jungen Mann nach. »Sie hat mich nicht zum Narren gemacht. Ich habe mich selbst zum Narren gemacht, und ich bin sicher, daß jeder Mann hier dem zustimmen wird.« Alleyn wirbelte auf seinem Eimer herum und funkelte Cedric an. »Bis auf dich natürlich, Alleyn«, fügte Cedric besänftigend hinzu.

Die Schauspieler an den Tischen der Schankstube gaben sich wenig Mühe, ihre Belustigung zu verbergen, als Alleyn sprach: »Wenn die König dahinterkommt, daß Ophelias Rolle von einer Frau gespielt wird, werden wir alles verlieren. Unseren Mäzen, unser Schauspielhaus und unseren Lebensunterhalt.«

»Wenn Rosie die Ophelia nicht spielt, verlieren wir den Mann, der unsere zögernden Schritte auf dem Pfad der Schauspielerei gelenkt hat.« Cedric sprang vom Eimer und hüpfte umher, um den schwierigen Weg eines Schauspielers zu versinnbildlichen.

Dickie schnaubte verächtlich. »Was kann Rosie schon für Sir Danny tun?«

»Sie wird die Ophelia spielen, und Königin Elisabeth wird so gerührt sein, daß sie ihr eine Gunst gewährt.« Die leise Stimme tönte aus dem finsteren hinteren Teil der Schankstube zu ihnen herüber. »Rosie wird um Sir Dannys Leben bitten, und er wird gerettet.«

Zustimmendes Gemurmel und Kopfnicken machten deutlich, daß alle mit dieser Vorhersage zufrieden waren. Alle außer Dickie.

»Rosie soll das zustande bringen? Rosie? Dieselbe Rosie, die stocksteif auf der Bühne steht und ihren Text herunterbetet?« Dickie hielt sich die Seiten. »Ha, ha, ha!«

Es wurde still im Raum. Blicke schweiften umher, trafen einander und wandten sich dann betreten ab. Niemand wollte zugeben, daß Dickies Urteil der Wahrheit entsprach, doch Cedric faßte die Stimmung des Saals in Worte.

»Wir sollen uns also feige davonschleichen wie rattenfressende Wiesel und Sir Danny sterben lassen?« Er spie ins Feuer, und es loderte zischend auf. »Du bist ein Wickelkind, wimmerst und sabberst vor Angst beim ersten Anzeichen von Gefahr.«

Dickie stieß einen Humpen um, und das Bier spritzte über seine Schuhe. »Ich bin ein kluger Mann. Wenn wir nach Newgate gehen, um die Kerkerwärter zu bestechen, damit Sir Danny etwas zu essen und Decken bekommt, und dieser Haufen gieriger Bastarde sich weigert, unser Geld anzunehmen, dann weiß ich, daß Sir Danny von einem mächtigen Lord in den Kerker gesteckt wurde, und wir uns mit unserem Versuch, ihm zu helfen, in Teufels Küche bringen. *Du* bist ein Wickelkind, das die Hand nach der scharfen Klinge des Scharfrichters ausstreckt und sich dabei blutige Finger holt.«

Dickie war als Sieger aus diesem Rededuell hervorgegangen, und das zählte viel unter Schauspielern. Doch Cedric hatte seine Überzeugung kaum weniger wortgewandt vorgebracht und verbeugte sich unter Jubelrufen und Applaus.

Alleyn sagte verzweifelt: »Gebt sie jemand anderem.«

Cedric kniff ein Auge zu und drückte sich den Zeigefinger auf die Nase. »Was?«

»Ja. Gebt sie *irgend jemand* anderem«, bekräftigte Dikkie. »Gebt Ophelias Rolle irgend jemand anderem. Wenn wir sie Rosie geben, verurteilen wir Sir Danny.«

»Das könnten wir machen«, stimmte Cedric zu. »Es wäre sicherer.«

Ein Luftzug wehte durch den Raum, und William Shakespeare stand in der Tür, den Umhang bis zu den Ohren hochgezogen. Er fragte: »Wann haben wir je etwas Sicheres getan?«

»Rosie muß ihre Chance bekommen«, rief jener Schüchterne aus dem Hintergrund.

Will Shakespeare wandte jäh den Kopf und starrte ins Dunkel. Hatte er die Stimme erkannt?

»Geziemen würde es sich schon, daß sie diejenige ist, die Sir Danny rettet.« John Barnstaple klang nachdenklich.

Um dem Unbekannten im Hintergrund noch weitere Bemerkungen zu entlocken, sagte Onkel Will: »Ich bin hier, um euch zu sagen, daß das Datum feststeht.« Tatsächlich waren zwei Auftrittsdaten festgelegt worden, doch er wollte ihnen nicht sagen, daß er vorhatte, die Aufführung seines berüchtigtsten, verräterischsten Stückes abzulehnen – und auf das Honorar dafür zu verzichten. »Die Chamberlain's Men werden *Hamlet* am Abend des achten Februar, also in drei Tagen, vor Ihrer Majestät aufführen. Wir müssen entscheiden, wer die Rolle der Ophelia zu

Königin Elisabeths Erbauung spielen wird. Und zwar jetzt.«

»Ich sage, Alleyn sollte die Ophelia spielen.« Dickie winkte Alleyn zu, der reglos wie eine Steinplastik auf dem umgestülpten Eimer posierte.

»Ich sage, Rosie sollte Ophelias Rolle spielen«, verkündete Cedric.

»Rosie ist nicht hier, um ihren Standpunkt zu vertreten. Fürwahr, Rosie scheint nirgends und überall zu sein, und zwar gleichzeitig.« Shakespeare sah sich aufmerksam um. »Hat eigentlich einer von euch sie gesehen?«

Die Männer schüttelten einer nach dem anderen den Kopf.

»Ich glaubte, sie auf der London Bridge gesehen zu haben«, sagte einer. »Doch sie war verschwunden, ehe ich sie erwischen konnte.«

»Ich habe etwas Greifbareres als Rosie gesehen«, sagte John Barnstaple. »Ich habe Ludovic gesehen.«

»Ludovic?« Alleyn wurde bleich. »Dieser fremdländische Affe ist in London?«

»Ja«, bestätigte John Barnstaple.

»Du hast doch keine Angst vor Ludovic, oder, Alleyn?« Die Stimme aus dem Hintergrund klang spöttisch.

»Er hat einen Dolch«, sagte Alleyn, als erklärte das alles.

»Und einen Rapier.« John Barnstaple redete in beruhigendem Tonfall. »Wie jeder andere in dieser Stadt auch. Na und?«

»Er wird mir bei lebendigem Leibe die Haut abziehen, wenn ich Rosie die Rolle wegnehme«, stammelte Alleyn.

»Was sagst du da?« fragte Will. »Du willst die Rolle der Ophelia nicht für die Königin spielen?«

Dickie stolzierte auf Alleyn zu und schüttelte ihn so heftig, daß er vom Eimer fiel und auf seinem Hinterteil landete. Dickie gab dem zitternden Bündel angewidert einen Fußtritt. »Steh auf und erkläre, daß du die Rolle spielen willst!«

»Gebt sie Rosie«, verkündete Alleyn, an das Bein einer Bank geklammert. »Ich würde sie selbst dann nicht spielen, wenn Königin Elisabeth höchstpersönlich mich darum bitten würde.«

Will ließ den Blick durch den ganzen Raum schweifen. In der Art eines Richters, der sein Urteil verkündet, erklärte er: »Falls Rosie in London ist, muß sie sich vor morgen mittag bei mir melden, sonst wird Alleyn die Ophelia spielen.«

Alleyn stöhnte auf.

Alle begannen, durcheinander zu reden. William Shakespeare lauschte, und als er hörte, wie die Tür geöffnet und wieder geschlossen wurde, wußte er, daß sein Köder geschluckt worden war. Er ging hinaus auf den dunklen Hof, über den sich dünne Nebelschwaden schlängelten. Der Halbmond spendete ein fahles Licht, und Shakespeare war erst einige Schritt weit gegangen, als zwei Gestalten, eine schmale und eine große, unter dem Dachgesims hervortraten und sich ihm in den Weg stellten.

Der hochgewachsene Mann wirkte allein durch seine Haltung bedrohlich, doch William Shakespeare richtete seine Aufmerksamkeit auf den schmächtigeren. Ein weiter Umhang und eine große, weiche Kappe machten es nicht leicht, ihn zu erkennen. Dann sprach die Gestalt in dem schüchternen Tonfall des Schauspielers im hinteren Teil der Schankstube, und ihre Worte ließen Shakespeare in jubelndes Gelächter ausbrechen.

»Onkel Will, ich bin gekommen, um Euch zu sagen, daß ich die Rolle der Ophelia spielen werde.«

Die Nachtluft umhüllte Tony wie ein feuchtkalter Schleier, doch er zog sich den Hut über die Ohren und schritt forsch die Straße entlang. Er fürchtete die Dunkelheit nicht, wenngleich sie so tief war, daß er sich auf andere Sinne als das Sehvermögen verlassen mußte. Das war es, was er sich gewünscht hatte – die Gelegenheit, den Feinden der Königin in den Elendsvierteln und Palästen Londons nachzuspüren. Sein Hauptmann war erleichtert über seine Rückkehr, denn Warzennasen-Harry wurde zwar mit Aufruhr unter den Bürgern fertig, vom Adel angezettelte Unruhe jedoch setzte größere Machtbefugnis voraus. Tony beteuerte, daß er seine eigene Macht der scharfen Schneide seiner Klinge verdankte, doch Warzennase führte sie eher auf Tonys diskrete Stiche mit der Schwertspitze zurück. Nun trottete er neben seinem Kommandeur die Gracechurch Street entlang und erstattete ihm in besorgtem Tonfall Bericht. »Ich sag' Euch, Herr, der Graf von Essex ist verrückt geworden und hat alle Unzufriedenen Londons mit seinem Wahn angesteckt.«

»Das ist nichts Neues.« Tony rümpfte die Nase. Der Nebel lichtete sich ein wenig, als sie sich vom Ufer der Themse entfernten. Tony hätte rundum zufrieden sein müssen. Rundum zufrieden, bis auf die Tatsache, daß Königin Elisabeth ihn davongejagt hatte, Sir Danny im Kerker verschwunden und Rosie in London war. Die wenigen Male, die Tony draußen gewesen war, hatte er einige Mitglieder von Sir Dannys Truppe nach ihrem Aufenthaltsort ausgefragt, doch sie hatten alle behauptet, ihn nicht zu kennen. Tony glaubte ihnen nicht. Es hatte zwar den Anschein, als sagten sie die Wahrheit, doch sie waren schließlich Schauspieler. Er hatte Spitzel auf sie angesetzt, doch bisher ohne jeden Erfolg. Also hatte Tony beschlossen, im Cross Keys Inn nach seiner

Herzensdame zu suchen. Sie mußte dort sein. Sie mußte *irgendwo* sein.

Es sei denn, ihr war auf dem Weg nach London die Kehle aufgeschlitzt worden, oder eine Kupplerin aus dem Hafenviertel hatte sie in ihre Gewalt gebracht und in ihren Stall aufgenommen.

Tony fröstelte und wurde sich bewußt, daß Warzennase zu ihm sprach. »Ich habe einen Mann in Haus Essex.«

»In Haus Essex?« Tony wunderte sich einmal mehr über die Findigkeit seines Hauptmanns und fragte: »Wie habt Ihr das angestellt?«

»Es war nicht schwer. Jeder Unzufriedene in London residiert dort. Lord Essex hat zusammen mit Lord Southampton, Sir Christopher Blount und Sir Charles Davers beschlossen, den Hof und die Königin zu überrumpeln.«

»Sie zu überrumpeln?« Etwas anderes hatte Tony nicht erwartet. »Wozu das?«

»Um die Königin vor bösen Beratern zu retten.«

Ein fahler Lichtschimmer huschte über Warzennases grimmige Züge, und Tony blickte auf. Der Nebel war nicht überall gleich dicht, an manchen Stellen klebte er fest am Himmel, während er an anderen dahintrieb und mit dem Halbmond Verstecken spielte. »Eine althergebrachte Taktik englischer Umstürzler.«

»Essex wird der Königin mit allem Respekt raten, seine Feinde zu entlassen.«

»Sir Robert Cecil als ersten, nehme ich an.«

Warzennase nahm Tonys Unterbrechungen geduldig hin und stimmte ihm zu. »Zweifellos. Wenn seine Feinde entlassen worden sind und Königin Elisabeth Essex zum Lordprotektor ernannt hat, wird Essex seine Feinde vor Gericht bringen, um sie zum Tode verurteilen zu lassen, und danach das Parlament einberufen und eine neue Regierung bilden.«

»Verflucht.« Feine Nebeltropfen sammelten sich an Tonys Wimpern und Brauen und liefen an seinem Gesicht herab. »Ist das alles?«

»Wenn nötig, werden sie Königin Elisabeths Blut vergießen.«

Die Worte und der trockene Tonfall, in dem sie gesprochen wurden, ließen Tony erstarren. »Mögen sie in der Hölle schmoren, und möge ich derjenige sein, der sie dorthin schickt!« Er schwelgte einen Augenblick lang in der befriedigenden Vorstellung, wie Essex im ewigen Feuer schmachtete, dann seufzte er. Tony fürchtete, daß Essex den Qualen, die er verdient hatte, irgendwie entkommen würde. Es stimmte, London bewunderte Essex, doch es verehrte Königin Elisabeth, und das seit dem Tag ihrer Thronbesteigung. War es nicht möglich, daß der gesunde Menschenverstand – nicht der von Essex, auf den würde Tony sich nie verlassen, sondern der eines seiner Berater – den Grafen im letzten Augenblick von einem offenen Aufstand abhielt? Ehe Elisabeths Vertrauen in Essex nicht völlig zerstört war, würde ihre Herrschaft auf tönernen Füßen stehen. »Ist das alles?« fragte Tony halb nachdenklich, halb im Scherz.

»Ich dachte, das sei schon recht viel, Herr.«

Warzennase klang gekränkt, und Tony seufzte. Er hatte vergessen, daß der Soldat keinerlei Sinn für Humor besaß. »Das ist mehr als genug. Ihr habt gute Arbeit geleistet, mein Freund.« Er klopfte Warzennase auf die Schulter und fuhr fort: »Ich muß einen Weg finden, Königin Elisabeth eine Nachricht von jemandem zukommen zu lassen, dem sie einfach vertrauen muß.«

Ein Mann tauchte aus dem Nebel auf. Tony packte ihn

an der Schulter und schleuderte ihn gegen die nächste Hauswand. Lichtstrahlen fielen durch die Fensterläden und offenbarten Hals hohläugiges, abgezehrtes Antlitz. »Herr im Himmel, Hal, was treibst du hier?« Tony verstärkte seinen Griff. »Ist etwas nicht in Ordnung zu Hause?«

»Bitte, Herr, bitte.« Hal versuchte, sich aus Tonys Griff zu befreien. »Ihr tut mir weh.«

Tony ließ ihn zögernd los.

»In Haus Sadler steht alles zum besten, aber ...«

»Auf Gut Odyssey«, berichtigte Tony.

»Gewiß, Herr.« Hal nickte und trat unruhig von einem Fuß auf den anderen. »Doch ich habe Lady Honora und Eure Schwestern begleitet.«

»Lady Honora?« Tony erinnerte sich an das zerschundene, geschwollene Gesicht, mit dem er sie zuletzt auf Gut Odyssey gesehen hatte. Aller Vernunft zum Trotz fühlte er sich für ihre Wunden verantwortlich, und so fragte er mit echter Anteilnahme: »Wie geht es der guten Lady? Ist sie von ihren Verletzungen genesen?«

Hal wischte sich einen Wassertropfen von der spitzen Nase und rieb ihn in sein Wams. »Lady Honora ist wieder ganz die alte, würde ich sagen.«

»Ah.« Tony grinste. »Ausgezeichnet. Fürwahr, ich hätte erwartet, daß sie eher zu Sir Dannys Rettung aufbrechen würde.«

»Sie hatte Fieber«, berichtete Hal.

»Arme Lady. Hat es noch andere Vorkommnisse auf Gut Odyssey gegeben? Ist noch jemand verletzt worden?«

»Nein, Herr.« Hal schniefte. »Es muß an Euch liegen, daß so viel passiert. Glaubt Ihr, Ihr werdet's aufgeben?«

»Was aufgeben? Gut Odyssey?« Tony war entsetzt.

»Niemals. Es wird mein sein, bis ich sterbe. Doch warum bist du hier? In dieser kalten, nebligen Nacht?«

»Die Damen haben mich hinausgeschickt, damit ich Euch von ihrer Ankunft unterrichte, und die Männer im Wachhaus haben mir gesagt, ich könne Euch hier finden.« Hals glühender Blick schien den Nebel zu durchbohren und durch die Gracechurch Street zu schweifen. »In diesem Sündenpfuhl.« Er senkte den Kopf und schloß die Augen. »Ich hatte gehofft, ihn nie wieder sehen zu müssen.«

»Ja, du bist ein alter Londoner Halunke.« Warzennase klang lebhaft. »Dein Gesicht kommt mir schon die ganze Zeit bekannt vor, doch es ist so viele Jahre her, daß ich mir nicht sicher war.«

Ein unnatürlicher Glanz legte sich in fleckigen Schatten über Hals Gesicht, und Hal drehte sich jäh wie ein beleidigter Heiliger zu Warzennase um. »Ich kenne London kaum.«

»Ah.« Warzennase nickte, zwinkerte und grinste. »Du willst nicht an die Ausschweifungen deiner wilden Jugendjahre erinnert werden.«

Hals Atem rasselte in seiner Brust. »Ich habe mich in meiner Jugend keinen Ausschweifungen hingegeben.«

»Warst du es nicht, der bei Tiny Mary ein Zimmer und 'ne Dirne für einen ganzen Monat gemietet hat? Warst du es nicht, der auf seinem Pferd wie der Teufel von einem Ende Cheapsides zum anderen geritten ist und diesen Gentleman-Dandy Raleigh geschlagen hat?« Warzennase schlug sich auf die Schenkel und schnaubte: »Warst du es nicht, dem hundeelend geworden ist und der in Houndsditch um ein Haar in 'ner Wasserpfütze ertrunken wär', nachdem wir ein ganzes Faß Franzmann-Wein gestohlen hatten?«

»Ich ... war ... es ... nicht.«

Hal beugte sich drohend über den kleineren Mann, und Warzennase sagte hastig: »Nein, natürlich nicht. Du warst es nicht. Du warst es ganz und gar nicht.« Hal stand noch immer über ihn gebeugt, und Warzennase räusperte sich. »Ich habe meinen Irrtum erkannt. Jetzt tritt zur Seite.«

Tony, dem der warnende Ton in Warzennases Stimme nicht entgangen war, und der erkannte, daß der junge Hauptmann diesen unvorsichtigen Haushofmeister leicht verprügeln konnte, legte Hal beruhigend die Hand auf die Schulter. »Du möchtest jetzt gewiß zurück. Lady Honora und meine Schwestern haben in meinem Stadthaus Quartier bezogen, nicht wahr?«

Hal wich argwöhnisch zurück, als sei Warzennase ein zähnefletschendes wildes Tier. In Wahrheit schien es sich eher umgekehrt zu verhalten, denn Hal wurde von heftigen Seelenqualen zerrissen, die Warzennase mit seinen lebhaften Erinnerungen heraufbeschworen hatte.

Er starrte weiter mit weit aufgerissenen Augen vor sich hin, bis Tony ihn sanft schüttelte. »Wo sind meine Schwestern und Lady Honora?«

Hal schluckte hörbar und richtete seine Aufmerksamkeit dann auf Tony. »Bei Hofe.«

»Die Königin wird glauben, ich hätte das eingefädelt«, sagte Tony finster. »Sie wird denken, ich hätte meine Schwestern hergeholt, damit diese sie besänftigen.«

»Oh?« Hals Miene hellte sich auf. »Ist die Königin schon wieder zornig auf Euch?«

»Du klingst wie ein Höfling«, brummte Tony. »Stets voller Hoffnung, über meinen niedergetrampelten Körper weiter nach oben zu kommen.«

»Nein, Sir.« Hals graues Haar lugte in feuchten, glatten Strähnen unter seiner Kappe hervor. »Selbst wenn Ihr fallen solltet, könnte ich in der Gunst der Königin nicht aufsteigen. Ich müßte wahnsinnig sein, mir etwas Derartiges einzubilden.«

Tony wollte erklären, daß Hals ungehobeltes Wesen der Königin nie gefallen könnte, doch in den letzten Monaten war Hal vor seinen Augen gealtert, zitterte ständig, als leide er an Schüttellähmung, und unterhielt sich murmelnd mit einem unsichtbaren Begleiter. Nein, er wollte Hal nicht noch zusätzlich quälen. Er würde ihn bald seines Dienstes als Haushofmeister entheben und ihn statt dessen in die Ställe schicken müssen, und das würde Hal schon genug Kummer bereiten.

Durch die Stille drangen Gesprächsfetzen an Tonys Ohr. Obwohl die nebelgeschwängerte Luft den Großteil des Gesprächs verschluckte, konnte Tony hie und da ein Wort, einen Ton, eine Stimme ausmachen. Er erstarrte.

Es klang wie Rosie.

»Habt Ihr das gehört?« flüsterte er.

»Hätte schwören können, daß du der Mann bist«, murmelte Warzennase.

»Ich bin's nicht!« fuhr Hal ihn an.

»Psst!« Tony streckte sich, um besser hören zu können, und vernahm erneut die hellen, klaren Töne, die wie der Strahl eines Leuchtturms durch den Nebel drangen.

»Möchte wissen, wo du das Geld herhattest«, brummte Warzennase.

»Ich war's nicht!« Hal stürzte sich auf ihn, und die beiden Männer gingen kämpfend zu Boden.

Tony überließ sie ihrem Streit und rannte auf leisen Sohlen durch die Straße in Richtung Cross Keys Inn. Die Stimmen, denen er folgte, schwollen an und verebbten wieder, wurden vom Wind herangetragen und davongeweht, bis sie schließlich ganz vom Nebel verschluckt wurden. Tony betrat den Hof des Gasthauses, traf dort jedoch niemanden an. Ihm wurde bewußt, daß er übers Ziel hinausgeschossen war. Er lief zurück auf die Straße und hielt dann inne, um zu lauschen. Zunächst hörte er nichts weiter als das Gejohle und Gezanke, das durch die Fensterläden der Schänke drang. Dann vernahm er ein verstohlenes Huschen, und seine Wachsamkeit verdoppelte sich. Er bediente sich der Fertigkeiten, die er im Dienste Ihrer Majestät erworben hatte, und erforschte seine Umgebung mit einem Gespür, das sich auf nichts weiter als eine Witterung im Wind und ein unbestimmtes Gefühl stützte.

Er schlich die Gracechurch Street wieder hinauf. Von Hal und Warzennase war nichts zu hören, doch er sah – oder fühlte –, daß jemand im Schatten des Kräutermarktes lauerte. Tony schlenderte daran vorbei und wappnete sich gegen einen Angriff.

Nichts geschah, und seine Überzeugung, Rosie gefunden zu haben, verflog. Er machte kehrt und pirschte sich von hinten an eine große, finstere Gestalt heran. Dann fiel er mit gezogenem Dolch über sie her.

Der Arm, den er packte, war schwer und muskulös, und die Gestalt war ebenso groß wie er. »Hilfe! Überfall!« rief der Mann, und seine tiefe Stimme entlockte Tony einen Fluch.

»Haltet's Maul, Dummkopf! Ich werde Euch nicht berauben. Ich bin der Kommandeur der Königlichen Leibwache.«

»Das beruhigt mich nicht.« Sein Gefangener stolperte, als sei er betrunken. »Ihr könntet der Schlimmste der ganzen Bande sein, und niemand würde Euch etwas anhaben können, wenn ehrliche Leute sich beschweren.«

Er strauchelte erneut, und Tony roch seinen Atem. Kein

bitterer Geruch nach Bier oder Ale entströmte seiner Kehle, und Tony wurde von einer jähen Ahnung befallen.

Jemand war hinter ihm. Tony wirbelte herum und hielt mit abermals geschärften Sinnen Ausschau nach seiner Beute. Rosie bedeutete ihm mehr als Sicherheit, Pflicht, Verlangen.

»Der Kommandeur der Königlichen Garde?«

Der Mann in seinem Rücken richtete das Wort an ihn, und Tony zischte ungehalten, um ihn zum Schweigen zu bringen.

»Seid Ihr nicht Sir Anthony Rycliffe, der berühmte Soldat Ihrer Majestät?«

Tony drehte sich um und packte den geschwätzigen Burschen an der Gurgel.

Der Fremde würgte und befreite sich dann mit einer Drehung aus Tonys Griff. »Ich habe Informationen über die Grafen von Essex und Southampton.«

»Verflucht!« Wütend über den unglücklichen Zufall, mit der einzigen Nachricht konfrontiert zu werden, die ihn von Rosies Verfolgung abhalten konnte, rief Tony: »Warzennase!« Niemand antwortete, und er fluchte erneut. Hatten Hal und Warzennase einander umgebracht? Hals Bild, bleich und glutäugig, huschte Tony durch den Sinn, doch er konnte seine Pflicht nicht vernachlässigen, um Warzennase zu retten, falls dieser gerettet werden mußte, genausowenig wie er Rosie weiter verfolgen konnte, falls sie es war, der er folgte.

»Sprecht!« befahl er dem Mann, der sich noch immer gegen die Hauswand drückte.

»Mein Name ist William Shakespeare.«

Tony erinnerte sich an Rosies lobende Worte über diesen Mann. »Der Bühnendichter und Schauspieler.«

Mit dünkelhaftem Selbstbewußtsein sagte er: »Ihr habt von mir gehört.«

Mißtrauischer denn je, bestätigte Tony: »Ich habe von Euch gehört. Habt Ihr von mir gehört?«

»Gewiß, Sir.«

»Habt Ihr gehört, daß ich demjenigen den Kopf abreiße, der mich von der Suche nach Lady Rosalyn Bellot ablenkt?«

Der feige Bursche stammelte: »Sir, ich versichere Euch, daß ich Euch keinesfalls von irgendeiner Suche ablenken möchte.«

»Ha!«

»Ich wußte nicht, an wen ich mich in dieser Sache wenden sollte, und dann tauchtet Ihr auf wie ein Geschenk des Himmels, um den Fortbestand des Königreiches zu sichern. Doch wenn Ihr fort müßt, dann geht, ich bitte Euch. Ich werde jemand anderen suchen, an den ich mich wenden kann.«

William Shakespeare strich seinen Umhang glatt und wollte gehen. Tony knirschte mit den Zähnen und hielt ihn zurück. »Redet!«

Shakespeare gab sich verdächtig leicht geschlagen. »Mein Gönner, Lord Southampton, wünscht, daß die Chamberlain's Men am Samstag mein Stück *Richard II.* aufführen, und ich habe Grund zu der Annahme, daß es nicht wegen seiner Brillanz, sondern wegen seines aufrührerischen Inhalts aufgeführt werden soll.«

»Ihr habt ein aufrührerisches Stück geschrieben?«

»Ich habe ein historisches Stück geschrieben«, berichtigte William Shakespeare. »Es erzählt von den Umständen, unter denen König Richard von seinem Vetter Bolingbroke entthront wurde. Als ich es schrieb, schrieb ich es zum Ruhme Englands, um das Geschlecht zu feiern, aus dem unsere geliebte Königin Elisabeth hervorgegangen ist. Verflixt, Mann, es ist durch die Zensur gekommen, doch nun ... gäbe Gott, ich hätte es nie geschrieben! Es hat mir nichts als Ärger eingebracht.«

»Und Eurem Freund den Kerker.«

Tony suchte nach Anzeichen von Unbehagen bei seinem Gegenüber, doch William Shakespeare überraschte ihn, indem er ausrief: »Sir Danny Plympton? Ihr wißt von Sir Danny Plymptons mißlicher Lage?«

»Wie könnte ich nicht davon wissen? Es war mein Plan, der Sir Danny nach Newgate gebracht hat.«

»*Euer* Plan?« Shakespeare blickte verblüfft drein und schüttelte dann den Kopf. »Ich versichere Euch, Sir Danny hat sich selbst nach Newgate gebracht. Er tauchte mit der Unauffälligkeit eines Schneesturms in London auf. Er tobte und prahlte und erzählte allen – unter dem Vorbehalt der Verschwiegenheit, natürlich –, er sei Essex' Untergang und der Retter der Königin.«

»Gewiß, das klingt sehr nach Sir Danny.« Was für ein Mensch war das, der das Geheimnis von Rosies Erbe in seinem Herzen verschlossen hielt, seine eigene Sicherheit jedoch für einen flüchtigen Augenblick des Ruhms opferte?

Shakespeare beantwortete Tonys unausgesprochene Fragen, als er sagte: »Ich kenne Sir Danny seit Jahren, und ich versichere Euch, er spielt ständig die Rolle eines wohltätigen Gottes.«

Tony kannte Sir Danny nicht seit Jahren, doch er hatte einen Einblick in die Vision bekommen, die den Mann antrieb. Er widersprach Shakespeare entschieden. »Nein, das ist keine Rolle, die er spielt, sondern ein verblüffender Glaube an seine Aufgabe hier auf Erden. Gebe Gott, daß er sie erfüllt.«

»Amen.« Shakespeare seufzte betrübt.

»Ich kenne auch Lady Rosalyn Bellot, die Tochter des verstorbenen Grafen von Sadler.«

Shakespeare wackelte mit dem Kopf, neugierig wie eine Möwe, der man Futterbrocken auf einem Silbertablett serviert. »Ich kenne Lady Rosalyn nicht. Wer ist das?«

Tony fügte zweifelnd hinzu: »Ihr kennt sie vielleicht unter dem Namen Rosenkranz.«

»Rosenkranz ist Sir Dannys Adoptivsohn. Er ist nicht...«, Shakespeare bewegte seinen Kopf abermals in der Art einer Seemöwe. »Wollt Ihr mir weismachen, Rosenkranz sei ein Mädchen?«

»Kein Mädchen«, berichtigte Tony. »Eine Frau. Meine Verlobte. Die Frau, die eingewilligt hat, mich zu heiraten, und dann fortgelaufen ist.« Er blickte Shakespeare eindringlich an. »Die Frau, die vielleicht mein Kind unterm Herzen trägt.«

Shakespeare starrte ihn aus weit aufgerissenen Augen an. »Euer Kind?«

»Von dem ich möchte, daß es innerhalb der Ehe geboren wird.«

»Euer Kind?« Shakespeare ließ den Kopf in den Nacken fallen und stieß sich dabei an der Hauswand. »Sie hat nie erzählt...«, murmelte er leise.

Tony hätte vor Freude in die Luft springen mögen. Das war der Beweis. Sie lebte. Rosie lebte. Sie hatte Verbindung mit ihrem Onkel Will aufgenommen und würde das gewiß wieder tun. Er würde sämtliche Theater Londons und alle von Schauspielern besuchten Gasthäuser überwachen lassen, und er würde Rosie in seiner Obhut haben, ehe Essex seinen Schachzug machte. Dann würde er sich darauf konzentrieren können, Essex zu verhaften und Sir Danny zu befreien. Dann würde er heiraten können, und sein Sohn würde in dem großen Bett in seinem Schlafgemach geboren werden. Oder auf dem Schreibtisch, auf dem er empfangen worden war.

Shakespeare wirkte mittlerweile so steif, als habe seine Seemöwe einen Treibholzsplitter verschluckt. »Wenn ich Rosenkranz sehe, werde ich ihr ausrichten, daß Ihr sie sucht.«

»Wenn Ihr Rosenkranz seht«, Tony sprach seine Drohung lächelnd aus, »dann richtet ihr aus, daß die Welt um einen Stückeschreiber ärmer sein wird, wenn sie nicht zu mir zurückkommt.«

Shakespeare verzog das Gesicht und trat unruhig von einem Bein aufs andere. »Ich werde daran denken, dessen könnt Ihr sicher sein. Doch Sir Anthony, nichts von all dem löst mein Problem: Welche Ausrede soll ich Southampton auftischen, um ihm begreiflich zu machen, daß ich *Richard II.* nicht spielen kann? Er hat eine stattliche Summe Bargeld geschickt, vierzig Shilling, und Schauspieler verschmähen Bargeld nie, das weiß er nur zu gut.«

»Dann führt das Stück auf.«

Shakespeare lachte bitter. »Nein, ich werde nicht dazu beitragen, einen Aufstand anzuzetteln.«

»Aber es wäre eine erhebliche Provokation«, sagte Tony. »Begreift Ihr nicht? Bis Essex und Southampton den offenen Aufstand wagen, wird die Königin mir weiterhin die Hände binden und mich am Handeln hindern. Doch wenn alle Anzeichen darauf hindeuten, daß der Aufstand Erfolg hat, werden Essex und Southampton die Zügel in die Hand nehmen und aus eigenem Antrieb geradewegs in den Tower galoppieren.« Tony lachte leise über seinen unbeabsichtigten Vergleich. »Vielleicht haben die Frauen recht. Vielleicht *sind* alle Männer entweder Wallache oder Hengste.«

Eng an die rauhe Mörtelwand gekauert, hatte Rosie

Mühe, ein Lachen zu unterdrücken. Wenn Männer in Wallache und Hengste aufgeteilt waren, dann wußte sie, zu welcher Gruppe Tony gehörte. Er hatte seine Aufgabe nur allzu gut erfüllt, und sie verfluchte ihn dafür, daß er sich dessen so sicher war. Verfluchte ihn dafür, daß er vor Onkel Will damit geprahlt hatte. Im Augenblick seiner großen Enthüllung hatte Rosie befürchtet, Onkel Will würde ihr Versteck verraten und auf einer Vermählung bestehen. Und zwar auf der Stelle.

Nur der Kameradschaftsgeist der Schauspieler schützte sie, und Rosie wußte, daß Onkel Will ihr bei ihrer nächsten Begegnung Vorwürfe machen würde, weil sie ihn so getäuscht hatte. Ihre einzige Entschuldigung *war* ihre Schwangerschaft. Jetzt, wo sie all ihre Kraft, all ihren Scharfsinn brauchte, plagten sie Erschöpfung und Übelkeit. Ihr Kind wuchs in ihr heran, und Rosie gab dem Kind die Schuld an ihren augenblicklichen Zweifeln.

Warum sonst wollte sie jetzt, wo alle ihre Pläne Früchte zu tragen versprachen, in Tonys Arme laufen? Warum wollte sie ihm von ihrem Kind erzählen, sich mit ihm freuen, statt lieber den leichten Weg gehen?

Ludovic rührte sich neben ihr. Er erahnte ihre Gefühle, das wußte sie. Seit er sie im Wald gefunden hatte, war er der Fels gewesen, an den sie sich gelehnt hatte. Er hatte ihr geholfen, nach London zu kommen, im Bull Inn getrennte Zimmer für sie gemietet, Sir Dannys Lage ausgekundschaftet und sie unterstützt, als sie den Plan ausgeheckt hatte, vor Königin Elisabeth aufzutreten. Ludovic war es gewesen, der in der Schauspielergemeinde verbreitet hatte, Rosie wolle die Rolle der Ophelia spielen, und Ludovic hatte sie in den Cross Keys Inn begleitet, damit sie an der Debatte teilnehmen konnte.

Ludovic hatte Tony kommen hören, und Ludovic hatte

Rosie versteckt und Onkel Will dazu überredet, Tony abzulenken – wenngleich »überredet« wohl ein wenig zu gelinde ausgedrückt war.

Ludovic hatte kein Wort über ihre Beziehung zu Tony verloren, und Rosie hatte nicht gewagt, ihn zu fragen, ob er etwas über die Hintergründe der »Unfälle« auf Gut Odyssey wisse. Ob *er* der Grund der »Unfälle« auf Gut Odyssey sei.

Es war ein merkwürdiges Gefühl, auf einen Mann angewiesen zu sein, den sie des versuchten Mordes verdächtigte, doch Rosie hatte ihn mehr als einmal dabei ertappt, wie er sie ansah, als sei sie seine letzte Hoffnung auf Erlösung. Sie versuchte, sich seiner Verehrung würdig zu erweisen, und sie versuchte, ihn nicht dazu zu ermutigen, sie zu lieben.

Beide Versuche waren hoffnungslos.

Sie spürte, wie Ludovic sich hinter ihr anspannte, als sie erneut das Geräusch eiliger Schritte vernahmen.

»Warzennase!« rief Tony. »Habt Ihr Hal eine Lektion erteilt, oder hat er Euch das Fürchten gelehrt?«

Hal? Der Haushofmeister Hal? Rosie hätte laut aufstöhnen mögen. War ganz Odyssey nach London aufgebrochen, um ihr das Leben schwerzumachen?

»Der Kerl hat Dreck am Stecken«, sagte Warzennase. »Sein Gesicht sieht aus, als habe er ein schweres Leben hinter sich, doch ich könnte schwören, er hat vor fünfzehn, zwanzig Jahren ein paar herrliche Monate in London verbracht.«

Rosie zog den Kopf ein und drückte sich zitternd gegen die Mauer.

»Laßt es uns herausfinden«, sagte Tony in kühlem, ruhigem Ton. »Wo ist er?«

»Als ich ihn zuletzt gesehen hab', war er dabei, seinen

Hintern in Windeseile zum Fluß zu bewegen«, sagte Warzennase mit vor Selbstzufriedenheit triefender Stimme.

»Er geht nach Whitehall Palace zurück, nehme ich an.« Tonys Stimme hallte durch die Gracechurch Street zur Themse hinunter. »Dort werde ich ihn finden.«

»Wenn Ihre Majestät Euch wieder einläßt.«

»Oh, Ihre Majestät wird mich einlassen.«

Rosie runzelte die Stirn. Wie angenehm festzustellen, daß Tonys Eigendünkel unter ihrem Fortlaufen nicht gelitten hatte.

»Aus den Berichten zu schließen, die Ihr und dieser wakkere Stückeschreiber mir gegeben habt, wird es Arbeit für den Kommandeur der Königlichen Garde geben, und zwar sehr bald.«

Onkel Wills Stimme klang matt. »Dann seid Ihr also überzeugt, daß die Grafen einen Aufstand inszenieren werden, nachdem wir das Stück aufgeführt haben?«

»Ja.«

»Mir wird das Herz schwer vor Scham, daß mein Werk derart mißbraucht werden kann.« Onkel Will wiederholte es: »Mir wird das Herz schwer vor Scham.«

Dann hörte Rosie nichts mehr. Sie wartete, bis sie sicher war, daß sich niemand mehr in Hörweite befand. Dann erhob sie sich langsam, schüttelte sich die Steifheit aus den Gliedern und flüsterte: »Ich glaube, sie sind fort. Was meinst du?«

Niemand antwortete. »Ludovic?«

Noch immer keine Antwort. Die feinen Haare in ihrem Nacken richteten sich auf. »Ludovic!« Sie wirbelte herum und tappte tastend durch die Dunkelheit, doch Ludovic war und blieb verschwunden. Rosie war mutterseelenallein in London.

Kapitel 21

Ich hab Arznei gesehn,
Die hauchte wohl den Steinen Leben ein.

ENDE GUT, ALLES GUT, II, I, 74

Sir Dannys Aufschrei gellte durch die Luft, als handele es sich bei dem Laut um ein lebendiges Wesen, das in aller Eindringlichkeit um Gnade flehte. »Aufhören«, schluchzte er. »Hört auf.«

»Du mußt ein Bad nehmen, bevor du Ihrer Majestät gegenübertrittst.« Der grobschlächtige Soldat wiederholte erneut, was er bereits seit einer Stunde immer wieder sagte. »Wenn du nicht so zappeln würdest, wären wir längst fertig.«

»Ihr lügt.« Drei stämmige Bewaffnete stießen Sir Danny unter Wasser, um die Seife aus seinem Haar zu waschen, und Sir Danny wußte, daß sie ihn dieses Mal zu lange untergetaucht halten würden. Doch sie ließen ihn los, und er kreischte: »Ihr lügt! Dies ist nur eine weitere von Euren Foltern, bevor Ihr mich an den Galgen bringt.«

»Ihre Majestät schätzt üble Gerüche nicht. Sie hat eine sehr feine Nase, verstehst du, und du hast nach Newgate gerochen.« Der grobschlächtige Soldat nickte seinen Kameraden zu, und sie hoben Sir Danny aus dem Zuber und stellten ihn auf die Füße.

Sir Danny brach zusammen, zu geschwächt von Angst und Hunger, um sich auf den Beinen halten zu können. Sein Hinterteil landete nicht auf dem Stroh, das den Boden stellenweise bedeckte, sondern auf kaltem Stein, und plötzlich fand er die Kraft, sich zu erheben. »Hört her!« krächzte er. »Ich diene Ihrer Majestät, Königin Elisabeth, was auch immer sie verlangt, und wenn mein Leben verwirkt ist, bin ich glücklich, es für sie zu geben.«

»Zur Hölle, Mann, 's ist nur 'n Bad, ein warmes Bad sogar.« Der Befehlshaber blickte angewidert drein. »Badest du nicht einmal an deinem Namenstag?«

»Uaah.« Einer der Bewaffneten schüttelte sich. »Niemand badet freiwillig.«

»Ich schon«, entgegnete der Befehlshaber. »Das ist auch der Grund, weshalb ich das Kommando habe, während du nur ein einfacher Soldat bist.«

»Ich wette, Ihr badet nicht im Winter«, gab der Soldat zurück.

»Selten.« Der Befehlshaber ließ den Blick durch den kahlen Raum des Torhauses schweifen, wo er und seine Männer auf Pritschen schliefen. »Aber ich will auch nicht bei der Königin vorsprechen. Ihr solltet den mageren Kerl besser in eine Decke wickeln, er läuft schon blau an.«

Sir Danny hatte zu lange Kälte und Hunger, Folter und Gefängnis ertragen. Niemand hatte ihm geholfen. Keiner seiner Freunde hatte ihm Decken oder Nahrung geschickt. Sir Anthony Rycliffe hatte nicht einmal versucht, sich für seine Freilassung zu verwenden. Davon hatten die Folterknechte ihn überzeugt, als sie ihn dazu brachten, sich zum Verrat zu bekennen.

Und Rosie, seine geliebte Rosie, wußte wahrscheinlich nicht einmal von seinem Elend.

Als diese Soldaten ihn mitten in der Nacht aus seiner Zelle geholt und ins Torhaus geschleppt hatten, hatte er daher mit dem Schlimmsten gerechnet. Dieses Gerede von Ihrer Majestät und dem Palast war nichts weiter als das Lügengeschwätz eines Folterknechts, der ihn dazu bringen wollte, sich zum Hochverrat zu bekennen. Zitternd beobachtete Sir Danny, wie sich ihm die Bewaffneten mit einem großen Leinentuch näherten. »Mein Leichentuch«, jammerte er.

»Du bist ein elender Feigling, stimmt's?« bemerkte der Befehlshaber, als die Männer Sir Danny von Kopf bis Fuß trockenrieben. »Holt die Kleidungsstücke, die Sir Cecil geschickt hat, und dann bringen wir den Kerl hoch in den Palast, bevor Ihre Majestät wieder einen ihrer königlichen Anfälle kriegt.«

»Werdet Ihr meine Tochter, die meistgeliebte Tochter in ganz England, benachrichtigen, daß ich, zu Unrecht des Verrats beschuldigt, gestorben bin?« Die Soldaten reichten ihm ein Hemd aus einem Stoff, der weich wie Butter und doppelt so geschmeidig war. Sir Danny befühlte das Gewebe, während er sich das Hemd über den Kopf zog. »Sagt ihr, daß ich tapfer gestorben bin.« Er schlüpfte in die Strümpfe, legte den Strumpfhalter an und sinnierte dabei: »Vielleicht solltet Ihr nicht sagen, ich sei tapfer gestorben. Ich fürchte, meine Rosie kennt mich allzu gut.« Bei der Vorstellung, wie er an einem Strick baumelte und mit den Füßen strampelte, während Kinder mit Steinen nach ihm warfen, lief ihm ein Schauder über den Rücken. »Nein, sagt ihr, ich sei für die Sicherheit des Königreichs gestorben.« Die Soldaten stießen ihn hin und her, während sie ihm Wams, Kniehosen und Jacke anzogen und ihm zu guter Letzt eine schmucke Mütze aufsetzten.

Der Befehlshaber marschierte voran, die Soldaten links und rechts von Sir Danny, als sie das Torhaus verließen. Als sie bemerkten, daß Sir Danny mit ihren schnellen Schritten nicht mithalten konnte, fluchte der Kommandant und befahl den Soldaten, mit den Händen einen Stuhl zu bilden und den Gefangenen zu tragen.

Ein seltsames Benehmen, dachte Sir Danny bei sich, doch vielleicht standen sie den Verurteilten immer auf diese Weise bei.

»Gefällt mir nicht«, murrte einer der Soldaten. »Da soll sich ein verrückter alter Mann auf dem Gelände herumtreiben, mit Augen, die wie Feuer brennen. Womöglich greift er uns an, und dann haben wir die Hände nicht frei.«

»Ich beschütze euch vor allen alten Männern, verrückt oder nicht«, sagte der Befehlshaber. »Sorgt euch lieber darum, wie ihr den Gefangenen in den Palast schafft.«

Nebelschwaden waberten über die Gartenwege, und Sir Danny sehnte sich nach einem letzten Blick auf die Welt. Wenn er nach oben schaute, konnte er die Sterne sehen, so hell und freundlich wie immer. Auch der Halbmond lächelte wie belustigt, und dieses Sinnbild der Ewigkeit verlieh Sir Danny Mut. »Oh, Leuchttürme des Himmels, wie Ihr funkelt in einem Globus des Nichts. Ewige Lichter, ewige Nacht, ewiger Tod und kostbares Leben, ausgelöscht wie eine Kerze von Männern, die, vom Wahn des Verrats erfaßt, dem gesalbten Kapitän das Ruder Englands aus den Händen winden wollen.«

»Seit dreizehn Jahren arbeite ich nun in Whitehall, und nicht ein Mal habe ich mit der Königin gesprochen«, beklagte sich der Befehlshaber. »Und dieser Schafskopf beschwert sich in seinen gestelzten Worten.«

Seinem poetischen Himmel entrissen, fragte Sir Danny: »Ist dies Whitehall Palace?«

»Hast du nicht zugehört?« fragte einer der Soldaten.

Der Befehlshaber klopfte an eine kleine Tür, die in eine bedrohlich wirkende Steinmauer eingelassen war. Die Tür wurde einen Spaltbreit geöffnet, und eine knochige Hand griff Sir Danny am Handgelenk und zerrte ihn ins Innere. Ein buckliger, ganz in Schwarz gekleideter Mann hielt eine Kerze hoch und flüsterte mit heiserer Stimme: »Beeilung«.

Sir Danny beeilte sich.

Trotz seiner wenig einnehmenden Erscheinung war das Gebaren des Mannes selbstbewußt und herrisch. Er führte Sir Danny eine Treppe hinauf und durch Säle und Gemächer, die mit Wandteppichen, Hölzern und Elfenbein ausgestattet waren. Sir Danny wurde bewußt, daß er sich tatsächlich im Whitehall Palace befand, und er rückte näher an den Fremden heran und fragte: »Sind es nur die des Verrats Verurteilten, die Ihr so gnädig behandelt?«

Der Herr warf ihm einen seltsamen Blick zu.

»Ich bin noch nie hingerichtet worden«, entschuldigte sich Sir Danny. »Ich kenne das Protokoll nicht.«

»Hat man Euch nicht gesagt, weshalb Ihr hergebracht wurdet?« Der Mann sprach mit leiser Stimme, als wolle er nicht entdeckt werden.

Sir Danny kicherte, und es überraschte ihn selbst, daß er noch lachen konnte. »Um mit der Königin zu sprechen, haben sie gesagt.«

»Dann spielt nicht den Narren. Verbeugt Euch, wenn Ihr den Raum betretet, redet nur, wenn Ihr angesprochen werdet, und beantwortet alle Fragen geradeheraus, aber mit angemessener Ehrerbietung.« Der Fremde öffnete eine schmale Tür in der Holzvertäfelung und schob Sir Danny vor sich her.

Das kostbar ausgestattete Gemach war in Kerzenlicht getaucht. Die Flammen spiegelten sich in den rautenförmigen Fensterscheiben, den gewachsten Holzflächen, den Spiegeln, dem geschmiedeten Gold und dem polierten Silber. Die Wände waren mit Gobelins geschmückt, und auch der glänzende Holzboden war von einem farbenprächtigen, aufwendig gemusterten Teppich bedeckt. Neben dem lodernden Kaminfeuer stand ein großer, mit Schnitzereien verzierter Stuhl. Niedrige Bänke und Hocker waren um ihn herumgruppiert wie Jünger, die auf Erleuchtung warteten. Der Stuhl zog Sir Dannys Blicke auf sich, und zum ersten Mal rieselte ihm ein ehrfürchtiger Schauer über den Rücken.

Die kindliche Neugier, die ihn nie verlassen hatte, trieb ihn vorwärts, und fast rechnete er damit, daß auf dem Stuhl plötzlich eine königliche Gestalt erschien.

Statt dessen ließ ihn eine nörgelnde Stimme von den in der Ecke aufgetürmten Kissen herumfahren. »Was bringt Ihr mir, Master Cecil?«

Die schwarzgewandete Gestalt verneigte sich tief und verkündete mit ehrfürchtiger Stimme: »Eure Majestät, ich bringe Euch Sir Daniel Plympton, Esquire.«

Sir Danny klappte die Kinnlade nach unten. Es war die Königin. Natürlich erkannte er sie nach ihrem Porträt, das auf den gängigen Münzen eingraviert war.

Die Kissen, die sie umgaben und stützten, waren aus Seide, Satin oder Wolle. Bestickt, gewebt, genäht. Kobaltblau, scharlachrot, amethystfarben. Die Gewänder der Königin waren ebenso wundervoll, geradezu überwältigend in ihrer Pracht. Die Königin selbst dagegen wirkte unscheinbar. Sie war nichts weiter als eine magere alte Frau.

Bis Sir Danny ihr in die Augen sah.

Ihre Farbe war mit dem Alter trübe geworden, doch sie funkelten vor wacher Neugier und Scharfsinn.

Überwältigt sank Sir Danny auf die Knie. »Gott schütze Eure Majestät!«

»Ihr wollt, daß ich Euch begnadige, nicht wahr?«

Ihre schrille Stimme drang in seine Ohren wie Wasser in ausgedörrtes Erdreich. »Das ist nicht notwendig.« Sir Danny nahm seine Mütze ab und sah Elisabeth voller Verehrung an. »Allein die Schönheit Eurer Majestät vor meinem Tode ein einziges Mal sehen zu dürfen, lohnt mein Opfer. Fürwahr, alle nennen Euch Gloriana, Monarchin Englands, Erwählte der Götter, und wahrlich, es ist so.«

»Er ist ein Charmeur, nicht wahr?« Sie sprach zu Cecil, wandte den Blick dabei jedoch nicht von Sir Danny ab, und ihre Lippen verzogen sich zu einem feinen Lächeln. Dann verschwand das Lächeln wieder. Sie zuckte zusammen und preßte eine Hand an die Wange. »Habt Ihr ihn verhört?«

Cecil steckte die Hände in seine weiten Ärmel und beobachtete Sir Dannys Huldigung mit Wohlwollen. »Nein, Madam, ich wollte auf Euch warten.«

Sie zeigte mit einem langen, krallenähnlichen Finger auf Sir Danny. »Wir wollen alles über Euch und Essex wissen.«

»Eure Majestät, ich werde Euch alles sagen, was Ihr zu wissen begehrt.« Sir Danny nahm die Sorgenfalten zwischen ihren Brauen wahr, er sah die Anspannung in ihrer Hand, die sie noch immer gegen die Wange gedrückt hielt. Vorsichtig sprach er weiter: »Jedoch, vergebt meine Dreistigkeit, Ihr scheint Schmerzen zu leiden.«

Sie ließ jäh die Hand von ihrer Wange sinken und sagte: »Ich bin so gesund wie ein englisches Schlachtroß.« Es klang, als habe sie diese Worte bereits viele Male zuvor gesprochen.

»Eure Majestät, ich bitte erneut um Vergebung, aber Ihr seht nicht im geringsten aus wie ein englisches Schlachtroß.« Sir Danny näherte sich langsam, auf den Knien rutschend. Er hatte immer gewußt, daß die Sicherheit seiner Königin sein Schicksal war. War es ihm auch bestimmt, sie von Leid zu befreien? »Eure großartige Gesundheit glüht in Euch wie ein Feuer, das Euch von innen wärmt. Ihr seid wie eine Rose am Morgen, geschützt durch die Dornen der Pflicht und der Würde, wenn Ihr Euch öffnet, Eure Untertanen mit kraftvoller Schönheit und lieblichem Duft zu beglücken.«

Königin Elisabeth entspannte sich sichtlich bei diesen Worten. Sie hob das Kinn, die Falten auf ihrem hellen Teint glätteten sich, und Sir Danny erhaschte einen flüchtigen Blick auf die junge Göttin, die schon vor ihrer Krönung die Herzen ihrer Untertanen erobert hatte.

Sir Danny stieß mit den Knien gegen die Kissen; er verneigte sich, damit er die Königin nicht überragte, und sah sie mit großem Ernst an. »Jedoch könnte die Rose, wenn sie nicht von einem liebenden Gärtner gepflegt wird, Schaden erleiden durch die übereifrige Sonne oder die Aufmerksamkeiten gieriger Schmarotzer.«

»Nur zu wahr«, murmelte die Königin und warf Cecil einen finsteren Blick zu.

Dieser verzog das Gesicht und gab zurück: »Wenn Ihr es mir gestatten würdet, Eure Majestät, würde ich den Zahndoktor zurückrufen. Er wollte Euch von den Schmerzen befreien, aber Ihr überlegtet es Euch anders, bevor er den Raum auch nur betreten hatte.«

Sie setzte sich mit aller Energie auf. »Bin ich etwa nicht die Königin? Kann ich einen Scharlatan nicht fortschicken, wenn es mir beliebt?«

Cecil holte Atem, um zu antworten, doch Sir Danny machte eine Handbewegung hinter dem Rücken. Eine rüde Geste, die Cecil wohl sah, denn er ging verstimmt zum Kamin hinüber, wo er die Arme vor der Brust verschränkte.

Als Sir Danny seinen Blick wieder auf Königin Elisabeth richtete, wurde ihm schlagartig bewußt, daß auch sie seine

Handbewegung gesehen hatte. Sie wirkte zufrieden wie eine Pfauenhenne, vor der mit gespreizten Federn gebalzt wird. »Gut«, sagte sie. »Er ist beleidigt.«

»Er ist noch jung«, sagte Sir Danny beschwichtigend. »Er wird lernen, seiner Königin angemessen gegenüberzutreten.«

»Er ist nicht wie sein Vater. Ich vermisse meinen teuren Burghley, den größten Staatsmann unter meiner Herrschaft.«

Sir Danny neigte respektvoll den Kopf.

»Ihr erinnert mich an ihn.«

Er blickte auf.

»Natürlich nicht dem Aussehen nach, aber was Euren Takt und Euren wachen Verstand angeht.« Sie zupfte an den seidenen Troddeln, die ihre weiten Puffärmel zierten, und fragte in gereiztem Tonfall: »Denkt *Ihr*, daß ich den Zahndoktor kommen lassen sollte?«

Sir Danny wählte seine Worte behutsam: »Eure Majestät, Ihr seid eine ruhmreiche Monarchin, und ganz England liegt Euch zu Füßen, doch ist nicht eine so große Schar an Untertanen und Bediensteten ein ebenso großes Problem wie eine zu kleine? Ist die Zahl der Ärzte und Barbiere, die Euch zu Diensten sein wollen, vielleicht so groß, daß es Euch unmöglich ist, den besten unter ihnen herauszufinden?«

Cecil bewies, daß er zugehört hatte. »Was redet Ihr da für Zeug, Mann?«

Elisabeth gebot ihrem Innenminister mit einer Handbewegung Einhalt. »Ich will hören, was er zu sagen hat.«

»Nun, es verhält sich einfach so, Madam, daß ich mir unter meinen niederen Landsleuten einen Ruf als Arzt erworben habe.«

»Nieder, allerdings«, schnappte Cecil.

»Haltet Euer Maul, Cecil.« Die Königin beugte sich vor und sah Sir Danny in die Augen. »Sprecht weiter.«

»Bei den Schauspielern bin ich für meine heilerischen Fähigkeiten bekannt, und wenn Ihr mir einen Versuch gestatten wolltet, könnte ich den Zahn vielleicht ziehen, ohne daß Eure Majestät Schmerz verspüren würde.«

»Madam, ich protestiere!« Cecil eilte herbei. »Dieser Mann wird des Verrats verdächtigt. Es darf ihm nicht gestattet werden, Euch irgendeinen Zaubertrank zu verabreichen, bei dem es sich womöglich um Gift handelt!«

»Ich sehe keinen Hinderungsgrund. Ihr werdet den Trank vor mir kosten.« Elisabeth brach in hemmungsloses Gelächter aus, als sie Cecils Gesichtsausdruck sah; sie lachte so wild, daß Sir Danny zusammenfuhr.

Sie hatte zu lange nicht geschlafen. Sie war dem Wahnsinn nahe, und sie brauchte ihn in einer Weise, die Sir Danny sich nie hätte vorstellen können. Wenn er England nicht mit seinem Wissen über Essex dienen konnte, konnte er seinem Land zumindest mit seinen Heilkünsten dienlich sein.

»Ich verwende keine Tränke, Madam, aber ich werde Euch berühren müssen.« Er blickte Cecil entschuldigend an. »Anders ist es nicht möglich.«

»Das ist ungeheuerlich«, schnaubte Cecil, »schickt ihn sofort hinaus.«

Elisabeth ignorierte Cecil mit der ganzen Sturheit ihrer siebenundsechzig Jahre. »Was müßt Ihr tun?«

»Nur Euer Gesicht und Eure Hände berühren«, sagte Sir Danny beruhigend. »Wenn der Zahn Euch jedoch Schmerzen bereitet, muß er gezogen werden, und dazu benötige ich die Instrumente eines Zahndoktors.«

»Cecil.« Elisabeth schnippte mit den Fingern. »Bringt die Instrumente des Zahndoktors!«

Cecil entgegnete steif: »Madam, er ist bereits heimgegangen.«

Sie strafte seine Falschheit mit Verachtung. »Unsinn, er weilt nach Eurem Belieben noch immer im Palast, bis er seine Pflicht getan hat. Nun bringt mir seine Instrumente.«

»Ich kann Euch nicht mit diesem Scharlatan allein lassen.«

»Ihr habt keine Wahl.« In königlicher Manier richtete sie sich auf. »Sir Cecil, sucht nach dem Zahndoktor. Das ist ein Befehl Eurer Königin.«

Cecil gefiel das gar nicht, doch er war nicht so vermessen, einem direkten Befehl zu widersprechen. Mit sanfterer Stimme bat er: »Darf ich zumindest eine Wache bei Euch lassen?«

»Ihr könnt eine Wache vor der Tür postieren. Sollte mich dieser verräterische Schauspieler angreifen, könnt Ihr reinen Gewissens sein. Nun geht und schließt die Tür hinter Euch.« Sie sah ihm nach, bis er fort war und sie mit Sir Danny allein zurückblieb, dann sagte sie: »Euch ist bewußt, daß ich Euch den Kopf abschlagen lasse, wenn es Euch nicht gelingt, mir den Zahn schmerzfrei zu ziehen?«

Sir Danny gestattete sich ein Lächeln. »Eure Majestät, wenn Ihr mir den Kopf abschlagen laßt, ist das immer noch besser als der Galgen, den Ihr im Moment für mich vorgesehen habt. Was habe ich zu verlieren?«

Als Antwort spielte ein Lächeln um Elisabeths Lippen. »Fürwahr, was eigentlich? Nun sagt mir, was Ihr von Essex gehört habt, das seinen Verrat beweist.«

Sie hatte das Thema so rasch gewechselt, daß Sir Danny bereits der Kopf schwirrte, bevor er sich ihrer brillanten Taktik bewußt wurde. Sie hatte ihn beruhigt, ihm den trügerischen Eindruck vermittelt, Herr der Lage zu sein, und ihn dann durch die Schärfe ihrer Frage überrumpelt, um ihm die Wahrheit zu entlocken. Mehr noch, sie hatte Cecil aus dem Raum geschickt, so daß nun niemand mehr in hämischer Schadenfreude mitanhören konnte, wie der Verrat ihres liebsten Höflings bestätigt wurde.

Ihr Wunsch war nur allzu verständlich, und Sir Danny berichtete rasch, was er wußte, erzählte, wie Essex sich mit seinem Plan zum Sturz der Königin gebrüstet hatte und von seinem Wunsch, das Stück *Richard II.* von den Chamberlain's Men spielen zu lassen, um ein Klima des Aufruhrs herbeizuführen.

Meine Schauspielergefährten würden mich nicht wiedererkennen, dachte Sir Danny, während er seinen Worten durch Zurückhaltung Glaubwürdigkeit verlieh.

Als er sah, wie Elisabeths Haupt auf ihre Brust sank, rang er verzweifelt die Hände. »Madam, nun habe ich Euch Leid zugefügt, statt Eure Schmerzen zu lindern.«

»Nein, nicht Ihr seid es, der mir Leid zufügt.« Sie berührte ihre papierdünnen Augenlider mit den Fingerspitzen. »Dies ist der Untergang meiner Herrschaft, und um mich her sehe ich nur Tod und Verrat, während sich meine Kräfte in Nichts auflösen. Das Altwerden ist eine bittre Sache, Sir Danny, eine bittre Sache.«

»Ich sehe die Sonne nicht untergehen. Ich sehe keine pfauenfedergleichen Farben, die die herannahende Nacht ankündigen, noch könnte ich diese je fürchten. Wenn sich künftige Generationen Königin Elisabeths erinnern, werden sie sich noch immer in der Wärme Eures Erbes sonnen. Was Ihr geschmiedet habt, wird ewig halten.«

»Ihr seid ein komischer kleiner Kerl, und Ihr seid mir ein Trost.« Sie reckte sich. »Könnt Ihr meinen Zahn tatsächlich ziehen, oder war das nur ein Märchen, um Cecil loszuwerden?«

»Ich habe Referenzen, Madam, wenn Ihr Euch an meine Kameraden wenden wollt, die bei den Chamberlain's Men spielen.«

»Die Chamberlain's Men?« Die Königin hob die Brauen. »Diese Truppe führt am Sonntag ein Stück für mich auf.«

»Ein Stück?« Sir Danny vergaß sich und sprang auf die Füße. »Welches Stück?«

Sie betrachtete ihn neugierig. »Ich glaube, es heißt *Hamlet.*«

»Ich frage mich, ob ... ich hoffe, daß ... oh, Eure Majestät, habt Ihr eine Liste der Schauspieler?«

»Mitnichten. Sollte ich?«

»Es ist nur so, daß mein Kind vielleicht eine der Rollen spielt. Doch nein, mein Sohn wird sich kaum hier in der Stadt aufhalten. Sie ist jetzt in Sicherheit.« Er hatte Rosies Geschlecht stets auf so geübte Art verheimlicht, daß er seinen Fehler gar nicht bemerkte. Seine Schultern sackten nach vorn. Er wollte weinen und verfluchte statt dessen seine Schwäche. Er hatte sich selbst nicht gestattet, an Rosie zu denken, sich zu fragen, wie sie in ihrer neuen Rolle als Gutsherrin zurechtkam. Er hatte sich geweigert, an ihre Hochzeit zu denken, die zweifellos gefeiert worden war, während er im Gefängnis schmachtete. Er war nur glücklich gewesen, daß Rosie in Sicherheit war.

Aber er hatte sie vermißt. Himmel, wie er sie vermißt hatte!

Die Königin bemerkte seine Unruhe, ihre hellen Augen sahen mehr, als ihm lieb war, doch bevor sie ihm weitere Fragen stellen konnte, wurde von draußen an die Tür geklopft. »Herein«, rief Königin Elisabeth.

Die Tür schwang weit auf und gab den Blick auf Cecil frei, den Zahndoktor dicht hinter ihm.

»Ich lebe noch«, sagte Königin Elisabeth. »Weitere Mühen für Euch.«

»Es ist die Sorge um Euch, die mir Kopfzerbrechen bereitet.« Cecil führte den Zahndoktor an der Hand in den Raum.

Die verängstigten Blicke, die der Mann der Königin zuwarf, ließen Sir Danny vermuten, daß sie ihn ziemlich eingeschüchtert hatte. »Laßt mich Eure Instrumente sehen«, verlangte er.

Der Zahndoktor schlich herbei, übergab Sir Danny die mitgebrachte Tasche und zog sich dann hastig wieder an die gegenüberliegende Wand zurück.

»Er bittet Eure Majestät um eine weitere Chance, Euch beistehen zu dürfen«, sagte Cecil mit einem bedeutsamen Blick auf den zitternden Zahnarzt.

»Er ist ein Wurm.« Königin Elisabeth entließ den Zahndoktor voller Verachtung. Als ihr Blick auf die Instrumente und Kräuter fiel, die Sir Danny auspackte, wurde ihre Stimme schrill. »Cecil, gebt Nachricht an Sir Anthony Rycliffe. Er soll morgen früh bei mir vorstellig werden, und daß er sich nicht wieder vor seinen Pflichten drückt!«

»Jawohl, Eure Majestät.«

»Seine erste Aufgabe wird sein, morgen zum Hause Essex zu gehen und meinem Lord Essex mitzuteilen, daß ich sein Erscheinen vor dem Kronrat befehle, wo er über seine Umtriebe berichten wird.« Ihre Finger krallten sich in eines der Kissen. »Seine verräterischen Umtriebe.«

»Jawohl, Eure Majestät.« Cecil verneigte sich tief.

»Ich dachte mir, daß Euch das gefällt. Nun gut, fangt an, fangt an.« Sie schnippte mit den Fingern in Sir Dannys Richtung. »Wenn Ihr es tun wollt, dann tut es jetzt gleich.«

Sir Danny näherte sich ihr abermals auf den Knien. Er

hatte dies schon so viele Male getan. Bei Rosie, bei Will, bei den anderen Mitgliedern seiner Truppe. Aber bei der Königin? Bei der Dame, die er stets aus der Ferne angebetet hatte?

»Nun?« fragte Cecil laut. »Was werdet Ihr tun?«

»Cecil«, sagte die Königin unwirsch. »Entweder haltet Ihr den Mund, oder Ihr verschwindet.«

Dann wurde Sir Danny bewußt, daß sie ihm nicht helfen konnte, denn ihre Angst war größer als seine eigene. Ihre Hilflosigkeit machte ihm Mut, und in seinem samtweichen Tonfall sagte er: »Ihr erlaubt?« Sie nickte huldvoll, doch er spürte ihre Anspannung, als er ihre Hand berührte. »Ihr habt wunderschöne Hände«, murmelte er. »So lange Finger, so helle Haut.« Er streichelte ihren Handrücken, dann ihre Handfläche und blickte ihr dabei eindringlich in die Augen. Sie erwiderte seinen Blick, konnte jedoch die Augen nicht so lange offenhalten wie er und mußte blinzeln. »Schmerz ist ermüdend, und Ihr seid sehr müde. So müde, daß Ihr bei meiner Berührung nur ans Schlafen denken könnt.«

»Es ist sehr entspannend«, gab sie zu.

»Erlaubt Ihr, daß ich Euer Gesicht berühre?« Er streckte die Hand aus und strich mit den Fingerspitzen über ihre Haut. Er ließ ihr Zeit, sich an seine Berührung zu gewöhnen. »Welch herrlicher Teint. Welch ebenmäßige Züge. Wie es Euch bekümmern muß, daß ein Zahn Schwellungen verursacht.«

»So ist es.« Ihr Worte kamen schleppend.

»Zeigt mir den Zahn.«

Sie öffnete den Mund. Sir Danny berührte den Zahn, und sie zuckte zusammen.

»Denkt daran, wie wohltuend Schlaf für Euch wäre. Denkt daran, wie Schlaf Euer Wohlbefinden fördern wird.« Er sprach in gleichmäßigem, sanftem Tonfall. »Denkt daran, wie Schlaf jedes Unbehagen lindern wird, während ich den Zahn entferne.«

»Ja.« Ihre Lider sanken herab, doch sie hob sie erneut.

Er strich über ihre Wange. »Ihr könnt nun schlafen. Während Ihr schlaft, werdet Ihr wissen, daß ich mich um Euren Zahn kümmere, doch Ihr werdet weiterschlafen, bis Ihr aufzuwachen wünscht. Ihr seid Herrin der Lage; ich helfe Euch nur, zu erreichen, wonach Euch verlangt.«

»Ja.«

Ihre Augen waren jetzt geschlossen, und Sir Danny griff nach dem Tuch und der Zange, wobei er sorgsam darauf achtete, mit dem Metall kein Geräusch zu verursachen. Der Zahndoktor war nähergerückt, fasziniert von Sir Dannys Vorstellung. Cecil stand am Kamin, den Mund ebenso weit aufgerissen wie die Königin. Mit größter Behutsamkeit und wohlbemessener Geschwindigkeit zog Sir Danny den Zahn, der so verfault war, daß er widerstandslos aus dem Zahnfleisch glitt. Er füllte die Öffnung mit einem Brei aus Weidenrinde und flüsterte: »Schlaft, gütige Königin.«

Die Augen noch immer geschlossen, murmelte sie: »Bleibt im Palast. Ihr sollt Eure Schauspielerfreunde noch einmal sehen. Vielleicht ist Euer Kind unter ihnen.«

Sir Danny traute seinen Ohren kaum. Er war hergekommen, um zu sterben, und nun schenkte ihm die Königin sein Leben. Oder etwa nicht? Die Hände zu einem stillen Gebet gefaltet, fragte Sir Danny: »Und mein Todesurteil?«

Den Kopf auf ein Kissen gestützt, machte die Königin eine matte, abwehrende Handbewegung. »Ich werde später entscheiden. Schließlich ...«, sie gähnte und schmiegte sich in die Kissen, »... könnte es sein, daß Ihr mir noch einen Zahn ziehen müßt.«

Kapitel 22

Ein Pack Verräter!

DAS WINTERMÄRCHEN, II, III, 80

»Ich hab' noch nie 'nen Mann gesehen, den es so schnell so heftig erwischt hat wie Euch«, bemerkte Warzennase.

»Was meint Ihr damit?« Tony stieg aus dem Boot, das am Ufer des Strand angelegt hatte, der Gegend östlich von Whitehall Palace, in der die vornehmsten Häuser Londons standen, und blickte finster zu dem eleganten Gebäudekomplex von Haus Essex hinüber. Er verfluchte Essex dafür, daß er der Königin solches Leid zufügte und ihn selbst dadurch von seinem Liebeswerben abhielt.

»Es ist ein guter, klarer, kalter Morgen. Die Königin hat Euch zurück zu Euren Pflichten gerufen ...«, Warzennase drückte dem Bootsmann ein Sixpence-Stück in die Hand und versprach ihm weitere neun, wenn er auf sie wartete. Er beeilte sich, Tony einzuholen, und fuhr fort: »Ihr habt den Grafen von Essex endlich soweit, daß er die Karten aufdecken muß, und Ihr denkt an nichts anderes als an Eure Liebste.«

»Habt Ihr je daran gedacht, dieses Ding auf Eurer Nase entfernen zu lassen?«

Warzennase befühlte den Auswuchs, dem er seinen Namen verdankte. »Nein, Sir, ich traue keinem Bader mit 'nem Rasiermesser.«

Tony sagte sanft: »Ihr werdet keinen Bader brauchen, wenn Ihr jetzt nicht den Mund haltet.«

Warzennase legte den Kopf schief, dachte nach und kam dann zu dem Schluß: »Das war eine Drohung. Nun gut, ich werd' schweigen.«

Tony nickte und ging weiter den Weg entlang, der von gestutzten Sträuchern gesäumt wurde. Vom Strand kommend, lag Haus Essex auf der gegenüberliegenden Straßenseite. Bei seinem Bau waren weder Kosten noch Mühen gescheut worden. Das Grundstück war äußerst gepflegt, die Ställe in bestem Zustand, und das Haus selbst war drei anmaßende Stockwerke hoch.

Es war lange nicht so eindrucksvoll wie Gut Odyssey.

Dicht hinter Tony sagte Warzennase: »Es scheint, als würdet Ihr Euch ständig umschauen, als erwartetet Ihr, sie hinter Euch zu sehen. Und wenn ich mit Euch rede, hat es zwar den Anschein, als hörtet Ihr mir zu, doch ich werd' dabei die ganze Zeit das Gefühl nicht los, daß Ihr auf ihre Stimme horcht.«

Tony zog seinen Dolch, drehte sich um und ging drohend auf Warzennase zu, der stammelnd zurückwich.

»Aber, aber, Sir Anthony, Ihr könntet mich da drinnen noch brauchen.« Er deutete auf Haus Essex. »Habt Feinde da drin, jawohl.«

»Brauche ich einen Narren, der mir Deckung gibt?«

»Keine Ahnung. Wollt Ihr, daß ich Euch einen suche?«

Warzennases freches Grinsen, das seine Zahnlücken offenbarte, nahm Tony ein wenig von seiner Anspannung. »Besten Dank, doch ich habe bereits einen.« Er steckte den Dolch zurück in die Scheide und räumte im stillen ein, daß Warzennases Vorwürfe berechtigt waren. Er sah sich tatsächlich ständig nach Rosie um und lauschte nach ihr, wo immer er war. Er glaubte noch immer, daß er sich nur stark genug nach ihr sehnen mußte, damit sie zu ihm zurückkam.

Doch offenbar täuschte er sich, denn obwohl er sich heftigst nach ihr sehnte, war und blieb sie verschwunden.

Nachdem er sich vergangene Nacht von Warzennase und dem Bühnendichter verabschiedet hatte, war Tony auf der Suche nach Rosie durch sämtliche Schenken gestreift, in denen Schauspieler verkehrten, doch er hatte nichts erreicht. Er wollte seine heutigen Pflichten rasch erledigen und sich erneut auf die Suche nach ihr machen.

»Verdammt kalt heute, um die Tür offen zu lassen«, bemerkte Warzennase.

Er hatte recht. Die mächtige Tür von Haus Essex stand sperrangelweit offen und war unbewacht. Tony trat ein und blinzelte, während sich seine Augen an das Dämmerlicht der Eingangshalle gewöhnten. Aus dem Inneren drang das Gemurmel zahlreicher Stimmen an sein Ohr. Männerstimmen.

Kein Lakai fragte ihn nach seinem Begehr, kein Diener hieß ihn willkommen, und so gingen er und Warzennase durch die Galerie, als wären sie dort zu Hause. Niemand hielt sie auf. In der Tat, kein Mann – Frauen waren nicht in Sicht – beachtete den Kommandeur der Königlichen Garde und seinen Adjutanten.

»Mich laust der Affe!« rief Warzennase aus, als sie auf der Schwelle zum Versammlungssaal stehenblieben. »Das ist nichts weiter als ein Haufen junger Kerle, die mit Schwertern spielen.«

»Ein gefährlicher Haufen junger Kerle«, sagte Tony, doch Warzennase hatte recht. Die Luft war so schwer von vorgeschützter Tapferkeit, daß nur ein Schwerthieb sie durchtrennen konnte. Und mit Schwerthieben geizte niemand im Saal. Tony bedauerte, daß er kein linnenes Verbandszeug mitgebracht hatte, um es an die Versammelten zu verhökern. Er hätte ein Vermögen damit gemacht.

»Seht Ihr Essex?« fragte er.

»Nein, Sir, doch ich sehe alle anderen blaublütigen Umstürzler.« Warzennase tippte sich unablässig an den Hut und bekundete den Lords mit dieser Grußgeste die gebührende Achtung, die sein Gesichtsausdruck allerdings vermissen ließ.

Essex' Markenzeichen, das glänzende kastanienbraune Haar und der wallende Bart, waren nirgends zu entdecken, und Tony unterbrach eine lebhafte Debatte. »Ich bitte um Verzeihung. Wären die Herren so freundlich, mir zu sagen, wo ich den Grafen von Essex finden kann?«

Ein wild dreinblickender Waliser mit gezücktem Schwert musterte Tony von oben bis unten. »Wir alle wollen mit ihm reden, doch er ist damit beschäftigt, den Aufstand vorzubereiten. Sagt, meint Ihr nicht, daß Sonntag ein guter Tag ist, um London zum Aufruhr anzustacheln?«

Tony war sprachlos.

»Wegen der Lehrburschen, versteht Ihr? Sonntag ist ihr freier Tag«, erklärte der Waliser. »Wenn wir die Stadt zum Aufstand aufrufen und die Burschen nicht unter der Knute ihrer Lehrherren stehen, werden sie sich uns willig anschließen.«

Tony nickte, völlig verblüfft von dieser aberwitzigen Begründung. »Essex?« fragte er abermals.

»Dort drüben am Kaminfeuer.« Der Waliser zeigte auf eine große Ansammlung von Männern, die einen Kreis gebildet hatten. »Doch Ihr müßt warten, bis Ihr an der Reihe seid, wie wir alle.«

Tony sagte mit kühlem Selbstbewußtsein: »Essex wird mich empfangen.«

Beim Gehen hörte er, wie hinter seinem Rücken gemunkelt wurde: »Wißt Ihr denn nicht, wer das ist? Sir Anthony Rycliffe, der Kommandeur der Königlichen Garde.«

»Bleibt dicht hinter mir«, flüsterte Tony seinem Adjutanten zu. »Die Haut zwischen meinen Schulterblättern juckt.«

»Jawohl, Sir. Und schaut, sie machen Euch den Weg frei.«

Das Gemunkel mußte ihnen tatsächlich vorausgeeilt sein, denn als Tony auf die ausgelassene, selbstsichere Schar zuging, die sich um Essex versammelt hatte, erstarb die Heiterkeit. Er schritt durch die schweigenden Reihen, voller Genugtuung darüber, daß sein Name und sein Amt derartige Achtung geboten, und hielt schnurstracks auf die Bank zu, auf der Essex und Southampton saßen.

Beide Männer waren elegante Gestalten, in leuchtende Seidenstoffe gekleidet und mit Federn und Juwelen geschmückt. Beide hatten gepuderte strenge Gesichter und schmale, rotgeschminkte Lippen, die sie bei Tonys Anblick zu einem spöttischen Lächeln verzogen. Ihre spitzen Zähne blitzten und wiesen sie als Raubtiere der Nacht aus, die in den Schatten lauerten, bis ihr argloses Opfer ein Zeichen von Schwäche zeigte.

Welcher der beiden war schlimmer? Essex mit seiner aufrührerischen Undankbarkeit, oder Southampton mit seinem heimlichen Ehrgeiz?

Tony wußte es nicht. Er wußte nur, daß er keine derartige Schwäche zeigen würde. Er würde ihnen keinen Vorwand geben, ihn zu jagen. »Mylord Essex. Mylord Southampton.« Er nahm die Mütze vom Kopf und verbeugte sich mit elegantem Schwung.

»Sir Anthony.« Essex erhob sich, erwiderte die Verbeugung und fügte dann hinzu: »Seht her, meine Herren, es ist der abgerichtete Bastard Ihrer Majestät.«

Southampton brüllte vor Lachen, doch er war der einzige.

Vielleicht war Tony sein Ruf als Kämpfer vorausgeeilt. Vielleicht lag in seinem einnehmenden Lächeln mehr Drohung als Vergnügen. Jedenfalls wichen die Männer zurück, und der Kreis um Essex weitete sich.

Als Essex sich dessen bewußt wurde, höhnte er: »Ihr edlen Herren fürchtet Euch doch gewiß nicht vor diesem jämmerlichen, enteigneten Hurensohn? Na, sogar der Besitz, den Ihre Majestät ihm übereignet hat, ist in Gefahr, weil die wahre Erbin zurückgekehrt ist. Und auch wenn der Himmel weiß, daß sie all die Jahre lang die Röcke hochgeworfen hat, so ist sie doch wenigstens ehelich.«

Tony stürzte sich mit einem Satz auf Essex und riß ihn zu Boden. Er setzte sich rittlings auf seine Brust, drückte den Unterarm gegen Essex' Kehle und sagte: »Nennt mich nie wieder Bastard, oder ich bin gezwungen, Euch Respekt zu lehren.«

Essex' Gesicht lief rot an. Er versuchte verzweifelt, sich aus Tonys Griff zu befreien, doch er war ein Befehlshaber, dessen Kampferfahrungen nicht über höfische Duelle und das, was sich für einen Lord geziemte, hinausgingen. Er war kein Gegner für einen Mann, der in zahllosen Schlachten auf dem Festland mit Schwert, Fäusten und Klauen um sein Leben gekämpft hatte.

»Und nehmt nie wieder Lady Rosalyns Namen in den Mund. Ihr seid nicht würdig, den Abort ihres Hauses zu putzen.« Essex' Augen traten aus den Höhlen, aber Tony hielt ihn noch immer zu Boden und drückte ihm die Luft ab.

Doch Essex hatte Freunde, und dies war Essex' Lager. »Sir Anthony!«

Warzennases Warnruf ließ ihn aufschauen. Noch immer auf Essex' Brust kniend, erhaschte Tony einen Blick auf Southamptons fein bestrumpftes Bein, das sich ihm näherte. Er ritzte es mit der Spitze seines Dolches und lachte vor Vergnügen kurz auf, als der Graf aufheulte und zurücksprang. »Verschwindet!« warnte er Southampton und ließ seinen Blick dann über die Umstehenden schweifen. »Verschwindet! Es gibt bessere Ziele, für die es sich zu sterben lohnt. Es gibt bessere Führer, denen man folgen kann.«

Essex tastete nach seinem Schwert. »Laßt mich los!«

Tony zeigte mit der Spitze seines Dolches zwischen Essex' Augen, und Essex erstarrte. In seinem herzlichsten, ehrerbietigsten Ton sagte Tony: »Ich tue, was Ihr befehlt, Mylord Essex, doch zuvörderst bin ich von der Königin hergesandt worden, um Euch von ihrem Willen zu unterrichten.«

»Was will die alte ...« Die Dolchspitze kam näher, und Essex berichtigte seine Frage hastig. »Was wünscht Ihre Majestät?«

»Das klingt schon besser.« Tony steckte seinen Dolch zurück in die Scheide.

Essex' schwarze Augen funkelten vor kaltem Haß.

»Laßt ... mich ... los.«

Er klang grimmig, und Tony grinste. »Ihr seid ohnehin verflucht knochig und unbequem.« Tony erhob sich und beobachtete, wie sein Gegner langsam aufstand. Ohne Tony aus den Augen zu lassen, hob Essex sein Barett vom Boden auf und schlug es sich gegen das Knie, um es vom Staub zu befreien.

»Ich hoffe, ich habe Euch nicht verletzt, Mylord«, sagte Tony. »Ich wäre zutiefst betrübt, wenn Ihr der Aufforderung Ihrer Majestät nicht nachkommen könntet.«

»Ist sie endlich wieder bei Verstand?« fragte Essex gereizt und hob dabei die Hand, wie um sich über seinen schmerzenden Schädel zu reiben.

»Sie?« Tony schützte Verwirrung vor. »Sie? Meint Ihr damit Ihre Majestät, Königin Elisabeth?«

»Genau die meine ich.« Essex verzog die Lippen zu einem hämischen Lächeln. »Das ist ihr Titel – zumindest im Augenblick.«

Das waren offene Worte, in der Tat, und Tony wünschte, er hätte Essex nie aufstehen lassen. Er machte einen Schritt auf ihn zu, und Essex zog hastig seinen Dolch, um sich zu verteidigen.

Aus den Kehlen von Essex' Gefolgsmännern war ein Knurren zu hören, und Warzennase packte Tony am Arm. »Wir sollten einen baldigen Rückzug ins Auge fassen, dann sind wir morgen noch am Leben, um den Kampf fortzusetzen.«

Warzennase hatte recht. Tony gab es nur äußerst widerwillig zu, doch sein Adjutant hatte recht. Sie waren umzingelt von walisischen Schwertkämpfern, irischen Soldaten, puritanischen Geistlichen, katholischen Priestern und Edelleuten, denen es nicht gelungen war, sich bei Hofe einen Namen zu machen. Und Männer, die sich in die Idee verrannt hatten, die Herrschaft der Königin stünde zur Debatte, waren Männer, die ohne weiteres beschließen konnten, der Herold der Königin sei reif für seine Ermordung.

Tony sagte so feierlich, wie es sich für die Verkündigung eines königlichen Befehls ziemte: »Mylord Essex, der Kronrat verlangt, daß Ihr augenblicklich vor ihm erscheint und Rechenschaft über Eure Handlungen und Absichten ablegt.«

Essex blickte verstohlen zu Southampton hinüber, doch

der untersuchte die Stelle an seinem Bein, wo Tony ihm Strumpf und Haut eingeritzt hatte. »Ich kann heute nicht vor dem Kronrat erscheinen«, sagte Essex.

Tony zeigte weder seine Freude noch seine Verachtung. »Welche Entschuldigung soll ich geben?«

»Ich bin ... in schlechter gesundheitlicher Verfassung. Genau, so ist es!« Essex freundete sich mit dem Gedanken an. »Ich kann der Aufforderung Ihrer Majestät nicht Folge leisten, weil Ihr mich daran gehindert habt, Sir Anthony Rycliffe.«

»Wie das, Mylord?«

»Ihr habt mich bei Eurem Angriff verletzt.«

Tony hatte Mühe, sich das Lachen zu verkneifen. »Mir war nicht bewußt, daß eine kleine Rangelei der Gesundheit des Befehlshabers der englischen Truppen in Irland derart schaden könnte.«

»Ah, nun ja.« Essex rieb sich den Hals, wo die blauen Flecke, die Tonys Angriff hinterlassen hatten, allmählich dunkler wurden, und blickte auf den Dolch, den er noch immer in der Hand hielt. »Ich war bereits krank, und Euer Angriff hat meine Schwäche verschlimmert.«

»Das würde erklären, warum ich Euch mit solcher Leichtigkeit überwältigen konnte«, sagte Tony.

»In der Tat, das ist wahr.« Dann erkannte Essex, daß Tony sich über ihn lustig machte, und stürzte sich jäh auf ihn.

Tony riß den Arm hoch und drehte sich gerade noch rechtzeitig zur Seite weg. Essex' Dolch drang durch den Stoff seines Umhangs und bohrte sich in sein Fleisch.

Blut floß aus Tonys Arm auf den polierten Boden und spritzte auf seine Stiefel, doch Tony bemerkte es nicht, als er seinen Dolch zog. Essex und er forderten einander mit Blicken und Drohgebärden heraus.

»Am Leben bleiben, um morgen weiterzukämpfen.« Warzennase unterbrach ihre Konzentration.

Tony wandte sich zornig zu ihm um.

»Wollt Ihr sterben?« Warzennase sprach mit sehr leiser Stimme, während er Tonys Arm mit seiner Schärpe verband. »Ah, er hat Euch erwischt, doch es ist nur eine Fleischwunde. Ein paar Stiche, und sie ist wieder zu. Doch wenn Ihr hier mit Essex kämpft und er gewinnt, dann seid Ihr tot. Wenn Ihr gewinnt, werden Euch seine Männer töten. Wollt Ihr denn nicht noch einmal in den Armen Eurer Liebsten liegen?«

Tony unterdrückte seinen Zorn und sagte spöttisch: »Gut gemacht, Mylord.«

Essex starrte mit einer Mischung aus Scham und Trotz auf Tonys Wunde. »Eine gerechte Strafe für die Dreistigkeit eines Bastards.«

»Eine gerechte Strafe für die Unachtsamkeit eines Bastards«, berichtigte Tony. »Soll ich der Königin ausrichten, Ihr wärt zu schwach, um Ihrem Befehl zu gehorchen?«

»Sagt der Königin, daß es so ist.« Essex blickte erleichtert drein und steckte seinen Dolch in die Scheide. »Ich befehle Euch, richtet der Königin aus, ich sei zu schwach.«

Tony lüftete abermals die Mütze. »Ich werde tun, was Ihr verlangt, Mylord, doch ich bezweifle, daß Ihre Majestät sich mit Euren Entschuldigungen zufriedengibt.«

Königin Elisabeth ging raschen Schrittes durch die Gärten von Whitehall Palace, und ihre Hofdamen folgten ihr wie in Farbe getauchte Schwäne einem großen, anmutigen weißen Schwan. Der kühle, sonnige Nachmittag lud zum Spazierengehen ein, und Sir Danny hatte sich zunächst geschmeichelt gefühlt, als die Königin ihn aufgefordert hatte, sie zu begleiten. Nun konnte er nur atemlos neben ihr herlaufen, während sie sagte: »Ich habe mir die Liste der Mimen angesehen, die bei *Hamlet* mitwirken. Der Schauspieler, der die Rolle der Ophelia spielt, heißt Rosenkranz. Kennt Ihr Rosenkranz?«

Sir Danny faßte sich an die Brust. Er war der Königin in glühender Dankbarkeit für das dreigängige Morgenmahl und die siebengängige Mittagsmahlzeit verbunden. Und nun brachte sie ihm Rosie! »Das ist mein Rosenkranz! Mein Sohn. Eure Majestät, Ihr seid zu gut zu mir.«

»Ich hoffe nicht.«

Sie ging weiter, und Sir Danny beeilte sich, ihr zu folgen. »Ich habe zugleich befürchtet und gehofft, daß sich mein Sohn in London aufhält. Er sollte es nicht tun, gewiß, doch die Nachricht von meiner Einkerkerung muß ihn fortgezogen haben aus... aus...« Ihm fiel keine überzeugende Lüge ein. Vielleicht hatte ihn die Anspannung des Abends zuvor ausgelaugt. Vielleicht reichten zwei üppige Mahlzeiten nicht aus, um ihm seine Kraft wiederzugeben. Oder vielleicht lähmte Königin Elisabeths spöttischer Blick seinen Verstand.

»Euer Sohn, sagt Ihr?«

Ihr Gang war kraftvoll, ihr Teint wirkte frisch, und die dunklen Ringe der Schlaflosigkeit, die am Abend zuvor unter ihren Augen gelegen hatten, waren verschwunden. Sir Danny beglückwünschte sich zu ihrer wunderbaren Genesung, fragte sich jedoch gleichzeitig, ob er sich und seine fadenscheinige List dadurch nicht ihrem scharfen Blick ausgesetzt hatte.

»Wie alt ist Euer Sohn?«

Sir Danny suchte fieberhaft nach einer Falle, fand jedoch keine. »Er ist zweiundzwanzig.«

»Wie lange spielt er schon Frauenrollen?«

»Seit er in meine Fußstapfen getreten ist und Schauspieler wurde. Versteht Ihr, die jüngeren Männer spielen immer die Rollen der Damen, denn ihre jugendliche Erscheinung läßt sie glaubwürdiger wirken.« Er errötete und kam ins Stocken, als Königin Elisabeth ihm ein spöttisches Lächeln zuwarf. Sie wußte dies bereits. Natürlich wußte sie es. Er wünschte, sie würde aufhören, so schnell zu laufen. Nach einem Monat im Kerker konnte er kaum mit ihr Schritt halten, doch das konnte er vor Königin Elisabeth niemals zugeben. Nicht vor Gloriana höchstpersönlich.

»In welchem Alter habt Ihr ausschließlich Männerrollen gespielt?«

Sir Danny drückte schnaufend die Hand in seine stechende Seite. »Mit achtzehn, Madam. Das ist das übliche Alter.« Dann erkannte er die Falle und stammelte: »Doch Rosie ...«

»Rosie ist ein Mädchenname.«

»Rosenkranz ...«

»Rosenkranz ist ein alberner Name.« Sie blieb so plötzlich stehen, daß Sir Danny auf die Schleppe ihres Kleides trat. »Sir Danny, gibt es etwas, das Ihr Eurer Königin über Euer Kind sagen möchtet?«

Der scharfe Tonfall der Königin duldete keinen Widerstand, und Sir Dannys unvermutet schwache Abwehr brach zusammen. »Sie ist eine Frau. Ich habe sie als Jüngling verkleidet, und sie hat die Frauenrollen gespielt.«

Königin Elisabeth klopfte ihm mit ihrem Fächer auf die Fingerknöchel. »Ihr seid ein ganz Verwegener, Sir Danny Plympton.«

»Ein Narr wohl eher, doch welche andere Wahl hatte ich? Ich habe sie als Waisenkind aufgelesen und hatte niemanden, der sich ihrer hätte annehmen können.« Er fuhr zusammen, als er sich an Lord Sadlers Anweisungen erinnerte. *Bringt das Kind zu Königin Elisabeth,* hatte Lord Sadler gesagt. Dieser Schlamassel war das Ergebnis von Sir Dannys Ungehorsam und seiner Unwissenheit, und falls, nein, sobald die Königin dahinterkam, würde sie ihn nicht nur an den Galgen bringen. Sie würde ihn außerdem noch strecken und vierteilen lassen.

Er bewegte sich auf dünnem Eis, und er hatte keine Ahnung, wie er sich aus seiner mißlichen Lage befreien konnte, ohne Rosie, sich selbst oder sie beide zu verraten. Er versuchte sich an die Geschichte zu erinnern, die Tonys Schwestern erfunden hatten, um Rosies vornehme Erziehung glaubwürdig zu machen. »Rosie war nicht immer bei mir. Eine gütige Dame hat mir geholfen und sie in vollendeter Wohlanständigkeit erzogen.«

»Der Name der Dame?« fragte Königin Elisabeth schroff.

»Lady Honora, Herzoginwitwe von Burnham und Baronin von Rowse.« Sir Danny hätte um ein Haar die Augen verdreht ob dieser plumpen Lüge, doch Königin Elisabeth rieb sich nachdenklich das Kinn.

»Lady Honora war einst meine Hofdame. Ich werde Erkundigungen darüber anstellen müssen.«

Bei aller Zuneigung zu Lady Honora gab Sir Danny sich doch keiner Täuschung hin, was ihre Fähigkeit betraf, eine Geschichte zu erfinden, die sich mit seiner deckte. Voller Verzweiflung sagte er: »Es könnte auch eine ihrer Tanten gewesen sein.«

»Ihr wißt nicht, wer Eure Adoptivtochter erzogen hat?« Sie klang ungläubig.

Im Zweifel hilft nur die Vortäuschung falscher Tatsachen, sagte er sich. »Richtigen Männern sind solche Dinge gleichgültig.«

Königin Elisabeth blickte ihn an, das Kinn emporgereckt, die Nasenflügel verächtlich gebläht. »Ihr enttäuscht mich, Sir Danny Plympton. Ich hätte nicht gedacht, daß Ihr einer dieser ›richtigen Männer‹ seid.«

Aus ihrem Munde klang es wie ein Fluch, und Sir Danny wurde zu seinem Entsetzen bewußt, daß er etwas Zerbrechliches zwischen ihnen zerstört hatte. War Essex' männliches Gehabe an ihrem Abscheu schuld, oder lag der Grund dafür tiefer in ihrer Vergangenheit verborgen? Sir Danny hätte sie zu gerne gefragt, ihr den verständnisvollen Trost gespendet, mit dem er die Herzen so vieler Frauen gewonnen hatte. Doch dafür fehlte die Zeit, denn sie waren am Tennisplatz angelangt.

Steif und abweisend ließ Elisabeth sich auf die steinerne Zuschauerbank sinken. »Euer Leben steht auf Messers Schneide, Sir Danny. Vielleicht hängt es von der morgigen Leistung Eurer Tochter ab. Vielleicht hängt es von dem Beweis ihrer Liebe zu Euch ab. Ihr könnt Euch jetzt zurückziehen. Ich werde Eure Dienste heute nicht mehr benötigen.«

Unglücklich, enttäuscht, den Tränen nahe – und zutiefst beschämt ob seiner Schwäche –, fiel Sir Danny vor der Königin auf die Knie. Aus dieser unterwürfigen Haltung heraus verneigte er sich, und als sie mit der Hand winkte, rappelte er sich auf und zog sich zurück. Er wich immer weiter zurück, bis die atemlose Schar der Hofdamen an ihm vorbeirauschte und sich um die Königin versammelte. Dann drehte er sich um und schleppte sich zurück zum Palast, ohne die lauernde Gestalt zu bemerken, die ihn aus dem Schatten heraus beobachtete.

Kapitel 23

Buch, Glock und Kerze sollen mich nicht schrecken,
Wenn Gold und Silber mir zu kommen winkt.

KÖNIG JOHANN, III, II, 22

Lady Honora, Ann und Jean trafen die Königin an den Tennisplätzen, wo sie, den Blick starr auf die Spielfelder gerichtet, dasaß, als beobachte sie einige längst verschwundene Spieler bei einem fesselnden Turnier. Ihre Hofdamen standen nicht weit von ihr bibbernd in der Sonne, und nachdem sie der Königin gebührend gehuldigt hatte, sagte Lady Honora: »Erlaubt, daß ich die Jungfern hineinschicke, Eure Majestät. Sie frieren, und ich werde mich um Euch kümmern, wenn Ihr etwas brauchen solltet.«

Königin Elisabeth blickte auf, als hätte sie sie eben erst bemerkt. »Lady Jean, Lady Ann, Lady Honora, wie schön, Euch zu sehen. Ja, schickt die albernen Gänse zurück in den Palast. Ich werde mich in Eurer Gesellschaft wohler fühlen.« Die Jungfern eilten davon, und die Königin fragte: »Lady Honora, was hat Euer Gesicht verschandelt?«

Verlegen berührte Lady Honora die noch immer rosafarbene Narbe. »Ist es sehr häßlich?«

»Nein, nein.« Königin Elisabeth machte eine wegwerfende Handbewegung. »Was für einen Unterschied macht es schon? Ihr seid kein junges Mädchen mehr, das die Mannsbilder anlocken möchte, und ich bin kein junges

Mädchen mehr, das Tränen ob der Grausamkeit der Welt vergießt.« Sie starrte auf den dichten Rasen mit den Pfosten für die Netze. »Erinnert eine von Euch sich an den König, meinen Vater?«

Der schwermütige Ton ihrer Stimme beunruhigte die Frauen, und sie tauschten verstohlene Blicke aus. Lady Honora antwortete für sie alle. »Gewiß, König Heinrichs Regentschaft war ruhmreich, Madam, doch ich habe mein ganzes Leben im Sonnenglanz Eurer Herrschaft verbracht.«

Königin Elisabeth blickte sie noch immer nicht an. »Ihr erinnert Euch nicht an die Regentschaft meiner Schwester, unter der ich fast mein Leben verlor? Oder an Lady Jane Greys kurze Herrschaft? Ihr habt keine Erinnerung an meinen Bruder Eduard, und deshalb seid Ihr gewiß zu jung, um Euch an meinen Vater zu erinnern und daran, wie er mich behandelt hat.«

»Ich selbst erinnere mich nicht an ihn«, sagte Jean, »doch unsere Mutter war an König Heinrichs Hof.«

»Ich entsinne mich Eurer Mutter.« Elisabeths bekümmerte Miene hellte sich ein wenig auf. »In der Tat, Eure Mutter war eine meiner Gesellschafterinnen, als ich noch nicht die Königin, sondern nichts weiter als Lady Elisabeth war.

»Sie hat oft von Euch gesprochen, Madam.«

Anns Stimme war so sanft, daß es klang, als habe ihre Mutter jene Zeit in angenehmer Erinnerung behalten, in Wahrheit jedoch war das Gegenteil der Fall. Jean und Ann erinnerten sich nur zu gut daran, was ihre Mutter ihnen von der Art und Weise berichtet hatte, wie König Heinrich seine Töchter behandelte. Einen kaltherzigeren Despoten hatte es nie gegeben. Er hatte Kinder gezeugt – zwei Töchter – und sie dann ob ihres Geschlechts abgelehnt. Er behandelte sie freundlich, solange sie genau das taten, was er wollte, und verbannte sie, sobald sie sein Mißfallen erregten. Lady Elisabeth selbst war seit ihrem zwölften Lebensjahr die meiste Zeit vom Hofe verbannt gewesen. In dieser Zeit hatte sie oft an Hunger und Kälte gelitten, keine passende Kleidung besessen und um ihr Leben fürchten müssen, denn sie wußte, was mit Frauen geschah, die König Heinrichs Mißfallen erregten.

Elisabeths Mutter war enthauptet worden, weil sie König Heinrichs Mißfallen erregt hatte.

Ja, König Heinrichs Verhalten gegenüber seinen Töchtern war in der Tat ein guter Grund, schwermütig zu werden.

»Bisweilen erhascht man beim Betrachten eines Mannes einen kurzen Blick auf etwas, von dem man meint, es sei ein gutes Herz. Als er von seiner Tochter sprach, funkelten seine Augen vor Stolz und Sorge, und ich dachte, er würde mich nicht nur deshalb lieben, weil ich die Königin bin, sondern weil ich eine Frau bin.« Königin Elisabeth lachte gackernd, ein unangenehmer, trostloser Laut. »Weil er alle Frauen mag. Doch ich fürchte, er hat mich eines Besseren belehrt.«

Augenscheinlich verwundert, fragte Ann: »König Heinrich?«

Königin Elisabeth lachte verblüfft, und diesmal war es ein vergnügtes Lachen: »Nein, meine Liebe, nicht König Heinrich. Ein Niemand, der meine Gnade für all das verdient, was er getan hat, und meine Verachtung dafür, wie er seine Tochter behandelt hat.«

»Meinem Vater waren meine Wünsche stets gleichgültig.« Lady Honora dachte an ihre Jugend, an ihre beiden ersten Ehemänner und deren Schwächen.

»Ihr selbst wart Eurem Vater gleichgültig.« Elisabeth

war schonungslos in ihrer Ehrlichkeit. »Sind alle Männer ihren Töchtern gegenüber gefühlskalt?«

»Ihr wißt, daß sie es nicht sind«, sagte Jean. »Unser Vater war sehr freigebig mit seiner Zuneigung zu uns.«

Ann nickte. »Und unser Bruder vergöttert seine Töchter.«

»Tony liebt Frauen und wird ein ebenso liebevoller Vater sein.« Jean beschloß, sich auf die stürmischen Wasser zu wagen und die Königin auf die Wiederkehr der Sadler-Erbin vorzubereiten – falls sie je wieder auftauchen sollte. »Erinnert Ihr Euch, wie Lord Sadler seine kleine Tochter Rosalyn behandelt hat? Er betete sie förmlich an.«

»Ja.« Die Königin nickte. »Ich erinnere mich in der Tat an Lord Sadler. Einen edleren Lord hat es nie gegeben, und man munkelt, daß seine Erbin wieder aufgetaucht sein soll.« Sie warf den Damen einen scharfen Blick zu und fragte: »Was wißt Ihr darüber?«

Lady Honora antwortete: »Sie *ist* am Leben. Meine altjüngferliche Tante hat das Kind am Straßenrand gefunden, seine Abstammung aus gutem Hause erkannt, es bei sich aufgenommen und zu einer Dame erzogen.« Lady Honora mochte von sich behaupten, sie könne nicht lügen, doch einmal angefangen, erwies sie sich als äußerst kaltblütig. »Leider habe ich ihre Identität erst erkannt, als ich sie vor kurzem nach Gut Odyssey mitgenommen habe.«

»Gut Odyssey?« Königin Elisabeth spielte mit der langen Perlenkette an ihrem Hals. »Warum solltet Ihr sie dorthin bringen, statt zu mir an den Hof?«

»Vergebt mir, Madam, doch ich war der Ansicht, ich müsse sie zunächst an ihren Geburtsort bringen, um sicher zu sein, daß sie tatsächlich die verschollene Erbin ist.«

»Und was hat Euch davon überzeugt?« fragte die Königin in scharfem Tonfall.

»Die Geister, die sie verfolgen«, sagte Ann mit ihrer hohen, dünnen Stimme.

Königin Elisabeth wollte etwas sagen, verzichtete dann jedoch aus Zuneigung zu der verträumten, zerstreuten Ann darauf.

»Was Ann sagen möchte«, erklärte Jean, »ist, daß Rosie...«

»Rosie?« Königin Elisabeth warf Jean einen finsteren Blick zu. »Ihr nennt sie Rosie?«

Von der Frage Ihrer Majestät in Verlegenheit gebracht, sagte Jean: »Es ist nur ein Kosename für Lady Rosalyn.«

»Ein Kosename, den ich erst kürzlich gehört habe.« Königin Elisabeth blickte jede der Damen an, als erahne sie ihre List. »Der Morgen, der so unerquicklich begann, wird allmählich anregend.« Sie lächelte angesichts des schlecht verhohlenen Entsetzens ihrer Begleiterinnen. »Setzt Euch! Ihr macht mich unruhig, wenn Ihr so herumsteht.«

Was blieb ihnen anderes übrig? Jean setzte sich auf die Bank gegenüber der Königin, und Lady Honora und Ann taten es ihr gleich, so daß sie aufgereiht dasaßen wie Kinder vor einer strengen Zuchtmeisterin. Ihr Unbehagen schien die Königin zu belustigen. Sie wies auf Jean und befahl: »Erzählt mir mehr über Rosies Geister.«

Jean antwortete gehorsam: »Lady Rosalyn entdeckte, daß sie sich auf Gut Odyssey auskannte und sogar wußte, wie das Herrenhaus zu Zeiten von Lord Sadler eingerichtet war. Außerdem haben einige der älteren Bediensteten beteuert, sich an sie zu erinnern.«

»Entsann sie sich ihres Vaters?« fragte Königin Elisabeth.

Ann wirkte traurig und verloren, als sie antwortete: »Das war der Geist.«

Jean versuchte zu erklären, doch Königin Elisabeth

brachte sie mit einem Wink zum Schweigen. »Es ist aufschlußreicher, wenn Eure Schwester es erzählt.« An Ann gewandt, fragte sie: »Spukt Edward tatsächlich dort umher?«

»Nur in Rosies Kopf«, entgegnete Ann. »Rosie sagt, sie erinnere sich nicht, doch die ganze entsetzliche Geschichte ist da, lauert in der Traurigkeit ihrer Augen.«

Mit derart vagen Einzelheiten gab Königin Elisabeth sich nicht zufrieden, und sie fragte: »Was für eine Frau ist Rosie?«

»Oh, sie ist ganz reizend.« Die dunkle Wolke, die über Ann geschwebt hatte, verflüchtigte sich und machte lebhaftem Vergnügen Platz. »Sie ist bescheiden und freundlich und hat rasch alles gelernt, was wir sie gelehrt haben. Sie ist schön und begabt, hat ein entzückendes Lächeln und große bernsteinfarbene Augen.«

»Begabt?«

König Elisabeths Frage wirkte völlig unschuldig und entlockte Ann die Wahrheit, wie eine Breipackung dem Körper üble Säfte entlockte. »Sie ist eine wunderbare Schauspielerin.«

Jean stieß Ann so heftig mit dem Ellbogen in die Seite, daß sie von der Bank fiel. In dem Durcheinander aus wortreichen Entschuldigungen und tatkräftiger Hilfeleistung ging das Thema unter, doch Jean bemerkte einen Ausdruck der Genugtuung auf Königin Elisabeths Gesicht.

»Dann war es also die Vertrautheit Lady Rosalyns mit dem Herrenhaus, die Euch von ihrer Identität überzeugt hat?«

Die Königin nutzte ihren Zweifel wie einen Köder, und Lady Honora biß an. »Es gab auch einen Brief von Lord Sadler.«

Königin Elisabeths Zweifel wichen echter Wißbegier.

»Trug er das Siegel? Das Siegel des Ringes, den ich ihm geschenkt habe?«

»Nein.«

Jean sagte: »Wir vermuten, der Ring ging verloren, als der Dieb Lord Sadlers Reisekutsche ausplünderte.«

Die Königin drückte ihre behandschuhten Finger an ihre Schläfen. »So wird es wohl gewesen sein, doch ich habe stets gehofft, diesen Ring noch einmal zu sehen. Es hätte meine Erinnerung an den guten Edward aufgefrischt.« Sie blickte erneut auf, und ihre Rührung verflog. »Was stand in dem Brief?«

Lady Honoras Gesichtsausdruck wirkte recht verkniffen, und Jean empfand Mitleid mit ihrer Freundin. Sie konnte nicht lügen, was den Inhalt des Briefes betraf, denn die Königin konnte und würde verlangen, ihn zu sehen. Zögernd sagte Lady Honora schließlich: »Er wies den Leser an, das Kind Eurer Obhut zu übergeben.«

»Warum hat Eure ledige Tante die Anweisung nicht befolgt?« wollte Königin Elisabeth wissen.

»Es ist eine sehr alte Tante«, entgegnete Lady Honora schleppend.

»Ich bin allen Angehörigen des Hochadels begegnet«, sagte Königin Elisabeth, »und ich kann mich nicht an Eure Tante erinnern.«

»Ihr erinnert Euch nicht an Lady Honoras Tante?« fragte jemand in kühnem Ton. »Aber Eure Majestät, das liegt daran, daß alle Erinnerung an ihre Verwandtschaft verblaßt, wenn man Lady Honora kennt.«

»Tony!« Jean lief ihrem Bruder entgegen, Ann dicht auf den Fersen. »Deine Anwesenheit freut mich über alle Maßen.«

Er sah so strahlend, so gut und so elegant aus wie immer, als er sich zu Jean hinunterbeugte, als wolle er sie auf die

Wange küssen, und ihr dabei zuflüsterte: »Ihre Majestät hat euch in die Enge getrieben, richtig?«

»Ja«, murmelte Jean, »und ich möchte, daß du sie ablenkst.«

»Gütiger Himmel!« Königin Elisabeth faßte sich an die Stirn und stöhnte. »Wenn die Sadler-Erbin zurückgekehrt ist, was machen wir dann mit Sir Anthony und Gut Odyssey?«

»Verstehe ich mich nicht prächtig aufs Ablenken?« Tony beglückwünschte sich, als sei der Erfolg ihm zuzuschreiben, doch er war sich nur allzu bewußt, daß hinter jeder Biegung des Irrgartens eine neue Falle lauerte. »Eure Majestät«, er kniete schwungvoll vor ihr nieder, während seine Schwestern und Lady Honora sich hinter ihm zurechtmachten, »ich danke Euch für Eure Großzügigkeit, mich zu meinen Pflichten zurückzurufen. Wenn ich Eurer Majestät nicht dienen dürfte, würde ich in der dunkelsten Zelle des finstersten Verlieses meines Geistes verschmachten und mich unablässig nach den Sonnenstrahlen Eurer Gegenwart verzehren. Ich bitte Euch, schenkt meiner törichten Zunge von nun an keine Beachtung mehr, und gestattet diesem armen, ungeschlachten Soldaten, Euch vor den Schurken zu beschützen, die Euch beneiden.«

Sie zwickte ihn in das Ohr, das sie erst kürzlich mit Ohrfeigen bedacht hatte. »Gewiß, gewiß. Doch wie lösen wir dieses Dilemma? Ihr besitzt Gut Odyssey ...«

»Durch Eure Gnade«, warf Tony ein.

»... und die Sadler-Erbin ist zurückgekehrt!« Sie neigte den Kopf zu seinem hinab. »Was sollen wir tun?«

Nicht einmal für Rosie konnte er seinen Anspruch aufgeben. »Gut Odyssey ist mein.«

»Und die Sadler-Erbin?«

»Ich werde das törichte Frauenzimmer heiraten, wenn es sein muß.«

Er fuhr zusammen, als Königin Elisabeth säuselte: »Törichtes Frauenzimmer? Eure Schwestern und Lady Honora haben Loblieder auf sie angestimmt.«

»Sie ist ein Nichts im Vergleich zu Euch«, sagte er und fragte sich dabei, was seine Schwestern und Lady Honora noch offenbart haben mochten.

»Dann habt Ihr sie kennengelernt?«

»Gewiß, Eure Majestät«, sagte Jean. »Sie war schließlich Gast in seinem Hause. Tony war sehr freundlich, in der Tat, außergewöhnlich freundlich, bis er ihre wahre Identität erkannte.«

»Ich bin noch immer freundlich«, sagte Tony schroff.

»Du hast dich aufgeführt wie ein Stier und bist auf jeden Nebenbuhler losgegangen«, berichtigte Jean. Zur Königin gewandt, sagte sie: »Ihm mißfiel die Bedrohung dessen, was er als sein Eigentum betrachtete.«

Sie bezog sich dabei auf Rosie, bemerkte Tony, doch es klang, als spräche sie über das Anwesen. Gott segne Jean.

Königin Elisabeth umfaßte seinen Kopf und hob ihn an, so daß sie Tony in die Augen schauen konnte. »Habt Ihr sie geküßt, Sir Anthony?«

»Madam, Ihr wißt, daß ich das getan habe.« Tony schüttelte sich die blonden Locken aus der Stirn. »Ich küsse sie alle, doch keiner dieser Küsse ist so innig wie der, den ich auf diese schöne Hand drücke.« Er nahm ihre freie Hand und küßte sie.

Königin Elisabeth beobachtete seine Darbietung mit einem schwachen Lächeln. »Ihr erinnert mich an jemanden, den ich gerade erst kennengelernt habe. Voller Selbstbewußtsein und voller ...«

»Voller was?« Tony hob eine Braue.

»Liebenswürdigkeit«, sagte sie unerwartet. »Heißt es nicht, Lady Honora wolle sich mit Euch vermählen?«

Er wich entrüstet zurück, doch Lady Honora wirkte ebenso entsetzt, als sie sagte: »Ich bin zu dem Schluß gekommen, daß es nicht möglich ist.«

»Wahrhaftig? Warum denn nicht?« Die Königin blickte von einem zum anderen, als prüfe sie, was für ein Paar sie abgeben würden.

»Ohne Gut Odyssey ist er mittellos«, sagte Lady Honora.

»Ich werde ihm eine Mitgift geben«, entgegnete Königin Elisabeth.

Tony wurde bewußt, welch tiefe Gefühle Lady Honora für Sir Danny hegte, als sie flehentlich die Hände faltete und ihn ansah. Rette mich, sagte ihre Geste, doch wie sollte er das anstellen?

Hatte die Königin Wind von seinem Vorhaben bekommen, eine junge Frau zu heiraten und ein Adelsgeschlecht zu gründen? Oder hatte sie das leidenschaftliche Flackern in seinen Augen bemerkt, als Rosies Name gefallen war? Auf jeden Fall fürchtete sie den Verlust eines ihrer liebsten Höflinge.

Zweifellos glaubte sie, daß er sie nie wegen Lady Honora verlassen würde. Zweifellos hatte sie recht.

Er setzte ein anzügliches Grinsen auf, beugte sich näher zu Königin Elisabeth und sagte: »Eine Mitgift? Ihr würdet einen Preis auf meinen kostbaren Körper aussetzen?«

Erheitert über seine Kühnheit, tätschelte die Königin seinen Kopf mit ihrem Pelzmuff. »Einen Preis nach meinem Belieben, Sir Anthony.«

»Einen Preis für mein Geschick beim Lieben«, reimte er dreist.

Königin Elisabeth kreischte vor Lachen, doch Lady Honora fuhr zusammen.

Verflixt, sie hatte sie in diese mißliche Lage gebracht, und sie sollte sie gefälligst wieder herausholen.

Dann seufzte Tony. Wenn er sich auf die einfallslose Lady Honora verlassen müßte, wären sie im heiligen Stand der Ehe gefangen, noch ehe im Frühling die ersten Grashalme aus der Erde sprießen würden.

Tony setzte eine ernste Miene auf und sagte: »Ich verehre Lady Honora, und als sie mit ihrem Heiratsantrag an mich herantrat, dachte ich, es könne eine höchst passende Verbindung sein.«

Hinter dem Rücken Ihrer Majestät verdrehten Jean und Ann die Augen. Lady Honora zuckte zusammen.

»Doch ich sehe keinen anderen Ausweg aus diesem Dilemma, als mich mit der Sadler-Erbin zu vermählen, damit ich Gut Odyssey behalten kann. Odyssey gehört mir, und ich werde es nicht für ein schmächtiges Mädchen und seinen seit Jahren ruhenden Anspruch aufgeben.«

Königin Elisabeths Miene verdüsterte sich. »*Ich* habe Euch Gut Odyssey gegeben.«

»Ja, Madam, Ihr habt es mir gegeben, und Ihr könnt es wieder fortnehmen.« Er wollte Rosie, und er wollte seine Ländereien, und er wußte nicht einmal, um was er im Augenblick kämpfte. »Als Ihr es mir gegeben habt, hat alle Welt angenommen, ich würde es auch weiterhin Gut Sadler nennen. Alle dachten, ich würde irgendeine Verbindung zwischen jener Familie und meiner eigenen suchen oder meinen Namen ändern oder irgendeinen Anspruch auf den Adelstitel jenes alten Geschlechts erheben. Statt dessen habe ich den Namen des Anwesens geändert, und wißt Ihr, warum?«

Sprachlos angesichts dieses Gefühlsausbruchs, schüttelte die Königin den Kopf, und hinter ihr taten Tonys Schwestern und Lady Honora es ihr nach.

»Wie Odysseus bin ich durch die Welt gezogen, von Schottland nach Cornwall, vom öden Festland ins Gewühl der Londoner Straßen. Ich habe mit Ungeheuern der Eifersucht, des Vorurteils und des Neides gekämpft, ebenso wie mit Männern aus Fleisch und Blut, die mich aus reinem Vergnügen umbringen wollten, oder um der Herausforderung willen, oder einfach, weil ich ein Feind war.« Er schlug sich mit der Faust an die Brust. »Dieses Anwesen, dieses Herrenhaus, ist der Höhepunkt meiner persönlichen Odyssee. Mein Lohn dafür, der Königin und meinem Land treu gedient, alle Ungeheuer bezwungen zu haben. Es ist das Ende meiner Irrfahrt, der Gipfel jeder Klippe, die ich erklommen habe. Es wird nie ein anderes Gut Odyssey für mich geben, und ich flehe Euch an, Madam, brecht mir nicht das Herz, indem Ihr mir mein Heim nehmt.«

Die kleine Schar schien im Sonnenlicht erstarrt zu sein und erinnerte an italienische Statuen, die für den Garten gemeißelt worden waren. Dann rührte sich Königin Elisabeth und seufzte. »Ihr tragt Euren Fall wortgewandt vor. Ich werde darüber nachdenken.«

Tony wurde sich des Schmerzes in seinen Knien bewußt, wagte jedoch nicht, sich zu bewegen. »Ich flehe Euch an, Madam.«

»Ich sagte, ich werde darüber nachdenken.« Ein Lächeln huschte über die Lippen der Königin. »Schließlich hat Lady Rosalyn – oder sollte ich sie Rosie nennen? – mir ihr Gesuch noch nicht vorgetragen.« Sie erhob sich und zupfte ihren Mantel zurecht. »Vielleicht solltet Ihr nach dieser reizenden und gebildeten Jungfer schicken lassen, damit ich mit ihr sprechen kann. Ihr wißt doch, wo sie ist, oder?« Doch sie wartete die Antwort nicht ab, sondern ging erhabenen Schrittes zurück nach Whitehall Palace. Nachdem sie sich von ihrem Schreck erholt hatten, eilten Jean, Ann und Lady Honora ihr hastig nach.

Tony erhob sich, froh darüber, daß die Königin vergessen hatte, ihn nach Essex zu fragen, denn er wollte ihr nicht von dessen Verachtung für sie und ihre Befehle berichten.

»Sir Anthony!«

Königin Elisabeth machte kehrt und bereitete seiner Zufriedenheit ein jähes Ende. Er hätte aufstöhnen mögen. »Ja, Madam?«

Sie blickte ihm nicht in die Augen und wandte ihm stattdessen ihr Profil zu, so daß er ihre noch immer lebhafte Zuversicht nicht erkennen konnte. »Wann stellt sich Mylord Essex dem Kronrat?«

Sie hatte es also nicht vergessen, und Tony blieb nichts anderes übrig, als zu antworten: »Er kommt nicht, Eure Majestät. Er gibt vor, krank zu sein.«

»Hat er Euch eine Nachricht für mich mitgegeben?«

Sie tat Tony von Herzen leid, doch er ließ kein Mitleid in seiner Stimme mitschwingen, als er sagte: »Nein, Madam.«

»Dann werde ich mich um ihn kümmern müssen. Wußtet Ihr, daß die Chamberlain's Men heute auf Essex' Geheiß hin *Richard II.* aufgeführt haben?«

»Das wußte ich nicht, Madam.«

»Mein Kronrat soll Essex morgen um zehn Uhr seine Aufwartung machen und eine Erklärung für diesen Affront von ihm verlangen.«

Hin- und hergerissen zwischen seinem Verlangen, Rosie zu suchen, und der Notwendigkeit, seiner Pflicht nachzukommen, fragte Tony: »Soll ich die Mitglieder des Kronrates begleiten, Madam?«

»Ich denke nicht, Sir Anthony.« Sie wandte sich zu ihm und durchbohrte ihn mit ihrem Blick. »Ich hege den Verdacht, daß Ihr einen schlechten Einfluß auf Mylord Essex und seinen Gehorsam gegenüber meinen Befehlen habt.«

Tony verbeugte sich leicht. »Ich hege den Verdacht, daß Ihr recht habt, Madam.«

»Eskortiert die Herren nach Haus Essex, doch begleitet sie um ihrer Sicherheit willen nicht hinein.«

»Jawohl, Madam.« Danach würde er Sir Danny aus dem Kerker befreien, Rosie von der Notwendigkeit einer Heirat überzeugen und die Königin von der Schicklichkeit seines Werbens. Einer, der weniger Manns war als er, hätte vielleicht den Mut verloren, doch wenngleich er bereits größere Hindernisse überwunden hatte, so doch niemals wichtigere.

»Wenn Essex herauskommt, eskortiert ihn zurück.« Elisabeth wandte sich von ihm ab und drehte sich dann erneut um. »Und, Sir Anthony!«

»Madam?«

»Schwört, daß Ihr ihm nichts antun werdet.«

Kapitel 24

Die Urteilskraft der Menschen
ist gebunden an ihr Schicksal.

ANTONIUS UND CLEOPATRA, III, XI, 31

»Essex hat den Kronrat gefangengenommen?« Tony starrte Warzennase entsetzt und verblüfft an. Getreu dem Befehl der Königin, hatte Tony die Delegation ihrer bedeutendsten und treuesten Ratgeber nach Haus Essex begleitet und dann vor dem Eingangstor gewartet. Es war Essex' letzte Gelegenheit zur Umkehr gewesen, und er hatte sie nicht ergriffen. Tony verfluchte ihn lautstark. »Und ich habe der Königin geschworen, ihm nichts zuleide zu tun! Verdammt! Schickt einen Mann zu Sir Robert Cecil und unterrichtet ihn von dieser Entwicklung. Vielleicht schickt er jemanden her, der nicht an einen derartigen Schwur gebunden ist.«

Während er sprach, wurden die Eingangstüren von Haus Essex schwungvoll aufgerissen. Die großen Tore öffneten sich, und zweihundert Männer überfluteten den Strand wie kochendes Wasser, das aus einem Kessel quillt. Der Graf von Essex führte sie an; sein Blick war fiebrig, seine Gesten übertrieben, und sein dunkler Hut mit der weißen Feder hüpfte über den Köpfen der Aufständischen hin und her.

»Auf zum Königshof!« brüllten die Umstürzler und rasselten mit ihren gezückten Schwertern. Der Großteil von Tonys Männern war als Wache im Palast zurückgeblieben, doch Tony dachte an Königin Elisabeths Alter und ihre Würde und stellte sich Essex mit einer schwungvollen Geste in den Weg.

Essex blieb stehen. Er schlug sich die Enden seines karmesinroten Seidenmantels über die Schultern und sagte: »Aus dem Weg, Schurke! Ihr könnt diese heilige Abordnung ebensowenig aufhalten, wie Ihr die Gezeiten des Meeres aufhalten könnt.«

»Ich habe nicht den Wunsch, Euch aufzuhalten.« Tony blickte Essex unverwandt an und scherte sich nicht um die wütenden Rufe der Aufrührer. »Ich fordere Euch heraus. Laßt uns miteinander kämpfen, denn im Kampf werden der Bastard und der Lord gleich sein. Dann werden wir sehen, wer in Wahrheit der größere Krieger ist.«

Essex war versucht und leckte sich die schmalen, geschminkten Lippen wie eine Katze, der eine träge Maus dargeboten wird.

Tony hob die Stimme, damit alle ihn hören konnten. »Oder seid Ihr ein Feigling, der mein Gewicht auf seiner Brust und meinen Dolch an seiner Kehle fürchtet?«

Mit einem wütenden Aufschrei zog Essex sein Schwert und seinen Dolch. Auch Tony zückte seine Klingen und parierte Essex' ersten Schwerthieb. Essex versuchte, seinen blitzenden Dolch in Tonys Brust zu stoßen. Tony duckte sich unter Essex' Schwert und schlug mit dem Arm gegen die Hand, in der Essex den Dolch hielt.

Ein Fehler, denn ein jäher Schmerz fuhr durch seinen Ellbogen, und die frisch genähte Wunde platzte auf. Essex lachte über Tonys Schmerzensschrei und schwang sein Schwert. Es verfing sich in den Falten seines eigenen wehenden Umhangs.

Tony erwiderte das Lachen und durchtrennte die Schnüre des anstößigen Mantels mit einem raschen Hieb seines

Messers. »Mylord, ich bin zum Kämpfen gewandet, Ihr zum Erobern. Seht, wie ich Eurer Sache beistehe.« Er wich mit einem Satz zurück, als der karmesinrote Mantel zu Boden segelte wie ein flammendes Sinnbild der Niederlage.

Essex' Gesicht verzerrte sich vor Wut. »Bastard, ich werde Euch Respekt beibringen!« Mit wilden Schwerthieben trieb er Tony gegen die Mauer, die Haus Essex umgab.

Verflucht, Essex war gut! Und er war willens, nein, begierig darauf, Tony zu töten, während der sich ob des Schwurs, den er Königin Elisabeth geleistet hatte, darauf beschränken mußte, seinen Gegner nur zu verwunden.

Tony fürchtete, daß er keine Chance hatte, wenn es ihm nicht gelänge, nahe genug an Essex heranzukommen, um seine in den Straßen erworbene Kampferfahrung zu nutzen. Ein kräftiger Schlag zwischen die Beine, und Essex würde zu Boden gehen wie ein gefällter Baum.

Ein verflucht langarmiger Baum.

Tony wich einem Dolchhieb aus.

Essex grinste hämisch, den weißgefiederten Hut noch immer fest auf dem Kopf. Der Hut ...

Tony machte eine flinke Aufwärtsbewegung mit der Spitze seines Schwertes. Essex zog hastig den Kopf zurück. Der Hut fiel herunter, wurde vom Wind davongetragen, und Tony hechtete an seinem abgelenkten Gegner vorbei. Auf der offenen Straße sprang er hoch in die Luft, frohlokkend über sein Können, und trat nach der Hand, in der sein Gegner das Schwert hielt. Das Schwert sauste durch die Luft. Sein Dolch traf die Hand, in der Essex das Messer hielt, und ritzte die Haut. Essex sprang jäh zurück und schmetterte dabei den Arm gegen die Mauer. Der Aufprall war so heftig, daß Essex den Dolch fallenließ, der über das Pflaster schlitterte. Tony stürzte sich auf den Liebling der

Königin und stieß ihm seinen unversehrten Ellbogen in die Magengrube. Essex ging zu Boden.

Sein Sturz wurde durch den modrigen Unrat auf der Straße gemildert, doch ehe Tony seinen Dolch an Essex' Kehle drücken konnte, stürzte sich jemand auf ihn und stieß ihn zur Seite.

Tony rollte sich ab und sprang mit gezücktem Dolch auf, um den Schurken zu suchen, der ihm den Spaß verdorben hatte, doch Warzennase hatte bereits die Flucht ergriffen. »Lauft!« rief er über die Schulter. »Lauft!«

Ein Blick in die Runde genügte. Die Aufrührer hatten die Niederlage ihres Anführers mit wenig Humor und noch weniger Anstand aufgenommen, und die geschlossene Front aus Schwertern, die auf ihn zukam, überzeugte Tony.

Er lief.

Er lief zur Fleet Street hinunter und wandte sich dann gen Westen in Richtung Whitehall Palace. Er lief, bis er keine Schritte mehr hinter seinem Rücken hörte, und drehte sich dann um.

Essex' Gefolgsleute waren zu ihrem Herrn zurückgekehrt, und auch Tony schlich sich zurück zum Strand. Er drückte sich an Hauswänden und Mauern entlang und lauschte auf das Durcheinander kriegerischer Stimmen.

Dann erschien Essex auf der Fleet Street. Sein karmesinroter Mantel war von Schmutz besudelt. Ein blutgetränkter Leinenverband war um seine Hand geschlungen. Die weiße Feder auf seinem Hut war geknickt, und Essex humpelte leicht.

Seine Spießgesellen schrien: »Auf zum Königshof!« mit beinahe ebenso großer Begeisterung wie zuvor.

Essex jedoch bog, ohne auch nur einen Blick auf Whitehall Palace zu werfen, nach Osten ab und marschierte schnurstracks in das Herz der Londoner Altstadt. »Für die Königin!« rief er dabei unablässig. »Für die Königin! Eine Verschwörung trachtet mir nach dem Leben! Rechtschaffene Bürger Londons, folgt mir, um die Königin zu retten!«

»Du wirst dieses Kind bekommen?« Onkel Will sprach mit leiser Stimme, damit keiner der anderen Schauspieler ihn verstehen konnte, doch sein scharfer Tonfall zeigte nur zu deutlich, was er dachte. »Du wirst Sir Anthonys Kind bekommen und bist vor eurer Hochzeit fortgelaufen?«

»Psst!« Rosie blickte verstohlen zu den anderen Schauspielern hinüber, die im Großen Saal von Whitehall Palace umherliefen. Sie bereiteten sich auf den Auftritt vor der Königin vor, halfen einander, die Kostüme anzuziehen, schminkten sich vor winzigen Spiegeln und übten ihren Text in der stillen Verzweiflung, die sie bei jeder Vorführung vor der Königin erfaßte. Doch Rosie argwöhnte, daß sie vor keiner Vorstellung je so verzweifelt gewesen waren, und der Grund dafür war sie. Ungeachtet ihrer Gefühle für sie, hielten sich alle Schauspieler von ihr fern, als könne sie sie mit ihrer verräterischen Täuschung anstecken. Wenn einer von ihnen hörte, wie Onkel Will von ihrer Schwangerschaft sprach, würde sie heute nicht auftreten – weder heute noch jemals wieder.

»Ich werde nicht schweigen«, schnaubte Onkel Will, während er Rosie weißen Puder auf das Gesicht strich. »Ich will wissen, warum du mich belogen hast.«

»Ich habe nicht gelogen.« Rosie zog ihr Korsett zurecht und fragte sich, ob alle Frauen von Kurzatmigkeit geplagt wurden, wenn sie ein Kind erwarteten. Und sie wünschte, sie könne jemanden danach fragen. »Ich habe Euch nur nicht alles gesagt.«

Er tupfte rote Farbe auf ihre Wangen und sagte: »Mir schaudert, wenn ich daran denke, was hätte geschehen können, wenn Ludovic dich nicht beschützt hätte.«

Sie sagte nichts, und er verteilte das Wangenrot gleichmäßig und trat zurück, um sie zu betrachten. Etwas in ihrem Ausdruck mußte ihn beunruhigt haben, denn er fragte: »Verheimlichst du mir schon wieder etwas?«

»Ludovic ist verschwunden.«

Onkel Will stöhnte auf. »Wann?«

»In der Nacht, als Tony uns gefunden hat. Ich weiß nicht, ob Tony der Grund dafür war, oder das Kind, oder...«, sie schüttelte aufrichtig verwirrt den Kopf, »... etwas, das ich gesagt habe. Ich weiß es wirklich nicht, doch ich habe ihn seither weder gesehen noch von ihm gehört.«

»Du bist ohne Schutz.« Es klang wie eine Anschuldigung.

Rosie tätschelte die unhandliche Tasche an ihrem Gürtel. Die Tasche, die Tony ihr gegeben hatte. Die Tasche, die sie stets bei sich trug. »Das würde ich nicht sagen.«

»Du bist allein in London.«

Sie stülpte sich die braune Perücke über ihr zusammengerolltes Haar und sagte: »Nur bis nach meinem Auftritt heute abend.«

»Und was dann?«

Was dann? Gebe Gott, sie wüßte eine Antwort auf diese Frage. Gebe Gott, sie könnte Tony noch einmal sehen. Bisweilen dachte Rosie, sie könne ihn fühlen, fühlen, wie sein Blick sie suchte. Bisweilen dachte sie, sie müsse nur in die Luft springen und rufen: »Hier bin ich!«, und er würde bei ihr sein, sie auf die Arme nehmen und in Sicherheit bringen.

Doch wer würde dann die Seele ihres Vaters erlösen? Des

Vaters, der nun jede Nacht in ihren Träumen zu ihr sprach. »Nach meinem Auftritt werde ich bei Sir Danny sein.«

»Rosie.« Onkel Will faßte sie am Arm. »Du baust zu sehr auf diesen einen Auftritt. Du kannst nicht ernsthaft glauben, daß ...«

Sie legte ihm die Hand auf den Mund. »Ich werde Ihre Majestät zum Lachen bringen, über Ophelias törichten Glauben an die wahre Liebe, und sie wird Tränen vergießen über Hamlets Verrat. Ich werde ihre Gunst gewinnen und meinen Dada befreien – und Sir Danny befreien.«

Ihre Entschlossenheit war durch nichts zu erschüttern, die Aufgabe, vor der sie stand, war nun das Wichtigste in ihrem Leben. Rosie berührte den Ring, der an einer Kette um ihren Hals hing, und flüsterte: »Es ist der einzige Weg, wie ich mich je von meinen Geistern befreien kann.«

Hamlet. Erster Akt, dritte Szene.

»Dein erster Auftritt, Rosie.« In ruhigem Tonfall erteilte Onkel Will Rosie letzte Anweisungen, und sie hörte ihm voll schicksalsergebenem Schrecken zu. »Denke daran, du bist nicht Rosie. Du bist Ophelia. Du bist eine reizende, unglückselige Frau, die einen Prinzen liebt, und die glaubt, ihr Prinz liebe sie.«

Die anderen Schauspieler hasteten von der Bühne und schwirrten in fieberhafter Eile um sie herum. Aufgetakelt wie eine Fregatte, sprühte Alleyn Brewer als Hamlets Mutter Gertrud vor Sinnlichkeit. Mit überzeugender Verderbtheit spielte Dickie Justin McBride die Rolle des Claudius. Richard Burbage, der berühmteste Schauspieler der Chamberlain's Men, verkörperte den Hamlet, als sei er für diese Rolle geboren worden. Einige wenige Schauspieler wie Cedric spielten verschiedene kleine Nebenrollen und zogen sich für ihren nächsten Auftritt um.

»John Barnstaple wird mit dir draußen sein, du bist also nicht allein, und ich werde auch bald auf die Bühne kommen.« Grauen Puder auf Gesicht und Haaren, gab Onkel Will ihr einen betäubenden Schlag auf die Schulter. »Nun geh raus und erobere die Herzen!«

Gebe Gott, das könnte ich, wollte sie sagen, doch Onkel Will legte ihr die Handfläche auf den Rücken und schob Rosie durch den Vorhang auf die Bühne, so daß sie gar nichts mehr sagen konnte.

Doch das mußte sie. Sie hatte einen Text vorzutragen. O Gott, wie war ihr Text? John Barnstaple – nein, warte, er war ihr Bruder Laërtes – sprach zuerst, vier Zeilen.

Sie hatte drei Wörter zu sagen. »Daran zweifelt Ihr?«

Nicht schwer. Sie trug sie gut vor.

Doch John Barnstaple – nein, Laërtes – sprach, und dann war sie abermals an der Reihe.

Vier Wörter. »Nicht mehr als das?«

Die Bretter der behelfsmäßigen Bühne knarrten, wenn sie darüberlief. Mächtige Kerzen brannten in Leuchtern, die um die Bühne herum verteilt waren, und warfen Licht auf die Schauspieler, während der Großteil des höhlenartigen Saals im Dunklen blieb. Die völlige Stille schien die Luft aus dem Raum zu saugen. Rosie rann kalter Schweiß den Rücken hinunter und ließ sie schaudern. Sie hatte wieder Lampenfieber.

Doch sie durfte sich diesmal nicht davon überwältigen lassen. Dieser Auftritt war ein besonderer Auftritt. Diesmal mußte sie erstklassig sein. Sie mußte Ophelia sein, mit Leib und Seele.

Statt dessen war sie nur Rosie – und hatte Angst.

Sie sagte hastig die sieben Zeilen auf, in denen sie ihren Bruder ob seiner Sorge um sie tadelte; dann stapfte Onkel Will höchstpersönlich auf die Bühne. Es erschien sinnvoll, daß er den Polonius, Ophelias Vater, spielte, denn nach Sir Danny war er der Mann, der ihre kindliche Zuneigung genossen und ihre Entwicklung gefördert hatte. Rosies Blick umflorte sich, und sie blinzelte fieberhaft, um ihn wieder zu klären.

Onkel Will – nein, Polonius – machte ihr Vorhaltungen, weil sie Prinz Hamlets Anerbieten seiner Zuneigung angenommen hatte, und er klang dabei so sehr wie Sir Danny bei einer seiner wohlmeinenden Strafpredigten, daß Rosie ihm Hamlets Treue mit der gebotenen Entrüstung beteuerte. Onkel Will lächelte, und als sie die Szene beendeten und die Bühne verließen, ergriffen einige der anderen Schauspieler Rosies Hände und drückten sie anerkennend.

Die Tore von Haus Essex standen offen, aus den Schornsteinen quoll Rauch, doch das Herrenhaus wirkte verlassen. Die mächtige Horde, die das Anwesen zuvor besetzt hatte, war in alle Winde zerstreut, und es hatte den Anschein, als sei selbst die Dienerschaft verschwunden.

Tony ging vorsichtig durch das Tor und bahnte sich einen Weg durch den Unrat, den zweihundert Männer hinterlassen hatten.

»Sir!«

Eine Frauenstimme begrüßte ihn, und er blickte sich um. »Sir, wir haben hier nur Gerüchte vernommen. Könnt Ihr uns sagen, was mit Mylord Essex geschehen ist?«

Tony blickte im dämmrigen Abendlicht nach oben und entdeckte Lady Rich, Essex' Schwester, die sich aus einem Fenster im zweiten Stock lehnte. Er empfand keinerlei Mitgefühl für sie; sie hatte den Ehrgeiz ihres Bruder stets noch weiter angestachelt und ihn in seiner Eitelkeit bestärkt. Für Lady Essex jedoch, die ihr über die Schulter lugte, fühlte er widerstrebendes Mitleid. Sie war die Gemahlin eines Mannes, dessen Laufbahn so brillant begonnen hatte und der jetzt durch eigene Schuld vor den Trümmern seines Lebens stand; sie war die Gemahlin des größten Verräters im ganzen Land.

Die Gemahlin eines toten Mannes, wenn Tony irgend etwas in dieser Sache zu sagen hatte.

Er verbeugte sich. »Mir war nicht bewußt, daß sich noch Damen im Hause befinden.«

Lady Rich lehnte sich weiter aus dem Fenster, und trotz der Entfernung erkannte Tony, wie sie ihn mit ihren Blikken maß. »Ihr seid Sir Anthony Rycliffe, der Kommandeur der Königlichen Garde. Ihr müßtet bestens über die Ereignisse des Tages unterrichtet sein.«

Ihre gefühllose Frage und ihre schrille Stimme verliehen Tony Kraft. »Das bin ich, Mylady, doch zuerst möchte ich wissen, ob die Mitglieder des Kronrates noch immer gefangengehalten werden.«

Lady Rich begriff, daß sie eine Auskunft gegen die andere eintauschen mußte. »Sie wurden schon vor Stunden entlassen, ohne daß ihnen ein Haar gekrümmt worden wäre.«

Tony widerstand dem Drang, sich erleichtert über die Stirn zu wischen, nur mit Mühe. »Für Euch gibt es keine guten Nachrichten. Alles ist verloren. London hat sich geweigert, Lord Essex zu folgen. Seine Truppen fliehen aus der Stadt. Der Erzbischof von London hat auf ihn geschossen, und Essex befindet sich auf der Flucht.«

Lady Essex zog sich wehklagend vom Fenster zurück, doch Lady Rich fragte: »Wohin, Sir Anthony?«

»Hierher, hoffe ich, Mylady.«

Sie zog jäh den Kopf zurück und schlug das Fenster zu, und Tony wußte, daß sie eilends ihre Habseligkeiten zusammenpacken und ihren Bruder seinem Schicksal überlassen würde. Es war nur gerecht, daß sich nun alle von Essex abwandten.

Alle außer seinen Häschern. Essex wollte fliehen, doch Tony wollte ihn der Königin vorführen. Er machte einen Bogen um das Hauptgebäude und die Ställe, ging durch den Garten zum Schleusentor hinab und ließ den Blick über die dunklen Wasser der Themse schweifen. Der gemeinhin so rege befahrene Fluß plätscherte dahin, der Bootsverkehr war durch den Aufstand zum Erliegen gekommen. Ein einsamer Kahn kämpfte gegen die Strömung; ein Schiffer legte sich in die Ruder, während sein Passagier zusammengekauert im Heck saß. Ein hochgewachsener, rotbärtiger Passagier. Von kriegerischer Genugtuung erfüllt, verbarg Tony sich im Gebüsch und wartete.

Bald hörte er das Klatschen der Ruder auf dem Wasser, dann den dumpfen Aufprall feuchten Holzes, als das Boot anlegte. Essex sprach zu dem Bootsmann, Münzen klimperten, als sie von einer Hand in die andere wechselten, und dann zeigte das Geräusch schlurfender Schritte an, daß Essex den Weg heraufkam.

Als Tony sah, wie ein leuchtender Schopf an seinem Versteck vorbeizog, verfolgte er Essex, der langsam auf sein Haus zutrottete, mit den Augen.

Tony konnte Essex das Zögern nicht verdenken. Zu dem Ort zurückzukehren, den er am Morgen inmitten seiner Anhänger verlassen hatte, allein, als besiegter Mann, dem Tode geweiht; und Lady Rich und seiner Gemahlin gegenüberzutreten – den beiden Frauen, die durch seine Niederlage würden leiden müssen – war gewiß die größte Erniedrigung, die einem Mann widerfahren konnte.

Einfach zu entsetzlich. Tony hoffte, daß Essex sich im

Elend suhlte. Er hoffte, daß er in Schmach und Verdruß unterging. Er hoffte, daß seine Gemahlin und seine Schwester ihn bespucken und seine Hunde ihn beißen würden.

Er wünschte Essex die gerechte Strafe an den Hals für jede törichte, eigensüchtige Missetat, die er je begangen hatte, und als Essex sich beunruhigt umblickte, sprang Tony mit wehendem Mantel aus seiner Deckung und sagte leise: »Buh!«

Essex starrte ihn einen Augenblick lang mit gebleckten Zähnen an. »Ihr Bastard aus der Gosse«, sagte er haßerfüllt. Seine Finger krümmten sich zu Klauen, und Tony dachte, Essex würde ihn anfallen wie ein tollwütiger Wolf.

Als Tony ihm jedoch in die zusammengekniffenen Augen blickte, wurde dem Wolf bewußt, daß er selbst zur Beute geworden war. »Ihr Bastard. Ihr Bastard!« schrie er, doch es war ein Schrei der Niederlage. Essex stürmte ins Haus und schlug die Tür hinter sich zu.

Tony hörte, wie der Riegel ins Schloß fiel, doch er grinste nur voll bitterer Genugtuung. Essex mochte sich einbilden, er würde Tony ausschließen, in Wahrheit jedoch schloß er sich selbst ein.

Vom Fluß her waren die Rufe von Männern und das schürfende Geräusch anlegender Boote zu hören. Er kehrte zum Anlegeplatz zurück und traf dort auf Sir Robert Sidney, Elisabeths Großadmiral, der den Weg heraufkam.

»Sir Anthony!« Grimmig, doch erleichtert, fragte Sidney: »Ist er hier?«

»Lord Essex meint Ihr?« Tony lächelte mißvergnügt. Er blickte an Sidney vorbei und sah den Grafen von Nottingham, der die Landung eines großes Trupps bewaffneter Männer befehligte. »Ja, er hat sich in seinem Haus verbarrikadiert. Habt Ihr etwas dagegen, wenn ich eins Eurer Boote nach Whitehall Palace nehme? Ich muß der Königin Bericht erstatten.«

Sidney starrte Tony nur an. »Der Königin Bericht erstatten? Herrgott noch mal, wie soll ich den Kerl da rauskriegen?«

»Laßt Euch vom Tower Kanonen und Pulverfässer bringen und droht damit, Haus Essex in die Luft zu jagen.« Nach einem letzten grimmigen Blick auf das Haus stolzierte Tony auf das Boot zu, das er beschlossen hatte zu beschlagnahmen. »Mit ein wenig Glück müßt Ihr Eure Drohung wahr machen.«

Kapitel 25

Dem König wird das Spiel zur Schlinge,
in die ich sein Gewissen zwinge.

HAMLET, II, II, 616

Hamlet. Dritter Akt, erste Szene.

Sie hatten fast die Hälfte des Stückes hinter sich, und hinter der Bühne breitete sich ein verhaltenes Gefühl des Triumphes aus. Es hatte keine größeren Schnitzer gegeben, niemand hatte sich im Text verhaspelt, und trotz des althergebrachten Schauspielerwunsches war es weder zu Hals- noch zu Beinbrüchen gekommen. Rosie bereitete sich auf ihren nächsten Auftritt vor, erfüllt von dem Wissen, daß sie mit jeder Szene mehr in ihre Rolle hineingewachsen war. Ophelias Kleider waren ihr wie auf den Leib geschneidert, und mit Ophelias Rolle schien es ihr nicht anders zu ergeben. Zum ersten Mal in ihrem Leben schlüpfte Rosie in die Haut des Charakters, den sie darstellte, und zum ersten Mal an diesem Abend gestattete sie es sich, wirklich daran zu glauben, daß sie Sir Danny retten würde.

»Mein Freund Polonius fürchtet, die Liebe zu Euch habe Hamlet um den Verstand gebracht, und er will, daß ich den Prinzen gemeinsam mit ihm belausche, während er sich mit Euch trifft.« Fest in seiner Rolle als böser König Claudius, sprach Dickie Justin McBride mit Rosie, als sei sie tatsächlich Ophelia. »Doch die nächste Szene wird eine Offenbarung für alle sein.«

In der nächsten Szene wies Hamlet Ophelia leidenschaftlich zurück und befahl ihr, in ein Nonnenkloster zu gehen. Es war die erste Szene, in der Rosie und Dickie gemeinsam auf der Bühne standen. Sie waren aufeinander angewiesen, und Dickie konnte sie vernichten. Er würde es genießen, denn er hatte Rosie nie ausstehen können und schien zu glauben, daß sie eine besondere Freude daran hatte, ihn hinters Licht zu führen. Nicht einmal um Sir Dannys willen würde er seinen Haß auf sie unterdrücken.

Doch da die Aufführung bisher gelungen war, hatten die anderen Schauspieler ihren anfänglichen Argwohn Rosie gegenüber aufgegeben und ihre Unterstützung für sie und ihre Sache offen kundgetan. Dickie konnte ihr nicht schaden, ohne der Vorstellung zu schaden, und sie sagte warnend: »Dickie, ich schwöre, wenn du versuchst, mich zugrunde zu richten, dann ...«

»Ich?« Dickie grinste sie an und entblößte dabei seine weißen Zähne. »So etwas würde ich nie tun. Nicht aus Liebe zu dir, sondern weil die Chamberlain's Men mich von den Brettern verbannen würden. Nein, *ich* werde dich nicht zu Fall bringen.«

Sie traute ihm nicht. Ihr mißfiel das Funkeln in seinen Augen und die Art, wie er sich zu ihr hinabbeugte und flüsterte: »Hast du sie gesehen?«

»Wen?«

»Na, Ihre Majestät, Königin Elisabeth!«

Rosie hatte bewußt jeden Gedanken an die Königin vermieden. Oh, sie wußte, daß Königin Elisabeth da draußen war. Aus diesem Grund trat sie schließlich auf. Doch die Anwesenheit eines königlichen Zuschauers belastete Rosies ohnehin schon angegriffenen Nerven noch zusätzlich.

»Ihre Majestät sitzt genau in der ersten Reihe.« Dickie lugte zwischen dem Vorhang hindurch. »In der Mitte.«

»Das habe ich erwartet...« Sie hatte erwartet, daß die Königin über ihnen in einer geräumigen Loge thronen würde.

Heimtückisch träufelte er weiter Gift in Rosies Ohr. »Sie hat dich die ganze Zeit über nicht aus den Augen gelassen. Wenn du auf der Bühne bist, sieht sie nur dich.«

»Du scherzt.«

»Nein, es ist wahr. Achte darauf, wenn du hinausgehst. Es ist dunkel da draußen, doch du kannst sie sehen. Du kannst das Glitzern ihrer Augen sehen, während sie jede deiner Bewegungen verfolgt.«

Onkel Will, Alleyn Brewer und die Schauspieler, die Rosenkranz und Güldenstern mimten, scharten sich um sie und bereiteten sich darauf vor, gemeinsam mit ihnen auf die Bühne zu treten. Rosie wurde bewußt, wie gerissen Dickie dies eingefädelt hatte. Nein, er mußte gar nichts tun, um ihre Entschlossenheit zu schwächen, mit einem einfachen Satz hatte er ihr den Samen ins Herz gepflanzt, aus dem ihre Vernichtung keimen würde. Sie konnte nur noch an die Anwesenheit der Königin denken. Die anderen gingen auf ihr Stichwort hinaus, doch Rosies Füße klebten an den Brettern, bis Dickie Rosie am Handgelenk packte und auf die Bühne zerrte.

Ja, er wußte sehr gut, was er getan hatte.

Sie mußte zunächst nichts vortragen, und ihre Augen gewöhnten sich an das Licht. Sie wollte nicht umherschauen, doch ihr Blick schweifte unwillkürlich zur ersten Reihe.

Gütiger Himmel, es *war* die Königin!

Dickie hatte nicht gelogen. Umgeben von ihren Hofdamen, saß Königin Elisabeth in einem großen, von einem Baldachin überdachten Sessel auf einem Podium in der Mitte der ersten Reihe. Sie rührte sich nicht, und wie

Dickie versprochen hatte, glitzerten ihre Augen. Sie wandte den Blick nicht von Rosie ab.

Die Benommenheit, die Unruhe, das Lampenfieber kehrten schlagartig zurück. Rosie sah und hörte nichts mehr.

Als Gertrud ihren Text gesprochen hatte, starrten alle wartend auf Rosie, bis sie sich daran erinnerte, daß sie etwas sagen mußte.

Was mußte sie sagen?

Schließlich soufflierte ihr Onkel Will ihren Text, und sie wiederholte: »Madam, ich wünsch', so mög' es sein.«

Das war alles, was sie für eine geraume Weile sagen mußte, doch die Menschen um sie herum verließen sie. Rosenkranz und Güldenstern waren bereits gegangen. Gertrud ging ab, nachdem sie ihren Text vorgetragen hatte. Polonius sprach zu ihr und reichte ihr ein Gebetbuch, dann sagte Claudius etwas, und dann, gütiger Himmel, war sie allein.

Sie sollte sich das Buch vor die Augen halten und so tun, als lese sie darin, doch ihre Hände zitterten zu heftig. Sie sollte sich in den hinteren Teil der Bühne zurückziehen, und das tat sie eiligst. Hamlet – Richard Burbage – betrat die Bühne und begann seinen Monolog. Rosie wischte sich unauffällig die feuchten Hände an ihrem Kleid ab und sandte ein Stoßgebet an Sankt Genesius, den Schutzheiligen der Schauspieler. Es war kein Gebet für sie selbst, sondern für Sir Danny.

Sie mußte sich an ihren Text erinnern. Sie mußte Ophelias Gefühle darstellen. Sie durfte nicht versagen, denn wenn sie es tat, würde Sir Danny sterben.

Wie er es sie gelehrt hatte, atmete sie tief durch.

Die Königin war also da draußen. Sie beobachtete also Ophelia. Sie war nicht anders als alle anderen Menschen im Publikum. Sie wollte unterhalten werden, sie wollte in das dramatische Geschehen auf der Bühne eintauchen.

Rosie war ihr eine gute Vorstellung schuldig. Sie war allen hier eine gute Vorstellung schuldig, und sie konnte beinahe hören, wie Sir Danny sagte: »Es ist ein Publikum wie jedes andere.«

Nur, daß es das nicht war. Dies war der Hof der Königin, und niemand scharrte mit den Füßen, niemand rief den Figuren Schmährufe zu, niemand pfiff anerkennend, wenn eine besonders geistreiche Textstelle vorgetragen wurde. Die unheimliche Stille herrschte nicht trotz der Anwesenheit der Zuschauer, sie ging von ihnen aus, und nichts, nicht einmal das Erscheinen des Geistes, hatte ihnen einen Seufzer entlockt.

»Ein Publikum wie jedes andere«, beharrte Sir Dannys Stimme, und die Erinnerung an ihn schenkte Rosie Kraft und Freude.

Sir Danny hatte ihr Tony gegeben. Er hatte schamlos intrigiert und manipuliert, um sie beide zusammenzubringen. Wenn sie Sir Danny verlieren sollte, dann nicht wegen Dickie, diesem Wurm, und seiner gemeinen List. Wenn sie Tony verlieren sollte, dann nicht, weil es ihr nicht gelang, das zu tun, was Sir Danny sie gelehrt hatte.

Sie hatte viele gute Zeiten mit Sir Danny erlebt und viele schlechte, und sie hatte sie alle überlebt. Das hatte er sie gelehrt: zu überleben, dem Leben das Beste abzugewinnen und über das Schlechte zu lachen.

Auf ihr Stichwort hin trat sie vor und trug ihren Text vor. Sie hob die Stimme, und der große Saal warf ihr Echo zurück, verstärkte jedes Zittern und jedes Überschlagen. Zu Rosies Überraschung nickte Richard Burbage ihr flüchtig zu.

Bedeutete das, ihm gefiel ihre Darbietung?

Rosie ging die Szene rasch noch einmal in ihrem Kopf durch. Ja, Ophelia hatte an dieser Stelle wirklich Grund zur Furcht. Sie gab Hamlet seine Liebesbeweise zurück, während er offenbar dem Wahnsinn verfiel.

Ja, sie hatte die Szene unbeabsichtigt genau so gespielt, wie sie gespielt werden sollte, und sie spürte, wie Wärme ihre Adern durchflutete. Weder Dickies Gemeinheit noch die unablässige Beobachtung durch die Königin konnten sie ablenken. Sie mochte die Rolle der Ophelia spielen, ihre Gefühle nachempfinden, doch Rosie war nicht zwischen ihrem Liebsten und ihrem Vater hin- und hergerissen. Rosie würde ihr Letztes geben, um sie beide zu haben.

»Ihre Majestät sieht sich ein Theaterstück an.«

»Ein Theaterstück?« Tony blickte Sir Robert Cecil finster an, als sei der persönlich verantwortlich für derartigen Unfug. »Warum sieht sie sich ein Theaterstück an?«

»Es war für heute anberaumt, und es schien mir angebracht, die Gedanken Ihrer Majestät von der Geschichte mit Essex abzulenken.«

Tony fuhr sich mit den Fingern durchs Haar, versuchte, den getrockneten Schlamm daraus zu entfernen, und nickte: »Ja, gewiß. Wie ist es Ihrer Majestät während dieser schwierigen Lage ergangen?«

»Sie zeigte nicht mehr Beunruhigung, als sie es getan hätte, wenn man ihr von einer Schlägerei in der Fleet Street berichtet hätte. Sie wußte, daß London ihr beistehen würde.« Cecil mochte seine Querelen mit Königin Elisabeth haben, doch im Augenblick war er von hingebungsvoller Bewunderung für sie erfüllt. »Gleichzeitig jedoch hat sie das Essen nicht angerührt, das auf den Tisch kam, und den ganzen Tag nichts anderes als Weißbrot und Zichoriensuppe zu sich genommen. Und selbst das hätte sie wohl verschmäht, wenn ihr dieser posierende Schauspieler nicht Gesellschaft geleistet und sie zerstreut hätte.«

»Ihr Hofnarr, meint Ihr?«

Cecil preßte grimmig die Lippen zusammen und wandte den Blick von Tony ab, als hätte er ihm soeben ein Staatsgeheimnis verraten. »So könnte man es ausdrücken.«

»Soll ich warten, bis die Vorstellung zu Ende ist, um Bericht zu erstatten?«

»Ihre Majestät hat Anweisung gegeben, Euch sofort nach Eurer Rückkehr zu ihr zu bringen.« Cecil versuchte vergeblich, den verkrusteten Schlamm und das Schießpulver aus Tonys Kleidung zu bürsten, und schob Tony dann zum Speisesaal hin. »Ihr werdet so gehen müssen, wie Ihr seid.«

Tony trat ein und schloß dann hastig die Tür hinter sich, als das hochwohlgeborene Publikum ihn mit leisen Flüchen bedachte. Er stand unschlüssig im Gang und blinzelte, während er versuchte, seinen Weg zu finden. Die Bühne war in helles Kerzenlicht getaucht, doch jeder Zuspätkommer im Publikum mußte im Dunklen umhertappen und sich nach einem Sitzplatz umsehen – oder, wie in seinem Fall, nach Königin Elisabeth.

Tony schlich sich nach vorn, doch jedesmal, wenn er jemandem die Sicht verstellte, wurde er wütend angezischt, so vertieft waren die Zuschauer in das Bühnengeschehen. Bisweilen hörte er ein Schluchzen und verdrehte die Augen.

Eine Tragödie. Die Schauspieler führten eine Tragödie auf. Wie passend. Wie sehr er sich wünschte, er wäre später gekommen, oder früher, oder zu jeder anderen Zeit, so daß er sich nicht hätte anhören müssen, wie Frauen weinten und Männer schnieften.

Verfluchte Narren! Sie hätten bei ihm sein sollen, dann wüßten sie, was eine echte Tragödie war! Er warf einen verstohlenen Blick auf die Bühne und sah einen als Krieger verkleideten Mann, einen als Mann verkleideten Mann und einen – er sah genauer hin, als er es je getan hatte – als Frau verkleideten Mann. König und Königin, nahm er an, denn beide trugen Kronen auf dem Kopf.

Der Krieger verlangte vom Königspaar Erklärungen für den Tod seines Vaters, und seine kunstvollen Gesten machten deutlich, daß er darauf brannte, Rache zu üben. Der König versprach ihm, er würde sich rächen können ... und eine Hand schlug Tony auf das Hinterteil. »Geht weiter, Ihr Flegel!«

Tony ging weiter.

Als er einen kunstvoll gearbeiteten Sessel mit Baldachin entdeckte, der in der ersten Reihe auf einem Podest stand, bahnte Tony sich einen Weg durch die wirren Reihen, um zu Königin Elisabeth zu gelangen, trat dabei auf verschiedene Zehen und stieß gegen zahlreiche Arme. »Verzeihung, Mylady. Verzeiht, Mylord. Ich bitte Euch, laßt mich ...«

»Barhaupts in der Bahre trug man ihn.« Eine hohe, liebliche Stimme ließ ihn mitten im Schritt innehalten, und er richtete den Blick jäh auf die Bühne.

Rosie!

Hatte er ihren Namen hinausgeschrien? Nein, denn keiner der Höflinge drehte den Kopf, um Tony mit einem Zischen zum Schweigen aufzufordern. Alle reckten nur die Hälse und schoben ihn von sich fort, um besser sehen zu können.

Rosie – *seine* Rosie – stand auf der Bühne. Weiße Blumen schmückten ihr zerzaustes braunes Haar und fielen ihr aus den Händen, ihr Kleid war schmutzig, die Bürde des Leids verheerte die Regelmäßigkeit ihrer Züge.

Sie war die Schwester des Kriegers. Es war ihr Vater, der kurz zuvor auf dieser Bühne gestorben war, und die Ironie des Ganzen traf Tony wie ein heftiger Schlag.

Wie konnte sie eine derartige Rolle spielen, wenn sie einen Vater verloren hatte und wohl auch den zweiten verlieren würde?

Oder spielte sie die Rolle gar nicht?

Sie sang, doch ihre Stimme zitterte bei jeder Note. »*Ins Grab strömte manch eine Träne hin* – Leb wohl, meine Taube.« Ihre Stimme brach bei den letzten Worten, und eine Träne glitzerte auf ihrer Wange.

Der Krieger, der ihren Bruder spielte, blickte entsetzt drein wie nur ein Schauspieler dreinblicken kann, der einen neuerlichen Zusammenbruch fürchtet. Er trug seinen Text mit donnernder Stimme vor, zweifellos in der Hoffnung, Rosie damit aus ihrem Schmerz aufzurütteln.

Sie antwortete offenbar so, wie sie sollte, denn er beruhigte sich ein wenig, doch dann reichte sie ihm einige ihrer Blumen und blickte ihm dabei tief in die Augen: »Hier ist Rosmarin, das ist zum Gedenken – ich bitt' Euch, Liebster, gedenket –, und hier sind Stiefmütterchen, die sind für Trübsal.«

Und der Krieger, der ihren Bruder spielte, schien mit einem Male von demselben Fluch getroffen, der sie so betrübte. Seine Hände zitterten, und als er antwortete, klang seine Stimme tränenerstickt.

Der König wirkte eher wütend denn bekümmert, als sie ihm Blumen überreichte, doch die Königin schluchzte – ein lautes, männliches, abgehacktes Schluchzen –, als Rosie sagte: »Ich würd' Euch gerne ein paar Veilchen schenken, aber sie verwelkten alle, als mein Vater starb.«

Jemand versetzte Tony einen heftigen Stoß und stieß ihn in der ersten Reihe auf die Knie. Dort kniete er und nahm das Bild und die Stimme seiner Liebsten in sich auf, während sie sang: »*Sein Bart, er war so weiß wie Schnee, Wie Flachs sein Haupthaar fein. Er ist fort, er ist fort.*«

Sie öffnete die Hand, ließ die restlichen Blumen fallen und sah reglos zu, wie sie zu Boden sanken. Die Zuschauer warteten, atemlos, teilnahmsvoll. Tony vernahm hinter seinem Rücken vereinzelte unterdrückte Schluchzer. In seinem Inneren durchlebte er aufs neue die Qual, die Frau zu verlieren, die er als seine Mutter betrachtet hatte. Er erlebte den Schmerz, seinen Vater zu verlieren. Rosies Darbietung ließ den Schmerz wiederauferstehen, den er längst überwunden geglaubt hatte, und Tränen rannen ihm die Wangen hinunter.

Und noch immer stand Rosie dort, still und starr wie jemand, dem der Tod eines anderen alle Lebenskraft genommen hat.

Als sie ihr Lied schließlich beendete – »*Mög' Gott seiner Seele gnädig sein*« – und zum Vorhang ging, brandete lautes Geschluchze im Saal auf. Rosie zog den Vorhang zurück und wandte sich erneut dem Publikum zu. Mit dem Glauben und der Bereitwilligkeit einer Märtyrerin im Angesicht des Scheiterhaufens sagte sie: »Und aller Christen Seelen, darum bitt' ich Gott. Gott sei mit Euch.«

Rosie zog den Vorhang fest hinter sich zu und brach zusammen. Sie hatte es vollbracht. Sie hatte ein Publikum zu Tränen gerührt, doch welchen Preis zahlte sie selbst? Ihr Herz hämmerte vor Trauer um den Vater, dessen Geist sie so lange Jahre verfolgt hatte.

Rosie zog an der Kette um ihren Hals und löste den Siegelring davon. Sie wischte sich die Tränen aus den Augen und betrachtete die zwei verschlungenen S, die in das Gold eingraviert waren. Ja, sie trauerte endlich um ihren Vater, so wie es sein sollte, und damit konnte er nun Ruhe finden. Doch in ihre Trauer mischte sich die Sehnsucht nach Sir Danny. Sie wollte ihn umarmen. Sie wollte, daß er als ihr Vater bei ihrer Hochzeit zugegen war und ihr Kind auf den

Knien wiegte. Sie wollte, daß er auf der Bühne stand und das tat, was er liebte.

Sie wollte, daß er lebte.

»Rosie.« Onkel Will packte sie an der Schulter. »Die anderen Schauspieler werden über dich stolpern, wenn sie von der Bühne kommen.«

Sie erhob sich kraftlos. Kein Wunder, daß sie nie so in einer Rolle aufgegangen war, wie Sir Danny es verlangt hatte. Sie hatte unbewußt erkannt, daß es ihre Seele zerreißen und der Welt ihre dunklen Abgründe offenbaren würde. Rosie versuchte, sich die Tränen von den Wangen zu reiben, doch Onkel Will hielt sie davon ab. »Laß nur. So siehst du wahrhaftig aus wie ein Leichnam auf der Bahre.«

Rosie lachte; es war ein Kichern, das in der Mitte brüchig wurde. »Auf Euch ist Verlaß, Onkel. Ihr denkt immer nur an Euer Stück.«

Er schluckte, als hätte er Tränen in der Kehle. »Du hast mich mit Stolz erfüllt.« Dann führte er sie zu der Bahre, die in einer Ecke lag, und half ihr, sich darauf zu betten. »Du hast Sir Danny Ehre gemacht.«

»Ich wünschte, er wüßte es.« Rosie kamen erneut die Tränen, als sie ihr Kleid zurechtzupfte und dann die Hände faltete. »Ich wünschte, er hätte dies sehen können.«

Auf der Bühne nahm die Handlung ihren Lauf. Gertrud verkündete, Ophelia sei ertrunken. Hamlet kam zu einem frisch ausgehobenen Grab und unterhielt sich mit dem Totengräber. Dann versammelten sich Claudius, Gertrud, Laërtes, Cedric und der Priester sowie alle restlichen Schauspieler um Rosie, um Ophelia das letzte Geleit zu geben.

»Wir gehen jetzt hinaus, Rosie«, flüsterte Cedric. Sie hoben die Bahre empor, und Rosies ausgestreckter Körper wiegte sich im feierlichen Takt ihrer gleichmäßigen Schritte, als sie die Bühne betraten.

Als tote Ophelia mußte Rosie nichts weiter tun, als mit geschlossenen Augen reglos dazuliegen, während Laërtes und Hamlet einander in Trauerbekundungen zu übertreffen suchten. Sie lauschte auf die Worte des Priesters, dann auf die Laërtes'. Hamlet stand abseits und schwieg, obwohl seine Rolle verlangte, daß er näherkam und redete.

Doch niemand sagte ein Wort. Die Stille wurde bedrohlich, und dann fühlte Rosie es – eine Welle der Anspannung lief durch das Publikum. Schritte hallten auf den Brettern wider und kamen näher. Rosie konnte die gespannte Erwartung nicht verstehen, die die Schauspieler verströmten, und auch das Gefühl der Spannung nicht, das ihre Haut kribbeln ließ.

Jemand beugte sich über sie. Sie öffnete die Lider einen winzigen Spaltbreit und versuchte, etwas zu erkennen, doch das Gesicht, das sich über sie beugte, war von einem Schatten verdunkelt. Dann sprach er Hamlets Text mit vertrauter, geliebter Stimme: »Wie, die schöne Ophelia?«

Heftige Gefühle wallten in ihr auf: Verwunderung, Freude, Frohlocken. Sie setzte sich auf und streckte die Arme aus. »Dada!«

Sir Danny fiel auf die Knie und umklammerte Rosie, als sei sie das Wertvollste auf der Erde. Sie herzten und küßten sich, Vater und Tochter aufs neue vereint, lachten und weinten und wiegten einander in den Armen.

Auf der Bühne schneuzte Onkel Will sich in ein großes Taschentuch. Alleyn wischte sich die Tränen aus dem Gesicht und stieß sich dabei die Perücke und die Krone vom Kopf. Die anderen stießen einander verstohlen an und schnieften, und Dickie... Rosie scherte sich nicht um Dikkie.

Sie packte Sir Danny am Schopf und suchte sein Gesicht nach blauen Flecken ab, dann nahm sie seine Hände in die ihren und untersuchte sie ebenfalls. Er war dünn, doch offenbar bei guter Gesundheit, und sie fragte: »Wie ist das möglich?«

»Dank Ihrer Majestät Königin Elisabeth.« Er nickte in Richtung des Baldachin-Throns. »Sie hat es eingerichtet.«

»Du bist hier? Du bist frei?«

»Dank Ihrer Güte.«

Rosie blickte zur Stuhlreihe hinüber und erhob sich halb aus Dankbarkeit, ehe ihr siedendheiß einfiel: das Stück! Doch niemand schien es zu kümmern. Die Zuschauer weinten, lachten und klatschten. Sie waren so in das Geschehen vertieft, das sich vor ihren Augen abspielte, daß sie die Dichtung, die sie zuvor in ihren Bann gezogen hatte, darüber vergaßen. Jeder Sinn für das Tragische war verflogen, und nichts würde ihn jetzt wieder herstellen können.

Rosie schalt Sir Danny lächelnd: »Du hast meinen Auftritt unterbrochen, Dada.«

»Und was für einen Auftritt!« Er strahlte vor Stolz und fügte dann leise hinzu: »Ich habe immer gewußt, daß große Gefühle in dir brodeln, die sehnlichst darauf warteten, befreit zu werden. Du hast bewiesen, daß du jedem Schauspieler hier das Wasser reichen kannst.«

»Und daß du recht hattest.«

»Nun, das ist wohl wahr.«

Er warf sein Haar zurück, und Rosie dankte Gott, daß Sir Dannys Eitelkeit seine Kerkerhaft überlebt hatte.

Lakaien rissen die Türen auf und entzündeten Kerzen an den Wänden, und bald war der ganze Saal in helles Licht getaucht. Sir Danny half Rosie von der Bühne und führte sie zu dem Baldachin-Sessel, auf dem Ihre Majestät saß, die dünnen Lippen zu einem Lächeln verzogen. Jean, Ann und

Lady Honora saßen ihr zur Seite. Jean und Ann versuchten Rosie durch Gesten und Lächeln zu zeigen, was sie tun sollte, doch Rosie brauchte keine Anweisungen. Sie fiel vor der Königin auf die Knie und neigte ehrerbietig den Kopf. »Eure Majestät, erlaubt mir, Euch meinen tief empfundenen Dank dafür auszusprechen, daß Ihr Sir Danny aus dem Kerker befreit habt.«

»Bedankt Euch bei Sir Danny.« Königin Elisabeths Stimme überraschte Rosie. Sie hatte eine tiefe, majestätische Stimme erwartet, statt dessen hörte sie die zittrige Fistelstimme einer alten Frau. »Er hat sich das Leben mit seiner Aufrichtigkeit erkauft und die Freiheit mit seinen Heilkünsten.«

Rosie warf einen Seitenblick auf Sir Danny, der neben ihr kniete. Seine Miene drückte gleichzeitig Bewunderung, Verwirrung und Eigendünkel aus. Was auch immer Sir Danny unternommen haben mochte, es war ihm gelungen, und Rosie schwoll das Herz vor Stolz. Er hatte stets an seine großartige Bestimmung geglaubt, und endlich hatte er sich bewähren können.

»Doch ich habe ihn das Stück verfolgen lassen und ihn auf die Bühne geschickt, um Euch zu überraschen.« Königin Elisabeth klang selbstgefällig. »Dafür dürft Ihr mir danken.«

Sie streckte eine lange, schmale Hand aus, und Rosie drückte einen glühenden Kuß auf ihre Finger. »Ich bin Euch in ewiger Dankbarkeit verbunden und werde Euch dienen bis ans Ende meiner Tage.«

Königin Elisabeth legte Rosie die Hand unters Kinn und hob ihren Kopf. Die berühmten Augen mit den schweren Lidern musterten sie eindringlich. »Ihr *seid* Lady Rosalyn Bellot.«

Rosie war derart verblüfft, daß ihr die Worte fehlten.

Vielleicht waren Königin Elisabeth die Gerüchte von der Rückkehr der Bellot-Erbin zu Ohren gekommen, doch wer hatte mit dem Finger auf Rosie gezeigt? Sir Danny? Doch nein, er starrte die Königin entgeistert an und blickte dann verstohlen zu Lady Honora hinüber.

Ein schwaches, inniges Lächeln umspielte Lady Honoras Lippen, und sie nickte Sir Danny zu.

Die Königin kniff ihre schmalen Lippen zusammen, wobei sich ihre Oberlippe in zahllose Fältchen legte. »Ihr habt große Ähnlichkeit mit Eurer Mutter, und ich sehe nichts von Eurem Vater in Euch.«

Der Tonfall Ihrer Majestät war mißbilligend und verbittert, und etwas in Rosie begehrte auf. Sie blickte der Königin geradewegs in die Augen und sagte: »Ich habe viel von meinem Vater in mir. Ohne die Erinnerungen, die mein Vater mir hinterlassen hat, hätte ich meinen rechtmäßigen Anspruch auf Gut Odyssey nie beweisen können.«

»Beweisen?« Königin Elisabeth zog hochmütig eine ihrer schmalen Brauen hoch. »*Mir* hat niemand Euren rechtmäßigen Anspruch auf Gut Odyssey bewiesen.«

Sir Danny hatte offenbar Mühe, seine Aufmerksamkeit von Lady Honora abzuwenden und auf das Gespräch zu lenken, doch schließlich stammelte er: »Lord Sadlers Brief ist nicht hier, doch ich bitte Euch inständig, an seine Echtheit zu glauben, Majestät.«

»Ich brauche den Brief nicht.« Rosie nahm die Kette vom Hals und hielt sie der Königin hin. »Ich besitze den Siegelring meines Vaters.«

Königin Elisabeth riß ihn ihr nachgerade aus der Hand.

Sir Danny rief aus: »Woher hast du den?«

Die Edelleute bildeten einen großen Kreis um den Thron, reckten die Hälse, um etwas zu sehen, und forderten einander zur Ruhe auf.

Und von einer Seite her hörte Rosie einen Laut, der von Entsetzen, Ehrfurcht oder Bestürzung zeugte. Sie fühlte sich veranlaßt, ihre Aufmerksamkeit von der Königin abzuwenden und in die Richtung zu blicken, aus der der Laut gekommen war – und sie sah Tony.

Tony! Er kniete keine zehn Fuß weit von ihr entfernt auf dem Boden, und er sah sie an, als erfülle ihn ihre bloße Anwesenheit mit Freude.

So viel Freude, wie seine Anwesenheit ihr schenkte. Bis sie ihn gesehen hatte, war ihr nicht bewußt gewesen, wie sehr sie ihn brauchte, doch nun verehrte sie ihn mit all ihrer aufgestauten Sehnsucht. Er erhob sich, und sie beobachtete jede Bewegung seiner wunderbaren Muskeln. Er ging auf sie zu, und sie spannte sich an, bereit, aufzuspringen und sich in seine Arme zu werfen. Er kniete neben ihr nieder, und sie öffnete die Lippen in Erwartung seines Kusses.

Und er wandte sich an Königin Elisabeth und sagte: »Eure Majestät, ich habe Euer Königreich am heutigen Tage vor dem Verderben gerettet, und bitte Euch im Gegenzug um eine Gunst. Ich möchte, daß Ihr mein Eigentumsrecht auf Gut Odyssey bestätigt, für mich und zugunsten meiner Erben, für immer.«

Kapitel 26

Prinz, du bist so nachdenklich, nimm dir eine Frau!

VIEL LÄRM UM NICHTS, V, IV, 122

Rosie klappte die Kinnlade herunter, doch Tony konnte sich nicht erlauben, Mitgefühl zu empfinden. Er wollte Gut Odyssey, und er wollte Rosie, und welchen Anspruch hatte er auf Rosie, wenn Königin Elisabeth ihr das Anwesen zusprach?

»Essex ist besiegt?« Königin Elisabeth war so ruhig und gefaßt, wie Cecil behauptet hatte.

Tony nickte. »Ich habe ihn eigenhändig nach Haus Essex gejagt.«

Die umherstehenden Höflinge und die Diener, die sich unter sie gemischt hatten, beklatschten Tonys Heldentat, und er neigte dankend den Kopf.

»Ich habe meine Pflicht Ihrer ruhmreichen Majestät gegenüber erfüllt, werte Leute, nichts weiter.« Tony verbeugte sich und küßte den Saum von Königin Elisabeths Rock.

Sie nahm seine Huldigung mit einem gnädigen Lächeln an.

Er fuhr fort: »Nottingham wird ihn in Gewahrsam nehmen, noch ehe die Nacht vorüber ist.«

Die Königin berührte Tony an der Schulter, als wolle sie ihn beglückwünschen, zog dann jedoch ihre Hand zurück und klopfte sich den Schmutz von den Fingern.

»Entschuldigt den Schmutz und das Blut, Eure Majestät,

doch ich bin heute zu Euch gekommen, ehe ich die Zeit hatte, meine Wunde nähen zu lassen oder meine Kleider und meinen Körper zu säubern.« Er übertrieb natürlich, was die Wunde betraf. Sie mußte wahrhaftig erneut genäht werden, und sie schmerzte, aber es war eine Verletzung vom Tag zuvor. Doch Tony wollte das Mitgefühl der Königin wecken und sie an seine Treue erinnern. »Ich wollte Euch so schnell wie möglich Bericht erstatten.«

Königin Elisabeth warf einen Seitenblick auf Rosie. »Gleichwohl habt Ihr das Stück eine geraume Weile verfolgt.«

Sie hatte ihn beobachtet. Verflucht. Er hatte gehofft, daß sie ihn nicht gesehen hatte, denn er fürchtete, ihr war nicht entgangen, was er nicht verbergen konnte – seine Bewunderung für Rosie. Schlimmer noch, er fürchtete, sie habe gesehen, was er gesehen hatte – Rosies Bewunderung für ihn. Rosie hatte sich so erfreut über sein Erscheinen gezeigt, so große Sehnsucht erkennen lassen, sich in seine Arme zu werfen, daß Tony sich kaum hatte zurückhalten können. Sie liebte ihn, das wußte er, und er wußte, daß es nichts gab, was die Königin mehr erzürnte. Er versuchte, sich zu entschuldigen. »Eure Majestät, ich sah, welches Vergnügen Euch die Vorstellung bereitet hat, und wagte es nicht, Euch zu unterbrechen, doch nun bitte ich Euch inständig ...«

»Gewiß, gewiß.« Königin Elisabeth runzelte gereizt die Stirn. »Ich habe Euch Gut Odyssey bereits einmal gegeben, und ich sehe keinen Grund, weshalb ich meine Meinung ändern sollte.«

»Eure Majestät!« Rosie klang entsetzt, und Tony stieß ihr unsanft den Ellbogen in die Rippen.

»Man unterbricht seine Königin nicht«, sagte Königin Elisabeth streng.

»Aber der Ring ...« Rosie versuchte es erneut, und Sir Danny stieß sie von der anderen Seite mit dem Ellbogen.

»Dieser Ring ... «, Königin Elisabeth rieb mit dem Daumen über den Rubin, »... und Lady Rosalyns Erscheinung beweisen, daß sie die Erbin ist, doch ich kann Sir Anthony nicht des Geschenks berauben, das ich ihm vor so vielen Jahren machte.« Sie rieb ein letztes Mal über den Ring, öffnete dann Rosies Hand und drückte ihn gegen ihre Handfläche. »Aus diesem Grunde ...«

Ein markerschütterndes Wutgeheul ließ sie innehalten. Ein grauhaariger Mann bahnte sich einen Weg durch die Höflinge, die um Sir Danny herumstanden, und stürzte sich auf die Königin.

Sie hob die Hände, um ihr Gesicht zu schützen. Tony wollte den Mann packen, doch in diesem Augenblick sprang ein Hüne hinter dem Thron hervor und schleuderte den Eindringling zurück in die Menge. Ein heilloses Durcheinander brach aus, als Höflinge umfielen wie Kegel. Die beiden Männer gingen kämpfend zu Boden. Der Grauhaarige kreischte, trommelte mit den Fäusten auf den Größeren ein und stieß ihn immer wieder um. Tony zog seinen Dolch und sprang auf sie zu, doch jemand versetzte ihm einen Hieb in den Rücken. Er stürzte kopfüber auf den Boden.

»Es ist Ludovic«, schrie Sir Danny. »Laßt ihn in Ruhe!«

Sir Danny war verrückt geworden. Die ganze Welt war verrückt geworden, hallte wider vom Kreischen der Frauen und vom Gebrüll der Männer, während sich vor ihm ein Kampf abspielte, in den er nicht eingreifen konnte.

Doch Rosie konnte es. Sie schwang ihre marmorbeschwerte Gürteltasche und drosch auf den Grauschopf ein, der sich drohend über Ludovic beugte. Der Eindringling verlor das Bewußtsein, und es wurde so schlagartig still im Saal, daß Tonys Ohren schmerzten.

»Eure Majestät?« Er hörte Jeans zitternde Stimme.

»Ich bin unversehrt.« Die Königin klang sehr gefaßt, gefaßter, als Tony sich fühlte. Sie ging zum Ort des Geschehens und blickte auf die beiden Männer hinab. »Kennt irgend jemand diese Leute?«

Tony schüttelte Sir Danny ab, rappelte sich auf und humpelte zu den beiden Kämpfern. Ludovic schob den Eindringling beiseite, setzte sich auf und rieb sich dabei den Kopf, während Tony die bewußtlose Gestalt anstarrte. »Hal?«

»Was macht er hier?« fragte Sir Danny.

Jean bahnte sich einen Weg nach vorn. »Er hat uns von Gut Odyssey hierher begleitet.«

»Aber warum?« Tony stieß Hal mit den Zehenspitzen an.

»Weil er der Mann ist, der meinen Vater ausgeraubt und mich dem sicheren Tod überlassen hat.« Rosie befestigte ihre Tasche wieder an ihrem Gürtel.

Alle starrten sie mit vor Staunen aufgerissenem Mund an, und Königin Elisabeth verlangte gebieterisch: »Erklärt Euch, Lady Rosalyn.«

»Er war der Stallknecht meines Vaters. Er hat uns nach London begleitet, um sich um die Pferde zu kümmern, und bei Ausbruch der Pest ist er mit uns geflohen. Als der Kutscher und mein Kindermädchen starben, plünderte er die Kutsche und ließ uns zurück.« Rosie blickte auf Hal hinab und bemerkte, daß er die Augen geöffnet hatte und sie gequält ansah. »Als ich ihm auf Gut Odyssey begegnet bin, ängstigte er mich. Als ich den Ring wiederfand, erinnerte ich mich des Grundes. Als ich den Ring fand, erinnerte ich mich wieder an alles.«

»Doch warum dieser Angriff auf Ihre Majestät?« fragte Tony.

Rosie schüttelte den Kopf. »Warum, Hal?«

»Ihr müßt Eure Ländereien wiederkriegen.« Hal versuchte, sich aufzusetzen, sackte jedoch zurück, als hätte er einen erneuten Hieb einstecken müssen. »Ihr müßt alles kriegen, was Euch zusteht, und ich muß es Euch beschaffen. Ich bin's Euch schuldig.«

Rosie kniete neben ihm nieder und knetete ihm die Schulter mit ihrer Hand. »Du kannst ihn nicht zurückholen. Du kannst die Vergangenheit nicht ändern. Schließe Frieden mit dir selbst und versuche zu vergessen.«

»Ich kann nicht vergessen. Ich hab' Euch mit Eurem Vater in dieser Kutsche zurückgelassen, und er hat mich verflucht. Er hat gesagt, sein Geist würde mich bis zu meinem Tode und darüber hinaus verfolgen. Er versprach, ich würd' in die Hölle kommen, und sorgte dafür, daß das auch geschah. Ich bin nach London gegangen, hab' Eure Sachen verhökert und in Saus und Braus gelebt, und die ganze Zeit über habe ich Eure großen Augen gesehen, die mich anklagend anschauten.« Er berührte behutsam ihre Hand mit einem Finger und blickt sie aus seinen wäßrigen Augen flehentlich an. »Als Ihr zurückgekehrt seid, hab' ich versucht, es wiedergutzumachen. Ich hab' versucht, die aus dem Weg zu räumen, die Euch das Recht auf das Anwesen streitig machen, doch ich fürchte, ich werd' keine Erlösung finden, ganz gleich, wie sehr ich mich bemühe.«

»Du hast versucht...?« Tony ging Hal an die Gurgel. »*Du* warst das?«

»Ja, er war's.« Ludovics Akzent wurde härter, und er untermalte seine Erklärung mit ausladenden Handbewegungen: »Ich hab' das Herrenhaus die ganze Zeit über beobachtet, nachdem ich die Truppe verlassen hatte. Hab' auf die Gelegenheit gewartet, mit Rosenkranz zusammenzukommen. Ich habe schnell gemerkt, daß mit Eurem Haushofmeister etwas nicht in Ordnung war.«

»Warum bist du nicht zu mir gekommen und hast mir davon berichtet?« wollte Tony wissen.

Ludovic lachte bitter. »Hättet Ihr mir geglaubt? Einem fremdländischen Söldner, der Euch erzählt, Euer Haushofmeister wolle Euch und Eure Familie umbringen?«

Tony wandte den Blick von ihm ab. »Ich hätte dich in den Stock gelegt.«

»Daran habe ich nie gezweifelt«, sagte Ludovic. »Doch ich bin Rosenkranz stets gefolgt, um sie zu beschützen. Selbst als mir klar wurde, daß sie ... Euch den Vorzug gibt, konnte ich sie nicht mit diesem Wahnsinnigen allein lassen, der sich auf Eurem Anwesen herumtrieb.«

»Ich hätte Lady Rosalyn nie etwas zuleide getan.« Hal versuchte erneut, sich aufzusetzen, doch Tony drückte ihn zu Boden.

»Das wußte ich nicht«, entgegnete Ludovic. »Ich wußte nicht, wen du haßtest.«

»Ich habe keinen von ihnen gehaßt«, sagte Hal. »Ich mußte nur Lady Rosalyn helfen.«

»Genug!« Ludovic erhob sich schwerfällig, hob Hal auf und wuchtete ihn über seine Schulter. Hal brüllte und strampelte, doch Ludovic brachte ihn mit einem Würgegriff zur Ruhe.

»Wohin bringst du ihn?« fragte Königin Elisabeth.

Ludovic blickte sie erstaunt an, machte dann eine Verbeugung und schwang Hal dabei auf und nieder. »Ins Bethlehem Hospital.«

»Ein recht guter Einfall«, entschied die Königin.

Sie trat zur Seite, doch Rosie legte die Hand auf Ludovics

Arm. Ludovic machte einen Satz, als hätte ihre Berührung ihn versengt, und senkte den Kopf. »Ludovic, willst du mich nicht ansehen?«

Er blickte verstohlen auf und senkte dann erneut den Blick.

»Ich danke dir für deine Freundlichkeit mir gegenüber. Du warst stets mein Freund, und Sir Anthony hat eine Stellung, die er dir anbieten möchte.«

Tony sah Rosie mit erhobenen Brauen an, und sie warf ihm einen bedeutungsvollen Blick zu.

Er blickte ebenso eindringlich zurück. Er wollte Ludovic nicht auf Gut Odyssey haben. Er wollte Ludovic nicht in Rosies Nähe haben, nie wieder, doch Ludovic verdiente in der Tat eine Belohnung für seine Wachsamkeit, sein Gespür und sein Kampfgeschick. Tony *hatte* eine Stellung für Ludovic. »Der heutige Tag hat gezeigt, daß ich Männer brauche, die ein Auge für drohendes Unheil haben, und die Fähigkeit, es abzuwenden. Wenn du deine Last abgeworfen hast, dann melde dich bei Warzennasen-Harry von der Königlichen Garde und sag ihm, ich hätte dich geschickt. Er wird wissen, was zu tun ist.«

»Und was ist mit mir?« Sir Danny strich sich sein prachtvolles Haar aus dem Gesicht. »Ludovic arbeitet für mich.«

Ein seltsamer Laut stieg aus den Tiefen von Ludovics Brust auf.

»Was hat er?« Königin Elisabeth wirkte beunruhigt.

»Ich glaube ...«, Rosie warf Sir Danny ein verschmitztes Lächeln zu, »... er lacht.«

»Ah.«

»Niemand wollte mich je haben.« Ludovic schnaubte. »Und jetzt wollen mich gleich zwei.«

Er stapfte aus dem Saal, und Königin Elisabeth sagte:

»Ein recht bemerkenswerter Mann. Er wird selbstverständlich Mitglied meiner Garde.«

»Gewiß«, sagte Tony.

»Nun gut.« Königin Elisabeth strich ihre Puffärmel glatt. »Ich würde gern noch ein wenig klare Suppe zu mir nehmen, ehe ich mich zurückziehe. Ladies?«

Rosie beobachtete erstaunt und entsetzt, wie die Königin zur Tür stolzierte. Jean, Ann und die jungen Hofdamen folgten ihr. Die Königin würde die Frage von Gut Odyssey und ihrem Erbe in dieser Weise auf sich beruhen lassen? Sie wollte Ihrer Majestät hinterherlaufen, doch Lady Honora packte sie am Arm und zischte ihr eine Warnung zu.

Während Rosie versuchte, sich zu befreien, schlängelte Tony sich durch die Menge und trat an Königin Elisabeths Seite. »Eure Majestät, was sollen wir mit Lady Rosalyn tun?«

»Tun?« Die Königin setzte ihren Weg durch die Halle fort und hielt auf ihr Schlafgemach zu. »Warum solltet Ihr irgend etwas *tun*? Ich kümmere mich fortan um Lady Rosalyn.«

Rosie befreite sich aus Lady Honoras Griff und eilte ihnen nach. »Was ist mit meinem Anwesen?«

»Ich dachte, das hätte ich unmißverständlich deutlich gemacht.« Königin Elisabeth schritt weiter, anmutig und gelassen. »Es ist jetzt Tonys Anwesen. Euer Titel ist natürlich wiederhergestellt, und ich werde einen reichen Gemahl für Euch finden, und damit werdet Ihr Euch zufriedengeben.«

»Aber ich dachte, sie müsse mich heiraten!« widersprach Tony.

»Ganz und gar nicht. Ihr werdet Euch mit Lady Honora vermählen.«

Lady Honora packte Sir Danny am Handgelenk und

zerrte ihn mit sich, während sie an Rosie vorbeirauschte und Tony mit einem Ellbogenstoß aus dem Weg drängte. »Ich kann Sir Anthony nicht heiraten.«

»Das war Euer Wunsch, als ich das letzte Mal mit Euch gesprochen habe.« Königin Elisabeth setzte ihren Weg fort. »Ich will Euch nur Euren Wunsch erfüllen.«

»Ich kann Sir Anthony nicht heiraten. Ich...«, Lady Honora holte tief Luft, »... liebe einen anderen.«

Königin Elisabeth blieb jählings stehen. Sie wandte sich Lady Honora zu und verströmte dabei Widerwillen aus jeder Pore. »Liebe? Ihr würdet aus Liebe heiraten?«

Rosie hätte es nicht für möglich gehalten, doch Lady Honora wand sich unter Königin Elisabeths strengem Blick. »Ich weiß, daß es allem widerspricht, was ich je geglaubt habe, doch habe ich nicht mein ganzes Leben lang meine Pflicht getan? Habe ich nicht stets die angemessenen Männer geheiratet? Und was habe ich davon, Herzoginwitwe von Burnham und Baronin von Rowse aus eigenem Recht zu sein und eine der wohlhabendsten Frauen in ganz England, wenn ich mich nicht mit dem Mann vermählen kann, der mich glücklich machen wird?« Ungestüm wie ein Bach nach der Schneeschmelze erklärte sie: »Ich werde Sir Danny Plympton, Esquire, heiraten!«

Die Königin wich stolpernd zurück. Jean schnappte nach Luft, und Ann wimmerte. Die jungen Hofdamen brachen in unverhohlenes Kichern aus. Und eins von Sir Dannys Beinen knickte ein, als habe man ihm in die Kniekehle getreten.

Tony sagte etwas – es klang wie: »Gott sei Dank« –, während Rosie nach Sir Dannys Arm griff.

Lady Honora stieß sie zur Seite, stützte Sir Danny und blickte die Königin herausfordernd an. Die Stille im Saal wurde immer drückender, bis Ann piepste: »Sir Danny ist nämlich eigentlich ein ... lang verschollener Vetter aus der Familie meiner Mutter.« Alle starrten sie an. »Aus Cornwall«, fügte sie hastig hinzu. »Jean kennt die Einzelheiten besser als ich.«

Alle Augen richteten sich auf Jean, die gequält lächelte. »Das ist eine lange Geschichte. Ein äußerst verschlungene, langwierige Geschichte, zu lang, um sie in der Eingangshalle zu erzählen, wenn Ihre Majestät hungrig ist.«

Derart an ihre Absicht erinnert, setzte Königin Elisabeth ihren Weg fort, und alle folgten ihr so dicht sie konnten. Sie sagte: »Erstaunlich. Sir Danny hat blaues Blut in den Adern, und Lady Rosalyn wurde von Lady Honoras Tante auf allerehrbarste Weise erzogen. Wer weiß, welche Wunder sich noch in meinem Reich zutragen werden?« Sie betrachtete Sir Danny, der offenbar kurz vor dem Zusammenbruch stand. »Ihr seid der gefallene Engel der Familie, kein Zweifel. Was denkt Ihr über diesen Vorschlag einer Vermählung mit Lady Honora?«

Sir Danny lockerte seine Halskrause und schluckte. »Es ist mehr, als ich je zu träumen gewagt habe.«

Die Königin blieb vor einer Tür stehen, und eine ihrer Hofdamen eilte herbei und drückte die Klinke hinunter. Hinter der Tür lag ein prunkvolles Schlafgemach, doch das Gespräch fesselte die Königin offensichtlich. Wie könnte sie es abbrechen, um allein in ihrem Gemach zu sitzen und über Essex und seinen leichtfertigen Verrat nachzugrübeln? Sie stand unschlüssig da, bis Sir Danny sie anlächelte. Sein Lächeln war so matt, daß es ihre Schadenfreude weckte.

Sie wandte sich von ihrem Schlafgemach ab und ging allen voran in ihr königliches Arbeitszimmer, wo ein munteres Kaminfeuer brannte, Bücherregale die Wände bedeckten, ein prächtiger Schreibtisch am Fenster stand und ein bequemer, schön geformter Sessel sie erwartete. Während sie Platz nahm, drängte ihre Gefolgschaft durch die Tür, ohne sich um die Regeln der Rangordnung zu scheren, die Ann erläutert hatte, einzig getrieben von dem Wunsch, ihre brennende Neugier zu befriedigen.

»Gebt Ihr mir also die Erlaubnis, Sir Danny zu heiraten?« fragte Lady Honora bang.

»Ich habe oft Hochzeiten zwischen meinen jungen Hofdamen und einem Leichtfuß verboten – auch wenn es sich dabei um den lange verschollenen Vetter eines Adelsgeschlechts handelte, das günstigerweise im fernen Cornwall lebt –, und ich habe oft Hochzeiten zwischen unpassenden Mitgliedern des Adels untersagt, doch wenn die Damen nicht mehr in der ersten Blüte ihrer Jugend stehen und die Adligen weitab von meinem Zuständigkeitsbereich leben, kommt es mit oder ohne meinen Segen zu Vermählungen.« Sie blickte Lady Honora von oben herab an. »Wenn Ihr versteht, was ich meine.«

Lady Honora verstand und drückte begeistert Sir Dannys Hand. »Sehr wohl, Madam.«

Königin Elisabeth blickte sie unter ihren schweren Lidern hervor belustigt an und sagte dann zu Sir Danny: »Ihr werdet der Gemahl einer reichen Frau sein.«

Beleidigt ob der Tatsache, daß man ihn der Mitgiftjagd verdächtigte, entgegnete Sir Danny: »Ich hatte bereits zuvor die Gelegenheit, Eure Majestät, und habe sie nie genutzt.«

Königin Elisabeth ließ ihren Blick über die Menschenmenge schweifen, die sich in ihr Arbeitszimmer drängte, und schien ihre Faszination nachempfinden zu können. »Dann liebt Ihr Lady Honora also ebensosehr, wie sie Euch liebt?«

»Ich ...« Sir Danny blickte Lady Honora an. »Sie ...«

Lady Honora legte all ihr Herz in ihren Blick, als sie ihn ansah. Rosie wurde bewußt, wie freudlos Lady Honoras Leben gewesen sein mußte, daß sie Sir Dannys Aufmerksamkeiten bezaubernd genug fand, um ihren Ruf und ihren Verhaltenskodex zugrunde zu richten und ihn heiraten zu wollen. Um einen *Schauspieler* heiraten zu wollen.

Sir Danny mußte dies ebenfalls bewußt geworden sein, und wenn seine Gefühle auch nicht ganz so tief waren wie die Lady Honoras, so begehrte er sie dennoch und liebte sie nicht weniger als alle anderen Frauen, die er je geliebt hatte. Er nahm ihre Hände in die seinen und blickte ihr in die Augen. »Ihr habt mich zum glücklichsten Mann der ganzen Christenheit gemacht. Ich empfinde Liebe, eine Liebe, von der ich bis heute glaubte, sie blühe im Verborgenen. Mein Ohr ist verliebt in die Stimme meiner Dame, mein Auge ist verliebt in das Antlitz meiner Dame, und mein Herz ist verliebt in die Seele meiner Dame, und ich erkenne, daß die Liebe, die mich verzehrt, von meiner Göttin erwidert und so geheiligt wird! Vergebt mein flüchtiges Zögern. Es war nur die Bestürzung darüber, daß Gott mir eine Belohnung gewährt hat, die so wunderbar ist, daß sie einem Lord von edlem Geblüt oder einem sagenhaften Helden zuteil werden sollte.«

Rosie konnte Sir Dannys Dilemma nachempfinden. Sie verstand besser als jeder andere im Raum, was er aufgab – die langen Tage auf der Straße, die großen Augenblicke auf der Bühne.

»Lady Rosalyn, Ihr habt einen so seltsamen Ausdruck auf dem Gesicht«, sagte Lady Honora. »Heißt Ihr diese Hochzeit nicht gut?«

Rosie begriff, daß Lady Honora ihren Segen wollte, denn sie, Rosie, war Sir Dannys nächste Verwandte, und Rosie sah die Gelegenheit, ihrem geliebten Vormund zu helfen. »Ich hätte nie vermutet, daß die Dinge eine derartige Wendung nehmen würden.« Das war gewiß nicht gelogen. »Es macht meine kühnsten Träume für Sir Danny wahr, doch ich frage mich, ob er seine Schauspielerei nicht vermissen wird.«

Lady Honoras Augen blitzten auf vor Eifer. »Wir werden Feste mit mythologischen Huldigungsspielen veranstalten«, versprach sie. »Er wird die Hauptrolle spielen.«

»Oder vielleicht könnte er eine Theatertruppe unterstützen«, schlug Rosie vor. »Das war mein Gedanke.«

»Ja!« Lady Honora klatschte in die Hände. »Eine Theatertruppe wie die Chamberlain's Men. Ich glaube, ich könnte ihm beim Aufbau und bei der Leitung einer solchen Truppe von Nutzen sein, denn ich bin ein ordentlicher Mensch.«

Ordentlich? Rosie hätte beinahe laut aufgelacht. Die ordentliche Lady Honora liebte den leichtlebigen Sir Danny, und Rosie hatte keine Vorstellung davon, wie das ausgehen würde.

Tony, der nachlässig an der Wand lehnte, sagte gedehnt: »Man sagte mir, Ihr suchtet den kräftigsten Hengst in ganz England, damit er Euch Kinder schenkt. Ich muß annehmen, daß Ihr dieses Vorhaben aufgegeben habt.«

Die Hofdamen mußten so heftig lachen, daß Königin Elisabeth sie in eine Ecke des Arbeitszimmers verbannte.

Sir Danny stolzierte auf Tony zu und zwickte ihn ins Kinn. »Lady Honora hat den kräftigsten Hengst in ganz England, der ihr Kinder schenken wird.«

Tony straffte sich und beugte sich drohend über Sir Danny. »Sie hat den kräftigsten Hengst in ganz England für Euch sitzenlassen, mein Lieber, und jetzt stehe ich ohne Braut da.«

»Nehmt ihr Urteil an und hört auf zu jammern.«

Königin Elisabeth erhob sich und sagte eilig: »Ich muß mich jetzt zur Ruhe begeben.«

Sie wollte diese Auseinandersetzung vermeiden, doch wenn sie sich jetzt davonstahl, konnten Monate vergehen, ehe Tony sie wieder festnageln konnte, und in diesen Monaten würde Rosie sein Kind unterm Herzen tragen, allein, ohne den Schutz seines Namens, eine Klette am Hofe, die auf Gerechtigkeit wartet. Er stellte sich der Königin in den Weg und sagte: »Ein Mann ist erst vollkommen, wenn er verheiratet ist, Madam.«

»Und dann ist er erledigt«, sagte Königin Elisabeth mürrisch. »Ihr könnt nicht heiraten.«

»Madam, Ihr seid weise wie Salomon, und Ihr müßt einsehen, daß es keine andere gerechte Lösung für Lady Rosalyn Bellot, Erbin von Gut Odyssey, und mich selbst gibt als eine Heirat.«

»Ich *muß* einsehen? Eure Königin *muß* gar nichts einsehen.« Als peinigte sie ihr Groll wie ein Stachel unter dem Sattel, fuchtelte Königin Elisabeth ihm mit dem Zeigefinger vor der Nase herum. »Wenn Männer heiraten, vergessen sie ihre Pflichten, und ich kann meinen Gardekommandeur nicht verlieren. Ihr seid zu wichtig für das Königreich. Das habt Ihr durch Euren Sieg über Essex gerade erst bewiesen. Vertraut mir. Ich werde der Sadler-Erbin einen Ehemann finden und Euch eine Gemahlin, wenn Ihr partout eine wollt.«

Er starrte sie an, verblüfft über seine eigene Taktlosigkeit. Er wußte, daß Königin Elisabeth es haßte, wenn sich ihre Höflinge verliebten und einander mit Zeichen inniger Zuneigung überhäuften. Er wußte, daß sie es vorzog, wenn Ehen aus Vernunftgründen statt aus Leidenschaft geschlossen wurden. Dennoch war er bei Rosies Anblick auf die Knie gesunken, hatte sich mit offenkundiger Inbrunst für ihre Vermählung eingesetzt und Ihrer Majestät beinahe befohlen, seinem Wunsch nachzugeben. Was sollte er bloß tun?

Doch dann trat Rosie an die Königin heran und machte einen tiefen Knicks. »Ich habe stets gehört, Eure Majestät sei die Quelle der Weisheit, und Ihr habt soeben bewiesen, daß es wahr ist.«

Tony beobachtete entgeistert, wie Rosie sich mit sittsam vor der Brust gefalteten Händen erhob. Hatte sie den Verstand verloren? Hatte sie ihre Zuneigung zu ihm verloren?

Oder hatte sie einen Plan?

Königin Elisabeth drehte ihr halb den Kopf zu. »Lady Rosalyn, was ist Eure Absicht?«

»Es hat mich sehr belastet, daß ich Sir Anthony heiraten sollte, wo er doch so offenkundig eine andere liebt.« Rosie sackte zusammen, als laste eine schwere Bürde auf ihren Schultern.

Die Königin blickte ihr geradewegs ins Gesicht. »Er liebt eine andere? Wer gebietet derart über seine Gefühle?«

»Madam, er spricht ständig von ihr, doch da sie unerreichbar für ihn ist, glaube ich, er wäre am glücklichsten mit einer Frau, die seiner Angebeteten gleicht.«

»Mit wem?« Königin Elisabeth schlug mit der Faust auf einen Tisch. »Sagt es mir, ich befehle es!«

»Die Dame, die Ihr ihm zur Gemahlin gebt, sollte makellos und hellhäutig sein, ihr Haar leuchtendrot wie der Sonnenuntergang. Sie sollte schmale Hände und lange Finger haben, die, wenn sie mit Ringen geschmückt sind, die kostbarsten Edelsteine mit ihrer Schönheit in den Schatten stellen.«

Königin Elisabeth berührte ihre rote Perücke mit ihren langen Fingern.

Rosie fuhr fort: »Sir Anthonys Gemahlin sollte von geradem, hohem Wuchs sein, leichtfüßig beim Tanz und scharfsinnig im Gespräch. Sie sollte viele Sprachen flüssig sprechen und schöne graue Augen haben.«

Rosie schlug ihre eigenen bernsteinfarbenen Augen nieder, und Tony verlor vor Erleichterung beinahe das Bewußtsein. Seine Rosie war ein durchtriebenes kleines Biest. Er durfte nicht vergessen, daß er sich im Notfall auf sie verlassen konnte. Und er mußte sich an ihre Klugheit erinnern, wenn es in ihrer Ehe einmal zu Mißhelligkeiten kommen sollte.

»Die Dame, die Tonys Gemahlin wird, sollte schöne Kleider tragen, doch so viel natürliche Eleganz besitzen, daß ihre Kleider sie nicht in den Schatten stellen.«

Königin Elisabeth zog an der Perlenkette, die um ihren Hals geschlungen war, und zupfte das Seidenfutter zurecht, das sich aus den Schlitzen in ihren Ärmeln herausbauschte.

»Sie sollte an Fuchsjagden teilnehmen, ohne je müde zu werden, sollte die ganze Nacht hindurch tanzen, ohne sich zu erschöpfen. Mit einem Wort, sie sollte so sein wie Ihr, Eure Majestät. Eine solche Frau sollte Sir Anthonys Gemahlin werden, nicht eine, die so unscheinbar und unwissend ist wie ich.« In Ophelias fleckiges, weißes Gewand gekleidet, einen Blumenkranz über einem Auge und Tränenspuren auf dem Gesicht, paßte keine der Beschreibungen, die Rosie gegeben hatte, auf sie selbst, und ihre Erscheinung ließ ihre Bitte um so rührender klingen. »Ich bitte Euch, Madam, findet ihm um meinetwillen eine Gemahlin, die ebenso schön ist wie Ihr.«

Elisabeth hielt Tony die Hand hin. »Stimmt es, was sie sagt, mein liebster Höfling?«

Er war erfüllt von Bewunderung für Rosie, doch nicht so

überwältigt, daß er sein Stichwort nicht erkannt hätte. Er kniete vor Königin Elisabeth nieder. »Madam, ich habe es Euch oft genug gesagt. Ihr seid es, der mein Herz gehört, und alle anderen verblassen im Vergleich.«

Elisabeth aalte sich in seiner Bewunderung wie eine Katze im warmen Sonnenschein.

Tony täuschte Zerknirschung vor und sagte: »Vergebt mir, daß ich den Anschein erweckt habe, Euer Urteil zu bezweifeln. Ich hatte nur gedacht, Ihr würdet viel Geld sparen, wenn Lady Rosalyn und ich uns vermählten.«

»Sparen?« wiederholte Königin Elisabeth vorsichtig. »Geld?«

»Ja, Madam, da ist die Frage, wie Lady Rosalyn für den Verlust ihres Anwesens entschädigt werden soll.«

Wenn Entsetzen ein Gesicht hatte, dann trug Königin Elisabeth es nun zur Schau. »Ich schulde Lady Rosalyn nichts für den Verlust ihres Anwesens.«

»Ihr seid gewiß nicht der Ansicht, *ich* könne es mir leisten, sie zu entschädigen?« Seine Entrüstung wirkte so überzeugend, daß sie ihm eine Anstellung bei den Chamberlain's Men hätte einbringen können. »Ihr werdet sie natürlich mit einer Mitgift ausstatten, die der Tochter des Grafen von Sadler angemessen ist und sie für den Verlust ihres Besitzes entschädigt.«

Königin Elisabeth bekam den abwesenden Gesichtsausdruck, den sie immer trug, wenn Haushaltsprobleme sie plagten. »Wenn Ihr sie heiraten würdet, bräuchte sie keine Mitgift.«

»Madam, wenn ich sie heiraten würde, wäre sie noch immer ein unscheinbares Mädchen mit zu dunklem Teint.« Tony warf einen verstohlenen Seitenblick auf Rosie und senkte die Stimme. »Glaubt Ihr, eine rote Perücke würde sie hübscher machen?«

Die Königin blickte Rosie an und sackte in sich zusammen. Tony fühlte, wie der Wind des Wandels durch das Gemach wehte. Der lange Tag, die bange Sorge wegen des Aufstands und die Veränderungen, die eine alte Frau jeden Tag belasteten, schienen sie einzuholen. Sie schüttelte den Kopf und sagte gereizt: »Tut, was Euch beliebt. Heiratet das Mädchen, wenn Ihr es wünscht. Ich will nichts mehr mit der Angelegenheit zu tun haben.« Sie holte tief Atem. »Doch verlangt keine Mitgift von mir und kommt nicht jammernd angelaufen, wenn sie mit einer roten Perücke aussieht wie eine Dirne.«

Tony hatte seine Lektion gelernt und zeigte keinerlei Begeisterung. »Nein, Madam, das werde ich nicht. Weder um die Mitgift noch um die Perücke.«

»Und bildet Euch auch nicht ein, Ihr hättet mich getäuscht.« Königin Elisabeth blickte Rosie finster an. »Ihr wollt sie wirklich heiraten.«

Tony nickte wie ein reumütiger armer Sünder. »Ich könnte Euch nicht täuschen, Madam. Ich will sie tatsächlich heiraten. Ich möchte mein eigenes Adelsgeschlecht gründen, und sie ist die Art von Gemahlin, die sich ein Mann wünscht. Sie kann nirgends sonst hingehen, also wird sie gehorsam sein.« Er hoffte, daß ihn nicht im nächsten Augenblick der Blitz traf. »Sie ist unscheinbar, also kann ich sicher sein, daß die Kinder, die in unserem Bett geboren werden, meine eigenen sind.« Sie war wunderschön, und er würde ein eifersüchtiger Ehemann sein. »Und, was am wichtigsten ist, meine Leute auf Gut Odyssey glauben, die Ländereien gehörten ihr. Sie wird meinen Anspruch auf das Anwesen besiegeln, und das ist alles, was mich wirklich kümmert.«

Königin Elisabeth hatte Verständnis für dynastische Fragen, und Tonys Erklärungen besänftigten sie. »Dann heiratet sie, doch ich brauche den Kommandeur meiner Königlichen Garde an meiner Seite.«

»Mein Leben steht in Eurem Dienste.«

Nachdem Tony sie seiner Treue versichert hatte, rauschte Königin Elisabeth aus dem Arbeitszimmer. Ihre Hofdamen folgten ihr zögernd und sahen sich mehrmals verstohlen um. Tony stand auf und schloß die Tür. Stille herrschte, als er Jean, Ann, Lady Honora und Sir Danny anblickte und seinen Blick schließlich auf Rosie richtete. Sie standen dort wie Eissäulen, bevor sie allmählich auftauten. Jean ließ ein leises, vergnügtes Lachen hören. Ann drückte nacheinander Rosie, Tony, Lady Honora und Sir Danny ans Herz. Lady Honora klammerte sich an Sir Danny, als könne sie ihr Glück nicht fassen. Sir Danny klammerte sich an Lady Honora, als sei er nicht sicher, allein auf den Beinen stehen zu können.

Und Tony starrte Rosie an und fragte sich, wie viele Jahre es her war, daß er sie zuletzt in seinen Armen gehalten hatte. Er wollte sie auf den Schreibtisch heben und herausfinden, ob dieser stabil genug war, zwei Körper zu tragen. Er wollte sie auf die Arme nehmen, in sein Schlafgemach entführen und die Tür verriegeln. Er wollte sie nach Gut Odyssey bringen und sie auf jede Art lieben, auf die ein Mann eine Frau lieben konnte.

Doch die Zeit, die sie voneinander getrennt gewesen waren, die Dinge, die er ihr sagen wollte, die Enttäuschung, die Wut, das Verlangen hinderten ihn daran, irgend etwas zu sagen. Dem größten Liebhaber in ganz England – und dem kräftigsten Hengst – fehlten ganz einfach die Worte.

Jean packte Ann, als diese an ihr vorbeikam, und sagte laut: »Schwester, wir haben viel zu tun.«

»Oh, nichts davon könnte so wichtig sein wie dies hier.« Ann wies mit einer schwungvollen Geste auf die verliebten

Paare. »Wir müssen ihnen bei der Vorbereitung ihres Hochzeitsfestes helfen. Hast du denn gar keinen Sinn für Romantik?«

»*Ich* schon.« Jean zerrte Ann zur Tür. »Genau wie sie.« Auf ihrem Weg zur Tür zwickte sie Rosie in die Wange und tat dasselbe bei ihrem Bruder. »Einmal für mich, Tony.«

Tony konnte sich nicht erinnern, wann er das letzte Mal rot geworden war, doch er wurde es jetzt, und er hoffte inständig, daß Rosie es nicht bemerkte.

Er versuchte, seine Verlegenheit zu überspielen, und fragte: »Warum schaut Ihr so besorgt drein, Lady Honora?«

Lady Honora legte Sir Danny die Hand auf die Stirn. »Mein kleiner Hase glüht. Ich glaube, er ist ganz einfach überwältigt von seinem Glück. Ich bringe ihn besser nach Gut Rowse und helfe ihm dort, sich an sein Glück zu gewöhnen.«

Als sie ihn aus dem Zimmer führte, fing Tony Sir Dannys Blick auf: Er war halb selbstgefällig, halb ängstlich, vor allem jedoch erwartungsvoll.

Tony wußte, wie Sir Danny zumute war.

»Unscheinbar und gehorsam, ja?«

Tony fuhr zusammen und drehte sich um. Rosie stand direkt hinter ihm. Er lächelte schwach. »Ich habe nur versucht, Ihre Majestät davon zu überzeugen, daß ich dich nicht heiraten will. Ich meine...«, er schloß die Augen, »... ich will dich natürlich heiraten, doch wenn Ihre Majestät das erkennt, wird sie es nicht zulassen.«

»Ja, das habe ich mir zusammengereimt.« Rosie schlenderte zur Tür. »Sie ist eine eifersüchtige, besitzergreifende Frau, und sie findet dich charmant und stattlich.« Sie warf einen flüchtigen Blick über die Schulter. »Womit sie allerdings nicht unrecht hat.«

Tony blieb wie versteinert stehen, bis Rosie zur Tür hinaus war, und eilte ihr dann nach. »Du findest mich charmant und stattlich?«

Sie kicherte. »Du brauchst mich nicht, um deine Eitelkeit zu befriedigen.«

Er blieb stehen, und nach ein paar Schritten hielt auch Rosie inne. »Fürwahr, du bist die einzige Frau, die ich brauche, um meine Eitelkeit zu befriedigen.«

Sie blickten einander an. Blickten einander zum ersten Mal nach zu langer Zeit richtig an, und alles kehrte zurück: die Vertrautheit, die Freundschaft, die Leidenschaft, das Lachen.

Verflixt, wie er diese Frau liebte! In jäher Hast begann Tony, eine Tür der Eingangshalle nach der anderen zu öffnen. Hinter den meisten verbargen sich prächtige Gemächer, leer, doch jederzeit nutzbar, in einem der Räume jedoch kreischte eine Dame auf, als Tony die Tür aufriß, und er rief: »Verzeihung, falsches Zimmer!«

»Was suchst du?« fragte Rosie.

»Es gibt hier irgendwo eine Vorratskammer.« Hinter einer Tür lag ein stockfinsterer Raum, und Tony stieß einen Freudenschrei aus. Er nahm einen Kerzenleuchter von einem Tisch in der Halle, ging hinein und bedeutete Rosie mit einem Wink, ihm zu folgen.

Sie folgte ihm zögernd, doch sie folgte ihm. »Hier sind wir ungestört«, erklärte er. »Die Kammer ist lang und eng, als Prunkgemach völlig ungeeignet, also nutzen die Bediensteten sie als Vorratsraum. Und wie ich gehört habe«, er zwinkerte vielsagend, »auch für heimliche Stelldicheins.«

Er stellte den Leuchter auf den Boden. Die Kerzen erhellten die Unterseite der Regale, auf denen sich linnene Bettwäsche und Wolldecken stapelten, und warfen lange

Schatten entlang der schmalen Zimmerdecke. Ihr Licht reichte kaum bis in den hinteren Winkel des Raums, wo zahllose ramponierte Tische, Bänke und Stühle ihre verbliebenen Beine in die Höhe reckten.

Rosie wich erschrocken zurück, bis sie mit dem Rücken an die Regale stieß. Tony folgte ihr. Er spürte, wie die Erregung sein Blut in Wallung brachte. Es würde nicht leicht sein, Rosie aus diesem Kleid zu bekommen, doch wann war es je einfach gewesen, eine Frau aus ihrem Kleid zu befreien? Das Gefühl von Rosies nackter Haut auf der seinen würde alle Wunden des vergangenen Monats heilen, körperliche wie seelische. Tony stützte den Ellbogen an das Regal und beugte dann den Kopf zu Rosies Gesicht hinab. »Jetzt erzähl mir das mit meinem Charme und meinem guten Aussehen noch einmal.«

Rosie duckte sich und schlüpfte unter seinem Arm hindurch. »Du bist schmutzig.«

»Ich war ein Held heute.« Er warf seine Mütze und seinen Umhang ab und zog sein Wams aus. »Bist du beeindruckt?«

»Beeindruckt? Daß du dich in Gefahr gebracht hast? ›Beeindruckt‹ ist nicht das Wort, das ich benutzten würde.« Rosies Augen funkelten, als sie sich weiter aus dem Lichtkreis der Kerzen stahl. »Bringst du deine Damen oft hierher?«

»Ich habe noch nie eine Dame hierhergebracht.« Tony folgte ihr. »Die meisten Damen wären anwidert.«

»Die meisten Damen würden dir überallhin folgen.«

»Weil ich so charmant und so stattlich bin?«

»Weil du so bescheiden bist.«

»Ist das eine weitere meiner Tugenden, die dich angezogen hat?«

Rosie drehte sich um, um zu sehen, ob er scherzte, und

entspannte sich, als sie feststellte, daß er es tat. Ein Lächeln huschte über ihre Lippen, und Tony murmelte: »Das ist besser.« Er zog zwei Stapel Wolldecken aus einem der Regale, legte sie auf den Boden und hielt Rosie die ausgestreckte Hand hin. »Möchtest du dich setzen?«

Sie blickte auf seine Hand, dann in sein Gesicht, dann wieder auf die Hand. Sie streckte langsam die eigene aus und legte sie in seine. Ihre Handfläche glitt sanft wie eine Brise über seine Haut, über die Schwielen, die Linien und Erhebungen. Ihre Finger verschränkten sich mit den seinen wie in einem Liebesakt. Tony schloß die Augen, um das Gefühl zu genießen, einem Weinkenner gleich, der einen edlen Tropfen kostet. Als er die Lider wieder öffnete, sah er, daß Rosie die ihren geschlossen hatte. Ihr Kopf war in den Nacken gesunken, ihr Mund leicht geöffnet, und mit jedem Atemzug hoben sich ihre Brüste.

Rosies wunderbare Brüste, an denen nichts Männliches war, und die sie Tony zuerst verraten hatten. Wie dreist er bei jener ersten Begegnung gewesen war! Wie leicht er sich Rosies Verführung vorgestellt hatte! Und wie sie ihn dann Stück für Stück auseinandergenommen und zu einem neuen Mann zusammengesetzt hatte. Zu einem besseren Mann.

Zu einem Mann, der vorhatte, sie in einer Abstellkammer zu verführen ...

»Wir sollten reden«, sagte er rauh.

»Das sollten wir.«

Rosie ließ sich auf die Decken sinken, und Tony tat es ihr nach. Er nahm Rosies freie Hand in die seine und erwartete, daß sein Verlangen abflauen und ihm mehr nach Händchenhalten als nach leidenschaftlichen Umarmungen zumute sein würde.

Doch es war wie bei ihrer ersten Berührung. Ihre Blicke

trafen sich und verschmolzen miteinander. Es mutete innig an wie ein Kuß.

»Sprechen«, sagte Tony.

»Ja.«

Worüber wollte er sprechen? Ah ja... »Du hast mich verlassen.« Rosie versuchte, ihre Hände zurückzuziehen, doch er umschloß sie fester.

»Sag etwas«, drängte er.

»Du hast mich belogen.«

»Niemals.«

»Du hast mir nicht die Wahrheit über Sir Danny gesagt.«

Es war nicht nötig, daß sie ihm Vorwürfe machte, damit er sich schuldig fühlte. »Ich wollte, daß du in Sicherheit bist.«

»Manchmal gibt es wichtigere Dinge als Sicherheit.«

»Das wußte ich. Und das weiß ich jetzt.« Er holte tief Atem, denn im Grunde wollte er Rosie nicht sagen, was er ihr jetzt sagen würde. Doch sie mußte es wissen. »Wenn ich noch einmal vor derselben Entscheidung stünde, würde ich genauso handeln.«

Sie hätte ihn mit ihrem Lachen beinahe aus dem Gleichgewicht gebracht und tat es dann mit ihrem Körper, als sie die Arme um seinen Hals schlang und Tony nach hinten drückte. Er landete rücklings auf den Decken, und Rosie lag auf seiner Brust. »Das weiß ich.« Sie lachte erneut und schmiegte sich an ihn. »Auch ich würde noch einmal dasselbe tun. Glaubst du, unser Kind wird ebenso dickköpfig werden wie seine Eltern?«

Sie war mit einem Mal schwer wie ein Pferd. Wie ein großes Pferd. Tony fehlte die Luft zum Sprechen, und als er schließlich doch etwas hervorbrachte, klang es eher wie ein Heulen. »Du... wirst...«

»Nein, *wir* werden ...«

»Ein Kind bekommen?«

»Hast du das nicht immer schon gewußt?«

Hatte er es gewußt? »Ja.« Tränen rannen aus seinen Augenwinkeln, und Rosie wischte sie mit ihrem Ärmel fort. »Ich habe nie daran gezweifelt, daß wir ein Kind gezeugt haben. Irgendwie wußte ich, daß es vor unserer Hochzeit empfangen werden würde.«

Rosie versuchte, sich aufzusetzen, doch Tony zog sie wieder zu sich herab. »Stört es dich?« fragte sie.

»Daß die Leute reden werden?« Er sah sie an, das Gesicht ganz nah an ihrem. »Die Leute werden sagen, ich hätte eine Schauspielerin geheiratet. Sie werden erzählen, ich hätte mich mit Lady Rosalyn Bellot vermählt, um meine Ländereien nicht zu verlieren. Sie werden so lange über mich reden, wie ich in der Gunst der Königin stehe, und sie werden über dich reden, weil du eine Schönheit bist, eine wunderbare Schauspielerin und die verschollene Erbin. Sie werden über uns reden, solange wir leben. Ein zu früh geborenes Kind ist da nur eine Kleinigkeit.«

»Doch was ist mit dir? Du warst derjenige, der sich vor einem vorzeitig geborenen Kind fürchtete, nicht um des Geredes der Leute willen, nicht einmal um des Kindes willen, sondern weil es in deinen Augen der Beweis dafür war, daß du durch die Umstände deiner Geburt unreines Blut in den Adern hast.«

Sie kannte ihn zu gut. Tony hatte seinen Vater geliebt, ihn jedoch gleichzeitig ob seiner Schwäche verachtet und sich geschworen, es ihm niemals gleichzutun. Er hatte seinen Vater dafür verachtet, daß er sich von einer Frau hatte verführen lassen, die so kalt und erbarmungslos war wie der Nordwind. Sein Vater war ein Narr gewesen, und Tony hatte stets gefürchtet, sich auch zum Narren zu machen.

Doch von Rosie verführt zu werden ... ah, das war keine Verführung, sondern ein Fest der Sinne. Von Rosie verführt zu werden war kein Zeichen der Schwäche, sondern des guten Geschmacks. »Ich bin stolz, der Vater deines Kindes zu sein.«

»*Unseres* Kindes.«

»*Unseres* Kindes.« Der schlanke Körper über dem seinen entspannte sich, und Tony fügte hinzu: »Doch wir werden uns morgen früh vermählen.«

Rosie lachte so herzlich, daß ihr Körper bebte und Tony mit seinen Schwingungen wärmte. »Ja, wir werden uns morgen vermählen.« Sie strich zärtlich mit den Lippen über seinen Mund und hauchte Tony mit jedem ihrer Atemzüge Leben ein. Jede ihrer Berührungen brachte sein Blut in Wallung und ihm war, als löste sich die Schnürung ihres Mieders ganz ohne sein Zutun bei jedem ihrer raschen, schüchternen Zungenschläge. Rosies Küsse waren ein machtvolles Mittel.

Als das Dröhnen in seinen Ohren nachließ, hörte Tony, wie Rosie sagte: »Wo werden wir heute nacht schlafen?«

Sein Gehörsinn war beeinträchtigt, seine Sicht durch die Hitze, die ihre Körper verströmten, getrübt, doch seine Finger waren beweglich genug, um Rosie Schicht um Schicht aus ihrer Kleidung zu schälen. »*Werden* wir heute nacht schlafen?«

Sie fröstelte. »Es ist kalt hier drin.«

»Wir haben Decken.«

»Jemand könnte hereinkommen.«

»Ich habe mein Schwert und meinen Dolch.« Er lächelte schelmisch, als er endlich ihre Brüste entblößte. Sie hatten sich durch die Schwangerschaft verändert, doch er würde Rosies Brustknospen immer erkennen. »Und du hast deine Tasche.«

»Das ist wahr.« Rosie beugte sich vor und blies eine Kerze nach der anderen aus. Als sie auch die letzte löschen wollte, hinderte Tony sie daran. »Fürchtest du dich nicht mehr vor der Dunkelheit?«

»Nein! Ich habe meine Talismane. Den Ring meines Vaters.« Sie berührte die Kette um ihren Hals. »Das Kind unter meinem Herzen.« Sie nahm Tonys Hand und legte sie auf die leichte Wölbung ihres Bauches. »Und meinen edlen Ritter. In ganz England versteht sich nur einer besser auf die Liebe als er.«

»Und wer soll das sein?« fragte Tony zutiefst entrüstet.

Rosie schmiegte sich in seine Arme und beugte sich dann vor, um die letzte Kerze zu löschen. »Ich.«

Epilog

Lord Nottingham und Sir Robert Sidney mußten in der Tat Kanonen und Pulverfässer aus dem Tower bringen lassen und drohen, Haus Essex in die Luft zu sprengen, bevor der Graf von Essex sich ergab. Eine Gerichtsverhandlung folgte. Essex und Southampton wurden selbstverständlich des Verrats für schuldig befunden.

Königin Elisabeth ließ zu, daß der Graf von Southampton zu lebenslanger Kerkerhaft im Tower verurteilt wurde, Essex' Urteil jedoch lautete auf Todesstrafe. Er wurde am Morgen des 25. Februar enthauptet.

Die Königin spielte auf ihrem Spinett, als ein Bote ihr die Nachricht von Essex' Tod überbrachte. Sie unterbrach ihr Spiel. Niemand sagte ein Wort. Nach einer Weile spielte sie weiter.

Lady Rosalyn, Tochter des Grafen von Sadler, und ihrem Gemahl, Sir Anthony Rycliffe, wurde am 29. September des Jahres 1601, nach acht Monaten des Eheglücks, eine kräftige, gesunde Tochter geschenkt. Sie tauften sie auf den Namen Elisabeth Honora Jean Ann Rycliffe, und nur ein einziger Mann machte je eine Bemerkung über ihre frühe Geburt.

Lord Bothey genas von dem Schlag auf den Schädel,

ohne bleibende Schäden davonzutragen, wenngleich es nicht verborgen blieb, daß er hernach Lady Rosalyns Gesellschaft mied, vor allem, wenn sie ihre Tasche bei sich trug.

Ehre, Reichtum, Ehbescherung,
Lange Dauer und Vermehrung!
Stündlich werde Lust zuteil Euch!

DER STURM, IV, I, 106

Als die junge Engländerin Carrie Stowe die Villa ihrer exzentrischen Großmutter in der Toskana erbt, eröffnet sich die Gelegenheit, ihrem rechthaberischen und dominanten Ehemann zumindest zeitweise zu entfliehen. Einmal in Italien angekommen, blüht die sonst so schüchterne Frau auf. In der Villa trifft Carrie nach vielen Jahren ihren Cousin Leo wieder und fühlt sich sofort zu ihm hingezogen. Obwohl sie spürt, daß den attraktiven jungen Mann ein dunkles Geheimnis umgibt, beginnt sie eine leidenschaftliche Beziehung zu ihm. Was wie eine romantische Liebesbeziehung beginnt, entpuppt sich als packender Thriller.

Teresa Crane

Ein Garten in der Toskana

Roman

Econ | Ullstein | List

B42

Eva, Besitzerin eines Wäschegeschäfts und glücklich mit Nick verheiratet, und Carla, arbeitsloser Single mit Hang zum Übersinnlichen, lernen sich direkt nach der Geburt ihrer sich verdächtig ähnlich sehenden Söhne kennen. Zunächst mögen sie sich nicht besonders, aber schon bald werden sie die dicksten Freundinnen. Carla betreut die beiden Kinder, und Eva kann endlich wieder in ihrem Geschäft arbeiten. Alles scheint in bester Ordnung, bis Eva eines Abends ihren Mann und Carla in einer scheinbar eindeutigen Situation überrascht. Ihr kommen Zweifel, ob die Ähnlichkeit der beiden Kinder wirklich reiner Zufall ist...

Beatrix Mannel

Voll ins Schwarze

Roman